BASTEI
LÜBBE

Von Patricia Shaw sind als Bastei Lübbe Taschenbuch lieferbar:

12043 Südland
12263 Sonnenfeuer
12342 Weites, wildes Land
12543 Heiße Erde
12613 Der Ruf des Regenvogels
12707 Der Traum der Schlange
12887 Brennender Traum
14293 Salz der Hoffnung
14349 Leuchtendes Land
14463 Sterne im Sand
14640 Feuerbucht

PATRICIA SHAW

Tal der Träume

Roman

Ins Deutsche übertragen von
Susanne Goga-Klinkenberg

BASTEI LÜBBE

BASTEI LÜBBE TASCHENBUCH
Band 26374

Vollständige Taschenbuchausgabe

Bastei Lübbe Taschenbücher ist ein Imprint
der Verlagsgruppe Lübbe

Die englische Originalausgabe erschien 2000 unter dem Titel
WAITING FOR THE THUNDER bei Hodder Headline, London

Ein Unternehmen der Verlagsgruppe Droemer Weltbild
Lizenzausgabe: Verlagsgruppe Lübbe GmbH & Co. KG,
Bergisch Gladbach
Einbandgestaltung: Tanja Østlyngen
Titelbild: Royalti Free / Corbis
Satz: hanseatenSatz-bremen, Bremen
Druck und Verarbeitung: GGP Media GmbH, Pößneck
Printed in Germany, Oktober 2004
ISBN 3-404-26374-X

Sie finden uns im Internet unter
www.luebbe.de

Der Preis dieses Bandes versteht sich einschließlich
der gesetzlichen Mehrwertsteuer.

Für Ron und Rose Jones und für
Peter Poynton,
B. A. LLB
– in Erinnerung an die lange Reise

ERSTES BUCH

OKTOBER 1900

1. Kapitel

AUF EINER LANDKARTE des Nordterritoriums wäre die Viehstation von Black Wattle nicht mehr als ein Stecknadelkopf gewesen. Desgleichen ihre weitaus größere Nachbarin, Victoria River Downs, obwohl sie an die achtzehntausend Quadratmeilen maß, mit ihren ockerfarbenen Ebenen, uralten Kratern und längst vergessenen Senken in der glühenden Landschaft, wo einst ein stolzer Fluss in das verschwundene Binnenmeer geflossen war. Vor Urzeiten waren hier Dinosaurier umhergestapft und geschwommen, hatten Riesenschlangen ihre Beute belauert und ungeheure Vögel ihre Bahnen am Himmel gezogen. Das »Territorium«, das seinerseits nur einen Teil des »oberen Endes« von Australien darstellte, rühmte sich einer Größe von einer halben Million Quadratmeilen. Stecknadelkopf oder nicht, Victoria River Downs, besser bekannt unter dem Namen Big Run, und ihre Nachbarstationen waren von Schwindel erregenden Ausmaßen und vermittelten ihren Bewohnern ganz neue Vorstellungen von Grundstücksgrößen und Entfernungen.

Für Zack Hamilton, der als junger Mann die familieneigene Viehstation Black Wattle geerbt hatte, war sein Riesenbesitz nichts Besonderes. Für ihn war es selbstverständlich, dass er Raum benötigte, um seine Herden in dieser Halbwüste zu erhalten, in der sich nur Geistereukalyptus und hohe, rote Termitenhügel über das trockene, stachlige Gras erhoben. Zack störte es nicht, dass er drei Tage gebraucht hatte, um wegen einer Besprechung zu Charlie Plumb, dem Verwalter von Big Run, zu reiten: Ihr Treffen war wichtig, denn es ging um Pläne für die Zusammenarbeit im Kampf gegen das Hochwasser, das die Regenzeit mit sich brachte. Sorge bereitete ihm nur, dass Charlie ihn ausgerechnet jetzt um Hilfe bat.

»Wir sind knapp an Leuten, Zack. Sechs von unseren Viehtreibern sind letzte Woche in Richtung Goldfelder abgehauen. Ich habe tausend Stück Vieh verkauft und muss sie zu dem Käufer treiben, bevor die Regenzeit beginnt. Seine Leute holen die Tiere in Pine Creek ab.«

»Hast ein bisschen lange gewartet, was?«

»Wem sagst du das! Ich musste eine Treibermannschaft aus Katherine kommen lassen. Ich habe Paddy Milligan und seine Truppe angeworben. Nur eine kleine Mannschaft. Kennst du sie?«

»Nein.«

»Sie sind in Ordnung, aber sie kennen sich hier nicht gut aus. Ich brauche dich, damit du sie bis Campbell's Gorge bringst. Wenn sie drüben sind, kommen sie allein zurecht. Es ist nur ein Umweg von ein paar Tagen, Zack.«

»Über mein Ziel hinaus«, grollte Zack. »Und siebzig Meilen weiter östlich. Und meine Frau sitzt gestiefelt und gespornt zu Hause und will nach Darwin. Von Lucy ganz zu schweigen. Ich schwöre dir, sie hat schon vor einem Monat gepackt, ihr Freund kommt doch nach Hause. Ich bin ohnehin schon eine ganze Woche zu spät dran.«

»Ah, die Damen! Sie werden es schon verstehen. Ist noch jede Menge Zeit. Wie geht es Sibell überhaupt? Ich habe gehört, sie fühlt sich nicht wohl.«

»Bestens«, antwortete Zack. Er hatte keine Zeit, den Gesundheitszustand seiner Frau oder, besser gesagt, ihre geistige Verfassung, zu diskutieren.

»Das freut mich zu hören. Hilfst du mir nun oder nicht, Zack?« Zack nickte mürrisch. Sie hatten beide gewusst, dass er es nicht ablehnen würde. Nicht ablehnen konnte. Das ungeschriebene Gesetz des Outbacks, dieses wilden, abgeschiedenen Landes, lautete Überleben. Man half, wann und wo auch immer Hilfe nötig war, denn das Überleben hing von der Zusammenarbeit ab.

»Ist Milligan bereit zum Aufbruch?«

»Ja, sie treiben die Herde gerade hinaus.«

Ein paar Tage?, dachte Zack stöhnend. Und das mit einer langsamen Viehherde. Es würde wohl mindestens vier oder fünf Tage dauern.

Lucy Hamilton trat ans Ende der hohen Veranda und warf einen besorgten Blick auf den langen Weg, der vom Wohnhaus wegführte und irgendwo zwischen den Bäumen verschwand. Nichts rührte sich. Man konnte beinahe auf die Idee kommen, die staubige Landschaft sei völlig leer, dieses Haus, das auf einem flachen Hügel kauerte, überragte ein Reich ohne Untertanen und Vieh. Vor allem jetzt um die Mittagszeit, wenn die Luft glühte und über der Station ein muffiger Geruch hing, ein uralter, heißer Geruch, als sei das Land selbst müde, ausgebrannt, erschöpft. Und alles war so still. Totenstill.

Obwohl sie wusste, dass irgendwo dort draußen Viehtreiber arbeiteten, die Aborigines, die auf dem Besitz lebten, ihren Geschäften nachgingen, einheimische Tiere Schutz vor der Mittagshitze suchten, zerrte die Stille dennoch an ihren Nerven.

Und wo war ihr Vater? Er hätte schon gestern zurückkommen sollen. Die Trockenzeit war beinahe vorüber. Es war, als könne die unerträgliche Hitze jeden Tag explodieren, doch das war natürlich nicht der Fall, die Regenzeit, die Wohltat der Nässe, stand bevor.

Lucy schauderte. Sie hasste diese Jahreszeit, das Warten auf den Donner, das Warten auf den Monsunregen, der die Bäche in reißende Flüsse verwandelte, die Flüsse in überflutete Ebenen. Und der sie von der Außenwelt abschnitt, wenn sie nicht rechtzeitig aufbrachen. Wo also steckte Zack?, fragte sie sich wütend. Er hatte versprochen, sie würden allerspätestens heute nach Darwin aufbrechen, und noch immer war keine Spur von ihm zu sehen. Das Warten war unerträglich. Jeder wusste, dass dieses Klima qualvoll war, dass es alle verrückt machte, die sich nach einer Ruhepause von der langen Trockenzeit sehnten, die nach dem Geruch, dem Geräusch, der willkommenen Flut des ersten Regens lechzten. Die dicken Tropfen, die den Staub aufwirbelten, die Tiere, die sich die Lefzen leckten, die Menschen, die mit ausgebreiteten Armen hinausliefen und endlich lächelten. Aber es bedeutete keinen Trost, dass jeder um die Verrücktheit dieser Zeit wusste. Das Wissen allein brachte keine Erlösung. Die Menschen neigten zum Jähzorn. Männer brachen Schlägereien vom Zaun. Die Leute wurden schnippisch. Schmollten. Fehler passierten. Tore blieben offen. Essen verbrannte. Eine Niederlage beim Kartenspiel, ein zerbrochener Teller, jede Kleinigkeit konnte einen Streit auslösen. Sogar das Vieh war störrisch.

Lucy hatte sich schon oft gefragt, ob das Vieh drohende Gefahren erahnte. Es musste weit weg von den ausgetrockneten Flussbetten und ruhigen Wasserlöchern in die Sicherheit der höher gelegenen Gebiete getrieben werden, bevor die Regenmassen fielen, doch die Aufgabe war schwierig. Zu viele Tiere wurden störrisch, wehrten sich gegen die Eindringlinge, gegen die Peitschen und Flüche der Reiter. Tausende Stück Vieh wurden zusammengetrieben und umgelenkt, und Lucy wünschte, sie könnte dabei sein, helfen. Alles war besser, als im Haus zu sitzen, doch ihr Vater hatte ihr verboten, um diese Jahreszeit am Viehtrieb teilzunehmen.

»Zu gefährlich«, hatte er gesagt. »Das ist nichts für Mädchen.«

Ihre Mutter war der gleichen Meinung. Allerdings missbilligte Sibell Hamilton es ohnehin, dass Lucy ritt und mit den Männern arbeitete, da es angeblich nicht damenhaft war. Sie vergaß, dass sie früher einmal selbst mit dem Vieh gearbeitet hatte, wenn Hilfe nötig war. Zacks Schwägerin Maudie, die

Besitzerin von Corella Downs, fühlte sich auch jetzt noch auf dem Pferderücken wohler als im Haus, dabei war sie schon fünfzig. Ein zähes altes Mädchen, dachte Lucy grinsend, im Busch geboren und stolz darauf, zu den »Pionieren des Territoriums« zu gehören.

Lucys Mutter und Tante waren wie Feuer und Wasser. Die in England geborene Sibell missbilligte Maudie Hamiltons raue Manieren, und sie schienen niemals einer Meinung zu sein, obwohl Zack die Ansicht vertrat, dass sich hinter all den Sticheleien echte Freundschaft verbarg. Jetzt, am Ende des neunzehnten Jahrhunderts, lebten noch immer nur wenige weiße Frauen im Outback, was in Sibells Augen umso mehr dafür sprach, sich hier zu behaupten und zu beweisen, dass ihr isoliertes Leben keine Entschuldigung für schlechtes Benehmen sei. Sibell empfand übertriebenen Stolz auf ihre hausfraulichen Fähigkeiten. Das Wohnhaus von Black Wattle war kein Herrensitz, sondern ein weiträumiges Holzgebäude mit hohen Decken, breiten Veranden und einem rot gestrichenen Eisendach, das meilenweit zu sehen war, doch es wirkte gemütlich und war gut ausgestattet. Mit Hilfe ihres chinesischen Kochs und der schwarzen Hausmädchen bewirtete Sibell ihre wenigen Besucher gern im großen Stil. Lucy war das recht, doch sie konnte nicht akzeptieren, dass es ausgerechnet ihre Aufgabe sein sollte, durchs Haus zu schweben und die Pflichten und gesellschaftlichen Fähigkeiten zu erlernen, die einer jungen Dame zukamen. Sie hasste das Nähen, konnte weder malen noch Klavier spielen und las lieber romantische Romane als die »besseren« Bücher, die ihre Mutter in die Regale stellte. Aber sie liebte die Station, das Leben hier draußen gefiel ihr.

Lucy war hoch gewachsen, mit langem, blondem Haar, ebenmäßigen Zügen und einem schlanken, athletischen Körper. Die Leute nannten sie gut aussehend, obgleich Lucy selbst ihre Zweifel daran hatte. Sie war nicht hübsch wie die

Heldinnen in den Groschenromanen, hatte keine Locken und so weiter. Zack behauptete immer, sie sei schön, aber das war kein Wunder: Ihr Vater vergötterte sie, er war stolz auf sie, weil sie gut reiten konnte, ob nun im Damen- oder Herrensattel, und bei den alljährlichen Rennen und Sportfesten Pokale gewonnen hatte ...

Aber wo blieb er jetzt, ihr geliebter Vater? Hatte er sie vergessen? Jedes Jahr um diese Zeit zogen sie nach Darwin und verbrachten den Sommer in ihrem Strandhaus. Zwar konnte man den Wolkenbrüchen und der allgegenwärtigen Feuchtigkeit nicht entrinnen, doch in der angenehmen Atmosphäre der Vorweihnachtszeit und bei den jährlichen Treffen mit den alten Freunden von den anderen Stationen im Outback war alles leichter zu ertragen. Es war eine wunderbare Zeit für alle: eine wohl verdiente Ruhepause für hart arbeitende Männer, die sich mit ihren Freunden entspannen und so tun konnten, als sei es eine schwere Bürde, die Frauen zu all den Partys und Bällen zu begleiten, die schon im Voraus verabredet worden waren. Und für die Frauen war es eine Gelegenheit, endlich einmal wieder den Trubel und Spaß weiblicher Gesellschaft zu genießen, und was die jüngere Generation betraf ... Lucy lächelte ein wenig selbstgefällig.

Die Sommermonate in Darwin waren als Zeit der »Brautwerbung« bekannt. Romantik und Liebe lagen in der Luft. »Und Lust«, fügte Tante Maudie stets in ihrer unverblümten Art hinzu. Es war einfach aufregend, und Lucy wollte um keinen Preis den Sommer in Darwin verpassen, da ein gewisser Herr endlich nach Hause kam, der beinahe zwei Jahre in London verbracht hatte. Ein überaus wichtiger junger Herr, der ihr während seiner Abwesenheit allmonatlich geschrieben hatte, ohne auch nur einen Brief auszulassen. Lucy Hamilton brauchte sich auf dem Heiratsmarkt nicht in die Gruppe der verfügbaren Mädchen einzureihen, denn die Liebe ihres Lebens kam nach Hause. Sie und Myles Oatley waren Freunde von Kindesbeinen an, und er hatte sie vor seiner Abreise gebeten, auf ihn zu warten.

In ihrem ersten Brief hatte sie ihm geschrieben, er brauche nicht erst darum zu bitten, sie werde auf ihn warten, ihre Liebe würde durch die Trennung nur noch süßer.

Ihre Eltern waren glücklich über die Verbindung, denn sie mochten Myles, den einzigen Sohn alter Freunde. Maudie jedoch hatte, typisch für sie, einen anderen Rat zu vergeben.

»Du solltest nicht herumsitzen und auf ihn warten. Beackere lieber das Feld. Mach dir eine schöne Zeit, hock nicht zu Hause wie eine alte Jungfer. Guter Gott, du bist gerade mal zwanzig. Solltest schon mehr als einen Freund gehabt haben. Und hör auf meine Worte, Lucy: Setz nicht alles auf eine Karte. Bestimmt kommt er völlig verändert aus London zurück und prahlt mit seinen schicken Freunden. Er wird kein Bushie mehr sein, er wird nicht mehr sein wie wir, wart's ab.«

»Das ist doch lächerlich«, hatte Sibell eingewendet. »Seine Eltern sind in den Flitterwochen auf Weltreise gegangen, und als sie nach Hause kamen, haben sie sich augenblicklich auf der Oatley-Station niedergelassen, als wären sie nur eben um die Ecke gewesen. Sie haben nie so getan, als seien sie etwas Besseres.«

»Ja, aber sie waren auch zusammen unterwegs. Wenn er so scharf auf Lucy ist, könnte er sie doch heiraten und mitnehmen, oder?«

Lucy störten die unkonventionellen Vorschläge nicht. Sie fand sie eher amüsant.

»Sag mal, Maudie, warum hast du nicht wieder geheiratet?«, fragte sie, um von der Kritik an Myles abzulenken. »Du warst noch jung und Wesley ein Baby, als Onkel Cliff getötet wurde.«

»Jetzt werde nicht frech, Mädchen. Ich habe mich umgeschaut, das kannst du mir glauben. Aber jeder Bewerber, der mir über den Weg lief, hatte nur Augen für meine Station. Sie waren hinter Corella Downs her, nicht hinter mir, und ich konnte den Gedanken, dass jemand meine Station an sich reißt und den Boss spielt, nicht ertragen. Ich bin sie schnell losgeworden. Du solltest auch die Augen offen halten, Mädchen. Bist eine gute Partie. Black Wattle wird eines Tages dir gehören. Dann bist du eine Menge Geld wert.«

»Falls es dazu kommt«, lachte Lucy. »Und im Übrigen gilt das auch für Wesley. Dein Sohn ist älter als ich und noch immer ledig. Auf wen hat er es denn abgesehen?«

Ihre Diskussionen endeten immer auf diese Weise. Maudie ließ kein gutes Haar an Wesleys Freundinnen. Lucy bedauerte das Mädchen, das es mit einer Schwiegermutter wie Maudie aufnehmen musste.

Sie ging über die Veranda zum Schlafzimmer ihrer Eltern, als ihre Mutter rief.

»Ist Zack schon zu Hause?«

Lucy trat durch die schlaff herabhängenden Spitzenvorhänge. »Noch nicht.«

Sie starrte ins Zimmer. Überall standen offene Kisten und Schrankkoffer.

»Was tust du da?«

»Ich packe.«

»Aber du hast doch schon gepackt. Dieses Zeug brauchst du in Darwin gar nicht. Und die Schrankkoffer passen ohnehin nicht in den Wagen!«

»Ich weiß. Ich lasse sie nachschicken.«

»Nachschicken? Das alles?« Sie spähte in einen weiteren Schrankkoffer. »Der hier ist voll. Wir bleiben nur ein paar Monate, keine zehn Jahre.«

Sibell kippte eine Schublade mit Unterwäsche aufs Bett und setzte sich daneben. Sie schaute zu ihrer Tochter hoch. »Ich habe versucht, genügend Mut zu fassen, um es dir zu sagen, Lucy. Ich gehe fort.«

»Fort? Wohin?«

»Ich werde nach Perth ziehen.«

»Wann?«

»Nach Weihnachten.«

Lucy ging durchs Zimmer und öffnete den großen Kleiderschrank. Zu ihrem Erstaunen war er leer.

»Das verstehe ich nicht. Was hast du vor? Urlaub machen?«

»Nein, ich gehe für immer«, erwiderte ihre Mutter ruhig.

»Unsinn. Daddy würde Black Wattle nie verlassen. Was geht hier wirklich vor?«

»Dein Vater geht nicht fort, sondern ich. Ich kann nicht mehr hier leben. Ich habe beschlossen, in Perth zu wohnen.«

»Wieso? Hattest du Streit mit Daddy? Mir ist aufgefallen, dass ihr beide in letzter Zeit ziemlich gereizt wart. Aber wegen eines Streits wirst du doch nicht aufgeben und weggehen. So schlimm kann es doch wohl nicht sein?«

»Wir hatten keinen Streit, nicht wirklich. Er weiß, dass ich gehe, und regt sich schrecklich auf.«

»Das kann ich mir vorstellen«, sagte Lucy schnippisch. »Was ist los mit dir? Bist du verrückt geworden?«

»Nein«, antwortete Sibell geduldig. »Mir ist diese Entscheidung sehr schwer gefallen, aber ich kann das Leben hier draußen nicht mehr ertragen. Ich bin es leid.«

»Was denn? Ich weiß gar nicht, wovon du sprichst.«

Ihre Mutter seufzte. »Ach, Lucy, ich habe einfach alles satt ... die Einsamkeit, den Staub, die Gewalt, die endlosen Schwierigkeiten ...«

»Es war die Mäuseplage, nicht wahr? Stimmt, seitdem warst du irgendwie nervös. Aber das ist vorbei, es kommt so bald nicht wieder vor ...«

Sibell schauderte. »Erinnere mich bitte nicht daran. Diese verdammten Biester, mir wird schlecht, wenn ich nur daran denke. Im Haus, im Bett, überall. Aber sie waren nicht der wahre Grund, sie haben nur das Fass zum Überlaufen gebracht. Ich möchte normal leben, in einem normalen Klima, die Straße entlanggehen, Geschäfte besuchen, wenn mir danach ist, all das. Ich bin fast fünfzig. Wenn ich diesen Schritt jetzt nicht wage, tue ich es nie.«

»Und was wird aus uns? Aus Daddy und mir? Willst du uns einfach so verlassen?«

»Ich werde in Perth sein. Du kannst mich besuchen.«

»Aber das hier ist dein Zuhause. Das kannst du nicht machen. Und Daddy sieht einfach zu?«

»Nicht direkt, das muss ich zugeben. Er nimmt es sehr schwer. Ich hatte gehofft, du könntest mit ihm reden. Ihm erklären, wie ich mich fühle.«

»Es ihm erklären? Dass ihn seine Frau verlässt? Das werde ich nicht tun! Ich kann einfach nicht glauben, dass du so selbstsüchtig bist. Räum die Sachen wieder ein! Ich will nichts mehr davon hören.«

Lucy schlug die Tür hinter sich zu, und Sibell schüttelte traurig den Kopf. Sie liebte die beiden, Mann und Tochter, aber sie waren keine Kinder mehr. Sie mussten verstehen, dass Menschen sich ändern können, Veränderung brauchen. Sie selbst sehnte sich verzweifelt danach. Aber das wollte sie nicht zugeben. Sie hatte versucht, Zack zu erklären, dass ihr Leben an einem toten Punkt angelangt war, dass sie eine neue Perspektive benötigte, doch er war ihr nur mit Verachtung begegnet.

»Neue Ufer, was? Jemand Bestimmten im Auge?«

»Das meinst du nicht ernst, Zack. Diese Bemerkung ist deiner nicht würdig. Ich werde dich immer lieben, aber ...«

»Und das zeigst du mir, indem du mich verlässt.«

Er tat ihr Leid. Er konnte ihre Gründe einfach nicht begreifen. Die ganze Idee schien über seinen Horizont zu gehen.

»Ist es das Haus? Wir könnten es renovieren, ausbauen, wenn du möchtest. Was immer du willst.«

»Nein, das Haus ist sehr bequem. Verstehst du denn nicht, dass ich eine Veränderung brauche?«

»Dann mach verdammt noch mal Urlaub, wenn du von mir wegwillst. Wird dir die Flausen schon austreiben.«

Warum war es so schwer, es zu erklären? Vielleicht, weil sie es selbst nicht genau in Worte fassen konnte. Manchmal, wenn sie in weniger guter Stimmung war, dachte Sibell, sie suche vielleicht nach etwas, das es gar nicht gab, doch sie wollte es unbedingt herausfinden. Vielleicht sehnte sie sich auch nach ihrer Jugend, nach dem jungen Mädchen, das in einem stillen englischen Dorf aufgewachsen war.

Sie seufzte. Jenes Leben war zu einem abrupten Ende gekommen, als ihre Eltern die fatale Entscheidung trafen, nach Australien auszuwandern. Sie war erst neunzehn gewesen, als sie beim Schiffbruch ihre geliebten Eltern verlor, und war an einer verlassenen Küste nördlich von Perth gestrandet, mit einem fremden Mann als einziger Gesellschaft. Dann die vermeintliche Rettung durch eine Horde Aborigines, deren Anführer ein bösartiger Mensch war, der sich mehr für ein Lösegeld als für ihr Wohlergehen interessierte. Nur mithilfe eines jungen Aborigine-Farmhelfers namens Jimmy Moon war ihnen die Flucht aus dem schmutzigen Lager geglückt.

Jimmy Moon, dachte sie traurig. Er war ihr Freund gewesen. Auch er kam einige Jahre darauf in den Norden, nachdem er in Schwierigkeiten geraten war. Es tat noch immer weh, an ihn zu denken.

Sibell selbst war in Perth gelandet und hatte bei schrecklichen Leuten gelebt, bis sie Zacks Mutter, eine wunderbare Frau, kennen lernte. Mrs. Hamilton war in die Stadt gekommen, um einen Spezialisten aufzusuchen, weil sich ihr Augenlicht zusehends verschlechterte. Da sie jemanden für die Buchhaltung benötigte, der ihr bei der Verwaltung ihrer großen Viehstation Black Wattle half, bot sie Sibell die Stelle an.

Sibell ertappte sich bei einem Lächeln. »Ich hatte ja keine Ahnung, worauf ich mich da einließ!«, erinnerte sie sich.

»Was für ein Schock. Wir brauchten beinahe eine Woche für den Weg von Darwin. Zu Pferd! Damals gab es noch keine Eisenbahn. Es war noch schlimmer als der Schiffbruch. Ich dachte, ich sei ans Ende der Welt gelangt. Aber Mrs. Hamilton hatte wohl noch einen anderen Grund, mich auf ihre Station einzuladen. Ein Jahr später heiratete ich ihren Sohn.«

Sie hatte es nie bereut. Manchmal hatte sie zu kämpfen gehabt, gegen die Elemente, die Entfernungen, um den Erhalt und die Ernährung der großen Viehherden. Und dann der furchtbare Verlust ihres kleines Sohnes. So viele Dinge, die sie überstanden hatte, und ihr war die Station ans Herz gewachsen. Doch nun war es Zeit zu gehen. Als sie zum Mittagessen kam, war Lucy noch immer wütend.

»Bist du wieder bei Sinnen?«

»Können wir ohne diese Grobheiten darüber sprechen?«

»Na schön. Sag mir eins. Was hast du vorhin gemeint, als du von Gewalt sprachst? Ich weiß, mein Onkel wurde von Schwarzen getötet, bevor ich zur Welt kam, aber diese Art von Problemen gibt es heute kaum noch. Es gibt zwar Unfälle mit den Männern und Pferden, aber das kann überall passieren. Wie kommst du darauf, hier auf Black Wattle gäbe es Gewalt?«

»Es tut mir Leid. Ich habe das falsche Wort gebraucht. Vergiss es.«

Lucy, die hier geboren war, würde nicht verstehen, dass Sibell auch die weiten Entfernungen schwer zu schaffen machten. Ebenso das Wetter. Die Hitze, die Stürme. Die knochentrockenen Flussbetten. Die Einsamkeit. Der nächste Nachbar war drei Tage weit entfernt, wenn man ritt. Mit dem Wagen dauerte die Reise noch länger.

»Es ist eher das, was hier fehlt«, sagte sie. »Vororte. Ich möchte gern in einem Vorort leben.«

»Unsinn. Du würdest dich nach einer Woche zu Tode langweilen.«

»Das glaube ich nicht. Ich fühle mich hier so verloren. Ich weiß auch nicht, warum, aber mein Dasein hier deprimiert mich.«

»Du bist hier zu Hause! Was in aller Welt deprimiert dich? Mutter, ich glaube wirklich, du langweilst dich bloß. Wenn wir erst in Darwin sind, fühlst du dich besser. Nach den Sommermonaten in der Stadt freust du dich immer auf zu Hause.«

»Mag sein«, antwortete Sibell, um das Thema zu beenden. »Wir werden sehen.«

Die Tränen brannten ihr in den Augen, und sie drehte sich schnell zur Seite, um sie zu verbergen, aber es war zu spät. Lucy war blitzschnell bei ihr.

»Herrgott, Mutter, was ist? Geht es dir nicht gut? Ist es das?«

Sibell wünschte so sehr, sie könnte einfach sagen: »Ja, ich bin krank. Gib mir die Medizin. Morgen früh geht es mir wieder besser.« Das hätte sie den Anfällen von Kummer vorgezogen, die sie immer wieder überfielen, aber sie war nicht krank. Körperlich war sie kerngesund.

»Es geht mir ganz gut«, sagte sie. »Wirklich. Ich bin nur ein bisschen müde. Wahrscheinlich bin ich in letzter Zeit einfach erschöpft.« Sie tupfte sich die Augen und zwang ein Lächeln herauf. »Ja, du solltest dich ein wenig hinlegen. Ich will nicht, dass du unglücklich bist, Mutter. Vielleicht ist es auch nur das entsetzliche Wetter, die Hitze ist heute fast unerträglich. Rekordtemperaturen, würde ich sagen. Ein Nickerchen wird dir gut tun.«

Sibell nickte. »Ja, das werde ich tun. Danke, Lucy.«

Endlich allein in ihrem Schlafzimmer, hinter verschlossenen Türen, brach sie in Tränen aus. Wie konnte sie irgendjemandem ihr Problem erklären, wenn sie doch selbst nicht wusste, was mit ihr nicht stimmte? Sie schämte sich dafür, dass sie, Sibell Hamilton, die eine liebevolle Familie, ein gutes Zuhause und so vieles besaß, für das sie dankbar sein sollte, so undankbar sein konnte, auch nur davon zu sprechen, dass sie fortwollte. Aber sie wollte fort, sie war fest entschlossen. Diese Anfälle von Kummer verfolgten sie inzwischen seit etwa zwei Jahren und wurden allmählich schlimmer. Wenn die Schwermut sie überkam, war sie keine angenehme Gesellschaft, hatte an nichts Freude und wurde schwierig im Umgang mit jedem, der ihr begegnete.

Zack hatte in seiner freundlichen Art versucht, mit ihr darüber zu sprechen, hatte sie gebeten, weniger ungeduldig zu sein, vor allem mit den Arbeitskräften auf der Station. Er wünschte sich so sehr, dass sie ihre gute Laune wiederfand, dass sie über kleinere Schwierigkeiten wieder lachen könnte, nicht alles so schwer nahm. Aber diese Gespräche endeten jedes Mal damit, dass sie vor ihrem ratlosen, aufgebrachten Mann in Tränen ausbrach. Einige Male hatte er versucht herauszufinden, was sie so unglücklich machte, hatte sie gefragt, was er tun oder sagen könnte, um ihr eine Freude zu machen, aber allmählich reagierte auch er gereizt auf das, was er ihre Launen nannte.

Sibell wusste, es lag nicht am Wetter. Sie hatte Jahre der Dürre überlebt, ohne so zusammenzubrechen, und sie wusste jetzt schon, die Ferien in Darwin würden keine Lösung bringen. Im letzten Jahr hatte sie gehofft, der Seewind würde ihre Verzweiflung einfach davonwehen, aber es war nicht geschehen, und da begriff sie, dass ihr vor der Rückkehr auf die Station graute. Mittlerweile hatte sie ein Jahr lang Zeit gehabt, über den Grund für ihre furchtbare Schwäche nachzudenken, die ihr so peinlich war: Sie war doch wirklich immer eine starke Frau gewesen. Aber sie fand keine Antwort. Es gab keinen Grund für ihre Schwermut, keinen einzigen, und deshalb gab es nur eine Erklärung: Sie war dabei, den Verstand zu verlieren.

Aber sie dachte nicht im Traum daran, das irgendjemandem

gegenüber zuzugeben. Niemals würde sie ihnen sagen, dass sie verrückt wurde. Sie würde der Sache ein Ende bereiten, ein Mittel finden, um gesund zu werden, und deshalb musste sie nach Perth. Sibell war sicher, dort würde sie sich besser fühlen, glücklicher, entspannter in der städtischen Umgebung, und inzwischen freute sie sich auf den Umzug, obwohl Zack und nun auch Lucy so sehr dagegen waren.

Sie goss Wasser aus dem Krug auf dem Waschtisch in die Schüssel und benetzte Gesicht und Hals, um vorübergehend ein wenig Kühlung zu finden; dann legte sie sich mit einem feuchten Tuch über den Augen aufs Bett und hoffte, wie immer, auf das Wunder: dass sie von diesem Bett als glückliche, vernünftige Frau aufstehen würde und alles in ihrer Welt wieder am richtigen Platz stünde.

Lucy kehrte auf die Veranda zurück und lief die Stufen hinunter zu den Stallungen. Der Gedanke an die verrückte Idee ihrer Mutter, die Station zu verlassen, beunruhigte sie noch immer. Unterwegs traf sie Casey, den Vorarbeiter.

»Ah, Lucy. Ich wollte zu dir. Dein Vater wurde aufgehalten.«

»Was ist passiert?«

»Nichts Besonderes. Er musste helfen, Vieh von Big Run bis Campbell's Gorge zu treiben.«

»O nein! Woher weißt du das?«

»Er hat ein paar von unseren Schwarzen auf dem Viehweg getroffen und sie mit der Nachricht zurückgeschickt. Damit wir uns keine Sorgen machen.«

Lucy war außer sich. »Sorgen? Ich könnte ihn erwürgen. Was zum Teufel denkt er sich dabei? Sollen wir hier eingeschlossen werden?«

Cascy grinste. »Es ist noch viel Zeit. Der Regen ist noch weit.«

»Ach, wirklich?« Lucy wandte sich um und deutete auf

eine graue Wolke in der Ferne. »Und was ist das, bitte schön? Etwa Rauch?«

»Nein, aber das ist nur der Anfang. Dauert noch eine Weile, bevor das Wetter umschlägt, und dann ist es noch lange hin, bis die Flüsse anschwellen. Du wirst bald unterwegs sein.« Er ging weiter und drehte sich noch einmal um. »Ich habe gehört, der junge Myles Oatley wird zurückerwartet. Dreht sich das ganze Theater um ihn?«

»Natürlich nicht.« Sie stapfte davon. Verdammt. Verdammt. Verdammt! Es würde Tage dauern, bevor sie aufbrechen konnten, je nachdem, wie weit sich die Treiber der Schlucht bereits genähert hatten, und hier gab es nicht mehr viel zu tun. Außer vielleicht, mit ihrer Mutter zu reden und sie auf diese Weise hoffentlich zur Vernunft zu bringen.

2. KAPITEL

DIE WÄNDE DER Schlucht wuchsen so steil aus der Erde, dass das menschliche Auge sie nicht mit einem Blick erfassen konnte; mächtige, rot gestreifte Zwillingstürme, die sich emporreckten, bis das schmale, blaue Band über dem Spalt nicht mehr Himmel war, sondern ein Dach, das eine machtvolle Hand über die Schlucht gestülpt hatte.

In der Tiefe beugten sich hohe Palmen, zwergengleich vor den ungeheuren Ausmaßen dieser Schlucht, über eine Reihe von Wasserlöchern im zwei Meilen langen Sandboden der Höhle und verliehen der schroffen Umgebung Anmut und einen Hauch von Exotik.

Yorkey starrte die Bäume an, fragte sich, wie sie hier überleben konnten, wo es Hitze und Wasser im Übermaß, aber nur wenig Nahrung gab. In der Regenzeit mussten sie sich mit Gewalt in der Erde festklammern. Viele der Bäume waren noch jung, mager, reckten sich zum Licht, sobald sie Halt gefunden hatten, erschufen Jahr um Jahr eine kleine Oase. Ein Wunder. Doch die Schlucht selbst war schon ein Ehrfurcht gebietendes Wunder. Dieser Ort strahlte Stärke und Macht aus. Er wirkte kühn und standhaft. Yorkey hatte das Gefühl, er müsste jubeln, nur weil er hier war. Weil er diesen Ort überhaupt gefunden hatte.

Seine Mutter hatte ihm die berühmte Legende aus der Traumzeit erzählt, in der sich die Geister über zwei Stämme ärgerten, die um Land stritten, und daher die Erde spalteten, um den Streit zu schlichten. Dabei hatten sie jedoch ein Liebespaar getrennt, und der junge Mann hatte sich aus lauter Verzweiflung in die Schlucht gestürzt. Er hatte den Waray angehört, dem Volk von Yorkeys Mutter, und deshalb beanspruchten sie die Schlucht als ihr Eigentum. So war Yorkey die Geschichte im Gedächtnis geblieben. Sie hatte ihm selten solche Dinge erzählt, nur wenn ihr danach war, und erklärt, die Schlucht trage verschiedene Namen in den Sprachen der Völker, da sie so bedeutend sei. Mittlerweile hatte Yorkey fast alle diese Namen vergessen, wenn er sie überhaupt je verstanden hatte. Immerhin war er in der Welt der Weißen aufgewachsen ...

Sehnsüchtig betrachtete er nun die hohen Wände mit den Felsvorsprüngen und wünschte sich, er hätte besser zugehört. Es wäre interessant, die Geschichte genau zu kennen. Wer waren diese Geister? Vermutlich hatten überhaupt nur Geister, keine Menschen, die Schlacht ausgetragen, da sie in die Tiefen der Zeit zurückreichte. Yorkey glaubte an die allmächtigen Geister der Aborigines, die sich nicht vom Gott der weißen Menschen unterschieden, der ebenfalls mit Blitzen zuschlagen konnte, bezweifelte aber, dass sie in den Kämpfen der Menschen Stellung beziehen würden.

Seine Mutter hatte ihm erzählt, diese Schlucht sei heute unter dem Namen Campbell's Gorge bekannt, nach dem weißen Mann, der sie entdeckt hatte. Manchmal wurde sie auch das »Tal der Träume« genannt. Unter diesen Namen kannte Yorkey die Schlucht. Seine Mutter hatte das alles freilich als Beleidigung aufgefasst. Entdeckt! Als habe sie niemand zuvor gesehen. Als hätten nicht Tausende von Generationen ihres Volkes jeden Zoll darin erforscht.

Yorkey grinste. Sie hatte nicht Unrecht, doch er konnte nichts daran ändern. Ihre Erzählung war wichtig, und sie hatte nicht übertrieben. Die Schlucht war ein ungeheurer Anblick. Atemberaubend. So verschwommen ihre Erinnerung auch gewesen sein mochte, sie entsprach der Wirklichkeit. Yorkey liebte diesen Ort und wünschte sich, er könne es ihr sagen und damit ein Lächeln auf ihr verhärmtes Gesicht zaubern.

Er seufzte, führte sein Pferd an ein Wasserloch und watete

selbst hinein. Die Kälte des Wassers an diesem warmen Tag traf ihn wie ein Schock.

Doch er war im Auftrag der Weißen hier, zum Trödeln blieb keine Zeit.

Yorkey war Viehtreiber in Paddy Milligans Mannschaft, und sie mussten eine Viehherde durch die Schlucht treiben. Eine große Herde, die zwei Tagesritte hinter ihm lag. Paddy war ein erfahrener Treiber, einer der besten, und er hielt sich an eine Regel, wenn er durch fremdes Land wie das Nordterritorium zog, das weiter westlich lag, als er je zuvor gewesen war ...

»Du holst dir Einheimische, die sich auskennen, dann reitest du vor und prüfst es nach, als hätte dir ein Ire den Weg erklärt. Ein Yard könnte ebenso gut eine Meile sein, eine feuchte Stelle ein Sumpf.«

Paddy war stolz, dass er seine Schutzbefohlenen stets sicher ans Ziel brachte.

Yorkey fiel es schwer, sich in Campbell's Gorge auf die Arbeit zu konzentrieren. Dieser Ort war einfach unglaublich. Obgleich er nie eine Kathedrale gesehen hatte, stellte er sie sich ungefähr wie diese Schlucht vor, nur kleiner. Aber voller Geister.

Während er in glucksenden, nassen Stiefeln über flache Felsen und Steinblöcke stieg, spürte er bei diesem Gedanken ein Kribbeln im Rücken.

Unheimlich. Eine verlorene Welt. Felskängurus hüpften über die schroffen Hänge, vollkommen lautlos. Ein Adler segelte anmutig in seinen sicheren Horst auf einem Felsvorsprung. Eine große Eidechse glitt auf die sonnige Seite eines Felsens und blieb still sitzen, still wie das Wasser in den Teichen.

»Hallo!«, rief Yorkey plötzlich und lauschte dem Echo, das von den steinernen Wänden widerhallte, doch als sein Ruf verklang, meinte er, eine Antwort zu vernehmen, eine verzerrte, fremde Stimme. Er schaute hoch, legte die Hand über die Augen, suchte Simse, Vorsprünge und massive Säulen aus Stein ab, bemerkte die verblichenen Schichten, an denen man das Alter der Schlucht ablesen konnte, sah aber nichts. Niemand.

Er versuchte es noch einmal mit dem Buschruf. »Coo-ee!« Dieser oft verwendete Ruf hallte mit Sicherheit weit und wurde mit einem dröhnenden Echo belohnt. Seine scharfen Ohren vernahmen ein fernes, doch deutliches »Ho«, das sich mit seinem Echo zu vermischen schien.

Der Laut stammte nicht von einem Tier. Es war eine Stimme. Dort war jemand. Aber wo in diesem ungeheuren Schallkessel?

»Wo bist du?«, brüllte er, und auch dieses Echo dröhnte um ihn herum, doch diesmal hörte er nur sich selbst. Er versuchte es wieder und wieder, gab aber schließlich auf. Irgendein Idiot, der sich wichtig nahm. Zum Teufel mit ihm!

Die Einheimischen hatten Recht. Eine Abkürzung durch die Schlucht ersparte ihnen eine ganze Woche. Sie konnten die Herde mühelos über den flachen Grund treiben, wenn sie es langsam angehen ließen und nicht alle Tiere auf einmal in Gang setzten. Das Vieh würde sich wie im Himmel fühlen, Schatten, flache Wasserlöcher. Vermutlich würde die riesige Herde die Schlucht trocken trinken, dachte er.

Doch Yorkey ließ sich von den schroffen Wänden der Schlucht nicht täuschen. Er hatte sein Leben lang im Norden dieses Landes gelebt, lange genug, um sich der Gefahren der Regenzeit bewusst zu sein.

»Von wegen weites, trockenes Land«, sagte er zu seinem Pferd, als er sich in den Sattel schwang. »Eine Falle für Anfänger, sonst nichts. Aber im Moment ist sie noch sicher.«

Misstrauisch betrachtete er die steilen Felsmauern. Selbst die gewaltige Kraft, die dieses Plateau gespalten hatte, änderte nichts an den Fluten des Monsuns, die Steine legten Zeugnis davon ab. Über die Wände der Schlucht zogen sich senkrechte grünliche Linien, Rippen, die wie Spalten im Fels wirkten. Yorkey wusste aber, dass es sich in Wirklichkeit um Wasserrinnen handelte. Jetzt waren sie knochentrocken; in der Regenzeit jedoch würden ungeheure Wasserfälle von diesen Wänden stürzen.

Er drehte sich um und untersuchte die Verfärbungen der Felsen, die sich auf seiner Höhe befanden. Bei Regen würden sich tobende Fluten durch diese Schlucht wälzen.

Irgendwo dort oben sammelte sich das Wasser, und die gestreiften Rinnen sandten aus großer Höhe donnernde Sturzbäche hinab, die die Schlucht nicht mehr fassen konnte. Das Wasser würde meterhoch stehen, bevor es in die Ebenen ablief und den Viehzüchtern des Bezirks den ersehnten Segen brachte. Die Schlucht hingegen würde monatelang unpassierbar bleiben.

»Na gut«, sagte Yorkey, während er seinem Pferd die Sporen gab. »Wir sollten uns wohl beeilen.«

Er verabschiedete sich nur ungern von diesem wundersamen Ort, irgendwann würde er zurückkehren und hier eine Weile sein Lager aufschlagen. Die Schlucht faszinierte ihn, genau wie seine arme Mutter, dachte er, aber in einer anderen Weise. Sie hatte ihre Sitten, ihre Erinnerungen, seltsame Dinge, die mit ihrem Volk zu tun hatten. Er selbst empfand es anders. Das Gefühl würde ihn wieder herlocken, dessen war er sicher, konnte es aber noch nicht in Worte fassen. Vielleicht war es eine Art Bewunderung. Yorkey hatte bisher nicht viel Bewundernswertes kennen gelernt. Er war nur ein »Abo«-Treiber, irgendein Kerl, der auf den Viehrouten unterwegs war, und damit hatte er noch Glück gehabt. Viele andere »Abos« hatten es weitaus schlechter getroffen. Wie auch immer, er bewunderte diese Schlucht, welchen Namen man ihr auch geben mochte.

»Bist du sicher, dass wir durchkommen?«, wollte Paddy wissen.

»Ja, kein Problem.«

»Keine Sümpfe?«

»Nein, der Boden ist aus Sand. An manchen Stellen etwas schmal, aber wir schaffen es, Paddy. Nach und nach.«

»Bist ein braver Kerl, Yorkey. Geh zum Küchenwagen. Wahrscheinlich hast du seit Tagen nichts Richtiges gegessen.« Er lachte. »Außer, du hast Buschfutter verschlungen.«

Das war ein privater Scherz zwischen ihnen. Obwohl er ein Aborigine war, hatte Yorkey nicht den blassesten Schimmer vom Überleben im Busch und hielt auch nichts vom Essen der Schwarzen, das er mehr als einmal probiert hatte.

Die seltsame Stimme hatte er Paddy gegenüber nicht erwähnt. Auf dem Ritt zurück hatte er darüber nachgegrübelt und war zu der Ansicht gelangt, dass er sie sich vielleicht nur eingebildet hatte. Niemand war dort gewesen. Die Schlucht war so leer wie ein Pub ohne Schnaps. An diesem eigenartigen Ort konnte man sich alles Mögliche einbilden.

Zack wischte sich mit einem Tuch den Schweiß vom Gesicht und blinzelte unter der Krempe seines ramponierten Hutes zu dem wogenden Meer aus Vieh, das vor ihm herzog. Dank Milligans Erfahrung und der Bereitwilligkeit, mit der er Anweisungen befolgte, bewegten sich die Tiere in stetem Tempo. Der Karte nach zu urteilen, schien die Entfernung zur Schlucht um die hundertfünfzig Meilen zu betragen, doch das Terrain war trügerisch. Sie liefen Gefahr, kostbare Zeit zu verlieren, wenn sie das Vieh in Wasserrinnen trieben, die in Sackgassen endeten, oder über rauen, felsigen Boden, der sich unter hohem Straußgras verbarg. Zack, dem seine eigenen häuslichen Sorgen zu schaffen machten, bemühte sich, keine Minute zu verlieren. Er hatte Milligan angewiesen, kurz vor der Schlucht die Herde in drei Gruppen zu teilen, um eine Stampede zu vermeiden, wenn die Tiere das Wasser witterten. Der tiefe Canyon verfügte gewiss über eine Reihe von Wasserlöchern, selbst nach einer außergewöhnlich starken Trockenzeit. Die Schlucht war prachtvoll und als Abkürzung durch eine Kette von Sandsteinhügeln von großer Bedeutung, aber auch gefährlich. Oft bekam das Vieh aus heiterem Himmel Angst dort drinnen, vielleicht, weil es sich vor dem Echo der eigenen Hufe fürchtete, und musste sorgsam in Schach gehalten werden.

Dann gab es die Gefahr von Erdrutschen von den steilen Hängen. Sie konnten Chaos verursachen, waren zu dieser Jahreszeit aber selten. Oft büßten die Wände der Schlucht durch das Gewicht des Auffangbeckens in der Regenzeit ihre Festigkeit ein, sodass Erdrutsche auch nach dem Rückgang des Wassers zu befürchten waren. Zack war immer vorsichtig und pflegte die Schlucht für mindestens einen Monat nach Ende der Regenzeit zu meiden, bis wieder absolute Trockenheit herrschte.

Er ritt am Ende der ersten Herde, sah zu, wie sich das Vieh zerstreute, durch das Gebüsch am Rande der alten Route brach, sich mit seinem ungeheuren Gewicht einen Weg bahnte, als plötzlich ein Bulle weiter vorn ausbrach und andere Tiere mit sich zog. Die Abtrünnigen drängten hartnäckig nach links, wurden schneller, strebten in den Busch. Zack wendete sein Pferd und folgte ihnen, doch ein schwarzer Viehtreiber war schneller.

Mit knallender Peitsche trieb er sein kleines Treiberpferd durch die Büsche, an der Herde vorbei genau auf den flüchtenden Bullen zu. Das Pferd schien um den Anführer herumzutanzen, was den schweren Bullen ebenso wie die Peitsche störte, und allmählich bog er wieder in Richtung der Herde, gefolgt von seinen Mitläufern. Inzwischen hatte Zack sie eingeholt und trieb die Tiere mit seiner langen Viehpeitsche in die Menge, ohne auf das wütende Brüllen und Muhen zu achten.

Der Zwischenfall hatte allgemeine Unruhe gestiftet, und weiter vorn konnte Zack durch die Staubwolken Milligan erkennen, der an den Flanken entlanggaloppierte, um ein erneutes Ausbrechen zu verhindern.

»Danke, Kumpel.«

Zack sah sich um und erblickte den schwarzen Treiber. Er lachte.

»Du hast das schon richtig gemacht. Hättest mich nicht gebraucht, Junge. Nettes kleines Tier, das du da hast.«

»Ja, ist eine echte Schönheit.«

»Du arbeitest auf Big Run?«

»Nein, ich bin Treiber. Bin jetzt seit zwei Jahren bei Paddy. Wir arbeiten meistens von Katherine aus, aber er bekam den Auftrag, die Herde hinzubringen. Hat sich gefreut wie sonst was, dass er sich mit den Bossen in Victoria River gut steht. Gibt sicher viel Arbeit da.«

Zack war fasziniert. Der junge Bursche war ein waschechter Aborigine, kein Zweifel, hatte die gleichen breiten Gesichtszüge und den hoch gewachsenen, drahtigen Körper wie die meisten Schwarzen dieser Gegend, sprach aber nicht das übliche Pidgin-Englisch, das die meisten von ihnen benutzten.

»Wie heißt du?«

»Yorkey.«

»Woher kommst du?«

»Von überall her.«

»Ich meine, von welchem Stamm?«

»Was geht dich das an?«

Zack war verblüfft. Als Besitzer von Black Wattle war er an derartige Zurückweisungen nicht gewöhnt, schon gar nicht von Seiten eines Schwarzen.

»Nichts. Ich wollte mich nur unterhalten.«

»Na denn«, sagte Yorkey schulterzuckend. Er trieb sein Pferd an, um ausbrechende Tiere wieder in die Herde zu lenken.

Zack schaute ihm nach. »Da hol mich doch! So ein frecher Kerl.«

Yorkey schämte sich. Warum hatte er bloß so etwas Dummes gesagt? Wollte sich ein bisschen wichtig machen, das war alles. Dem Neuen zeigen, wo es lang ging. Wieso hatte er nicht wie üblich »weiß nicht« geantwortet? Das gefiel den Weißen, sie konnten die Stämme ohnehin nicht auseinander halten. Yorkey hatte seinen Vater nie kennen gelernt, er war vor seiner Geburt gestorben, war aber ein wunderbarer Mann, ein großer Mann gewesen. Vom Volk der Whadjuck. Doch wenn man den Weißen am Lagerfeuer davon erzählen wollte, erntete man nur Hohn und Spott ...

»Ho! Ho! Wo juckt es, Yorkey? Am Rücken? Am Hintern? Oder sonst wo?«

Und das war noch harmlos. Wenn man sich dann ärgerte, galt man als humorloser Spielverderber. Er hatte jedoch fasziniert ähnliche Gespräche der Weißen mit angehört und festgestellt, dass viele von ihnen mit Schiffen aus anderen Ländern gekommen waren. Zuerst hatte er geglaubt, sie gehörten verschiedenen Stämmen an, doch sie sahen alle gleich aus und sprachen dieselbe Sprache. Irgendwie rätselhaft, doch Yorkey verlor das Interesse und fragte nicht nach.

Mit brennenden Ohren trabte er durch den Busch, um die Flanke der Herde an einer anderen Stelle zu schützen, mindestens eine halbe Meile von dem Burschen entfernt, der so höflich mit ihm gesprochen hatte. Doch er hatte auch gesagt, er wolle sich nur unterhalten. Meinte er damit, dass es ihn eigentlich gar nicht interessierte?

Andererseits wusste Yorkey, dass er nur nach Ausflüchten suchte. Er ließ das Pferd dahintraben und dachte an seine Mutter ...

»Dein Vater war ein Whadjuck-Mann, nicht der Weiße, den wir jetzt hier haben. Und auch nicht der davor. Der Erste hat mich schnell rausgeworfen, als er erfuhr, dass ich ein Baby bekomme und dass es nicht seins war. Hat mich schlimm verprügelt. War ihm zu nichts mehr nütze.«

Anscheinend hatte sie irgendwo in dieser Gegend auf einer Station als Hausmädchen gearbeitet. Zur Zeit der Wanderung durfte sie wohl die Schlucht mit ihren Angehörigen besuchen. Als sich herausstellte, dass sie schwanger war und keinen Mann vorweisen konnte, hatte sie sich so geschämt, dass sie mit einem Viehtreiber davongelaufen war.

»Dein Daddy ist gestorben. Ich habe mich nicht getraut, seinen Namen zu nennen, nicht mal seinen Weißen-Namen. Wozu auch? Er war fort.«

»Wie lautete sein Weißen-Name?«

Sie hatte gelächelt, war ehrlich stolz gewesen. »Er hatte nicht bloß einen Namen wie wir, er hatte zwei, wie die Weißen. Er hieß Jimmy Moon.«

Yorkey hatte oft daran gedacht. Eigentlich sollte auch er nach dem Gesetz der Weißen den Namen seines Vater tragen und sich Yorkey Moon nennen. Doch sie hatte niemandem davon erzählt, man würde daher glauben, er habe sich seinen Namen nur ausgedacht.

Sie hieß Netta. Den zweiten weißen Mann hatte sie als ihren Ehemann bezeichnet, doch eine Heirat hatte nie stattgefunden. Sie war sein »schwarzer Junge«, so nannte man schwarze Eingeborenenfrauen, die ihr Haar kurz trugen, sich wie Jungen kleideten, ihr Bett mit dem Mann teilten und für ihn mit dem Vieh arbeiteten, kochten und putzten. Als »Ehemann« war Alfie Dangett gar nicht mal so schlecht gewesen, vermutete Yorkey. Sie durfte immerhin ihr Kind mitbringen, das Kind, das er nach seiner Heimatstadt York benannt hatte, doch Yorkey und Netta hatten ihn immer »Boss« genannt. So lief das eben. Als Yorkey zwölf gewesen war, war Netta beim Sturz von einem Pferd gestorben.

Nie würde Yorkey die Nacht vergessen, als die Männer ihre

Leiche ins Lager brachten, in eine Pferdedecke gehüllt. Er war entsetzt gewesen, auch ungläubig, hatte mit offenem Mund dagestanden, bis ihn die Erkenntnis traf und er zu schreien begann. Doch als er den Boss Alfie erblickte, der neben ihr kniete und weinte wie ein Kind, war er vor Schreck verstummt. Wer hätte geglaubt, dass ein Kerl wie Alfie einer Abo-Frau nachweinen würde? Er hatte sie nicht geschont, doch sie musste ihm tatsächlich etwas bedeutet haben. Ob sie davon gewusst hatte? Und wenn schon, die einzige Liebe ihres Lebens, Jimmy Moon, war längst dahingegangen.

»Dein Vater war ein Wanderer. Ein weiser Mann. Er kam von Süden her, aus Perth. Konnte Sprachen. Manche behaupteten, er sei ein Zauberer. Er durchquerte die großen Wüsten, wo sich nicht einmal die Weißen hinwagen. Ein großer Mann, und sehr schön. Du siehst aus wie er.« Komisch, wenn Frauen solche sentimentalen Sachen sagten.

Doch sie hatte nie erwähnt, wie Jimmy umgekommen war. Wohl ein Unfall, er war noch so jung gewesen. Und da er so angesehen war, hatten ihn seine weißen Freunde begraben wollen, doch die Ältesten ihres Volkes, der Waray, duldeten es nicht. Sie hatten ihn mitgenommen und nach den angemessenen Trauerriten bestattet.

Eine schlimme Sache war das gewesen.

Nachdem sie gestorben war, behielt ihn der Boss bei sich, ließ ihn im Küchenwagen mitfahren, Aushilfsarbeiten im Lager übernehmen, er kümmerte sich um die Pferde, flickte Leinwand ..., es gab viel zu tun, bis er alt genug war, um Viehhüter zu werden. In der Zwischenzeit nahm der Boss einen anderen »schwarzen Jungen« zu sich, doch sie war jähzornig und konnte kaum Englisch, suchte ständig Streit und brachte alles durcheinander. Schließlich trennte er sich von ihr. Dann begegnete er einer Weißen, die Alfie nur heiraten wollte, wenn er die Viehtreiberei an den Nagel hängte. Die Mannschaft zerbrach.

Damals befanden sie sich in Queensland. Yorkey heuerte bei anderen Treibern an und kehrte schließlich ins Territorium zurück, weil seine Mum große Stücke darauf gehalten hatte. Und so übel war das Leben als Viehtreiber auch nicht.

Er griff nach seiner Wasserflasche und nahm einen Schluck. Er freute sich schon, sie mit dem sauberen Wasser aus der Schlucht zu füllen.

Die Arbeit als Treiber bot einem viel Zeit zum Nachdenken. Er befand sich hier im Gebiet der Waray, der Heimat seiner Mutter, doch es war ihm erst aufgefallen, als er den Namen der Schlucht hörte. Sie hatte ihm von ihrer Zeit hier erzählt, den ersten sechzehn Jahren ihres Lebens, der einzigen Zeit, die ihr etwas zu bedeuten schien, als sei der Rest ihres Lebens nichts wert gewesen. Doch er konnte sich kaum noch an ihre Geschichten erinnern. Kinder hören nie richtig zu. Später jedoch zermarterte er sich das Hirn, um sich die Zeit zu vertreiben, suchte nach winzigen Bruchstücken des Wissens, die irgendwo in seinem Kopf steckten, verschwommen und undeutlich. Es wäre schön, eine Heimat zu haben, einen Ort, an den man gehörte. Es war geradezu Mitleid erregend, wenn er sich als Whadjuck bezeichnete. Niemand hatte je davon gehört. Doch die Waray gab es wirklich. Vermutlich hatte er sogar Verwandte in der Gegend.

Yorkey schüttelte die seltsame Stimmung ab. Und wenn schon? Wen interessierte es, wenn der arme, kleine Yorkey ganz allein auf der Welt war? Pech gehabt! Yorkey war stolz auf seine Härte. Er ließ sich nichts gefallen. Er war geschickt, konnte die meisten seiner Kumpel übertrumpfen. Bei einem Zeltkampf hatte er sogar zwei Pfund gegen einen Raufbold aus dem Süden gewonnen. Ihn k.o. geschlagen. Und die Menge hatte getobt! Danach hatten sich alle betrunken. Der Boss der Show hatte ihn sogar aufgefordert, sich der Truppe anzuschließen, doch Yorkey war nicht dumm. Was also hatte diese trübselige Stimmung hervorgerufen? Vermutlich die verdammte Schlucht. Hatte ihn bestimmt verhext, wie einen armen, alten Abo, der nicht von der Vergangenheit lassen kann.

Er legte die Finger an die Lippen und stieß einen schrillen Pfiff aus, um Paddy zu warnen. Der Weg hatte sich zu einem ausgetrockneten Flussbett erweitert. Sie waren nur noch eine Meile von der Schlucht entfernt. Es war Zeit, die Herde in die Länge zu strecken und das Tempo zu drosseln. Da kam ihm ein Gedanke. Der andere Viehhüter, der Fremde, hatte ihn gefragt, ob er von der Big Run käme. Was bedeutete, dass er selbst nicht von dort stammen konnte. Wer also war dieser Eindringling? Wo hatte Paddy ihn aufgelesen?

3. KAPITEL

FÜNF MÄNNER ZOGEN quer durchs Land. Sie bewegten sich schnell, ihre nackten Füße tappten leise über die harte, trockene Erde, die Körper waren staubbedeckt, die Gesichter kalt und grimmig. Sie waren seit der Morgendämmerung unterwegs, machten keine Umwege, drängten stetig voran über die ockerfarbenen Ebenen, aus denen sich vereinzelt bleiche Büschel Stachelkopfgras und verkümmerte Bäume erhoben. Am Horizont erschien die hohe Spirale eines Wirbelsturms, umfing sie mit einem verkleinerten Tornado aus pfeifendem Staub und Geröll, peitschte die nackte Haut, blendete sie fast, doch er zog schnell vorüber, und sie tauchten unversehrt wieder auf, dankbar für die klare Luft.

Sie rutschten die zerfurchte Böschung eines ausgetrockneten Flussbetts hinunter, die Füße tasteten nach Anzeichen von Feuchtigkeit und fanden sie, Hände gruben sich drängend eine Armlänge tief in die Erde, Wasser sprudelte, sie tranken. Dann zogen sie weiter, Meile um Meile im gleichen Tempo, die langen Jagdspeere störten nicht den Rhythmus ihrer Schritte. Sie schienen nicht auf die quälende Sonne zu achten, die sie den ganzen Tag verfolgt hatte, schließlich das Interesse verlor und in der Ferne verblasste. Reden kostete Kraft. Mimimiadie war der Anführer, sie mussten mit ihm Schritt halten an diesem fünften Tag ihrer verzweifelten Flucht.

Die Männer gehörten zu der berühmten oder, wie die Weißen sagen würden, berüchtigten Horde vom Daly River, die in Wirklichkeit aus mehreren Stämmen bestand, denen das Gebiet am Fluss seit Urzeiten gehörte. Doch in den letzten Jahren hatte ein Krieg zwischen den weißen Siedlern, Viehtreibern und Goldsuchern des Territoriums und dem Eingeborenenvolk getobt, das seine Heimat nicht kampflos aufgeben wollte. Dass die neue Regierung, die Tausende von Meilen weiter südlich in Adelaide saß, auf eine humane Behandlung der Schwarzen drängte, wussten die meisten Aborigines nicht, und nur die wenigsten Weißen teilten diese Haltung. Es war ein verborgener, ein Guerillakrieg, der nur selten in den Zeitungen des Südens auftauchte, und wenn es doch geschah, versprachen Geschichten von mörderischen Überfällen durch schwarze Dämonen eine höhere Auflage und kitzelten die Sensationsgier der Bürger in den Vororten. Sie bekamen nicht genug von den blutigen Neuigkeiten und den Heldentaten der Pioniere des Nordens, die den schwarzen Horden standhaft entgegentraten.

Es interessierte niemanden, wenn die Berater der Königin im fernen London ihrem Entsetzen darüber Ausdruck verliehen, dass in dieser Kolonie ein Guerillakrieg tobte, und auf Einhaltung der Gesetze pochten. Mord war noch immer ein Verbrechen, daran sollten die Gerichte beide Seiten erinnern. Aber wie?

Der Vertreter der Regierung im Territorium hatte seinen Sitz in Darwin und war als »Der Resident« bekannt. Zurzeit hatte Lawrence Mollard, ein ehemaliger Staatssekretär für öffentliche Arbeiten, dieses Amt inne. Nach außen hin unterstützte er die Bitten der Parlamentarier in Adelaide, unternahm aber nichts gegen die Gewalttaten, die nach wie vor in seinem Zuständigkeitsbereich geschahen. Mollard fand es einfacher, derartige Berichte als übertrieben abzutun.

Und so ging der Krieg im Outback weiter.

Weiße Männer entführten schwarze Frauen, Schwarze schlachteten das Vieh der Weißen ab. Krieger wurden gejagt und erschossen, Wohnhäuser gingen in Flammen auf, ganze Familien wurden von Trupps weißer Männer umzingelt, die Erwachsenen erschossen, die »Brut« zu Tode geprügelt, um Munition zu sparen. Verletzte Weiße wurden in ihren Lagern ermordet. Die Vergeltung folgte auf dem Fuß. Suchtrupps erschossen blindlings Schwarze, wo immer sie sie fanden, während eine hoffnungslos unterbesetzte Polizei zur gleichen Zeit verzweifelt versuchte, Gesetz und Ordnung aufrechtzuerhalten, und einige der wahren Täter, weiß wie schwarz, verhaftete.

Die schnellen Wanderer, von denen hier die Rede ist, gehörten nicht unbedingt zum selben Clan, hatten aber ihre Familien versammelt, um zu überleben, und kümmerten sich nicht um feine Unterschiede zwischen den einzelnen Stämmen. Sie hatten einen Ältesten befragt, der die Verschmelzung unter den gegebenen Umständen befürwortete, allerdings hinzufügte, dass sich jeder an seine Traditionen halten solle.

Jeder Mann trug die Last seiner Trauer mit sich. Numinga, der älteste der Gruppe, empfand seine Trauer wie einen Speer, der nie die Erde berührt hatte. An dem Tag, als er seinen Vater in Ketten gesehen hatte, dem man aus Spaß noch zu essen gab, bevor man ihn erschoss, hatte der Speer die schmerzhafte Reise durch sein Herz angetreten und war ins Blaue geflogen, auf der Suche nach Frieden, nach einem Ort, wo die alten Zeiten wieder aufblühen würden. Obwohl Numinga verfolgt wurde, hatte er den Krieg satt und sehnte sich nach Frieden mit den Weißen.

Mimimiadie war ein erfahrener Vollblutkrieger, ein erbarmungsloser Kämpfer. Seine Frau war mit einer kleinen Gruppe auf die Jagd gegangen, doch als sie ins Lager zurückkehrten, entdeckten sie ihren zerschlagenen Körper in einem nahen Gebüsch. Er hatte sich gerächt, bevor die Frau begraben war, bevor noch die angemessene Trauerzeit begonnen hatte. Numinga wusste, Mimimiadie war ebenso gefährlich wie seine Gefährten Matong und Gopiny, doch was hätte er tun sollen? Nachdem sie zwei Goldsucher, die am Tod seiner Frau offensichtlich keine Schuld traf, aufgespürt und im Schlaf getötet hatten, hatte Mimimiadie erklärt, er führe den Krieg schlicht und einfach nach den Regeln des weißen Mannes. Auch seine Frau sei schuldlos gewesen.

Der junge Bursche Djarama, der ungefähr fünfzehn sein musste, war bei dem blutigen Überfall vor Schreck erstarrt. Er war aus einer Missionsstation geflohen, wo ihm die weißen Gottesmänner, erstaunlich genug, erklärt hatten, dass die Morde an Schwarzen falsch seien. Ein Verbrechen. Ein Verstoß gegen die Gesetze der Weißen. Diese Narren! In der Missionsstation wäre Djarama sicher gewesen, aber nein, ausgerechnet diese Erzählungen hatten ihn dazu getrieben, sich einen Speer zu schnitzen und gegen die Weißen in den Krieg zu ziehen, und er hatte sich dieser Horde angeschlossen.

Die Missionare vom Daly River hatten ihn als Kleinkind zu sich genommen, sodass er keinen Kontakt zu seinen Angehörigen mehr hatte. Er war überglücklich gewesen, dass ihn die schwarzen Männer und die nette Frau bei sich aufgenommen hatten. Doch sie war mittlerweile tot, und seit er ihren verstümmelten Körper gesehen hatte, war die Trauer ein ständiger Gast in seinen Augen. Er stand noch unter Schock, als Mimimiadie und seine beiden Gefährten mit den Goldsuchern kurzen Prozess machten. Und als er die Schreie hörte, krümmte er sich angeekelt zusammen.

Sie alle hatten Narben davongetragen, tiefe Narben, dachte Numinga im Gehen. Sie waren unwiderruflich gezeichnet. Die Stammeskriege der alten Zeit waren festen Regeln gefolgt, die von den Urvätern festgelegt worden waren, aus ihrem Verständnis der Traumzeit heraus. Landbesitz wurde selten in Frage gestellt, weil jeder Fels, jede Wasserstelle, jeder Hügel und jede Ebene eine eigene Geschichte besaß, einen Ort in der Überlieferung der Stämme. Störungen, Überfälle, Beleidigungen führten zu Schlachten, doch nie zu einer Zerstörung ganzer Stämme und Traditionen. Jetzt war ein neues Denken gefragt, auf das niemand vorbereitet war. Selbst die größten Zauberer und Ältesten, die man früher als Richter angerufen hatte, um Blutvergießen zu vermeiden, wussten keine Antwort, keine Lösung.

Während sie in die Abenddämmerung marschierten, brauchte Numinga die drei anderen nicht anzusehen, er kannte ihre Gefühle auch so. Sie waren im Durchschnitt zwanzig Jahre jünger als er, lebten aber in der Vergangenheit. Sie trugen die Bürde des Todes, das konnte er an den angespannten Muskeln ihres Rückens sehen, am Schwung ihrer Hüften, der Art, wie sie auftraten, am Gleichschritt, mit dem sie gingen. Er seufzte. Sie hatten zu viel gesehen, waren zu tief verletzt worden. Sie würden niemals nachgeben und als »zahme« Schwarze um Asyl bitten, wie so viele andere vor ihnen. Wie Numinga selbst. Gegen Verpflegung für die Weißen arbeiten. Sie waren Krieger, doch man würde sich an den Lagerfeuern der Zukunft keine Geschichten über sie erzählen, sie würden in dem Wirbelwind untergehen, der ihre Rasse verschlang.

Numinga trauerte an ihrer Stelle, konnte ihnen aber keinen Rat geben: Er wusste keinen Ausweg. Er selbst hatte die Lebensweise der Weißen vor Jahren ausprobiert, die Freundschaft eines Weißen angenommen, eines Viehzüchters. Er war fasziniert gewesen von all dem Neuen, von den Pferden, die ihm ans Herz gewachsen waren. Es hatte wehgetan, als Mimimiadie auch die Pferde der Goldsucher mit dem Speer tötete. Er hatte dazwischengehen wollen, doch man hatte ihn ausgelacht und beiseite gestoßen.

»Diese Tiere gehören nicht hierher. Sie haben keinen Platz in unserer Traumzeit«, hatte Mimimiadie gerufen. Und dies von einem Mann, der sich einige Wochen lang eines gestohlenen Pferdes gerühmt hatte, bis die Polizei es ihm wegnahm.

Numinga hatte auf der Station gearbeitet, fasziniert von dem Gedanken, dass die weißen Menschen derart luxuriöse Schutzhütten benötigten. Er hatte gelernt, wie man ein Pferd ritt, Vieh zusammentrieb, und beherrschte bald auch ihre Sprache. Er hatte sie gelehrt, Nahrung und Wasser in Gegenden zu finden, die sie als leere Wildnis betrachteten, und sich über ihre Unwissenheit amüsiert. Als sein Boss eine neue schwarze Frau mitbrachte, hatte er sich geschämt und schämte sich noch. Der Boss hatte keine Ehefrau und daher beschlossen, dass diese, die er von einem in der Nähe lebenden Stamm entführt hatte, ihm reichen würde. Er band sie an einen Baum, um sie zu zähmen, als sei es die natürlichste Sache der Welt. Er hatte sie drei Tage dort gelassen, und Numinga hatte nicht gewagt, seine Missbilligung zu zeigen, brachte ihr aber etwas zu essen. Sie war ein schönes Mädchen, mit weicher Haut und zarten Zügen. Aber temperamentvoll. Sie hatte ihn angespuckt, seine Hilfe zurückgewiesen, geschrien und getreten, wenn der Boss sich lächelnd näherte. Als er sie schließlich freiließ, griff sie ihn mit Tritten und Bissen an. Daraufhin hatte er sie geprügelt. Zu sehr. Am Ende wies er seine Männer an, sie gehen zu lassen, was sie auch taten, nachdem sie den Verband von ihrem Kopf entfernt hatten. Denn sie war zu nichts mehr nütze. Mit ihrem zerschlagenen Hirn war sie zu einer Verrückten geworden, die auf Nimmerwiedersehen in den Busch taumelte. Die Scham. Die Schande, dachte Numinga trauervoll, selbst wenn es schon so lange zurücklag. Er hatte versucht, sich damit zu trösten, dass schwarze Männer mit ihren Frauen ebenso hart ins Gericht gingen, wenn diese gegen die Gesetze verstoßen hatten. Doch was hatte dieses Mädchen getan? Er versuchte, nicht mehr daran zu denken.

Kurz darauf war ein Trupp weißer Männer auf die Station gekommen, und der Boss hatte sie freudig willkommen geheißen. Doch diese Männer, die der berittenen Polizei angehörten, hatten sechs schwarze Gefangene dabei, die Ketten um den Hals trugen, genau wie sein Vater. Numinga war entsetzt gewesen. Er hatte geglaubt, die Zeiten seien vorbei. Man ließ sie über Nacht am Pferdetrog, doch ohne Wasser, sodass er sich in der Dunkelheit hinausstahl und jedem Mann einen Krug Wasser brachte. Er war froh über ihre Dankbarkeit.

Doch später in der Nacht waren die betrunkenen weißen Männer, darunter auch sein Boss, aus dem Haus gewankt, hatten die Gefangenen freigelassen und dann auf die Flüchtenden geschossen und gejubelt, wenn einer getroffen zu Boden stürzte.

Am nächsten Morgen zogen die Besucher fröhlich weiter, nachdem sich der Boss ohne ein Zeichen der Reue von ihnen verabschiedet hatte.

Numinga hätte sein Gewehr benutzen können. Er wusste, wie man damit schoss, hatte verletztes Vieh getötet, um die Dingos fern zu halten. Die vier weißen Viehhüter besaßen Waffen und Munition; ihre Gewehre hingen an einem Brett neben der Küchentür. Er hätte sich ohne weiteres eine Pistole, ein Gewehr oder eine Schrotflinte besorgen können, doch das war nicht richtig. Er nahm sich Zeit, einen Speer zu schnitzen, einen Kriegsspeer mit fein geschliffener Steinspitze, so wie es die Tradition vorschrieb, keinen der langen Nägel, wie man sie in letzter Zeit von den Weißen gestohlen hatte. Es war ein schöner Speer, der beste, den er je gemacht hatte, und seiner Mission durchaus angemessen.

Eines Tages ritt Numinga mit seinem Boss weit in den Busch. Plötzlich rammte er ihm den Speer in den rechten Arm, damit er die Schusswaffe beim Sturz nicht erreichen konnte.

»Du hättest die Schwarzen nicht niederschießen sollen, einfach so«, sagte er, um die Hinrichtung anzukündigen. Und den Rest besorgte sein neuer Speer.

Auf Numingas Kopf war seit Jahren ein Preis ausgesetzt. Er hielt sich aus Angst vor Rache von seinen eigenen Leuten fern und zog mit verschiedenen Horden umher, wobei er nach Lust und Laune seinen Namen änderte. Doch seltsamerweise kannten ihn die Weißen nach all den Jahren noch immer als Neddy, den Mörder. Neddy, dachte er seufzend. So hatte ihn der Boss immer genannt. Irgendwie war der Name hängen geblieben. Nun war er auf dem Weg nach Osten, entzog sich den Trupps der Weißen, die unvermeidlich auftauchen würden, um sich wieder einmal an jedem beliebigen Schwarzen zu rächen, der ihnen über den Weg lief. Auch dies machte Numinga Kummer, lastete schwer auf seinem Herzen. Manchmal dachte er, es sei einfacher, allemdem ein Ende zu bereiten, doch sein Überlebenstrieb war ebenso stark wie sein Körper, und sein Verstand war immer noch wach und neugierig.

Sie hatten kein bestimmtes Ziel vor Augen, würden irgendwo ihr Lager aufschlagen und die bevorstehende Regenzeit abwarten. Auf hoch gelegenem Gelände. In ihrem eigenen Gebiet wären sie Gefahr gelaufen, vom Wasser eingeschlossen zu werden, eine leichte Beute für bewaffnete Reiter. Irgendwann müssten sie weiterziehen, und dann, so hoffte Numinga, würde er sich von den anderen trennen und den Jungen Djarama mitnehmen. Beide beherrschten die Sprache des weißen Mannes und seine Gebräuche, sie konnten mit den Weißen leben. Als Viehhüter arbeiten, unten im Süden, nahe der Wüste. Er musste sich des Jungen annehmen, ihn von den sinnlosen Kriegen ablenken, selbst wenn er dabei sein eigenes Leben aufs Spiel setzte. Er lächelte grimmig. Die weißen Männer hatten ein gutes Gedächtnis und waren erstaunlich klug, wenn es darum ging, Schwarze wiederzuerkennen. Sie hatten ihn mehr als einmal erwischt, doch er war immer geflohen. Wenn er Djarama vor ihren Gewehren retten konnte, würde sein eigenes Leben als Flüchtling vielleicht einen Sinn bekommen.

Er sah zu, wie Mimimiadie über Felsen zu einem hohen Grat emporkletterte, der sich vor dem rosig schimmernden, dämmrigen Himmel abzeichnete. Der Aufstieg war beschwerlich, die Hänge länger, als sie erwartet hatten, sie mussten Felsspalten und Sackgassen umgehen, in denen Steinblöcke sie am Weiterkommen hinderten. Jeder Mann ertastete sich seinen eigenen Weg empor zum finsteren Gipfel.

Sie schlugen ihr Lager auf und entdeckten am Morgen, dass

sie sich auf einem riesigen, zerklüfteten Plateau befanden, das bis zum Horizont reichte. Erfreut betrachteten sie das flache Land, das sich bis in die Unendlichkeit ausdehnte. Dies war Adlerland. Hier konnte niemand sie überraschen. Es war gutes Land, das genügend Nahrung bot, überall huschten Kleintiere umher, Schlangen und Eidechsen dösten in der Sonne. Und es gab Wasser. Sie stießen auf kleine Teiche in den Felsen, die kostbares Wasser enthielten. Sie untersuchten die felsigen Höhen und gelangten zu dem Schluss, dass dieses Gebiet niemals die bevorstehenden Regenfluten aufnehmen könnte. Dennoch waren sie sicher, die klobigen Felsblöcke boten Schutz, und vor allem würde kein Weißer dieses Land für sich beanspruchen. Als Weide war es ungeeignet. Dennoch, der Regen musste irgendwo abfließen, und die Hänge, über die sie gestiegen waren, hatten keinerlei Spuren von Wasserfällen aufgewiesen. Sie drangen weiter vor.

Sie folgten trockenen Rissen im Fels, die so tief waren, dass sie nur von reißenden Wasserläufen stammen konnten. Dann erreichten sie den Felsvorsprung und traten ehrfürchtig zurück. Numinga, dem angesichts der Tiefe, die sich vor ihm auftat, beinahe schwindlig wurde, bekam Angst. Zur Sicherheit legten sie sich auf den Bauch und schauten hinunter in die grandiose Schlucht, deren Boden so weit unten zu sehen war, dass er nicht mehr als die Spanne einer Hand zu messen schien. Sie betrachteten eingehend die gegenüber liegende Wand, die von Höhlen durchsetzt war. Diese mussten, da waren sie sich einig, durch uralte Luftlöcher in der Oberfläche des Plateaus entstanden sein, unter denen weicheres Gestein eingebrochen war. Sie blieben lange dort, überwältigt von der Erhabenheit der Schlucht.

Als sie am Abend ums Lagerfeuer saßen, sprachen sie nur von der Schlucht und ihren Wundern, und Mimimiadie behauptete, er habe schon lange davon gewusst. Niemand glaubte ihm, da er zur Prahlerei neigte.

Während die Tage vergingen, entdeckten die anderen Möglichkeiten, in den klaffenden Spalt zu steigen, indem sie sorgfältig Halt auf schmalen Simsen suchten und sich bis zu den Höhlen bewegten, wobei sie den rutschigen Spuren der Wasserfälle auswichen, die schon bald wieder über die steilen Wände stürzen würden. Das Erforschen der Schlucht hatte sich zu einem Spiel entwickelt, doch Numinga wollte nichts damit zu tun haben. Er war ein Mann vom Fluss, im Flachland geboren, und fürchtete sich vor großen Höhen.

Eines Tages war das Echo einer Stimme aus der Tiefe erklungen, und Djarama hatte, ohne zu überlegen, von seinem Lieblingsplatz aus geantwortet.

»Hallo!«, hatte er gerufen, ein Wort der Weißen, und sich gefreut, als auch seine Stimme von den Klippen widerhallte. Dann hörte er den Buschruf »Coo-ee« und antwortete auf gleiche Weise, wie man es ihm in der Missionsstation beigebracht hatte, worauf Mimimiadie vor Wut tobte.

Er zischte dem Jungen zu, er solle den Mund halten und wieder heraufkommen. Als Djarama festen Boden unter den Füßen spürte, schlug ihn der Anführer mit einem schweren Stock.

»Du Narr«, brüllte er und prügelte erneut auf den Jungen ein, der sich am Boden krümmte. »Soll die ganze Welt erfahren, dass wir hier oben sind? Das sind weiße Männer! Willst du sie etwa hierher einladen?«

»Sie kommen nicht herauf«, schrie Djarama und versuchte, den Schlägen zu entkommen.

»Wenn wir es können, schaffen sie es auch, du Idiot!«

Selbstverständlich hatte Mimimiadie Recht, doch Djarama nahm ihm den Angriff übel. Während Numinga seine Wunden verband, säte er verstohlen jene Zwietracht, die den Jungen eines Tages von seinen Helden trennen sollte. Er träufelte einen beißenden Pflanzensaft hinein, der den Schmerz verlängern würde.

Die Leere ihres Lebens fern von ihren Familien quälte Djarama. Tag für Tag hatten sie hier oben gesessen, die Wolken beobachtet, die sich in der Ferne zusammenballten, sich auf den großen Regen gefreut, sich damit begnügt, monatelang in diesem Versteck zu verweilen. Obgleich sie dem Himmel so nahe waren, reflektierten die Felsen die glühende Hitze, es gab keine Möglichkeit, sich abzukühlen. Die Luft war reglos, stickig, und alle waren gereizt, zankten bei der Jagd und der Aufteilung der Beute. Er war zornig. Sie taten Frauenarbeit, sammelten das Wenige, was auf dem Boden zu finden war, weniger, als ein Kind zusammentragen konnte. Selbst in der Mission hatten sie nicht nur von Fleisch gelebt, und dennoch behaupteten diese Männer, es sei gutes Land. Numinga brachte als Einziger gelegentlich essbare Beeren, Schoten und Buschäpfel mit, doch es reichte nie, und man schickte den Jungen und den alten Mann weiter hinaus. Djarama ließ sich nicht gern Befehle erteilen.

Eines Morgens geschah jedoch etwas Interessantes. In der Ferne entdeckten sie eine Staubwolke, die sich über die Ebene bewegte, und wussten sofort den Grund: weiße Männer, die eine Viehherde trieben. Sie genossen den Blick aus der Vogelperspektive und sahen die Tiere näher kommen.

»Große Herde«, bemerkte Numinga. »Die größte, die ich seit langem gesehen habe.«

»Große Herde«, verkündete Mimimiadie, als habe er Numingas Worte nicht gehört. »Und sie kommt genau durch unsere Schlucht.«

Sie beobachteten lange die Treiber, bis diese die Leittiere vor den Eingang der Schlucht lenkten. Die Reiter und zahllosen Rinder sahen winzig klein aus.

»Wir könnten von hier auf sie runterspucken«, meinte Mimimiadie lachend. Numinga schaute hinüber zu den grauen Wolken, die langsam von der Küste herüberschwammen.

»Bald kommt der Regen mit den großen Wasserfällen«,

sagte er. »Und sie wissen Bescheid. Seht nur, wie schnell sie die Tiere vorantreiben. Es wird mehr als einen Tag dauern, bis die ganze Herde durchgezogen ist.«

Djarama sprang aufgeregt hoch und ahmte einen Regentanz nach. »Lasst es jetzt regnen! Lasst die Fluten kommen! Ertränkt sie alle miteinander!«

Niemand schenkte ihm Beachtung. Sie wussten, die Weißen waren zu klug, um in diese Falle zu tappen.

Doch dann hatte Djarama eine bessere Idee. »Schnell. Wir suchen Steine. Wir könnten sie mit Steinen bewerfen, mit Hunderten von Steinen, und dem Vieh die Köpfe einschlagen! Das führt zu einer großen Panik, die Hälfte könnte dabei sterben. Warum nicht? Rasch!«

Mimimiadie sah sich mürrisch um. »Halt doch den Mund! Ich habe dir bereits gesagt, dass wir hier sicher sind. Mit einer Panik töten wir ein paar Rinder, vielleicht auch einige Treiber. Und dann? Sie kommen mit ihren Gewehren herauf. Was machen wir dann? Wir können nicht umkehren, und weiter kommen wir auch nicht. Die Flüsse vor uns werden ebenfalls über die Ufer treten.«

Doch sein Gefährte Gopiny war anderer Ansicht. »Warte mal. Sie müssen ja nicht erfahren, dass wir hier sind. Wir brauchen gar keine Steine zu werfen. Wir könnten im Verborgenen bleiben und nur ein paar Felsblöcke lösen. Auf den Simsen liegen viele, die ohnehin jeden Moment hinabstürzen können. Ich nehme an, sie warten nur den nächsten Regen ab.« Er grinste. »Wir könnten ein bisschen nachhelfen.«

Djarama jubelte. »Na bitte! Ich habe es doch gesagt. Wir dürfen nicht untätig herumsitzen und uns diese Gelegenheit entgehen lassen.«

Ihr Anführer hob die Hand, und sie schwiegen. »Dazu wollte ich noch kommen. Sicher, wir könnten Felsblöcke lockern, aber ich will nicht, dass der dumme Djarama sich zeigt oder herumbrüllt, wie er es jetzt tut und schon einmal getan hat. Er könnte uns in Schwierigkeiten bringen.«

»Das stimmt«, bestätigte Gopiny. »Er bleibt hier oben. Wir tun es. Damit es natürlich aussieht.«

»Ich werde nicht hier bleiben! Ich weiß, wo die losen Felsen sind. Ich könnte sie euch zeigen.« Djarama war außer sich.

Der Anführer nickte nur, schon sprang Gopiny auf, den Speer in der Hand. Er trat Djarama in die Kniekehlen und stand über ihm, als dieser zu Boden fiel, einen Fuß auf seiner Brust, den Speer an seiner Kehle.

»Wir können keine Schwierigkeiten gebrauchen. Du bleibst hier, klar?«

»Ja«, krächzte Djarama. »Klar.«

Numinga schaute hoch, als ein warmer Wind über das Plateau fuhr. Er leckte sich die Lippen. »Der Wind trägt schon Wasser.«

Sie ließen auch ihn zurück, vermutlich, um den Jungen zu bewachen, doch wenn Djarama nicht gehorchte und dennoch über den Rand der Schlucht klettern wollte, war er machtlos. Er konnte sich dem Vorsprung einfach nicht nähern. Er hörte ein leises Rumpeln wie fernen Donner und begriff, dass das Vieh den ersten Abschnitt der Schlucht erreicht hatte.

Djarama lag neben einem Granitkeil auf dem Bauch. »Komm her!«, rief er. »Das Vieh ist drin, sieht aus wie Ameisen.«

»Ich kann es hören«, erwiderte Numinga trocken. Er begriff, dass die donnernden Hufe auch ohne fremde Hilfe Felsblöcke lockern konnten. Dessen waren sich die Treiber zweifellos bewusst und würden vorsichtig nach oben schauen, um ihren Hals zu retten. Er hoffte, die drei anderen würden tatsächlich im Verborgenen bleiben. Djarama kochte vor Wut. »Warum unternehmen sie nichts? Sie lassen sie einfach vorbeilaufen! Ich hätte sie längst zerschmettert.«

»Da kommt noch viel Vieh. Die Herde misst mehrere Meilen.«

»Was macht das für einen Unterschied?«

Numinga wusste keine Antwort. Er lehnte sich in den Schatten dürrer Büsche und überdachte noch einmal seinen Plan, den Jungen vor einem Leben auf der Flucht zu bewahren. Lohnte es überhaupt die Mühe? Wäre es machbar? Djarama empfand keinerlei Respekt für seine älteren Mitwanderer. Gemäß den Stammesgesetzen hätte er Prügel verdient, um ihn in die Schranken zu weisen, doch allem Anschein nach hatten bereits die Missionare ihre Peitschen an ihm aus probiert und waren wenig erfolgreich gewesen. Numinga döste vor sich hin, grübelte nach, während ihn das fortwährende Rumpeln an den willkommenen Donner erinnerte. Er war müde. Er ruhte sich gern um die Mittagszeit aus ...

Unbemerkt glitt Djarama über die Kante, um besser sehen zu können, bewegte sich behutsam über die raue Oberfläche der Klippe, bis er einen Vorsprung hinter einem großen Felsen erreicht hatte. Von dort aus trat er auf den nächsten Vorsprung. Nun konnte er Gopiny sehen, der zusammengekauert und völlig lautlos wartete.

Was sollte das? Warum machten sie nicht weiter?

Dann erklang ein leiser Pfiff, und Gopiny griff nach einem geschälten Ast, den er als Hebel unter einen schweren Felsblock schob. Als dieser sich bewegte, presste sich Gopiny an den Boden, als traue er sich nicht, sein Werk zu vollenden. Der Fels schwankte, blieb aber an Ort und Stelle liegen. Gopiny versetzte ihm einen Fußtritt.

Weg war er! Gleichzeitig stürzten andere Felsen neben Gopiny hinunter und verschwanden aus seinem Blickfeld, da der Winkel zu steil war, um ihren Fall zu verfolgen.

Gopiny machte sich am nächsten Block zu schaffen, der nicht glatt wie die anderen war, sondern rau und gefurcht, Teil einer zerbrochenen Schicht, die auf einem Vorsprung balancierte. Er arbeitete eine Weile daran, konnte ihn aber nicht bewegen. Er ergriff seinen Stock und verschwand außer Sichtweite. In diesem Moment meinte Djarama, eine Bewegung bemerkt zu haben. Der Fels hatte sich eindeutig bewegt. Er wollte Gopiny schon nachpfeifen, überlegte es sich aber anders.

Er würde es selbst tun. Gopiny war ein Schwächling!

Aufgeregt huschte Djarama zu dem Felsblock hinüber. Er hätte gern gewusst, was unter ihm geschah, ob die herabstürzenden Steinblöcke das erwartete Chaos erzeugt hatten. Über ihm hämmerte Mimimiadie gegen einen Felsen, und er konnte ihn gerade noch in einer Fontäne aus Geröll hinabstürzen sehen. Ein Einziger! Er hatte sich vorgestellt, sie würden Dutzende von Felsblöcken hinunterjagen, eine richtige Steinlawine lostreten. Er musste ihnen wohl zur Hand gehen. Er verbarg sich, gab keinen Laut von sich, damit sie nicht wieder wütend auf ihn wurden. Er würde nur diesen einen lockern und dann schnell zu dem Alten hinaufklettern. Doch der Block saß sehr fest, fester als erwartet. Er wünschte, er hätte auch einen Stock mitgebracht.

Schließlich zwängte er sich in einen Spalt hinter dem widerspenstigen Block, setzte sich, den Rücken gegen die Felswand gepresst, und stemmte die Füße mit aller Kraft gegen den Block. Er konnte nur mit Mühe einen Schrei unterdrücken, als der Stein nachgab und in die Tiefe stürzte.

Doch der Sims unter ihm bröckelte, seine Hände und Füße fanden nur noch loses Geröll. Voller Panik spürte er, wie er ins Rutschen geriet. Er fuchtelte mit den Armen, suchte nach einem Halt, doch alles gab nach. Er wollte den Erdrutsch stoppen, Boden unter den Füßen gewinnen, aber der ganze Hang schien sich zu lösen, so langsam, dass er jeden Moment innezuhalten schien. Doch das war eine Illusion. Djarama war in einen Erdrutsch geraten, der schnell an Tempo gewann. Und dann kam das Nichts. Er schrie, als er von der Felskante geschleudert wurde. Seine Schreie hallten von den Wänden wider und erstarben, als sein Leben erlosch.

Numinga träumte von einem schäumenden Fluss, Fluten, die Abfälle mit sich führten, doch er selbst saß sicher in einem Kanu, manövrierte geschickt durch die Stromschnellen, und Djarama war bei ihm. Er sah allerdings nicht aus wie Djarama, sein Passagier war ein Weißer. Und Djarama schrie vor Angst, konnte nicht glauben, dass keine Gefahr bestand ...

Er fuhr hoch. Hellwach. Hatte er Schreie gehört?

Mimimiadie und seine Gefährten waren wieder da, kamen angerannt, sammelten ihre Speere auf, verwischten die Spuren ihrer Lagerfeuer.

»Was ist los?«, fragte Numinga besorgt.

Gopiny zitterte. »Der Junge. Er ist abgestürzt. Hat geschrien. Es war schrecklich. Ein Vorsprung hat nachgegeben.«

»Abgestürzt! O nein! Bist du sicher? Vielleicht ist er nur ein Stück gerutscht. Bist du sicher?«

»Wir haben ihn fallen sehen«, meinte Gopiny schaudernd. »Er ist bis unten gestürzt.«

»Und er ist tot.« Mimimiadie empfand kein Mitleid. »Du hättest ihn bei dir behalten sollen. Jetzt hat er alles verdorben. Wir müssen weg von hier.«

»Wohin denn?«, schrie Gopiny.

Matong, ein mürrischer Bursche, der selten sprach, war schon im Aufbruch begriffen.

»Der Trupp kommt. Ich gehe heim.«

»Das geht nicht«, zischte Mimimiadie. »Sie werden uns suchen.«

»Hier aber auch. Woher kommen sie? Das weißt du auch nicht.«

Mimimiadie wusste, Matong hatte Recht, die Weißen konnten von beiden Enden der Schlucht kommen. Aber er musste das letzte Wort behalten. »Es ist besser, wir teilen uns«, rief er, als Matong davontrottete. »Du kommst mit mir«, sagte er zu Gopiny.

»Wohin?« Der andere geriet in Panik.

»Wenn du nicht über die Schlucht springen willst, bleibt uns nur ein Weg«, knurrte er und deutete nach Norden.

»Was ist da oben?«

»Gutes Land.«

»Ein Stück weit«, warf Numinga, der Sammler, ein. »Dann senkt es sich ab, vier ungesunde Sümpfe liegen dahinter. Sie sind schlecht, bis der Regen kommt und sie reinigt. Ich kann sie meilenweit riechen.«

»Dahin gehen wir«, erwiderte Mimimiadie stur. »Wir bleiben nur kurz dort. Die Weißen kommen herauf. Sie werden keinen finden. Sie denken, der Tote wäre allein gewesen. Dann gehen sie weg.« Er grinste Gopiny an. »Dann kehren wir zurück und sitzen wieder hier, in Sicherheit.«

Gopiny hegte gewisse Zweifel. »Wie sicher? Wenn die Weißen das nächste Mal mit ihrem Vieh kommen, sehen sie vielleicht hier oben nach, mit ihren Gewehren.«

»Du bist dumm. Wenn der Regen kommt und dort hineinläuft, kommt niemand mehr durch die Schlucht.« Er wandte sich an Numinga. »Habe ich Recht?«

»Ja, sie wird überflutet.«

Gopiny schaute über die Ebene, durch die er zurück in die lichten Wälder und ihr üppiges Land am Daly River gelangen würde. Numinga vermutete, dass Gopiny dazu neigte, Matong zu folgen und den Heimweg zu wagen. Doch Mimimiadie hatte das Sagen.

»Wo willst *du* hin?«, fragte er Numinga. Nicht, dass es ihn interessiert hätte, es war eine Art Entlassung.

Numinga sah ihnen nach, schaute auf ihre harten, schwarzen Rücken mit den Narben, die ihre Männlichkeit bewiesen. Er trug diese Narben auch, aber im Gegensatz zu ihnen fanden sich auf seinem Rücken auch die Spuren, die die Peitschen der Weißen hinterlassen hatten.

Er zuckte die Schultern. Kein großer Verlust. Sie hatten nicht um den Jungen geweint, der in die Traumzeit eingegangen war. Vielleicht war er inzwischen dort angekommen. Es waren schon seltsamere Dinge geschehen.

Und nun? Es war klar, dass er an diesem Ort nicht bleiben konnte; man würde ihn auf der Stelle erschießen. Die Weißen gerieten in Wut, wenn auch nur eines ihrer zahllosen Rinder umkam. Die Felsbrocken mussten die Armee der Tiere in absolute Panik versetzt haben. Als ehemaliger Viehhüter hätte er sich nicht darum gerissen, mit den Rindern in diesen engen Spalt zu reiten. Das wirkliche Chaos war vermutlich am anderen Ende entstanden, wo die flüchtenden Tiere hindrängten. Falls sich die Treiber aus der Stampede befreit hatten, wären sie dort, um die Tiere einzufangen. Und von dort aus würden sie auch nach oben schauen. Matong hatte Recht. Der Weg zurück war sicherer.

Er stand auf, bereitete sich auf eine lange Wanderung vor. Er musste den Suchtrupps, ob nun privat oder von der Polizei, ausweichen, die noch immer nach den Mördern der Goldsucher fahndeten; sie gaben niemals auf. Außer natürlich, sie hatten in der Zwischenzeit als Vergeltungsmaßnahme willkürlich ein paar Schwarze hingerichtet. Diese Vergeltungsmaßnahmen waren der schlimmste Teil des Krieges. Das Wort hatte er von den Weißen gelernt und entdeckt, dass es schlicht und einfach Rache bedeutete. Welchen Sinn hatte ein Krieg, der auf Vergeltung beruhte?, fragte er sich. Nach seinen Gesetzen fielen Einzelpersonen, die gegen die Regeln verstoßen hatten, der Vergeltung anheim. In Sonderfällen wurde diese durch die Magier ausgeübt, das Ritual des Knochenzeigens war eine wirkungsvolle Strafe. Nicht aber dieses endlose »du tötest, ich töte«, das nie zu einem greifbaren Ergebnis führte. Man setzte sich nicht wie früher hin, um Probleme zwischen

Stämmen zu lösen, sondern mordete einfach. Numinga konnte den Blick in die Zukunft nicht ertragen. Er war müde. Er sehnte sich nur nach einer sicheren Zuflucht.

Es gab einige Stämme weit im Süden oder drüben in Arnhem-Land, jenseits der Alligatorflüsse, die noch nicht von marodierenden Weißen gejagt wurden, doch sie lebten zu weit entfernt. Er hatte sich Mimimiadie und seinen Gefährten nur angeschlossen, um nicht allein zu sein, und war durch sie in die Morde hineingezogen worden. Natürlich war er entsetzt über das Verbrechen an Mimimiadies Frau, wegen ihr würden keine Suchtrupps durch das Land ziehen. Nur der rasende Ehemann, den sein Schmerz gefährlich machte. Was also sollte er tun? Der sicherste Ort lag wohl in den brütend heißen Urwäldern, die noch den Stämmen vom Daly River gehörten. Sie waren für die Weißen zu gefährlich, außer für solche, die bewusst den Tod suchten. Das Problem war nur, dass die Daly-Leute, Männer wie Mimimiadie, sich dagegen wehrten, in die von Krokodilen bevölkerten Gebiete abgedrängt zu werden. Ihnen gehörte das ganze Land ringsum, wo sie hätten jagen können, wie sie es seit jeher getan hatten, wenn die gierigen weißen Männer es nicht an sich gerissen hätten. Deshalb zogen halsstarrige Männer wie Mimimiadie dort draußen umher. Es war ihr Land. Ihr Jagdrevier.

Numinga zuckte die Achseln. In einem hatte Mimimiadie Recht gehabt. Es war besser, sich zu teilen. Und seine Chancen standen besser als die der anderen. Er sprach Englisch, und wenn ihn niemand erkannte, würde er sich als Viehhüter ausgeben, der nach Arbeit suchte. Ein Viehhüter, der nur eine Kordel um die Taille trug? Wohl kaum. Falls er es bis in die sichere Zuflucht von Daly River schaffte, würde er Kleider finden müssen.

4. Kapitel

DER HAUPTTEIL DER Herde wurde zurückgehalten, während vier Männer die erste Gruppe, an die dreihundert Tiere, in die kühlen Tiefen der Schlucht führten. Duke Milligan, Paddys Sohn, ritt ganz vorn, um die Herde in Schach zu halten, sobald sie aus der Enge in die dahinter liegende Ebene strömte. Paddy ritt links neben dem Vieh; dort bot sich mehr Platz zwischen den Wänden und den flachen Wasserstellen. Yorkey bemerkte, dass sich das Wasser als Vorteil für die Treiber erwies. Die massigen Tiere drängten sich von Loch zu Loch, begierig, durch das kühle Nass zu laufen, während die Männer sie mit Rufen und Peitschen stetig vorwärts trieben. Kurz hinter ihm kontrollierte Zack, der Fremde, das Tempo seines Trupps, trieb die Tiere sorgsam durch die schmaleren Abschnitte und ließ sie schneller laufen, als sich die Schlucht weitete.

Alles ging gut, die Herde verhielt sich vorbildlich, als genösse sie die Abwechslung. Yorkey ließ die Peitsche knallen, lenkte sein Pferd um eine felsige Stelle und richtete sich im Sattel auf, um einen besseren Blick auf die Schlucht zu erhalten. Leider war es unmöglich, die Wasserfälle herabfluten zu sehen. Ihm fiel die Stimme ein, die er gehört hatte, und er reckte den Hals nach oben. Ein erneutes Rufen war jedoch sinnlos, da das Hufgetrappel jedes Geräusch verschluckte.

Dann sah er die Bewegung aus dem Augenwinkel und rief Paddy zu, er solle aufpassen, schwenkte wild die Arme, doch der Anführer drehte sich nicht um und schaute auch nicht nach oben. Der herabstürzende Felsblock, der von den Wänden abprallte und weiteres Geröll mit sich riss, schien völlig lautlos zu fallen. Als Yorkey sein Pferd instinktiv vorwärts trieb und in einem verzweifelten Versuch, Paddy zu warnen, durch die

Herde drängte, krachten der riesige Felsbrocken und ein Geröllschauer in die Herde. Tiere brüllten, stürzten, andere stolperten in Panik über sie und gingen durch, stürmten in alle Richtungen und rissen weitere Rinder mit sich.

Yorkeys Rufe an die nachfolgenden Treiber verhallten, ihm blieb nichts anderes übrig, als sich der Herde entgegenzustellen und zu hoffen, dass Zack das Gleiche tun würde. Die Tiere mussten zurückgehalten werden, bis sich die Situation weiter vorn entspannt hatte. Seine Peitsche knallte unsanft auf die Flanken der Tiere, doch als ein weiterer Block herunterstürzte, gab es kein Halten mehr. Die Rinder stürmten vorwärts, eine Stampede brach aus. Er konnte Paddy nicht sehen, und seine eigene Position war gefährlich, daher presste er sich gegen die Wand, ließ die Tiere vorbei, entschlossen, sich auf die Nachhut zu konzentrieren.

Zack stieß zu ihm. Die beiden machten sich daran, die langsamere, verwirrte Nachhut der Herde aufzuhalten. Schon bald fielen die Tiere in einen gemächlicheren Schritt.

»Wo ist Paddy?«, brüllte Yorkey.

»Kann ihn nirgendwo sehen«, schrie Zack zurück. »Er musste schon mit ihnen reiten, um das zu überstehen.« Er schaute nach oben.

»Wir können nicht dort entlangreiten, vielleicht lösen sich weitere Blöcke. Du hältst sie hier zusammen, und ich versuche, sie umzulenken. Wir bringen diesen Trupp nach draußen zu den anderen ...«

Er lenkte sein Pferd behutsam zwischen der Felswand und der zitternden Herde hindurch. Die Tiere waren ruhiger geworden. Plötzlich schoss Yorkey vor, ergriff Zacks Arm und hätte ihn fast vom Pferd gerissen.

Zack wehrte sich wütend, brüllte Yorkey an, dann donnerte der Erdrutsch vor ihnen herunter.

Zack wurde von Steinen getroffen, doch Yorkey packte ihn im Fallen, riss ihn zu sich, bevor er selbst zu Boden glitt, achtete nicht darauf, dass sein eigenes Pferd in Panik davonstob. Er lehnte den betäubten Mann hinter einem Steinhaufen jenseits der nächsten Biegung gegen die Wand, während Steine und Geröll herunterprasselten. Yorkey hatte Angst, die ganze Wand könne einbrechen. Und dann hörte er inmitten dieses Weltuntergangs einen Schrei.

»Was war das?«, rief Zack.

»Jemand ist verletzt. Hört sich schlimm an.«

»Wer?« Zack rappelte sich hoch und suchte taumelnd Halt an der Wand.

»Keine Ahnung.« Yorkey war entsetzt. Der Schrei schien nicht von unten gekommen zu sein, von einem Mann, der unter die Hufe geraten oder von Steinen getroffen worden war. Er war vom Himmel gekommen und in den staubigen Nebeln verklungen, die der Erdrutsch aufgewirbelt hatte. Ihm fielen die Geschichten seiner Mutter ein, von dem Todessprung, den Geistern, die noch immer hier lebten, und das überwältigende Gefühl, das er beim ersten Betreten der Schlucht empfunden hatte. Jetzt spürte er, dass dies alles der Wahrheit entsprach. Dies war geheiligter Boden, man hatte ihm eine Warnung zukommen lassen. Sie traten vor, um sich einen Überblick über die toten und verwundeten Tiere zu verschaffen. Die anderen Rinder wichen ihnen vorsichtig aus, nachdem ihr Sinn für Ordnung wiederhergestellt war. Yorkey war nervös, von der Gegenwart der Geister überzeugt. Vielleicht durchlebte der junge Mann, der vor Urzeiten von den Klippen gesprungen war, wieder und wieder Leidenschaft und Schmerz. Ein ruheloser Geist, der noch immer hier umging. Darüber musste er später nachdenken.

Zack lief umher, rief nach den anderen Männern, schaute sich suchend um, doch der Erdrutsch hatte keilförmige Geröllhaufen hinterlassen, die in den Boden der Schlucht ragten, ihren Grundriss verändert hatten. Überall lagen verletzte, hilflos stöhnende Tiere.

»Wir sollten nachsehen, ob alle Männer in Ordnung sind«, sagte er. »Ich weiß nicht, wer da geschrien hat. Könnte auch ein Tier gewesen sein.«

Yorkey nickte. »Klar.« Er hatte nicht vor, den weißen Männern seine Meinung mitzuteilen und ihren Spott zu ernten. Er starrte auf die ungeheure Verbreiterung der Wand, die durch den Erdrutsch entstanden war. Darunter lagen Tiere begraben, keine Menschen. Nur er und Zack hatten sich in diesem Abschnitt der Schlucht befunden. »Na, dann los!« Zack hinkte davon, wandte sich dann um. »He, Yorkey. Danke. Ich stehe in deiner Schuld. Ich schätze, du hast mich gerade noch rechtzeitig gepackt.«

Niemand wurde vermisst, doch Paddy Milligan war schwer verletzt. Er lag zur Hälfte in einem Wasserloch, sein Sohn Duke kniete schreiend neben ihm.

»Er ist tot! Mein Pa ist tot!«

Zack schob ihn beiseite. »Lass mal sehen.«

Paddy war zusammengerollt wie ein Fötus, als wolle er sich vor den stampfenden Hufen schützen, sein Blut hatte das Wasserloch rosa gefärbt, aber er atmete noch.

»Ganz ruhig, Duke, er ist noch bei uns. Hilf mir, ihn herauszuziehen, sonst rutscht er zurück. Vorsichtig. Jemand soll durchzählen, ob alle da sind.«

Man brachte Decken und bettete Paddy gegen die Wand. Die Männer rissen ihre Hemden in Streifen als Verbände, und Zack bemühte sich, die Blutung zu stillen und es Paddy so bequem wie möglich zu machen. Er hatte schon öfter erlebt, dass Männer unter die Hufe gerieten, und wusste daher, wie schmal der Grat zwischen Hilfe und Schaden war. Selbst die Ärzte waren sich in diesem Punkt oft nicht einig.

»Er steht unter Schock«, sagte er zu Duke. »Hol Decken, Satteldecken, egal was, wir müssen ihn warm halten. Und wir brauchen Holz für ein Feuer, nach Sonnenuntergang wird es kalt.«

Als Paddy zu sich kam, flößten sie ihm Whiskey ein, während Zack sanft seinen Körper ausstreckte, einen gebrochenen Arm und ein gebrochenes Bein mit Stöcken schiente und sich unterdessen besorgt fragte, ob Paddy innere Verletzungen davongetragen hatte, denn das Atmen schien ihm Schmerzen zu bereiten.

»Hol Hilfe«, rief er Duke zu.

»Woher?«

Zack überlegte rasch. Drei Männer warteten mit dem Hauptteil der Herde vor der Schlucht, waren jedoch zu weit vom nächsten Wohnhaus entfernt.

»Weiter, nach Katherine. Auf dem Weg dorthin gibt es Häuser. Wir brauchen einen Arzt und einen Wagen.«

Duke zögerte. »Ich kann meinen Pa nicht zurücklassen. Wenn er nun stirbt?«

»Dann schick jemand anders. Los!«

Erst da wurde ihm bewusst, dass er einige der Helfer gar nicht kannte.

»Woher kommt ihr?«, fragte er, als er sich schließlich ausruhen konnte. Paddy lag in Decken gehüllt neben dem Feuer.

»Von Pop Oatleys Station. Wir sind auf dem Heimweg. Fünf Mann. Hatten Urlaub. Igeln uns jetzt für die Regenzeit ein.« Der Viehhüter grinste. »Wir wollten zur Schlucht und sind auf die streunenden Tiere gestoßen. Kein Treiber in Sicht. Also haben wir sie zusammengetrieben, und zwei von uns sind dabeigeblieben. Brandzeichen von Victoria River, was?«

»Ja.«

»Zu gut, um frei herumzulaufen. Ihr habt wohl Schwierigkeiten gehabt. Wir haben übrigens getan, was ihr wolltet. Einer von uns ist durch die Schlucht gelaufen und hat mit euren Treibern drüben gesprochen. Wir haben durchgezählt, eure Leute sind heil und gesund, von dem armen Kerl hier abgesehen.«

»Gott sei Dank. Ich dachte, ich hätte einen Schrei gehört. Aber mich hatte auch ein Stein am Kopf getroffen ...«

»Das sieht man. Die Wunde muss gesäubert werden.«

»Gut. Muss wohl ein Tier gewesen sein, das geschrien hat.«

»Das überrascht mich nicht. Ganz schönes Blutbad. Ihr habt so um die fünfzig Stück verloren. Meine Kumpel und der Abo-Treiber erschießen die Tiere, die nicht mehr hochkommen.«

»Ja«, entgegnete Zack dumpf, »ja, ein Blutbad. Ich achte hier immer besonders auf Erdrutsche, aber die kommen gewöhnlich nicht zu dieser Jahreszeit.«

»Hätte schlimmer kommen können. Sind bloß zwei, drei Stellen. Nur euer Kumpel hat Pech gehabt, und die Victoria River Station wird den einen oder anderen Bullen entbehren müssen. Meine Kumpel meinen, ein leichtes Erdbeben wäre die Ursache. Haben angeblich ein Zittern bemerkt. Ich selbst allerdings nicht.«

Als Zack aufstand, starrte ihn der Viehhüter an. »Ach, Sie sind Zack Hamilton von Black Wattle. Kamen mir irgendwie bekannt vor. Ich hatte Sie für einen Treiber gehalten. Was machen Sie denn hier?«

Zack konnte sich nicht erinnern, jemals so üble Kopfschmerzen gehabt zu haben. Der Viehhüter, Johnny Wise war sein Name, hatte beim Säubern der Wunde jedoch erklärt, sie müsse nicht genäht werden. Aber mein Kopf fühlt sich an, als hätte ein Elefant draufgetreten, dachte er. Er sorgte sich um Paddy, wartete noch am Lagerfeuer, als er die Schüsse hörte, die die Tiere von ihrem Leid erlösten. Jetzt würde ihn nicht nur die Sorge um Paddy beschäftigen müssen, sondern auch die Kadaver. Unter den Felsen konnte man sie nicht vergraben; sie mussten verbrannt oder aus der Schlucht gezerrt werden. Gott im Himmel, wann würde er bloß nach Hause kommen?

Er sah zu den Männern hinüber, die sich in Paddys Nähe

ums Feuer drängten. Der Verletzte war jetzt ruhig, atmete aber schwer, was ihn plötzlich an etwas erinnerte. »Wie geht es Pop? Habe gehört, er fühle sich nicht allzu wohl.«

»Das ist wahr. Hat einen Herzanfall gehabt, dazu noch eine Lungenentzündung. William war eine Weile draußen, bis der alte Mann wieder auf den Beinen stand. Hat versucht, ihn zu überreden, mit ihm nach Darwin zu kommen, aber Sie kennen ja Pop. Sturer alter Esel, wollte nicht nachgeben. Also musste William allein heimkehren. Als ich Pop das letzte Mal gesechen habe, war er noch etwas wacklig auf den Beinen, aber inzwischen dürfte er wieder über Tisch und Bänke gehen.«

Zack lachte. »Klingt ganz nach ihm. Grüß ihn von mir. Ich hoffe, er fühlt sich gut genug, um den Sommer in der Stadt zu verbringen. Was wäre Weihnachten ohne die Trinksprüche von Pop Oatley?«

Er entdeckte Yorkey, der sich ans Feuer hockte. »Mit den Pferden alles in Ordnung?«

»Ja. Nur deins hat einen Riss am Rumpf, das ist alles.«

»Na gut ...« Zack seufzte. »Hast du was gegessen, Yorkey? Hier ist Fladenbrot.«

»Ich hatte schon welches«, log Yorkey. Er war nicht hungrig. Wollte an diesem Ort mit all den Geistern nicht einmal an Essen denken. Und der Schrei hallte noch immer in seinem Kopf.

Er dachte über Zack nach. Der neue Viehhüter war ein großer, drahtiger Bursche um die fünfzig, und er hatte die Zügel in die Hand genommen, als sei es seine Mannschaft. Sogar Paddys andere Viehhüter gehorchten seinen Befehlen. Einer von ihnen war losgeritten, um der Verzögerung auf den Grund zu gehen, und hatte voller Entsetzen die Katastrophe entdeckt. Er hatte vorgeschlagen, sie sollten umkehren, doch Zack hatte befohlen zu bleiben und den Hauptteil der Herde aufzuhalten, bis alles aufgeräumt war.

Einer nach dem anderen waren die Männer gekommen, um

nach Paddy zu sehen, und wieder an die Arbeit gegangen. Sie alle hatten schon erlebt, dass Vieh während einer Dürreperiode erschossen werden musste, doch als sie nun die verletzten Tiere töteten und einen Scheiterhaufen errichteten, um die Kadaver zu verbrennen, während Paddy hilflos dalag, fühlten sie sich vollkommen elend. Paddy war so stolz gewesen, sein Vieh stets in Bestform abzuliefern. Zum Glück war er nicht bei Bewusstsein, hörte nicht die Schüsse, roch nicht das brennende Fleisch ... Auch Yorkey, der mit ihnen arbeitete, war aufgewühlt. Schrecklich, in dieser prachtvollen Schlucht so furchtbare Dinge zu tun. Es schien wie eine Entweihung, als würde der Ort verunreinigt. Und das vor den Augen der Geister. Hatten sich die alten Geister aus irgendeinem Grund an den Weißen gerächt? Ihm fielen zahlreiche Gründe ein, schließlich hatte man sein Volk schlecht behandelt. Er schauderte. Hoffentlich erinnerten sie sich, falls sie in dieser finsteren Nacht weitere Vergeltung üben wollten, dass er kein Weißer war. Yorkey überlegte, ob es seiner Sicherheit dienlich wäre, sich an diesem Abend von den Männern am Lagerfeuer fern zu halten. Doch der Wunsch nach Behaglichkeit siegte. Er rückte näher, wickelte sich in eine Decke.

»Keine Erdrutsche mehr, oder?«, erkundigte sich Duke. »Zack meint, sie hätten aufgehört. Er meint, wir könnten die Herde durchbringen, immer nur ein paar Tiere auf einmal. Nachdem wir meinen Pa rausgeholt haben. Ob er wohl Recht hat?«

»Wer ist dieser Zack?«, fragte Yorkey. »Woher habt ihr ihn?«

»Zack, der ist von hier. Der Verwalter der Big Run hat ihn mit meinem Pa bekannt gemacht. Er soll uns helfen, ist selbst ein Boss. Hat eine große Station namens Black Wattle. Yorkey, ich sage dir, es ist ein Riesenglück, dass er mitgekommen ist. Ich hätte nicht gewusst, was ich machen soll. Stell dir vor, er hatte sogar eine Flasche Whiskey in der Satteltasche. Guter

Tropfen, hat er auf der Big Run bekommen, aber jetzt stillt er damit Pas Schmerzen.« Duke war den Tränen nahe. »Verdammt anständig von ihm, was?«

Yorkey nickte. Duke machte auf ihn den Eindruck, als habe er selbst einen großen Schluck davon genommen. Aber was hatte er da eben gesagt? Von dieser Viehstation? Black Wattle, wieder ein Weißenname für schwarzes Land. Er zog den Tabaksbeutel aus der Hüfttasche und rollte langsam eine Zigarette, während er den Namen in seinem Kopf drehte und wendete und bruchstückhafte Erinnerungen heraufbeschwor.

»Wir sind früher zur Zeit der Wanderung in die Schlucht gegangen, von der Station aus, von der Black Wattle Station ... Ich war dort Hausmädchen, die Missus ... sie ...«

Yorkey zuckte die Schultern. Vielleicht war es so gewesen. Vielleicht auch nicht. Egal, an Netta würde sich niemand mehr erinnern. Oder an einen umherziehenden Burschen namens Jimmy Moon. Es war zwanzig Jahre her. Eine neue Generation von Schwarzen war nachgewachsen. Er drehte sich vom Feuer weg und starrte in die Dunkelheit, fragte sich, weshalb ihm diese nutzlosen Dinge überhaupt durch den Kopf gingen.

Wenn du wirklich zurückwillst, sagte er sich, musst du nur nach dem Volk der Waray fragen; sie werden leicht zu finden sein, und zwar in dem Land, durch das du soeben geritten bist. Westlich der Schlucht. Die Weißen leben ihr eigenes Leben. Doch worin läge der Sinn? Was würdest du tun, wenn du Verwandte fändest? Dich hinsetzen und sie anglotzen? Auch du lebst in einer anderen Welt. Gehörst nicht mehr zu ihnen.

Zu niemandem.

Er blieb die ganze Nacht unruhig. Träumte, döste, sah seine Mutter weinen, doch es war nicht Netta, sondern eine Weiße, die herzzerreißend schluchzte. Er riss sich von ihr los. Wachte auf. Durchgefroren. So war es mit den Träumen. Alles geriet durcheinander. Sogar Schwarz und Weiß.

Die Dämmerung war kaum hereingebrochen, als Yorkey sich leise aus dem Lager stahl, da ihm vom Gestank des verlöschenden Feuers ganz schlecht war. Er bespritzte sein Gesicht mit kristallklarem Wasser, das in einer Felssenke stand, und ging in Richtung Schlucht, auf den Spuren ihres gefährlichen Hinwegs.

Ein Arzt war nicht aufzutreiben, aber es kam ein Wagen, der Paddy zum nächsten Wohnhaus bringen sollte, das nur vierzig Meilen entfernt lag. Nachdem sich herumgesprochen hatte, dass Treiber in Not geraten waren, ritten von allen Seiten freiwillige Helfer herbei. Bald schon hatte Duke so viele Männer beisammen, dass es für eine doppelt so große Herde gereicht hätte.

Der Gedanke, noch einmal die Schlucht zu durchqueren, machte ihn nervös, dennoch schloss er sich der allgemeinen Ansicht an, dass ihnen keine andere Wahl blieb. Im Norden ballten sich bereits Wolken am blassen Himmel zusammen. Der Erdrutsch war zufällig entstanden, vielleicht auch durch ein leichtes Erdbeben ausgelöst worden. Einige vermuteten Schwarze dahinter, doch die meisten verwarfen den Gedanken. Wenn dies von Schwarzen geplant gewesen wäre, hätten sie deutlich mehr Schaden angerichtet. Sie hatten schlicht und einfach Pech gehabt.

Als alle Tiere durch waren, lächelte Duke.

»Mein Gott, Yorkey, ich wünschte, Paddy könnte das sehen. Diese Jungs haben unsere Herde durchgelotst, als wäre sie aus Porzellan. Verdammt anständig von ihnen.«

»Ja, es ist wirklich gut gelaufen. Wie ich höre, reiten einige von ihnen mit dir nach Pine Creek?«

»Stimmt. Freunde von Paddy. Sie wollen uns sicher ans Ziel bringen.«

»Gut. Ich glaube, ich könnte eine Pause vertragen, Duke. Mich in dieser Gegend ein bisschen umsehen.«

»In der Regenzeit wirst du nicht weit kommen.«

»Ich kann immer auf einer Station unterkommen. Eine Zeit lang mit dem Vieh arbeiten.«

»Geht in Ordnung, Yorkey. Wir haben ohnehin keine Arbeit, bis die Regenzeit vorbei ist. Du kannst in Katherine wieder zu uns stoßen, wir haben immer was für dich zu tun.«

Yorkey schüttelte Duke die Hand, trug ihm Grüße an seinen Pa auf und machte sich auf die Suche nach Zack. Man sagte ihm, er sei bereits aufgebrochen.

Er war enttäuscht. Er wollte um keinen Gefallen bitten, sondern lediglich nachhören, ob es in der Gegend Arbeit gab. Vielleicht auf Black Wattle. Er hätte es beiläufig erwähnen können, doch jetzt war es zu spät. Nun, er würde die Route einschlagen, die sie von der Big Run aus genommen hatten, und auf Umwegen in diese Richtung reiten. Er würde die Station schon finden. Vielleicht lebten dort noch Angehörige der Waray. Ein Blick konnte jedenfalls nicht schaden.

Matong war erzürnt. Wütender über den Tod des Jungen, als er sich hatte anmerken lassen. Es musste entsetzlich sein, auf diese Art zu sterben, schreiend in die Tiefe zu stürzen. Welch eine Verschwendung. Er hoffte, dass sie wenigstens einige Weiße getötet hatten.

Der Weg durch dieses Land war gefährlich, viele Reiter zogen umher, und er musste sich oft ein Versteck suchen und die Gegend ausspähen, bevor er weiterlief. Zum Jagen blieb keine Zeit, was ihn noch zorniger machte. Er hatte nichts zu essen, und selbst wenn er zufällig auf ein kleines Känguru oder eine Schlange stieß, konnte er kein Feuer entzünden. Die Wut tobte noch stärker in ihm, als er sich die kommenden Tage ohne Nahrung ausmalte. Er war jetzt schon hungrig, doch ihm blieb keine Wahl, er musste es aushalten. Obgleich es ungerecht war, denn das Land gehörte ihnen.

Dann war da die Sache mit Mimimiadies Frau. Sie waren

nicht auf Kriegszug gegangen, sonst hätten sie die Frau nicht bei sich gehabt. Sie wollten nur jagen. Der Junge hatte sie angefleht, ihn mitzunehmen, und Mimimiadie hatte seine Frau zum Arbeiten dabei. Nun waren beide tot. Ihre Familien würden mittlerweile wissen, dass etwas geschehen war, auch von dem Mord an den Goldsuchern hatten sie vermutlich erfahren, ohne aber die ganze Geschichte zu kennen. Plötzlich wurde ihm bewusst, dass er ihnen die Nachricht vom Tod des Jungen und der Frau überbringen musste. Der Junge hatte niemanden, doch sie besaß Familie, drei Kinder, zwei Mädchen und einen Jungen namens Boomi, den Stolz seines Vaters.

Erst sechs Jahre alt und keine Mutter mehr, dachte Matong betrübt. Und sein Vater war weit weg. Doch er konnte ihm sagen, dass er zurückkehren werde, schließlich war Mimimiadie ein mutiger Mann. Nach der Regenzeit würde er nach Hause kommen.

Er lief weiter in Richtung eines Flusses, der vor ihm lag, eines kleinen, reißenden Flusses, der so tief war, dass er das ganze Jahr über Wasser führte, und kämpfte dabei gegen den Schmerz in seinem leeren Magen. Dort konnte er wenigstens trinken. Doch dann hörte er Pferde und glitt in den Schutz des langen, drahtigen Grases. Er drückte sich an den Boden.

Es war nur ein Pferd, in stetigem Galopp. Es würde bald vorbei sein. Was auch stimmte, doch kurz darauf fiel es in Trab, und als Matong sich aufrichtete, sah er, dass der Reiter ebenfalls zum Fluss wollte. Zu seinem Fluss! Woher kannte ihn der Weiße überhaupt? Er lag im Dickicht verborgen, sein Bett so tief, dass Pferde nur bei Hochwasser dort trinken konnten. Wütend folgte er dem Mann, glitt lautlos durchs Gebüsch und sah, wie er abstieg, die Böschung hinunterkletterte und durstig trank. Dann füllte er seinen breitkrempigen Hut mit Wasser und gab dem Pferd zu trinken. Unterwegs verschüttete er etwas, sodass das Tier nicht genug bekam. Gereizt beobachtete Matong, wie der Mann die ganze Prozedur wiederholte, dann fiel sein Blick auf die Satteltasche. Weiße Männer hatten immer etwas zu essen dabei. Die Tasche wäre eine leichte Beute.

Beinahe hätte er zu spät zugeschlagen. Der Mann schwang sich mit dem Rücken zu ihm aufs Pferd, doch das Tier hatte die Gefahr gewittert.

Gerade als Matong zu einem geraden, kraftvollen Wurf ausholte, schnaubte das Tier, tänzelte, sodass der Reiter die Zügel fester packte und die Beine gegen die Flanken presste.

Matong hatte gut gezielt. Sein Speer bohrte sich in den Rücken des Weißen, doch dieser blieb im Sattel. Das Pferd stob davon, der lange Speer streifte niedrige Äste, bis er sich aus dem Rücken des Mannes löste und zu Boden fiel.

Betrübt hob Matong ihn auf und wischte ihn am Gras ab. Kein Essen, die Mühe war umsonst gewesen. Er spielte mit dem Gedanken, Ross und Reiter zu verfolgen, aber das Tier war so verschreckt, dass es vermutlich so lange galoppieren würde, bis es keine Luft mehr bekam. Oder tot umfiel, hoffte Matong. Er hätte den Mann am Fluss angreifen sollen, aber er hatte das Wasser nicht verschmutzen wollen.

Er lief hinunter, plantschte durch den Fluss, nahm einige Schluck Wasser und kam leichtfüßig auf der anderen Seite heraus. Dann rannte er schnell in die Nachmittagssonne hinein. Vor ihm lagen Hügel. Er könnte bis zum Einbruch der Nacht dort sein, wenn er sich beeilte, und sie in der Dunkelheit durchqueren. Dann wäre er so gut wie zu Hause. Er warf einen Blick auf seinen Speer. Er trug ihn aus Gewohnheit bei sich, würde ohne ihn aber schneller sein. Schweren Herzens warf er ihn weg, senkte den Kopf und rannte weiter.

Yorkey war dem Viehzüchter den ganzen Morgen lang gefolgt, da er hoffte, ihn einzuholen und zu tun, als hätten sie einander zufällig getroffen. Mittlerweile befürchtete er jedoch, dass er sich verirrt hatte, oder aber Zack legte ein beachtliches

Tempo vor, denn auf der einsamen Straße war weit und breit nichts von ihm zu sehen. Die musste immerhin an ein Ziel führen, dachte er bei sich. Er wollte sein Pferd nicht zu sehr antreiben, da er ohne das Tier Gefahr lief, in der Hitze umzukommen.

Dank Paddys Koch hatte er Essen und reichlich Wasser dabei. Zum Glück, denn er hatte auf dieser Strecke noch keine Wasserstelle gesehen. Er probte im Geiste die Worte, die er sagen wollte, wenn er »zufällig« auf die Black Wattle Station stieß.

»Wohnt Zack hier? Tatsächlich? Ist er hier? Ich würde gern mit ihm reden.«

Er ritt in den Nachmittag hinein, und als er es leid wurde, schaute er sich nach einem Lagerplatz um, vorzugsweise in der Nähe einer Wasserstelle.

»Dann können wir uns beide abkühlen, mein Freund«, sagte er zu seinem Pferd. »Es sieht allerdings nicht gut aus, wir sollten es wohl etwas langsamer angehen lassen.«

Yorkey konnte ausgezeichnet pfeifen. Er pfiff mühelos jede Melodie nach, die ihm die Jungs vorsangen, vor allem die fröhlichen irischen Lieder. Die Texte kannte er zwar nicht, doch man bat ihn oft, in Pubs oder Lagern aufzutreten. Er hatte sogar einmal mit einem bekannten Fiedler zusammen musiziert und wilden Applaus geerntet. Er war stolz gewesen, mit einem richtigen Instrument die Melodie zu halten.

Um sich und dem Pferd, das ihm gern zuhörte, die Zeit zu vertreiben, ging Yorkey sein Repertoire durch und brachte Töne hervor, die jeden Singvogel neidisch gemacht hätten, wie ein Wirt einmal bemerkt hatte.

Doch plötzlich hielt er abrupt inne. Neben der Straße stand ein einsames Pferd, dessen Zügel auf den Boden hingen. Yorkey stieg ab und näherte sich vorsichtig von hinten.

»Braver Junge, braver Junge.« Er streckte die Hand aus und tastete sich vor. Das Pferd scheute zurück.

»Braver Junge. Schon gut, ich tue dir nichts.«

An Sattel und Rumpf klebte getrocknetes Blut.

»Braver Junge, du bist doch in Ordnung, oder? Braver Junge, ich tue dir nichts.« Seine Stimme klang beruhigend, er flüsterte beinahe. Dann sah er die Verletzung am Rumpf. Es war Zack Hamiltons Pferd! Doch wo zum Teufel steckte der Reiter?

»Bleib stehen, ich tue dir nichts. Komm schon. Sieh dir meinen Kumpel hier an. Ist auch ein braver Junge, ein ganz braver Junge. Sollen wir mit ihm reden?«

Yorkey wusste, Pferde waren neugierig. Das Tier verstand die Worte nicht, lauschte aber der beruhigenden Stimme. Yorkey sprach weiter, wich zurück, bis das Pferd sich schließlich umdrehte, um zu sehen, wer da sprach. In diesem Moment ergriff er die Zügel.

Er band beide Tiere an einen Baum und rannte über die glühend heiße Straße, wobei er Zacks Namen rief, machte kehrt, lief in die andere Richtung. Als er keine Antwort bekam, suchte er im weichen Straßenstaub nach Fußabdrücken und Blutspuren.

Endlich entdeckte er eine Unregelmäßigkeit, keine Fußabdrücke, sondern Kriechspuren, und dann fand er auch Zack, der im Schatten gegen einen Baum lehnte.

»Was zum Teufel ...«

»Bin runtergefallen«, murmelte Zack, als habe er einen Fehler begangen.

»Dürfte wohl mehr gewesen sein als das.« Yorkey holte rasch seine Wasserflasche.

Als er ihm zu trinken gab, bemerkte er, dass Zack schwer verletzt war. Von seinem Rücken sickerte Blut über seine Arbeitshosen, sein Gesicht war grau. Er war zu schwach, um die Wasserflasche zu halten.

»Moment«, sagte Yorkey ruhig und stellte die Flasche beiseite. »Ich sehe mir das mal an.«

Zack stöhnte und sackte zur Seite, als Yorkey ihn vom Baum wegzog, um seinen Rücken zu untersuchen.

»Allmächtiger!« Das Hemd war blutgetränkt und klebte an der Haut. Als er es vorsichtig löste, entdeckte er die klaffende Wunde, in der sich bereits Fliegen sammelten. Er verscheuchte sie, entsetzt, dass der Rücken des Mannes ebenso zerrissen war wie das Hemd.

»Was ist passiert?«, fragte er, während er einen Teil des Hemdes abriss und mit Wasser tränkte, um die Wunde zu säubern.

»Speer«, flüsterte Zack. »Ein verdammter Speer.«

»Himmel!« Yorkey schaute sich unwillkürlich um. Sein eigener Rücken fühlte sich plötzlich schutzlos an. Er streifte den Rest des Hemdes ab und hoffte, Zack so wenig Schmerzen wie möglich zu bereiten, auch wenn er wusste, das würde ihm kaum gelingen. Dann drückte er den Stoff aus und legte den Rest des Hemdes als provisorischen Verband über die Wunde.

Er dachte fieberhaft nach. Waren Schwarze in dieser Gegend auf dem Kriegspfad? Eine halbe Meile entfernt standen die Pferde, Waffen und Munition den Blicken preisgegeben. Er musste sie holen.

»Bin gleich wieder da.« Er rannte die Straße entlang, überzeugte sich, dass sich die Waffen noch an Ort und Stelle befanden, und führte die Pferde ins Gebüsch. Yorkey bezweifelte ohnehin, dass er in der Lage sein würde, einen Schwarzen zu töten, doch immerhin hatte er die Waffen bei sich. Vielleicht könnte er mit ihnen verhandeln, um den Boss und sich aus dieser Lage zu retten.

»Hol Hilfe«, murmelte Zack mit zusammengebissenen Zähnen.

»Ich kann Sie nicht hier lassen.« Er könnte einen Sonnenschutz aus Zweigen errichten, dennoch würde der Verletzte ein willkommenes Ziel für mögliche Angreifer bieten.

»Wie weit ist es bis zu Ihrem Haus?«

Zack lag flach auf dem Bauch und schien ihn nicht zu hören. »Sind Sie noch wach?«

»Dreißig Meilen«, antwortete Zack gereizt. »Geh.«

»Bald wird es dunkel. Ich werde es nicht finden.«

Er hörte ein Seufzen, dann hob Zack den Kopf und sah ihn an.

»Wir bleiben besser über Nacht hier«, sagte Yorkey. Doch das Problem war damit nicht aus der Welt. Er konnte Zack nicht allein an diesem Ort lassen. Vielleicht gelänge es ihm, eine Schlepptrage zu bauen, die ein Pferd ziehen konnte. Vor einigen Jahren hatte er in Katherine erlebt, wie man einen Mann damit transportierte. Aber er wusste, es war schwierig. Er hatte nicht einmal eine Axt zur Verfügung.

Zack traf die Entscheidung. »Hilf mir auf. Ich reite.«

»Das geht nicht.«

»Hilf mir auf.« Das war ein Befehl.

Es war ein mühseliger, schmerzhafter Kampf, Zack aufs Pferd zu hieven, doch schließlich gelang es Yorkey, und der Boss sank erschöpft auf den Hals des Pferdes.

Yorkey gab ihm zu trinken. »Ich muss Sie festbinden; noch mal schaffen Sie das nicht. Ich bemühe mich, Ihnen nicht wehzutun.«

Nachdem Zack festgezurrt war, bestieg Yorkey sein Pferd und führte das andere langsam hinter sich her. Er vermutete, dass Zack unterwegs mehr als einmal das Bewusstsein verloren hatte, doch nach Einbruch der Dunkelheit zwang er sich wach zu bleiben und erteilte gelegentlich Anweisungen.

»Hier abbiegen. Rechts.« So ging es weiter. Yorkey hätte schon Mühe gehabt, das Haus bei Tageslicht zu finden. Von Zeit zu Zeit sah er nach seinem Patienten, gab ihm und den Pferden Wasser, bis nichts mehr übrig war. Er aß seine Ration und kaute Tabak, um sich wach zu halten.

War er eingedöst? Er spürte, wie Zack an der Leine zog.

»Alles klar mit Ihnen?«, fragte Yorkey.

»Halt an.«

»Noch zu früh. Wir haben noch ein Stück vor uns.«

»Ruf.«, stöhnte Zack zähneknirschend.

»Na gut. He! Black Wattle! Ist hier jemand?«

Hundegebell ertönte, und schon bald bewegten sich dunkle Gestalten zwischen den Bäumen.

»Ach du lieber Himmel«, sagte er unglücklich, als er die Schwarzen erkannte. »Ich hätte nicht auf ihn hören sollen. Ist wohl im Delirium.«

»Was ist los?«, fragte eine Stimme. »Wer seid ihr?«

»Wir suchen nach der Black Wattle Station«, antwortete Yorkey nervös.

Rufe ertönten, als weitere Männer hinzukamen. »Er hat den Boss dabei! Was machen Sie da, Mister?«

Yorkey weinte beinahe vor Erleichterung. »Er ist schwer verletzt. Könnt ihr uns helfen?«

Das Lager erwachte zum Leben. Feuer wurden angezündet, Fackeln wiesen ihnen den Weg. Yorkey lief besorgt neben Zack her, den zwei Männer zu einer Rindenhütte trugen, die man voller Stolz mit einer alten Matratze versehen hatte, »für den Boss«.

»Angeschossen?«, fragte eine hoch gewachsene Frau, als man Zack auf den Bauch gebettet hatte.

»Nein, ein Speer.«

»Ah.« Sie übernahm das Kommando und schob ihn beiseite.

»Wo sind wir hier?«, erkundigte er sich.

»Black Wattle.«

»Hätten wir ihn nicht besser ins Haus gebracht?«

»Großes Haus zehn Meilen von hier. Mein Junge sagt Bescheid. Keine Sorge. Hat ein Pferd, reitet schnell. Er ist Viehhüter«, fügte sie stolz hinzu.

Alle arbeiteten effizient und bewahrten die Ruhe.

Jemand hatte sich der Pferde angenommen, sodass Yorkey sich ans Lagerfeuer hocken und eine Zigarette rauchen konnte. Seltsames Land, in dem wir hier leben, sinnierte er. Der Boss wird von Schwarzen mit einem Speer verletzt, und andere Schwarze kümmern sich um ihn.

Eine Frau brachte ihm einen Becher kochend heißen schwarzen Tee, den er dankbar trank. Als ihn die Müdigkeit überkam, döste er ein. Er wachte auf, als die weißen Männer auf der Suche nach dem Boss lärmend ins Lager kamen, die Schwarzen mit Fragen bestürmten und Befehle erteilten. Sie hatten ein Mädchen dabei, ein blondes Mädchen, das in Tränen aufgelöst war und seinen Daddy sehen wollte.

Yorkey ging zu der Stelle, wo ein halbes Dutzend Pferde angebunden waren, die nach dem rasenden Zehn-Meilen-Ritt immer noch keuchten und schnaubten. Sein Pferd und Zacks Tier standen, endlich von den Sätteln befreit, still nebeneinander, die Köpfe gesenkt, und schenkten ihren aufgeregten Artgenossen keine Beachtung.

Ein Mann namens Casey kam zu Yorkey. »Was ist passiert?«

»Keine Ahnung. Ich weiß nur, dass ihn ein Speer verletzt hat. Ich fand ihn neben der Straße.«

»Du hättest ihn nicht auf das verdammte Pferd setzen sollen. Muss höllisch wehgetan haben. Wieso hast du nicht einfach Hilfe geholt?«

»Sollte ich ihn draußen allein lassen, damit ihm die Buschleute den Rest geben?«

»Wie? Du bist allein unterwegs?«

»Ja.«

Casey gab klein bei. »Hm ... ach so.«

Man brachte einen großen, schweren Wagen für Zack, der ihn so wenig wie möglich durchrütteln würde, ganz anders als der klapprige Karren, auf dem man Paddy abtransportiert hatte. Wie lange war das her? Yorkey hatte jegliches Zeitgefühl verloren.

Dann waren die Weißen weg, und im Lager kehrte wieder Ruhe ein. Trotz der frühen Stunde wehte schon ein heißer Wind. Yorkey zog seine Stiefel aus, nahm die Satteldecke und suchte Zuflucht hinter einem Dickicht von Teebäumen. Es war ein langer Tag gewesen.

Er blieb im Lager. Niemand hatte etwas dagegen. Er baute sich mit Hilfe kichernder Kinder aus einigen Schösslingen und Ästen eine Hütte an einem Seitenarm des Flusses. Sie erklärten ihm, dass sich die Ältesten auf die Regenzeit vorbereiteten, indem sie die Hütten eindeckten und nach Leinwandfetzen und Wellblech und sogar nach alten Teppichstücken suchten. Yorkey verkündete, er werde nicht lange bleiben. Sie waren enttäuscht, und er erfuhr, dass er hier als Held galt, weil er den Boss sicher nach Hause gebracht hatte.

Diese Menschen waren zufrieden. Nahmen das Leben, wie es kam. Lebten auf einem Fleckchen des Landes, das einmal ihren Vorfahren gehört hatte, nach ihren Vorstellungen und mit dem Einverständnis des Bosses. Seltsamerweise prahlten einige der Männer mit der Größe der Black Wattle Station, die angeblich noch weitläufiger sei als die benachbarte Big Run. Yorkey wusste es besser, sagte aber nichts. Sie waren stolz darauf, behaupteten, sie hätten mehr Vieh, mehr Männer, mehr Pferde, mehr von allem, und Yorkey lächelte.

»Seid ihr die Einzigen?«

»Nein. Es leben noch mehr Schwarze auf der Station. Weit weg. Immer nah am Wasser.«

Er begriff, dass sich die Größe der Lager nach dem verfügbaren Wasser richtete, und fragte sich, wer diese Regel aufgestellt haben mochte. Schade, dass ihr Leben so eingeengt war, doch es schien sie nicht zu stören. Jeder musste selbst zurechtkommen. Auch er hatte immer hart gearbeitet, manchmal nur die Hälfte von dem erhalten, was weiße Treiber bekamen, doch er hielt wohlweislich den Mund. Paddy, das musste man ihm lassen, hatte ihn angemessen bezahlt. Es war immer gut, ein Pfund als Reserve zu besitzen.

Er teilte den Männern mit, er sei nicht gut bei der Nahrungssuche. Sie fanden es komisch, weil es aus dem Mund eines Schwarzen kam, und er bot ihnen ein paar Shilling in einer Tabakdose an, um seine Verpflegung zu bezahlen.

»Für meine Faulheit«, sagte er grinsend. Er genoss die Untätigkeit, wenngleich das Essen gewöhnungsbedürftig war. Lange würde er es hier jedenfalls nicht aushalten.

Eine Greisin kam zu ihm, eine Frau, die andere kommandierte und die er folglich für die Matriarchin des Clans hielt. In einigen Clans vererbte sich die Macht über die weibliche Linie.

Sie sprach ihn in ihrer eigenen Sprache an und war überrascht, als er sie nicht verstand. Dann versuchte sie es mit Englisch.

»Leute sagen, du bist Waray-Mann. Kennst du nicht deine Sprache?«

»Hab sie nie gelernt. Ich habe immer bei den Weißen gelebt.«

Sie zischte missbilligend, streckte die Hand aus und befühlte sein Gesicht, als traue sie ihren tränenden Augen nicht. Sie berührte sein langes, glattes Haar, das mit einer Kordel zusammengebunden war, dann kehrten die rauen Hände in sein Gesicht zurück, zur Stirn, der scharf geschnittenen Nase, dem entschlossenen Kinn, und strichen über seine Lippen.

»Kein Waray-Gesicht, Mister. Nein. Wir sind Waray. Wir.«

Wütend schob Yorkey sie beiseite. »Ich auch. Meine Mutter war eine Waray.«

Sie grinste und entblößte ihre zerbrochenen Zähne. »Waray-Mutter, aber falsches Gesicht. Auch kein weißer Mann drin zu sehen. Dein Daddy war von welchem Stamm?«

Yorkey nahm seinen Mut zusammen. »Whadjuck. Aus dem Süden. Weit weg.«

»Ah.« Kein Zeichen von Begreifen oder Interesse. »Guter Junge. Gutes Gesicht, egal woher. Verheiratet?«

»Nein.«

Ihr Gesicht leuchtete auf, und Yorkey ahnte allmählich den Grund ihres Besuchs.

»Ja, guter Bursche. Großer, guter Mann. Hab ein Mädchen für dich, gute Frau, hübsch ...« Sie riss begeistert die Arme hoch.

»Ihr macht schönste Babys, abwarten.«

Yorkey begriff, dass seine Tage hier tatsächlich gezählt waren. Er wechselte das Thema, wollte eine Frage formulieren, ohne die Regel zu brechen, nach der es in manchen Stämmen als Verbrechen galt, Tote beim Namen zu nennen. Vielleicht reichte ja der Weißen-Name.

»Ich glaube, meine Mutter hat mal hier im Haus gearbeitet. Sie nannten sie Netta. Kennst du sie?«

Sie schüttelte ungeduldig den Kopf. »Dieses Mädchen meine Verwandte. Hat dich gesehen. Schüchtern. Sagt, du bist hübsch.«

»Mutter«, erwiderte er sanft, »ich kann nicht bleiben. Ich muss bald weiter, kann ich über meinen Daddy sprechen?«

Sie zuckte die Schultern.

»Meine Mutter sagt, er war ein großer Held. Ich habe ihn nie kennen gelernt. Er wurde irgendwo hier draußen getötet.«

Die Frau gluckste mitfühlend. Endlich hatte er ihre Aufmerksamkeit geweckt.

»Er war ein schwarzer Mann, trug aber einen Weißen-Namen. Sie nannten ihn Jimmy Moon. Hast du je von ihm gehört?«

Er sah das Erkennen in den alten Augen, dann wandte sie sich ab und blickte zu Boden. Kurz darauf schaute sie ihn wieder an, verschleiert, ängstlich.

»Kenn ihn nicht! Redest altes Zeug!«

Yorkey gab sich unbekümmert. »Das stimmt. Aber du bist eine gute alte Frau. Ich weiß, du kennst viel altes Zeug.«

»Vergiss es.«

»Aber du kanntest Jimmy Moon.«

»Nie!«, entgegnete sie zornig. »Du gehst. Wir wollen keinen Ärger.«

Sie stand überraschend schnell auf und humpelte davon, ohne sich umzudrehen. Yorkey war wie vor den Kopf geschlagen. Er hatte sie irgendwie beleidigt, vielleicht durch die Erwähnung der Namen oder weil er sich nicht für die angebotene Braut interessierte, doch was sollte die Bemerkung über den Ärger bedeuten? Er hatte nicht vor, jemandem Ärger zu bereiten. Gewiss durfte sich ein Mann nach seinen Eltern erkundigen. Ob sie Jimmy Moon gekannt hatte? Schwer zu sagen. Weshalb sollte sie lügen? Er wanderte zu dem Pfad, der zum Wohnhaus von Black Wattle führte.

»Ich sollte wohl morgen hingehen«, murmelte er bei sich. »Mich umsehen. Hören, wie es Zack inzwischen geht.«

Doch er hatte noch etwas im Lager zu erledigen. Die Reaktion der alten Frau hatte ihn neugierig gemacht. In den nächsten Tagen würde er einen der alten Männer ansprechen, wenn sie nicht in der Nähe war. Vielleicht erinnerte sich einer von ihnen an den Helden Jimmy Moon oder an Netta. Er fragte nur aus Interesse, wollte niemanden in Schwierigkeiten bringen. Denkbar, dass die Greisin nicht mehr ganz richtig im Kopf war.

5. Kapitel

DER POSTBOTE KAM und brachte Zeitungen, die letzten kleinen Bestellungen und Päckchen für die Leute auf den Stationen mit, bevor er seinen Wagen in einem Schuppen hinter der Bahnstation von Pine Creek unterstellte. Danach machte er, wenn möglich, seine Runden auf einem Packpferd, bis die Regenzeit vorüber war.

Als Lucy von seiner Ankunft hörte, lief sie ins Haus, um an William Oatley in Darwin zu schreiben. Sie wollte ihm mitteilen, dass die Hamiltons auf Grund unvorhergesehener Schwierigkeiten aufgehalten worden seien, aber in Kürze in der Stadt eintreffen und dort hoffentlich Myles willkommen heißen würden. Ihr Brief klang unbekümmert, sie scherzte über den »Nimmerland-Zug«, den sie in Pine Creek nehmen wollten, »falls wir überhaupt noch dorthin kommen«, murmelte sie bei sich. Der Zug von Pine Creek nach Darwin war nicht nur von berüchtigter Langsamkeit, sondern er bediente die Strecke von mehreren Hundert Meilen auch nur ein- oder zweimal wöchentlich und verspätete sich oftmals nicht nur um Stunden, sondern um Tage.

»Ich sollte mich wohl nicht beklagen«, schrieb sie, »da wir immerhin einen Zug zur Verfügung haben und nicht mit Pferd oder Wagen kommen müssen. Wobei Reiten vermutlich schneller ginge.«

Sie adressierte den Umschlag, übergab ihn dem Postboten und achtete peinlich darauf, dass er ihn auch in die Tasche steckte.

Doch wo blieb ihr Vater? Er müsste längst von Campbell's Gorge zurück sein, es war einfach ungerecht von ihm.

Noch bevor Casey das Haus erreichte und ihnen mitteilte, dass sich ein Unfall ereignet hatte, war Lucy aus dem Bett gesprungen und hatte Hemd, Hosen und Stiefel angezogen. Sie hatte das Hundegebell gehört, scharfe, knappe Laute in der Stille der Nacht, ohne sich zunächst etwas dabei zu denken. Ein streunendes Tier konnte sie aufgeschreckt haben oder ein Dingo, der sich zu nah an die Hühnerställe wagte. Dann jedoch verwandelte sich das Gebell in aufgeregtes Gekläff. Nein, dort draußen tat sich irgendetwas.

Sie rannte auf die Veranda, spähte in die Dunkelheit, der Hundelärm klang lauter als je zuvor, und dann entdeckte sie Lichter in der Männerunterkunft am Fuße des Hügels. Verwundert lauschte sie, hörte ein Pferd, nein, mehrere Pferde, die aus dem Stall geführt wurden. Weitere Lichter wurden entzündet, Rufe ertönten. Laternen wurden geschwenkt. Dann galoppierten die Reiter in die Nacht.

Sibell trat in die Tür, fest in ihr Nachthemd gewickelt.

»Zack ist etwas zugestoßen.«

»Nein, Mutter. Ich sehe nach, was da unten los ist.«

Doch dann trat Casey auf sie zu. Er sah die Sorge in Sibells Gesicht und verkündete mit einem warnenden Blick in Lucys Richtung, Zack sei zu Hause.

»Gott sei Dank«, sagte sie.

»Wo ist er?«, wollte Sibell wissen. »Wozu der ganze Aufruhr?«

»Schon gut, er ist bei den Schwarzen unten im Zehn-Meilen-Lager. Sie kümmern sich um ihn.«

»Wieso? Ist er krank?«

»Sieht so aus. Einige Männer sind hingeritten.«

»Warum? Warum reiten sie hin? Habt ihr nach einem Arzt geschickt?«

»Ja, kein Grund zur Panik.«

»Ich bin aber in Panik, Casey. Wie lange ist er schon dort? Ein kranker Mann im Lager der Schwarzen! Seid ihr von Sinnen? Und warum erfahren wir mitten in der Nacht davon? Was zum Teufel geht hier vor?«

Casey wirkte zerknirscht. »Ganz ruhig, Sibell. Die Schwarzen haben ihn auf der Straße gefunden ...«

»O, mein Gott! Wann?«

»Heute Abend. Ist noch nicht lange her. Darky Mick hat uns gemeldet, dass er bei ihnen ist. Er sagt, ein Speer hätte ihn verletzt. Kann sich nicht rühren. Sie bringen ihn mit einem Wagen her.«

»Na los«, sagte Lucy und rannte die Treppe hinunter.

»Vielleicht solltest du besser hier warten. Kannst ohnehin nicht viel tun.«

»Lass sie«, meinte Sibell. »Ich bereite das Zimmer vor.«

Auf der Station war es ungewöhnlich ruhig, bis Maudie Hamilton hereinstürmte. Sie hatte nicht einmal ihr Pferd angebunden, das nun die Überreste des Vorgartens zertrampelte.

»Wie geht es ihm? Warum hat mir niemand Bescheid gesagt? Ich sitze da, wie bestellt und nicht abgeholt, warte mit gepackten Koffern auf euch, weil ich glaube, dass wir nach Port Darwin fahren, und nichts passiert!«

Tante Maudie, Zacks Schwägerin, war die verwitwete Eigentümerin der Nachbarstation Corella Downs. Sie war eine kräftige, robuste Frau mit sonnengebräunter Haut, scharfen Augen und einer schroffen Art, die zu ihrer Rolle im Leben passte. Maudie regierte ihre Viehstation mit eiserner Hand. Ihr Sohn Wesley war zwei Jahre älter als Lucy und arbeitete offiziell als Verwalter, hatte aber nicht viel zu sagen.

Gewöhnlich trug Maudie karierte Hemden, Arbeitshosen und Buschhüte, war für die Reise aber in ein schwarzes Reitkostüm gekleidet, in dem sie, von dem alten schwarzen Filzhut mit der Kakadufeder einmal abgesehen, ziemlich elegant wirkte.

Lucy führte sie in den Salon. »Er ist schwach, Maudie. Der Arzt sagt, der Speer hätte seine Lunge getroffen, und er hat eine Menge Blut verloren.«

»Also ein Speer! Gott im Himmel! Nimmt das denn nie ein Ende? Habt ihr die Polizei gerufen? Hat man die Schweine gefunden? Es ist jetzt drei Tage her, oder?«

Lucy seufzte. Sie wünschte, Maudie hätte zu Hause auf sie gewartet. Es tat ihr Leid, doch im Augenblick konnte sie diese überschwängliche Frau nicht ertragen ... bis ihr die drohende Abreise ihrer Mutter einfiel.

»Er braucht absolute Ruhe, Maudie«, sagte sie warnend. »Mutter hat sich wunderbar verhalten.«

»Warum auch nicht? Er ist ihr Mann.«

Lucy schloss die Tür. »Hör bitte gut zu. Es tut mir Leid, dass du warten musstest, ich dachte, irgendjemand hätte dir Bescheid gegeben. Vermutlich wäre es an mir gewesen, dafür möchte ich mich entschuldigen. Aber ich bin froh, dass du gekommen bist. Sprich bitte mit Mutter.«

»Worüber denn?«

»Du wirst es nicht glauben: Sie will Daddy verlassen.«

»Wieso? Was hat er ihr denn getan?«

»Nichts. Er liebt sie doch, das weißt du! Sie hat einfach entschieden, dass sie nicht mehr hier leben möchte. Sie zieht nach Perth.«

Maudie nahm den Hut ab und ließ ihn auf ein Sofa fallen. »Leute gehen nicht ohne Grund weg. Irgendetwas muss vorgefallen sein.«

»Eben, aber sie sagt, es sei nichts geschehen. Sie will einfach weg, um in Perth zu leben. Sie sagt, sie sei das Leben auf der Station leid.«

»Sie verlässt also ihren Ehemann? Und dich? Grundlos? Ich meine, ich kenne Frauen, die abgehauen sind und denen ich das nicht übel nehme. Wurden von ihren Männern geprügelt und hungerten auf ärmlichen Anwesen, die nichts abwarfen, aber das sind keine Entschuldigungen, die Sibell vorbringen könnte. Was ist nur in sie gefahren?«

»Ich weiß es nicht. Deshalb würde ich es begrüßen, wenn du in Ruhe mit ihr sprichst. Sie hat ihre ganzen Sachen gepackt. Alles.«

»Aber sie wird Zack doch wohl jetzt nicht im Stich lassen?«

»Nein, sie hat die Absicht, bis nach Weihnachten bei uns zu bleiben.«

»Wie großzügig. Wo ist sie?«

»Ich glaube, in der Küche. Aber sei behutsam, Maudie, ich streite schon seit Tagen mit ihr ...«

Lucy hätte ebenso gut gegen die Wand reden können. Maudie marschierte zur Tür hinaus und in die Diele. Dort rief sie nach Sibell.

Ihre Schwägerin kam herbeigeeilt. »Psst, Maudie, bitte. Zack schläft gerade. Ich bin so froh, dass du gekommen bist. Er wird sich freuen, dich zu sehen.«

»Ich musste kommen. Ich dachte schon, ihr wärt ohne mich in die Stadt gefahren.«

»Das würden wir niemals tun. Wir mussten auf Zack warten, und dann ist diese schreckliche Sache passiert.«

»Aber er wird doch wieder gesund, oder? Lucy macht sich große Sorgen.«

»Ja, das sagt der Arzt jedenfalls. Er kommt morgen wieder her.«

»Gut. Und was soll das nun mit deiner Abreise?«

»Maudie. Wenn es dir nichts ausmacht, möchte ich lieber ein anderes Mal darüber sprechen.«

»Es macht mir aber etwas aus. Ich habe ein Recht zu wissen, was vorgeht. Setz dich hin und sag mir, was los ist.«

Nachdem Sibell auf einem Stuhl in der Diele Platz genommen hatte, setzte sich Maudie daneben und hob die Röcke, um ihre Reitstiefel auszuziehen.

»Also?«

»Es gibt nicht viel zu sagen, aber wenn du es unbedingt wissen willst: Ich gehe fort. Ich kann das Leben auf der Station nicht mehr ertragen.«

»Was ist denn so schlimm daran? Du hast verdammtes Glück, hier zu leben. Hunderte von Frauen würden ihre rechte Hand dafür geben, auf einem solchen Anwesen zu wohnen. Und mit einem liebevollen Mann wie Zack.«

»Das weiß ich. Aber wenn du meine Antwort hören willst, solltest du mich ausreden lassen. Maudie, du bist im Busch geboren und hast dich hier immer wohl gefühlt, aber ich kann es einfach nicht mehr. Ich habe versucht, es Zack und Lucy zu erklären. Ich kann mich über nichts beschweren, doch darum geht es nicht. Ich möchte nicht mehr hier draußen leben. Ich will in die Stadt ...«

Sie fuhr in ihren Erklärungen fort, die für Maudie keinen Sinn ergaben, bis Sibell erwähnte, sie denke schon lange darüber nach und sei letztendlich zu dem Schluss gelangt, dass sie diesen Schritt im Bewusstsein ihres Alters jetzt oder nie tun müsse.

»Ha!«, rief Maudie, als habe sie alles durchschaut. »Die Wechseljahre, das ist alles. Du kommst in die Wechseljahre! Ich bin älter als du, ich kenne das. Zum Glück hatte ich nie Probleme damit, bin aber auch ein aktiverer Mensch. Viele Frauen drehen zu dieser Zeit völlig durch. So schlimm ist es bei dir nicht, aber ich kenne die Symptome. Plötzlich willst du einfach nur noch weg ...«

»Es kam nicht plötzlich, Maudie.«

»So wenig wie dieser Wechsel. Er schleicht sich ein. Du musst morgen mit diesem Arzt reden, er gibt dir ein Tonikum. Mrs. Walsh schwört darauf. Und du solltest mehr reiten. Ein scharfer Ritt jeden Morgen. Du reitest nicht mehr viel, oder?«

»Nein, es ist zu heiß.«

»Dann steh früher auf. Denk nicht so viel über dich nach,

darin liegt das eigentliche Problem. Viele Frauen tun das, grübeln über ihr Leben nach und setzen sich Flausen in den Kopf. Und jetzt möchte ich nichts mehr hören vom Weggehen. Du bringst alles durcheinander. Gott weiß, dass dein armer Mann auf diese Sorgen gut verzichten kann.«

»Das mag sein«, sagte Sibell schwach. Es war der leichtere Weg. Es ging nicht um irgendwelche Wechseljahre, es ging um einen wirklichen Wechsel, um eine Veränderung ihrer Lebensweise, doch ein Streit mit Maudie war sinnlos. Zack würde sich erholen, er war stark. Irgendwann würden sie gemeinsam nach Darwin fahren, und sie würde die erstbeste Schiffspassage nach Perth buchen, ungeachtet der möglichen Konsequenzen. Sie musste es einfach tun. Dank der Investitionen ihrer Schwiegermutter besaß sie eigenes Geld, und außerdem war Zack ein großzügiger Mann. Obgleich er aufgebracht und wütend über ihre Pläne gewesen war, hatte er sich entsetzt gezeigt, als sie erklärte, sie wolle kein Geld von ihm annehmen.

»Hier geht es nicht um Geld!«, schäumte er. »Meiner Frau wird es nie an Geld mangeln. Es geht darum, ob du mich liebst oder nicht.«

»Aber ich liebe dich doch ... ehrlich. Ich kann bloß nicht hier bleiben.«

Er verstand es ebenso wenig wie Lucy oder Maudie. Oder ihre Freunde. Sie hatte niemanden, an den sie sich wenden konnte, doch das war Teil des ganzen Problems. Die anderen liebten das Leben im Outback, genossen es geradezu. Die Entfernungen, den weiten Raum, die Abenteuer des Viehtriebs und der Musterungen, das Wachsen der Herden, ihre Pferde, Treiberpferde und Vollblüter gleichermaßen, und den endlosen Kampf mit dem Wetter ... Sie konnte nicht mit Worten erklären, welchen Kurs sie einschlagen musste, bevor es zu spät war.

Maudie bewies immerhin genügend Takt, sich im Krankenzimmer fröhlich zu geben. Sie ergriff Zacks Hand und rückte einen Stuhl neben sein Bett.

»Du bist mir vielleicht einer, alter Knabe. Ich habe gehört, du warst dabei, als ein Erdrutsch die Schlucht traf. Hättest einen Schlag auf den Kopf erhalten, dabei sieht der ganz gesund aus. Liegst du bequem hier?«

Er rang sich ein Lächeln ab. »Das mit dem Schlag stimmt. Und dann kam der Speer.« Seine Stimme klang schwach und müde.

Maudie schaute ihn liebevoll an. »In den Rücken. Die haben Glück gehabt, von vorn hätten sie dich nie erwischt. Verdammtes Pech, mein Schatz, aber das wird schon werden. Bist bald wieder auf den Beinen ...«

Lucy nahm ihre Mutter mit hinaus. »Maudie kann jetzt bei ihm bleiben. Ruh dich aus.«

»Ich kann sie nicht allein lassen. Sie könnte ihn aufregen.«

»So dumm ist sie nicht. Du musst dich ausruhen, ich bringe dir eine Tasse Tee.«

Sibell schüttelte den Kopf. »Ich bin wirklich nicht müde, könnte aber einen Spaziergang vertragen. Ich bin seit Tagen nicht mehr vor die Tür gekommen.«

»Gut. Meinst du, er wird wieder gesund?«

»Natürlich. Die Wunde ist sauber, und der Arzt sagt, der Heilungsprozess würde jetzt einsetzen. Das gilt auch für die Lunge.«

»Hoffentlich.«

Lucy ging in ihr Zimmer, betrachtete niedergeschlagen den Koffer, der noch gepackt dastand. Die Reisepläne waren fürs Erste verschoben worden. Niemand plante überhaupt etwas, dabei wurde Myles jeden Tag zu Hause erwartet. Lucy würde ihren Vater in dieser Stunde nicht allein lassen, aber sie hatte sich so auf die Stadt gefreut, auf das Wiedersehen mit Myles, hatte von der romantischen Begegnung nach langer Trennung geträumt ... Und nun war sie tief betrübt. Warum nur musste alles schief gehen?

Als Maudie herauskam, hatte Lucy auf der Seitenveranda im Schatten eines efeubewachsenen Spaliers den Tee aufgetragen.

»Du solltest das Spalier entfernen«, sagte Maudie. »Hält den Wind ab.«

»Maudie, hier weht kein Wind, die Luft ist wie Blei. Was hältst du von Daddy?«

»Woher soll ich das wissen? Das ganze Zimmer stinkt nach Laudanum. Sie haben ihn so abgefüllt, dass er gar nicht begreift, wo er ist.«

»Das hilft gegen die Schmerzen.«

»Und wenn schon? Die Schmerzen haben eine Ursache. Der Mann muss doch selber denken können. Uns berichten, wie es dazu gekommen ist. Du weißt es doch auch nicht, oder?«

»Nein. Einer der Schwarzen hat ihn auf der Straße gefunden und hergebracht.« Lucy schenkte Tee ein und reichte Maudie ein Stück Kuchen. »Was war das eben mit dem Erdrutsch?«

»Als sie eine Herde durch die Schlucht trieben, gab es einen Erdrutsch. Ein Treiber wurde verletzt, sie haben um die fünfzig Stück Vieh verloren. Zack war auch dabei.«

»Ja, aber von einem Erdrutsch haben wir nichts gehört. Von wem hast du es erfahren?«

»Syd Walsh ist bei mir vorbeigekommen. Er schnüffelt immer auf den Anwesen anderer Leute herum. Sagte, er habe von Zacks Verletzung erfahren und vermutete automatisch den Erdrutsch als Ursache. Erst kurz vor Black Wattle traf ich einige Viehhüter, die mir von dem Speer erzählten.« Sie nahm sich noch ein Stück Kuchen und murmelte etwas Boshaftes über Syd Walsh.

»Ich lasse den Kerl ungern auf meinem Grund und Boden allein. Ich schwöre auf einen ganzen Stapel Bibeln, dass er mit Pop Oatleys verschwundener Herde zu tun hat. Und mit ein paar anderen.«

»Ach, Maudie, das solltest du nicht sagen. Syd ist ein bisschen grob, aber kein Viehdieb.«

»Ich sage, was mir passt. Er taugt nichts, hat nie was getaugt. Ich habe diese dumme Gans Joanna vor der Heirat gewarnt, nachdem ihr Mann gestorben war. Syd hatte es nur auf ihre Station abgesehen. Er behandelt sie wie Dreck. Und«, fügte sie wütend hinzu, »er hatte die Stirn, mir Grüße an Zack und Sibell aufzutragen.«

»Das war doch nett.«

»Findest du? Du solltest ihn deiner Mutter gegenüber lieber nicht erwähnen, sonst kriegt sie wieder ihre Zustände. Und was ist mit dir, mein Mädchen? Wann fährst du in die Stadt?«

»Ich kann Daddy jetzt nicht allein lassen.«

»Zack wird schon wieder. Wenn sie ihm nicht länger das Hirn mit dem Zeug vernebeln. Ich habe gehört, dein Freund ist auf dem Heimweg. Wird auch Zeit. Du möchtest ihn doch treffen, oder?«

»Ja, aber ich warte lieber, bis Daddy reisefähig ist.« Sie zuckte die Achseln. »Bis dahin können die Flüsse natürlich schon Hochwasser führen.«

»Unsinn. Wir warten, bis es Zack ein wenig besser geht, dann bringe ich dich in die Stadt. Sonst gerät Myles in die Fänge aller mannstollen Mädchen. Du musst bei ihm sein.«

Lucy schüttelte den Kopf. »Ich kann Mutter und Daddy nicht hier lassen.«

»Wieso nicht? Es wäre nicht das erste Weihnachtsfest, das sie zu Hause verbringen.«

Lucy hatte keine Lust, mit Maudie zu streiten, die Sorge um Zack und Myles quälte sie schon genug. Auch wollte sie nicht über Sibell sprechen. Sie hielt es für wichtig, dass Sibell einige Monate in der Stadt verbrachte, Freunde traf, Spaß hatte, ihre Sorgen vergaß. Ein Urlaub würde ihnen allen gut tun. Doch wie lange würde es dauern, bis Zack reisen konnte? Der Arzt hatte die Wunde in seinem Rücken genäht und darauf bestanden, dass er sich still verhielt, auf Kissen gestützt, bis die Fäden gezogen werden konnten.

Lucy würde nichts anderes übrig bleiben, als Weihnachten auf der Station zu verbringen. Sollte Maudie doch allein in die Stadt fahren.

Yorkey ließ sich Zeit für den Weg vom Lager zum Wohnhaus der Station. Obgleich ein Großteil des weiten Outbacks reichlich monoton wirkte, konnte Yorkey als Treiber und Viehhüter noch immer hinzulernen, wenn er durch neue Gebiete ritt. Im Geiste zeichnete er eine Landkarte. Er folgte dem staubigen, roten Fußpfad und bog dann in die Ebene mit ihrem trockenen Gras, den dürren Bäumen und hohen Ameisenhügeln ab, die ihm stets wie strategisch platzierte Wächter erschienen, geheimnisvolle Wesen aus der Vorzeit.

Er wich einem felsigen Abschnitt aus und lief über das offene Land, beäugt von Rindern, die träge auf der Stelle standen. Yorkey machte sich einen Spaß daraus, für sie zu pfeifen. Er mochte Rinder. Keine Herde war wie die andere. In jeder gab es Persönlichkeiten, von den ganz scheuen bis zu den kühnen, streitsüchtigen Tieren; darin waren sie den Menschen sehr ähnlich.

In der Ferne, auf einem flachen Hügel, sah man das Wohnhaus, umgeben von zahlreichen Gebäuden. Fast wie eine kleine Stadt; dort arbeiteten sicher viele Männer. Er nahm einen breiteren Weg, der in diese Richtung führte. Dann stieß er auf einen kleinen, eingezäunten Friedhof.

Yorkey setzte sich ein Weilchen hin, schaute über den Zaun auf die Grabsteine und Kreuze, von denen einige den Namen Hamilton trugen, genoss die Ruhe, bevor er weiterzog.

Er umging den Bereich des Wohnhauses und suchte die Viehhöfe auf. Sie waren um diese Jahreszeit leer, doch die nahe gelegenen Koppeln weckten sein Interesse. Yorkey nickte anerkennend: Dort standen an die achtzig Treiberpferde in ausgezeichnetem Zustand, dahinter lang gestreckte, gepflegte Ställe für die besten Tiere.

Einige Hunde kamen gelaufen und knurrten den Fremden an. Ein untersetzter Hufschmied schaute von seiner offenen Esse hoch.

»Wer bist du, und wo willst du hin?«

»Ich heiße Yorkey. Ich bin auf der Suche nach Darky Mick.«

»Er ist draußen. Kommt in ungefähr einer Stunde.«

Yorkey wollte nicht verraten, dass er Darky Mick erst am Tag zuvor kennen gelernt und seinen Namen nur genannt hatte, um Eintritt in die Festung zu erlangen. Er hatte schließlich auch seinen Stolz.

»Ich bin Treiber. Habe gerade eine Herde für die Big Run weggebracht.«

Der Schmied sah ihn neugierig an. »Für einen Schwarzen sprichst du gut Englisch.«

»Klar«, sagte Yorkey. »Könnte ich einen Tee bekommen, während ich warte?«

»Da drüben.« Der Schmied wies mit dem Kopf zu einigen Gebäuden jenseits der Ställe und fuhr in seiner Arbeit fort.

Andere Männer schlenderten umher, doch niemand achtete auf ihn. Er band sein Pferd an ein Geländer und machte sich auf die Suche nach dem Küchenhaus.

Yorkey kannte die Regeln. Die Stationsköche hielten stets dampfenden Tee in großen Kannen auf dem Herd bereit. Weiße Männer konnten sich in die benachbarte Messe setzen; den Schwarzen war dieser Raum versperrt.

Der Koch zeigte sich zuvorkommend und reichte Yorkey einen Becher Tee und ein Brötchen. »Neu hier?«

»Ich bin nur auf der Durchreise. Danke.« Er nahm den Tee, biss in das Brötchen und zog sich in den Schatten eines Sonnendachs zurück. Dort hockte er sich in den Staub und wartete auf Darky.

An diesem Abend stand Yorkey als Held im Mittelpunkt. Dafür sorgte sein neuer Freund Darky Mick. Er sauste hin und her, rief Viehhüter und Stationshelfer herbei, damit sie seinen »Kumpel« kennen lernten.

»Er hat den kranken Boss gefunden«, prahlte er. »Im Busch, sonst wär der Boss tot. Das ist Yorkey!«

Männer versammelten sich, klopften ihm auf die Schulter, brachten ihm Bier, lauschten eifrig der Rettungsgeschichte und als Draufgabe noch dem Drama in der Schlucht, von dem sie jetzt endlich aus erster Hand erfuhren. Yorkey stieg sein Erfolg beinahe zu Kopf, und Darky Mick war ebenso aufgeregt wie er. Doch das Beste sollte noch kommen: Der Koch brachte ihm eine prachtvolle Mahlzeit und erklärte, es sei noch viel mehr für ihn da.

Yorkey erkundigte sich nach dem Boss und erfuhr, dass er noch sehr krank sei. Er war nicht sonderlich überrascht, doch zu seiner Erleichterung hieß es, der Arzt werde den Boss retten. Er mochte Zack, bewunderte ihn sogar, traute sich aber nicht, es diesen Männern gegenüber zu erwähnen.

Stattdessen sagte er: »Euer Boss ist ein harter Bursche. Der Schmerz muss unerträglich gewesen sein, aber er hat ohne einen Mucks auf dem Pferd gesessen und wusste immer den Weg.«

Zacks Männer nickten zustimmend, und Yorkey wusste, die Geschichte würde in die Überlieferung des Bezirks eingehen, an Lagerfeuern wieder und wieder erzählt und ausgeschmückt werden, wie es bei guten Vorlagen stets der Fall war. Er grinste bei sich. Ihn würde man vergessen, doch Zack Hamilton musste von nun an mit dem Ruf seiner sagenhaften Tapferkeit leben. So wie er Zack einschätzte, würde der lakonische, zurückhaltende Boss wenig begeistert davon sein.

Dann kam der Vorarbeiter Casey aus seinem Haus herüber, und man erzählte ihm die ganze Geschichte noch einmal.

»Gut gemacht, Yorkey«, sagte er. »Und wenn er sich erholt hat, wird sich der Boss sicher persönlich bedanken wollen. Bis dahin kannst du gern bei Darky Mick und seinen Kumpeln schlafen, du bist uns herzlich willkommen.«

»Danke, Mr. Casey, aber ich bin kein Schmarotzer. Wenn Sie einen Job für einen Viehhüter hätten, könnte ich mir in der nächsten Saison meinen Unterhalt selbst verdienen.«

Casey grinste. »Da kann ich schlecht Nein sagen, was? Darky, führ ihn herum.«

Und so gelangte Yorkey auf die Gehaltsliste der Black Wattle Station und teilte eine gute, trockene Schlafhütte mit Darky Mick und zwei anderen Aborigines. Er konnte sogar sein müdes Pferd gegen ein frisches Tier von der Koppel eintauschen. Er war am Ziel. Die Regenzeit konnte kommen.

Sibell war außer sich. »Maudie hat Zacks Medizin aus dem Fenster geschüttet! Lucy, lass neue kommen. Ich erwarte den Arzt erst in einer Woche. Du musst ihn vorher finden.«

»Wie konntest du das tun!«, schrie Lucy, doch Maudie zeigte sich ungerührt.

»Ich habe euch doch gesagt, ihr sollt ihn nicht so einlullen.«

»Nicht du triffst hier die Entscheidungen, sondern der Arzt!«

»Das könnte euch so passen! Sibell kann sich aufregen, so viel sie will, ich kümmere mich um ihn.«

Und das tat sie auch. Sie badete Zack, um ihn abzukühlen, schüttelte seine Kissen auf, damit er es bequem hatte und nicht auf der Wunde lag. Sie bestand darauf, dass er möglichst aufrecht ruhte, damit er frei atmen und auf diese Weise eine

Lungenentzündung vermeiden konnte. Sie beachtete Sibells Klagen nicht, die behauptete, er könne in dieser Position nicht schlafen. Bevor die neue Laudanumflasche zwei Tage darauf eintraf, war Zack hellwach, beschwerte sich über die ständigen Schmerzen, die erforderliche Bettruhe und dass man ihn wie einen Säugling gewickelt habe, doch er erholte sich. Als Sibell ihm das Laudanum brachte, weigerte er sich zu Maudies großer Freude, es zu nehmen, wenn auch unter dem Vorwand des schlechten Geschmacks.

Der Boss hatte wieder das Heft in der Hand. Er beharrte darauf, er sei von nur einem Mann angegriffen worden, der ihn vermutlich berauben wollte, und nicht von einer ganzen Gruppe Krieger, wie die Polizei vermutete.

»Sie sind schnell dabei, alles auf die Krieger zu schieben. Wollen auch ein bisschen Abenteuer erleben. Ich habe den Burschen kurz gesehen, den vergesse ich nicht so schnell. Er war allein und trug keine Spur von Bemalung.«

»Nun, die Goldsucher wurden jedenfalls von Kriegern getötet«, sagte Maudie.

»Woher willst du das wissen?«, fragte Zack. »Sicher, so etwas ist schon vorgekommen, aber die Schwarzen auf der Station sagen, draußen zögen keine Krieger umher. Schwarze gehen nicht grundlos auf den Kriegspfad, sie müssen irgendwie provoziert worden sein. Ich schätze, die Horde, die die Goldsucher umgebracht hat, war zunächst nur auf der Jagd, und dann lief etwas schief.«

»Was denn zum Beispiel?«, wollte Maudie wissen.

»Das werden wir vermutlich nie erfahren. Und du kannst darauf wetten, dass der Mistkerl, der mich angegriffen hat und mich dann wegreiten sah, inzwischen hundert Meilen von hier entfernt ist. Ich will nicht, dass die Polizei unschuldige Stammesleute festnimmt, damit sie selbst gut dasteht.«

»Sie machen nur ihre Arbeit«, murmelte Maudie.

»Klar«, knurrte Zack. »Aber sag mal, wann fährst du

eigentlich in die Stadt? Ich möchte, dass du Lucy mitnimmst.«

Sibell, die still neben der offenen Flügeltür gesessen hatte, sprang augenblicklich hoch. »Sie können nicht fahren. Es ist zu gefährlich.«

»Ist es nicht«, erwiderte Maudie. »Guter Gott, wenn wir uns bei jeder Kleinigkeit verkriechen, können wir gar nicht mehr vor die Tür gehen.«

»Den Angriff auf Zack würde ich nicht als Kleinigkeit bezeichnen.«

»Sibell ... er hat dir soeben gesagt, dass der Kerl längst über alle Berge ist. Und die Polizei hat die Männer gefasst, die die Goldsucher getötet haben.«

»Was?« Zack fuhr herum und verzog das Gesicht bei dem plötzlichen Schmerz.

»Reg dich nicht auf«, sagte Maudie beschwichtigend, »ich wollte es dir eigentlich noch nicht sagen. Die Polizei hat sie in einem der Lager am Daly River gefunden.«

Zack lehnte sich zurück und seufzte. »Verstehe. Sie sind einfach ins Lager geritten und haben nach den Mördern gefragt, die sich natürlich sofort gestellt haben. Genial!«

»Sie mussten jemanden verhaften, die Mörder durften nicht ungestraft davonkommen. Und sie sagen, sie hätten die Richtigen gefasst, also hör bitte auf damit. Es geht dich nichts an.«

Zack schwieg, da Sibell in der Nähe war. Er fragte sich, wie viel davon wahr sein mochte. Dies verschaffte den Schwarzen vom Daly River möglicherweise einen Grund, um Vergeltung zu üben. Er beschloss, die Wachen, die Maudie und Lucy nach Pine Creek begleiten würden, zu verdoppeln.

»Ich muss los«, sagte Maudie gerade, »aber Lucy will auf dich und Sibell warten.«

»Nicht nötig. Wir kommen später nach.« Er lächelte Sibell an.

»Wir kriegen vielleicht nasse Füße, Liebes, aber das wäre nicht das erste Mal, oder?«

»Wir bleiben hier, bis du ganz gesund bist«, antwortete sie.

Später sprach Zack unter vier Augen mit Maudie.

»Um sicherzugehen, solltest du zwei meiner Männer mitnehmen.«

»Wozu? Mein Wesley und zwei Viehhüter warten schon auf mich.«

»Gut, dann hast du vier Wachen. Sie werden gegen ein bisschen Urlaub nichts einzuwenden haben. Unser Wagen ist gepackt, darin ist alles, was du brauchst. Du fährst vor, Sibell und ich werden reiten.«

»Falls es der Arzt erlaubt.«

»Lass das meine Sorge sein. Lucy hat sich so gefreut ...«

»Auf Myles«, bemerkte seine Schwägerin grinsend.

»Ja, es wäre eine Schande, sie grundlos von ihm fern zu halten. Aber nehmt euch in der Schlucht in Acht. Haltet euch bloß nicht auf. Eigentlich wäre mir der Weg außen herum lieber. Am besten nehmt ihr den.«

»Schon gut, uns wird wohl nicht gleich der nächste Erdrutsch treffen.«

»Ich möchte nur, dass ihr vorsichtig seid.«

Maudie verlor keine Zeit. Der Wagen wurde geholt, und Sibell überprüfte, ob sie alles dabeihatten, was für den Bezug des Strandhauses in Darwin vonnöten war. Die Köchin bereitete ihnen Proviantpakete.

Am nächsten Morgen war Maudie früh im Stall, sah nach den Pferden, dem Wagen und erteilte den Viehhütern die gleichen Befehle wie am Vorabend. Dann eilte sie ins Haus, wo Sibell sie bereits erwartete.

»Du warst gestern Abend so beschäftigt, dass ich keine Gelegenheit hatte, mit dir zu reden. Gestern bekam ich den

Schock meines Lebens. Ich habe gedacht, Jimmy Moon reitet über die Koppel am Haus.«

»Jetzt siehst du aber Gespenster. Du brauchst wirklich Urlaub.«

»Sei nicht so unhöflich. Ich meinte nur ...«

»Ich weiß, was du meinst. Du lebst in der Vergangenheit. Jimmy Moon ist seit Jahren tot. Ich glaube, die Probleme mit der Gewalt, von denen du sprichst, liegen in der Vergangenheit begraben.«

»Das hast du wohl von Lucy gehört. Sie hat mich missverstanden, als ich von Gewalt sprach. Ich wäre im Traum nicht darauf gekommen, dass man Zack überfallen würde.«

Maudie war wenig beeindruckt. »Wir alle haben große Schwierigkeiten, dich zu verstehen. Dieser Angriff auf Zack – willst du ihn etwa als weitere Entschuldigung dafür nutzen, dass du ihn verlässt?«

»Selbstverständlich nicht.«

»Warum gehst du dann nicht hinein und sagst ihm, dass es Unsinn war? Dass du doch nicht nach Perth verschwindest. Eine solche Medizin würde ihm mehr helfen als das Zeug, das er von dir bekommt.« Sibell wandte sich wütend ab. »Ich hoffe, du hast es ihm gegenüber nicht erwähnt.«

»O nein, weder ich noch er selbst. Zack würde seine Frau niemals kritisieren. Er ist sehr loyal.«

Sibell hörte die ätzende Bemerkung im Hinausgehen, drehte sich aber nicht um. Es gab kein Zurück mehr für sie.

Jimmy Moons Sohn lebte sich schnell ein. Am ersten Tag ritt er mit Casey los und suchte in niedrig gelegenen Buschgebieten nach streunendem Vieh, das bei der ersten Zählung gefehlt hatte. Dann ritten sie zu den Viehhöfen, um den Auftrieb auf höheres Gelände abzuwarten.

Casey sagte wenig, sie waren sehr beschäftigt; er bemerkte nur, dass er Yorkey zum Boss bringen werde, sobald dieser sich besser fühlte. Später hörte er, wie Casey zwei anderen gegenüber erklärte, der neue Junge sei »ein guter Mann«, worauf diese zustimmend nickten. Die Anerkennung tat ihm gut. Er war mehr als ein Besucher, er wollte bleiben. Die Menschen auf dieser Station begegneten einander freundlich, ganz im Gegensatz zu anderen Stationen, wo sich die Helfer aus allen möglichen unerfindlichen Gründen an die Kehle gingen.

Er interessierte sich nach wie vor für Jimmy Moon, vor allem, da sich die alte Frau bei dem Thema so schweigsam gezeigt hatte, als habe er an ein Tabu gerührt. Über Netta wusste er Bescheid, doch Jimmy Moons Schicksal blieb ein Rätsel. Seine Mutter hatte gesagt, er sei ein Held gewesen. Wieso? Was hatte er getan, um dieses Lob zu verdienen und den Namen eines Weißen obendrein? Sie hatte erklärt, er sei ein reinrassiger Schwarzer gewesen wie sie selbst, also stammte sein Name nicht von einem weißen Vater.

Yorkey suchte nach ein paar Tagen einen alten Burschen namens Dodds auf, weil er gehört hatte, dass er schon lange auf der Station lebe. Es hieß, Dodds sei ein Viehhüter im Ruhestand, der gelegentlich noch Aushilfsarbeiten übernahm und mit seiner Missus in einer netten Hütte neben Caseys Haus lebte, aber meist in den Ställen zu finden war.

Es war nicht schwer, ihn aufzutreiben; der säbelbeinige Graubart, der gerade einen Schuppen aufschloss, fiel ihm sofort auf. Auch machte es Yorkey keine Mühe, ein Gespräch anzuknüpfen. Er fragte Dodds, wie lange er auf der Station lebe.

»Fast mein ganzes Leben«, sagte dieser. »Bin als Kind hergekommen, man hat mich sozusagen ausgesetzt. Hast du was zu rauchen?«

»Sicher.« Yorkey drehte eine Zigarette und reichte sie Dodds.

Dieser zündete sie an und nahm einen tiefen Zug. »Gutes Zeug. Woher hast du das?«

Er wunderte sich wohl, woher ein Schwarzer so guten Tabak hatte, doch das nahm Yorkey ihm nicht übel. »Von Casey.«

»Tatsächlich? Hm ... du bist der Bursche, der Zack hergebracht hat. Gut gemacht. Wie heißt du doch gleich?«

»Yorkey.«

»Nun, Yorkey, der Herr im Himmel wird es dir lohnen. Zack ist ein prima Bursche. Kenne ihn, seit er ein Dreikäsehoch war.«

»Ehrlich?«

Sie ließen sich auf einigen Packkisten nieder, die vor dem Schuppen standen, und Dodds, der sichtlich froh war, dass man ihm zuhörte, erzählte von seinem Vater, der hier draußen eine Viehstation aufbauen wollte, aber nach wenigen Monaten Bankrott gegangen war.

»Hatte keine Ahnung von der Sache«, sagte Dodds. »Hat sein Vieh weit über Land getrieben und die meisten Tiere dabei verloren; der Rest fiel der Dürre zum Opfer. Mit dem Wissen, das ich jetzt habe, hätte ich die Sache herumgerissen, aber dieser Trottel hat nicht mal eine Hütte zu Stande gebracht. Ich und mein Bruder haben mit ihm im Busch kampiert. Sind beinahe verhungert, lebten von Schlangen und Buschfutter wie verdammte Abos. Wenn du gestattest.«

»Schon gut«, meinte Yorkey.

»Ja, nun ... dann bringt er Stanley und mich hierher – Black Wattle war damals nichts Großartiges – und lässt uns bei Charlotte, Zacks Mutter. Sagte, er wolle nach Osten, unsere Mutter holen. Der Schweinehund ist nie zurückgekommen. Wir haben unsere Eltern nie wieder gesehen.«

»Was ist aus deinem Bruder geworden?«

»Stan? Kann mich kaum noch an ihn erinnern. Er ist ertrunken. War genauso verrückt wie sein Vater. Wollte einen Fluss bei Hochwasser durchqueren. Aber ich hatte keine verrückte Ader, sondern blieb bei den Hamiltons. Ich war fünfzehn Jahre lang Vorarbeiter, ich könnte dir vielleicht Geschichten erzählen.«

Yorkey war zuvor schon Männern wie Dodds begegnet, die sich gern reden hörten, doch er gab ihm noch eine Zigarette und hörte sich die öden Geschichten an, weil er hoffte, etwas über Jimmy Moon zu erfahren.

Doch endlich blieb ihm nichts anderes übrig, als direkt zu fragen. »Erinnerst du dich an einen Kerl namens Jimmy Moon? Hat wohl hier gearbeitet.«

»Wenn ja, würde ich mich an ihn erinnern. Lass mich überlegen. Jimmy Moon. Nicht dass ich wüsste. Wann soll das gewesen sein?«

»Vor ungefähr zwanzig Jahren.«

»Zwanzig Jahre. Das war eine schlimme Zeit damals. Charlotte starb, eine wunderbare Frau. Habe ich dir erzählt, dass sie Stan und mich aufnahm und uns Unterricht erteilte, weil wir noch nie in der Schule gewesen waren? Und sie hat uns die ersten Stiefel gekauft. Oh, die haben wir gehütet wie unseren Augapfel.«

»Jetzt zu Jimmy Moon. Er hat hier gearbeitet, wahrscheinlich als Viehhüter. Er war ein Schwarzer.«

»Ach so, dann kann ich mich nicht an ihn erinnern. Sie kommen und gehen, wenn ich das so sagen darf, Kumpel.«

»Na ja, ich hatte den Namen einfach aufgeschnappt. Seltsamer Name für einen Schwarzen. Angeblich steckt eine Geschichte dahinter. Irgendwie hat es mich neugierig gemacht.«

»Kann ich mir denken. Schwarze lieben Geschichten. Aber warte mal, Jimmy Moon, der Schwarze! Nein, er hat nicht hier gearbeitet, jetzt fällt es mir wieder ein. Er kam nur zu Besuch her.«

»Hat er bei den Schwarzen auf der Station gelebt?«

»Nein, da war er ein bisschen eigen. War drinnen bei den weißen Bossen. Gott weiß, woher er kam. War ein anständiger Kerl. Sogar mit Colonel Puckering befreundet.«

»Wer war das?«

»Der Colonel war der Polizeichef des Territoriums. Ist inzwischen pensioniert, vielleicht auch tot.« Dodds zwinkerte ihm zu. »Der Colonel hat eine Dame aus dem Rotlichtviertel geheiratet, die beste Hure von Darwin. Junge, war das ein Skandal!«

»Also kam Jimmy Moon nur zu Besuch?«

»Ja. Komische Geschichte. Die Missus mochte ihn. Er war ein Freund von Mrs. Hamilton.«

»Wie kam es dazu?«

»Wenn du nicht ständig fragen würdest, könnte ich es zusammenkriegen. Sie halten den alten Dodds für tatterig, aber ich steck sie noch alle in die Tasche. Bin so schlau wie jeder beliebige andere hier, das kannst du mir glauben.«

Yorkey wartete geduldig, während Dodds mit dem Stiefel Linien in den Sand zeichnete.

»Also. Das war ein sonderbarer Tag, als Jimmy Moon kam. Wir wurden alle nach draußen gerufen, um uns die große Vorstellung anzuschauen. Mrs. Hamilton ließ ein aufgeputztes Pferd vorführen und schenkte es dem Schwarzen. Da ist er uns zum ersten Mal aufgefallen.«

Yorkey saß ganz still da und erinnerte sich an die Worte seiner Mutter. »Er hatte ein eigenes Pferd.« Damals war das für einen Schwarzen etwas ganz Besonderes gewesen.

»Weiß nicht, was Zack davon gehalten hätte«, fuhr Dodds fort. »Aber er war mit dem Vieh unterwegs. Wirklich seltsam. Sie sagte, sie schulde Moon ein Pferd, weil sie ihm vor langer Zeit ein Versprechen gegeben hatte. Da hast du deine Geschichte. Hab doch gesagt, ich vergesse kein Gesicht. Maudie war damals auch hier, mit ihrem Mann. Aber als er starb, übernahm sie die Station ihres Vaters, Corella Downs. Hat seither dort gelebt. So, jetzt muss ich aber los, meine Missus wartet mit dem Essen.«

Er erhob sich, doch Yorkey hatte noch eine Frage.

»Weißt du, was aus Jimmy Moon geworden ist? Es heißt, er wäre ein Held gewesen.«

Dodds hielt inne und sah ihn an. Er kratzte sich das Haar und den dichten Bart, der sein Gesicht verdeckte.

»Held? Na ja. Sie haben ihn aufgehängt.«

Yorkey blieb der Mund offen stehen. Er war wie betäubt vor Entsetzen. Er konnte nichts sagen, keine Fragen mehr stellen, nicht schreien, um Dodds zurückzurufen. Er sah ihm nach, als sei er ein verstohlener Geist, der die Toten in ihrer Ruhe stört und den Ruhm eines Menschen zunichte macht. Er fühlte sich völlig leer.

Später kam er sich töricht vor. Netta hatte ihn hereingelegt, Geschichten erfunden, ihm etwas vorgegaukelt. Über einen Vater, der kein Held gewesen war, sondern wie so viele Schwarze vor ihm gegen das Gesetz verstoßen hatte. Wozu das alles? Warum hatte sie überhaupt von ihm gesprochen? Hätte sie ihn nicht einfach in Frieden ruhen lassen können? Warum erfanden Frauen solche romantischen Geschichten? Kein Wunder, dass die Greisin im Lager zurückgeschreckt war. Hängen war ein schrecklicher Tod, den die Stammesleute zutiefst fürchteten. Yorkey schauderte und wünschte, er könne das Gehörte vergessen. Verdrängen. Jedenfalls würde er künftig keine Fragen über seinen Vater mehr stellen. Es war besser, nichts darüber zu wissen.

»Du schaffst es auch allein«, tröstete er sich, als er zu seiner Schlafhütte trottete.

Am Sonntagmorgen suchte Casey ihn auf.

»Der Boss will dich sehen, Yorkey. Mach dich frisch.«

Yorkey rannte los, um zu duschen und sich zu rasieren, borgte sich ein sauberes Hemd aus, putzte seine zerschrammten Stiefel, kämmte das nasse Haar nach hinten und band es zu einem Zopf. Unterdessen fragte er sich, wie er Zack ansprechen sollte, weshalb er überhaupt so aufgeregt war. Schließlich war Zack ein Mann wie jeder andere, er würde schon nicht beißen.

Mrs. Hamilton empfing sie an der Hintertür. Sie wirkte nett, aber nervös. Sie schaute ihn an, als habe er sich in einen Kobold verwandelt und wolle ihr Haus auf den Kopf stellen.

»Das ist Yorkey«, sagte Casey. Sie sah verwirrt aus.

»So heißt du? Yorkey?«, flüsterte sie.

»Ja, Missus.«

»Woher kommst du?«

»Aus der Gegend von Katherine.«

»Verstehe.« Sie lächelte unvermittelt und erinnerte ihn dabei an die weiße Frau aus seinem Traum, die er mit Netta verwechselt hatte.

Casey trat vor. »Er möchte zu Zack.« Sie nickte. »Ja, natürlich. Kommt herein.«

Yorkey liebte diese Häuser, das polierte Holz, die verputzten Wände und die wohlriechende Luft, die unter den hohen Decken zirkulieren konnte. Yorkey sah geradeaus, während sie durch den Flur und eine Treppe hinaufgingen, da er nicht neugierig erscheinen wollte. Seine Augen glitten jedoch in offene Zimmer, er erhaschte einen Blick in ein elegantes Esszimmer und einige vornehme Wohnräume, sogar Schlafzimmer mit blütenweißer Wäsche konnte er sehen. Dann standen sie in einem großen Schlafzimmer mit Veranda, von der aus man einen Blick über das Tal genoss. Ein gutes Zimmer, wenn man schon im Bett liegen musste. Sie schoben ihn zum Boss, der auf Spitzenkissen gestützt im Bett lag und darin so völlig fehl am Platz wirkte, dass Yorkey grinsen musste.

»Sie lassen es ruhig angehen, was?«

Casey runzelte die Stirn, aber Zack lachte nur. »Unfreiwillig. Wie geht es dir, Yorkey?«

»Ganz gut.«

»Möchtest du hier bleiben?«

»Ja, bis der Auftrieb beginnt.«

»Du kannst auch länger bleiben. Es wäre ein guter Job, ohne das ewige Herumreisen.«

Yorkey war überrascht. Er hatte gar nicht an eine dauerhafte Stellung gedacht, war immer Treiber gewesen.

»Na, ich weiß nicht.«

»Hast genügend Zeit zum Nachdenken. Ich habe übrigens erfahren, dass Paddy auf dem Weg der Besserung ist.«

»Schön zu hören. Sie auch, was?«

»Ja, wurde auch Zeit.« Zack wandte sich an Casey. »Da fällt mir ein ... wir hätten Yorkey als Eskorte für Maudie und Lucy losschicken sollen. Er hat erlebt, was in der Schlucht passieren kann. Jetzt ist es zu spät.«

»Sie kommen schon zurecht«, meinte Casey. »Maudie wird dafür sorgen.«

Sie sprachen eine Weile über dieses und jenes. Yorkey fühlte sich fehl am Platz und hoffte, die Audienz sei bald vorüber. Er wäre gern gegangen, doch Zack hatte andere Pläne.

»Sieh mal hinaus auf die Veranda, Yorkey.«

»Wozu?«

»Schau es dir an.«

Mrs. Hamilton stand neben der Tür und strahlte, sie wirkte entspannter als vorher. »Hier draußen, Yorkey.«

Verwundert trat er nach draußen und entdeckte einen brandneuen Sattel, der über einem Stuhl hing, sonst war nichts zu sehen.

»Er gehört dir«, rief Zack vom Bett aus.

»Was?«

»Der Sattel, du Esel. Ich habe bemerkt, dass du einen neuen Sattel brauchst, da ist er.«

»Das ist seine Art, Danke zu sagen«, flüsterte ihm Mrs. Hamilton zu. »Er will ihn dir schenken.«

»Mir?« Yorkey hatte nie zuvor einen so eleganten Sattel besessen und war wie vor den Kopf geschlagen.

Irgendwie brachte er ein Dankeschön heraus, Zack schüttelte ihm die Hand, und Casey legte ihm den Sattel über die Schulter. Er war leicht, aus weichem, geschmeidigem Leder, aber robust und gut geschnitten. Die stählernen Steigbügel glänzten. Yorkey konnte sein Glück kaum fassen.

»Dann mal los«, sagte Casey. »Du willst ihn doch sicher ausprobieren.«

An der Tür wandte sich Yorkey noch einmal um.

»Hoffentlich laufen Sie bald wieder rum, Boss«, sagte er und folgte Casey nach unten. Später fiel ihm auf, dass er unbewusst die richtigen Worte gefunden hatte. Zack war jetzt der Boss. Sein Boss.

6. KAPITEL

MATONG HATTE DAS gefährliche Gebiet durchquert und war in die Heimat des Flussvolks gelangt. Die angrenzenden Sümpfe waren ausgetrocknet, der harte Schlamm bildete unregelmäßige Muster unter den einsamen Mangroven, deren immergrünes Laub erst hoch über dem Boden ansetzte, wie geraffte Röcke über mageren Beinen. Obwohl es hier ausreichend Nahrung gab, rannte er noch einen halben Tag weiter bis in die üppigen Wälder, die den Fluss säumten. Mit einem Schrei der Erleichterung sprang er in die warmen Fluten.

Er ließ sich eine Weile treiben, trank, ruhte sich aus, hielt Ausschau nach Krokodilen, suchte die Ufer nach Anzeichen menschlichen Lebens ab. Dann jedoch setzten die Hungerkrämpfe wieder ein. Er zündete ein Feuer an, stocherte im glimmenden Holz, bis es richtig brannte, und machte sich auf die Suche nach Nahrung. Schon bald kehrte er mit Panzerkrebsen und Muscheln zurück, die er in die heiße Asche warf. Dann machte er sich daran, eine Reuse auszurauben, die er weiter flussaufwärts entdeckt hatte.

Es wurde ein Festmahl. Er verschlang zwei dicke Fische und die anderen Köstlichkeiten und legte sich, endlich gesättigt, hin. Kurz darauf war er eingeschlafen.

Am Morgen stieß er auf einige seiner Angehörigen, doch bevor er ihnen von Mimimiadies Frau berichten konnte, klagten sie ihm ihr Leid. Berittene Polizisten hatten in ihrem Gebiet nach den Mördern der beiden Weißen gesucht und drei junge Männer verschleppt, ohne auf die Bitten der Ältesten zu achten, die deren Unschuld beteuerten.

Als Matong dies hörte, verschwieg er lieber, dass er und die anderen die Weißen aus Vergeltung getötet hatten, und berichtete ihnen nur vom Mord an Mimimiadies Frau. Die anderen klagten nur noch mehr.

»Wir sind sehr betrübt, das zu hören«, sagte einer der Ältesten zu ihm. »Aber ich würde gern mit Mimimiadie sprechen. Ist er nicht bei dir?«

»Nein. Er und Gopiny hatten Angst, hierher zurückzukehren. Ich nicht«, prahlte er. »Die weißen Männer fassen mich nie, obwohl Mimimiadie meint, sie würden uns zu gut kennen.«

»Ob das für dich und Gopiny gilt, weiß ich nicht«, entgegnete der Älteste. »Aber es stimmt, dass die Polizei Mimimiadie für einen Rädelsführer hält, sie haben ihn gesucht. Wann kommt er wieder?«

»Nach der Regenzeit. Er ist in der Nähe der Schlucht. Ich muss seine Familie finden und von der Frau berichten.«

Der alte Mann schüttelte den Kopf. »Es gibt noch mehr traurige Nachrichten. Als die Polizisten Mimimiadie nicht finden konnten, nahmen sie seinen Sohn Boomi mit.«

»Was?«, fragte Matong entsetzt. »Warum sollten sie so etwas tun?«

»Sie sagen, sie geben ihn zurück, wenn Mimimiadie sich stellt. Sofern man ihnen das glauben kann.«

»Es ist nur eine Falle. Wenn sie Kinder mitnehmen, geben sie sie nie zurück.«

»Das ist leider wahr«, bemerkte der alte Mann müde. »Aber Mimimiadie muss es dennoch erfahren.«

In den heftigen Diskussionen, die darauf folgten, fiel Matong ein, dass er gar nicht den Tod Djaramas in der Schlucht erwähnt hatte, doch da der Junge hier keine Verwandten besaß, war es einstweilen nicht von Bedeutung. Es hatte keinen Sinn, sie mit Geschichten über ihre Taten in der Schlucht zu ängstigen.

An diesem Abend sprach man über Vergeltung, einen Angriff auf ein Wohnhaus oder eine Viehherde, um Rache für die Verhaftung der drei jungen Männer zu nehmen, die man gewiss einkerkern oder hängen würde. Immer mehr Männer versammelten sich um das Lagerfeuer, es ging dramatisch zu. Manche meinten, Vergeltungsschläge würden noch mehr Ärger verursachen, andere bestanden auf einem schnellen Angriff, der den einzig ehrenhaften Weg darstelle, während die meisten vorschlugen, die weißen Missionare um Hilfe zu bitten. Sie sollten zu den weißen Bossen gehen und schwören, dass man die Falschen verhaftet hatte. Verlangen, dass sie zurückkehren durften, sonst würden die Stammesleute Vergeltung in Erwägung ziehen.

In einem Punkt aber waren sich alle einig: Jemand musste Mimimiadie umgehend von der Entführung seines kleinen Sohnes in Kenntnis setzen. Er würde wissen, was zu tun war. Matong wurde als Bote auserwählt.

Nun bereute er, dass er geprahlt hatte, wie einfach die Durchquerung des gefährlichen Landes gewesen sei. Dumm von ihm, aber weigern konnte er sich nicht, er hatte einen Auftrag erhalten.

Numinga, der sich nicht darüber im Klaren war, dass Matongs Handeln ihn in Gefahr brachte, wanderte unwillig weiter. Er war enttäuscht, weil er das große Plateau verlassen musste, von dem aus er die Welt wie ein Adler hätte betrachten können, von einer trockenen, sicheren Höhle aus, dem Zugriff der Feinde entzogen. Dank dieser elenden Hitzköpfe musste er wieder von vorn beginnen. War erneut auf der Flucht. Ihm blieb jetzt nichts anderes übrig, als seinen Plan zu verfolgen und wieder in die Welt des weißen Mannes zu gehen.

Er gestattete sich noch einige Tage gemächlichen Wanderns, wobei er im Wissen um den aufziehenden Monsun im hohen Norden die heiße, feuchte Luft auf der Haut genoss. Schon waren vereinzelte Wolken am Horizont zu sehen.

Selbst jetzt hatte er keine Eile, als er das Wohnhaus einer Station erblickte, denn er hatte in einem breiten, entlegenen Flussbett Wasser gefunden. Er sah sich in der Gegend um und entdeckte zu seiner Freude keine Spuren von Rindern oder Pferden. Dieser Ort würde überflutet werden, wenn der Fluss zum Leben erwachte, daher hatten die Viehzüchter ihre Tiere davongetrieben. Niemand würde sich in diese Gegend verirren, sodass er hier gut und gern für eine Weile sein Lager aufschlagen konnte. Ein Feuer konnte er zwar nicht entzünden, doch was bedeutete das schon gegen ein paar Tage wirklichen Friedens.

Als er sich zum Aufbruch entschloss, streifte er in der Abenddämmerung um das Wohnhaus, wahrte aber Distanz. Numinga brauchte Kleidung, und es gab zwei Wege, sich welche zu beschaffen. Er konnte sein Versteck verlassen und das Anwesen nach Schwarzen durchkämmen, die irgendwo ihr Lager hatten. Sie würden ihm Hemd und Hosen leihen, ausrangierte Kleidungsstücke der Weißen, die man ihnen gab, weil sie sich nicht unbekleidet in der Nähe des Wohnhauses zeigen durften. Doch er fand keine Fußspuren im Busch. Die Station war riesig, die hier lebenden Schwarzen konnten überall sein. Es schien zu gefährlich, offen nach ihnen Ausschau zu halten.

Die Alternative war der Diebstahl von einer Wäscheleine. Ganz einfach. Es wäre nicht das erste Mal.

Numinga grinste. Ihm fiel ein, wie er einmal ein Hemd von einer Wäscheleine geklaut und später festgestellt hatte, dass es von einer Frau stammte.

Er hatte bereits die Wäscherei und die langen Wäscheleinen hinter dem Schlafquartier der Männer ausgespäht. Es war eine Sache von einer Minute. Leider musste er bei Tageslicht hinlaufen, da man abends die Kleider hereinholte, aber daran ließ sich nichts ändern. Am günstigsten schien die Mittagszeit, wenn die Männer beim Essen waren.

Numinga hielt immer noch Abstand und stieg auf einen Baum, von dem aus er einer Waschfrau bei der Arbeit zusehen konnte. Gierig betrachtete er die Wäsche, die sie aufhängte, Kleidungsstücke, die für ihn so kostbar waren wie ein dicker, fetter Buschtruthahn.

Numinga konnte auch nicht wissen, dass Matong einen weißen Boss verletzt hatte. Er konnte nicht wissen, dass auf allen Viehstationen im Bezirk höchste Alarmbereitschaft herrschte und man nach einem abtrünnigen Schwarzen mit Mordgelüsten Ausschau hielt. Und er konnte nicht wissen, dass während seines Rundgangs ein hungriger Dingo eben diese Mittagsstunde ausnutzen würde, um in einen Hühnerstall einzudringen und alle Tiere in Hysterie zu versetzen.

Von allen Seiten kamen Männer herbeigelaufen, Männer mit Gewehren, die wild feuerten und ihm den Weg abschnitten. Der Dingo konnte mit einem entsetzten Jaulen entweichen, Numinga nicht.

Sie prügelten und traten ihn und stießen ihn umher, bis der Boss kam und ihn unter Bewachung und ohne Wasser und Brot in einen Schuppen sperrte.

Er hörte draußen das Gemurmel der Männer, die überlegten, den schwarzen Mistkerl zu hängen, doch ihr Boss, wer immer er auch sein mochte, duldete das nicht. Numinga erkannte, dass ihm noch ein wenig Zeit blieb; das gab ihm Auftrieb, und der Schwindel in seinem verletzten Kopf legte sich ein bisschen. Zwar konnte er nicht aufstehen, bemerkte aber Spalten in den Holzwänden, durch die Sonnenlicht hereindrang, und kratzte mit seinen starken Fingern neben der Wand über den Boden. Falls ihm genügend Zeit blieb, könnte er sich einen Fluchtweg graben.

Doch die Zeit war gegen ihn. Er war verblüfft über das rasche Eintreffen der Polizei. Man zerrte ihn kurz nach der Morgendämmerung aus dem Schuppen und stieß ihn dem Boss vor die Füße. Dieser wandte sich an die beiden Polizisten:

»Ich glaube, wir haben Ihren Mann gefunden.«

Sie fragten nach seinem Namen, und er murmelte etwas wie Mooboola, wobei ihm noch immer Blut aus dem Mund tropfte. Sie warfen ihm vor, er habe einen weißen Mann mit seinem Speer verletzt.

»Ist nicht wahr, Boss«, rief er zur Überraschung aller, die ihn für einen Schwarzen aus dem Busch gehalten hatten. »So was hab ich nie getan.«

Er versuchte zu erklären, dass er nur nach Kleidung gesucht habe, doch sie lachten ihn aus.

»Was willst du mit Kleidern?«

»Ich bin Viehhüter, Boss. Bin nur gewandert. Ohne Hosen krieg ich keine Arbeit. Hab niemand getötet.«

Die Polizisten schlugen ihn noch einmal, brüllten ihn an, und Numinga brüllte zurück, weigerte sich nachzugeben und blieb so hartnäckig bei seiner Geschichte, dass dem Boss der Station Zweifel kamen.

»Vielleicht sagt er die Wahrheit.«

»Von wegen. Zack sagt, ein einzelner Schwarzer hätte ihn angegriffen. Hoch gewachsen und mager wie der hier, ohne Kriegsbemalung. Kam aus dem Busch. Er ist schon der Richtige. Wir sollten ihn auf der Stelle hängen, Schluss, aus.«

Doch Numinga kannte das Gesetz. »Lassen Sie das nicht zu, Boss. Die Missus Königin sagt, keine Schwarzen mehr hängen.« Er schrie: »Sie sind Boss. Müssen mich retten. Hab nichts getan.«

Der Boss wirkte unschlüssig. »Ich sage Ihnen was. Setzen Sie den Kerl auf ein Pferd. Dann finden wir schnell heraus, ob er Viehhüter ist oder nicht.«

»Die Hunde können nicht reiten«, sagte der jüngere Polizist, doch der andere hielt es für eine amüsante Idee.

»Ja, probieren wir es, und wenn er runterfällt und sich den Hals bricht, sparen wir uns viel Ärger. Holen Sie uns eine wilde Stute, Pop.«

Numinga wandte sich dankbar zum Boss der Station, einem alten Mann, der auf einen Stock gestützt ging. Er wirkte zerbrechlich, sprach aber mit der Stimme eines Mannes, der Gehorsam gewöhnt war. Ein Boss unter den Bossen, dachte Numinga.

Sie brachten ihn zu den Viehhöfen, sattelten ein Pferd und hoben ihn in den Sattel. Dann versetzte jemand dem Tier einen Schlag auf den Rumpf, und es schoss davon wie eine Kugel.

Numinga grub die Fersen in die Flanken des Pferdes und klammerte sich fest. Die Steigbügel waren kurz, was seinen Knien Kraft verlieh, und als sie bockte und tänzelte, sprach er beruhigend auf die Stute ein. Sie war nicht wirklich wild, nur ein reizbares Treiberpferd, wahrscheinlich stachen sie Kletten unter dem Sattel, doch bald hatte er sie beschwichtigt. Er flüsterte ihr ins Ohr, während er sein Gewicht auf die Steigbügel verlagerte und sich im Sattel erhob, versprach ihr Süßigkeiten, Melasse, lauter gute Sachen, bis er gemächlich zum Tor zurückreiten konnte.

Er hörte ein missbilligendes Murmeln aus den Reihen der Viehhüter, die von den hohen Zäunen aus zusahen. Der Scherz war nach hinten losgegangen.

»Womit die Frage beantwortet wäre«, sagte der Boss. »Er ist wirklich Viehhüter.«

»Ein verdammter Abtrünniger«, bemerkte der alte Polizist mit dem kurzen, grauen Haar. »Ich sage immer noch, er ist der Gesuchte. Zack behauptet, der Angreifer wollte ihn ausrauben, und dieser Kerl passt jetzt noch besser ins Bild. Wenn er Zack getötet hätte, hätte er das Pferd und die ganze Ausrüstung bekommen.«

»Verdammter Lügner«, brüllte Numinga, doch sie schoben ihn beiseite, während sie die Angelegenheit besprachen.

Schließlich traf der Boss die Entscheidung. »Die Frage lässt sich einfach klären. Bringen Sie ihn hinüber zur Black

Wattle Station. Zack soll ihn anschauen. Er sagt Ihnen, ob er es ist.«

»Geht nicht«, sagte der ältere Polizist. »Black Wattle liegt mehrere Tage entfernt und auch nicht auf unserem Weg. Wir haben Befehl, uns in Darwin zu melden, bevor der Monsun einsetzt. Das wissen Sie auch, Pop. Dort wird jeder verfügbare Mann gebraucht, wenn alle Raufbolde aus dem Territorium in die Stadt drängen. Ich bin überrascht, dass Sie noch hier sind.«

»Ich bleibe dieses Jahr hier«, sagte Pop. »Bin ein bisschen müde. Hab weder Lust auf den Ritt noch auf den ganzen Trubel.«

»Schade, man wird Sie vermissen.«

»Sie werden es überleben«, meinte er achselzuckend. »Aber was wird aus diesem Burschen? Wenn Sie ihn nicht nach Black Wattle bringen, müssen Sie ihn verhaften und nach Darwin mitnehmen. Dort können Sie ihn ins Gefängnis werfen, bis Zack einen Blick auf ihn werfen kann.«

»Keine gute Idee. Er wird uns aufhalten.«

»Sagen wir mal so«, seufzte der alte Mann, »auf meinem Land wird niemand gehängt. Er wird Sie nicht aufhalten, Sie können ihn fesseln und auf ein Pferd setzen. Aber eins sage ich Ihnen ... er könnte auch unschuldig sein. Seine Geschichte stimmt zumindest teilweise. Ich werde Sie dafür verantwortlich machen, dass er heil und gesund nach Darwin gelangt. Ich möchte nicht hören, dass er unterwegs einen Unfall hatte, kapiert?«

»Ja doch«, erwiderten sie unwillig und sahen einander Hilfe suchend an.

»Gut. Heute können Sie sich ausruhen, Sie sind bis morgen früh meine Gäste. Aber ich sage es noch einmal: Machen Sie gefälligst Ihre Arbeit und bringen Sie ihn ins Gefängnis von Fanny Bay, sonst wird es Ihnen noch Leid tun.«

Die anderen Viehhüter hielten es für recht und billig, dass Zack Yorkey einen neuen Sattel geschenkt hatte, zogen ihn aber auf, weil er ihn hütete wie seinen Augapfel und ständig putzte und polierte. Sie drohten, den Sattel in die Pferdetränke oder, schlimmer noch, auf den Mist zu werfen.

»Das verleiht ihm Charakter«, sagten sie lachend.

Er nahm die Neckereien gutmütig hin, und sie wandten ihre Aufmerksamkeit schon bald der Wagenladung mit Vorräten zu, die soeben eingetroffen war. Eine besondere Ladung mit allem »Notwendigen«, wie man ihm sagte.

Yorkey war fasziniert, als er erfuhr, dass es sich bei diesen »lebensnotwendigen« Vorräten um Sonderrationen Bier und Rum, Lebensmittel, neue Kleider, ein Paket mit Dekorationen – Luftschlangen und Ähnlichem – und eine große, geheimnisvolle Kiste handelte. Dann begriff er, dass sie Vorbereitungen für Weihnachten trafen. Obgleich es noch Monate bis dahin war, wollten sie sicher sein, dass alles »Notwendige« bereitlag, bevor der Regen sie von der Außenwelt abschnitt.

»Klingt nach einer guten Sache«, sagte er zu Dodds. »Bin froh, dass ich geblieben bin.«

»Das kannst du laut sagen, mein Sohn. Aber hör zu, du hast mich doch schon mal nach Jimmy Moon gefragt. Ich habe mit meiner Missus darüber gesprochen. Sie erinnert sich an ihn, hat ein Gedächtnis wie ein Elefant. Komm mit zu mir rüber, dann erzählt sie dir alles.«

Yorkey war es gelungen, die Gedanken an Jimmy Moon zu verdrängen, indem er sich auf seine Arbeit in der neuen Umgebung konzentrierte. Eigentlich wollte er nichts mehr davon hören, doch Dodds bestand darauf.

»Du hast damit angefangen, jetzt kannst du nicht mehr zurück. Sie liebt gute Geschichten. Na komm schon ...«

Da ihm keine Entschuldigung einfiel, folgte Yorkey ihm den Weg entlang zu dem kleinen Ein-Zimmer-Haus, das bei

Caseys gepflegtem Bungalow auf der anderen Seite einer staubigen Koppel lag.

Mrs. Dodds spaltete mit dem Geschick, das jahrelange Übung verleiht, Blöcke in Feuerholz. Die kleine, knochige Frau schob ihren ramponierten Strohhut zurück und stützte sich auf die Axt.

»Was habt ihr zwei hier zu schaffen?«

»Das ist Yorkey«, sagte Dodds. »Will mit dir über Jimmy Moon reden.«

Yorkey überlegte, was er sagen sollte, wenn sie ihn nach dem Grund für sein Interesse fragte, doch sie hatte anderes im Sinn.

»Ist heute Nachmittag nicht der Vorratswagen gekommen?«, fragte sie Dodds.

»Ja.«

»Und wo ist meine Bestellung?«

»Die hole ich später.«

»Nein, auf der Stelle. Ich will nicht, dass sich die Köchin mein Zeug schnappt. Beim letzten Mal hab ich nur die Hälfte vom Tee bekommen und gar keine Melasse. Die Liste hängt noch an der Wand im Küchenhaus, du prüfst gefälligst jede Unze nach. Morgen ist es zu spät, also los.«

Yorkey dachte an Flucht und wandte sich zum Gehen, doch sie hielt ihn zurück.

»Das kann er allein. Du bleibst hier, Yorkey. Setz dich auf die Stufe da, bis ich fertig bin. Wenn ich warte, bis Dodds Holz hackt, würde der Ofen nie brennen.«

»Ich mache das für Sie«, bot er an, doch die Frau lehnte entschieden ab.

»Wirklich nett von dir, mein Junge, aber ich bin gleich fertig.«

Er blieb mürrisch auf der Stufe sitzen und kam sich wie ein Narr vor, denn ihm stand nun gar nicht der Sinn nach einer blutrünstigen Geschichte über den Schurken, den man gehängt hatte. Da er das Warten nicht ertragen konnte, machte er sich daran, das Feuerholz zu einem säuberlichen Stapel aufzuschichten.

Als sie mit dem Hacken fertig war, erklärte sie, sie müsse erst noch ihren Ofen im Haus anfeuern. Sie ging hinein und brachte ihm einen Becher schwarzen Tee mit, den Yorkey dankbar entgegennahm, denn sein Mund war trocken und die Stirn taub, als habe sie sich in Stein verwandelt.

»Du willst also was über Jimmy Moon wissen?«, fragte sie und ließ sich mit gerafften Röcken auf dem Hackklotz nieder.

»Nur wenn's keine Umstände macht, Missus. Ich habe mal gehört, wie Treiber von ihm gesprochen haben. Ihr Mann hätte Sie nicht damit behelligen sollen.«

»Das macht nichts. Ich kannte ihn. Hab damals oben im Haus gearbeitet. Eine der Schwarzen war hinter ihm her, ich glaube, sie hieß Netta. Vergesse niemals einen Namen. War ein braves Mädchen, aber dumm. Hat eine gute Stelle aufgegeben und ist mit einem Taugenichts von einem Treiber weggelaufen. War natürlich ein Weißer ...«

Yorkey rutschte unbehaglich hin und her; davon wollte er nichts hören.

»Du weißt ja, wie die schwarzen Mädels sind. Finden es toll, mit einem Weißen herumzulaufen. Bist du verheiratet?«

»Nein, Missus.«

»Na gut, lass dich auch nicht von diesen schwarzen Mamas überrumpeln. Bleib besser ein freier Mann. Alle schwarzen Mädchen hatten ein Auge auf Jimmy Moon geworfen, weil er ein schlauer Bursche war, kam nicht von hier. Ich weiß noch, er war auf der Suche nach Sibell. Klopfte an die Vordertür, als Schwarzer, man fasst es nicht. Maudie ist beinahe umgefallen. Sie wollte ihn verjagen, doch Sibell kam herausgeschossen und begrüßte ihn wie den verlorenen Sohn.«

Sie lachte. »Das Theater werde ich nie vergessen. Die beiden haben sowieso ständig gestritten, aber damals hätten sie sich beinahe geprügelt, weil Sibell ihn hereinbat.«

Yorkey konnte nicht umhin zu fragen: »Warum hat sie das getan?«

»Sie kannte ihn vom Süden her, war damals noch nicht mit Zack verheiratet gewesen. Er arbeitete auf dem Anwesen, wo sie wohnte. Hab die Geschichte nie so ganz kapiert, du weißt ja, Gerüchte ... noch etwas Tee?«

»Nein danke, Missus.«

Sie lehnte sich zurück, nahm den Hut ab und fuhr sich durch ihr graues Haar. »Weiß nur, dass sie Schwarzen aus dem Busch in die Hände gefallen war, ein übler Haufen, der ihr Schlimmes wollte. Jimmy Moon hat sie gefunden und zu ihren eigenen Leuten zurückgebracht. War der Held der Stunde. Wie du mit Zack, Yorkey. Aber lass es dir nicht zu Kopf steigen, die Menschen vergessen schnell.«

Yorkey war fasziniert. »Ist er ihr hierher gefolgt? Mrs. Hamilton, meine ich?«

»Nein, nein. Er kam aus anderen Gründen nach Norden, hat als Fährtenleser für die Polizei in Katherine gearbeitet. Hat gute Arbeit geleistet, die Polizisten hielten große Stücke auf ihn.«

»Ich dachte, sie hätten ihn aufgehängt?«

»Nein, nicht sie. Wer hat dir das erzählt? Du siehst, wie sich die Geschichten im Laufe der Zeit vermischen. Alle mochten Jimmy Moon, er war ein netter Kerl. Irgendwann mochte ihn sogar die alte Maudie. Und das will was heißen.«

In Yorkeys Kopf wurde es langsam wieder etwas heller, so erleichtert war er. Nun konnte er in Ruhe zuhören, der Frau sagen, dass Netta seine Mutter war und ...

Doch Mrs. Dodds genoss ihre Erzählung. Ihre scharfen grünen Augen hielten ihn gefangen. »Es war nämlich so: Während er für die Polizei arbeitete, erfuhr er, dass Sibell hier draußen lebte. Er entschloss sich, sie zu besuchen.«

»Klingt ein bisschen dreist für einen Schwarzen«, warf Yorkey ein und hoffte, noch mehr Gutes über seinen Vater zu hören.

Er wurde nicht enttäuscht. »Nicht, wenn man ihn kannte. Er war sehr höflich und besaß zugleich die Haltung eines Häuptlings, wenn du weißt, was ich meine. Die Schwarzen sagten, er sei der Anführer eines Stammes im Süden gewesen, der von den Weißen zerstreut wurde, aber das war nur Gerede. Über sich selbst hat er nie viel gesprochen. Aber er hat Weiße und Schwarze gleich behandelt, nie herablassend über die Schwarzen geredet oder zu einem Weißen aufgeschaut.«

»Und er hat hier gearbeitet?«

»Nein, hier war er nur zu Besuch. Sibell hat sich so gefreut! Sie war einsam, Zack war monatelang weg, und dieser Bursche wusste wohl viele Neuigkeiten von den Leuten im Süden. Jedenfalls waren sie richtig gute Freunde. Er lebte in der Schlafhütte, wo du jetzt bist, ging aber mit ihr reiten und machte Spaziergänge mit Wesley, Maudies kleinem Sohn, während Netta und die anderen Mädchen ihnen folgten. Er hat sich auch immer für das Stammesleben interessiert. Aber das wurde ihm zum Verhängnis.«

»Haben sie ihn deshalb getötet?«

»Herrgott, nein. Gut, dass du zu mir gekommen bist. Es macht mich wütend, dass diese Geschichten so durcheinander geraten sind. Ich kann nämlich schreiben, musst du wissen. Ich wollte immer über das Leben im Outback schreiben, die Zeitungen zahlen für so was, aber ich hatte immer zu viel zu tun. Jetzt tut es mir Leid. Die Geschichte geht so schnell über uns hinweg.«

»Ehrlich?«, fragte Yorkey gehorsam, obgleich ihm in dieser Gegend nichts aufgefallen war, das in ein Geschichtsbuch gehört hätte.

»Ja. Und Jimmy Moon hat das auch verstanden.«

»Warum trug er einen Weißen-Namen? Und davon noch zwei?«

Sie zuckte die Schultern. »Keine Ahnung. Ich habe mich manchmal mit ihm unterhalten. Er interessierte sich allerdings nicht für die Geschichte unserer Station, sondern wollte alles über die Stämme hier draußen wissen, wer sie waren, wie sie sprachen. Er redete stundenlang mit einem alten Schwarzen und stellte ihm Fragen über Stämme und Clans.«

»Wieso?«

Die Frage schien sie zu ärgern. »Weil er es wissen wollte«, antwortete sie knapp. »Weil er alles über sein Volk wissen wollte, nicht nur über seine Horde wie ihr anderen alle.«

Yorkey nahm den Tadel hin, ohne zu erwähnen, dass er nicht einmal über seine Horde Bescheid wusste.

»Dann ging er auf Wanderung«, sagte sie. »Er wollte sich mit den Horden vom Daly River treffen. Um etwas über sie zu lernen. Man warnte ihn, dass sie gefährlich seien, Fremde nicht mochten, aber er hatte keine Angst vor ihnen. Also zog er los. Sagte, er würde zurückkommen.«

»Aber er ist nicht mehr gekommen?«

»Soll ich die Geschichte erzählen oder nicht?«, fragte sie vorwurfsvoll. »Warte mal, ich habe Cornedbeef auf dem Herd, das verkocht mir sonst.«

Yorkey ergriff die Gelegenheit, um sich die Beine zu vertreten. Er empfand überwältigendes Mitleid mit Netta, deren Stolz sie dazu getrieben hatte, diesen Ort zu verlassen. Stolz, der aus dem Kontakt zu den Weißen erwachsen war. In ihrer eigenen Gesellschaft galt eine Schwangerschaft nicht als Schande, sondern bot Grund zur Freude. Selbst wenn Jimmy Moon am Daly River verschwunden oder weiter nach Westen gezogen war, hätte sie das Kind mit Stolz austragen können. In der Welt der Weißen war das nicht möglich. Yorkey wusste, welche Strafe eine unverheiratete Frau traf, die schwanger wurde, er hatte Auspeitschungen erlebt, Witze gehört, die man über diese Frauen riss, ohne je sonderlich darauf zu achten. Auch hatte er von seiner Mutter nicht erfahren, dass sie mit einem Treiber davongelaufen war, um der Demütigung zu entrinnen, die ein schwarzes Hausmädchen traf, wenn es mit einem »vaterlosen« Kind schwanger war. So waren die Weißen eben. Vaterlos? Dieses Wort hatten sie erfunden. Und sie hätten Netta ins Lager der Schwarzen geschickt, bis ihre Zeit gekommen war.

Die Chinesen bezeichneten es als Gesichtsverlust, doch es steckte mehr dahinter, wie er selbst kürzlich festgestellt hatte. Wie Netta hatte auch er sich an die Lebensweise und Nahrung der Weißen gewöhnt. Es hatte ihm nicht gefallen, die Uhr für die wenigen Tage im Lager der Schwarzen zurückzudrehen, obgleich ihn diese sanften Menschen, sein eigenes Volk, so freundlich aufgenommen hatten.

Er wünschte, er hätte Nettas Geschichte nicht unbesehen geglaubt, sondern auch auf ihren Schmerz gelauscht, statt nur auf die Prahlereien über seinen stolzen Vater, den man hoch geachtet hatte, der aber zu früh gestorben war.

Mrs. Dodds hatte gesagt, Jimmy Moon habe zurückkommen wollen. Vielleicht hatte Netta Angst bekommen und war deshalb mit dem Treiber davongelaufen.

Yorkey war müde und traurig, als Mrs. Dodds zurückkehrte und über das Wetter jammerte. Eigentlich wollte er am liebsten gehen.

»Es ist so verdammt heiß«, sagte Mrs. Dodds und wischte sich mit einem Tuch übers Gesicht. »Weiß mich nicht zu lassen. Der Regen hängt in der Luft, aber wann kommt er endlich? Yorkey, ich sage dir, wenn er kommt, renne ich nach draußen und stelle mich nackt hin, bis es aufhört. Ich glaube, ihr Schwarzen seid daran gewöhnt, aber ich bin als Mädchen aus Perth hergekommen. Ich wusste nicht, was es heißt, sich nach Regen zu sehnen, doch das hab ich bald herausgefunden. Sieh dir das verdammte Land da draußen an. Bricht bald auseinander, wenn wir keinen Regen bekommen. Wo war ich stehen geblieben?«

»Ist egal. Ich muss ohnehin los.«

»Typisch für euch junge Leute. Interessiert euch nur für eure eigene Horde.«

Yorkey murmelte eine Entschuldigung. »Tut mir Leid, Missus. Ich dachte, Sie wären fertig. Ich glaube, der Rest tut ohnehin nichts zur Sache.«

»Vielleicht nicht für dich. Aber mir hat es etwas bedeutet und den anderen hier auch. Man hat jemandem großes Unrecht zugefügt!«

»Netta.«

»Herrgott, nein. Hab ich dir nicht gesagt, dass sie weggelaufen ist? Nein, ich spreche von Jimmy Moon. Jetzt sag ich dir was. Du weißt, ich kann schreiben. Als Colonel Puckering nach dem Vorfall herkam, er war damals Polizeichef im Territorium, habe ich selbst ein Empfehlungsschreiben für Jimmy Moon aufgesetzt, das alle Arbeiter auf der Station unterschrieben haben. Wir dachten, es wäre das Mindeste, was wir für ihn tun könnten.«

»Weshalb brauchte er eine Empfehlung, wenn er bei den Weißen so beliebt war?«

»Hm, keine Ahnung. Wir wollten es einfach. Er war losgezogen, um sich mit den fremden Stämmen zu treffen, und dann kam er zurück. Er befand sich auf Black-Wattle-Land, als es passierte.«

Sie seufzte. »Setz dich, Yorkey, ich krieg einen ganz steifen Nacken.«

Sie wartete, bis er wieder auf der Stufe Platz genommen hatte, und starrte ihn an, als sei er die Quelle ihres Zorns. »Er kam heim, ritt auf einem Pferd, das Sibell ihm geschenkt hatte, und was passiert? Er läuft einem Haufen Idioten über den Weg. Jagten Gesetzlose, die einen weißen Mann ausgeraubt und getötet hatten. Es gab einen Überlebenden, und der behauptete, unter den Verbrechern sei ein Schwarzer gewesen. Die Gesetzlosen haben sie nicht gefunden, denn die waren, das kam Jahre später raus, zum Daly River gezogen und den Krokodilen zum Opfer gefallen. Aber sie fanden Jimmy Moon.«

Yorkey riss sich am Riemen. Er wusste Bescheid über legale und illegale Suchtrupps. Er ahnte, was er nun hören würde.

»Diese Schweine führten keine legale Suche durch, sondern wollten sich großtun. Einer von ihnen hatte einen Bruder unter den Toten. Waren abgefüllt mit Schnaps, fluchten zum Gotterbarmen und stießen auf einen Schwarzen mit einem Pferd. Vermutlich interessierten sie sich ohnehin am meisten für das Gold aus dem Überfall.«

Sie schaute ihn traurig an. »Sie haben Jimmy verprügelt, um herauszufinden, wo das Gold versteckt war. Dann haben sie ihn aufgehängt.«

Mrs. Dodds schüttelte den Kopf. »War eine schlimme Zeit, all das auf unserem eigenen Land. Sibell wurde hysterisch. Maudie hat sich tapfer gehalten. Sie rief die Polizei, brachte Anschuldigungen gegen die Männer vor, die Jimmy Moon getötet hatten. O Gott, eine furchtbare Zeit. Der arme Jimmy, er hatte vermutlich keine Ahnung, weshalb man ihn hängte.«

Sie saßen schweigend beieinander. Der Mond war aufgegangen, ein Vollmond mit einem Hof, der von Regen kündete. Die Sterne verblassten vor dem helleren Licht. Yorkeys Gesicht war steif und seltsam kalt; er hielt die Fäuste geballt. Es gelang ihm nicht, die Fragen zu formulieren, die er noch stellen musste, oder auch nur zu zeigen, dass er Mrs. Dodds' Bericht gehört hatte.

Dann polterte Dodds um die Ecke, vor sich eine Schubkarre mit Einkäufen.

»Das ist ja genug, um eine Armee satt zu kriegen«, jammerte er.

»Das Gleiche wie immer, wenn nichts fehlt.« Sie packte die

kleineren Gegenstände aus und reichte sie ihm. »Hier, leg das drinnen auf den Tisch. Es wird nichts weggeräumt, bevor ich alles durchgezählt habe.«

Yorkey sprang auf, sie schob ihm einen schweren Mehlsack hinüber. »Den nimmst du, und den Tee ... wo sind die Sultaninen? Ich kann die Sultaninen nicht finden.«

»Da drüben!«, brüllte Dodds. »Mach doch die Augen auf.«

Sie eilte geschäftig hin und her, betrachtete die Vorräte auf dem Tisch, untersuchte Beutel und Kisten auf Löcher und Risse, befahl ihrem Mann, das Mehl in eine Dose zu schütten, damit sie es auf Rüsselkäfer prüfen konnte. Yorkey sah sich unterdessen im Raum um. Er war eng, mit einem großen Kamin, Tisch und zwei Stühlen, Bett, Schränken und Bambusregalen, doch die beiden kamen problemlos zurecht.

Da sie sich noch immer stritten, entschloss er sich zum Aufbruch.

»Ich muss jetzt gehen, Missus. War nett, mit Ihnen zu reden.«

»Schon gut«, sagte sie über die Schulter gewandt. Er ging hinaus, blieb aber stehen und steckte noch einmal den Kopf zur Tür hinein. »War eine gute Geschichte. Was ist aus den Männern geworden? Dem Suchtrupp, meine ich?«

Sie schaute ihn blinzelnd an. »Ach, die. Wurden angeklagt. Mr. Puckering hat nicht lange gefackelt. Kamen wegen Mordes vor Gericht, sind aber davongekommen.«

Dodds nickte. »Siehst du, was habe ich dir gesagt? Sie erinnert sich an alles.«

»Stimmt«, entgegnete sie zufrieden. »Alle wussten, wer es war, aber vor Gericht wollte sich keiner mehr erinnern. Sind danach verschwunden, alle vier.«

Plötzlich kam Leben in Dodds. »Ha! Da irrst du dich aber. Einer von denen ist Jahre später zurückgekommen, als Gras über die Sache gewachsen war.«

»Wer?«, fragte sie verärgert.

»Syd Walsh. Er hat die Witwe von der Glenelg Station geheiratet.«

»Der war doch nicht dabei.«

»Ich schwör's dir!«

Sie kratzte sich stirnrunzelnd am Kopf. »Du könntest Recht haben. Ja. Er hat sie geheiratet, nicht wahr? Hat sie und ihre Kinder so schlecht behandelt, dass die Jungs so bald wie möglich abgehauen sind. Hier kommt er aber nie hin. Kein Wunder, Sibell würde ihm vermutlich eine Kugel verpassen.«

Sie wandten sich wieder ihrer Sortierarbeit zu, einer aufwändigen Unternehmung, da sie monatelang keine Vorräte mehr beziehen würden. Yorkey ging davon.

Seine Mutter hatte gesagt, er gleiche seinem Dad. Vielleicht hatte ihn Mrs. Hamilton deshalb so angeschaut. Er fühlte sich ihr jetzt näher, empfand Zuneigung zu der Frau, die eine Freundin seines Vaters gewesen war und um ihn getrauert hatte. Vielleicht würde er sich ihr eines Tages als Jimmy Moons Sohn vorstellen. Das würde ihr sicher gefallen.

Doch im Augenblick verspürte er nur Zorn.

Er brütete den ganzen nächsten Tag vor sich hin, während er mit drei anderen Männern zusammen arbeitete, Wasserläufe freiräumte und Steinwände baute, die die Wassermassen unter Kontrolle halten sollten. Harte Arbeit, die seinem Kopf gut tat. Er hebelte Felsbrocken aus der harten Erde und setzte sie sorgfältig an Ort und Stelle, während er den nächsten Schritt überdachte.

Spät am Abend sattelte Yorkey sein Pferd und ritt unbemerkt davon.

Die Monsunwolken hatten sich schließlich gesammelt und bildeten eine grün-schwarze Kuppel über dem nördlichen Himmel, einen passenden Hintergrund für das Flackern und Leuchten der Blitze. Der Donner grollte geheimnisvoll, warnte vor dem großen Unwetter, das über den rosa gestreiften Dämmerhimmel heranzog.

Plötzlich zuckte ein Blitz nieder, gefolgt von ohrenbetäubendem Donner, und Mimimiadie fuhr zusammen.

»Das war nah«, murmelte er und rannte aus der Höhle.

»Sieh mal hier«, rief Gopiny von seinem Ausguck, und er eilte zu ihm hin. Ehrfurchtig schauten sie über die Ebene zu einem brennenden Baum, der das trockene Gras in seiner Umgebung ebenfalls entzündete.

»Das war wirklich nah«, wiederholte Mimimiadie.

»Ein böses Omen«, bemerkte sein Freund. »Wir müssen auf der Hut sein.«

»Wovor? Nach dem Erdrutsch sind keine weißen Männer hergekommen. Sie werden auch jetzt nicht kommen.«

Gopiny war verwirrt. »Ich verstehe nicht, wieso. Sie hatten einen toten Schwarzen vor ihren Füßen liegen und wollen nicht mal wissen, woher er gekommen ist.«

»Warum auch? Wahrscheinlich glaubten sie, er wäre bereits in der Schlucht gewesen und von ihrem Vieh zertrampelt worden. Außerdem bedeutet ihnen ein Schwarzer nichts. Sie haben auf ihn gespuckt und sind weitergeritten.«

Er sah zu, wie ein Schwarm krächzender Kakadus auf der Flucht ins Landesinnere vorüberflog, und grinste. »Hier ist jetzt der beste Platz der Welt. Egal, wie viel Regen fällt, wir haben es trocken, das Wasser fließt ab, und mit dem Regen erwacht die Erde zu neuem Leben. Wir haben genug zu essen. Die guten Geister sind mit uns, Gopiny.«

»In den Sümpfen gibt es auch viel zu essen. Vielleicht sollten wir dorthin laufen. Hier ist alles so offen.«

Mimimiadie versetzte ihm einen scherzhaften Stoß. »Du hast Angst vor dem Blitz, Kleiner.«

»Nein.«

»Doch.«

Um sie herum grollte unaufhörlich der Donner, Blitze zuckten, und schwere Regentropfen fielen nieder. Mimimiadie genoss das Schauspiel, streckte die Arme aus und begrüßte die Regengeister.

»Du kannst weglaufen und dich verstecken, wenn du willst. Ich sehe mir den Spaß hier draußen an.«

Gopiny schauderte. »Ich habe keine Angst.« Er sah zu, wie der Baum in sich zusammenfiel, als das Feuer erstarb, und war enttäuscht, dass auch der Brand im Gras erlosch. Dann deutete er auf einen Punkt in der Ferne.

»Da kommt jemand.«

»Wo?«

»Da unten. Neben dem Baum. Ich habe eine Bewegung gesehen.«

»Kann auch ein Tier sein. Eine Kuh oder ein Känguru.«

»Nein, es ist ein Mann. Er läuft.«

Sie warteten, suchten die vereinzelten Bäume der Ebene ab, bis auch Mimimiadie den Mann erblickte.

»Ein Schwarzer. Er will in die Schlucht.«

Sie beobachteten ihn, als er aus dem Schatten der Bäume ins offene Gelände lief, doch dann verloren sie ihn aus den Augen. Wolken ließen das kurze Zwielicht verlöschen und tauchten ihre Welt in Finsternis.

Vögel flogen kreischend davon, ein Dingo heulte und erhielt Antwort von einem Artgenossen. Dann war alles still bis auf das Prasseln des Regens, das hier in luftiger Höhe auf den Felsen noch lauter klang als unten auf der Erde. Es war noch zu früh für die Wasserfluten, sie konnten noch Wochen oder Monate auf sich warten lassen.

Am Morgen fanden sie zu ihrem Erstaunen Matong vor, der wütend neben den durchnässten Überresten ihres Lagerfeuers hockte. Sein scharfer Geruchssinn hatte ihm zweifellos den Weg gewiesen, alte Asche speicherte noch lange den Geruch von gebratenem Fleisch und Fett. Doch was hatte er hier zu suchen?

Matong teilte ihnen mit, dass er tagelang querfeldein gelaufen sei, um ihnen Nachrichten zu überbringen, und nicht die Absicht habe, den Mund aufzutun, bevor er etwas zu essen bekommen hatte.

Das Plateau lag dampfend in einem Nebel aus feinem Regen, der die drückende Hitze dieser Jahreszeit nicht mildern konnte. Mimimiadie begleitete ihn stolz zu ihrer Höhle, in der es noch ziemlich kühl war.

Ungeduldig zündete er ein Feuer vor dem Eingang an und bombardierte Matong mit Fragen, doch der Bote schwieg beharrlich.

Als Gopiny mit einer fetten Eidechse und einem Felskänguru zurückkehrte, das er ungehäutet in die Glut warf, war Mimimiadie so weit, dass er Matong anbrüllte und drohte, ihm den Schädel einzuschlagen.

Da ihn der Geruch des brutzelnden Fleischs zu besänftigen schien, schilderte Matong zunächst seine todesmutige Rückkehr zum Daly River, für die sich die anderen nicht im Geringsten interessierten.

»Du hättest ja nicht gehen müssen«, bemerkte Mimimiadie bissig.

»Willst du die Geschichte nun hören oder nicht?«, gab Matong zurück.

»Weiter«, sagte Gopiny und wendete das Fleisch mit einem Stock.

»Als ich heimkam, herrschte Trauer im Clan«, berichtete Matong.

»Sie wussten, dass jemand die beiden Goldsucher getötet hatte, weil die Polizei auf Pferden gekommen war, auf dem Kriegspfad. Sie nahmen drei junge Männer mit, denen sie die Schuld gaben, darunter auch deinen zweiten Bruder, Gopiny.«

»O nein! Er war nie ein Krieger. Die Ältesten hatten ihn auf höhere Dinge vorbereitet. Was ist mit ihnen geschehen?«

»Das weiß niemand. Sie fesselten sie und zerrten sie davon, so wie immer.«

Gopiny war erschüttert. »Hast du den anderen erzählt, warum wir die Goldsucher töten mussten? Dass Mimimiadies Frau grausam ermordet wurde?«

Matong starrte das Fleisch an. Gopiny ergriff sein Messer, schabte Fell von einer Keule des gebratenen Kängurus und reichte es ihm höflich. Dann legte er auch Mimimiadie vor, wie es sein Status vorschrieb.

»Ich habe ihnen später von deiner Frau erzählt«, antwortete Matong nervös, »und alle haben um sie geweint. Sie war sehr beliebt.«

Mimimiadies Gesicht wirkte wie versteinert. »Das war sie. Ich habe nie eine bessere Frau gekannt. Doch ihre Qualen sind vorüber, und ihr Geist kann in Frieden ruhen, denn wir haben zweifache Vergeltung geübt.«

»Das ist wahr«, pflichtete ihm Matong bei. »Wir wissen das, und sie weiß es auch. Ich hielt es daher nicht für nötig, ihnen zu sagen, wer die Goldsucher getötet hat.«

»Wieso nicht?«, schrie Gopiny. »Du hättest sie retten können. Du hättest meinen Bruder retten können.«

Mimimiadie schüttelte den Kopf. »Nein, dafür war es zu spät. Wir alle wussten, dass sie Vergeltung üben würden. Du wusstest, sie würden jemanden verhaften. Oder mehrere von uns. Sei kein Schwächling. Die Polizisten hatten die Männer bereits mitgenommen. Was hätte er machen sollen? Ihnen nachlaufen?«

»Aber mein geliebter Bruder ...«, stöhnte Gopiny.

Mimimiadie holte aus und versetzte ihm einen Schlag mit dem Handrücken, der ihn zur Seite schleuderte.

»Hör auf zu heulen! Wir müssen mit diesen Gefahren leben oder den Kampf einstellen. Wenn es das ist, was du willst, kannst du ja wie ein zahmer Hund auf einer Station leben.«

Er stand auf, lief umher, erschüttert, aber immer noch kampfbereit.

»Wir gehören zum Dingo-Clan. Der Dingo ist unser Totem. Er gibt nie auf, man kann ihn nicht zähmen, und auch uns werden sie nicht zähmen. Du hast die Dingos letzte Nacht gehört, sie sind bei uns. Sie betrauern unsere Brüder, die mittlerweile tot sein könnten.«

Gopiny vergrub das Gesicht in den Händen und murmelte: »Du hast gut reden. Die Menschen sterben. Es muss irgendwie ein Endc finden. Je mehr wir kämpfen, desto mehr Unschuldige geraten in Gefahr. Ich mag deine Gefahr nicht.«

»Dann hau ab! Kneif den Schwanz ein und renn zur nächsten Station, damit du Almosen und ein Stück Land bekommst, das nicht größer ist als mein Fuß.«

»Ich bin noch nicht fertig«, bemerkte Matong ruhig. Er warf abgenagte Knochen weg und leckte sich die Finger. »Da mir die gefährliche Wanderung zu den Fluss-Leuten geglückt war, schickten sie mich mit der Botschaft zu euch zurück. Niemand dankt mir für meinen Mut, dort wäre ich gewiss sicherer gewesen. Jetzt muss ich mir anhören, dass ihr euch wie zwei alte Weiber ankeift. Im Augenblick ist mir völlig egal, wer gewinnt ...«

»Halt den Mund, wenn du nichts Vernünftiges zu sagen hast«, brüllte Mimimiadie.

»Wenn du dcincn hältst, wirst du etwas Vernünftiges erfahren. Die Polizisten kennen meinen und Gopinys Namen nicht. Aber sie kennen dich, Mimimiadie, und suchen nach dir.«

»Das ist nichts Neues. Natürlich kennen sie mich«, sagte Mimimiadie stolz. »Sie wissen, dass ich ein Krieger bin. Ich werde nie ein zahmer Hund.«

Matong nickte. »Das stimmt. Sie haben eine Nachricht für dich hinterlassen. Sie verlangen, dass du dich stellst.«

»Ich? So dumm bin ich nicht. Diesmal spucken sie gegcn den Wind. Warum sollte ich so etwas tun?«

»Weil sie deinen Sohn haben.«

Mimimiadie schien ihn zunächst nicht verstanden zu haben.

»Kannst du dir vorstellen, dass ich zur Polizei gehe und sage, hier ... wessen Sohn?«

»Deinen.«

»Boomi? Aber er ist noch ein kleiner Junge!« Er war fassungslos, dann traf ihn die Erkenntnis mit voller Wucht. »Sie haben Boomi mitgenommen?«, schrie er. »*Meinen* Jungen?«

»Ja. Sie wollen ihn zurückgeben, wenn du dich stellst.«

»Sie haben zugelassen, dass die Polizei meinen Jungen mitnimmt? Warum ist niemand eingeschritten?«

Traurig schüttelte Gopiny den Kopf. »Gegen Gewehre können sie nichts ausrichten.«

»Aber ein unschuldiges Kind! Er hat ihnen nichts getan!«

»Mein Bruder ist auch unschuldig«, sagte Gopiny und wich aus, als Mimimiadie sich zornig auf ihn stürzen wollte.

»Halt den Mund, dein Bruder ist ein erwachsener Mann, aber Boomi ist erst sechs. Ich finde diese Polizisten und töte jeden einzelnen dieser dreckigen Feiglinge, dieser Mistfresser. Wenn sie meinem Sohn etwas zu Leide tun, erwürge ich sie mit bloßen Händen ...«

Er stampfte davon, hinaus in den Regen, wobei er weitere Flüche und Drohungen ausstieß.

»Meinst du, er ergibt sich?«, fragte Gopiny.

»Wohl kaum. Ich habe die ganze Zeit darüber nachgedacht. Sie würden ihn am nächsten Baum aufknüpfen.«

»Es heißt, sie dürften keine Schwarzen mehr aufhängen.«

»Dann erschießen sie ihn eben. Sie werden Boomi ohnehin nicht zurückgeben. Er wird irgendwo bei Weißen aufwachsen.«

»Glaubst du nicht, dass sie ihn auch töten?«

»Nein. Und deinen Bruder vermutlich auch nicht. Aber das ist kein Trost, denn sie werden ihn einsperren, bis er verrückt wird. In diesen Gefängnissen wird jeder verrückt.«

Gopiny schauderte. »Ich will das nicht hören. Aber wie

können sie Boomi denn überhaupt zurückgeben, wenn sie seinen Vater verhaften? *Wem* wollen sie den Jungen geben?«

Matong grinste hinterhältig. »Dir. Du gehst mit Mimimiadie hin, lässt ihn bei der Polizei und nimmst den Jungen in Empfang. Du kannst ihn zum Volk zurückbringen.«

»Aber sie könnten mich auch verhaften.«

»Stimmt genau, deshalb kann Mimimiadie sich nicht stellen, so sehr er seinen Sohn auch lieben mag. Es ist eine Falle, und er weiß es.«

Sie grübelten lange, besprachen das Problem ausführlich, und Matong zeigte schließlich die beiden einzigen Möglichkeiten auf.

»Mimimiadie könnte aufgeben und darauf vertrauen, dass sie den Jungen zu seinem eigenen Volk zurückschicken.«

»Da mache ich mir keine großen Hoffnungen«, seufzte Gopiny.

»Oder er lässt sich Zeit, sucht den Jungen und versucht ihn zu retten.«

»Darüber haben wir bereits gesprochen. Die weißen Männer sind zu schlau. Sie haben den Jungen gut versteckt, weit weg von hier. Wir finden ihn nie. Wir wissen gar nicht, wo wir suchen sollen.«

»Dann muss er begreifen, dass wir machtlos sind.«

Mimimiadie kehrte am späten Nachmittag zurück und war in so gefährlicher Stimmung, dass seine Freunde äußerst behutsam mit ihm umgingen. Sie hatten eine gute Mahlzeit bereitet und boten ihm die größte Portion an. Gopiny versprach, am nächsten Morgen auf Nahrungssuche zu gehen, wie Numinga es ihn gelehrt hatte, obgleich das eigentlich Frauenarbeit war.

»Numinga. Wohin ist er gegangen? Auch zurück zum Fluss?«, fragte Mimimiadie unvermittelt.

»Nein. Er ist allein losgezogen.«

Mimimiadie runzelte die Stirn. »Sohn einer Krähe. Geht auf Wanderung, wenn ich ihn brauche.«

»Wozu?«, wollte Gopiny wissen.

»Weil er Englisch spricht, du Dummkopf.«

Gopiny nickte, obwohl er keine Ahnung hatte, weshalb dies von Bedeutung sein sollte. Außer ... er nahm allen Mut für diese Frage zusammen.

»Wieso? Du hast doch nicht vor, dich zu stellen?«

»Hältst du mich für dumm?«, knurrte Mimimiadie. »Ich stelle mich nicht. Ich ergebe mich diesen Schweinen nicht. Ich würde meinen Sohn nie wieder sehen, und sie lassen ihn nie nach Hause gehen.«

Gopiny war voll des Mitleids. »Es ist furchtbar, Mimimiadie. Wir teilen deinen Schmerz, aber es scheint keine Lösung für das Problem zu geben, vor dem du stehst.«

Mimimiadie stand auf, trat an den Eingang der Höhle und ließ seine Muskeln spielen.

»Wer sagt das? Ich werde sie in die Knie zwingen. Ich will meinen Sohn zurück. Wartet nur ab.«

Die Nachricht verbreitete sich. Eine geheime Männersache. Nur wenige hoch geachtete Älteste erfuhren den Grund, doch das reichte aus. Sie gaben ihre Anweisungen an Leute weiter, die auf Stationen oder im Busch lebten, oder sogar an ganze Clans, die sich auf der Wanderung befanden, gehorsam die traditionellen Routen entlangzogen, um dem Land ihre Achtung zu bezeugen. Die Verbindungen zwischen den Aborigine-Stämmen, Clans und Familien des Territoriums waren denen der weißen Siedler haushoch überlegen, denn ihr System war in Jahrhunderten gewachsen. Die Ältesten gehorchten begeistert, denn in diesen Tagen kam es nur noch selten vor, dass derart dringliche Nachrichten zu ihnen gelangten.

Der Name wurde geflüstert, weitergetragen; Läufer brachten ihn in Lager, von denen aus er weiterflog, sodass sich das Netz stündlich weiter spannte.

Die weißen Männer, ob Freunde oder Bosse, erfuhren nichts davon. Sie hatten keine Ahnung, dass mitten auf ihren riesigen Stationen eine große Suche stattfand.

Findet Numinga.

Nachrichten kamen zurück. Numinga war ein Waray-Mann. Er war zu den Weißen gegangen, wo er als Viehhüter arbeitete. War als Neddy bekannt. Hatte seinen Boss getötet. War verschwunden. Ein einsamer Wanderer geworden. Wurde gelegentlich von Freunden gesehen. All das wurde Mimimiadie zugetragen, der an einem geheimen Ort wartete, gemeinsam mit seinem Schwiegervater, dem Vater der ermordeten Frau, dem Großvater des entführten Boomi.

Vereint durch Kummer und einen verzweifelten Plan, nahmen die beiden Männer die Nachrichten ohne ein Zucken ihrer bemalten Gesichter entgegen. Sie warteten auf die Nachricht, dass Numinga gefunden worden sei. Dann würde ihn der Zauberer des Waray-Volkes aufsuchen und ihm mitteilen, man brauche ihn an einem bestimmten Ort. Selbst ein alter Einzelgänger wie Numinga würde nicht wagen, den Zorn eines Zauberers zu erregen, meinte Mimimiadie. Es war nur eine Frage der Zeit. Er war überrascht, als er erfuhr, dass Numinga, den sie für einen Träumer gehalten hatten, den Boss einer Station getötet haben sollte, doch das kam seinen Zwecken nur entgegen. Ja, es passte wunderbar in seinen Plan.

Yorkey reiste auf den Viehrouten quer über die Stationen und nahm gern die ungezwungene Gastfreundschaft der Viehhüter an ihren Lagerfeuern an. Sein glänzender Sattel erregte ihre Aufmerksamkeit, und er berichtete ihnen, dass es sich um ein Geschenk Zack Hamiltons handelte. Er befand sich auf einer Mission und wollte nicht in den Verdacht des Diebstahls geraten.

Die Erklärung machte ihn nur willkommener, denn die Geschichte von Zacks Begegnung mit einem Schwarzen aus dem

Busch hatte sich verbreitet, und die Männer freuten sich, seinen Retter kennen zu lernen. So fand er problemlos den Weg zur Glenelg-Station.

Er hatte den Eindruck vermittelt, er ziehe nur umher, doch zwischen den Ruhepausen ritt Yorkey schnell voran. Er brauchte vier Tage, bis er den Besitz von Syd Walsh erreicht hatte. Als er kühn auf die Stallungen zu ritt, warf er einen zornigen Blick auf das herrschaftliche Wohnhaus mit den weiten Veranden und dem roten Dach. Offensichtlich verstand der Schweinehund zu leben. Der Schweinehund, der seinen Vater aufgehängt hatte. Yorkey hatte noch nicht entschieden, was er mit Syd Walsh tun wollte. Zuerst wollte er ihn erschießen, das Gewehr an seinem Sattel war verlockend. Er könnte ihn mit einem Schuss erledigen. Doch im Laufe der Zeit begriff er, dass er kein kaltblütiger Mörder war, selbst dann nicht, wenn es um Syd Walsh ging.

Yorkey zügelte sein Pferd. Er sollte wohl eine Entscheidung treffen, bevor er dort hineinplatzte.

Dann grinste er. Er würde ihn verprügeln. Ihm sagen, weshalb er gekommen war. Diese Art der Rache konnte er genießen.

Doch wenn Walsh wider Erwarten stärker war als ein magerer Schwarzer? Wenn er selbst nun den Kampf verlor?

War es denn fair gewesen, als vier Männer Jimmy Moon packten und aufhängten?, fragte er sich. Nein. Folglich gab es keinen Grund, Walsh einen fairen Kampf anzubieten.

Yorkey hatte zahlreiche unfaire Kämpfe erlebt, die schnelle Ergebnisse zeitigten. Waffen und das Überraschungsmoment wirkten Wunder. Eine Eisenstange, ein Axtgriff, eine Kette. Also würde er selbst Zeit und Ort wählen. Dem Bastard auflauern, wie sie es mit Jimmy Moon gemacht hatten. Ihn bewusstlos schlagen und davonreiten. Das wäre immerhin eine Art Vergeltung.

Er trieb sein Pferd an und ritt weiter. Schon bald hatte er die

Bekanntschaft von Arbeitern gemacht und die üblichen Fragen beantwortet. Auf diesem Anwesen gab es keine schwarzen Viehhüter, doch die Köchin schickte ihm einen fetten Eintopf, und weil es ein wenig regnete, durfte er im Stall schlafen. Alle waren gut gelaunt, und nach den ersten Gesprächen nahm niemand weiter von ihm Notiz.

Am zweiten Tag sagte er zu einem Stallhelfer, er habe den Boss noch gar nicht gesehen.

»Nein. Er und die Missus sind nach Darwin, die Regenzeit abwarten.«

Yorkey war fassungslos. Warum war er nicht darauf gekommen? Die Gewohnheiten der Weißen! Wie dumm von ihm, er war den ganzen Weg umsonst geritten. Betrübt lungerte er auf dem Viehhof herum, sah untätig zu, wie Walshs Männer eine Herde mit Brandzeichen versahen. Ihm fiel auf, dass sie bei der Arbeit lachten, obgleich das Fesseln der Rinder und das Aufbringen der Brandzeichen nicht sonderlich amüsant war. Dann bemerkte er, dass sie die Brandzeichen veränderten, den bereits vorhandenen Zeichen einen Strich hinzufügten. Viehdiebe! Er schlenderte davon. Es ging ihn im Grunde nichts an, war vom Standpunkt eines Viehtreibers jedoch nützlich zu wissen.

Also musste er sich wieder auf den Weg machen. Zurück nach Black Wattle. Er würde sich eine Entschuldigung überlegen. Wanderung. Sie rechneten ohnehin damit, dass Schwarze zu jeder beliebigen Zeit auf Wanderung gingen. Nicht dass Yorkey dieses Recht jemals in Anspruch genommen hätte, da er keine Heimat kannte, doch das konnten sie nicht wissen.

Aber es kam ihm nicht richtig vor, sich nach dem langen Ritt zu Walshs Station in einer Ecke zu verkriechen. Nein, das war ganz und gar nicht angemessen. Er stahl einen Kanister Kerosin und verbarg ihn im Gebüsch.

Das leere Wohnhaus lag im Dunkeln, als er die quietschende Drahttür öffnete und über die Veranda glitt, wobei er das

Kerosin ausschüttete. Den Rest spritzte er an die Seitenwand und warf den Kanister in den Garten. Sein Pferd wartete unten am Hang.

Yorkey holte tief Luft, hielt die Drahttür mit dem Fuß auf und warf ein brennendes Streichholz auf die Veranda. Beim ersten Aufflammen rannte er zu seinem Pferd. Er sprang auf und galoppierte den Weg zurück, den er gekommen war. Er hörte das Knistern und Donnern, mit dem das Holzhaus in Flammen aufging, und konnte ein zufriedenes Lächeln nicht unterdrücken.

»Mal sehen, wie Ihnen das gefällt, Mr. Walsh.«

Männer liefen herbei, doch Yorkey wusste, dass es zu dieser Jahreszeit nicht genügend Wasser in der Nähe gab, um einen derart großen Brand zu löschen. Auch der spärliche Nieselregen war machtlos. Das Haus war zum Untergang verdammt.

»Zeit zum Aufbruch«, sagte er zu seinem Pferd und fiel wieder in Galopp. Als er jedoch um eine Baumgruppe bog, prallte er beinahe mit zwei entgegenkommenden Reitern zusammen.

»He!«, riefen sie, doch Yorkey ritt weiter, ohne sich umzudrehen.

Yorkeys Treiberpferd konnte es mit ihren großen, schnellen Tieren nicht aufnehmen. Er spielte mit dem Gedanken, vom Weg abzubiegen und ins offene Gelände zu reiten, wo sein Pferd im Vorteil war, doch es war schon zu spät. Mit einem Ruck riss es ihn aus dem Sattel. Einer der Männer hatte ihn mit einem Seil gefangen und zerrte ihn zu sich wie ein störrisches Kalb.

Es stellte sich heraus, dass es sich bei den Männern um den Verwalter und dessen Bruder handelte, die von einem Besuch auf einer anderen Station zurückkehrten. Sie zogen ihn mit sich und banden ihn an einen Zaun, bevor sie den Schaden untersuchten. Erst nach einer Stunde kamen sie zurück. Sie brauchten nicht nach der Quelle des Feuers zu fragen, der Rauch stank nach Kerosin. Seinen Namen wollten sie jedoch wissen.

»Yorkey Moon«, sagte er stolz.

»Okay, Moon«, sagte der Verwalter boshaft, »du hast deinen Spaß gehabt. Jetzt bin ich dran.«

Zuschauer versammelten sich, grölten, er sei undankbar, während man ihn zu einem Pfosten zerrte und festband. Jemand riss ihm das Hemd vom Leib, dann trat der Verwalter vor.

»Das machen wir mit schwarzen Hunden wie dir«, sagte er und schwenkte eine Peitsche vor Yorkeys Gesicht.

Der erste Schlag schien seinen Rücken zu spalten, der nächste war noch schlimmer, und Yorkey schrie los. Die Zuschauer murmelten befriedigt. Daraufhin presste er die Lippen zusammen, konzentrierte sich aufs Zählen, um sich von den unerträglichen Schmerzen abzulenken. Doch als die Peitsche wieder und wieder auf seinen Rücken knallte und seine Haut zerriss, wurde ihm schwarz vor Augen. Dann war es vorbei. Sie schnitten ihn los.

Er musste das Bewusstsein verloren haben, denn als er aufwachte, lag er im Staub, mit Hals und Fußgelenken an einen Zaun gefesselt.

»Lasst ihn bis zum Morgen hier«, sagte der Verwalter. »Wir wollen hier draußen keine Polizei. Ihr beide bringt ihn zum Posten in Bald Hill und zeigt ihn wegen Brandstiftung an. Sagt ihnen, er hätte Syds Haus niedergebrannt, die sollen Syd die Neuigkeit überbringen. Schöne Weihnachtsüberraschung.«

7. Kapitel

DER AUSSENPOSTEN DER Polizei bestand aus zwei Sandsteinhäusern in einer gottverlassenen Gegend, dahinter lag eine Pferdekoppel. Das lang gestreckte, niedrige Gebäude erinnerte mit seinen Fensterschlitzen an ein Fort in Miniaturausgabe, was es im Grunde auch war. Vor Jahren hatte man es als Posthalterei und Remontenstation für die berittene Polizei errichtet, doch es war von Schwarzen angegriffen worden. Dabei wurden die beiden darin ansässigen Polizisten getötet und ihre Hütte niedergebrannt. Um größeren Schutz zu bieten, wurde das zweite Sandsteinhaus mit innen liegendem Kochherd errichtet und daneben eine kleine, solide Gefängniszelle mit einem einzigen vergitterten Fenster.

Nur wenige der Polizisten, die in diesem westlichen Gebiet Patrouille ritten, erinnerten sich an den Angriff. Er war in die Überlieferung ihres Bezirks eingegangen, und da es in letzter Zeit keine derartigen Vorfälle gegeben hatte, ließen die Sicherheitsvorkehrungen zu wünschen übrig. Zurzeit galt die Versetzung auf diesen entlegenen Außenposten als Strafe und traf zumeist Neulinge, die es nicht besser wussten, oder Schutzleute im Rahmen einer Disziplinarmaßnahme. Wally Smith ertrug die letzten Wochen in diesem Höllenloch, und das Abstreichen der Tage im Kalender, nachdem er die sechs Pferde versorgt und seine Eintragung ins Betriebstagebuch gemacht hatte, bildete seine wichtigste Aufgabe. Es gab selten über mehr zu berichten als den Gesundheitszustand der Pferde in seiner Obhut.

Selbst wenn andere Polizisten in die Gegend kamen, blieben sie nie länger als nötig, übernachteten nur einmal, schrieben ihre Berichte und zogen weiter in Richtung der komfortablen, gastlichen Wohnhäuser auf den Viehstationen. Da er ein Neuling war, zogen sie Smith gnadenlos auf, dichteten ihm schwarze Frauen unter seinem Bett an und machten derart obszöne Bemerkungen, dass er sich abwenden musste, um sein Erröten zu verbergen. Er freute sich über die Abwechslung, war aber ebenso froh, wenn sie von dannen zogen. Das alles hatte er sich selbst eingebrockt, indem er sich freiwillig gemeldet hatte. Er war frisch aus Adelaide gekommen, hatte soeben die Kadettenausbildung absolviert und diese Aufgabe als großes Abenteuer empfunden. Er würde in einer aufregenden Wildnis arbeiten und einen wichtigen Außenposten übernehmen, was ihn ungeheuer stolz machte.

Inzwischen wusste er, dass die harten Polizisten, die das Territorium bewachten, diesen Posten mit der Lage eines einsamen Wachsoldaten auf den Zinnen einer Burg verglichen, wenn der Angriff des Feindes jederzeit losbrechen kann. Die Leute hier fielen entweder den Schwarzen oder dem Wahnsinn zum Opfer. Mit diesem beunruhigenden Wissen im Hinterkopf war Wally die alten Tagebücher durchgegangen, die in Aktenschränken verstaubten, und hatte herausgefunden, dass einige seiner Vorgänger, falls er ihre zusammenhanglos hingekritzelten Notizen richtig deutete, Trinker oder Verrückte gewesen waren.

Ein Bursche schrieb, er erhalte jeden Abend Besuch von einem alten Känguru Männchen, das mit ihm am Feuer sitze und Geschichten von großer anthropologischer Bedeutung erzähle, die er in sein Notizbuch eingetragen habe. Dieses Notizbuch fand Wally nie, doch er unterließ es von da an, über die Pferde und ihre Besonderheiten zu schreiben, da er eine mögliche Besessenheit fürchtete. Und er verfasste einen nüchternen Bericht für seine Vorgesetzten, in dem er diesen Außenposten als veraltet beschrieb und vorschlug, ihn zu schließen. Es gäbe nun ausreichend Vieh- und Außenstationen, die dieses große Land bis über die Grenze nach Westaustralien hin bewirtschafteten. Deren Wohnhäuser böten den Polizisten Unterkunft und frische Pferde, sodass man die Kosten einsparen und das Geld an anderer Stelle einsetzen könne, wo es dringend benötigt wurde. Er wusste, dass ein Wehklagen über die Lebensbedingungen keinen Sinn hatte, aber eine Kostenersparnis würde den Bürokraten, die in Sicherheit an ihren Schreibtischen saßen, gewiss gefallen. Bewaffnet mit diesem sorgsam verfassten Bericht wartete Wally die letzten Tage seiner sechsmonatigen Frist ab. Danach würden weitere Polizisten kommen und mit ihm den Außenposten für die kommende Regenzeit schließen. Gemeinsam mit den Pferden würden sie in die Zivilisation zurückkehren.

»Zum Teufel mit diesem verfluchten Ort«, sagte er sich immer wieder, während er wartete.

Doch statt der Ablösung traf ein Gefangener ein. Der erste, den er zu sehen bekam, seit vor vielen Monaten ein Sergeant einen Goldsucher abgeliefert hatte, der mit einer Breithacke Amok gelaufen war. Davor hatte es nur Viehhüter gegeben, die des Diebstahls oder der Vergewaltigung beschuldigt wurden. Alle waren am nächsten Tag weggebracht worden. Wally hatte nie erfahren, ob man sie verurteilt hatte, und es interessierte ihn auch nicht. Dieser Gefangene hingegen war ein Schwarzer, ein junger Bursche, und die Stationshelfer von Glenelg, die ihn ablieferten, bezichtigten ihn der Brandstiftung. Er dankte den Viehhütern überschwänglich, weil sie richtig gehandelt hätten, obgleich der Gefangene in einer ziemlich üblen Verfassung war. Er gab ihnen Tee und lud sie ein, über Nacht zu bleiben, doch sie lehnten ab, da sie an ihre Arbeit zurückkehren mussten.

Er sperrte den Gefangenen ein, schrieb die Aussagen der Männer nieder, ließ sie diese unterzeichnen und sagte ihnen Lebewohl. Dann eilte er zu Yorkey Moon zurück.

Er riss den Riegel zurück und spähte zu dem Gefangenen hinein, der mit gefesselten Händen auf dem Lehmboden lag.

»Geht es dir gut?«

Die Antwort verblüffte ihn.

»Nein, mir geht es ganz und gar nicht gut. Die Schweine haben mich ausgepeitscht. Mein Rücken muss gesäubert werden, sonst eitert er.«

Mit Auspeitschungen kannte Wally sich aus, war aber noch nie von einem Schwarzen in dieser Weise angesprochen worden. Er musste allerdings zugeben, dass der Mann die Wahrheit sagte. Er würde in seinem Tagesbericht verzeichnen, in welchem Zustand der Gefangene eingetroffen war, um möglichen Verdächtigungen vorzubeugen, und er würde notieren, dass er die Verletzungen in der üblichen Weise behandelt hatte.

»Moment«, sagte er.

Er musste auf jeden Fall verhindern, dass der Mann entkam. Er holte das letzte Paar Handschellen und Fußeisen von einem Haken im Haus; den Rest hatten durchreisende Polizisten mitgenommen. Wally nahm sich vor, den Verlust auf den Materialbögen anzugeben, die er vor seinem Abzug ausfüllen musste.

»Halt still«, sagte er und schloss die Eisen.

Der Gefangene legte Protest ein. »Was soll das? Fesseln *und* Fußeisen? Halten Sie mich für einen Zauberer?«

Wally löste die Seile und warf sie weg. »Vorgeschriebenes Verfahren«, erwiderte er fest. Dann half er Yorkey beim Aufstehen.

»Komm raus, dann sehe ich mir deinen Rücken an.«

»Wie denn?«, fragte der Gefangene sarkastisch. »Durch dieses dreckige, stinkende Hemd hindurch? Mit Handschellen kann ich es kaum ausziehen.«

»Eins nach dem anderen.«

Das »Hemd« besaß keine Ärmel, war eher eine Weste aus ungegerbtem Leder, die die meisten Wunden bedeckte. Wally setzte Yorkey auf eine leere Kiste und hob das steife Leder ein Stück an, worauf der Gefangene aufschrie.

»Das verdammte Ding klebt an meinem Rücken.«

»Ja, ich muss es wegschneiden.«

Er stieß einen Pfiff aus, als er den Rücken des Mannes erblickte, und entschuldigte sich, dass es so lange dauerte, bis er das Leder mit seinem Messer von der zerrissenen Haut gelöst hatte. Schließlich schnitt er quer zu den Armlöchern und entfernte das Kleidungsstück.

»Das hätten wir.« Er ging ins Haus, goss warmes Wasser aus dem Kessel in eine Emailleschüssel und warf mehrere Hände voll Salz hinein.

»Das wird jetzt wehtun«, warnte er den Gefangenen. Yorkey nickte.

Wally reinigte behutsam die klaffenden Wunden und biss die Zähne zusammen, als er das blutige, zerrissene Fleisch berührte.

»Du kannst hier sitzen bleiben und den Rücken trocknen lassen«, sagte er. »Mehr kann ich nicht für dich tun.«

»Danke«, erwiderte der Gefangene und ließ den Kopf auf die Knie sinken. »Könnte ich etwas Wasser haben?«

»Ja.«

Als Wally mit der Wasserflasche zurückkehrte, schien Yorkey sich besser zu fühlen.

»Ich möchte eine Aussage machen.«

»Wieso? Sie sagen, man hätte dich auf frischer Tat ertappt. Du hast das Haus von Syd Walsh niedergebrannt. Willst du das etwa bestreiten?«

»Nein, aber ich habe dennoch das Recht, eine Aussage zu machen. Holen Sie Papier und Bleistift.«

Wally zuckte die Achseln. Er hatte ohnehin nichts Besseres zu tun.

Der Gefangene diktierte. »Mein Name ist Yorkey Moon. Ich habe das Haus von Syd Walsh niedergebrannt, weil er meinen Vater Jimmy Moon getötet hat.«

Der Polizist horchte auf. »Wann ist das geschehen?«

»Vor ungefähr zwanzig Jahren. Vor meiner Geburt. Und das ist die Wahrheit.«

Wally schüttelte enttäuscht den Kopf. Syd Walsh war ein Mistkerl.

»Das wird dir nicht viel nützen.«

»Schreiben Sie es trotzdem auf. Die Leute von Black Wattle können es bestätigen. Er hat meinen Vater, einen unschuldigen Mann, aufgehängt.«

Sein Wärter verzichtete geflissentlich auf den Hinweis, dass es vor zwanzig Jahren durchaus nicht unüblich gewesen sei, Schwarze aufzuhängen.

»Und deshalb hast du sein Haus niedergebrannt?«

»Genau. Ich bin ein gesetzestreuer Bürger, sonst hätte ich den Schweinehund erschossen.«

»Ich fürchte, ein Richter wird das anders sehen.«

»Das ist egal. Ich möchte, dass die Leute es erfahren.«

»Sehr schön. Wäre das alles?«

»Nein. Ich besitze einen wertvollen Sattel, den haben sie auf der Glenelg-Station behalten. Ich möchte ihn zurück, ebenso mein Pferd. Sie haben es gesehen, es ist ein gutes Treiberpferd.«

»Da sehe ich schwarz für dich.«

»Und noch was. Während ich auf Glenelg war, habe ich erlebt, wie sie Vieh mit Brandzeichen versahen. Die Zeichen änderten. Diese Kerle sind Viehdiebe.«

Das war eine interessante Neuigkeit! Gerüchte besagten, dass Walsh und seine Männer hinter den Viehverlusten steckten, die im ganzen Bezirk zu verzeichnen waren, doch bisher hatte es keine Beweise gegeben.

»Hast du gesehen, welche Zeichen das waren?«

»Sicher doch. Einige Tiere hatten ein C mit einem Balken, das änderten sie in ein G mit Balken. Wie Glenelg. Andere hatten auch ein W. Was sie damit gemacht haben, weiß ich nicht.«

»W steht für Walsh«.

»Warum verwendet er auch ein G mit Strich für Glenelg?«

»Keine Ahnung, aber ich kümmere mich darum.«

Der Gefangene bestand darauf, die Aussage zu unterschreiben, was Wally bis auf die letzte Information für reine Zeitverschwendung hielt. Danach brachte er Moon in seine Zelle zurück und ging seinen Pflichten nach. Er trug alles mit Tinte in seinen Tagesbericht ein. Die Aussage heftete er an die Rückseite.

Constable Smith inspizierte seine Uniform, bürstete den trockenen Schimmel ab, der sich auf dem dunklen Serge angesammelt hatte, und hängte sie wieder auf. Er würde sie beim Heimritt tragen, hier draußen lief er nur in Hemd und Arbeitshosen herum. Seine Stiefel hätte er auch besser geschont, denn sie wirkten mittlerweile schäbig, die Sohlen waren beinahe durchgelaufen. Obgleich er die korrekten Vordrucke ausgefüllt und neue Stiefel und Socken beantragt hatte, waren diese zu seinem Ärger nie eingetroffen. Bei seiner Rückkehr in die Zivilisation wollte er elegant aussehen, doch diese Chance war nun dahin.

Er rasierte sich und schnitt sein blondes Haar mit dem Rasiermesser. Wally wahrte bei seiner Körperpflege Disziplin, während viele vorbeikommende Polizisten wie struppige Buschräuber aussahen.

Smith war ehrgeizig und vertrat die Ansicht, dass die Polizei korrekt auszusehen hätte, ob nun in Uniform oder nicht. Als der Polizeichef zur Inspektion gekommen war, hatte er Smith gelobt, weil er auf diesem Außenposten die Ordnung aufrechterhielt. Der Constable hoffte, dass dieses Urteil auch in den Bericht seines Vorgesetzten eingeflossen war.

Er ging einen Schritt vor die Tür und fuhr entsetzt zurück. Die Luft war wie heißer, zähflüssiger Sirup, der Schweiß prickelte sofort auf seiner Haut.

»Allmächtiger Gott«, sagte er. »Das hält niemand lange aus, und dabei fängt der Sommer erst an.«

Die Hitze der vergangenen Monate hatte ihm nichts ausgemacht, denn auch in Adelaide konnte es ziemlich warm werden. Dieses Wetter jedoch war unerträglich und wurde von Tag zu Tag schlimmer. Tief hängende Wolken verdeckten die Sonne, die Bäume jenseits der Lichtung bargen eine geheimnisvolle Stille. Niemand war zu sehen. Selbst die großen Vogelschwärme, an denen er sich erfreut hatte, waren längst verschwunden.

Er harkte den Boden und kehrte dann den roten Sand hinter die weiß gestrichenen Steinbrocken, die er zwischen Haustür und Pferdepfosten aufgereiht hatte. Dann war da noch das Frühstück, kein sonderlich verlockender Gedanke, da es lediglich aus Tee, hartem Zwieback und kaltem Cornedbeef bestand.

Als er seinem Gefangenen das Gleiche vorsetzte, überhäufte ihn dieser mit Klagen.

»Dieses Rattenloch stinkt. Machen Sie hier nie sauber?«

»Ich kehre jeden Tag.«

»Sie sollten es mit dem Schlauch ausspritzen. Es stinkt nach Pisse und Mist.«

»Geht nicht, ich habe nicht genügend Wasser.«

»Sie erwarten doch wohl nicht, dass ich hier drinnen esse.«

»Bisher hat sich niemand beschwert.«

»Die Leute müssen Gefängnisse gewöhnt gewesen sein. Ich habe noch nie eins von innen gesehen. Es würde Ihnen nicht wehtun, mich ein Weilchen herauszulassen.«

Die Unterhaltung wurde durch das offene, vergitterte Fenster geführt. Wally wollte sich die Bitte durch den Kopf gehen lassen, doch zunächst mussten die Pferde gefüttert werden.

»Das Essen ist ohnehin nicht berauschend«, sagte er. »Sie können mit mir zu Mittag essen, wenn ich mit der Arbeit fertig bin.«

Er trödelte bei seinen Aufgaben und bereitete dann aus den Resten der Wochenration, die er von einer Außenstation erhielt, einen Eintopf aus klein geschnittenem Rindfleisch und Kartoffeln zu. Während das Essen schmorte, buk er einen Fladen aus Mehl und Wasser. Wally beherrschte die Technik mittlerweile ganz gut und hatte genügend Zeit, Luft in den Teig zu kneten. Moon schien kein übler Bursche zu sein, und es würde nicht schaden, sich beim Essen ein wenig mit ihm zu unterhalten.

Yorkey stellte sich vor, seine Freunde könnten ihn so sehen. Sie würden sich vor Lachen auf die Schenkel schlagen. Hier saß er nun beim Essen in einer Polizeiwache, zusammen mit einem nervösen Ordnungshüter, der kaum älter war als er selbst, die Knöchel in schweren Fußeisen, mit Handschellen, die ihm das Essen erschwerten. Währenddessen führte der Polizist eine höfliche Unterhaltung, als sei Yorkey sein Gast und nicht Gast der Regierung.

Er erfuhr, dass Constable Smith sich der Truppe in Adelaide angeschlossen hatte, einer schönen Stadt, die jedoch weniger Aufstiegschancen bot als der Norden. Er hörte, dass Smith seinen Vater früh verloren hatte – der Grund blieb ungenannt – und dass seine Mutter einen älteren Mann geheiratet und mit einem jungen Liebhaber durchgebrannt war ... An dieser Stelle hatte Yorkey das Interesse verloren, doch er ließ den Constable weiterreden; der Kerl war vermutlich elend einsam.

»Wie lange hocken Sie schon auf diesem Posten?«, wollte er wissen.

»Sechs Monate. Meine Zeit ist fast um.«

»Du lieber Himmel, war es das wirklich wert?«

»Aber sicher. Eigentlich war es gar nicht so schlimm. Ich habe Kochen gelernt. Möchtest du noch Eintopf?«

»Ja, ich bin völlig ausgehungert. Aber eins sage ich Ihnen,

Mister: Wenn Sie für Treiber kochen würden, hätten die längst kurzen Prozess mit Ihnen gemacht.«

Als Sergeant Riley mit Constable Grimm eintraf, einen Gefangenen auf seinem Packpferd, fand er zu seinem Erstaunen einen anderen Schwarzen vor, der gefesselt am Tisch saß und Tee trank.

»Was hat der hier zu suchen?«

»Ich wollte gerade die Zelle kehren«, entgegnete Smith rasch. »Ich konnte ihn ja nicht frei herumlaufen lassen.«

»Na, das ist jetzt auch unwichtig. Dieser Mistkerl wird wegen versuchten Mordes angeklagt.« Er deutete auf den Eingeborenen, der von Grimm bewacht wurde. »Haben Sie was zum Anziehen übrig? Er jammert die ganze Zeit, er will Kleider haben, und so, wie er ist, können wir ihn nicht mitnehmen.«

Wally eilte zu seinem Schrankkoffer und holte ein paar alte Sachen für den Eingeborenen, die er vermutlich nie zurückbekommen würde. Es war ihm peinlich, dass man ihn mit einem Gefangenen, der überdies eines seiner Hemden trug, in seinem Quartier erwischt hatte.

Riley übernahm das Kommando. Beide Gefangenen wurden in die Zelle gebracht, dann stand der Wasserkessel auf dem Herd.

»Moon trägt noch die Eisen«, sagte der Constable nervös. »Soll ich sie ihm abnehmen?«

»Später. Verdammt schlau von Ihnen, ihn gefesselt zu lassen. Viele Polizisten begehen den Fehler, die Zellentür fürs Essen zu öffnen, wenn sie allein mit den Gefangenen sind, und werden niedergeschlagen. Ebenso, wenn der Eimer geleert wird. Passen Sie auf, Grimm! Unser Wally hier hat was im Kopf. Wer ist der Kerl überhaupt?«

»Er heißt Yorkey Moon. Zwei Männer von der Glenelg-Station haben ihn hergebracht. Er hat Syd Walshs Haus niedergebrannt.«

»Wie bitte?«, fragte Riley lachend. »Das Haus dieses Schweinehundes? Er sollte eine Auszeichnung dafür bekommen.«

»Es steht alles hier drin«, sagte Wally, den das Lob für seine Vorsichtsmaßnahmen in Hochstimmung versetzt hatte. Er reichte dem Sergeanten das Wachtagebuch zusammen mit Feder und Tinte, damit dieser seinen eigenen Bericht eintragen konnte.

»Noch Tee, Sir?«, erkundigte er sich. »Oder Eintopf?«

»Lieber einen Drink, Wally. Haben Sie was da?«

»Tut mir Leid, Sir, davon bekomme ich nie viel.«

»Na gut, dann eben Tee.« Er las den Bericht und die Aussage. »Was hat das mit dem Mord an seinem Vater zu bedeuten? Das gefällt mir. Hat er Beweise?«

»Ich denke schon, aber es liegt zwanzig Jahre zurück.«

»Um Gottes willen! Was hat es dann hier drin zu suchen?«

Wally rutschte unbehaglich auf seinem Stuhl. »Tut mir Leid, Sir, er bestand auf einer Aussage und hat sie sogar unterzeichnet.«

Riley lehnte sich zurück. »Ich weiß nicht, wohin das noch führen soll mit diesen aufsässigen Schwarzen. Reden, als würde ihnen das Land gehören. Er spielt sich genauso auf wie der Bursche, den ich da draußen habe. Verdammter Eingeborener mit einem Bauchriemen als Hose, aber kommt mir die ganze Zeit frech daher. Ein Klugscheißer, der auch noch Englisch kann, wenn Sie verzeihen.«

Wally goss Tee ein. »Es musste wohl so kommen, mit den ganzen Weißen hier, meine ich. Dieser Yorkey Moon ist zwar schwarz, scheint aber bei Weißen aufgewachsen zu sein. Er behauptet, er sei Viehtreiber.«

Riley lachte. »Mein Bursche hält sich bloß für einen Viehhüter! Ihm ist wohl die Kleidung abhanden gekommen. Aber da ist noch was.« Er spähte ins Betriebstagebuch. »Was hat das mit den Viehdiebstählen zu bedeuten?«

»Steht alles da drin. Ich habe es sorgfältig mitgeschrieben. Moon hat gesehen, wie sie Brandzeichen änderten.«

»Und er ist Treiber?«

»Ich denke schon. Er weiß, wovon er spricht, obgleich ich mich nicht mit Brandzeichen auskenne.«

»Ich schon. Balken OW ist Pop Oatleys Zeichen, ihm gehört die Warrawee-Station, und Balken C ist von Bill Connor. Beiden sind Rinder gestohlen worden. Maudie hielt Walsh schon immer für den Schuldigen ... Wie lange ist das her? Seit wann ist Moon hier?«

»Erst zwei Tage.«

Riley sprang auf. »Dann haben wir sie.«

»Syd Walsh ist allerdings nicht hier. Er verbringt die Regenzeit in der Stadt.«

»Glück für Ihren Kunden«, schnaubte Riley. »Syd hätte ihn erschießen und verbuddeln lassen. Er wäre nicht der Erste gewesen, der spurlos verschwindet.«

Er schob das Tagebuch beiseite. »Ich möchte mit Ihrem Gefangenen sprechen.«

Der Constable schlurfte durch seine winzige Wohnung, räumte auf, rührte im Eintopf. Vielleicht sollte er ein frisches Fladenbrot für den Sergeant und Constable Grimm backen. Yorkey Moon hatte ihm übrigens geraten, mehr Salz zu nehmen.

Dann stürmte Grimm wütend herein. »Was zum Teufel haben Sie sich dabei gedacht, Riley von den Viehdieben zu erzählen?«

»Das habe ich ihm nicht erzählt. Es stand im Wachtagebuch.«

»Dann hätten Sie es nicht in Ihr verdammtes Tagebuch eintragen sollen. Wissen Sie, was jetzt passiert? Wir kommen doch nicht nach Hause. Riley schleppt mich zur Glenelg-Station, um die Viehdiebe zu fangen. Ein weiterer Erfolg für ihn. Und Sie dummer Hund sitzen hier fest, bis wir zurückkommen. Wir hatten eigentlich vor, dieses stinkende Land morgen zu verlassen.«

Der Constable war fassungslos. »Das verstehe ich nicht. Wie soll das gehen? Sie können nicht zu zweit nach Glenelg reiten und die Burschen verhaften, selbst wenn Sie Beweise finden.«

»Natürlich nicht. Wir brauchen erst mal frische Pferde, also reiten wir zurück zu Pop Oatley, dann stellen wir einen Trupp zusammen und fallen gemeinsam auf Glenelg ein. Riley kann es gar nicht erwarten. Nichts hält ihn zurück, und das habe ich nur Ihnen zu verdanken! Kann ich Eintopf haben?«

Erst jetzt begriff Wally, was er angerichtet hatte. Einen Bleistifteintrag hätte er ausradieren können, doch nun war es zu spät. Walsh wurde des Viehdiebstahls beschuldigt. Hätte Riley es nicht gelesen, hätten sie alle diesen gottverdammten Posten verlassen, nach Pine Creek reiten und am nächsten Morgen in Darwin sein können. Er hätte am liebsten vor Enttäuschung geweint. Ein noch längerer Aufenthalt kam einer Strafe gleich, vor allem, da die Wasser- und Essensvorräte zur Neige gingen. Riley hingegen liebte das Leben im Busch, seinem Jagdrevier. Er war berühmt dafür, dass er bereits einen berüchtigten weißen Mörder, der zwei Hausmädchen auf einer einsamen Station vergewaltigt und ermordet hatte, bis hinter Alice Springs gejagt und auch gestellt hatte.

Jetzt war er hinter den Viehdieben her, und Wally saß mit den beiden Gefangenen hier fest. Er machte sich auf die Suche nach dem Sergeant, der den Namen des zweiten Gefangenen und die Vorwürfe, die gegen ihn erhoben wurden, in das Tagebuch eintragen sollte. Doch Riley war damit beschäftigt, Yorkey Moon zu verhören.

»Grimm soll das eintragen«, sagte er. »Und zwar richtig. Der Gefangene hat den Boss einer Station mit dem Speer durchbohrt.«

Sein Name sei Numinga, sagte er zu Yorkey, doch er hätte einen unverständlichen Namen angegeben und es den Weißen überlassen, ihn aufzuschreiben.

»Ich wollte bloß ein paar Kleider von einer Wäscheleine klauen, als sie mich erwischten. Na ja, Kleider habe ich jetzt«, sagte er und schnüffelte an dem Hemd und der Hose, die der Constable für ihn aufgetrieben hatte. »Was ist das für ein Geruch?«

»Kampfer«, entgegnete Yorkey. »Sie haben dich verhaftet, weil du ihre Klamotten stehlen wolltest?«

»Nein, sie meinen, ich hätte einen Boss mit dem Speer durchbohrt.«

»Und stimmt das?«, fragte Yorkey eifrig.

Sein Zellengenosse hockte vor ihm und betastete vorsichtig seine Prellungen.

»Bist du von einer Station?«, fragte er unvermittelt.

»Nein, ich bin Treiber.«

»Und weshalb bist du hier?«

»Ich habe ein Haus niedergebrannt.«

Numinga grinste. Das klang gut. In seinen wilden Tagen hatte er selbst ein paar Häuser angezündet.

»Ich habe den Boss nicht angegriffen«, versicherte er dann. »Die Zeiten sind lange vorbei.«

»Wer denn dann?«

»Geht mich nichts an. Und dich auch nicht«, knurrte er.

Yorkey entschuldigte sich und erklärte, dass er den Boss der Station neben dem Weg und mit einer Speerwunde im Rücken gefunden und nach Hause gebracht hatte.

»Ist er gestorben?«

»Nein, es geht ihm schon besser.«

Numinga nickte. »Gut. Diese Speere und all das Schießen haben keinen Sinn mehr. Sagst du dem Polizeiboss, dass ich es nicht war?«

»Er wird mich wohl nicht anhören.«

Numinga verzog das Gesicht. »Hast aber viel mit ihm geredet.«

»Ich wollte nur dem weißen Boss Ärger bereiten, der das Vieh gestohlen hat«, erklärte er. »Sie stehlen Vieh von einem Boss und verkaufen es an einen anderen.«

Nun hatte er Numinga erneut gekränkt. »Bin doch kein dummer Schwarzer.« Der ältere Mann schnaubte. »Ich weiß das. War früher selbst Viehhüter.«

Yorkey entschuldigte sich wieder. Dieser Kerl mit dem Granitgesicht war ein harter Brocken und ungeheuer empfindlich. Obgleich er über vierzig sein musste, wirkte Numinga kraftvoll, ohne ein Gramm Fett am Körper, mit ausgeprägten Muskeln. Yorkey hatte bei seiner Ankunft zwar die Stammeszeichen auf seinem Körper bemerkt, aber nicht gefragt, zu welchem Stamm oder Clan er gehöre. Die Schwarzen im Busch gaben viel auf solche Dinge und machten einen großen Bogen um jedes falsche Totem.

Sein Rücken rettete ihn schließlich. Numingas Misstrauen schwand, als er begriff, weshalb Yorkey flach auf dem Bauch lag. Yorkeys Wunden empörten ihn, und nun war es an Numinga, sich zu entschuldigen. Er kenne Heilmittel für derartige Risse und bedauere, dass er ihm nicht helfen könne.

Und so unterhielten sie sich in der kleinen, düsteren Zelle. Yorkey berichtete, wie er den verletzten Boss gefunden hatte, dass er ihm von der Schlucht aus gefolgt war. Von dem Erdrutsch, der die Treiber vor ungeheure Probleme stellte und einen Mann beinahe das Leben gekostet hatte.

Numinga unterbrach ihn an dieser Stelle. »Einen Schwarzen?«

»Nein, meinen Boss. Er ist Treiber.«

»Ah. Er ist also nicht auf den Boden gefallen?«

»Wer?«

»Der Junge, der über die Klippe in die Schlucht gestürzt ist. Ich war da. Sein Herz sehnte sich danach, ein echter Stammesmann zu sein, doch man brachte ihn als kleinen Jungen in eine Missionsstation, wo er seine Traumzeit verlor. Ach ja.« Numinga nickte, senkte den Kopf und stimmte einen monotonen Gesang an, der wie ein Klagelied dahinfloss. Yorkey sträubten sich die Haare. Die Töne klangen vertraut, waren aber zu tief in seiner Erinnerung vergraben, als dass er sie ganz verstanden hätte. Er fühlte sich unbehaglich, bekam Angst. Er hätte schwören können, dass sie nicht allein waren. Yorkey verkroch sich in einer Ecke, bis der Gesang verstummte.

»Das habe ich nicht verstanden«, sagte er aufgewühlt.

Numinga seufzte. »Er ist über die Schlucht gegangen, sein Körper ist noch dort, doch die Geister fangen ihn auf, retten ihn und führen ihn in seine Traumzeit. Das ist gut. Das haben mir die Geister noch sagen wollen. Wir haben nie die vorgeschriebenen Klagen abgehalten, sonst hätten wir es gewusst.«

»Du, ich nicht«, meinte Yorkey.

»Nein, du warst auch dort. Du bist an dem leeren Körper vorbeigegangen. Denkst du, die Geister wüssten das nicht? Auch du bist ein verlorener Junge.«

»Bin ich nicht«, entgegnete Yorkey aufgebracht.

»Deine Geister kennen dich«, sagte Numinga sanft. »Sie waren hier. Du bist Waray, aber einer von dem uralten Eidechsenvolk, das in dieser Schlucht lebte, Eidechsen waren damals mächtiger als die schwachen Menschen ...«

Yorkey war müde und erschöpft. Er wollte es nicht hören. Mit Gewalt riss er sich in die Wirklichkeit zurück.

»Jemand ist in die Schlucht gestürzt?«

»Das habe ich dir doch gerade erzählt.«

»Und wurde getötet?«

»Ja.«

»Zur Zeit des Erdrutschs?«

Numinga lächelte. »Kein Erdrutsch. Wir wollten euer Vieh ein bisschen vorantreiben.«

»Mist! Du warst dabei?«

»Ich habe zugesehen. Kann die Schlucht nicht leiden.«

Yorkey brauchte Zeit, bis er alles zusammengefügt hatte. Numinga und die anderen Schwarzen waren oben auf dem Plateau gewesen, als das Vieh hindurchgetrieben wurde. Ein junger Mann war zu Tode gestürzt, doch es gab noch andere, die dort oben Unheil stifteten. Numinga erwähnte ihre Namen nicht, aber Yorkey wollte sie auch gar nicht wissen.

Es ging ihn nichts an. Immerhin wusste er nun, dass der Schrei echt gewesen war und der bedauernswerte Kerl noch immer unter Tonnen von Felsgestein begraben lag. Vielleicht waren die Geister tatsächlich zu ihm gekommen. Er sollte in Frieden ruhen. Und kein Wort davon zu den Treibern und Viehzüchtern. Die Schlucht sollte ihr Geheimnis bewahren.

Die Neuigkeit, dass man Numinga wegen des Speerangriffs auf einen weißen Mann verhaftet hatte und er sich nun im Gewahrsam zweier berittener Polizisten befand, erregte Unmut. Entscheidungen standen an. War die Angelegenheit so wichtig, dass man ihn befreien musste?

Anscheinend schon.

Die berittenen Polizisten hatten Numinga von der Warrawee-Station nach Osten gebracht. Um ihn zu befreien, musste man diese Polizisten angreifen.

Manche sprachen sich dagegen aus. Die Schwarzen von den Stationen hatten Angst. Sie wussten um die Folgen der Gewalt gegen Gesetzeshüter und wollten nichts damit zu tun haben.

Schließlich schickte ein Ältester zwei Fährtenleser los, um sie aufzuspüren. Wenn sie sie einholten, sollten sie nach einer Gelegenheit zur Befreiung Ausschau halten und Numinga eine Nachricht überbringen. Es dauerte Tage, bis die Fährtenleser die Reiter weit vor sich entdeckten. Sie vermuteten, diese seien unterwegs zum Außenposten der Polizei, und folgten ihnen vorsichtig.

Als der Constable am nächsten Morgen vor die Tür trat, ahnte er nicht, dass man ihn aufmerksam beobachtete. Seine Gedanken verweilten beim Wetter, den Windböen, die Wolken aus heißem Staub aufwirbelten, um ihm das Leben noch schwerer zu machen. Der feine Staub drang überall hinein. Selbst Häuser mit Fenstern waren davor nicht gefeit, ganz zu schweigen von seiner Hütte mit den offenen Fensterschlitzen.

Er ging wie gewöhnlich seinen Aufgaben nach, schnallte aber aus Sicherheitsgründen – immerhin hatte er zwei Gefangene zu bewachen – seinen Revolver um. Um Moon machte er sich keine großen Sorgen, doch der andere war offensichtlich gefährlich. Nachdem er die Pferde gefüttert und getränkt hatte, wandte er sich der Verpflegung seiner Gefangenen zu. Er betrachtete die Vorratskammer. Sie konnten den Rest des Eintopfs mit Zwieback haben. Er würde sich ein frisches Fladenbrot backen und Speck dazu braten. Wenn Riley und Grimm zurückkehrten, musste er sich ernsthaft ans Kochen machen. Eine lästige Arbeit.

Er reichte ihnen die Metallteller durch die Querstäbe des Fensters, ohne auf Yorkey Moons Beschwerden und Forderungen zu achten.

»Alles zu seiner Zeit«, erwiderte er abweisend.

Als sie ihm die Teller zurückgaben, erteilte er ihnen Anweisungen.

»Ich werfe die Handschellen und Fußeisen rein. Moon, du legst sie an, dann schließe ich die Zellentür auf. Sollten sie nicht fest sitzen, wirst du erschossen. Der andere Mann bleibt hier. Wenn du herauskommst, Moon, bringst du den Nachteimer mit.«

»Sie meinen wohl den Scheißeimer?«, fragte Moon lachend. »Mit Handschellen kann ich ihn schlecht tragen, und über die Fußeisen werde ich stolpern.«

»Dein Problem«, entgegnete Wally. Sie mussten Wasser bekommen, und der Eimer musste alle vierundzwanzig Stunden geleert werden, so stand es im Handbuch. Weiter besagte es, dass die Zelle gereinigt werden müsse, doch davon konnte nicht die Rede sein.

»Gut, ich bin soweit«, meinte Moon schließlich.

Wally schloss auf, steckte Schlüssel und Vorhängeschloss in die Tasche, schob den schweren Riegel zurück und befahl Moon, aus der Zelle zu treten.

»Was ist mit dem Eimer?«

»Zuerst nach draußen.«

Als Moon die Tür öffnete und herauskam, zielte der Constable mit seinem geladenen Revolver auf ihn. Er trat rasch vor, um Moons Fesseln zu prüfen. Er war zufrieden. So hatte er es schon immer gehalten, ein Schritt nach dem anderen, und war damit erfolgreich gewesen. Niemand würde ihn zur Eile zwingen.

»Jetzt kannst du den Eimer holen. Sag deinem Kumpel, er soll sich hinten halten.«

So weit, so gut. Als Moon draußen war, schlug er die Tür zu und schob wieder den Riegel vor.

»Den Eimer kippst du im Gebüsch hinter der Zelle aus«, wies er ihn an. »Geh los.«

»Gehen ist gut«, knurrte Moon, als er im Schneckentempo vorwärts schlurfte, den Eimer in Händen, während Wally ihm mit schussbereiter Waffe folgte.

Numingas Retter hatten die beiden Polizisten wegreiten sehen, doch einer war noch auf dem Posten und zweifellos gut bewaffnet, sodass sie bis zum Einbruch der Nacht warten wollten.

Als alles ruhig war, schlichen sie zum Gefängnis und stellten missmutig fest, dass es mit Schloss und Riegel versperrt war. Wortlos liefen sie davon. Numinga war zwar dort, aber nicht allein, sie würden ihn besser nicht zu früh alarmieren.

Sie überlegten. Sollten sie den einsamen Polizisten angreifen, seine Schlüssel holen und Numinga befreien? Nein, zu gefährlich. Dann drohte ihnen Vergeltung für das Verwunden oder Töten eines Polizisten. Sie beschlossen zu warten, bis die Polizisten mit ihren Gefangenen unterwegs waren. Dieses Gefängnis war nur eine Zwischenstation. Diesmal würde ihnen die Polizei nicht vorauseilen, sie konnten Schritt halten und Numinga beim Nachtlager befreien. Sie spielten zahlreiche Pläne durch, darunter auch die Möglichkeit, die Waffen der Polizisten zu stehlen und sie damit wehrlos zu machen. Dann könnten sie sie fesseln und die Gefangenen befreien. Beide. Das wäre ein Spaß.

Die Beobachter waren längst auf ihrem Posten, als der Rauch aus dem Schornstein aufstieg. Zu spät begriffen sie, dass sie eine Gelegenheit zum Waffendiebstahl verpasst hatten. Der Polizist war schnellen Schrittes hinausgegangen, um den Pferden Heu über den Zaun zu werfen und die Tränke zu füllen. Er konnte jeden Moment zurückkommen, doch nichts geschah. Er ließ sich Zeit, sprach mit den Tieren, streichelte sie ...

Die beiden Männer sahen einander grinsend an. Am Abend oder spätestens am nächsten Morgen würden die Pferde erneut gefüttert, dann wollten sie bereit sein. Hoffentlich kamen die anderen Polizisten nicht vorher zurück.

Sollte sich die Sache anders entwickeln, würden sie so nah wie möglich an die Zelle heranschleichen und sich auf die Lauer legen, die Essensausgabe beobachten und sich dann dem schweren Schloss zuwenden. Letzte Nacht hatte es ihnen den Eintritt verwehrt. Sie sahen auch den Revolver, die Fesseln, die hineingeworfen wurden ... Und sie schauten interessiert zu, als der Polizist den gefesselten Mann mit dem Scheißeimer wegschickte.

Beide erkannten die Chance, und ein Mann rannte über die Lichtung, während der andere durch die Büsche zu den Pferden glitt.

Es dauerte nur eine Sekunde. Das Schloss war nicht an Ort und Stelle. Er schob den Riegel zurück, öffnete die Tür und zischte: »Numinga, schnell, raus hier!«

Numinga schloss die Tür hinter sich und schob den Riegel vor, dann war er verschwunden.

Nach getaner Arbeit ergriff Moon die Gelegenheit zum Pinkeln. »Mein Rücken muss gereinigt werden«, sagte er. »Er brennt höllisch.«

»Das kann dein Kumpel übernehmen. Ich hole Salzwasser.«

»Wir brauchen frisches Wasser.«

»Ich weiß, das hole ich auch.«

»Und wie steht es mit einem sauberen Hemd für mich? Die Fliegen sind furchtbar, ich habe schon Maden.«

»Ich dachte, bei euch wäre das ein Heilmittel für offene Wunden.«

»Bei mir nicht. Ich will ein Hemd.«

»Gut, bleib hier.«

Wally ließ ihn im Schatten der Gefängniswand stehen und ging zum Wassertank. Dann sah er es! Das Tor der Koppel stand offen, die Pferde galoppierten davon. Wally wusste, es konnte kein Versehen sein, man hatte das Tor absichtlich geöffnet und sie hinausgejagt. Jemand wollte die Tiere stehlen. Er rannte schreiend los und feuerte seinen Revolver ab, während die kostbaren Pferde in den Busch stoben.

»Himmel noch mal!«, rief er. »Oh, nein!« Nicht ein Pferd war auf der Koppel geblieben.

Er rannte zu Moon zurück und stammelte hervor, was geschehen war. »Was soll ich tun? Die Pferde sind weg.«

»Alle?«, erkundigte sich Moon, der ebenso verblüfft war wie Wally.

»Ja, alle. Jemand hat das Tor aufgemacht.«

»Dann können Sie nicht viel tun«, sagte Moon achselzuckend. »Sie müssen warten, bis der Sergeant zurückkehrt. Na, damit machen Sie sich aber nicht gerade beliebt.«

»Was zum Teufel hätte ich tun sollen?«

»Keine Ahnung, Kumpel. So läuft es eben.«

»Du gehst besser in deine Zelle zurück«, sagte Wally und fuchtelte mit seinem Revolver herum.

»Machen Sie mir zuerst die Fesseln ab, und legen Sie die verdammte Waffe weg, bevor einer von uns draufgeht. Ohne Pferde gehe ich in diesem verdammten Land nirgendwo hin. Nach einem Tag bin ich tot.«

Wally, der immer noch zitterte, zog einen kleinen Schlüssel aus der Tasche, öffnete die Handschellen und nahm Moon die Fußeisen ab. Er entriegelte die Tür und schob Moon hinein, wobei er einen flüchtigen Blick in die Zelle warf. Er wollte gerade die Tür zuschlagen, als ihm klar wurde: Die Zelle war leer. Er taumelte ungläubig nach hinten, dann schrie er Yorkey an: »Das warst du! Du hast ihn rausgelassen!«

Yorkey hörte ihn kaum. Er stand mit offenem Mund da, die Gedanken wirbelten durch seinen Kopf. Numinga war fort. Durch eine verriegelte Tür geflohen. Er hatte selbst gesehen, wie der Constable den Riegel vorschob. Dann war Numinga nach hinten gerannt und hatte alle Pferde freigelassen. Oder andere hatten es für ihn getan. Yorkeys Fantasie arbeitete auf Hochtouren. Er erinnerte sich an Numingas Gesang, sein Einvernehmen mit den Geistern. War er ein Zauberer? Konnte er den gleichen Zauber einsetzen, um die Pferde freizulassen?

Ihm wurde bewusst, dass Smith ihm Beschuldigungen entgegenschrie.

»Reden Sie keinen Quatsch«, sagte er und ging hinter dem Constable nach draußen. Smith war so außer sich, dass ihn die Bewegungsfreiheit seines Gefangenen nicht weiter zu stören schien.

»Meinen Sie, ich wäre vor Ihren Augen gefesselt zur Koppel gelaufen und hätte die Pferde freigelassen?«, fragte er sarkastisch.

»Irgendjemand muss es getan haben.«

»Außer, es war Zauberei. Geisterkram. Dieser Numinga ist ein komischer Vogel.«

»So heißt er nicht. Er hat einen anderen Namen angegeben. Ist das der echte?«

»Nein«, log Yorkey. »So nennen Schwarze einen Zauberer.«

»Wie ist er rausgekommen?« Smith untersuchte erneut den Riegel, schob ihn vor und zurück, doch Yorkey, dem der Wind den Staub ins Gesicht wehte, senkte den Kopf und entdeckte zu seiner Enttäuschung, dass keine Zauberei im Spiel gewesen war. Er trat auf die Fußabdrücke im Staub, Fußabdrücke, die aus Richtung des Gebüschs und zurück verliefen, und sah sich nach Eindringlingen um. »Sie sollten nachsehen, ob die Pferde zurückgekommen sind«, rief er. »Ich gehe hier herum«.

Nun war ihm alles klar. Die Fußabdrücke stammten nicht von Stiefeln, sondern von nackten Füßen. Irgendwelche Schwarzen hatten Numinga befreit und die Pferde vertrieben, um von der Flucht abzulenken und einer Verfolgung zu entgehen.

Diese Erkenntnis ärgerte ihn. Sie hätten ebenso gut warten und ihn mitnehmen können, schließlich war er selbst ein Schwarzer. Verdammt, wo blieb da die Loyalität?

Dennoch tat er seine Pflicht und zertrat die Fußabdrücke. Die Pferde würden vermutlich von selbst zurückkommen, doch er brauchte zuallererst Wasser und ein reines Hemd.

Yorkey sollte Recht behalten. Nach wenigen Stunden kamen die ersten Pferde zurück, und Smith begriff allmählich, was geschehen war. Er sperrte Yorkey wieder ein, verriegelte und verschloss die Tür und sattelte ein Pferd, um die restlichen Tiere einzusammeln.

Der Wind legte sich, Regen fiel in dicken, schweren Tropfen, dann erklang Donnergrollen. Yorkey, der sicher in seiner trockenen Zelle saß, empfand Mitleid mit dem armen, alten Smith, der noch immer durch den Busch zog. Donner verschreckte Pferde; es würde schwer sein, sie bei diesem Wetter einzufangen.

Zwei Tage später ritten drei Männer von der Station mit Riley und Grimm herbei. In ihrer Begleitung befanden sich zwei Gefangene: der Verwalter der Glenelg-Station und dessen Bruder.

Alle waren zufrieden, weil sie die Viehdiebe gefasst hatten, doch Riley tobte, weil der Constable den anderen Gefangenen hatte entkommen lassen. Yorkey in seiner Zelle hörte die Gardinenpredigt.

Doch nun war es an ihm zu leiden. Zunächst weigerten sich die Gefangenen, die Zelle mit einem Schwarzen zu teilen, doch als sie ihn erkannten, änderten sie ihre Meinung. Um das Problem zu lösen, kettete man Yorkey über Nacht an einen Baum, in Sichtweite der Viehhüter, die ihr Lager in der Nähe aufgeschlagen hatten.

Am Morgen fesselte man ihn und die beiden anderen Männer auf ihren Pferden. Die Ersatztiere wurden eingefangen und von der Koppel geführt, und dann schloss man den Polizeiposten. Die Männer von der Station, denen am sicheren Transport der Viehdiebe gelegen war, meldeten sich freiwillig, die Eskorte bis nach Pine Creek zu begleiten, und Sergeant Riley nahm ihr Angebot an.

Er war noch immer wütend auf Constable Smith, sodass Yorkey ein gutes Wort für ihn einlegte.

»Der Kerl hat Zack Hamilton nicht verletzt. Sie hatten ohnehin den Falschen verhaftet.«

»Woher willst du das wissen?«

»Weil ich in der Zelle mit ihm gesprochen habe. Er wollte nur Kleider stehlen, damit er auf einer Station leben kann.«

Nun wurde Riley noch misstrauischer. »Woher weißt du, dass es Zack Hamilton war?«

»Weil ich ihn gefunden habe. Er war am Wegrand zusammengebrochen. Ich habe ihn nach Hause gebracht.«

Als die Viehhüter das hörten, baten sie Riley, Yorkey freizulassen.

»Wen interessiert schon Walshs Haus? Vielleicht kapiert er dann endlich, dass er den Bezirk verlassen sollte.«

Doch Riley blieb hart. »Für mich ist Brandstiftung nach wie vor ein Verbrechen. Er geht dafür ins Gefängnis, Schluss, aus.«

Schließlich brach die kleine Prozession auf, quer über das offene Land. Yorkey war wütend auf sich, nicht, weil er das Haus angezündet hatte, sondern weil er sich hatte erwischen lassen. Er fürchtete sich vor dem Gefängnis und überlegte, wie er fliehen könnte, bevor sie Port Darwin erreichten. Vor ihnen lag ein langer Weg, er musste nur die richtige Gelegenheit abpassen.

Dann wurde ihm klar, dass er ein gejagter Mann sein würde, ein entflohener Verbrecher, doch das war nicht weiter schlimm. Er könnte zurück nach Queensland gehen. Er wäre sicher, sobald er das Territorium hinter sich gelassen hatte. Und dort drüben, in jenem geschäftigen Riesenstaat, gab es genügend Arbeit für Viehtreiber.

ZWEITES BUCH

JUNI 1899

8. KAPITEL

DIE OATLEY-HANDELSGESELLSCHAFT hatte ihren Sitz in einem Geschäftslokal in der Smith Street. Auf der anderen Seite der breiten, unbefestigten Straße erhoben sich die hölzernen Bogengänge der Commercial Bank. Die Gegend war heiß und bot keinen Schutz vor Wind und Sonne, da in den benachbarten Straßen große Baulücken klafften. Die Vermesser hatten bei der Planung von Port Darwin bewundernswerte Arbeit geleistet, als sie auf den sandigen Ebenen, die schwitzende Männer gerodet hatten, symmetrische Straßenzüge vermaßen.

Vor beinahe dreißig Jahren waren die ersten Grundstücke sorgfältig abgesteckt worden. Inzwischen gab es zahlreiche Wohn- und Geschäftshäuser, doch die Hälfte der Grundstücke war noch unbebaut, von Unkraut überwuchert, sodass die Stadtmitte an einen Mund voller Zahnlücken erinnerte.

William Oatley, der Besitzer der Handelsgesellschaft, lehnte sich mit einer Tasse Tee in seinem Stuhl zurück und betrachtete die Fassade der Bank. Sie erinnerte an einen Kreuzgang, doch demnächst würde er dieses jämmerliche Ding niederreißen und durch ein kühles Steingebäude ersetzen, das die beiden benachbarten Blocks einbeziehen sollte, die ihm ebenfalls gehörten. Er würde notfalls selbst einen Gehweg anlegen, da die Stadt knapp bei Kasse war, und eine Markise vor dem Eingang anbringen. Doch zunächst wollte er das Haus fertig stellen, das er Emily May immer versprochen hatte. Nun war es zu spät. Sie würde ihr »Stadthaus«, das sie so liebevoll entworfen hatte, nie mit eigenen Augen sehen.

Er seufzte. »Nichts für ungut, Liebste. Es hat lange gedauert, aber ich baue es genau so, wie du es wolltest. Es wird ein schönes Haus.« Kaum zu glauben, doch ihr Tod lag schon fünf Jahre zurück. Dieser furchtbare Tag hatte sich ihm eingeprägt, als sei es gestern gewesen.

Er und Emily May hatten sich schon als Kinder geliebt, genau wie Myles und Lucy. Beide waren auf Stationen im Busch aufgewachsen, hatten ihr ganzes Leben dort verbracht. Warrawee, die Station der Oatleys, lag über hundert Meilen von der Millford-Station, dem Familiensitz von Emily May Mills entfernt, doch da ihre Eltern befreundet waren, standen sie in Briefkontakt, besuchten einander gelegentlich und verbrachten den Weihnachtsurlaub gemeinsam in Darwin.

Während William und Emily May auf Hochzeitsreise waren, traf sie ein Schicksalsschlag. Mrs. Mills, Emilys Mutter, wurde bei Hochwasser in einen Fluss gerissen, als sie eine Furt im Buggy durchqueren wollte, und der Vater ertrank bei dem vergeblichen Versuch, sie zu retten. Es war eine traurige Heimkehr, und sie mussten ihre Pläne ändern. Eigentlich hatte William auf die Warrawee-Station zurückkehren und dort mit seinen Eltern leben wollen, doch nun beschloss man, er solle die Millford-Station übernehmen. Damals war er einundzwanzig gewesen und damit, wie Pop Oatley erklärte, alt genug, um zu wissen, was er tat.

Die Leitung einer Viehstation dieser Größenordnung stellte eine Herausforderung für einen jungen Mann dar, doch William war stets ein resoluter Mensch gewesen, der sich nun mit der Hilfe und Unterstützung seiner geliebten Frau und Pop Oatleys an die Arbeit machte. In wenigen Jahren erwarb er sich einen Ruf als fähiger Viehzüchter und wurde in die Elite der nördlichen Großgrundbesitzer aufgenommen, deren Anwesen größer waren als manche englische Grafschaft.

Myles wurde auf Millford geboren, danach kam eine Tochter namens Constance. William schüttelte traurig den Kopf, als er ein kleines Mädchen mit ausladendem Hut sah, das mit seiner Mutter die Straße entlangging. Ungefähr so alt war Constance gewesen, als sie an Keuchhusten starb. Nur einen

Monat später war Zack Hamiltons Sohn Simon der gleichen Krankheit zum Opfer gefallen. Emily May hatte sich tapfer gehalten, sich, wie sie sagte, in Gottes Willen gefügt, doch Sibell Hamilton hatte der Tod ihres Sohnes zutiefst getroffen, obwohl sie immerhin ihre Tochter Lucy hatte behalten dürfen.

Manche behaupteten, Sibell sei nie über den Verlust des Jungen hinweggekommen, doch diese Leute vergaßen, welche Schicksalsschläge Sibell bereits zuvor erlitten hatte. Ihre Eltern waren auf See umgekommen, und sie hatte sich als junges Mädchen nach dem Schiffbruch allein an Land gekämpft.

Williams Sekretär kam aus dem hinteren Büro herein. »Wäre das alles für heute?«

»Ja, Leo. Du kannst Feierabend machen. Wenn du Myles siehst, richte ihm bitte aus, dass ich auf ihn warte. Ich muss wissen, ob Mr. Chen heute aus Singapur eintrifft.«

»Hätte selbst gehen sollen«, murmelte er, als Leo verschwunden war. Mr. Chen war ein reicher chinesischer Financier, der einen angemessenen Empfang mit Begleitung zum *Hotel Victoria,* dem einzigen anständigen Hotel der Stadt, erwartete. Myles hätte ihm längst bestätigen sollen, dass der Chinese untergebracht sei und zum Abendessen kommen werde. Sie hatten viel zu besprechen.

William entschied, noch ein wenig zu warten, bevor er eigene Erkundigungen im Hotel einzog. Er nahm eine Flasche aus dem Schrank hinter seinem Schreibtisch und goss sich einen exzellenten schottischen Whiskey ein. Dann versank er wieder in seinen Erinnerungen.

Myles hatte keine seiner Großmütter wirklich kennen gelernt. Großmutter Oatley war an Krebs gestorben, als er drei war. Auch Pop Oatley hatte sich in sein Schicksal gefügt, und sein Sohn hatte schweigend und mit gebrochenem Herzen getrauert, um den Vater nicht zu belasten.

Als jedoch seine geliebte Emily May starb, sah es anders aus. Myles war fünfzehn gewesen und hatte zwanzig Meilen von der Station entfernt Vieh mit ihm gemustert, als ein Viehhüter in gestrecktem Galopp geritten kam und ihnen mitteilte, die Missus sei von einer Schlange gebissen worden.

»Von was für einer Schlange?«, brüllte er, als er sein Pferd herumriss und Myles zurief, mit ihm zu kommen.

»Tigerotter, glaube ich, die schwarzen Mädchen sagen, es wäre eine gewesen, sie ist wirklich gefährlich ...«

»Die wissen nicht, was sie da reden«, rief er Myles zu. »Tigerotter, so nennen sie alles, was hier herumkriecht. Haben das Wort irgendwo aufgeschnappt. Ich habe noch nie im Leben eine Tigerotter gesehen. Mag sein, dass sie nicht giftig ist, aber wir müssen heimreiten.«

Vater und Sohn legten den längsten Ritt ihres Lebens zurück, schossen über den niedrigen Zaun des Gemüsegartens, sprangen vom Pferd und warfen die Zügel beiseite.

Als William die Stufen zur Hinterveranda hinaufeilte, sah er die tote Schlange, die jemand über das Geländer gehängt hatte. Er hielt entsetzt inne.

»Eine Mulgaschlange«, flüsterte er, »Gott steh ihr bei. Gott steh ihr bei!«

Doch Gott stand Emily May nicht bei. Er ließ zu, dass die liebreizende Frau unter Qualen aufquoll, bevor sie ins Koma sank und irgendwann starb, ohne seine Stimme zu hören, seinen Trost, seine Liebe zu spüren, ohne Abschied nehmen zu können.

Selbst jetzt klang sein Seufzer wie ein Schluchzen. Er war am Boden zerstört gewesen. Verwirrt. Seltsam, aber von allen, die ihn damals umsorgt hatten, ihn trösten wollten, erinnerte er sich nur an Sibell Hamilton. Sie war da gewesen, wohl gemeinsam mit Zack, und er wusste noch, wie sich seine Qual in ihrem Gesicht widergespiegelt hatte. Ob sie mit ihm gesprochen hatte, konnte er nicht mehr sagen.

Nach dem Tod seiner Frau verlor er zeitweilig die Kontrolle über sich. Er trank zu viel, vernachlässigte seine Arbeit, verkroch sich im Haus und vergrub sich in einer Trauer, die ihm so kostbar geworden war, dass er darüber Freunde und Familie als Eindringlinge empfand.

Schließlich lehnte Myles sich dagegen auf und warf seinem Vater vor, ein egoistischer Säufer zu sein, der im Selbstmitleid ertrank.

»Du bist nicht der Einzige, der sie vermisst!«, schrie er. »Sie war meine Mutter. Das hast du wohl vergessen. Oder muss ich auch saufen, damit du verstehst, wie sehr ich darunter leide?«

»Halt deinen verdammten Mund!«, donnerte William. »Lass mich in Frieden!«

»Und ob ich das tue! Ich ziehe zu Pop Oatley, er kann Hilfe auf der Station gebrauchen.«

»Mach doch, was du willst!«

An diese Szene dachte er nicht gern zurück. Er hatte Myles wegreiten sehen und wusste, dass es schon ein gefährlicher Ritt für einen Mann war, von einem Fünfzehnjährigen ganz zu schweigen. Dennoch ließ er ihn ziehen.

Trauer war eine seltsame Sache. Sie glich einer Krankheit, nur dass bei manchen Menschen der Drang, im Zustand der Trauer zu verharren, stärker war als der Wunsch nach Heilung, und dass sie lieber ihr Leid hinausschrien, als eine Linderung der Schmerzen anzunehmen. Im Rückblick überraschte es ihn, dass ein Mann wie er, der sich immer als starke Persönlichkeit empfunden hatte, derart zusammenbrechen konnte.

Myles kehrte nicht zurück, und Williams Trinken wurde schlimmer. Seine Männer beklagten sich. Er beachtete sie nicht. Einige gingen. Das war ihm egal. Aus Angst vor seinem Zorn blieben die schwarzen Hausmädchen weg, ließen ihn in seinem selbst verschuldeten Elend sitzen. Dann hatte der alte Dubbo, sein schwarzer Helfer, der seit Jahren für ihn arbeitete, eines Tages die Stirn, ihn aus dem Schlaf der Trunkenheit zu wecken.

»Zeit zum Aufstehen, Boss. Haben genug getrunken. Sollten aufhören mit Weinen, ist nicht gut. Haben lange genug geweint.«

William setzte sich auf, balancierte schwankend auf der Sofakante, erfasste Dubbos Worte und schlug zu. Ein brutaler Hieb, der den alten Mann quer durchs Zimmer schleuderte, wo er gegen einen schweren Schrank prallte. Er blieb zusammengesunken liegen, rappelte sich irgendwann hoch und wankte hinaus.

Erst als er Dubbo am nächsten Tag im Gemüsegarten bei der Arbeit sah, fiel ihm der Zwischenfall wieder ein. William hoffte, er habe es nur geträumt. Er ging zu dem alten Mann hin und drehte ihn um. Entsetzt sah er die Prellungen und blauen Flecken in dem runzligen Gesicht.

»Oh, Dubbo, es tut mir so Leid. Was habe ich dir nur angetan? Komm herein, ich lege etwas darauf ...«

»Schon gut, Boss, die Mädchen sehen danach.«

William betastete sein Gesicht. »Mal schauen. Nichts gebrochen?«

Dubbo grinste unbehaglich. »Glaub nicht. Waren ja betrunken, was? Schlag kam nicht gerade, sonst wär Gesicht kaputt.«

»O Gott, es tut mir ja so Leid. Hör auf mit der Arbeit, leg dich hin.«

Dubbo schüttelte den Kopf. »Ich glaube, Sie haben genug gelegen für uns alle, Boss. Muss den Kohl einpflanzen, bevor Kängurus fressen.«

Das war der Wendepunkt. William rief sich selbst zur Ordnung und übernahm wieder das Kommando. Seinen Männern waren die Entschuldigungen geradezu peinlich, doch sie freuten sich über sein neues Erscheinungsbild. Bald funktionierte die Station wieder reibungslos, und die Hausmädchen sangen bei der Arbeit.

Einen Monat später ritt er nach Norden zur Warrawee-Station.

»Falls du wegen Myles kommst, er ist hier«, grollte Pop. »Und er wird auch hier bleiben.«

»Schon gut, aber ich kann nicht auf Millford bleiben.«

Pop wirkte überrascht. »Wieso nicht?«

»Es ist einfach zu schlimm dort. Die Erinnerungen. Ich setze einen Verwalter ein und ziehe in die Stadt.«

»Nach Darwin?«

»Ja.«

»Was zum Teufel willst du da? Du bist Viehzüchter. Kannst nicht in der Stadt auf dem Hintern sitzen. Das ist nichts für dich.«

»Doch. Mir ist nach einer Veränderung zu Mute, das ist alles. Ich werde vielleicht eine Firma gründen. Dieser Hafen erwacht gerade erst zum Leben. Möglicherweise eröffne ich eine Handelsagentur oder etwas Ähnliches.«

»In einem Büro sitzen? Du musst verrückt sein!«

William zuckte die Schultern. »Wir werden sehen. Zurück in den Busch kann ich immer noch.«

Es war sein Ernst gewesen, da er im Grunde nur eine vorübergehende Veränderung suchte und sich ohnehin nicht als geborenen Geschäftsmann betrachtete, doch noch vor der Eröffnung standen die Kunden bereits Schlange. In seiner Unerfahrenheit suchte er Rat bei Freunden, Bankleuten, Minenbesitzern, gewieften chinesischen Händlern und sogar bei Lawrence Mollard, dem Statthalter der Regierung, die ausnahmslos ihre Hilfe anboten. Sie beharrten darauf, dass nur wenige das Territorium so gut kannten wie William Oatley, sodass Investoren aus Übersee in ihm einen kompetenten Ansprechpartner finden würden.

Natürlich war es von Nutzen, dass er und Pop Oatley bereits reich waren. William lächelte. Das alte Sprichwort, dass Geld wiederum Geld gebiert, war nicht von der Hand zu weisen. Er beteiligte sich mit Erfolg am Minengeschäft, kooperierte mit Export- und Importunternehmen aus Singapur und

Hongkong und prüfte deren Investitionen im Territorium. Er steckte Geld in die Canton-Schifffahrtslinie und wurde zum geschätzten Interessenvertreter britischer Bergbauunternehmer und Viehzüchter. Innerhalb von wenigen Jahren wurde er mit König Midas verglichen, dem alles gelang.

Schön und gut, doch Geld war nicht das wichtigste Motiv für ihn. Er ging ganz in der Geschäftswelt auf und fand die Menschen, mit denen er zu tun hatte, faszinierend, Menschen, wie er sie in seinen Jahren auf der Station nie kennen gelernt hatte. Die meisten waren ehrenwerte Männer, andere harte Geschäftsleute, die bis zum letzten Penny feilschten und zu jedem Betrug bereit waren; einige entpuppten sich als Hochstapler, die unglaubwürdige Referenzen vorlegten und kaum besser waren als gewöhnliche Falschspieler. Das war eine echte Herausforderung. Er musste die Spreu vom Weizen trennen, keine leichte Aufgabe in einem isolierten Außenposten wie Darwin. Die Stadt galt als Zufluchtsort für Kriminelle aus dem Süden, die sich hier im Norden dem Arm des Gesetzes entzogen, doch nach Williams Erfahrung waren die richtig bösen Jungs, die Gesetzlosen, den schmierigen Gestalten vorzuziehen, die mit ihrem pomadisierten Haar, dem »ehrlichen« Blick und den Plänen für das große Geld in seinem Büro aufkreuzten.

Wer behauptete, man könne die Ehrlichkeit eines Mannes in seinen Augen lesen, sollte es mal in dieser Stadt versuchen, dachte er. Einige dieser Kerle mit ihrer glatten Zunge und der verblüffenden Selbstsicherheit verkauften tatsächlich Viehstationen, die gar nicht existierten, oder Lizenzen zum Perlentauchen. Man musste ständig auf der Hut sein. Zum Glück kannte er das Territorium wie seine Westentasche, und er konnte sie gewöhnlich durchschauen.

Myles unterbrach seine Gedankenspiele. Er hatte im vergangenen Jahr ebenfalls in der Stadt gelebt und im Büro seines

Vaters gearbeitet, doch es funktionierte nicht sonderlich gut. Die Arbeitszeiten schienen ihn überhaupt nicht zu interessieren. Sein Vater seufzte.

»Wo bist du gewesen?«

Myles schob seinen Panamahut zurück. »Ich habe Chen abgeholt und ins Hotel gebracht. Er freut sich auf das Abendessen mit dir, aber nicht im Hotel. Er mag unser Essen nicht. Also bin ich zu Charlie Wong gegangen, und er bereitet nun ein Bankett vor. Seine Küche ist gut.«

»Kann sein, aber dort kann ich keine geschäftlichen Gespräche mit Chen führen. Viel zu viel Lärm.«

»Ich weiß, Problem gelöst. Er schließt das Café heute Abend und organisiert ein richtiges Festmahl.«

»Und was soll das kosten?«

»Ist doch egal. Chen ist wichtig, er hat sogar seinen Majordomus dabei. Ich wette, das Essen wird hervorragend. Ich habe Charlie gesagt, wenn er nicht sein Bestes gibt, lasse ich beim Residenten ein Wort über die Opiumhöhle in seinem Hinterzimmer fallen.«

»Das war dumm von dir. Man droht Charlie Wong nicht. Niemals. Das wird er nicht vergessen.«

»Wer interessiert sich denn schon für die Schlitzaugen? Du machst dir zu viel Sorgen. Aber ich würde auch gern mit dir reden, dich um einen Gefallen bitten.«

Er ließ sich auf einen Stuhl fallen. »Ich sehe, du hast dir ein Gläschen genehmigt, wie steht es denn mit einem für mich?«

»Bedien dich.« Einen Gefallen?, fragte sich William. Wieder einmal knapp bei Kasse? Obwohl er ein Gehalt bezog, und zwar mehr als Leo Lavelle, sein hervorragender Sekretär, war Myles chronisch pleite. Zu viele Partys mit seinen Freunden. Als er sich erkundigt hatte, ob er in die Stadt kommen und den anderen Zweig des Familienunternehmens kennen lernen dürfe, hatten sein Vater und Großvater dies für einen vernünftigen

Schritt gehalten. Myles würde irgendwann die Stationen und die Agentur erben, und es konnte nicht schaden, ihn frühzeitig in die Finanzwelt einzuführen. Als Arbeiter auf der Station hatte er sich bereits bewährt. In letzter Zeit hatte William jedoch ernsthaft mit dem Gedanken gespielt, ihn zu Pop Oatley zurückzuschicken.

Myles goss sich einen Whiskey ein. »Pop macht Fortschritte. Willst du in der Stadt bleiben?«

»Ja.«

»Also werde ich gebraucht, um Warrawee zu leiten, wenn er sich allmählich zurückzieht.«

»Darauf hatte ich gehofft. Es würde mir eine Last von der Seele nehmen.«

»Gut, das wäre geregelt.« Er drehte seinen Stuhl herum und setzte sich rittlings darauf, Auge in Auge mit seinem Vater. »Daher ... habe ich mich gefragt, ob ich eine kleine Reise machen könnte, bevor ich mich auf Warrawee niederlasse.«

»Kleine Reise? Wohin?«

»Hm ... nach London.«

»Nach London? Du willst nach England fahren?«

»Na ja, du und Pop, ihr behauptet immer, es bedeute große Verantwortung, eine Station zu leiten. Das kann ich verstehen und werde ein geordnetes Leben führen, sobald ich damit anfange. Ehrlich. Aber ich bin erst zwanzig und möchte gern etwas von der Welt sehen, genau wie Mutter und du.«

William war erfreut. »Mein lieber Junge! Was höre ich da? Hochzeitsglocken? Na, da bin ich platt.« Er sprang auf und rannte um den Tisch, um Myles die Hand zu schütteln. »Natürlich fährst du. Du kannst mit Lucy überallhin fahren. Genau wie wir. Ich bin so glücklich ...«

»Moment mal!« Myles riss sich los. »Das geht mir ein bisschen zu schnell. Ich habe Lucy noch gar keinen Antrag gemacht.«

»Nur eine Frage der Zeit«, entgegnete sein Vater.

»Nein, bitte, hör mir zu. Setz dich.«

William war ernüchtert, befürchtete einen Streit zwischen den jungen Leuten und hielt einen väterlichen Rat bereit.

»Mit Lucy hat es nichts zu tun«, erklärte Myles. »Ich habe vor, sie zu heiraten, da sind wir uns einig, aber ich möchte etwas Zeit allein verbringen. Ich war immer von Familie und Freunden umgeben. Lucy wird das verstehen.«

»Hoffentlich. Wie lange willst du wegbleiben?«

»Ungefähr ein Jahr, sonst lohnt es sich nicht. Klingt das unvernünftig?«

»Nein. Ich bin natürlich enttäuscht, da ich schon jetzt mit einer Hochzeit gerechnet hatte, aber es klingt, als seist du fest entschlossen ...«

»Ich darf also fahren?«

»Selbstverständlich, meinen Segen hast du. Aber treib es nicht zu bunt. Ich wünschte, ich könnte mit dir fahren. Aber ein Jahr ...« Er sah Myles kopfschüttelnd an.

»Na ja«, lachte er dann, »der einsame Abenteurer. Aber wir müssen es planen. Das bessere Schiff fährt von Perth aus, mal sehen, wie die Küstenschiff-Verbindungen sind. Ich habe in Perth zu tun, dann kann ich dich hinbringen und verabschieden.«

»Danke, Dad, ich bin dir ja so dankbar.« Myles seufzte erleichtert. Er hatte erwartet, sein Vater werde darauf bestehen, dass er und Lucy erst heirateten. Im Grunde hatte er die Bitte sehr gefasst aufgenommen.

Und nun ging es wirklich los! Er konnte seine Aufregung kaum bezähmen. Ein besseres Schiff? Warum nicht. Und natürlich erster Klasse. Dann London und die berühmten Städte auf dem Kontinent, er würde das Alleinsein genießen, hinfahren, wohin er wollte. Eins musste er seinem Vater lassen, knauserig war er nicht. Sein Sohn sollte das Beste haben, in den besten Hotels wohnen, die richtigen Leute treffen. Fantastisch! Natürlich musste er Lucy darüber informieren, doch sie würde ihn verstehen. Sie musste ihn verstehen. Nach seiner Heimkehr würden sie heiraten, William sollte seine Hochzeit bekommen.

Merle Cunningham, die Frau des Direktors der Bank of Western Australia in Perth, verzweifelte an ihrer Tochter Harriet. Seit Jahren versuchte sie vergeblich, eine passende Ehe für sie zu arrangieren. Ihre Freundinnen, schadenfrohe wie hilfsbereite, die sie durch die Höhen und Tiefen ihrer Pläne begleiteten, vertraten die Meinung, Mr. Cunningham solle endlich darauf bestehen, dass Harriet ein wenig Entgegenkommen zeige. Immerhin war das Mädchen schon zwanzig, also kurz davor, eine alte Jungfer zu werden, und jüngere, hübschere Mädchen kamen nach ...

»Sie ist ja nicht unattraktiv«, jammerte Anna, Merles beste Freundin. »Sie hat hübsches, langes Haar und ein nettes Gesicht.«

»Aber sie ist zu groß und üppig.«

»Das würde ich nicht sagen«, meinte Anna. »Ich finde sie anmutig.« Merle war erfreut. »Meinst du wirklich?«

»O ja. Ziemlich anmutig sogar, mit ihrem Gang und der Kopfhaltung. Ist dir das nicht aufgefallen?«

»Hör bloß auf damit. Es ist ja gerade ihre Haltung, die Männer abschreckt. Ich sage ihr ständig, sie soll sich nicht so hochmütig geben. Sie könnte wirklich anmutig sein, wenn sie nur wollte. Wusstest du, dass Clive Benning ihr seine Aufwartung gemacht hat? Eine ausgezeichnete Partie, aber unsere Miss Harriet wollte nichts von ihm wissen. Behauptete, er sei langweilig.«

Anna kicherte. »Ganz Unrecht hat sie damit nicht.«

»Darum geht es nicht. Er war ein echter Bewerber. Ich habe ihr offen gesagt, sie sei selbst nicht sonderlich interessant, wenn sie ständig die Nase in Bücher steckt.«

»Oh, das ist aber ein bisschen hart.«

»Von wegen hart! Das dumme Mädchen stimmte mir auch noch zu. Sagte, sie sei tatsächlich langweilig, da sie nie an interessanten Orten gewesen sei. Sogar Perth findet sie langweilig, provinziell und abgeschieden.«

»Aber Perth ist nicht langweilig! Es ist eine prachtvolle Stadt!«

»Mir brauchst du das nicht zu sagen.«

»Dann solltest du ihr erklären, dass eine Ehe das alles ändern wird. Sie kann ihr eigenes Heim einrichten. Und Kinder ...«

»Kinder!«, stöhnte Merle. »Kinder! Sie sagt, sie will keine Kinder. Du wirst es nicht glauben, aber sie behauptet, es gäbe schon genügend Kinder auf dieser Welt, wir sollten nicht noch mehr produzieren. So etwas habe ich noch nie gehört, redet dauernd von Indien und dem Fernen Osten ...«

»Gütiger Gott!«, flüsterte Anna in gespieltem Entsetzen, während ihre Augen vor Aufregung blitzten. Welch herrlicher Klatsch für ihr Nachmittagskränzchen!

»Meinst du, mit Harriet stimmt etwas nicht?«, murmelte sie.

»Allerdings meine ich das. Ihr Vater hat sie verwöhnt, das ist das Problem. Sie hat immer ihren Willen bekommen. Und das ist nun das Ergebnis. Es macht mich so wütend, wenn diese hässlichen Slater-Mädchen mit ihrer Verlobung mit den Bignall-Brüdern prahlen, wo Albert Bignall doch ein Auge auf Harriet geworfen hatte. Leider wollte sie ihn nicht.«

Anna griff nach Handschuhen und Sonnenschirm.

»Jetzt hat Albert seine eigene Farm mit Schweinezucht, und mein Mann erzählt, er sei richtig wohlhabend. Sagtest du nicht, er hätte ein reizendes Haus für seine Braut gebaut?«

»Ja, wir haben es uns angesehen. Sehr hübsch, mit Blick auf den Fluss. Aber ich muss leider gehen, Liebes. Kopf hoch. Es ist nicht das Ende der Welt, wenn du eine Tochter zu Hause hast, die sich im Alter um dich kümmert. Eines Tages wirst du ihr vielleicht dankbar sein.«

Merle klingelte nach dem Mädchen, das ihre Freundin hinausgeleitete.

Mr. Cunningham lauschte den Sorgen seiner Frau. Er lächelte geduldig angesichts ihrer Entrüstung ...

»Reg dich nicht auf, meine Liebe. Es ist nur eine Phase, so gut solltest du Harriet mittlerweile kennen. Vor kurzem wollte sie noch als Missionarin nach Indien gehen. Davor hat sie sich für das Frauenwahlrecht eingesetzt und mich gedrängt, nach Adelaide zu ziehen, damit sie mit einundzwanzig wählen dürfe.«

»Sie ist bald einundzwanzig.«

»Stimmt, aber ich sehe Licht am Horizont. Du erinnerst dich an meinen alten Freund und Partner William Oatley?«

»Ja; er lebt im Norden, nicht wahr?«

»Er lebt nicht nur da, Häschen, er besitzt riesige Weidegründe im Nordterritorium und eine erfolgreiche Handelsagentur. Kurzum, er ist ein äußerst reicher Mann. Nur wenige Herren in Perth können es mit ihm aufnehmen, wenn es um Finanzen geht ...«

»Ja, aber ...«

»Nur Geduld. Ich habe ein Telegramm von William erhalten. Er kommt nach Perth und bringt seinen Sohn mit. Seinen einzigen Sohn.«

»Wie alt ist er?«

»Wie das Glück es so will, ist er ungefähr in Harriets Alter.«

»Guter Gott, wann kommen sie?«

Die Dinnerparty im Haus des Bankdirektors war ein voller Erfolg. William und Myles, die im *Palace Hotel* abgestiegen waren, freuten sich auf das Essen bei den Cunninghams, und

Merle sorgte dafür, dass ihr Menü – bei dem es natürlich Roastbeef gab, die Herren waren immerhin Viehzüchter – auf männliche Gaumen zugeschnitten war.

Der große runde Esstisch, normalerweise für gemütliche Familienfeste gedacht, bot den fünf Personen genügend Platz. Sie platzierte Harriet zwischen Myles und ihrem – sie wagte es kaum zu denken – Schwiegervater in spe, da seine Meinung bei ihren Plänen eine zentrale Rolle spielen würde.

Oscar Cunningham war in Hochform und begann schon beim Sherry mit den Witzen. Harriet zeigte sich in diesem familiären Kreis weniger reserviert, da einem Geschäftspartner und Freund ihres Vaters Entgegenkommen gebührte. Und Myles war charmant. Er sah so gut aus mit den blonden Strähnen, die ihm verwegen in die Stirn fielen. Sein Lächeln erhellte das ganze Zimmer. Und er war nett. Merle wurde selbst ganz schwindlig, wenn sie ihn ansah. Er erinnerte sie an einen Schauspieler, der im *Lyceum Theatre* in »Was ihr wollt« aufgetreten und von dem sie förmlich hingerissen gewesen war.

Die fröhliche Gesellschaft begab sich ins Speisezimmer. Merle wünschte, sie hätte ihre verwitwete Freundin Anna eingeladen, damit sie diesen Adonis erleben könnte, diesen heiteren jungen Mann, frisch aus der Wildnis des Nordens. Dann wäre das Verhältnis der Geschlechter bei Tisch ausgeglichen gewesen.

Während ihr Ehemann das Tischgebet sprach, fingerte Mr. Oatley an seiner Serviette herum und warf einen Blick zu ihrem neuen Kronleuchter hinauf, einem kleinen allerdings, da er das Speisezimmer mit seinen eher bescheidenen Ausmaßen nicht erdrücken durfte.

Und dann geschah es. Noch bevor Merles Spezialität, eine Austernsuppe, deren Rezept sie von ihrer Mutter geerbt hatte, aufgetragen wurde, verkündete Mr. Oatley den Grund für ihren Besuch in Perth. Myles würde von hier aus zu einem längeren Aufenthalt in London aufbrechen ...

»Und den anderen großartigen Städten da drüben«, strahlte er.

»Dessen kannst du sicher sein«, meinte Myles grinsend, »ich habe nicht vor, irgendetwas zu verpassen.«

»Wie herrlich« sagte Harriet, anstatt zu kokettieren, zu flirten, etwas zu unternehmen, um ihn in Perth zu halten. Schon wieder lief alles falsch. Merle war so verzweifelt, dass sie kaum hörte, wie Vater und Sohn ihre Suppe lobten. Myles berichtete danach Mr. Cunningham von der geplanten Tour in ferne Länder, und Harriet ... tat schon wieder das Falsche. Sie hörte Mr. Oatley zu, der von seiner eigenen Weltreise berichtete und die Orte aufzählte, die Myles sich keinesfalls entgehen lassen sollte. Myles, der mit den Reichtümern seines Vaters im Rücken problemlos eine Herzogin oder Gräfin becircen konnte. Oatleys Sohn, der ihre Tochter tatsächlich um Haupteslänge überragte.

Sie hatte im Geiste schon geplant, was sie Anna sagen wollte. »Miss Hochnäsig hatte diesmal keine Chance, auf Myles hinunterzuschauen. Er misst fast einen Meter neunzig. Das wird sie auf ihren Platz verweisen.«

Wie betäubt ging Merle ihren Pflichten als Gastgeberin nach und nahm die Komplimente für das Essen entgegen. Die Unterhaltung drehte sich hauptsächlich um Seereisen. Sie hoffte auf ein Wunder, doch es sollte noch schlimmer kommen.

Nach dem Essen verabschiedete sich Myles unter höflichen Entschuldigungen.

»Vergeben Sie mir, Mrs. Cunningham, aber ich habe so wenig Zeit. Es gibt Leute, die ich aufsuchen muss. Mein Vater wird Sie für meine Abwesenheit gewiss mehr als entschädigen. Aber auf mein Wort, ich habe selten eine Mahlzeit so genossen, vor allem dank der exquisiten Gesellschaft.«

Und weg war er. Mit einem flüchtigen Lebewohl für Harriet, einem warmen Händedruck für Mr. Cunningham und der scherzhaften Bitte, seinen alten Herrn im Auge zu behalten.

Merle war froh, dass sie Anna nicht eingeladen hatte.

»Ich wünschte, ich könnte auch allein nach England fahren«, sagte Harriet. »Das wäre herrlich.«

Ihre Mutter schüttelte den Kopf. »Ich weiß nicht, wie du auf solche Ideen kommst. Damen reisen nicht allein. Außerdem soll es dort kalt und ungemütlich sein, den ganzen Tag nur Nebel. Einfach schrecklich.«

»Immerhin eine Abwechslung, besser als hier. Perth ist so langweilig.«

»Es wäre weniger langweilig, wenn du mehr unternehmen würdest.«

»Ich spiele Tennis.«

»Aber du gehst nie auf Bälle.«

»Dazu braucht man einen Partner, Mutter.«

»Du könntest welche haben, wenn du nicht so wählerisch wärst. Nun, dein Vater und ich fahren nach Fremantle, um uns am Schiff von Myles zu verabschieden. Kommst du mit?«

»Vielleicht.«

»Brich dir bloß keinen Zacken aus der Krone!«, fauchte ihre Mutter, doch Harriet beachtete sie nicht. Sie litt noch unter der peinlichen Dinnerparty. Myles musste dank der anbiedernden Bemerkungen ihrer Mutter begriffen haben, dass seine Gastgeberin einen Kuppelversuch unternahm, folglich war Harriet nicht allzu erpicht darauf, am Hafen ihr Taschentuch zu schwenken. Er hatte seiner Gastgeberin das angemessene Dankesschreiben geschickt, doch ansonsten hatten die Cunninghams nichts mehr von ihm gehört. Schlimmer noch, er und sein Vater wohnten im luxuriösen *Palace Hotel,* wo er auch am vergangenen Abend seine Abschiedsparty gegeben hatte, von der die ganze Stadt sprach. Mehrere junge Leute aus ihrem Bekanntenkreis waren dort gewesen, aber Harriets

Name stand offensichtlich nicht auf der Gästeliste. Bis zur letzten Minute hatte sie insgeheim auf eine Einladung gehofft, doch es sollte nicht sein. Weshalb sich also jetzt die Mühe machen? Höchstens aus einem Grund: Sie liebte es, die großen Schiffe anzusehen, übers Deck zu spazieren und durch die Salons zu schlendern, als gehöre sie zu den Passagieren.

Genau das tat sie auch heute. Nachdem sie an Bord gegangen war, wich sie der Menschentraube vor Myles' Kabine aus und wanderte umher, träumte vom Indischen Ozean und der Aufregung bei der Ankunft in Kapstadt. Sie war schamlos neidisch auf Myles und fragte sich ernsthaft, ob sie ihren Vater überreden könnte, sie ebenfalls nach London reisen zu lassen. Oder wenigstens nach Kapstadt; das wäre zumindest ein Anfang.

Mach dir keine Hoffnungen, sagte sie sich niedergeschlagen, damit wirst du keinen Erfolg haben.

Während sie an Deck stand und auf den offenen Ozean schaute, trat Mr. Oatley neben sie.

»Schöner Hafen, nicht wahr?«

Harriet lächelte. »Ich habe eigentlich weiter hinaus geschaut.«

»Aha. Wohin denn?«

»Vielleicht bis nach Colombo.«

Er zwinkerte mit den Augen. »Können Sie es von hier aus sehen?«

»Natürlich. Es ist sehr grün, am Ufer wachsen Palmen ...«

»Und Barkassen bringen Sie zum Strand, wo Eingeborene mit hübschen Saris und Goldarmbändern warten, nur zwanzig Pence, Memsahib ...«

»Ehrlich?«

»Ja, aber es sind Fälschungen.«

»Sie waren dort?«

»Vor langer Zeit. Heute reise ich höchstens noch nach Singapur.«

»Wieso Singapur?«

»Ich habe dort geschäftlich zu tun.«

»Es scheint Sie nicht sonderlich zu beeindrucken.«

»Singapur? Nein. Ein faszinierender Ort, das schon, aber zwischen den Besprechungen und gesellschaftlichen Verpflichtungen ist es sehr einsam im Hotel.«

»Ich dachte, das sei das Beste daran. Die Freizeit, in der man die Gegend erforschen kann.«

»Es ist nicht gerade amüsant, allein herumzulaufen«, meinte er.

Ein indischer Steward kam vorbei und läutete eine Glocke. »Jetzt müssen alle an Land, die nicht aufs Schiff gehören«, sagte William.

»Wir sollten uns von Myles verabschieden, falls wir uns durch die Menge kämpfen können.«

»Ich möchte ihn jetzt nicht stören, Mr. Oatley, bitte grüßen Sie ihn von mir.«

»Mach ich, mein Fräulein. Bitte entschuldigen Sie mich, es wird Zeit.«

Die Anrede »mein Fräulein« klang seltsam altmodisch, doch sie verzieh ihm. Er war ein netter Mensch.

Harriet schloss sich der Menge an, die vom Schiff strömte. Bänder flatterten vom Schiff zum Land, zerrissen und fielen in den immer breiter werdenden Spalt zwischen Pier und Schiff, der Freunde und Familien trennte. Die Freude machte Beklommenheit und Tränen Platz. Die Menschen gingen ernst davon, andere standen regungslos da und schauten dem Schiff nach, bis es verschwunden war.

Selbst Merle Cunningham war bewegt. »So etwas kann ganz schön auf die Stimmung schlagen, nicht wahr? An Bord amüsieren sich die Passagiere mit Champagner, und in Perth wartet die große Leere auf uns.«

»Das glaube ich kaum«, meinte Harriet. »Ich stelle mir vor, dass viele Leute sehr traurig sind, weil sie die ihren zurücklassen müssen, sie vielleicht auf Jahre hinaus nicht wiedersehen.«

»Oh, Harriet! Musst du denn alles dramatisieren? Ich bin sicher, Myles Oatley hat schon die Bar aufgesucht.«

Ihr Ehemann wies sie zurecht. »Sag das bitte nicht in Williams Gegenwart. Er steht ganz allein da drüben und sieht reichlich niedergeschlagen aus.«

»Wieso das?«

»Myles ist sein einziges Kind, und er ist Witwer. Sicher vermisst er den Jungen.«

Cunningham hatte Recht. Mr. Oatley wirkte verloren, nachdem ihn Myles' Freunde, die an Bord so übermütig mit ihm angestoßen hatten, offensichtlich sich selbst überlassen und das Pub von Fremantle aufgesucht hatten, um dort ihre Feier fortzusetzen. Harriet wusste es zu schätzen, dass ihr Vater William Oatley einlud, gemeinsam mit ihnen die Fähre flussaufwärts nach Perth zu nehmen. Der verlassene Vater nahm das Angebot mit ernster Miene an.

Die Rathausuhr schlug sechs, als sie die Hay Street entlanggingen. Die Gaslampen flackerten auf. Die Herren hatten auf der Fähre leise über ihre Geschäfte gesprochen und die Frauen ihren eigenen Gedanken überlassen, doch nun wandte sich Mr. Oatley an Mrs. Cunningham.

»Falls Sie heute Abend nichts anderes vorhaben, würde ich Sie alle gern zum Abendessen ins *Palace* bitten. Der Speisesaal öffnet jeden Augenblick, und man isst dort hervorragend.«

Mr. Cunningham meinte: »Das ist nett von dir, William, aber du möchtest heute Abend gewiss lieber allein sein. Es war ein langer Tag für dich.«

»Ganz und gar nicht, mein Lieber. Ich bin ziemlich niedergeschlagen, wenn ich ehrlich sein soll; ich hätte nicht gedacht, dass mich der Abschied so mitnehmen würde. Ich würde mich sehr über eure Gesellschaft freuen.«

Harriet war beeindruckt von seiner Ehrlichkeit. Sie selbst war oft einsam, hätte es aber nie so offen eingestanden.

»Ich verspreche, dass ich euch nicht mit meiner Trübsal anstecken werde«, versuchte Mr. Oatley zu scherzen. »Meine Stimmung wird sich heben. Und falls nicht, spielt dort ein nettes Streichquartett, das ist Unterhaltung genug.«

Harriet lachte. »Sie werden schon in Fahrt kommen.«

Ihre Mutter runzelte die Stirn. »Ich fürchte, meine Tochter begreift Ihren Verlust nicht.«

»Myles ist nicht tot, Mutter!«, warf Harriet ein.

»Und wir sind kaum für das *Palace Hotel* gekleidet«, fügte Merle hinzu.

»Wieso nicht?«, fragte Mr. Oatley galant. »Ich finde Sie beide äußerst bezaubernd. Nun, Oscar, was sagst du dazu?«

»Es ist uns eine Ehre.«

Harriet war erleichtert. Sie aßen selten im *Palace*; das Gehalt eines Bankdirektors ließ derartige Extravaganzen kaum zu. Als sie durch die elegante Lobby schritten, war Harriet froh über ihre hoch gewachsene Gestalt, zu der das gut sitzende graue Schneiderkostüm ausgezeichnet passte. Im Speisesaal konnte sie sehen, wie ihre Mutter nervös die anderen Damen in ihren Abendroben musterte, doch das war ihr egal.

Es wurde ein reizender Abend. Mr. Oatley war ein ausgezeichneter Gastgeber mit wunderbarem Humor, der sogar Mrs. Cunningham mit Geschichten aus dem Busch zum Lachen brachte.

»Es heißt, Darwin stecke voller finsterer Gestalten«, konnte Merle Cunningham sich nicht verkneifen zu sagen, doch es schien ihn nicht zu stören.

»Das stimmt«, bestätigte er nickend. »Sie können darauf wetten, dass die himmelschreienden Geschichten, die über Port Darwin kursieren, nicht nur der Wahrheit entsprechen, sondern noch untertrieben sind.«

»Und Sie haben nicht vor, von dort wegzuziehen?«

Mr. Cunningham kam seinem Freund zu Hilfe. »Mr. Oatleys Besitzungen liegen im Landesinneren, in Darwin befindet sich nur seine Firma. Es mag zwar Nordterritorium heißen, doch eigentlich ist es sein ureigenstes Revier.«

»Aber ein Gentleman an einem solchen Ort«, entrüstete sie sich.

Harriet schaute Oatley an, der mit seinem grau gesträhnten blonden Haar, dem kantigen Gesicht und der wettergegerbten, sonnengebräunten Haut das ältere Ebenbild von Myles war. Sie bemerkte, wie lebendig seine blauen Augen wirkten, obgleich er mindestens fünfzig sein musste.

»Sie haben ganz Recht, meine Liebe«, erwiderte er lächelnd, »es ist ganz und gar kein Ort für einen Gentleman, der nicht weiß, wie er sich dort zurechtfinden soll.«

»Und wie findet man sich dort zurecht?«, wollte Harriet wissen.

Er stellte sein Glas ab. »Miss Cunningham, das ist eine gute Frage, auf die ich keine genaue Antwort weiß. Für Außenseiter ist es eine überaus sonderbare Stadt, eine Pionierstadt, könnte man sagen, aber gleichzeitig auch ein asiatischer Hafen. Von allen australischen Städten sind wir Singapur am nächsten, bei uns leben zahlreiche Asiaten, Aborigines und unsere eigenen Leute – darunter Büffel- und Krokodiljäger –, und man muss lernen, mit allen auszukommen.«

Er rief nach der Kellnerin. »Aber ich möchte Sie nicht langweilen. Diese Stadt ist einfach unbeschreiblich. Sie müssten sie selbst erleben.«

»Krokodiljäger?«, rief Merle aus und presste die Hand an die Kehle.

»Aber Ihnen gefällt es dort?«, bohrte Harriet.

»Du würdest nicht in Erwägung ziehen, dein Geschäft nach Perth zu verlegen?«, fragte ihr Vater.

»O nein. Ich habe Darwin im Blut, es ist eine großartige

Stadt. Ich sage dir, wohin Myles auch reisen mag, er wird dorthin zurückkehren. Für Menschen, die dort geboren sind, gibt es nichts Schöneres als das Territorium. Er wird zurückkommen.«

Als sie den Speisesaal verließen, wandte er sich an Harriet. »Ich hoffe, es hat Ihnen gefallen.«

»O ja, vielen Dank.«

»Ich habe ein schlechtes Gewissen, weil ich eine junge Dame so ohne jede Vorankündigung zum Essen abgeschleppt habe. Ich möchte Sie dafür entschädigen. Meinen Sie, Ihre Eltern hätten etwas dagegen, wenn ich Sie morgen Abend in aller Form zum Essen einlade?«

Vor dem Hotel entzündeten die Männer ihre Pfeifen und sprachen noch ein paar Worte miteinander, während Merle ungeduldig von einem Fuß auf den anderen trat.

»Warum müssen Männer immer so herumtrödeln? Es wird allmählich frisch.« Sie stieß Harriet an. »Sag deinem Vater, er soll sich beeilen.«

»Er kommt ja schon.« Hoffentlich hatte Mr. Oatley seine Einladung nicht erwähnt. Sie hatte sie zwar angenommen, wollte es ihren Eltern aber nicht verraten, da sie es insgeheim schon bereute. Er hatte sie überrumpelt, sodass sie nur höflich genickt hatte. »O ja, natürlich, sehr gern.« Lediglich eine Reaktion auf den netten Abend.

O Gott, was habe ich getan?, fragte sie sich, während sie neben ihren Eltern herging. O Gott. Morgen werde ich eine Entschuldigung schreiben und im Hotel abgeben. Dass es mir schrecklich Leid tue, dass ich um Vergebung bitte, weil ich eine anderweitige Verabredung übersehen habe. Gott, wie dumm hatte sie sich verhalten.

Ihr Vater zeigte sich aufgeräumt. »William ist ein prima Kerl! Schneller, meine Damen, das Bett wartet. Alle zugleich, eins, zwei, eins ...«

Merle riss sich los. »Hör auf damit, Oscar Cunningham, du hast zu viel getrunken und machst dich lächerlich.«

»Hier sieht mich doch keiner«, grinste er. »Und wie steht es mit dir, Miss?« Er stützte sich schwer auf Harriet. »Du bist ja so still. Triffst dich noch einmal mit William, was?«

»Was höre ich da?«, fragte Merle. »Wie bitte?«

»Harriet hat ihn ziemlich beeindruckt. Morgen Abend holt William sie zum Essen ab.«

»O nein«, stöhnte sie, »das war ein Missverständnis. Ich werde mich morgen bei ihm entschuldigen.«

»Wieso? Oscar, worum geht es denn überhaupt?«

Er holte tief Luft und drehte sich zu seiner Frau um. »Wie ich bereits sagte ... hm ... bevor du mich unterbrochen hast, hat mein Freund Oatley unsere Harriet zum Essen eingeladen, für ... Moment ... morgen Abend. Allein. Er wird sie natürlich abholen. Haben wir uns verstanden?«

Er schwankte ein wenig, und Harriet klammerte sich an ihm fest. Merle ergriff seinen anderen Arm. »Bringen wir ihn nach Hause«, sagte sie zähneknirschend zu ihrer Tochter. »Ist das wahr?«

»Ja. Aber er war vermutlich auch nicht mehr ganz nüchtern.«

»Aber er hat dich gefragt?«

»Ja.«.

»Und du hast angenommen?«

»Irgendwie schon. Ich war überrascht und konnte gar nicht ablehnen.«

»Ablehnen? Bist du von Sinnen? Wir sprechen darüber, wenn wir zu Hause sind.«

Als Oscar im Bett lag, setzte Merle den Wasserkessel auf.

»Wir trinken noch eine Tasse Tee.«

»Ich nicht, Mutter, ich gehe schlafen.«

»Setz dich hin, Mädchen. Warum willst du William Oatley zurückweisen?«

»Ich will nicht mit ihm essen gehen. Ich hätte auf der Stelle ablehnen sollen. Morgen früh schicke ich ihm eine Nachricht.«

»Auf gar keinen Fall. William Oatley gehört zu den reichsten Männern im Westen. Du hast angenommen und wirst hingehen. Was könntest du anziehen? Wir gehen morgen los und kaufen dir ein neues Kleid.«

»Ich will aber kein neues Kleid. Nur weil er Vaters Geschäftspartner ist, werde ich nicht seine ständige Abendbegleitung werden. Mag scin, dass der Mann einsam ist und seinen Sohn vermisst, doch wir haben unsere Pflicht getan. Soll ihm doch jemand anders Gesellschaft leisten. Oder er fährt einfach nach Hause.«

Merle goss Wasser in die Teekanne, obwohl es noch gar nicht gekocht hatte.

»Die Oatleys haben viele Freunde«, zischte sie. »Selbst dir hätte es auffallen müssen, schließlich warst du bei Myles' Verabschiedung. Aber es ist nicht auszuschließen, dass der Vater Gefallen an dir gefunden hat. Beim Essen schient ihr euch ganz gut zu verstehen.«

»Mutter, er ist mindestens doppelt so alt wie ich!«

»Na und? Er steht in der Blüte seiner Jahre. Und er ist wirklich ein attraktiver Mann.« Sie drehte nachdenklich die Teekanne, Harriet erkannte die Anzeichen.

»O nein! Das wirst du nicht wagen, Mutter!«

»Wieso nicht? Er ist Witwer, aber er wird es nicht lange bleiben. Alle alten Jungfern in der Stadt werden sich auf ihn stürzen. Morgen spreche ich als Erstes mit deinem Vater. Hier ist dein Tee.« Sie goss zwei Tassen ein und setzte sich aufgeregt an den Küchentisch.

»Stell dir vor, Harriet, was für ein Fang! William Oatley. Mein Gott, alle werden vor Neid erblassen.«

»Ein Fang? Der Mann hat mich zum Essen eingeladen, er wird nicht gleich mit mir vor den Altar treten. Außerdem war er betrunken. Wie auch immer, ich möchte nicht gehen. Worüber soll ich mit ihm reden, er ist doch ein alter Mann. Und ich habe dir gesagt, ich will keinen Tee.«

Harriet rannte in ihr Zimmer und schlug die Tür hinter sich zu. Ihr graute vor der nächsten Begegnung mit Mr. Oatley, die nun unvermeidlich schien. Hoffentlich vergaß er sie einfach.

Er vergaß sie nicht. Harriet kaufte kein neues Kleid. Aus Trotz zog sie das blaue Seidenkleid an, das seit Urzeiten hinten im Schrank hing, ließ das Haar offen und setzte einen alten Hut ihrer Mutter auf.

Merle war außer sich. »Was soll das mit dem alten Kleid? Soll er uns für Bettler halten? Los, zieh das Taftkleid an.«

»Es ist zu aufgeputzt.«

»Dann das aus Voile, das ist ein schönes Kleid.«

»Das hier reicht auch.«

Merle appellierte an ihren Ehemann. »Oscar, unternimm etwas, sie muss sich umziehen.«

»Warum? Sieht doch nett aus.«

Das fand auch Mr. Oatley. Er erklärte, sie sehe bezaubernd aus.

Der Abend war kein Erfolg. Das Gespräch quälte sich dahin, bis sie im Hotel ankamen. William Oatley wirkte auf einmal schüchtern, unsicher und so offensichtlich bemüht, ihr zu gefallen, dass es Harriet peinlich war. Die Unterhaltung war von unbehaglichen Pausen geprägt. Zum Glück wurden sie rasch bedient, und obgleich sich die Zeit dahinschleppte, standen sie vor acht Uhr schon wieder in der Hotelhalle.

Auf dem Heimweg entschuldigte er sich. »Es tut mir Leid, Harriet, ich hätte Sie nicht diesem langweiligen Abend aussetzen sollen.«

»O nein, Mr. Oatley«, sagte sie und erinnerte sich sogleich daran, dass er sie gebeten hatte, ihn beim Vornamen anzusprechen, »es war ein netter Abend.«

»Nein. Ich weiß Ihre Freundlichkeit zu schätzen, aber es ist nicht nötig. Es war mein Fehler, Sie derart zu überrumpeln und in eine schwierige Lage zu bringen. Schließlich kennen Sie mich kaum.«

»Schon gut, wirklich.« Harriet ging es besser, da ihre Qualen nun ein Ende hatten.

Er verzog das Gesicht. »Ich hoffe, dies hat unserer Freundschaft nicht den Todesstoß versetzt.«

William beließ es dabei. Zumindest für den Augenblick, denn so leicht würde er nicht aufgeben. Er mochte Harriet Cunningham, obgleich das Abendessen ein Fehler gewesen war. Er hatte von Beginn an gemerkt, dass sie sich allein mit ihm unbehaglich fühlte, was bei einem jungen Mädchen auch nur angemessen erschien ..., doch noch war nicht alles verloren. Unter den richtigen Umständen war sie aufgeweckt und offen, sie unterschied sich von der breiten Masse. Außerdem sah sie gut aus, war groß und schlank, ohne aufgeputzt zu wirken. Er fand, sie beide gäben ein attraktives Paar ab. Bis er diesem Mädchen begegnet war, hatte er überhaupt nicht an eine Wiederheirat gedacht, doch sie faszinierte ihn. Er musste sich eingestehen, dass er sich nach dem Abschied von Myles sehr einsam gefühlt hatte, aber das war nicht die ganze Wahrheit. Immerhin gab es zu Hause noch Pop, seine Geschäfte hielten ihn auf Trab, doch als er Harriet auf dem Schiff erblickte, hatte er sich irgendwie betrogen gefühlt. Betrogen, weil er seine geliebte Frau verloren hatte, die in seinen Augen immer jung geblieben war, und ihm kam die Erkenntnis, dass ein Mann sich nicht die Freuden einer Gefährtin versagen sollte.

Er lieferte Harriet pflichtgemäß bei ihren Eltern ab, erleichtert, weil ihre Schüchternheit verflogen war, und trank noch einen Whiskey mit Oscar. Eines wusste er mit Sicherheit: Die Eltern würden keine Einwände gegen seine Werbung um ihre Tochter erheben.

Auf dem Weg zum Hotel besserte sich Williams Laune.

Der nächste Drink würde ein Genuss werden, ein Trost nach der Qual der letzten Stunden. Dabei konnte er darüber nachdenken, wie die Situation zu retten war. Denn es war wirklich ein grober Fehler gewesen, auf das Mädchen loszugehen wie ein Wilder.

Als er sich mit einem guten, starken Whiskey in dem bequemen Liegestuhl auf der Veranda vor seinem Hotelzimmer niedergelassen hatte und die kühle Nachtluft einsog, konnte er sich dem Problem mit klarem Kopf widmen. Und einem Gebet um Verständnis, das er an Emily May richtete.

Harriet erinnerte ihn ein wenig an seine verstorbene Frau: der Schwung ihrer Lippen, das breite Lächeln, das freundliche Wesen. Außerdem wirkte sie abenteuerlustig ..., so war auch Emily May gewesen. Sie hatte das Reisen geliebt und suchte sogar, wenn sie zu Hause auf der Station lebten, immer nach Neuem. Solche Frauen traf man selten. Vielleicht lag darin der Weg zu Harriets Herz, vielleicht konnte er ihr ein interessanteres Leben bieten als ein junger Bursche, der für sie nur ein Haus im Vorort und einen Haufen Kinder bereithielt.

Anscheinend hatte sie keinen Verehrer, was für ein Mädchen ihres Alter ungewöhnlich war, sonst hätten die Eltern nicht versucht, Myles zu angeln. Die arme Harriet. Woher sollten sie auch wissen, dass Myles bereits versprochen war, dass Lucy Hamilton bei ihm an erster Stelle stand?

Dann prüfte er seine Nachteile. Fünfzig musste ihr ungeheuer alt erscheinen. Es war deprimierend, dass ihn die erste junge Dame, für die er sich seit dem Tod von Emily May interessierte, aus eben diesem Grund zurückweisen könnte. Dabei fühlte er sich überhaupt nicht alt. Ganz und gar nicht.

Doch er musste es versuchen, er mochte sie wirklich gern. Sicher würde sie ihm eine Chance geben.

Am nächsten Tag begann William mit seinen Plänen zur Verführung der gesamten Familie Cunningham. Er würde in

Perth bleiben, bis diese Angelegenheit ausgestanden war, egal wie. Und diesmal würde er nicht nur die Tochter einladen.

Er charterte ein Boot, um mit Geschäftsfreunden flussaufwärts in eine Weinkellerei zu fahren, wo ein delikates Mittagessen serviert wurde. Er scheute weder Kosten noch Mühen und legte die Einladung auf einen Sonntag, damit Oscar und seine Damen daran teilnehmen konnten. Sie saßen an seinem Tisch, wo er Harriet wie alle anderen behandelte. Sie war eine Freundin, mehr nicht. Er sorgte dafür, dass sie eine Einladung zum Essen im Regierungsgebäude erhielten und auch dort in seiner Nähe saßen, am Tisch des Gouverneurs. Erfreut nahm er an, als Merle ihn erneut zum Essen bat, und genoss ihre Gesellschaft. Sie besuchten gemeinsam das Pferderennen und gingen mit Oscars Kollegen zum Picknick der Bankangestellten. Er lernte Freunde der Familie kennen, die hocherfreut waren, einen wohl bekannten Mann wie William Oatley in ihren Kreisen zu begrüßen. Er stürzte sich in einen Wirbel gesellschaftlicher Aktivitäten, wie er ihn seit den Reisen mit Emily May nicht mehr erlebt hatte. Und die ganze Zeit über wiegte er Harriet in Sicherheit, hörte ihr zu, freundete sich mit ihr an, weil er um ihre Einsamkeit wusste, wobei er gelegentlich erwähnte, er müsse bald nach Darwin zurückkehren. Eine Reise nach Singapur stehe bevor. Doch auch dieser Köder zeigte keinen Erfolg.

Zu spät begriff William, dass er ihr völlig verfallen war, dass er sie vergötterte. Sie war genau die Richtige für ihn. Ein starker Verstand, ein kräftiger Körper, eine Frau, der die Strapazen der Tropen nichts anhaben konnten. Er betrachtete sie nicht länger als junges Mädchen: Sie war eine begehrenswerte Frau, die, so fürchtete er mittlerweile, unerreichbar für ihn bleiben sollte. Das schmerzte. Er war erstaunt, wie sehr es schmerzte, als erlitte er schon jetzt einen unerträglichen Verlust. Währenddessen zeigte sich Harriet fröhlich in seiner

Gegenwart, behandelte ihn als Freund der Familie und ließ keinerlei Anzeichen dafür erkennen, dass sie an eine engere Bindung dachte.

Ihm lief die Zeit davon. Er musste wirklich aufbrechen, seine Geschäfte drängten, eine Handelsagentur ließ sich nicht auf dem Postweg leiten.

Als er sie eines Tages auf dem Weg zum Fischmarkt entdeckte, eilte er über die Straße auf sie zu. Er musste etwas unternehmen, und dies war seine Chance.

Zu Hause war es unerträglich für Harriet. Sie spielte sogar mit dem Gedanken, davonzulaufen oder den Zug nach York zu nehmen und bei ihrer Tante zu bleiben, um dem Nörgeln ihrer Mutter und Oscars schweigender Missbilligung zu entrinnen.

»Du siehst doch, dass er ein Auge auf dich geworfen hat«, wiederholte Merle unermüdlich. »Warum beachtest du ihn nicht?«

»Das ist nicht wahr. Du bist diejenige, die ich nicht beachten sollte, du mit deinen unwürdigen Andeutungen, es ist ihm doch nur peinlich. Meinst du, er wüsste nicht, dass ihr mich ihm anbietet, weil er so viel Geld hat? Der Mann ist doch nicht dumm.«

Offensichtlich hatte Merle mit ihrer Freundin Anna über die Angelegenheit gesprochen, und Anna gab Harriet nun im Flüsterton einen Ratschlag.

»Meine Liebe, besser der Schatz eines alten Mannes als die Laune eines jungen Burschen.«

Das machte Harriet nur noch wütender, und Merle fiel zornig über ihre Freundin her.

»Halt doch den Mund, Anna! Wie kannst du so etwas sagen! William Oatley ist nicht alt! Er ist genau richtig für ein Mädchen wie Harriet.«

»Ich wollte doch nur helfen.«

»Dann sag am besten gar nichts!«, fauchte Harriet. »Und

ich wäre dir sehr dankbar, wenn du keine Klatschgeschichten über mich verbreiten würdest. Mr. Oatley ist lediglich ein Freund der Familie, und ich finde die Gerüchte, die du ausstreust, ausgesprochen unappetitlich.«

»Wie kannst du es wagen, in diesem Ton mit mir zu sprechen!«

Als ihr Vater schließlich einschritt, war Harriet entsetzt. »Wenn dich diese Situation so unglücklich macht, meine Liebe, werde ich William nach seinen Absichten befragen. Es ist vollkommen natürlich, wenn ein Vater so etwas tut. Dann wissen wir mehr.«

»Nein«, rief sie, »nein! Ihr seid furchtbar. Warum lasst ihr ihn nicht einfach in Ruhe? Und mich auch. Ich habe gehört, wie du gestern Abend mit Mutter darüber gesprochen hast, welch ein Fang er wäre! Du bist genauso schlimm wie sie, wenn nicht noch schlimmer!« Sie knallte die Tür hinter sich zu.

Die Situation war grauenhaft. Bis zu meinem Todestag, dachte Harriet dramatisch, werde ich bereuen, dass ich mich an jenem Abend so abweisend verhalten habe.

Denn nach diesem Tag war William in ihrer Achtung beträchtlich gestiegen. Er war ein äußerst netter Mann und ziemlich attraktiv.

Harriet hatte William lieb gewonnen, doch sie wollte um keinen Preis ihre Würde verlieren. Durch die unvermittelte Einladung zum Essen hatte William sicher versucht, eine gemeinsame Basis zu finden, doch ihr kühles Verhalten hatte seine Bemühungen im Keim erstickt. Danach hatte er sie nicht mehr allein eingeladen. Warum auch? Sie musste inzwischen ohnehin Distanz wahren, da sie unter ständiger Beobachtung durch Familie und Freunde stand. Es war nicht schwer zu erkennen, dass Oatley, der Perth in Kürze verlassen würde, nicht mehr an ihr interessiert war. Wie demütigend würde es sein, wenn er die Vermittlungsversuche ihres Vaters mit einem deftigen Nein abschmetterte. Dank Anna wüsste es binnen kurzem die ganze Stadt. Harriet krümmte sich.

Am Freitagmorgen hörte Harriet entsetzt mit an, wie ihre Mutter, Anna und eine andere Frau im Wohnzimmer über ihre Heiratschancen diskutierten ... über sie und William Oatley. Sie packte einen Korb und rannte aus dem Haus in Richtung Fischmarkt. Auf dem Rückweg wollte sie einen Umweg zum Bahnhof machen und den nächsten Zug nach York erfragen. Sie würde ohne ein Wort verschwinden.

Er holte sie am ersten Stand ein.

»Einkäufe?«

»Ja, ich muss Fisch besorgen.« Was denn sonst? Sie war wütend auf sich und die ganze Welt.

»Oben im Norden gibt es herrliche Fische. Am besten ist der Barramundi, ein Süßwasserfisch. So delikat, dass er auf der Zunge zergeht.«

»Wie schön.« Sie war den Tränen nahe und starrte unschlüssig auf die Fische, die vor ihr auf dem Tisch lagen.

»Geht es Ihnen gut, Harriet?«, fragte er sanft. Mit feuchten Augen wandte sie sich zu ihm um.

»Nein, falls Sie es genau wissen möchten. Mir geht es ganz und gar nicht gut. Verdammte Fische! Ich gehe lieber zum Bahnhof.« Sie wollte davonlaufen, doch er ergriff ihren Arm.

»Moment, was stimmt denn nicht?«

»Nichts stimmt.«

»Kommen Sie mit, vielleicht kann ich Ihnen helfen.« Er führte sie aus der Menge zu einer Bank am Anlegesteg. »Setzen Sie sich hin, und dann erzählen Sie mir alles.«

Harriet tupfte sich die Augen mit ihrem Taschentuch. »Da gibt es nicht viel zu erzählen. Ich hasse Perth. Kann es nicht länger ertragen. Ich gehe fort, noch heute. Nach York zu meiner Tante.«

»York«, nickte er. »Nette kleine Stadt, wenn auch abgelegen. Ich stelle es mir ziemlich öde vor.«

»Das ist mir egal. Ich will einfach nur fort von hier.«

Er dachte kurz nach und holte tief Luft.

»Wenn Sie schon weg möchten, wäre Darwin interessanter.«

»Darwin?«

»Wieso nicht? Zuerst eine Seereise, dann der Hafen. Mal etwas anderes. Es würde Ihnen bestimmt gefallen.«

Harriet nickte trotzig. »Ja, warum nicht? Dorthin sollte ich fahren.«

Dann ließ sie die Schultern hängen. »Es würde einiger Vorbereitungen bedürfen, und man würde mich gewiss nicht fahren lassen.«

»Und wenn Sie eine Anstandsdame fänden? Ich könnte Ihre Unterbringung arrangieren. In einem Hotel oder sogar in der Residenz.«

»Was ist das? Klingt vornehm.«

William lachte. »Nein, mein Fräulein, ganz und gar nicht. Es ist lediglich das Gegenstück zu Ihrem Regierungsgebäude. Der Resident und seine Frau sind meine Freunde, und sie wären entzückt, Sie bei sich zu begrüßen.«

Harriet schaute ihn erfreut an. »Wirklich?«

»Gewiss doch. Sie haben gern Menschen um sich.«

Doch dann entglitt ihr der Traum. Ihre Mutter würde sich das nicht entgehen lassen. Sie würde alles verderben.

Sie schüttelte den Kopf. »Ich verstehe mich nicht mit meinen Eltern, William, deshalb muss ich weg. Wenn ich nach Darwin führe, würde meine Mutter darauf bestehen, mich zu begleiten.«

»Das ist aber schade. Warum verstehen Sie sich nicht mit ihnen?«

Sie zuckte mit den Schultern. »Es gibt keinen besonderen Grund. Sie wollen einfach mein ganzes Leben bestimmen und lassen mir keine Luft zum Atmen.«

»York wäre also die Lösung?«

»Sieht so aus«, meinte sie dumpf.

»Sie könnten auch auf andere Weise nach Darwin gelangen.«

»Wie?«

»Indem Sie mich heiraten.« Nun war es heraus! William war aufs Ganze gegangen. Die Würfel waren gefallen, er hatte angesichts ihrer Drohung, die Stadt zu verlassen, keine andere Wahl gehabt. Er umklammerte seinen Hut. Nach dieser nervenaufreibenden Erfahrung wäre es eine Erleichterung, ins Territorium zurückzukehren, wo er sich auskannte, wo er zu Hause war. Er schaute sie an, wünschte, sie würde etwas sagen, und entdeckte die Tränen, die ungehindert über ihre Wangen flossen.

»O Gott, Harriet, tut mir Leid, wenn ich Sie aus der Fassung gebracht habe ...«

Sie tastete wieder nach ihrem Taschentuch. »Das sollte Ihnen auch Leid tun. Sie sind genauso schlimm wie alle anderen. Meinen Sie etwa, ich heirate nur, weil Sie mir nützen können? Weil ich Sie als Fluchthelfer betrachte? Sind eigentlich alle Menschen so unaufrichtig und selbstsüchtig, dass sie den wahren Sinn der Ehe vergessen haben? William, ich bin nicht so, und es tut weh, wenn Sie mich so gering achten.«

Die Tränen waren verschwunden, in der Hitze des Zorns getrocknet, und er schüttelte beschwichtigend den Kopf. »Nein, nein, Sie irren sich. Ich wollte Ihre Gefühle nicht verletzen. Allmächtiger Gott, Harriet, das würde ich niemals tun. Ich liebe Sie. Ich wollte Ihnen helfen, aber mir will nichts gelingen. Ich möchte, dass Sie mich heiraten. O Gott, was rede ich denn da? Natürlich nur, wenn Sie mich haben wollen.« Er hielt inne. »Wenn Sie mich haben wollen«, wiederholte er und schaute wie betäubt zu der Jacht hinüber, die mit schlaffen Segeln auf dem Fluss schaukelte.

Schließlich fand Harriet die Sprache wieder.

»William Oatley, Sie sind ein wunderbarer Mann. Wenn Sie mir vergeben können, wäre ich stolz, Ihre Frau zu werden ...«

An diesem Abend sprach William bei Oscar Cunningham vor und bat ihn in aller Form um die Hand seiner Tochter. Der Vater war überrascht, da Harriet die morgendliche Begegnung mit keinem Wort erwähnt hatte. Als sie in einer neuen, weißen Bluse und einem marineblauen Rock die Treppe herunterkam, starrte Merle sie mit offenem Mund an.

»Hast du davon gewusst?«

»Natürlich, Mutter. William und ich haben uns heute Morgen lange unterhalten. Wir hoffen, so bald wie möglich zu heiraten, weil er nach Darwin zurückkehren muss.«

William überließ Merle, die sich vor Aufregung kaum zu lassen wusste, die Vorbereitung der Hochzeit und stellte nur eine einzige Bedingung.

»Ich bin nicht religiös. Ich hoffe, du bist nicht enttäuscht, Harriet, aber ich würde lieber standesamtlich heiraten.«

Merle war entsetzt. »Nein, das geht nicht. Die Kathedrale eignet sich wunderbar für Hochzeiten. Sie können Ihrer Braut doch nicht den Tag verderben.«

»Ich empfinde mich auch so als Braut«, erwiderte Harriet entschlossen. »Das Standesamt ist absolut in Ordnung.«

William lächelte. »Danke, meine Liebe. Ich habe nichts dagegen, wenn du deinem Glauben anhängst oder den Gottesdienst besuchst, aber ich werde nicht mitgehen. Ich hoffe, du kannst das akzeptieren.«

»Das ist fair. Ich werde mich daran halten.«

Nachdem der Sturm der Gratulationen vorüber war, fühlte William sich als glücklichster Mann in Perth. Im Hotel schrieb er Myles, er werde Miss Harriet Cunningham heiraten, er habe ja bereits das Vergnügen ihrer Bekanntschaft gehabt.

In dieser Nacht konnte er kaum schlafen, weil er so aufgeregt war und insgeheim fürchtete, Harriet könne es sich doch noch anders überlegen. Bei Sonnenaufgang saß er über dem nächsten Brief, diesmal an Pop Oatley auf der Station, den er beinahe vergessen hatte. Dann fiel ihm ein, dass Harriet einen Verlobungsring brauchte.

Ein Juwelier bemerkte lange vor der Ladenöffnung, dass ein großer, sonnengebräunter Mann vor seinem Geschäft auf und ab lief. Er hielt ihn zunächst für einen der üblichen Hinterwäldler, erkannte dann aber William Oatley persönlich und öffnete rasch die Tür.

»Ich möchte einen Ring für eine Dame kaufen«, erklärte William. »Einen besonderen Ring.«

»Für wen, wenn ich fragen darf, Sir?«

»Für meine Verlobte«, antwortete William grinsend. »Moment noch, ich kenne mich in solchen Dingen gar nicht mehr aus. Vermutlich sollte ich die junge Dame mitbringen, damit sie ihn selber aussuchen kann.«

»Wenn Sie es wünschen, Mr. Oatley. Aber ich habe ein paar herrliche Diamanten hier. Ich könnte einige dieser superben Ringe bei der jungen Dame abliefern lassen, sodass sie zu Hause auswählen kann ...«

William trommelte nervös auf die Theke. »Nein, besser nicht. Ich komme mit ihr vorbei, dann können Sie ihr die besten Stücke zeigen. Vielleicht mag sie gar keine Diamanten.«

Er schaute sich im Laden um. »Aber ich möchte Ihre Zeit nicht zu sehr beanspruchen, vielleicht nehme ich etwas anderes.« Er entdeckte eine Perlenkette auf schwarzem Samt. »Was haben wir da?«

»Die Perlen, Sir? Sie sind superb. Absolut makellos.«

»Die möchte ich mir ansehen.«

Er kannte sich mit Perlen aus, da er mit Perlensuchern aus Darwin und Broome zusammenarbeitete. Er betrachtete sie sorgfältig. Die Qualität war ausgezeichnet, doch im Norden würde er Perlen vermutlich sehr viel billiger bekommen. Andererseits dauerte es lange, genügend passende Perlen für eine so lange Kette zu sammeln.

»Jede Dame würde stolz auf sie sein«, sagte der Juwelier. »Die Qualität ist garantiert.«

»Das sehe ich, sie sind exzellent. Wie teuer?«

»Na ja, es sind so viele, mit größter Sorgfalt ausgesucht ... vierhundert Pfund«, flüsterte der Juwelier.

»Dreihundertfünfzig.«

»Ich kann mich nicht für unter vierhundert von ihnen trennen ...«

»Dann dreihundertsechzig.«

»Nun, Mr. Oatley, lassen Sie mich überlegen. Sie sagten, Sie kämen noch einmal wegen eines Verlobungsrings ... ja, sagen wir dreihundertsechzig.«

William grinste. Irgendwie würden die vierzig Pfund auf den Preis des Ringes geschlagen, aber er handelte gern. Er hatte einiges von den Chinesen und Japanern in Darwin gelernt, die sehr viel hartnäckiger zu feilschen wussten.

Als er Harriet die Perlen überreichte, war sie fassungslos.

»O nein, William! Sie sind wunderschön. Ich kann sie nicht annehmen. Wo soll ich sie tragen? Sie sind viel zu kostbar für mich, wirklich.«

»Du kannst sie bei deiner Hochzeit tragen«, sagte er lächelnd. »Du musst sie behalten, ich kann sie nicht zurückgeben.«

»Natürlich nicht«, krähte Merle. Sie war in Ekstase, und alle Bedenken bezüglich der Heirat im Standesamt verblassten vor dem Schimmer der kostbaren Perlen.

Die Dame wählte keinen großen Diamanten. Sie zog einen Saphir im Facettenschliff vor, der von zwei kleinen, aber wertvollen Diamanten flankiert wurde. Der Juwelier war begeistert, da er noch einige winzige Saphire im gleichen Farbton, aber in einer geringeren Qualität auf Lager hatte. Rasch holte er die passenden Edelsteine hervor und wies darauf hin, dass sich drei von ihnen in einem goldenen Ring sehr schön machen würden. Damit besäße sie passende Trau- und Verlobungsringe.

»Perfekt!«, verkündete er, und das schüchterne Paar stimmte ihm zu.

9. KAPITEL

DIE FLITTERWOCHEN IN Singapur waren wunderbar. William hatte ein herrlich geräumiges Haus mit Blick auf den Ozean gemietet, das inmitten eines tropischen Gartens lag. Harriet hätte sich keine romantischere Umgebung vorstellen können. Sie war wie betäubt von der luxuriösen Ausstattung, den Farben der exotischen Blumen, die aus dem tiefen Grün leuchteten, und der Zartheit eben dieser Blumen, wenn sie, von unauffälligen Dienstboten in Schalen angeordnet, das Haus schmückten. Alles war perfekt, und ihr Ehemann erwies sich als überaus zärtlich.

Sie hatten die Ehe nicht auf dem Schiff vollzogen, da William ihr Sexualleben für viel zu wichtig hielt, um es in einer engen Koje zu beginnen.

Wie Recht er hatte, dachte Harriet glücklich, unterwegs zu ihrer Lieblingsecke im Garten, gleich neben einem sanft plätschernden Wasserfall. Das Schlafzimmer war groß und luftig, das geschnitzte Mahagoni-Bett mit den duftigen weißen Vorhängen ein wahrer Traum. Die Moskitonetze boten ihr einen gewissen Schutz, denn sie wurde plötzlich sehr schüchtern, als sie sich dem »Unvermeidlichen«, wie es einige ältere Frauen auszudrücken pflegten, gegenübersah. Aber William hatte sich so liebevoll und geduldig gezeigt, dass sie es gar nicht hätte vermeiden wollen. Als erfahrener Liebhaber verstand er, ihr Begehren zu wecken. Er hatte sie erregt, ein Wort, das sie früher verabscheut hatte und nun genoss. Sie drehte sich im Kreis, schwenkte den Sonnenschirm und schwelgte in der Zufriedenheit, die richtige Wahl getroffen zu haben. Sie liebte William und genoss es, mit ihm zu schlafen, ihre eigene Sexualität und die Wirkung, die sie auf ihn ausübte, zu erforschen. Denn William war ungeheuer verliebt in seine schöne Braut, wie er sie zu nennen pflegte, und überglücklich, wenn er sie verwöhnen konnte. Sie hatte ihn aufgezogen, weil sie selbst tagsüber so viel Zeit im Bett verbrachten, doch er lachte nur.

»So sollte es auch sein, Liebste, so sollte es auch sein.«

Sie war wirklich seine Liebste, dachte Harriet lächelnd und ließ ihren Trauring und den wunderschönen Verlobungsring in der Sonne funkeln.

Das wirkliche Ausmaß seiner Großzügigkeit hatte sie nicht erahnen können. Er verwöhnte sie grenzenlos, ihre Wünsche waren ihm Befehl, und Harriet fühlte sich schier überwältigt.

Sie entdeckten gemeinsam die Stadt, streiften durch die Basare, wo sie Glücksbringer, Andenken und Stoffe für Harriet kauften, prachtvolle Seide und Crêpe de Chine. Sie besuchten Williams Schneider, bei dem er seine Anzüge und Hemden fertigen ließ und dessen seltsame kleine Werkstatt sich tief in einem Gässchen verbarg. Sie fuhren in einem leichten Wagen aufs Land, gefolgt von Dienstboten in Rikschas, die alle Utensilien für ein elegantes Picknick mitbrachten, lachend und kichernd den Tisch aufstellten und Essen und Wein servierten. Harriet war entzückt.

Manchmal musste er sie wegen geschäftlicher Besprechungen allein zu Hause lassen, doch das Haus war so wunderbar, dass Harriet sich einfach eine hübsche Leseecke suchte und die Ruhe genoss. Um sie für seine Abwesenheit zu entschädigen, kehrte William stets mit einem Geschenk zurück: mit Elfenbeinschnitzereien, kostbaren Porzellanfiguren, einmal sogar mit einem kompletten Service aus dem herrlichsten Porzellan, das Harriet je gesehen hatte. Sie sagte ihm ständig, es sei nicht nötig, doch er liebte es einfach, ihr eine Freude zu machen.

»Ich denke jede Minute an dich, Liebste. Ich habe Emily May sehr geliebt und sah keinen Sinn mehr im Leben, als sie gestorben war. Es war eine schlimme Zeit für mich. Bis ich dir begegnete, wäre ich nie auf den Gedanken gekommen, wieder zu heiraten. Dann habe ich mich in dich verliebt. Noch am Hochzeitstag war ich das reinste Nervenbündel, weil ich mir einfach nicht vorstellen konnte, dass ein so reizendes Mädchen wie du an einem Mann meines Alters Gefallen finden könnte. Ich habe voller Angst im Standesamt auf die Nachricht gewartet, dass du es dir anders überlegt hättest.«

»Ich liebe dich, William. Weshalb sollte ich meine Meinung ändern?«

»Weil du es mir nie gesagt hast. In all den Wochen, in denen ich dir mein Herz ausgeschüttet habe, hast du diese Worte nie ausgesprochen.«

»Ach, Liebster, ich war zu schüchtern. Ich dachte, du wüsstest es.«

»Liebst du mich denn, Harriet? Wirklich?«

»Ich vergöttere dich. Wirklich und wahrhaftig.«

»Damit machst du mich zum glücklichsten Mann der Welt. Diese albernen Dinge, die ich aus den Geschäften mitbringe, sind belanglos. Sie könnten nie die Freude widerspiegeln, die du in mein Leben gebracht hast. Du bist die wunderbarste Gefährtin, die ich mir denken kann.«

»Mehr als eine Gefährtin, will ich hoffen«, sagte sie mit einem Augenzwinkern.

»Und ob. Durch dich habe ich erfahren, dass ich doch noch nicht so alt bin, wie ich dachte.«

Seine chinesischen Geschäftsfreunde luden sie zu Banketten in die luxuriösesten Häuser ein, die Harriet je gesehen hatte und gegen die sich ihre Flitterwochenresidenz wie eine Hütte ausnahm. Das Essen, das aus mehr als zehn Gängen bestand, schmeckte fremdartig, doch Harriet nahm höflich von allem etwas, um niemanden vor den Kopf zu stoßen.

Sie wagte nicht, ihrem Ehemann zu gestehen, dass sie die

Bankette schwierig fand. Er stand auf so vertrautem Fuß mit den Chinesen und ihren zarten Frauen, die hinter winzigen Fächern über Bemerkungen kicherten, bei denen sich die Männer auf die Schenkel schlugen und die Mrs. Oatley nicht verstand. Von Beginn an hatte sich Harriet in ihrer Gegenwart unbeholfen gefühlt, da sie die winzigen Frauen um Haupteslänge überragte. Einige von ihnen sprachen nicht einmal Englisch, sodass sie nur mit Gesten antworten konnten, was sie für absolut ausreichend hielten. Doch es waren schöne Frauen, die in ihren prachtvollen *Cheong Sams,* mit der makellosen Haut, den Mandelaugen und Knospenmündern wie kostbare Puppen wirkten.

Ganz im englischen Stil nahmen sie zunächst den Sherry im Wohnzimmer. Sie sah sich selbst im Spiegel in ihrem neuen schulterfreien Abendkleid aus blauem Taft, das sie bis zu diesem Abend attraktiv und verführerisch gefunden hatte. Nun kam sie sich vor wie ein Ochse unter Rehen.

Beim nächsten Mal trug sie etwas Unauffälligeres, ein blassrosa Kleid aus Crêpe de Chine, das William hier in Singapur für sie hatte anfertigen lassen, doch auch das half nichts. Das Problem war einfach ihre Größe.

Als sie sich für die nächste Einladung ankleideten, schüttete sie William endlich ihr Herz aus.

»Keine Sorge«, meinte er. »Diese Mädchen sind keine Ehefrauen, sondern Konkubinen. Frauen dieser Gesellschaftsklasse pflegen keinen Kontakt zu Ausländern. Wir stehen unter ihnen, meine Liebe.«

Harriet war schockiert. »Konkubinen? Was ist das?«

William zuckte die Achseln. »Ich weiß es nicht genau, so eine Art zusätzlicher Ehefrau, will mir scheinen. Damit der Abend sich etwas netter gestaltet.«

»O, mein Gott!«

»Lass dich dadurch nicht stören. Sie sind wegen dir dabei. Weibliche Gesellschaft für dich.«

»Die Frauen würden uns nicht empfangen?«

»Definitiv nicht.«

»Dann solltest du gekränkt sein. Wie können sie es wagen?«

»Mach dir keine Sorgen. Sie haben ihre eigenen Regeln, genau wie wir. Und jetzt los. Ich freue mich schon auf das Bankett.«

»Mir wären Koteletts und Würstchen lieber.«

»Wie bitte?«

»Und Kartoffelbrei. Ich bin das orientalische Essen allmählich leid.«

»Sag das bitte nicht. Unser Koch zu Hause ist auch Chinese.«

Verblüfft starrte Harriet ihn an. »Du machst Witze!«

»Keineswegs. Billy Chinn ist ein hervorragender Koch.«

»Billy? Etwa ein Mann?«

»Ja.« William fuhr sich mit dem Kamm durch sein dichtes, graublondes Haar und schaute gebückt in den Frisierspiegel.

»William, mit einem Koch komme ich nicht zurecht.« Von einem Chinesen ganz zu schweigen. »Wir hatten immer Köchinnen.«

Er küsste sie auf die Wange. »Schon gut, Billy ist der beste Koch in Darwin.«

Sie musste lernen, dass »keine Sorge« oder »schon gut« Williams sorglose Reaktion auf Fragen war, die ihr Kopfzerbrechen bereiteten und die er als unwichtig betrachtete. Es war schwer, seine Aufmerksamkeit zu gewinnen, ohne eine Szene zu machen.

Auf dem Weg zum Bankett deutete William auf ein großes Lagerhaus. »Da habe ich unsere Möbel gekauft. Falls du noch etwas brauchen solltest, hier kannst du es finden. Beste Singapur-Ware.«

»Ich dachte, das Haus sei noch nicht möbliert.«

»Ist es auch nicht. Zum Glück haben wir es fertig gestellt, bevor wir nach Perth fuhren. Du kannst dir nicht vorstellen, wie aufgeregt ich bin, mit dir in ein neues Haus zu ziehen. Aber ich habe schon beim letzten Besuch die Möbel ausgesucht und dem Geschäftsführer von Perth aus mitgeteilt, dass er sie losschicken kann. Sie müssten eigentlich schon angekommen sein.«

Harriet lachte. »William, du bist vielleicht komisch. Lässt Möbel anliefern, wenn du gar nicht zu Hause bist. Vermutlich sind alle in einem einzigen Zimmer aufgestapelt.«

»Nein, es hat alles seine Richtigkeit. Tom sorgt schon dafür.«

»Wer ist Tom? Dein Sekretär?«

»Nein, der heißt Leo Lavelle. Tom ist unser Hausboy. Tom Ling.« Harriet wagte kaum, die Frage zu stellen. »Was tut ein Hausboy?«

William zwinkerte. »Lass mich mal nachdenken. Er leitet den Haushalt. Putzt. Serviert das Essen. So etwas eben. Er und Billy haben sich um mich gekümmert, seit ich in Darwin lebe. Vorher habe ich in einem Bungalow neben dem Büro gewohnt.«

»Du meinst, er ist deine Haushälterin?«

»Sozusagen. Ein braver Bursche.«

Harriet schwieg. Nun hatte sie einen Koch und eine männliche Haushälterin, Chinesen zudem. Ihr war unbehaglich bei dem Gedanken. Wie sollte sie mit fremden Männern in einem Haus leben? Das war unmöglich, was würden die Leute sagen?

Selbst William empfand das letzte Bankett als öde. Wie üblich sorgten die Englisch sprechenden Chinesen für die Konversation, übersetzten den anderen Gästen, wobei William ihnen half, der sich zu Harriets Überraschung auch in ihrer Sprache verständlich machen konnte. Doch diesmal wurden Reden gehalten. Lange Reden, bei denen die chinesischen

Herren wohl ihre Beherrschung des Englischen demonstrieren wollten und sich ständig wiederholten.

Als sie schließlich zu Hause eintrafen, ließ William den Kutscher am Tor halten und stieg aus.

»Ich muss mir die Beine vertreten. Wie wäre es mit einem Spaziergang zum Haus, Liebste?«

»Ja, gern.«

Sie entließen den Kutscher und schlenderten Hand in Hand die Auffahrt entlang. Es war eine herrliche, sternklare Nacht, die Luft erfüllt vom Duft des Jasmins. Palmen zeichneten sich vor dem Himmel ab, und eine Brise fuhr raschelnd durch den hohen Bambus. Als das Haus in Sicht kam, seufzte Harriet. Es war traurig, dieses elegante weiße Steinhaus mit der breiten, von Säulen gezierten Veranda zu verlassen. Alle Lichter brannten, die zarten Vorhänge bauschten sich in den offenen Fenstertüren.

»Sieht es nicht romantisch aus?«, fragte sie. »Ich würde es am liebsten mitnehmen. Aber wir haben ja unser eigenes Heim. Ich bin so glücklich, William, ich danke dir für diese herrlichen Flitterwochen.«

Darwin war anders als Singapur. Ganz und gar anders.

Das Schiff segelte an den grünen Küsten von Sumatra und Java entlang, dann nach Osten über die Timorsee zum australischen Festland.

Der Hafen von Darwin lag in einer riesigen Bucht, eigentlich einem Meer, und Harriet überraschte das Fehlen der üppigen tropischen Farben, an die sie sich so gewöhnt hatte. Der leere Hafen wurde von einer schmalen grün-grauen Linie gesäumt, von Bäumen, deren Laub missmutig ans Ufer zu kriechen schien. Es waren schlichte Eukalyptusbäume und Casuarinen. Keine Spur von wogenden Palmen. Noch überraschter war sie, als sie erfuhr, dass eine Barkasse sic bei diesem Seegang an Land bringen sollte. In weniger formeller

Kleidung hätte sie sich nicht geziert, doch da sie Williams Freunde und Familie beeindrucken wollte, trug sie ein Schneiderkostüm, das sie eigens für diesen wichtigen Anlass hatte anfertigen lassen. Die Jacke lag eng an, die Taille war schmal. Der lange Rock fiel vorn gerade und war hinten mit einem gefältelten Überrock versehen. Nicht gerade praktisch, dachte sie besorgt. Auch hätte sie bei diesem Wind besser eine Haube als den Strohhut mit den grauen Rosen getragen, der zu ihrem Kostüm passte. Ihr Haar war aufgesteckt; der Hut wurde von Nadeln gehalten. Seufzend drehte sie eine Runde auf dem windigen Deck. Wie hätte sie denn wissen sollen, dass sie nicht elegant an Land gehen konnte, wie es in anderen Häfen der Fall war? Nun war es zu spät zum Umkleiden.

»Komm, Liebste, du bist an der Reihe«, sagte William glücklich.

Ein junges Mädchen in leichtem Musselin sprang barfuß von der kurzen Metalltreppe in das schwankende Boot. »Dorothy hat es geschafft.« Dorothy war allerdings auch hier zu Hause und wusste, was sie erwartete.

Harriet mühte sich mit der Treppe, bis schließlich einige Matrosen sie ergriffen und wie eine Leiche hinunterreichten. Endlich saß sie im Boot, die Beine vor sich ausgestreckt. Als das Boot den Windschatten des Schiffes verließ, traf sie ein unerwarteter heißer Windstoß und riss ihr den Hut vom Kopf.

»Hoppla!«, rief William lachend und streckte die Hand aus, doch der Hut schoss daran vorbei, tanzte fröhlich durch die Luft und sank auf die Wellen.

William grinste ungerührt. »Der arme Hut. Nun, wir müssen dir wohl einen neuen kaufen.«

Da alle den Zwischenfall komisch fanden, rang Harriet sich ein Lächeln ab, während sie vergeblich versuchte, ihre Haare wieder ordentlich aufzustecken.

Sie steuerten den Pier an. Harriet schaute entsetzt nach

vorn. Die Hafenmauer ragte so hoch über dem Wasser auf, dass sie sicher auf einer Leiter hinaufsteigen musste.

»Müssen wir da hinauf?«, fragte sie William.

»Himmel, nein. Es muss so hoch sein, weil wir starke Gezeiten haben. Aber jetzt ist Ebbe, da können wir am Strand aussteigen.«

Die Matrosen steuerten am Pier vorbei an den Strand und zerrten das Boot so weit wie möglich ins seichte Wasser. Alle stiegen aus, froh, wieder festen Boden unter den Füßen zu haben.

Für Harriet war der Boden jedoch alles andere als fest, die Wellen umspülten ihre Füße. William ergriff ihren Arm und half ihr den Strand hinauf. Als sie endlich trockenen Sand erreichten, waren ihre Schuhe und Strümpfe durchnässt, der Saum ihres Rockes hing schlaff herab. William schienen seine triefenden Stiefel nicht zu stören, er rief schon einer Gruppe von Leuten, die eilends die Steinstufen zum Strand herunterliefen, mit fröhlicher Stimme etwas zu. Der erste Mann war alt, aber hoch gewachsen, und hielt sich überaus gerade. Vermutlich ihr Schwiegervater.

William umarmte ihn. »Pop! Wie schön, dich zu sehen. Ich hatte dich gar nicht erwartet. Ist auf der Station alles im Lot?«

»Aber sicher. Du meinst doch nicht, ich würde mir die Begrüßung deiner Braut entgehen lassen.« Er drehte sich um. »Das ist also Harriet. Wie geht es dir, meine Liebe?«

Sie errötete. »Ich bin ein wenig zerzaust, Mr. Oatley.«

»Für mich siehst du ziemlich hübsch aus. Ich weiß nicht, wie es ihm gelungen ist, sich ein so prachtvolles Mädchen zu angeln. Und jetzt nennst du mich Pop. Wenn er nicht auf dich Acht gibt, rufst du einfach nach mir, verstanden?«

Andere Leute drängten sich um sie, und obwohl man sie miteinander bekannt machte, vergaß Harriet in all der Aufregung die Namen. Sie stiegen die Steintreppe hinauf. Sie war steil, doch William ging es langsam an, da sein Vater ziemliche Mühe hatte hinaufzukommen. Harriet bemerkte gerührt die Zuneigung zwischen Vater und Sohn, die gleiche Zuneigung, die sie auch bei William und Myles erlebt hatte. Es war ein gutes Gefühl, Teil einer so warmherzigen Familie zu werden.

Niemand schien auch nur im Geringsten auf ihre zerzauste Erscheinung zu achten, allerdings auch nicht auf ihr maßgeschneidertes Kostüm. Die Frauen trugen alle Röcke und Blusen, dazu meist Stiefel, und die Männer waren ohne Jackett unterwegs. Es war Juni, aber glühend heiß, und die trockene Hitze erinnerte sie an den Dezember in Perth. Von tropischem Klima konnte wohl nicht die Rede sein.

Als sie um einen langen Schuppen bogen, stöhnte William. »O nein!« Die halbe Stadt hatte sich versammelt. Die Menge machte unter Pfiffen und Hochrufen Platz und enthüllte den Blick auf ein schönes, schwarzes Gig für die Jungvermählten, das mit weißen Girlanden und Rosetten geschmückt war. Es gab weitere Vorstellungen, dazu Gelächter, Neckereien, kurze Ansprachen, einen riesigen Blumenstrauß für die Braut und einen glänzend weißen Satinzylinder für den Bräutigam. William nahm ernst seinen Panamahut ab und setzte den Zylinder auf. Es sah so komisch aus, dass Harriet die Rolle der schüchternen Braut abstreifte und sich vor Lachen bog.

Pop beendete die Rituale, indem er auf den Kutschbock stieg und sie zum Einsteigen aufforderte.

Als sie im Wagen saßen und den Gratulanten winkten, sagte William: »Nach Hause, James.«

»Noch nicht«, erwiderte Pop. »Erst müssen wir Harriet die Stadt zeigen.«

Es war nur eine Buschsiedlung mit breiten Straßen ohne Schatten, die hier und da von einem Ziegelbau oder einer kleinen Kirche gesäumt wurden, dazu niedrige Häuser mit Läden, Hotels, eines davon, das an einer Straßenecke lag, zweistöckig. Es gab auch unansehnliche Hütten, die kaum eine menschenwürdige Unterkunft boten.

Pop bestand darauf, bis zu einer Straße zu fahren, die den chinesischen Stadtteil begrenzte, von dem William gesprochen hatte. Harriet erwartete das aufregende Gewimmel von Basaren, sah aber nur weitere Hütten, die noch schlimmer waren als die anderen, angeordnet um ein lang gestrecktes Geschäft, das Fensterläden statt Schaufenstern hatte. Es war die schäbigste Stadt, die sie je gesehen hatte. William hingegen erklärte, das Beste habe er sich für den Schluss aufgehoben.

Sie fuhren zurück zum Hafen, der nur wenige Straßen entfernt lag. Dort zeigte er ihr die Residenz an der Esplanade, wo der Vertreter der Regierung wohnte. Harriet fühlte sich augenblicklich besser. Das ungewöhnlich anmutende Haus aus weißem Stein mit hohen Giebeln lag inmitten eines üppigen tropischen Gartens. Da waren nun endlich die erhofften Palmen.

Sie fuhren die Esplanade weiter entlang. Auf der linken Seite säumten Gärten mit hohen, alten Bäumen die sandige Straße, doch die wenigen Häuser aus weißem Holz wirkten unscheinbar.

Plötzlich hielt der Wagen an. Inmitten eines gerodeten Grundstücks stand ein neues weißes Holzhaus, das Gelände daneben war von Unkraut überwuchert.

»Da wären wir«, verkündete William. »Genug der Sehenswürdigkeiten. Pop, es reicht, lass uns einen Drink nehmen.«

»Nein«, sagte dieser entschlossen, »du musst jetzt deine Frau über die Schwelle tragen.« Er drehte sich grinsend zu Harriet um. »Ich würde allerdings nicht auf seine Kräfte vertrauen, meine Liebe. Bis morgen.«

Mit diesen Worten fuhr er davon. Erst jetzt entdeckten sie hinten am Gig, inmitten flatternder Bänder, das Schild »JUST MARRIED«.

»Das kam ein bisschen spät«, meinte William grinsend. Er öffnete ein Tor und schob sie vor sich her. »Ich hatte noch keine Zeit, einen Garten anzulegen. Gar nicht so schlecht, denn jetzt kannst du entscheiden, wie du ihn gerne hättest. Hinten ist auch noch jede Menge Platz.«

Harriet nickte. »O ja, ich sehe schon.«

Er fand jedoch keine Gelegenheit, sie über die Schwelle zu tragen. Zwei Chinesen kamen mit wehenden Zöpfen aus dem Haus gerannt, grinsten, redeten wild durcheinander, verneigten sich, ergriffen ihre Hände, waren absolut hingerissen, ihren Herrn und seine Lady zu Hause zu begrüßen, und gemeinsam bugsierten sie Mr. und Mrs. Oatley ins Haus.

Im Rückblick gab sich Harriet selbst die Schuld an der Enttäuschung, die sie bei ihrer Ankunft beinahe überwältigt hatte, wenngleich sie Darwin nach wie vor öde fand.

Das Haus war geräumig, hohe Räume boten erfrischende Kühle. Eine breite Veranda zog sich von der Vorderfront aus um beide Seiten. Die Innenräume konnten allesamt auch von außen betreten werden, sodass die zahlreichen Türen für Durchzug sorgten. Leider waren die Veranden von einem Sonnenschutz aus Bambus umschlossen, hinter dem sie sich irgendwie eingesperrt fühlte. In ihrer Heimat waren Veranden und Terrassen zum Draußensitzen gedacht, doch hier benötigte man Schutz vor der unerbittlichen Sonne und den Regenfluten. Sollte Licht hereinfallen, musste man erst die Bambusläden öffnen.

Die Böden aus Zedernholz waren spiegelblank poliert, Williams Mobiliar sorgfältig arrangiert, doch alles war im orientalischen Stil gehalten, und Harriet fragte sich, was die Leute dazu sagen würden. Ihre Mutter wäre entsetzt bei dem Anblick geschnitzter Betten und Kommoden, zarter Lackschränke, verzierter Sessel und dick gepolsterter Sofas mit plüschigen Kissen. Das lang gezogene Speisezimmer verfügte über einen erstaunlichen Mahagoni-Tisch und zwölf hochlehnige Stühle mit Intarsien aus Elfenbein.

Harriet schüttelte den Kopf bei der Erinnerung an jenen ersten Tag. Die lackierten Paravents und Beistelltische, die Perlenvorhänge in den Türrahmen, der verrückte, halbherzige Versuch, die herrlichen Häuser in Singapur nachzuahmen ..., sie wusste noch, wie sie sich umgesehen, ihr Heim betrachtet und sarkastisch zu William gesagt hatte:

»Jetzt fehlen nur noch die Zimmerfächer.«

William hatte ihr die Bemerkung nicht krumm genommen; in diesen Dingen war er erstaunlich naiv. Oder einfach so offen und gutherzig, dass er sie gar nicht als Kränkung empfand.

Mit der Zeit hatte Harriet genügend Selbstsicherheit gewonnen, um mit ihm über das Haus zu sprechen.

»Ich will mich nicht beschweren, wir haben es hier sehr gemütlich, aber ich verstehe nicht, wieso ein reicher Mann wie du eines der schönsten Grundstücke der Stadt kauft, weit weg von den Läden und Hütten, und ein Holzhaus darauf setzt. Du hättest ein Herrenhaus errichten können.«

»Das stimmt. Ich hätte ein Herrenhaus bauen können, neben dem die Residenz verblasst wäre. Aber hätte es auch hierher gepasst?«

»Ich weiß nicht. Es könnte Spaß machen.«

»Von wegen Spaß. Wer sind denn unsere Freunde? Viehzüchter, Leute aus dem Busch und ihre Frauen, Regierungsangestellte, Bergwerksbesitzer, Polizisten, Geschäftsleute, Chinesen. Mir ist klar, dass du es nicht leicht hast, dich an die ganze gesellschaftliche Skala zu gewöhnen und angemessene Freundinnen zu finden, und ich weiß deine Geduld zu schätzen, Liebes. Aber du musst mir glauben, als Herrin eines Schlosses hättest du es noch weitaus schwerer. Ein solches Haus passt nicht nach Darwin, und das wird auch noch lange so bleiben. Die Menschen hier interessieren sich eher für das reine Überleben und den Wert der Freundschaft als für irgendwelchen Luxus.«

Nun verstand sie ihn, fragte sich aber, wie die Wohnhäuser auf den Viehstationen der Oatleys aussehen mochten.

»Sind sie luxuriös?«

»Gott, nein. Im Busch möchte man es behaglich haben. Da gibt es niemanden, den man beeindrucken könnte.«

»Verstehe«, sagte sie, fühlte sich aber wie eine Blinde, die weder sah noch verstand.

»Außerdem«, fügte er lachend hinzu, »was würde der Resident dazu sagen? Wenn ich ein schöneres Haus baue als seines, verzeiht er mir das nie. Manchmal ist er ganz schön eitel.«

Darüber musste auch Harriet lachen. Mrs. Mollard war sogar noch schlimmer. Bei einer Gelegenheit hatte die Frau des Residenten in Williams Abwesenheit voller Hochmut zu ihr gesagt: »Wie ich hörte, ist Ihr Vater im Handel tätig.«

Harriet wusste, dass der Handel in gewissen Kreisen als nicht gesellschaftsfähig galt, und hatte aufgebracht geantwortet: »Nein, Mrs. Mollard, er ist Bankdirektor.« Später war sie ärgerlich gewesen, weil sie auf diese Bemerkung überhaupt reagiert hatte.

Die Frau hatte ihr Spitzentaschentuch an die Lippen geführt, »Du lieber Gott!« geflötet und war davongerauscht.

Harriet hatte William nie von dieser Begegnung erzählt, weil so viele andere Dinge passierten. Mit den beiden Chinesen, die ihren Haushalt führten, kam sie einfach nicht zurecht. Billy missbilligte es, wenn sie seine Küche betrat, und kochte nur selten, was sie bestellt hatte. Er war ein hervorragender Koch und William ein leidenschaftlicher Esser. Er war auf den Viehstationen mit englischen und chinesischen Köchen aufgewachsen und aß alles, was man ihm vorsetzte, so lange es schmackhaft und ausreichend war. Doch wenn Harriet sich Roastbeef und Yorkshirepudding wünschte, wollte sie auch genau das auf dem Tisch sehen. Und nicht Fisch und Reis zusammen mit dem Versprechen, das Roastbeef werde nächste

Woche nachgeliefert. Die täglichen Kämpfe ließen Billy mürrisch und schweigsam werden, und Harriet warf ihm schließlich Rind oder Schwein am Stück hin und verlangte, er solle es im Ganzen zubereiten und nicht seine zerstückelte Vorstellung von einem Fleischgericht produzieren.

Dann war da noch Tom Ling, die schrille, pausenlos daherredende Plaudertasche. Er hielt einfach nie den Mund und trieb sie damit in den Wahnsinn. Sie verlangte, er solle sich von ihrem Schlafzimmer fern halten, doch er schoss herein, sobald sie ihm den Rücken kehrte, und schnappte sich Kleidung »für die Wäsche«, selbst wenn Harriet sie soeben frisch aus dem Schrank geholt hatte. In ihren Augen war er ein Reinlichkeitsfanatiker. Die Böden waren gefährlich glatt poliert, einmal bohnerte er sogar Waschbecken und Bad; wenn sie Möbelstücke, Lampen oder anderes verrückte, standen sie am nächsten Tag unweigerlich wieder am alten Platz. Er lief ihr ständig unter den Füßen herum, wischte Staub, putzte, verfolgte sie wie ein Wärter. Am schlimmsten waren die Spezialkerzen, mit denen er die Moskitos fern zu halten suchte. Sie verströmten ein intensives Weihraucharoma und einen anderen widerlichen Duft. Harriet hätte in diesem Fall die Insekten vorgezogen.

Keiner von Williams Freunden, die ihr allesamt sehr nett begegneten, fand irgendetwas Seltsames an der Einrichtung der Oatleys, und Harriet dachte zuerst, dass möglicherweise alle Häuser in diesem Stil gehalten seien, doch dem war nicht so. In den anderen Häusern standen normale Möbel. Erst nach einer Weile begriff sie, dass diese Dinge einfach keine große Rolle spielten, dass man ihnen keine Bedeutung beimaß.

Die Damen waren jedoch von Harriets tüchtiger Haushaltshilfe angetan, ohne sich über deren Geschlecht zu wundern, denn in diesem Klima mit dem Schimmel und den zahllosen Insekten war es eine echte Kunst, Ordnung zu halten. Sie biss die Zähne zusammen und nahm lächelnd die Komplimente entgegen. Irgendwann würde jedoch der Zeitpunkt kommen, an dem sie mit William über die Dienstboten sprechen musste. Ihr Denken kreiste nur um die täglichen Auseinandersetzungen, den Mangel an Privatsphäre und den Wunsch nach Befehlsgewalt im eigenen Haus, anstatt sich mehr für die Stadt selbst zu interessieren und neue Bekanntschaften zu suchen.

Das Wetter verschlechterte sich, es wurde heißer, die Temperaturen näherten sich der Vierzig-Grad-Marke. Die Luft war drückend, und Harriet fühlte sich gereizt, ohne einen konkreten Grund dafür zu erkennen. Es war November, und sie freute sich auf ihr erstes Weihnachten in Darwin, ein Fest, bei dem die Stadt sich mit den Besuchern aus dem Outback füllte, die einige Monate am Meer verbringen wollten. Es würde eine Vielzahl gesellschaftlicher Ereignisse geben, und dennoch war sie niedergeschlagen und unglücklich. Nicht wegen William, der so fröhlich und nett war wie immer, sondern angesichts der ganzen Umgebung ...

Erst später erkannte sie, dass dieses sonderbare Gefühl, das beinahe wie eine Krankheit wirkte, auf irgendeine Weise mit dem Warten auf den Regen zusammenhing, auf das Ende der trockenen Hitze, die unerträglich geworden war. In ihren ersten Wochen und Monaten in Darwin hatte sie davon nichts geahnt, und so waren ihr die ersten Fehler unterlaufen.

An jenem Tag hatte sie sich besonders über Billy und Tom Ling aufgeregt. Sie war im Garten über eine Hacke gestolpert und hatte sich das Knie angestoßen. Die Anlage des Gartens war ein völliger Schlag ins Wasser, die Pflanzen verbrannten oder wurden von mutwilligen Kakadus ausgerupft. Wieder einmal hatte sie vergessen, ein Paket für William im Postamt abzuholen, das ausgerechnet seine Lieblingszigarren enthielt.

Als er sich danach erkundigte, brach sie in Tränen aus.

Er zeigte sich besorgt. »Meine Liebe, das macht doch nichts. Davon geht die Welt nicht unter.«

Doch die Tränen gewannen die Oberhand. Sie weinte wegen des Gartens, wegen ihrer Unfähigkeit, und William musste lächeln.

»Wir lassen einen Gärtner kommen.«

»Ich wollte es aber selbst machen«, schluchzte sie.

»Sollst du auch. Aber mit dem sandigen Boden ist der Anfang sehr schwer. Du kannst den Garten entwerfen, er gräbt um, bereitet die Erde vor, das ist ohnehin Männerarbeit. Wenn er die Pflanzen gesetzt hat, kannst du weitermachen. Dieses Grundstück ist wirklich groß, aber mit einem Gärtner an deiner Seite wird es dir viel Freude bereiten.«

Harriet seufzte dankbar. »Du hast Recht. Und, William, das mit den Zigarren tut mir so Leid. Die Kiste ist leer.«

»Sei nicht dumm. Du hättest Tom schicken können.«

Das hätte er nicht sagen sollen.

»Tom? Ich soll Tom schicken?«, kreischte sie los. »Und mir anhören, wenn er tausendmal nach dem Wie und Warum fragt? Da kann ich gleich selber gehen. Er bringt mich um den Verstand.« Sie weinte und schrie, doch das war ihr egal.

»Hast du dir die Bibliothek angesehen, William? Deine Bücher, meine Bücher, alle aufgestellt, wie er es möchte. Nach Farben sortiert, statt nach Autoren oder Themen ...«

Sie sah Williams Grinsen und wurde noch wütender. »Es ist nicht mein Haus, sondern ihres. Sie gehorchen nur dir. Ich habe keine Kontrolle über meine eigene Küche, ich kann nicht in Ruhe lesen, falls ich meine Bücher dann doch einmal finde, weil Tom dauernd lärmt, die Läden auf und zu schlägt, nur um mich zu ärgern. Ich habe niemals meine Ruhe, den ganzen Tag kämpfe ich gegen die beiden.« Sie brüllte. »Wenn ich Fleisch bestelle, bekomme ich Fisch. Wenn ich Gemüse will, gibt es Reis. Ich habe in diesem Haus nichts zu sagen. Es geht einfach nicht, William, es geht nicht!«

Er nahm sie in die Arme und küsste sie. »Schon gut, keine Sorge. Überlass das mir. Du setzt dich jetzt auf die Veranda, und wir trinken ein schönes Glas Wein vor dem Essen. Ich bediene dich«, fügte er hinzu.

Beim Essen schaute er Tom milde an. »Ich dachte, die Missus hätte Schweinefleisch bestellt.«

Tom verneigte sich. »Tut mir Leid, Boss. Billy sagt, kein Schwein. Aber frischen Fisch. Und besonders leckeren Reis für Sie, viel gutes Gemüse und süße Soße, wie Sie mögen.«

»Verstehe«, meinte William, während Harriet schweigend dasaß und sich fragte, ob sie ihren Mann gekränkt hatte. Beim Essen sagte er nichts mehr zu diesem Thema. Er berichtete von einem Konsortium amerikanischer Investoren, die sich für eine Kupfermine im Territorium interessierten, außerdem sollte eine Fleischfabrik in Darwin gebaut werden, was einen großen Vorteil für die Viehzüchter darstellte. Vor allem aber hatte er einen Brief von Myles aus London erhalten, der sich prächtig amüsierte und Harriet seine besten Grüße übersandte.

»Ich lese ihn dir später vor«, sagte er glücklich, als sei nichts Besonderes in seinem Haus vorgefallen.

Am nächsten Tag entließ er die beiden Dienstboten.

Innerhalb einer Woche stellte Harriet eine Köchin und ein Hausmädchen ein. Die beiden Frauen hatten sich umgehend auf ihre Anzeige im Fenster des Postamts beworben. Aus Angst, es könne sich niemand sonst melden, engagierte sie die beiden sofort. Zu spät fand sie heraus, dass die ältere Frau bisher für Scherer gekocht hatte, was kein gutes Zeichen war, und ihre Eintöpfe und wässrigen Suppen bestätigten die Befürchtungen. Das Mädchen, eine ordentlich gekleidete Sechzehnjährige, war nutzlos und verstand nichts von Hausarbeit. Harriet wunderte sich darüber, bis sie feststellte, dass sie mit ihrer Familie in einer winzigen Hütte lebte.

Von da an gab es ein ständiges Kommen und Gehen von Dienstboten. Manche kündigten nach nur einer Woche, sodass Harriet selbst anpacken musste, um den Haushalt einigermaßen in Ordnung zu halten. Sie beklagte sich bei William über die unpassenden Frauen, und er zeigte sich mitleidig, erklärte, so etwas brauche Zeit.

»Man hat mir vorgeschlagen, ich solle schwarze Mädchen einstellen und ausbilden«, sagte sie.

»Davon würde ich dir abraten, Harriet. Keine Schwarzen aus der Stadt. Die auf den Stationen sind anders, sie sind mit der Arbeit aufgewachsen, und die Frauen dort verstehen sie.«

Er bewies Geduld wegen der Mahlzeiten, die man ihm vorsetzte und die manchmal exzellent, zumeist jedoch seltsam und wenig appetitanregend waren.

»Ein Dreh am Glücksrad«, pflegte er das Abendessen zu nennen.

»Ich weiß nie, was mich erwartet, allmählich betrachte ich unsere Mahlzeiten als kleine Abenteuer.«

Harriet war am Boden zerstört. »William, es tut mir so Leid. Ich werde mich bessern.«

»Keine Sorge, du wirst dich bald mit den Dienstboten auskennen. Du weißt, dass ich auf unserer Station gearbeitet habe. Wir waren Monate draußen mit den Tieren, haben von Pökelfleisch, Fladenbrot und schalem Tee gelebt. Essen ist Essen, meine Liebe.«

»Aber du bist jetzt Besseres gewöhnt, und ich enttäusche dich ständig.«

»Ich war immer Besseres gewöhnt, aber wenn man Hunger hat, isst man alles. Die Zutaten sind frisch, obgleich dir die Zubereitung nicht gefällt, und auch bekömmlich. Reg dich also nicht auf.«

Allmählich wurde ihr klar, dass es einfacher gewesen wäre, sich zurückzulehnen und Billy Chinn auftragen zu lassen, was immer ihm in den Sinn kam. Bei Billy war die Küche sauber und das Essen hervorragend gewesen. Was machte es schon, wenn sie sich Braten oder Pasteten gewünscht und Fisch bekommen hatte? Doch nun war es zu spät.

Dann setzte der Regen ein. In Singapur hatte es täglich geregnet, meist um die Mittagszeit, doch sie hatten in ihrer behaglichen Flitterwochenwelt gelebt, geschützt vor den Unbilden des Wetters. Solchen Regen wie hier hatte sie nie zuvor erlebt. Es goss unaufhörlich, eine Regendecke lag über der Stadt, tagein, tagaus. Das Haus wirkte immer feucht. Die Kleider trockneten nicht, und der Schimmel, über den schon Tom Ling gejammert hatte, befiel Schränke und Kleidung. Dazu kamen riesige Schaben, die über die Böden huschten und sich in dunklen Ecken vermehrten. Taranteln ließen sich im Haus nieder und schienen ihr von einem Zimmer ins nächste zu folgen, starrten sie von hohen Wänden bedrohlich an, während Geckos über die Decken spazierten, die riesigen Augen voll verschleierter Unschuld. Ihre Gegenwart machte Harriet nervös. Dann waren da noch Eidechsen, Miniaturausgaben der dicken Reptilien, die durch den Garten liefen. Dort draußen wurde nicht mehr gearbeitet, das Unkraut wucherte, hohes Gras gedieh auf dem sumpfigen Boden.

Inzwischen waren die meisten Freunde von den Stationen, die Hamiltons, Westons, Grogans und viele andere in der Stadt eingetroffen, dazu noch Pop Oatley. Harriet war erleichtert, als William das Büro für einige Wochen schloss, denn sie brauchte ihn, um mit dem endlosen Strom der Besucher fertig zu werden. Ständig tauchten Leute unangemeldet auf, manchmal ganze Familien mit Kindern und Enkeln; das gesellschaftliche Leben von Darwin war alles andere als förmlich. William empfing sie begeistert und lud alle zum Essen ein, womit er Harriet völlig aus der Fassung brachte.

Harriet schlug sich, geplagt von unfähigen Köchinnen und Hausmädchen, tapfer durch, bis einige Frauen von den Stationen ihre missliche Lage erkannten und zu ihrer Rettung eilten. Sibell Hamilton und Aggie Weston »bliesen zur Jagd«. Plötzlich war ihre Speisekammer neu geordnet, die letzte Köchin bekam einen Tritt von Aggie, die danach die Küche putzte, während Sibells Tochter Lucy das Hausmädchen zum Aufräumen antrieb.

Über Sibell Hamilton konnte Harriet sich nur schwer eine Meinung bilden, fand sie aber sehr freundlich. Sie hatte stets einen Korb mit Scones, Pasteten oder Kuchen dabei und wischte Harriets Einwände einfach beiseite.

»Meine Liebe, wir müssen die Horden eben füttern, wenn sie heranrücken. Niemand kann erwarten, dass Sie diese Massenverköstigung schon beherrschen.«

Harriet mochte diese Frauen. Mit ihnen konnte man sich mühelos unterhalten, oft waren sie äußerst amüsant. Sie zogen Pop Oatley auf, gaben vor, mit ihm zu flirten, und schlugen mögliche Ehefrauen für den reichen Witwer vor. William wurde von ihnen vergöttert. Sie gratulierten ihm zu seiner reizenden Frau, und nicht einmal wurde Harriet von ihnen »als seine junge Frau« bezeichnet, wie Mrs. Mollard es zu tun pflegte.

Die Gastfreundschaft beruhte natürlich auf Gegenseitigkeit. Sie besuchten ihre Freunde ebenso formlos, aßen mit zwanzig und mehr Leuten im Hotel und dem chinesischen Restaurant und hatten ihren Spaß. Darüber vergaß Harriet sogar den Regen. Sie wusste, sie würde diese fröhlichen Menschen sehr vermissen, wenn sie aus Darwin abreisten.

Sibell Hamilton empfand Mitleid mit Harriet, deren Panik sie mit Händen greifen konnte.

Kein Wunder, dachte sie bei sich. Schließlich bin ich selbst ständig in Aufruhr. Ich spüre die Panik ja selbst.

Die gesellschaftlichen Verpflichtungen waren ihr eine zusätzliche Bürde, der ständige Zwang, lächeln zu müssen, den Eindruck zu erwecken, alles sei in bester Ordnung, obwohl sie doch viel lieber für sich geblieben wäre und sich verkrochen hätte. Aber Sibell versuchte, nicht allzu viel über die Gründe ihrer Schwermut nachzudenken. Sie war sicher, zu viel Gegrübel würde sie nur noch mehr verwirren. Und immerhin hatte sie ja die Hoffnung, ihr Kummer sei nur eine vorübergehende Phase und würde sich eines schönen Tages in Luft auflösen. Vielleicht ...

Sie seufzte. Sie seufzte in letzter Zeit entschieden zu viel, so sehr sie auch versuchte, es sich abzugewöhnen, aber dieser Seufzer war ihr einfach herausgerutscht. Eines war sicher: Das Leben im Outback konnte sie nicht mehr ertragen. Möglicherweise hatte all der Kummer, der mit dem Leben dort draußen verbunden war, ihre Schwermut irgendwann ausgelöst, also musste sie fort.

Bei dem Gedanken an ein Leben in Perth hob sich ihre Stimmung. Wenigstens lag die Stadt weit genug im Süden, um ein gemäßigtes Klima zu haben. Wie angenehm würde es sein, nach all den Jahren im Busch endlich wieder in einer richtigen Stadt zu leben!

Angespornt von einer seltenen Leichtigkeit in ihrer Stimmung und von Mitleid für Harriet, atmete Sibell tief durch und machte sich auf die Suche nach William. Sie schalt ihn, weil er seine Frau so unvorbereitet in diese schwierige Lage gebracht habe.

»Guter Gott, das arme Mädchen muss sich vorkommen wie eine Hotelbesitzerin. Sie ist nicht an unsere offenen Häuser gewöhnt. Ich meine, wo gibt es so etwas außer hier in dieser Stadt? Sie weiß nicht, welche Spirituosen sie kaufen muss, von Lebensmitteln ganz zu schweigen, und diese Frauen, die für sie arbeiten, könnten nicht einmal ein Lager für Schwarze leiten.«

»Ich weiß«, entgegnete er, »Harriet hat es nicht leicht. Aber ich beklage mich nicht und kritisiere sie auch nicht, Sibell. Ich möchte sie um nichts in der Welt aufregen. Was sonst kann ich tun?«

»Hatte sie schon Probleme, bevor wir angekommen sind?«

»O ja. Die Dienstboten kamen und gingen, du weißt ja, wie schwer man hier gutes Personal findet.«

»Warum nimmst du keine Chinesen? Wo sind eigentlich Billy Chinn und Tom Ling? Sie waren doch seit Jahren bei dir.«

»Auch das hat nicht funktioniert. Sie sind Harriet zu sehr auf die Nerven gegangen, haben ihre Anweisungen ignoriert, und sie war auch nervös, weil Männer für sie arbeiteten.«

»Verstehe.« Sibell dachte nach. »Ich glaube, du solltest sie zurückholen.«

»Das geht nicht. Es ist Harriets Haus, und ich kann ihre Wünsche nicht einfach missachten.«

»Dann rede ich mit ihr.«

»Sehr schön. Aber du kennst die Chinesen. Wenn sie die beiden zurückholt, verliert sie in ihren Augen das Gesicht, und dann lassen sie sich gar nichts mehr von ihr sagen.«

Sibell lachte. »Dann liegt es an dir.«

Seine Frau erschien mit einem Tablett voller Tassen und Untertassen in der Tür. »Ich serviere den Tee auf der Veranda, möchtet ihr euren lieber hier drinnen?«

»Nein, wir kommen nach draußen zu den anderen«, antwortete William. Er bemerkte das Stirnrunzeln, das Harriets Gesicht bei ihren Versuchen, es allen recht zu machen, gar nicht mehr verließ, und fühlte sich schuldig. Schuldig, weil seine Frau nach nur sechs Monaten als Hausherrin das spontane Lächeln verloren hatte, das ihm so gefallen hatte.

Er grinste Sibell an. »Vielleicht könnte ich Billy und Tom wissen lassen, dass ihre Strafe verbüßt ist. Sie arbeiten beide in Murphys Hotel und machen sich dort sehr unbeliebt, weil es ihnen nicht gefällt. Es ist unter ihrer Würde«, sagte er lachend. »Ich könnte sie wissen lassen, dass wir sie vielleicht zurücknehmen, falls sie sich bei Mrs. Oatley entschuldigen.«

»Ausgezeichnete Idee. Ich sage Harriet, sie soll überrascht tun, wenn sie auftauchen. Das wäre also erledigt, William. Wie geht es Myles? Wann kommt er heim? Er ist schon so lange fort, und Lucy vermisst ihn so sehr.«

»Bald, meine Liebe. Er ist ja noch nicht mal ein Jahr unterwegs.«

Als die Gäste gegangen waren, bemerkte William, dass es aufklarte. Er ging in den Park am Meer, um sich den Sonnenuntergang anzuschauen, und wurde nicht enttäuscht. Die Sonne, die über dem Hafen am rosa-goldenen Himmel versank, bot ein spektakuläres Schauspiel. Sie betupfte die Wellen mit goldenem Licht; Vögel mit bronzenen Schwingen glitten anmutig zu ihren Nestern. Während William den Sonnenuntergang genoss, dachte er an seinen Sohn. Er hatte ihn immer sehr geliebt und seit seinem trunkenen Selbstmitleid alles versucht, um ihn für diese unglückselige Zeit zu entschädigen. Bis vor kurzem waren sie gute Freunde gewesen, doch nun hatte sich ein Problem aufgetan.

Myles war, milde gesagt, entsetzt gewesen über die Nachricht von der Verlobung seines Vaters. Er hatte William gedrängt, seine Entscheidung noch einmal zu überdenken, sich daran zu erinnern, dass die Cunninghams zuerst *ihm* ihre Tochter wie auf einem Silbertablett angeboten und ihren Ehrgeiz danach offensichtlich auf den Vater konzentriert hatten. War ihm denn nicht bewusst, dass nur Geld hinter all dem steckte? Das Geld der Oatleys. Welch ein Coup für einen kleinen Bankdirektor, wenn er einen der Oatleys für seine unscheinbare Tochter einfangen könnte, die beinahe so groß war wie William. Am Ende des Briefes hatte Myles nicht mehr verlangt, sein Vater solle die Heirat überdenken, sondern offen gefordert, dass er sich aus dieser Situation befreite, wenn nötig auch mittels einer diskreten Zahlung.

William schüttelte traurig den Kopf. Als er Myles' Brief in seinem Büro in Darwin erhalten hatte, waren er und Harriet längst in das neue Haus gezogen. Er schrieb seinem Sohn einen langen Brief, in dem er seiner Enttäuschung über Myles' Reaktion Ausdruck verlieh. Doch nun, so fuhr er fort, sei er mit Harriet verheiratet, die Flitterwochen in Singapur seien unbeschreiblich schön gewesen, und er schätze sich überaus glücklich, eine so liebevolle Frau gefunden zu haben. Er schalt Myles vorsichtig für die ungerechte Beurteilung seiner Schwiegereltern und erinnerte ihn daran, dass Oscar Cunningham sein alter Freund und ein echter Gentleman sei.

Er hatte Harriet belogen, als er ihr die besten Wünsche von seinem Sohn ausrichtete, und wartete nun ungeduldig auf die Antwort, von der er sich eine Entschuldigung erhoffte. Leider war der nächste Brief noch ablehnender.

Muss ich zu Hause wirklich eine gleichaltrige Stiefmutter vorfinden, hatte Myles verbittert gefragt, *damit uns alle auslachen? Es hat ja nicht lange gedauert, bis du meine liebe Mutter vergessen hast. So sieht es also mit deiner großen Liebe aus, der Liebe, wegen der du zusammengebrochen bist und dem Entsetzen und Leid, das ich in so jungen Jahren erlebte, keine Beachtung geschenkt hast.*

So sah es aus, dachte er, die Vergangenheit konnte man nicht ungeschehen machen.

Sie setzten ihre Korrespondenz fort. William erwähnte Harriet in jedem Brief und versicherte Myles, er sei überaus zufrieden in seiner Ehe. Sein Sohn weigerte sich hartnäckig, sie zur Kenntnis zu nehmen, und schrieb nur, sein Vater habe offensichtlich so viel mit seinen Geschäften und angenehmen häuslichen Pflichten zu tun, dass er beschlossen habe, seinen Auslandsaufenthalt zu verlängern.

William log also weiter. Er las Harriet die Briefe vor, berichtete von Myles' Reisen nach Frankreich, Italien und auf die Griechischen Inseln und versäumte es nie, Grüße an »deine liebe Frau« hinzuzufügen. Harriet genoss diese Reiseberichte. Sie freute sich sehr darauf, Williams Sohn zu Hause begrüßen zu können.

Aber Myles konnte nicht für immer wegbleiben und von den großzügigen Unterhaltszahlungen seines Vaters leben.

Pop Oatley beklagte sich schon, man müsse den Jungen wieder auf den Teppich holen. Kein vernünftiger Vater könne es dulden, dass sein Sohn so lange durch die Weltgeschichte reise. Schließlich weihte William ihn in sein Problem ein, in der Erwartung, sein Vater werde die Situation und die Gründe für seine Nachgiebigkeit verstehen.

»Verdammte Frechheit!«, donnerte Pop. »So weit kommt es noch! Du hast Harriet geheiratet, sie ist eine gute Frau. Außerdem geht das nur dich etwas an. Schreib dem Bengel, er soll gefälligst nach Hause kommen, sonst tue ich es selbst, das schwöre ich dir! Wie ist noch gleich die Adresse?«

»Mach ihn nicht wütend, Pop. Ich warte nur, bis er sich mit der Lage angefreundet hat.«

»Anfreunden? Es ist Weihnachten, er hat sich lange genug herumgetrieben. Wovon redest du überhaupt? Er kommt nach Hause und arbeitet auf meiner Station, bis wir glauben, dass er das Format hat, Millford zu leiten, Schluss, aus.«

Schön und gut, dachte William, aber er wollte erst dann auf Myles' Rückkehr bestehen, wenn dieser seine Haltung geändert hatte. Wenn man ein freundschaftliches Entgegenkommen für Harriet erwarten konnte.

Die Sonne war, wie in den Tropen üblich, rasch untergegangen. Nur einige einsame Wolken zeigten noch einen sanften orangefarbenen Schimmer, während das Meer dunkel und ruhelos auf den kommenden Sturm wartete. William wandte sich ab und ging nach Hause.

Billy Chinn und Tom Ling waren wieder da, hatten sich bei der Missus demütig für ihre »Ungezogenheit« entschuldigt und exquisite Sträuße aus Jasmin, Orchideen und zartem Farn überreicht.

Mit tief ernster Miene hatte Harriet sie wieder aufgenommen, und nach wenigen Tagen war im Haushalt der Oatleys Ruhe eingekehrt. Auf Williams Anraten kümmerte sich Harriet nicht länger um den Speiseplan, sondern überließ Billy die Entscheidungen; immerhin kaufte er die Vorräte ein und wusste am besten, was verfügbar und frisch war. Sie fürchtete, er könne sich über die Besuchermengen beschweren, doch es störte ihn nicht, und er nahm stolz die Komplimente der Damen für seine Menüs entgegen. Harriet fragte sich, wie sie nur ohne diese beiden Perlen hatte auskommen können, und wäre ihnen am liebsten fortwährend um den Hals gefallen.

Endlich hatte sich alles zum Guten gewendet. Befreit von den nagenden Haushaltssorgen konnte sie die Gegenwart von Pop und William und all den neuen Bekannten genießen. Nun fand sie sogar Zeit, um sich die Stadt näher anzusehen.

Aggie Weston lud sie zum Jahrestreffen ihrer Quilt-Gruppe ein, wo man sie ermutigte, sich dieser Tätigkeit zu widmen. Die Frauen arbeiteten so hervorragend, dass Harriet sofort begeistert war und nur zu gerne mitmachte. Ihr fiel allerdings auf, dass nur Frauen, die auf Stationen lebten, daran teilnahmen.

»Deswegen nennen wir es unser Jahrestreffen«, sagte Aggie lachend. »Die Entfernungen verhindern, dass wir uns öfter sehen.«

»Es ist eine Ehre, daran teilnehmen zu dürfen«, erklärte William ihr später.

»Warum machen die Frauen aus der Stadt da nicht mit?«

»Vermutlich haben sie andere Interessen«, meinte er knapp. Allmählich registrierte Harriet die sozialen Unterschiede in der kleinen Gemeinde.

Lucy Hamilton unternahm mit ihr einen Spaziergang durch Chinatown, durch überfüllte Straßen voller Läden und Hütten, in die sich Harriet niemals allein gewagt hätte. Einmal kam Sibell Hamilton sie im Buggy abholen, damit sie ihr bei ihren karitativen Aufgaben half.

Und so teilte sie kurz darauf im weitläufigen Gefängnis von Fanny Bay Essen und Decken an gefangene Aborigines aus, die erbärmlichsten Gestalten, die sie je zu Gesicht bekommen hatte. Sie waren an die Wände einer stinkenden, verdreckten Halle gekettet, doch Sibell schien das nicht zu stören. Auch zeigte sie keine Angst vor diesen ungepflegten Wilden. Sie kannte einige von ihnen mit Namen, sprach in sanftem Ton mit ihnen, ergriff ihre Hände, lauschte ihren Klagen und versprach, sich für sie einzusetzen, während Harriet, der man das angebotene Essen förmlich aus den Händen riss, von dem Gestank beinahe übel wurde.

Wächter standen zum Schutz dabei, doch sie schienen diese Aktion eher als amüsante Unterbrechung ihrer monotonen Arbeit zu betrachten. Harriet hatte Zweifel, ob ihre Hilfe diesen halb Wahnsinnigen viel nützte; zudem waren es Kriminelle, die eigentlich kein Mitleid verdienten.

Sie war erleichtert, als die Tore hinter ihnen ins Schloss fielen und sie wieder saubere Luft atmen konnte.

»Was für ein schrecklicher Ort!«

Sibell nickte. »Er ist entwürdigend und unmenschlich. Weiße Gefangene werden nicht so angekettet und erhalten bessere Verpflegung. Ich habe mich schon beim Residenten über die Behandlung der eingeborenen Sträflinge beschwert, aber er kennt da kein Mitleid.«

»Welche Verbrechen haben sie begangen?«

»Die gleichen wie weiße Männer, falls sie überhaupt schuldig sind. Die meisten von ihnen wurden aber nur wegen irgendwelcher alter Vergehen einkassiert und hier hineingesteckt, um sie von der Straße zu holen.«

»Sind die Menschen wirklich so grausam?«

Sibell lachte verbittert. »Ich gebe zu, viel weiß ich nicht, aber dessen bin ich mir sicher. Harriet, es ist ein offenes Geheimnis. Ich hoffe, du wirst sie weiter besuchen, nachdem wir heimgekehrt sind. William kann dir eine Erlaubnis besorgen.«

»Ja«, murmelte Harriet, sicher könne er das. Doch dies war nicht die Art von karitativer Arbeit, die ihr vorschwebte. Sie warf einen Blick auf ihren Rocksaum, der völlig verdreckt war. Der faulige Geruch hing ihr noch in der Nase, sodass sie zu Hause alle Kleider auszog und in die Wäschetruhe warf.

Außerdem gab es eine viel interessantere Einladung. Mollard, der Resident, sammelte Spenden für einen Tennisplatz, der bis zur nächsten Trockenzeit gebaut werden sollte, und seine Frau wollte einen Tennisklub gründen. Sie lud Harriet ein, Mitglied in »unserem exklusiven Damenklub« zu werden.

William spendete, verzichtete aber auf eine Registrierung als Spieler.

»Tennis war nie meine Sache, aber du kannst gern mitmachen, Liebes«, sagte er grinsend. »Falls du dich exklusiv genug fühlst!«

Harriet nickte. »Es ist wirklich albern von ihr, das zu schreiben, aber ich mache trotzdem mit. Außerdem spiele ich gar nicht so schlecht.«

Und so verging die Zeit. Die Regengüsse wurden von gelegentlichen Schauern abgelöst und machten dem heißen, trockenen Winter Platz. Die Stationsleute packten für den langen Heimweg, und William gab für Pop Oatley eine Abschiedsparty im *Victoria Hotel.*

Am Tag der Abreise drängten sich die Menschen am Bahnhof, um sich von ihm, den Hamiltons und Westons zu verabschieden.

Harriet wunderte sich ein wenig über die Wahl der Transportmittel. »Viele Leute sind mit dem Wagen gekommen. Warum nehmen nicht alle den Zug?«

»Manche müssen in eine andere Richtung«, sagte William. »Andere behaupten, der Zug sei kaum schneller, was manchmal auch stimmt, doch bequemer ist er allemal. Na ja, alte Gewohnheiten sitzen tief. Wenn wir einen Zug hätten, der fünfzig Meilen pro Stunde fährt, würden die Sturköpfe trotzdem den Wagen nehmen.«

»Aber der Zug fährt nur bis Pine Creek. Pops Station liegt weit davon entfernt, oder nicht?«

»Ja, mehrere Hundert Meilen. Er reitet von da aus.«

»Reiten? In seinem Alter?«

»Du wirst ihn in keinem Wagen erleben«, meinte William lächelnd. »Ist unter seiner Würde. Aber er wird von einigen Männern in Pine Creek erwartet, Stationshelfern, die auch in der Regenzeit arbeiten. Er freut sich schon drauf.«

Die Stadt schien ruhig, nachdem alle abgereist waren, doch in der Luft lag eine neue Energie, die Lethargie der Monsunzeit war verschwunden. William schien ebenfalls über neue Kräfte zu verfügen, die er für die Liebe einsetzte, und bedachte seine Frau mit einem goldenen Armreif, den ein Feueropal schmückte.

Harriet war hingerissen und so glücklich und zufrieden, dass sie ihrer Mutter einen langen Brief schrieb. Kein Jammern und Klagen mehr über die Schwierigkeiten, einen Haushalt in den Tropen zu führen. Der Brief war recht amüsant, und sie verwandte einen ganzen Abend darauf.

Meine liebe Mutter,

ob du es glaubst oder nicht, man kann sich an dieses Monsunklima gewöhnen, obwohl überall die Frösche quaken und das Haus sich in eine Zufluchtsstätte für Kriech- und Krabbeltiere verwandelt. Immerhin ist der Regen warm, und alles trocknet schnell, die Wäsche natürlich ausgenommen, doch seit der Rückkehr meines schlauen Hausboys brauche ich mir darüber keine Sorgen mehr zu machen.

Du hast dich nach der Stadt erkundigt. Nun, ich muss sagen, sie ist alles andere als attraktiv, weder im trüben Grau der Regenzeit noch in der brütend heißen Wintersonne. Die Architektur folgt, wie die Bevölkerung, einer Hackordnung. Die Residenz mit ihrem Hafenblick kommt an erster Stelle, danach kommen die weißen Steinhäuser der Behörden und Banken, gefolgt von einigen anständigen Häusern, unter denen unseres dank seiner Neuheit und der sicheren Hand meines Mannes durch bescheidenen Glanz hervorsticht. Es gibt ein gutes Hotel mit zwei Stockwerken, einige flache Gebäude für die Polizei und das Personal der Telegrafengesellschaft und dann noch das Rathaus.

Die Geschäfte sind altmodisch, unelegant und wirken alle irgendwie provisorisch. Manche haben Markisen, dafür dann aber keine Auslagen im Schaufenster. Danach kommt nur noch der Verfall. Stinkende Hütten und Schuppen drängen sich an Hauptstraßen, dazwischen brach liegende Grundstücke. Doch dazu später mehr.

Ein botanischer Garten von gewissem Niveau verleiht der Stadt, in der man zu viele Bäume für eine Metropole gerodet hat, die es noch gar nicht gibt, einen Anschein von Zivilisation. Hinter dem Garten liegt ein Gefängnis mit herrlichem Ausblick über die Fanny Bay, obgleich ich nicht einsehe, welchen Nutzen die Insassen hinter den dicken Mauern davon haben sollen. Ebenso wenig, weshalb man einen dermaßen idyllischen Ort mit dieser Einrichtung verschandelt hat.

Eine lange, sandige Straße stellt die einzige Verbindung zum Outback dar. Schon bald erreicht man auf ihr den Busch, eine harte, grau-grüne Landschaft, dicht und unermesslich, und man spürt, dass wir tatsächlich am äußersten Rand des Kontinents sitzen, unmittelbar gegenüber von Asien. Zu Füßen der weißen Bevölkerung und des Resident genannten Gouverneurs, der in luftiger Höhe thront, leben Chinesen und Aborigines in unvorstellbarem Elend.

Mein lieber Vater wird als angesehener Bankier sicher verstehen, wie verwundert ich war, als ich erfuhr, dass die hiesige Gesellschaft den Handel mit großer Herablassung betrachtet. Es scheint, dass nur dem Residenten und seiner Frau, einigen Regierungsbeamten und leitenden Angestellten der Telegrafengesellschaft gesellschaftliche Bedeutung zukommt. Die Herren der Telegrafengesellschaft betreiben die Verbindung von London über Java und Darwin bis nach Alice Springs, Adelaide und so weiter. Diese Menschen mit ihren indischen Dienstboten und schicken Buggys benehmen sich alles andere als vornehm, doch ihre Damen geben gemeinsam mit der Frau des Residenten den Ton an. In ihren Augen ist der ganze Rest Dreck unter ihren Füßen.

Eine Ausnahme stellen die Besitzer der Stationen und ihre Familien dar, die man wahlweise Squatter, Viehzüchter, Großgrundbesitzer... oder einfach Bushies nennt. Sie kommen während der Regenzeit in Scharen in die Stadt und stellen die ganze schöne soziale Ordnung gründlich auf den Kopf. Diese Menschen und nicht die aufgeblasenen Regierungsbeamten, die sich selbst so wichtig nehmen, bilden das eigentliche Rückgrat des Territoriums. Die Leute von den Stationen arbeiten hart, kontrollieren riesige Besitzungen und Herden von derartiger Größe, dass einem bei der Erwähnung ganz schwindlig wird. Sie besitzen ihre eigenen formlosen gesellschaftlichen Regeln, legen mehr Wert auf Freundschaft und Spaß als darauf, wer mit wem Umgang pflegt. Dennoch reißen sich die Honoratioren unserer Stadt um ihre Gesellschaft, fühlen sich mit jedem Handschlag dem wahren Reichtum näher, gieren förmlich nach Einladungen zu ihren gesellschaftlichen Veranstaltungen, die der Öffentlichkeit so gut wie verschlossen sind.

Als Einwohner dieser Stadt führen William und ich ein angenehmes Leben. Er ist zwar »nur im Handel« tätig, gleichwohl sind er und sein Vater aber auch angesehene Stationsbesitzer, und man kann ihn gesellschaftlich nicht übergehen. William mit seinen demokratischen Neigungen ist nicht sonderlich erpicht auf soziale Vorteile, die in einem Schmelztiegel wie Darwin seiner Ansicht nach fehl am Platze sind, doch du wirst mir beipflichten, Mutter, dass die Einhaltung gewisser Rangordnungen einfach nötig ist.

Oft gibt es Veranstaltungen in der großen Halle der Resi-

denz – Mittagessen, Dinnerpartys, Abendgesellschaften, sogar Bälle, obwohl der Steinboden dem Tanz kaum zuträglich ist. Leider muss ich sagen, dass die bunten Seiden- und Satinstoffe, die ich in Singapur gekauft habe, vor Motten geschützt in meinem Schrankkoffer schlummern, denn hier trägt man Weiß. Die Damen behaupten, wegen der Hitze sei dies die einzig vernünftige Wahl. Seide, Musselin, Baumwolle, Kattun, Dimitz, Organdy – alles in Weiß, reichlich monoton. Wir segeln wie Schwäne auf einem Meer aus Schwarz und Weiß. Beim Mittagessen saßen wir einmal in weißen Kleidern und ausladenden gleichfarbigen Hüten bei Tisch, doch einige ältere Damen von den Stationen konnten oder wollten nicht die passenden Hüte aufsetzen. Sie saßen mürrisch in weißen Kleidern und schwarzen Filzhüten da, die an Teewärmer erinnerten und ziemlich komisch aussahen.

Doch nun zu den unbebauten Grundstücken.

Wir verfügen über einen Bezirksrat aus sechs gewählten Mitgliedern, zumeist Geschäftsleuten, der regelmäßig zusammentritt. Einer von ihnen ist Chinese; ein anderer konnte während der vergangenen sechs Monate nicht teilnehmen, da er wegen Finanzkriminalität hinter Gittern sitzt. Muss ich noch mehr sagen?

Das Hauptproblem dieses Rates ist sein Geldmangel, denn nur wenige der Einwohner und abwesenden Grundbesitzer bezahlen ihre Steuern. Bei der letzten Überprüfung waren weniger als fünfzig Leute mit ihren Zahlungen auf dem neuesten Stand. Manche haben noch nie etwas bezahlt, darunter übrigens auch der Graf von Rosebury und der Herzog von Manchester, die beide große freie Flächen in der Stadt besitzen. William sorgt sich deswegen und hat mit dem Gedanken gespielt, sich selbst zur Wahl zu stellen. Er wollte einen Weg finden, um die Zahlung zu erzwingen, nachdem die Androhung rechtlicher Schritte nichts gefruchtet hat. Wenn sich Leute über fehlende Einrichtungen in Darwin beschweren, wird er wütend und weist auf die finanzielle Hilflosigkeit des Rates hin.

Ich habe ihm gesagt, er würde dort nur sein Talent vergeuden. Er solle mit den Herren der südaustralischen Regierung sprechen, mit denen er bekannt ist, und sich als nächster Resident bewerben. Niemand im Territorium ist besser für diese Aufgabe geeignet als mein William, und niemand könnte, mit Verlaub, diesen Posten schlechter bekleiden als der augenblickliche Inhaber, der nur selten Pine Creek, Alice Springs oder andere Siedlungen im Outback besucht, deren Verwaltung er eigentlich vorsteht. Außerdem mangelt es ihm offenbar an der notwendigen Integrität, um wichtige Entscheidungen über das Schicksal dieses Außenpostens zu treffen. Er und seine zimperliche Frau haben zu viel mit ihren gesellschaftlichen Verpflichtungen zu tun, um sich um die Stadt, die Furcht erregenden Auseinandersetzungen zwischen Weißen und Aborigines, die täglich im Outback stattfinden, und den miserablen Zustand des Hafens zu kümmern. William würde Zeichen setzen, dessen bin ich gewiss, aber ich muss wohl so denken, schließlich bin ich seine Frau.

Die, du wirst dich freuen, das zu hören, nach wie vor regelmäßig den Sonntagsgottesdienst in der protestantischen Kirche besucht, einem Fertigbau, da die alte Kirche vor einigen Jahren einem Wirbelsturm zum Opfer gefallen ist. In der Regenzeit bringt mich mein Mann freundlicherweise mit dem Buggy zur Kirche, nimmt aber nach wie vor nicht am Gottesdienst teil. Leider steht er auf der Seite der Glaubensgegner, daher bete ich für ihn. Reverend Walters liest eine gute Messe, begleitet vom Trommeln des Regens und den Einwürfen ergrauter Buschbewohner, die abweichende Meinungen offen kundtun. Manche von ihnen bringen auch ihre Hunde mit und sind mit ihren schlagfertigen Bemerkungen eigentlich ganz amüsant, doch darf man dieses Benehmen natürlich nicht durch Lächeln ermutigen. William lacht sich scheckig, wenn ich ihm von den Vorgängen in unserer kleinen Kirche berichte. Letzten Sonntag zog er vor einigen dieser Männer tatsächlich den Hut und teilte mir mit, es seien Krokodil- und Büffeljäger!

So weit meine Erzählungen aus dem hohen Norden. Es ist ein sonderbarer Ort, aber keineswegs eintönig, du musst uns unbedingt besuchen kommen. Wenn es das Wetter erlaubt, reisen wir demnächst auf die Viehstationen der Oatleys im Landesinneren: Das wird ein richtiges Abenteuer.

Ich sende dir, liebe Mutter, meine herzlichsten Grüße.

Deine dich liebende Tochter

Harriet

10. KAPITEL

AN DIESEM SONNTAGMORGEN war William bester Laune und beschloss, Harriet von der Kirche abzuholen. Er machte einen Umweg am Hafen vorbei, um sich die amerikanische Brigg anzuschauen, die dort vor Anker lag. An Bord befanden sich zwei potenzielle Investoren, mit denen er sich am nächsten Morgen treffen wollte. Die Herren aus Seattle korrespondierten seit beinahe einem Jahr mit William; ihre Verträge über die Investition in Kupferminen standen vor dem Abschluss.

Als vorsichtige Geschäftsleute hatten sie die Anwesenheit des Residenten und des Leiters des Bergbauministeriums bei der Besprechung verlangt. William hatte nichts dagegen einzuwenden.

»Kein Problem«, sagte er zu Lawrence Mollard. »Sie kennen mich schließlich nur aus meinen Briefen, obgleich Sie vermutlich schon Erkundigungen eingezogen haben, bevor Sie die weite Reise antraten. Ihre Gegenwart wird sicher eventuelle Bedenken aus dem Weg räumen.«

»Ebenso wie meine Kenntnis der rechtlichen Fragen bei Pachtverträgen. Diese Neulinge werden meine Erfahrung zu schätzen wissen. Wie hieß doch gleich die Firma?«

»Garfield Perdoe Incorporated«, antwortete William mit einem diskreten Hüsteln. »Ich nehme die Aufgaben eines Beraters wahr.«

»Das ist mir bekannt. Und ich glaube, Sie bekommen ein nettes Stück vom Kuchen. Es geht um Kupfer, nun, mein Bereich sind mehr die Goldminen. Ernsthafte Investoren würden gut daran tun, sich auf mein Urteil zu verlassen.«

»Gewiss, Lawrence, und wir haben die Möglichkeit von

Goldminen auch bereits in Betracht gezogen, aber die Herren sind nicht interessiert.«

»Wirklich nicht? In Pine Creek ist immer noch Gold zu holen. Denken Sie daran, ich muss Investitionen im Territorium fördern, unsere Mittel sind denkbar knapp ...«

»Ganz Ihrer Meinung. Vielleicht sollten wir zunächst das Kupfergeschäft abschließen. Pachten dieser Größenordnung werden Tausende Pfund in die Kassen der Regierung spülen. Bringen Sie Barlow vom Bergbauministerium mit. Er weiß schon über alles Bescheid und hat Berichte von Gutachtern zur Hand, sodass er zusätzliche Informationen liefern kann.«

»Sehr schön. Wo findet das Treffen statt?«

»In einem Nebenzimmer des *Victoria Hotel,* am Tag nach der Landung, gefolgt von einem Mittagessen.«

»Auf Ihre Kosten?«

»Selbstverständlich.«

»Gut, Sie können auf mich zählen. Christy ist ein kluger Bursche. Er kann mit ihnen reden und einen Empfang in der Residenz arrangieren. Das wird sie beeindrucken.«

William bezweifelte es. Die Mollards waren für ihre kärglichen Mahlzeiten bekannt, doch das Protokoll musste eingehalten werden. Die Amerikaner, die ein eigenes Schiff für die Reise gechartert hatten, waren wichtige Leute und gut und gern ebenso reich wie jeder Brite, der Darwin mit seinem Besuch beehrte. Ihre Investitionen waren bedeutend für das Territorium, denn es litt sehr unter der Vernachlässigung durch die Regierung im fernen Adelaide. Dort weigerte man sich, auch nur die notwendigsten Mittel bereitzustellen. Die Stadt wirkte heruntergekommen, das Krankenhaus war eine Schande, der Hafen primitiv ...

»Eine vergessene Stadt«, seufzte William, als er über die Esplanade ging. Kein Wunder, dass die Leute nichts für ihre Grundstücke bezahlen wollten. Es gab dort weder gepflasterte

Gehwege noch Rinnsteine, ganz zu schweigen von einer anständigen Kanalisation.

»Und das hier ist die Hauptstadt«, fügte er hinzu. Immerhin bot die Esplanade mit dem gepflegten Park am Meer ein elegantes Bild.

Er sah auf seine Taschenuhr und beschleunigte den Schritt. Mit einem konnte er seine Gäste sicher erfreuen ... einer anständigen Mahlzeit. So luxuriös die Unterbringung an Bord auch sein mochte, frisches Essen würden sie am Ende einer langen Seereise gewiss zu schätzen wissen. William hatte Mrs. Ryan vom *Victoria Hotel* gebeten, ihr Bestes aufzutischen. Und das Beste war herausragend.

Eigentlich freute er sich schon selbst auf ihre Küche.

Er bog um die Ecke und ging auf die Kirche zu. Nicht nur Emily Mays Tod hatte ihn der Religion entfremdet. Ihr Verlust war lediglich der Auslöser gewesen, damals hatte er seinen Glauben in Frage gestellt. William hatte nach seiner blinden Überreaktion auf den Tod seiner Frau sein eigenes Verhalten unter die Lupe genommen. Alles hatte mit einem gegen Gott gerichteten Zorn begonnen, der zuließ, dass eine Frau aus seiner Herde, die den Herrn aus tiefstem Herzen liebte, so jung starb. Von dort aus driftete er in eine Art Niemandsland, während ihm Geistliche und Freunde mit der immer gleichen Geschichte vom Willen Gottes kamen und der Mahnung, man solle den Ratschluss des Herrn nicht in Zweifel ziehen.

Eines Morgens nach seinem Umzug in die Stadt war ihm klar geworden, dass niemand wusste, wovon er eigentlich sprach. Er selbst am allerwenigsten. Also beschäftigte er sich zwei Jahre lang in seiner einsamen Wohnung neben dem Büro eingehend mit Religion. Er las Bücher über sämtliche Weltreligionen und weniger bekannte Glaubensgemeinschaften. Er akzeptierte die Güte als grundlegendes Prinzip, lehnte die von Menschen aufgestellten Regeln jedoch ab.

Er begegnete Missionaren vom Daly River, die ihr Leben aufs Spiel setzten, um einige der militantesten Aborigines des Nordens zu bekehren.

William war im Busch mit Aborigines aufgewachsen. Er kannte so viele von ihnen und war mit ihrer Kultur derart vertraut, dass er nur staunen konnte, als ihm ein blässlicher, frömmelnder Missionar namens Walters versicherte, die Bekehrungen seien erfolgreicher, als sie sich in ihren kühnsten Träumen ausgemalt hätten. Innerhalb weniger Jahre werde man alle frei lebenden Schwarzen zum Christentum bekehren.

»Unsinn!« William war förmlich explodiert. »Wie wollen Sie das schaffen?«

»Indem wir sie die Liebe lehren, Sir. Die Nächstenliebe. Die christliche Lebensweise als Gegenentwurf zu ihren heidnischen Gepflogenheiten.«

»Sicher, Christen sind ein herrliches Vorbild. Ermorden ganze Familien, vergewaltigen und töten ihre Frauen, bringen die Kinder um ... die Aborigines sind nicht dumm, Sie werden sie nicht bekehren. Es spricht nicht viel für das Christentum, das Sie verkaufen. Liebe? Welche Liebe denn? Die Schwarzen haben nichts davon gesehen. Vergessen Sie es.«

»Wollen Sie behaupten, Sie seien ohne Schuld, Mr. Oatley?«, fragte der Missionar mit zitterndem Schnurrbart.

»Wir sind alle bloß Eindringlinge, aber einige von uns bemühen sich nach Kräften, darunter auch meine Familie. Auf unserem Land sind sie wenigstens geschützt.«

»In diesem Fall verlangt die Bibel, dass man sie dem Christentum zuführt, sonst leugnen Sie Ihre Pflicht gegenüber dem Herrn. Gott helfe Ihnen, Mr. Oatley, wenn Sie diese Gelegenheit nicht nutzen.«

»Gott hat damit gar nichts zu tun«, sagte William müde.

Dies war das Ende seiner Expedition in die Traumwelt des Glaubens, der Albernheiten, die so weit führten, dass Damen in der Kirche Hüte tragen mussten, um nicht ein Wesen zu verärgern, das nach neuesten Berechnungen mehrere Millionen Jahre alt sein musste.

Um Harriets Gefühle zu schonen, hatte William seine Ansichten für sich behalten und auch nicht erwähnt, dass der Missionar vom Daly River mittlerweile Vikar ihrer Kirche geworden war. Er hieß nun Reverend Walters und diente der protestantischen Gemeinde, der einzigen Kirche, die neben der katholischen in Darwin existierte.

Er traf ein wenig verspätet bei der Kirche ein, und Harriet wartete schon auf ihn. Sie befand sich in Begleitung von Walters höchstpersönlich, dessen buschiger Schnurrbart gestutzt war und der seine weiße Tropenkleidung gegen einen würdevollen schwarzen Talar eingetauscht hatte.

»William!« Seine Frau begrüßte ihn mit einem Lächeln. »Reverend Walters hat schon auf dich gewartet. Es gibt Neuigkeiten. Wir werden bald Nachbarn sein.«

»Nachbarn? Was soll das heißen?«

»Wir haben das freie Grundstück gleich neben Ihrem gekauft«, antwortete der Reverend aufgeregt. »Endlich bekommen wir unsere neue Kirche, eine anglikanische Kirche. Unser Bischof in Adelaide hat letzte Woche die Gelder bewilligt.«

William war verblüfft. »Welches freie Grundstück? Mir gehören die Grundstücke links und rechts von meinem Büro.«

Seine Frau lachte. »Ach, Schatz, der Reverend meint das Land neben unserem Wohnhaus. Ich bin so froh, wenn endlich das ganze Unkraut wegkommt, es steckt bestimmt voller Schlangen.«

»Neben meinem Haus?«, fragte William fassungslos. »Sie wollen dort eine Kirche bauen? Das werden wir ja sehen!«

»William, nun hab dich nicht so«, rief Harriet, doch er wandte sich an Walters.

»Denken Sie noch einmal darüber nach, Reverend. Ich möchte aus meinem Fenster nicht auf eine Kirche samt einem

Haufen Frömmler blicken. Die Esplanade ist kein geeigneter Ort dafür. Bauen Sie sie an der Smith Street oder sonst wo, es gibt genügend Bauland in dieser Stadt.«

Walters behauptete sich. »Tut mir Leid, dass Sie es so empfinden, Oatley, aber unsere Entscheidung ist gefallen. Das Land gehört nun der Kirche, und ein Architekt in Adelaide entwirft bereits die Pläne. Und was die Esplanade betrifft«, fügte er bissig hinzu, »so kann sie eine Kirche vertragen; schließlich hat sie seit Jahren mit einem Hotel gelebt. Die Diskussion erübrigt sich daher. Ich wünsche Ihnen, Sir, und Ihnen, Mrs. Oatley, einen guten Tag.«

»Das werden wir noch sehen!«, rief William ihm hinterher. »Die bauen keine Kirche neben meinem Haus«, sagte er zu Harriet.

Ihr war die Sache peinlich. »Wie kannst du nur so unhöflich sein? So kenne ich dich gar nicht. Und ausgerechnet zu Reverend Walters. Ich verstehe nicht, weshalb du dich so aufregst.«

»Hast du denn nicht zugehört?«, knurrte er. »Ich will keine Kirche neben meinem Haus haben. Ich lasse mir meinen Sonntag nicht von Psalmensängern ruinieren.«

»Es gibt wahrhaftig Schlimmeres. Ein zweites Hotel, zum Beispiel.«

»Auch das möchte ich nicht. Und hör bitte auf, mit mir zu streiten. Ich kann auf deine schwachköpfigen Bemerkungen gut verzichten!«

Sie gingen schweigend heim. William zeigte ihr nicht wie geplant die Brigg, sondern eilte an seinen Schreibtisch, um entsprechende Eingaben zu verfassen. Harriet war den Tränen nahe. Ihr Mann mochte manchmal etwas knurrig sein, doch nie zuvor hatte sie ihn so zornig und uneinsichtig erlebt.

Die ersten echten Schwierigkeiten tauchten am folgenden Montagmorgen auf.

William empfand seine Besucher, Theodore Perdoe und

dessen Sohn Jay, als gut gelauntes Paar, das seine Pazifikkreuzfahrt und das Inselhüpfen in Richtung Darwin genossen hatte. Sie bezeichneten es als unvergessliches Abenteuer.

Er hatte sie am Hafen getroffen, war mit ihnen den kurzen Weg zum Hotel zu Fuß gegangen und freute sich über das Interesse, mit dem sie ihrer Umgebung begegneten.

Perdoe senior war keineswegs enttäuscht von Darwin. »Bei Gott, eine echte Pionierstadt, was? Sieht aus, als wären wir in der Wildnis angekommen, Jay. Gar nicht mit den anderen Häfen zu vergleichen. Erinnert mich an unseren Wilden Westen von früher. Cowboys mitten in der Stadt.«

William lachte. »Wir nennen sie Viehhüter.«

»Viehhüter? Ehrlich? Ja, das macht Sinn. Jay, du musst die Sprache lernen. Jay ist Geologe, William, ein verdammt guter sogar. Wenn wir die Sache ans Laufen kriegen, kommt er zurück und arbeitet auf unseren Pachtgrundstücken. Behält die Sache im Auge.«

»Das freut mich zu hören«, sagte William. »Falls Sie irgendetwas brauchen, stehe ich zur Verfügung.«

Jay grinste. »Als Erstes wohl ein paar gute Pferde.«

»Kein Problem, ich kümmere mich persönlich darum.«

»Vielen Dank, Sir, ich weiß das zu schätzen.«

Es gab genügend Gesprächsstoff, während sie im Hotel auf Mollard und dessen Begleiter warteten. Die beiden Männer standen noch ganz im Bann ihrer Reise, und William hörte interessiert zu. Es wurde immer später, der Resident war noch nicht erschienen, und William fühlte sich allmählich unbehaglich.

Schließlich entschuldigte er sich. »Einen Moment, meine Herren, ich schaue nach, was den Residenten aufgehalten hat.«

»Wer ist denn das?«, erkundigte sich Perdoe senior.

»Mr. Mollard ist der Resident, unsere Bezeichnung für den Gouverneur, denn wir sind offiziell kein eigener Staat, sondern ein Südaustralien angeschlossenes Territorium. Eigentlich ist er der Chef der Verwaltung.«

»Ich schätze, Zeit hat hier keine große Bedeutung«, erwiderte Perdoe gutmütig und zündete sich eine Zigarre an. William nickte und entschwand zu Mrs. Ryan. Er bat sie, den Herren auf Wunsch Kaffee oder Drinks zu servieren.

Er wollte gerade einen Hotelangestellten in die Residenz schicken und selbst ins Bergbauministerium eilen, um Barlow zu holen, als Captain Christy Cornford, der Adjutant des Residenten, hereinmarschierte.

»Gott sei Dank«, sagte William, »Sie haben sich um beinahe eine Stunde verspätet. Wo steckt er? Haben Sie Barlow mitgebracht?«

Der hoch gewachsene, elegante Christy, ein ehemaliger britischer Offizier, wirkte zerknirscht. »Es tut mir Leid, aber Seine Exzellenz wird bei diesem Treffen nicht zugegen sein. Das Gleiche gilt auch für Barlow.«

»Wie bitte? Ist er verrückt geworden? Diese Herren sind seriöse Investoren mit den besten Referenzen. Er kann sie nicht einfach vor den Kopf stoßen.«

»Mr. Mollard scheint der Ansicht zu sein, dass er zum Zwecke Ihrer eigenen Bereicherung ausgenutzt wird. Ich konnte ihn nicht vom Gegenteil überzeugen.«

»Verdammter Unsinn! Versteht er denn nicht, dass die Erschließung von Kupferminen im von Garfield Perdoe geplanten Umfang weit über die Möglichkeiten Australiens geht? Für das Territorium sind diese Herren wichtiger als für mich. Sagen Sie ihm, wir warten auf ihn.«

»Ich habe meine Anweisungen, Sir. Mr. Mollard hat bereits anderweitige Verabredungen getroffen. Wo sind diese Herren?«

»Drinnen ... Ich werde mit Mr. Mollard noch darüber sprechen.«

William brauchte einen Moment, um seine Fassung wiederzuerlangen. Dann fiel ihm ein, dass er Mrs. Ryan mitteilen musste, es würden nur drei Gäste zum Essen anwesend sein.

»Was ist aus Mollard und Konsorten geworden?«, erkundigte sie sich.

»Der Idiot hat mich im Regen stehen lassen.«

Sie zuckte die Achseln. »Was soll's, kein schwerer Verlust.«

»In diesem Fall schon. Die Herren benötigen eine offizielle Zusicherung, bevor sie Verträge über Investitionen unterzeichnen, die sie Hunderttausende Pfund kosten.«

Doch als er in das Nebenzimmer zurückkehrte, fand er zwei fröhliche Gäste vor.

»Sieht aus, als würde der Boss es heute nicht schaffen«, meinte Perdoe. »Aber er gibt abends einen Empfang für uns.« Er schwenkte die handschriftliche Einladung, die er offensichtlich von Cornford erhalten hatte. »Nett von ihm, das so kurzfristig zu organisieren. Sein Adjutant sagt, wir würden zum Abendessen und Tanz in die Residenz gebeten. Im großen Stil, Jay. Sieht aus, als müssten die Stewards unsere Abendkleidung lüften.« Er lachte. »Seit Honolulu haben wir die nicht mehr gebraucht. Ich musste Jay von dort förmlich wegschleifen, er war hin und weg. William, das ist vielleicht eine Stadt! Voller tanzender Mädchen. Haben uns prächtig amüsiert.«

William führte sie zu Tisch, wo sich die beiden für das ausgezeichnete Essen und die guten Weine begeisterten. Sie luden Mrs. Ryan sogar ein, sich zu ihnen zu gesellen, und gratulierten ihr zu ihrer Küche. Bevor sie kam, hatten sie über das Minenproblem gesprochen und waren noch in die Diskussion vertieft, doch Perdoe senior verschob die Unterhaltung auf einen späteren Zeitpunkt.

»Es ist einfach schön, wieder festen Boden unter den Füßen zu haben«, bemerkte er, »und an einem Tisch zu sitzen, der nicht schaukelt, dazu gutes Essen und nette Gesellschaft. Trinken Sie, William, mein Sohn und ich haben alle Zeit der Welt. Sie haben auch einen Sohn, nicht wahr? Wo steckt er?«

»In England.«

»Schade, wir hätten gern seine Bekanntschaft gemacht. Nun, Mrs. Ryan, wie kommt eine Dame wie Sie in ein Hotel am Ende der Welt, weit oben im wilden Norden?«

William gab den Gedanken an geschäftliche Gespräche endgültig auf. Perdoe war nicht nur kräftig gebaut, auch seine Persönlichkeit war unerschütterlich. Er hatte die Führung übernommen und war guter Laune, während sein Sohn von ihren unglaublichen Abenteuern berichtete. Trotz seines Ärgers über Mollards Verhalten amüsierte William sich ganz gut. Er wusste nicht, wann er zuletzt so viel gelacht hatte, und Mrs. Ryan war so guter Stimmung, dass sie alle drei zum Abendessen an einem Tag ihrer Wahl einlud. »Auf Kosten des Hauses.«

Jay nahm mit einer schwungvollen Verbeugung an, jedoch nur unter der Bedingung, dass sie ihnen Gesellschaft leistete und mehr von ihren Erlebnissen als Goldsucherin erzählte. Sie und ihr Mann hatten damit genug verdient, um dieses Hotel zu eröffnen.

Sie kehrten zum Schiff zurück. Mit brummendem Schädel stieg William die Stufen vom Hafen zur Residenz hinauf. Er war es nicht gewöhnt, schon mittags Alkohol zu trinken, die Sonne brannte ungewöhnlich heiß, und sein Zorn über Mollards Fernbleiben flammte wieder auf.

Cornford kam ihm an der Tür der Residenz entgegen. »Was kann ich für Sie tun, Mr. Oatley?«

»Ich möchte Mr. Mollard sprechen.«

»Tut mir Leid, er ist nicht zu Hause.«

»Wann findet denn der Empfang heute Abend statt? Der Ehrengast hat mir bereits mitgeteilt, dass es ein Abendessen mit anschließendem Tanz geben wird. Was darf ich meiner Frau sagen?«

Christy zupfte nervös an seinem gestärkten Kragen und warf einen Hilfe suchenden Blick über die Schulter.

»Ich kann mich nicht erinnern, Ihren Namen auf der Gästeliste gelesen zu haben«, sagte er zaghaft.

»Wie bitte?«

»Soll ich es überprüfen?«

»Nur zu.«

»In Ordnung.«

William schritt wütend hin und her. Heute Abend hatte er ein Hühnchen mit Mollard zu rupfen. Dieser Idiot vermasselte die beste Chance, die sich dem Territorium seit Jahren geboten hatte. Besaß der Mann denn keinen gesunden Menschenverstand?

»Ich hatte leider Recht«, teilte Christy ihm mit.

»Ich bin nicht eingeladen?«

»Das ist korrekt.«

»Verstehe. Dann richten Sie ihm Folgendes aus: Wenn er das Geschäft mit Garfield Perdoe in den Sand setzt, sorge ich dafür, dass der Premierminister von Südaustralien von seiner Inkompetenz erfährt. Darauf gebe ich Ihnen mein Wort!«

William marschierte aufgebracht nach Hause. Dieser Mistkerl Mollard wollte selbst Berater bei diesem Geschäft werden und die Provision einstreichen, ein grober Verstoß gegen den Kodex seines hohen Amtes. Schlimmer noch, was würde geschehen, wenn er nun die heiklen Verhandlungen vermasselte? Die Organisation von Minengeschäften erforderte gründliche Vorbereitung, grundsolide Informationen und einen makellosen Ruf als Geschäftsmann. Dazu natürlich die Zusage von Regierungssubventionen aus Adelaide, die schwer zu bekommen war, und William hatte bereits ein schriftliches Angebot vorliegen. Er brauchte nur noch die Unterschrift von Theo Perdoe unter den komplizierten Verträgen.

Als er die Haustür hinter sich zuschlug und den Hut auf den Ständer warf, hatte sich sein Kopfschmerz in das Dröhnen einer Kesselpauke verwandelt.

Tom Ling stand bereit.

»Ich muss mich hinlegen«, sagte William. »Bring mir etwas gegen Kopfschmerzen, und zwar schnell.«

»Tut mir Leid, Boss, schlimm, schlimm, ja, legen hin. Ich helfe. Werden sehen. Hinlegen. Tom macht Boss heil.«

Er eilte davon, und William ging ins Schlafzimmer, wo er Jackett, Krawatte, Hemd und Schuhe auszog und sich auf sein Bett fallen ließ. Irgendwann stürmte Tom mit einer weißen Mixtur herein, die er trotz ihres üblen Geschmacks hinunterkippte. Er kannte Toms Heilmittel und wusste, dass sie ihre Wirkung taten.

Schon bald schlief er tief und fest.

Die Dosis musste höher als üblich gewesen sein, denn William erwachte vom ersten Hahnenschrei. Er tappte zum Fenster, um seine morgendlichen Atemübungen zu absolvieren. Der Gedanke an Mollard ärgerte ihn nach wie vor, doch er hatte so lange und gut geschlafen, dass seine Laune sich beträchtlich gebessert hatte. Ihm blieb genügend Zeit, um ein ernstes Wort mit diesem Herrn zu sprechen.

Er wollte gerade in die Küche gehen und sich eine Tasse Tee holen, als Harriet ihn ansprach.

»So willst du dich also davonschleichen.«

William drehte sich um. »Wie bitte? Ich dachte, du schläfst. Möchtest du Tee? Es ist noch früh, aber da du schon wach bist ...«

»Ich will gar nichts«, fauchte sie. »Außer einer Entschuldigung.«

Er lächelte. »Ja, es tut mir Leid, ich habe einfach durchgeschlafen. Du hättest mich wecken sollen.«

»Wirklich? Zuerst beleidigst du mich auf offener Straße. Dann kommst du betrunken nach Hause ...«

»Entschuldigung, Madam. Ich habe dich nicht beleidigt und war auch nicht betrunken.«

»Und ob. Du bist hereingekommen und auf dem Bett zusammengebrochen. Ich habe erst gemerkt, dass du zu Hause bist, als ich hereinkam. Dann war ich gezwungen, allein zu essen. Tom Ling musste dich ausziehen. Es ist eine Schande.«

William blinzelte. Allmählich kam die Erinnerung wieder. Tom hatte die Lampen angezündet und ihm sein Nachthemd gereicht. »Boss kann nicht so schlafen, zu eng.« Und er hatte schläfrig gehorcht. Ohne Zweifel hatte ihn das Opium derart lahm gelegt. Doch was immer Toms Heilmittel auch enthalten haben mochte, er war nicht in der Stimmung für eine Szene. Er verließ wortlos das Schlafzimmer und schloss leise die Tür hinter sich.

William schickte seinen Sekretär zu Theo und Jay, um eine weitere Besprechung zu arrangieren. Dann ging er zur Residenz, wo ihm erneut Christy entgegentrat und erklärte, Seine Exzellenz werde ihn nicht empfangen.

»Was soll das heißen? Will mich heute nicht empfangen und morgen auch nicht. Was ist mit den Perdoes?«

»Dies war die Nachricht, die ich Ihnen überbringen sollte.«

»Dann vereinbaren Sie einen Termin für mich.«

»Gut, ich lasse es Ihren Sekretär wissen.«

Leo kam mit der Nachricht zurück, dass die Amerikaner zum augenblicklichen Zeitpunkt keine Möglichkeit für ein Treffen sähen. Den ganzen Tag über wartete er vergeblich auf ein Wort von Mollard.

Dann erfuhr William, dass der Resident eine Safari für die Perdoes organisiere, bei der sie eine Viehstation besuchen und er ihnen unterwegs einige der spektakulären Quellen und Schluchten zeigen wolle. Er begriff, dass man ihn mit voller Absicht von den Verhandlungen ausschloss.

Leider begegnete er Mollard auf der Straße. Er unterdrückte seinen Zorn und erkundigte sich höflich, wann sie die geschäftlichen Besprechungen mit den Amerikanern aufnehmen könnten.

Mollard starrte ihn an. »Ich bin erstaunt, dass Sie mich

noch immer belästigen, obwohl Sie meine Aufgabe doch so viel besser erfüllen können.«

»Wovon reden Sie eigentlich? Ich habe Cornford gesagt, dass ich nicht aus Eigennutz Ihre Hilfe gesucht habe, sondern an die Interessen des Territoriums denke. Ich würde gern auf mein Beraterhonorar verzichten, wenn es diesem Unternehmen dienlich wäre. Die Verträge liegen bereit ...«

Der Resident fiel ihm ins Wort. »Falls Sie Beschwerden über meine Amtsführung haben, können Sie sich an Adelaide wenden. In der Zwischenzeit lassen Sie bitte Mr. Perdoe in Ruhe. Ich bin durchaus in der Lage, diese Angelegenheit allein zu regeln.«

Er schlenderte grußlos davon und ließ William wie vom Donner gerührt auf der Straße stehen. Mollard schien eine imaginäre Beleidigung als Vorwand zu benutzen, um seine Verbindung mit Perdoe zu zerstören und selbst seine Position einzunehmen. Doch wie konnte das sein? Die Verträge, die sich in seinem Besitz befanden, waren vom Bergbauministerium in Adelaide aufgesetzt und genehmigt worden.

Und was sollte dieses Gerede heißen, er könne Mollards Aufgabe so viel besser erfüllen? Zugegeben, wie die meisten Geschäftsleute Darwins war er wenig beeindruckt von dessen Vorstellung als Resident, verspürte aber keinerlei Ehrgeiz, sich selbst an dieser Aufgabe zu versuchen. Offensichtlich war das alles nur eine falsche Fährte, mit der er Williams Beziehung zu den Amerikanern sabotieren wollte.

Er eilte zurück ins Büro, verfasste ein langes Telegramm an den Bergbauminister in Adelaide, in dem er um eine Klarstellung seiner Position bat, und schickte Leo damit zum Telegrafenamt.

Die knappe Antwort des Inhalts, dass der Resident die Sache in die Hand genommen habe und ihm alle Verträge und diesbezüglichen Unterlagen zu übergeben seien, traf zwei Tage später ein.

»Na schön, wenn sie es so haben wollen. Pack das Zeug zusammen, Leo, und bring es in sein Büro. Mal sehen, ob der Narr es versteht. Ich möchte kein Wort mehr darüber hören.«

Doch Mrs. Ryan war besorgt. »Mr. Perdoe hat mich aufgesucht, bevor er zur Mangalow Station gefahren ist. Er entschuldigte sich, dass er und sein Sohn meine Einladung zum Essen nicht annehmen könnten, wenn Sie anwesend seien. Es gäbe anscheinend ein protokollarisches Problem, und er wolle den ›Gouverneur‹ nicht verärgern. Außerdem richtet er Ihnen seine besten Grüße aus.«

William beschloss, nichts mehr zu unternehmen. Noch war sein guter Name nicht beschädigt. Er würde von sich aus keinen Kontakt zu Garfield Perdoe aufnehmen und sich ganz gewiss nicht dazu herablassen, von Lawrence Mollard in die Welt gesetzte Gerüchte zu dementieren.

»Von wegen Protokoll«, murmelte er, als er sein Büro verließ, um zu seiner Frau heimzukehren, die noch immer schlecht gelaunt war. Er hatte sich geweigert, sich für seinen »angetrunkenen Zustand« zu entschuldigen. Die Erklärung, dass er ein fröhliches Mittagessen mit Gästen genossen hatte, musste reichen. William war verblüfft, als Harriet es vorzog, ihm nicht zu glauben, um sich für sein Wort von den schwachköpfigen Bemerkungen zu rächen. Dafür hätte er sich bereitwillig entschuldigt, doch nun war es zu spät. Für derartige häusliche Bagatellen hatte er im Moment keinen Sinn.

»Und wenn ich nun betrunken gewesen wäre?«, murmelte er bei sich, als er zur Esplanade ging. »Das hätte ihr doch nicht wehgetan.«

Obgleich sie noch wütend auf ihn war, hatte Harriet sich entschlossen, den unerfreulichen Zwischenfall nicht mehr zu erwähnen und ihren Ehemann freundlich zu begrüßen. Erst jetzt erfuhr sie, dass er sich mit Mollard entzweit hatte und ein wichtiges Geschäft mit den amerikanischen Besuchern gescheitert oder, besser gesagt, von Mollard übernommen worden war. Das erklärte Williams Wut, doch sie verstand nicht, weshalb er sich noch immer so aufregte. Er war nicht zum ersten Mal mit Mollard in Streit geraten und hatte genügend andere Geschäfte laufen. Auf dieses Honorar war er nicht angewiesen.

Doch ihr Ehemann blieb die ganze Woche über, in der Mollard und die Amerikaner auf ihrer Safari waren, niedergeschlagen und verschlossen. Sie wusste nicht, ob er nur an die Kupferminen dachte oder enttäuscht war, dass man ihn nicht zur Safari eingeladen hatte, denn schließlich kannte er die Gegend besser als Mollard oder irgendeiner seiner Begleiter. Vermutlich machten sie sich einfach eine schöne Zeit. Harriet wagte nicht, dieses Thema oder auch die Frage des freien Grundstücks neben ihrem Haus anzuschneiden. Wann immer ihr Blick darauf fiel, wurde sie unruhig. William hatte nicht mehr darüber gesprochen, daher hoffte sie, er habe sich in das Unvermeidliche gefügt.

Doch weit gefehlt. William hatte Beschwerde beim Stadtrat eingelegt. Einen Anwalt engagiert, der sich die Angelegenheit anschauen, einen warnenden Brief an den anglikanischen Bischof in Adelaide verfassen und darin erklären sollte, der Bau einer Kirche an dieser Stelle werde in der Stadt auf heftigen Widerstand stoßen. Auch war er dabei, die Besitzer benachbarter Grundstücke, darunter auch Zack Hamilton, davon zu unterrichten, dass sie ihre Beschwerden umgehend einlegen müssten.

Schließlich kehrten die Reisenden nach Darwin zurück. In der Lokalpresse erschien ein überschwänglicher Artikel über den Erfolg der Safari, jedoch kein Wort von den geplanten Kupferminen.

Zwei Tage gingen ins Land. William wollte sich aus Prinzip nicht nach Neuigkeiten erkundigen und bezog seine Informationen aus der Zeitung. Umso erstaunter war er, als die amerikanische Brigg urplötzlich den Hafen verließ. Er konnte seine Unwissenheit über die genauen Vertragsbedingungen nicht länger ertragen und eilte zu Barlow.

»Es gibt keine«, erwiderte dieser kalt. »Wir haben die Perdoes verloren. Nichts wurde vereinbart. Sie sind weg.«

»Das weiß ich, aber wieso? Es war doch fast alles unter Dach und Fach.«

»Sie haben gut reden. Sie sollten diese Sache bearbeiten und haben sie einfach Mollard zugeschoben.«

»Das ist nicht wahr! Er hat mich herausgedrängt, mich vollständig von den Leuten isoliert.«

»Er behauptet etwas anderes.«

»Mich interessiert keinen Pfifferling, was er sagt. Was ist passiert?«

»Wir hatten eine Besprechung, konnten aber nicht viel unternehmen, solange Sie uns die Verträge nicht ausgehändigt hatten. Also ging ich mit ihnen auf Safari, trottete mit meinen Papieren hinter ihnen her, wollte etwas Greifbares erzielen, aber es gab nur eine echte Besprechung, und zwar am Abend unserer Rückkehr in der Residenz. Mollard wusste überhaupt nicht, wovon er sprach. Als ich versuchte, mich einzumischen, wies er mich vor den Yankees in die Schranken. Eines muss ich Christy lassen, er hat sich bemüht, Ordnung zu schaffen, aber es ging alles schief. Mollard redete von irgendwelchen Beraterhonoraren, ich von den Gutachten und der Kupferqualität, die Perdoes studierten das Kleingedruckte, die Kosten für die Ausrüstung und den Transport zum Hafen ..., und schließlich warf Mollard alle Zahlen durcheinander und verlangte höhere Investitionen von ihnen. Ich blickte selbst nicht mehr durch.«

»Schön! Und was dann?«

»Nun, ich traf mich am nächsten Morgen mit Jay. Er ist schon in Ordnung. Wir hatten bald wieder alles unter Kontrolle und übergaben unsere Ergebnisse Perdoe senior und Mollard. Zu der folgenden Besprechung wurde ich nicht eingeladen. Anscheinend konnten sie sich dabei nicht über die Subventionen und Gott weiß was einigen ...«

»Aber ich hatte alles ausgearbeitet.«

»Dann hätten Sie dranbleiben sollen«, schnappte Barlow. »Wir hätten Sie gebraucht.«

William war außer sich. »Wie oft soll ich Ihnen noch sagen, dass Mollard mich ausgebootet hat? Ich wurde aus Adelaide angewiesen, mich aus der Sache herauszuhalten.«

Barlow zuckte die Achseln. »Nun, die Chance ist jedenfalls vertan. Jay kam vorbei, um zu sagen, sie seien enttäuscht, dass wir uns nicht an die Absprachen gehalten hätten. Genauso hat er sich ausgedrückt, und es stimmt. Die ganze Sache ging schief, und verloren hat dabei das Territorium.«

»Das Kupfer liegt hier, oder?«

»Ja, Tonnen von Kupfer.«

»Vielen Dank. Ich dachte schon, ich hätte meinen Enthusiasmus übertrieben. Schicken Sie mir noch einmal die Zahlen, dann lege ich sie Investoren in Melbourne vor. Vielleicht kann ich sie damit von ihrer Versessenheit auf das Gold in Neuguinea abbringen.«

Barlow nickte. »Ja, darin liegt das Problem. Es ist schwer, mit Gold zu konkurrieren, und wir haben unsere Chance gehabt. Ich gebe Ihnen die Zahlen, aber sagen Sie Mollard bitte nichts davon. Meine Stelle ist mir lieb und teuer.«

Harriet war verwirrt. Der Tennisplatz in der Knuckey Street war fertig und sah prächtig aus, der Rasen gepflegt wie ein Teppich. Es gab sogar einen weiß gestrichenen Unterstand und zwei lange Bankreihen für wartende Spieler und Zuschauer. Auch Harriet wartete. Ihre Mutter hatte ihr aus Perth zwei Schläger geschickt. Sie hatte sich weiße Röcke und Blusen schneidern lassen und überwachte ständig die Fortschritte beim Bau des Platzes.

Dann sah sie eines Tages Damen dort spielen. Zuerst war sie entsetzt, vermutete dann aber, dass sie den Platz vor der offiziellen Eröffnung ausprobieren wollten. An einem Montagmorgen las sie in der Lokalzeitung, dass Mrs. Mollard den Tennisklub von Darwin am letzten Samstag offiziell eröffnet hatte. »Der Nachmittagstee wurde auf dem Gelände der Residenz serviert, bevor man sich auf den Tennisplatz begab, um ein Schauturnier zwischen einigen unserer besten Spieler zu verfolgen.«

Harriet war aufgebracht und verwirrt, weil sie das große Ereignis versäumt hatte, doch dann druckte die Zeitung eine Liste der Gründungsmitglieder ab, in der ihr Name nicht auftauchte. Sie war furchtbar enttäuscht und konnte nicht einsehen, weshalb man sie ausschließen sollte. Dann dämmerte es ihr. William! Er hatte so tief in dieser Kupfersache gesteckt und zudem die Einwände gegen den Bau der Kirche betrieben, dass er einfach nicht daran gedacht hatte. Mitglieder mussten ihren Klub unterstützen, es kostete Geld, ein verwildertes Gelände in einen anständigen Platz zu verwandeln. Und es wäre eine solche Ehre gewesen, als Gründungsmitglied zu gelten, denn Tennisklubs gehörten zu den wichtigsten sozialen Einrichtungen kleiner Städte.

Als er nach Hause kam, war sie den Tränen nahe und warf ihm sein Versäumnis vor.

»Wie konntest du bloß so vergesslich sein? Es ist das Einzige, was ich mir in dieser Stadt je wirklich gewünscht habe. Ich liebe Tennis und spiele ausgezeichnet. Du musst sofort die Spende übergeben und herausfinden, ob auch ein Mitgliedsbeitrag erhoben wird. Vielleicht müssen wir ihn noch entrichten. William, ich fühle mich so gedemütigt«, rief sie und brach in Tränen aus. »Wie kannst du nur so selbstsüchtig sein?«

»Schon gut«, beschwichtigte er sie. »Reg dich bitte nicht so auf. Ich habe einen Betrag gespendet, zehn oder zwanzig

Pfund, dessen bin ich gewiss. Ich habe Leo das Geld in bar gegeben. Keine Sorge, falls Mrs. Mollard die Bücher des Klubs führt, wundert mich gar nichts mehr. Gleich morgen kümmere ich mich darum. Leo kann sich bei Christy Cornford erkundigen, was passiert ist. Dann bist du sofort Mitglied.«

Doch Harriet beschwor bereits ein anderes Szenario herauf.

»Du hast dich in letzter Zeit nicht gut mit Mollard verstanden. Könnte es sein, dass er sich deshalb an mir rächen will?«

»Unsinn! Ich hatte eigentlich keinen Streit mit ihm, jedenfalls nicht mehr als gewöhnlich. Er hat mir ein Projekt weggeschnappt, das weiß er nur zu gut. Den wichtigen Leuten in Adelaide ist klar, dass er die Sache in den Sand gesetzt hat, und das geschieht ihm recht. Ich schaue mich jetzt anderweitig um. Es hat keinen Sinn, sich mit ihm anzulegen. Er ist der Resident, und wir müssen mit ihm auskommen.«

»Du meinst also, dieses Versehen hätte nichts mit deinen Geschäften zu tun?«, fragte sie, noch immer verunsichert.

»Natürlich nicht. Am Samstag findet im Rathaus übrigens eine Minstrel-Show statt. Möchtest du hingehen?«

»Ich dachte, du magst so etwas nicht.«

»Manche von ihnen haben gute Stimmen, aber ich muss dich warnen, sie werden es mit dem hiesigen Publikum nicht leicht haben. In der Hitze läuft ihnen dic schwarzc Farbc in Streifen übers Gesicht. Ich verstehe nicht, weshalb sie sich überhaupt anmalen.«

Harriet lächelte schwach. »Ich werde nicht hinschauen.«

»Gut so, meine Liebe, hören wir einfach nur zu. Ich würde gern mal wieder die alten Lieder hören. Wie wäre es mit einem Spaziergang vor dem Essen?«

Harriet war einverstanden, aber nicht ganz getröstet. Sie wusste, ihr Platz auf der Gründerliste war unwiederbringlich dahin.

Am nächsten Tag standen ihr jedoch weitere Probleme ins Haus. Tom Ling brachte ihr einen Brief von Mrs. Maudie Hamilton, Sibells Schwägerin.

Harriet lächelte und fragte sich, was die exzentrische Dame wohl zu sagen hatte. Vermutlich handelte es sich um eine Erinnerung an ihr Versprechen, die Stationen der Hamiltons zu besuchen. Sie wollte mit William hinfahren, sobald das Wetter es erlaubte, doch die Anwesen der Oatleys hatten selbstverständlich Vorrang. Vielleicht könnten sie eine Rundreise machen und dabei die weithin berühmte Gastfreundschaft der Hamiltons genießen ...

»Sehr geehrte Dame«, lautete die barsche Anrede, und Harriet prüfte noch einmal, ob der Umschlag wirklich an sie adressiert war.

Sehr geehrte Dame,

als eine der Frauen, die ihre Kopfbedeckung selbst wählen, sei sie nun schwarz, weiß, gescheckt oder ein Teewärmer, möchte ich einer gesellschaftlichen Aufsteigerin wie Ihnen vorschlagen, zunächst den Rat Ihres Ehemanns einzuholen, bevor Sie dessen Freunde beleidigen.
Viele Grüße,

Mrs. M. Hamilton

Harriet fielen beim Lesen fast die Augen aus dem Kopf. Was um Himmels willen hatte das zu bedeuten? Wann sollte sie diese dumme Person beleidigt haben?

Sie las den Brief noch einmal und konzentrierte sich auf die Stelle mit den Hüten. Maudie Hamilton trug ständig alte, schwarze Filzhüte, doch Harriet hatte nie ein Wort darüber verloren. Irgendjemand musste ihr diese Bemerkung in die Schuhe geschoben haben. Dennoch war das keine Entschuldigung für diesen groben Brief.

Harriet zerriss ihn in kleine Schnipsel und warf sie in den Mülleimer vor der Küchentür, als seien sie verseucht. Es wäre furchtbar, wenn William darauf stieße. Was sollte sie ihm sagen? Dann dachte sie über eine mögliche Antwort nach. Sollte sie der Frau in aller Ruhe vor Augen führen, wie ungerecht und unangebracht ihr Schreiben war? Doch je mehr sie die Formulierungen im Geiste durchging, desto wütender wurde sie. Verdammt, weshalb sollte sie sich überhaupt die Mühe machen? Maudie Hamilton hatte es gewagt, sie als gesellschaftliche Aufsteigerin zu titulieren, dabei hatte Harriet die Hamiltons als Freunde betrachtet. Vielleicht wäre es besser, Lucy zu schreiben und sie nach der Ursache des Aufruhrs zu fragen. Lucy würde auf Grund ihrer Beziehung zu Myles sicher keinen Streit mit den Oatleys wünschen, auch nicht mit William, von dem sie über Myles' Reisen auf dem Laufenden gehalten wurde.

Doch die Sorge ließ sie den ganzen Tag nicht ruhen. Harriet wünschte mittlerweile, sie hätte den Brief nicht zerrissen.

Leo kam dem Rätsel schließlich auf die Spur. Auf Williams Ersuchen traf er sich in der Bar der Telegrafengesellschaft mit Christy Cornford.

»Ich habe hier die Quittung über Mr. Oatleys Spende für den Baufonds des Tennisplatzes. Es scheint, als habe man Mrs. Oatleys Aufnahmeantrag für den Damenklub übersehen. Könnten Sie das bitte überprüfen?«

Christy verzog das Gesicht. »Nicht nötig, Leo. Sie steht auf der schwarzen Liste.«

»Wie bitte? Das ist doch nicht möglich!«

»Und ob.«

»Wieso denn?«

»Ich kenne nicht die ganze Geschichte, aber es sieht aus, als habe sie den Residenten und seine Frau beleidigt. Den Anfang machte ein Telegramm aus Perth. Ich habe es nicht selbst gesehen oder gelesen, aber Seine Exzellenz bekam deswegen einen Tobsuchtsanfall.«

Leo war immer irritiert bei der Erwähnung »Seiner Exzellenz«, da er diesen Titel für unangemessen hielt, doch im Augenblick gab es Wichtigeres.

»Sie müssen doch eine Vorstellung von dem haben, was in dem Telegramm stand. Es kann sich nur um einen Fehler handeln, Mrs. Oatley ist eine sehr nette Frau. Ich kann nicht glauben, dass sie die Mollards beleidigt hat.«

»Na ja, irgendetwas ist im Busch, und es sieht nicht gut aus für Ihren Boss. Wenn ich mich recht entsinne, kam das Telegramm an dem Morgen von Oatleys Treffen mit den Herren Perdoe an. Ich hörte zunächst nur, der Resident habe von den Besprechungen Abstand genommen.«

»Deshalb ist er also nicht gekommen!« Leo schüttelte den Kopf.

»Ich verstehe es einfach nicht.«

Christy schaute ihn fragend an. »Es gibt so ein Gerücht, Oatley wolle selbst Resident werden ...«

»Unsinn! Von wem haben Sie das?«

»Aus meinem Büro. Mollard wartet auf einen vollständigen Bericht aus Perth.«

»Worüber?«

»Das Telegramm scheint nur ein erster Hinweis von einem Freund aus Perth gewesen zu sein. Brief folgt, sozusagen. Aber es muss wohl brüskierende Informationen enthalten haben, wenn es Oatley und seine Frau derart in Ungnade gestürzt hat.«

»Dennoch«, sagte Leo eisig, »was immer es auch sein mag, Mr. Oatley und seine Frau wissen nicht das Geringste darüber.«

Christy antwortete mit einem Schulterzucken. »Mal sehen, ich persönlich kann es gar nicht erwarten, es zu erfahren. Noch einen Drink?«

»Gern«, sagte Leo nachdenklich. Er wusste, dass Christy nur ein kleines Gehalt bezog, weniger als die meisten Beamten in Darwin, und damit ein weiteres Opfer von Mollards Geiz war. Sicher, seine Stelle bot ihm freien Zugang zu gesellschaftlichen Anlässen und ein gewisses Prestige, aber ...

Leo bezahlte die beiden Whiskeys und wagte einen Versuch. »Oatley hat ein Recht auf eine faire Chance«, sagte er. »Wenn jemand solche Informationen über ihn verbreitet, sollte er einen Blick darauf werfen dürfen.«

»Mag sein, dass es vertraulich ist.«

»In diesem Fall würde ich natürlich niemals eine Kopie von Ihnen verlangen, aber wenn nicht, könnte es sich für Sie lohnen.«

»In welcher Hinsicht?«, erkundigte sich Christy vorsichtig.

Leo tastete sich vorsichtig voran. Bargeld? Wenn ja, wie viel? Dann fiel ihm ein, dass Christy sich vor einiger Zeit nach dem Preis eines Grundstücks in der Bennet Street erkundigt hatte, das Oatley gehörte, ihm aber zu teuer gewesen war.

»Wie steht es mit dem Land an der Bennet Street? Sie können eins von den Grundstücken haben«, sagte Leo leichthin.

Christy war ehrlich überrascht. »Für welchen Preis?«

»Für eine Kopie des Berichts. Alles vertraulich, keine Zahlungen. Zeit spielt die entscheidende Rolle. Wir brauchen die Kopie sofort.«

»Wir?«

»Nun, es ist Oatleys Grund und Boden. Er wird einverstanden sein, ihm gehört ohnehin die halbe Stadt. Ich lasse die Besitzurkunden ändern und Ihnen persönlich übergeben.«

»Bisschen riskant«, meinte Christy besorgt.

»Wieso? Niemand muss erfahren, wie viel Sie bezahlt haben. Im Übrigen könnte ich Ihnen eine Quittung über den marktüblichen Preis ausstellen, falls doch jemand so unverschämt sein sollte, danach zu fragen.«

»Und Oatley ist damit einverstanden?«

»Ich denke schon. Vor allem, da man seine Frau aufs Korn genommen hat.«

»Gut. Sie regeln das mit ihm, und ich sehe, was sich machen lässt.«

»Du hast ihm eines meiner Grundstücke versprochen?«, japste William.

»Was ist es denn wert? Nicht mehr als zehn Pfund. Christy ist empfindlich und sehr von sich eingenommen. Hätte ich ihm Geld angeboten, wäre er vermutlich zurückgeschreckt. Außerdem dürften dir die zehn Pfund nicht wehtun«, meinte Leo lachend. »Soll er doch das Endgrundstück haben. Es sieht aus, als wollte dir jemand ernsthaft schaden, und du willst doch herausfinden, wer dahinter steckt.«

»Und er kann dir nicht sagen, was in dem Telegramm steht?«

»Nein, aber es war so schwer wiegend, dass Mollard die Besprechung abblies und dich aus dem Geschäft mit Garfield Perdoe gedrängt hat.«

»Und es ruiniert hat«, fügte William grollend hinzu. »Cornford muss ganz schön redselig gewesen sein.«

»Er hatte etwas getrunken, aber er gibt ohnehin gern mit seinen Informationen an und ist an dem Bericht ebenso interessiert wie wir. Sieht aus, als sei Mollard unter anderem deshalb gekränkt, weil er sich von dir aus dem Amt gedrängt fühlt. Er glaubt, du selbst wolltest Resident werden.«

»Ich?«, fragte William verblüfft.

»Nun, das hat Christy jedenfalls gehört. Seine Quelle wollte er nicht nennen, aber ich wette, der Boss höchstpersönlich hat geplaudert.«

»Und woher hat er diesen Quatsch?«

»Um das herauszufinden, bezahlst du ja Christy.«

William schob einige Papiere beiseite und nahm den Antrag auf Übertragung der Besitzurkunde zur Hand, den Leo vorbereitet hatte.

»Gib das Cornford!«, knurrte er.

»Du musst nicht, William, ich kann ihm auch ausrichten, du hättest meinen Vorschlag nicht gebilligt. Mir macht das nichts aus. Ich habe nur die Gelegenheit ergriffen, Licht in die Sache zu bringen. Mollard lässt sich von niemandem in die Karten sehen, nicht mal von Cornford, und ich fürchte, die Angelegenheit ist noch nicht ausgestanden.«

»In Ordnung. Gib ihm das verdammte Grundstück. Aber erst, wenn der Bericht vorliegt. Falls er denn überhaupt existiert.«

»Eine Kopie davon«, korrigierte ihn Leo.

William zog heftig an seiner Pfeife. »Und all das ist herausgekommen, als du dich nach der verfluchten Tennisparty erkundigt hast? Wurde meine Frau deshalb nicht zur Eröffnung eingeladen?«

»Hm«, sagte Leo, »ich glaube, sie hat mehr versäumt als die Eröffnung. Sie steht auf der schwarzen Liste.«

William schoss auf seinem Stuhl hoch. »Wie bitte? Man hat meine Frau auf die schwarze Liste eines dämlichen kleinen Tennisklubs gesetzt?«

»Leider ja.«

»Meine Frau!« William konnte es kaum fassen. »Also, in Gottes Namen, bring Cornford die Urkunde! Gib ihm alles, was er verlangt. Und wenn er weitere Informationen über diese verdammten Mollards hat, schenke ich ihm das Haus dazu. Bleib dran, aber kein Wort davon zu meiner Frau. Sag ihr, es sei ein Versehen gewesen. Eigentlich sollte ich den Mistkerl sofort zur Rede stellen.«

»Warte lieber, bis du den so genannten Bericht gesehen hast. Wir wissen, dass es sich um keine Regierungsangelegenheit handelt, es spielt sich auf einer rein persönlichen Ebene ab.«

»Dann warte ich eben. Mollard läuft mir nicht weg.«

Christy rechtfertigte seinen bevorstehenden Fehltritt, indem er sich die zahllosen Demütigungen von Seiten Ihrer Exzellenzen vor Augen führte. Als Adjutant erwartete man von ihm, dass er bei offiziellen Anlässen in Uniform erschien, ohne ihn jedoch bei deren Finanzierung zu unterstützen; auch die wohltätigen Spenden, um die ihn Mrs. Mollards Freundinnen ständig baten, wurden ihm nicht erstattet. Zudem war es ihm nicht gelungen, Mollard geregelte Arbeitszeiten abzuringen. Er hatte sich wie ein Dienstbote jederzeit verfügbar zu halten. Sie scheuten nicht davor zurück, ihn wegen der trivialsten Angelegenheiten aus seiner Freizeit zu rufen, und er musste sogar mit Mrs. Mollard Dame spielen, wenn sie nichts Besseres zu tun hatte.

»Und dann muss ich sie auch noch jedes zweite Mal gewinnen lassen«, murmelte er vor sich hin, »damit es nicht gar so langweilig wird.«

Sie schienen zu glauben, er schulde ihnen Dankbarkeit für das gesellschaftliche Leben, das sie ihm ermöglichten. Dazu gehörte auch, dass er den Begleiter für verängstigte Freundinnen ohne Mann abgab, so als besitze der Adjutant kein Recht auf ein Privatleben.

Deshalb empfand Christy auch keine Gewissensbisse wegen seines Arrangements mit Oatleys Sekretär. Warum auch, es war höchste Zeit, seine eigenen Interessen wahrzunehmen. Wenn die Amtszeit des Residenten in einem Jahr ablief und er nicht wieder ernannt wurde, hätten sie ohnehin keine Verwendung mehr für ihn. Er konnte dann nur hoffen, dass ihn der Nachfolger ebenfalls in seine Dienste nehmen würde.

Christy beneidete Leo Lavelle. Es wäre schön, als Adjutant

solche Entscheidungen treffen zu dürfen. Er selbst konnte nicht einmal seinen Schreibtisch ohne Mollards Erlaubnis verrücken. Und gut gekleidet war Lavelle auch. Es hieß, Oatley sei nicht nur ungeheuer reich, sondern auch großzügig. Seinen Sekretär bezahlte er zweifellos gut.

In dem Zusammenhang kam ihm ein Gedanke. Es wäre nett, zur Abwechslung einmal einen reichen Mann statt eines Pfennigfuchsers in der Residenz zu haben. Vielleicht dachte Oatley wirklich an eine Bewerbung um dieses Amt.

Christy weigerte sich, das Arrangement mit Oatley als Bestechung zu betrachten, sondern sah es eher als geschäftliche Vereinbarung, die keinen Schaden anrichten konnte. Doch es kam noch besser. Im Grunde war es ein politischer Schachzug, der seinem eigenen Überleben auf dem unsicheren Boden einer Adjutantenlaufbahn nur förderlich sein konnte. Er musste sich mit dem Amtsinhaber *und* dessen möglichem Nachfolger gut stellen.

Über Nacht war ein Küstendampfer eingelaufen, der Post mitbrachte. Als Mollard zum Frühstück erschien, bot sich der Adjutant an, zum Hafen zu laufen und die Posttasche des Residenten zu holen, erfuhr jedoch, dass man bereits einen Diener losgeschickt habe.

Christy stieß einen leisen Pfiff aus und wartete am Tor. Der feine Herr war wohl ebenso scharf auf die Post wie er selbst.

Als der Diener ächzend die Tasche anschleppte, nahm Christy sie entgegen und eilte damit in sein Büro, eine kleine Nische neben dem des Residenten. Er schloss die Tasche auf und sah sie durch. Nichts Außergewöhnliches. Schreiben aus dem Ministerium, Kataloge, private Briefe, nichts, was nach einem Bericht aussah. Enttäuschend. Da Mollard seine Post und die seiner Frau stets selbst öffnete, brachte Christy die Briefe in das Büro des Residenten, ordnete sie säuberlich neben dem eleganten Brieföffner aus Elfenbein und ging zu seinem Chef.

»Wie? Sie ist da? Warum hat man mir nichts davon gesagt?«

»Ich habe alles auf Ihren Schreibtisch gelegt, Sir.«

»Verdammt, bringen Sie es her. Nein, Moment, ich kümmere mich selbst darum.«

Er schlürfte seinen Kaffee, betupfte sich die Lippen mit einer Serviette und eilte hinaus.

Christy wartete, während sein Vorgesetzter die Umschläge aufschlitzte und den Inhalt beiseite warf, bis er auf einen stieß, der einen Zeitungsausschnitt mit angehefteter Notiz enthielt.

»Ha!«, rief Mollard »Ha! Mal sehen.«

Er setzte die Brille auf und las den langen Artikel, wobei sein knolliges Gesicht purpurrot anlief.

»Bei Gott!«, stieß er hervor. »Bei Gott!«

»Ist etwas nicht in Ordnung, Sir?«

»Nicht in Ordnung? Was soll das heißen? Das ist glatte Verleumdung! Ich hatte ja keine Ahnung, dass es so schlimm kommen würde! Holen Sie mir ein Glas Wasser!«

Christy eilte mit dem Glas herbei, das der Resident gurgelnd austrank. »Diese Frau ist eine Bedrohung. Ich verklage sie, das ist mal sicher.«

»Welche Frau?«, erkundigte sich Christy, der seine Neugier nicht länger bezähmen konnte.

»Holen Sie meinen Anwalt Judah Forrest, aber schnell!«

»Entschuldigen Sie, Sir, aber Sie haben um zehn Uhr eine Verabredung in der Bank. Es ist gleich zehn.«

»Ich pfeife auf die Bank!«

»Es ist sehr wichtig. Falls der Überbrückungskredit heute nicht bewilligt und unterzeichnet wird, ruhen die öffentlichen Arbeiten, bis der Etat der Regierung von Südaustralien beschlossen ist.«

»Warum muss immer alles in letzter Minute geschehen?«, tobte Mollard.

Christy seufzte mitfühlend. »Sie wissen ja, wie die Leute sind, Sir.« Dabei hatte Mollard selbst die letzten beiden Termine verschieben lassen.

»Dann sollten wir wohl gehen«, meinte Mollard unwillig. »Aber Forrest muss trotzdem kommen. Er soll hier auf mich warten, verstanden?« Er legte den Zeitungsausschnitt in eine Schublade. »Und der bleibt da. Ich kümmere mich nach meiner Rückkehr darum, so wahr ich hier stehe. Oatley soll nicht glauben, er könnte mich auf diese Tour aus dem Amt drängen.«

»Auf welche Tour?«

»Egal, suchen Sie meine Frau. Ist sie heute früh nicht irgendwo zum Tee verabredet?«

»Ja, beim Damenkomitee für die neue Kirche an der Esplanade.«

Das Gebäude, gegen das sich Oatley so zur Wehr setzt, hätte er beinahe hinzugefügt, hielt es aber angesichts seiner Pläne für klüger, den Mund zu halten.

»Dann holen Sie sie! Sie kann gleich mitkommen.«

Christy fürchtete schon, sie würden nie aufbrechen. Mollard brüllte seinen Diener an, zerrte an einem steifen Kragen, der einfach nicht sitzen wollte, und trieb seine Frau zur Eile an.

»Was ist nur los mit dir?«, rief sie, als er sie zur Tür hinaus in Richtung des wartenden Wagens schob.

»Was mit mir los ist?«, brüllte er zurück. »Ich sage dir, was mit mir los ist. Oatley hat uns verleumdet, er hat die Stadt verleumdet, und wieso? Damit er den Laden übernehmen kann. Und seine Frau schiebt er vor.«

»Ich verstehe dich nicht. Ist es wahr, was in Mutters Telegramm stand? Hat Harriet Oatley wirklich so schreckliche Dinge über uns veröffentlicht?«

Ihr Ehemann schob sie in die Kutsche. »Steig ein, steig ein! Ich erzähle es dir unterwegs. Und kein Wort davon zu Reverend Walters.«

Christy blieb pflichtschuldig stehen, bis sie verschwunden waren, kehrte dann ins Büro zurück und riss die Schublade auf.

Liebe Maggie, lieber Larry ...

Welch informelle Anrede für Ihre Exzellenzen.

Hier ist der Artikel, den ihr meiner Ansicht nach lesen sollt. Einfach schrecklich, finde ich, und alle Leute lesen so was und reden darüber, deshalb solltet ihr das lesen, und ich habe euch das Telegramm geschickt, obwohl das drei Shilling kostet. Wundern uns, was da oben so vorgeht. Hoffentlich geht es euch gut.
Eure liebende Mutter und Schwiegermutter,
Jenny Shilders

Rasch legte Christy die Notiz beiseite. Er kannte Jennys eigenartige Briefe, hatte bereits mehrere davon gelesen, bevor »Maggie« sie verbrannte. Der Zeitungsausschnitt versprach interessanter zu sein.

Die Schlagzeile von Seite 7 der *West Australian Newspaper* lautete: EIN BRIEF AUS DEM HOHEN NORDEN.

Beim Lesen fielen ihm beinahe die Augen aus dem Kopf. »O Gott, diese Frau ist eine Gefahr für die Allgemeinheit«, stöhnte er. Wie um Himmels willen konnte sie so etwas an eine Zeitung schicken? Sicher steckte Oatley dahinter, denn aus ihrem Geplapper ging doch eine Botschaft klar hervor: Oatley wollte Resident werden. Kein Wunder, dass Mollard derart außer sich war. Es ging um Geld und Einfluss, Oatley würde die Stationsbesitzer ebenso hinter sich haben wie die örtlichen Geschäftsleute, und mit den Chinesen stand er sich ebenfalls gut.

Er nahm einen Stift zur Hand und schrieb Notiz und Artikel

so rasch wie möglich ab. Dann hielt er inne. Oatley kannte das alles schon, selbst wenn es angeblich aus der Feder seiner Frau geflossen war. Andererseits war dies der »Bericht«, den Lavelle und Oatley von ihm erwarteten. Die politischen Ränke gingen ihn nichts an. Er würde einfach eine Kopie davon abliefern und erklären, die Schwiegermutter des Residenten habe Mollard zuvor per Telegramm davon in Kenntnis gesetzt. Deshalb sei er so gekränkt, deshalb habe man Mrs. Oatley aus dem Tennisklub ausgeschlossen. Er hatte seinen Teil der Abmachung erfüllt und erwartete die angekündigte Belohnung.

Christy schrieb weiter. Die Originale legte er zurück in die Schublade, steckte die Kopie in einen Umschlag und verließ das Büro, um pflichtgemäß den Anwalt seines Vorgesetzten zu benachrichtigen. Unterwegs würde er einen kleinen Umweg über Oatleys Büro machen. Das Timing war entscheidend. Er musste eine Garantie für die Übertragung des Grundstücks erhalten, bevor er die Kopien dort hinterließ. Das Schiff würde auch Exemplare der Zeitung mitbringen; wenn sie öffentlich verteilt wurden, war es zu spät für ihn. Die arme Harriet würde danach nicht gerade der Liebling der Stadt sein. Er strich sein blondes Haar zurück, setzte den Zylinder auf und ging aus dem Haus.

Leo nahm den dünnen Umschlag entgegen. »Ist das alles?«

»Es reicht«, erwiderte Christy ernst. »Eine schwer wiegende Angelegenheit. Wenn Sie nun so freundlich wären – ich würde gern die versprochenen Dokumente sehen.«

»Ich habe sie hier. Ich brauche Ihre Unterschrift auf diesem Kaufvertrag.«

»Und eine Quittung bekomme ich auch?«

»Ja.«

Christy unterzeichnete schwungvoll und sah zu, wie Leo die Dokumente in einen Umschlag steckte. »Ist das die Besitzurkunde?«

»Ja, und die betreffenden Vordrucke. Sie können damit zum Grundbuchamt gehen, dort wird man eine neue Besitzurkunde auf Ihren Namen ausstellen.«

»Vielen Dank.« Christy griff danach, doch Leo hielt ihn zurück.

»Nicht so schnell. Der Boss muss erst Ihr Angebot prüfen.«

Christy wurde nervös. »Ich habe es ziemlich eilig.«

»Schon gut, kommen Sie nachher wieder.«

»Das geht nicht! Ich dachte, es handle sich um einen schlichten Tausch ...«

Leo schaute an ihm vorbei. »Hier ist der Boss ja schon.«

Die nächsten zehn Minuten vergingen unerträglich langsam. Wenn Oatley nun schon von dem Brief wusste? Wenn er zu der Ansicht gelangte, die Information sei die Bezahlung nicht wert? Wenn er es sich anders überlegte? Christys Hirn arbeitete fieberhaft, während er Oatleys freundliche Begrüßung über sich ergehen ließ. Dieser hängte seinen Hut auf, zog das Jackett aus und gab es Leo, rollte die Hemdsärmel hoch und setzte sich dann endlich an seinen Schreibtisch.

»Nehmen Sie Platz«, sagt er zu Christy, der insgeheim lieber gestanden hätte und sich nun steif auf einem Stuhl niederließ.

»Ich muss Ihnen sagen, dass dies eine Sache unter Männern ist, ungeachtet aller Streitigkeiten und Missverständnisse, die zwischen Mollard und mir vorgefallen sein mögen. Beleidigungen meiner Frau werde ich nicht dulden. Sie können das dem Herrn gerne ausrichten.«

Christy deutete auf den verschlossenen Umschlag, der vor Oatley auf dem Schreibtisch lag. Er schien die einzig mögliche Antwort zu sein.

Leo stand am Fenster, ganz gespannte Neugier.

Oatley nahm den Umschlag in die Hand. »Ist dies Ihr Bericht, Mr. Cornford?«

»Bericht ist nicht der richtige Ausdruck, Sir. Aber Sie werden darin Ihre Antwort finden. Und«, platzte er heraus, »Mr. Mollard übergibt die Sache seinem Anwalt.«

»Ach ja?«, fragte Oatley in aller Gemütsruhe. »Mal sehen, worum es überhaupt geht.«

Er holte Notiz und Zeitungsausschnitt heraus. Las sie rasch durch, ohne eine Miene zu verziehen, und legte sie danach in seinen Schreibtisch. Dann wandte er sich an Leo.

»Hast du die erforderlichen Vordrucke und den Vertrag für Mr. Cornford ausgestellt?«

»Ja, es liegt alles bereit.«

Christy hielt die Luft an.

»Gut, gib Mr. Cornford die Unterlagen.«

Der Sekretär sah ihn an, zögerte, wunderte sich über den rätselhaften Inhalt des dünnen Umschlags und übergab schließlich die Papiere an Christy, der sich überschwänglich bedankte.

»Danke, Sir, vielen Dank, sehr großzügig von Ihnen. Ich kann Ihnen gar nicht sagen, wie viel mir das bedeutet. Es betrübt mich, dass ich schlechte Nachrichten überbracht habe.«

»Es sind keine schlechten Nachrichten, Mr. Cornford. Ein Sturm im Wasserglas, möchte ich sagen. Aber Sie haben Ihren Teil der Abmachung erfüllt. Guten Tag, Mr. Cornford.«

Christy hätte sich im Gehen beinahe verbeugt, froh, dass die Sache so schnell erledigt war. Mit wenig Mühe hatte er das Recht erworben, den Titel Esquire hinter seinen Namen zu setzen, da er nach kolonialem Brauch nun als Grundbesitzer galt. Der Anwalt konnte warten. Er eilte zunächst zum Grundbuchamt, das sich in einem Winkel der heruntergekommenen Regierungsgebäude verbarg, und meldete seinen Besitzanspruch an. Gleichzeitig überlegte er schon, wie er sein Nest weiter auspolstern konnte, während er zum Schein weiterhin nach Mr. und Mrs. Mollards Pfeife tanzte. Ihre Exzellenzen!

Leo hatte für William Oatley gearbeitet, seit dieser sein Geschäft eröffnet hatte. Und das war sein Glück gewesen, denn er hatte damals mittellos und desillusioniert auf das nächste Schiff gewartet. Er war ein Narr gewesen, angesteckt vom Goldfieber, als er eine gute Stelle in Perth aufgab, all sein Hab und Gut verkaufte und seine eigene Expedition von Darwin aus zu den Goldfeldern von Pine Creek organisierte. Er war zu spät gekommen. Der Goldrausch war vorüber. Er fand nicht mehr als eine Streichholzschachtel voll. Dennoch blieb er dabei, verkaufte seine Ausrüstung und sein Pferd, bevor er in das Fegefeuer aus Hunger und Gluthitze hinabstieg, das gescheiterte Digger nur allzu gut kannten. Als er nicht mehr konnte, musste er die zweihundert Meilen bis Darwin zu Fuß zurücklegen, wo er abgemagert auf der Straße zusammenbrach und von einer freundlichen chinesischen Familie aufgenommen wurde.

Sie gaben ihm zu essen und pflegten ihn, bis sie merkten, dass er in Büroarbeit ausgebildet war. Bald schon schrieb er Briefe für sie, füllte Vordrucke aus und kümmerte sich um sämtlichen Papierkram der Wongs. Sie machten ihn auch mit ihrem Freund William Oatley bekannt.

Sie duzten einander von Beginn an. William wusste ziemlich genau, welche Art von Geschäft er gründen wollte, war aber Viehzüchter, während Leo in Perth als Verwaltungsfachmann im Finanzministerium von Westaustralien gearbeitet hatte.

»Du bist genau der Richtige für mich, Leo«, hatte William erklärt.

»Du kümmerst dich um den technischen Ablauf, ich übernehme die Kunden. Wir beide passen gut zueinander.«

Zuerst war Leo der Ansicht gewesen, William betreibe sein Geschäft nur als Hobby, um sich über den Tod seiner Frau hinwegzutrösten. Jeder wusste, wie schwer ihr Verlust ihn getroffen hatte. Leo tat sein Bestes, arbeitete hart und loyal für seinen neuen Freund und Arbeitgeber und erwartete, dass die guten Zeiten ein Ende haben würden, sobald William sich zur Rückkehr auf seine Viehstation entschloss. Doch dazu kam es nicht. Leo sollte bald erkennen, dass sein Boss ein Ass im Aushandeln und Abschließen von Geschäften war, seien sie nun hundert oder hunderttausend Pfund wert. William ließ sich von Geld nicht beeindrucken, er war damit geboren. Er war ein liebenswürdiger Mann, ehrlich und respektabel, und, wie Leo merken sollte, ein Patriot durch und durch. Er liebte das Territorium, dieses schreckliche, wilde Land, und unterstützte gefährdete Unternehmungen oftmals mit eigenem Geld, um Arbeitsplätze zu schaffen und die Menschen vor Ort zu halten. Leo hätte ein Buch über seinen Freund William Oatley schreiben können.

Obgleich er offiziell nur Oatleys Sekretär war, erhielt Leo in einer Woche mehr, als man ihm in Perth für einen ganzen Monat gezahlt hatte, und auch mit Prämien ließ William sich nicht lumpen. Zu Leos großer Freude hatte sich William auch auf seine Seite gestellt, als er Sue Tin Wong im chinesischen Tempel zur Frau nahm.

Sie verbrachten ihre Flitterwochen in Singapur und wurden bei ihrer Rückkehr von Verwandten und Freunden zu einem geräumigen Bungalow in der Bennet Street geführt, der mit bunten Girlanden und Flaggen dekoriert war – dem Hochzeitsgeschenk von Sues Vater und William Oatley.

Leo hatte in dieser seltsamen Pionierstadt sein Glück gemacht und sich eingelebt, wenngleich er die kühle Luft von Perth und die dortigen Annehmlichkeiten vermisste, die er sich zu seiner Zeit nicht hatte leisten können. Nun war er Bürger der kosmopolitischen Gemeinde Darwin.

Während er wartete, dass William einen Kommentar zu Christys Lieferung abgab, starrte er angestrengt auf die leere Straße hinaus. Aus irgendeinem Grund kam ihm Harriet Oatley in den Sinn.

Mit ihr konnte Leo nicht warm werden. Sie war zwar höflich und zuvorkommend, aber auch ein wenig herablassend ihm gegenüber, als sei er nur ein geschätzter Dienstbote. Dass sie ihren Mann liebte und zu ihm aufsah, war offenkundig, doch irgendetwas war seltsam an ihr. Sie wirkte spröde, und obwohl sie mit fröhlichem Enthusiasmus auf Williams Vorschläge reagierte, wirkte dieser Enthusiasmus gelegentlich ein wenig gezwungen und übertrieben.

Sue Tinny Wong, wie er seine hübsche Frau nannte, tadelte Leo wegen seiner Vorbehalte. Sie zog ihn sogar damit auf, er sei eifersüchtig auf eine Frau, die sich zwischen ihn und seinen Freund William gedrängt habe.

»Gib ihr ein bisschen Zeit«, kicherte sie. »Billy Chinn und Tom Ling machen der armen englischen Dame Angst.«

»Wir sind keine Engländer, sondern Australier«, meinte Leo.

»Warum redet ihr dann Englisch? Natürlich seid ihr Engländer«, beharrte sie.

Schließlich konnte er das Warten nicht länger ertragen.

»Und?«, fragte er William, der den Inhalt des Umschlags keines Blickes mehr gewürdigt hatte. »Und? Hat er geliefert, was du wolltest? Was hat unser Resident denn vor?«

William schob ihm Notiz und Artikel zu.

»Du kannst es ebenso gut lesen. Bald liest es ohnehin jeder«, meinte er dumpf. »Ich glaube, ich sollte mich bei Mollard entschuldigen. Obgleich es mir schwer fällt.«

»Von wegen«, sagte Leo und überflog den Text.

Die Überschrift lautete: EIN BRIEF AUS DEM HOHEN NORDEN, von Mrs. William Oatley.

Besorgt las er ihre Kommentare über die Stadt, doch als er auf die wenig schmeichelhaften Bemerkungen über die örtliche Gesellschaft stieß, zitterten ihm die Hände. Beim Weiterlesen musste er schlucken. Sie beleidigte den Residenten und Mrs. Mollard, indem sie behauptete, ihr Mann sei besser für dieses Amt geeignet.

»Du lieber Himmel!«, sagte er vorsichtig. Diese dumme Frau! Was erhoffte sie sich von der Verbreitung derart himmelschreiender Ansichten? Zaghaft reichte er William das Corpus delicti zurück, der es schweigend in eine Mappe schob. Sein Gesicht war grau.

»Wie steht es mit Caleb Moores Außenstation?«, fragte er Leo, um vom Thema abzulenken.

»Er will nach wie vor verkaufen«, meinte Leo, dankbar für den Themenwechsel. »Er möchte die Hauptstation behalten und diesen Teil abstoßen, um flüssig zu bleiben. Er umfasst die Hälfte des Landes.«

»Verkauft er es mit dem Vieh?«

»Nein. Er reduziert den Bestand und treibt so viele Tiere wie möglich auf die Hauptstation. Ich vermute, das Wasserproblem macht ihm zu schaffen.«

»Sieht so aus. So weit südlich ist es sehr trocken. Schreib ihm noch einmal, ich möchte wissen, wie es ihm nach der Regenzeit geht. Vielleicht hat er dieses Jahr mehr Glück. Ich möchte nicht, dass ein potenzieller Käufer Schwierigkeiten bekommt. Er sollte sich besser genügend Mittel leihen, um einige Wasserläufe umzuleiten und tiefere Brunnenschächte auf der Außenstation zu graben.«

Leo war nicht überzeugt. »Er ist schon hoch verschuldet.«

»Ich weiß, aber er könnte die Kosten auf den Kaufpreis schlagen. Dann hätten wir eine bessere Chance, die Station loszuwerden. Caleb hat mit seinen Verwaltern auf der Außenstation immer Pech gehabt; er sollte lieber darauf verzichten.«

Und so nahm der Vormittag seinen Lauf. Briefe waren zu beantworten, Verträge zu besprechen, Landkarten mit Gutachten zu vergleichen, außerdem stand ein Treffen mit japanischen Perlentauchern und deren Dolmetscher an.

William ging zum Mittagessen stets nach Hause. Gegen zwölf zog er sein Jackett an, nahm seinen Hut und wandte sich an Leo.

»Heute Nachmittag komme ich nicht ins Büro«, sagte er und ging.

Leo sah ihm nach. Die sonst so ausgreifenden Schritte seines Freundes wirkten langsamer, beinahe schleppend, dachte er besorgt. Doch dann winkte William einer Gruppe von Viehhütern fröhlich zu und zog vor zwei Damen den Hut, bevor er um eine Ecke verschwand.

Ich möchte nicht an Harriets Stelle sein, dachte Leo und kehrte an seinen Schreibtisch zurück, wo ihm Sue Tinny sein Essen servieren würde.

»Du lieber Himmel!«, murmelte er noch einmal vor sich hin.

Tom Ling war von ihrem Quilt so fasziniert, dass Harriet manchmal daran dachte, ihn zu einem Versuch zu ermutigen. Er konnte es vermutlich weitaus besser als sie. Sie verließ sich ganz und gar auf ihn. Der Himmel mochte wissen, wo er immer das Material auftrieb, unter dem sich manchmal derart herrliche Satinstoffe fanden, dass sie beschlossen, zwei Quilts anzufertigen: einen im ländlichen Stil und einen zweiten für elegantere Anlässe.

Den Landhaus-Quilt hatte Harriet entworfen, doch Tom Ling brachte ihr einen eigenen Entwurf für das andere Modell, in dessen Mitte ein Pfau prangte.

»Das ist zu schwierig für mich«, rief sie aus.

»Missy, wir schaffen, Sie schon sehen. Sehr schön, werden sehen. Ich schneide, Sie nähen, und bitte Stiche kleiner. Ihr Nähen zu groß.«

Obwohl sie ständig über die Größe der Stücke und die Anordnung der Farben stritten, arbeitete Harriet gern mit ihm zusammen.

Zunächst hatte sie auf der Veranda gesessen, vor sich einen Korbtisch, das Material wahllos auf Stühlen ausgebreitet, doch Tom Ling hatte System in ihre Tätigkeit gebracht. Er bestand darauf, dass sie die Stoffe auf einem glatten Lacktisch zurechtschnitten, die Stücke auf seinen Tabletts anordneten und das Material in Körben aufbewahrten. Während Harriet am Tisch arbeitete, saß er mit gekreuzten Beinen auf dem Boden, sortierte mit großer Sorgfalt die Stofflappen und plapperte dabei pausenlos vor sich hin.

Sie waren mit Eifer in ihre Arbeit vertieft, als Billy Chinn herauskam, um sich die Fortschritte anzusehen und Tom Ling daran zu erinnern, dass sein Herr jeden Moment zum Mittagessen kommen werde. Tom legte die Arbeit beiseite und eilte ins Haus.

Harriet hatte eine Zeit lang die Gedanken an den unschönen Brief von Maudie Hamilton verdrängen können, den sie ihrem Mann gegenüber noch immer nicht erwähnt hatte. Doch als William nun zur Haustür hereinstürmte und sie wütend anschaute, fiel ihr als Erstes Mrs. Hamilton ein. Bestimmt hatte er es herausgefunden.

»Ins Arbeitszimmer, Madam«, fuhr er sie an und ging vor.

Nervös legte Harriet den Quilt beiseite, räumte den Nähkasten ein und folgte ihm in sein Arbeitszimmer am anderen Ende des Hauses. Sie ging auf Zehenspitzen, als könne ihn das Geräusch ihrer Schritte noch mehr erzürnen. Nie zuvor hatte er in diesem Ton mit ihr gesprochen. Seine Grobheit ärgerte sie, doch es schien ihr klüger, ihn zu beschwichtigen, als die Situation durch eine Beschwerde noch zu verschlimmern.

Das Zimmer war mit Möbeln aus dem Wohnhaus der Station eingerichtet: einem Rollpult, schweren Ledersesseln, einer verschlissenen Ottomane und schlichten hochbeinigen Kommoden. Es war der einzige Raum, der nicht im orientalischen Stil eingerichtet war, und er kam Harriet plötzlich muffig vor; in der Luft hing abgestandener Zigarrenrauch.

William saß bereits an seinem Schreibtisch. »Mach die Tür zu.«

Sie gehorchte und ging zu ihm hin.

»Nun, Madam, was hast du dir gedacht? Was hat dich dazu getrieben, eine Beschreibung von Darwin an die Zeitungen zu schicken?«

Harriet schaute ihn mit offenem Mund an. »Wie bitte?«

Ein Zeitungsausschnitt flatterte zu Boden, und sie bückte sich danach. »Was soll das sein?«

»Das möchte ich von dir wissen.«

Harriet begann zu lesen. Sie spürte, wie sie blass wurde, und warf einen Blick auf William. Sein gebräuntes Gesicht war rot vor Zorn, das grau-blonde Haar stand ihm beinahe zu Berge. Er atmete so heftig, dass sie einen Herzanfall befürchtete.

Ihre Antwort klang wie ein Schrei. »Nein! Gott, nein! Das habe ich nicht getan. Wer war das? William, nein!« Sie las es noch einmal, die vertrauten Wörter trafen sie wie Hammerschläge. »O, mein Gott! Das hat in der Zeitung gestanden? In welcher Zeitung?«

»Dem West Australian«, erwiderte er verbissen. »Die führende Zeitung von Perth, wie du sicher weißt.«

»Aber das bin ich nicht gewesen, William, das musst du mir glauben.«

Harriet weinte, doch er empfand kein Mitleid mit ihr.

»Dein Name steht darunter. Ein Brief aus dem hohen Norden, von Mrs. William Oatley. Willst du etwa behaupten, dieser Quatsch stamme nicht von dir?«

»Nein«, schluchzte sie. »Ich meine ja. Aber ich habe es meiner Mutter geschrieben, nicht an eine Zeitung. Mein Gott, William, so etwas würde ich doch nie tun. Es war ein privater Brief an meine Mutter. Es tut mir so Leid, schrecklich Leid. Meinst du, das wird hier jemand lesen?«

»Schon passiert. Deine Dummheit hat uns um ein lukratives Geschäft mit dieser amerikanischen Firma gebracht, uns und vor allem das Territorium und viele Menschen, die Arbeit suchen. Ganz zu schweigen von diesen willkürlichen Beleidigungen ...«

Harriet sank in einen Sessel, krümmte sich unter seinen Vorwürfen und den offensichtlichen Folgen ihres Briefes und suchte Zuflucht in einer Flut von Tränen.

Tom Ling klopfte an die Tür. »Billy sagt, Essen steht bereit.«

»Später!«, rief William. »Du hast deiner Mutter diesen ganzen Mist geschrieben?«

»Ja«, flüsterte sie, »aber es ging nur mich etwas an. Nur mich.«

»Hier ist ein Brief für dich, von deiner Mutter. Er kam heute Morgen an, und so wie er sich anfühlt, schickt sie dir ebenfalls den Artikel. Ebenso wie andere Leute in Perth«, fügte er boshaft hinzu. »Manche schicken sogar vorab ein Telegramm, darunter auch Mrs. Mollards Mutter.«

»O Gott«, wimmerte Harriet und dachte an Maudie Hamilton. Auf diesem Weg hatte sie also davon erfahren. Und den Rest kannte sie offensichtlich noch gar nicht. »Was schreibt meine Mutter?«

»Es ist dein Brief, lies du ihn.«

William gab ihr den Umschlag, und Harriet riss ihn auf. Natürlich fiel der Artikel auf ihren Schoß. Sie sah zu William hoch.

»Es war ein privater Brief, das schwöre ich dir. Jemand muss ihn in die Hand bekommen und an die Zeitung gegeben haben.«

»Von einem privaten Brief ist keine Rede, Madam. Die Zeitung deklariert ihn als von dir verfassten Artikel.«

Harriet überflog die Zeilen ihrer Mutter. »O Gott, nein! Sie ist es gewesen! William, sie schreibt, der Brief sei so interessant gewesen, dass sie ihn dem Herausgeber des West Australian gezeigt habe, der meinte ... O Gott, es tut mir ja so Leid ... seltene Einblicke in das tägliche Leben im hohen Norden, und ...«

»Weiter«, meinte William eisig.

»Sie war so begeistert, dass sie ihm die Erlaubnis gab, ihn zu veröffentlichen.«

»Zeig her.«

William entriss ihr förmlich den Brief. Las ihn. Stand auf. Ging zur Tür. Riss sie auf. Brüllte Tom Ling zu, er solle ihm einen Whiskey bringen. Setzte sich wieder. Las den Brief noch einmal.

»Deine dämliche Mutter scheint zu glauben, wir seien auch noch stolz, deine literarischen Bemühungen gedruckt zu sehen.«

»Ja«, stöhnte Harriet.

»Schlimmer noch, ihr Freund, der Herausgeber, bietet dir an, ein Honorar für weitere Beiträge aus dem hohen Norden zu zahlen.«

Harriet nickte. »Aber das würde ich nicht tun, William, nie im Leben.«

»Das will ich dir auch nicht geraten haben«, knurrte er. »Hast du auch nur die leiseste Ahnung, was du damit angerichtet hast?«

»Ich wollte es nicht. Es ist nicht meine Schuld. Es war ein privater Brief.«

»Privat? Und was ist mit meinem Privatleben? Wie kannst du es wagen, irgendjemandem zu schreiben, ich strebte das Amt des Residenten an? Ich habe das nie getan und werde es nie tun, und hier steht es nun schwarz auf weiß.«

»William, ich habe mich hinreißen lassen, das ist alles. Ich glaube wirklich, du würdest es besser machen als Mollard.«

»Hörst du mir eigentlich nicht zu? Ich habe diesen Job nie gewollt. Nie!«

Tom Ling klopfte an und schlurfte, sichtlich nervös, mit einer kleinen Karaffe Whiskey, einem Wasserkrug, winzigen Keksen und zwei Kristallgläsern herein. Er stellte das Tablett auf den Schreibtisch und eilte hinaus, wobei er einen bedauernden Blick auf Harriet warf, die am Boden zerstört schien. Toms unerwartete Sympathie verlieh ihr neuen Mut, und sie setzte sich zur Wehr.

»Wie oft muss ich es dir noch erklären? Ich bedauere das alles mehr, als ich dir sagen kann, ich fühle mich absolut gedemütigt und zerknirscht. Reicht dir das nicht?«

»Nein. Wie soll ich klarstellen, dass diese Ideen auf deinem Mist gewachsen sind?«

»Was soll das heißen?«

»Mir ist jetzt erst bewusst geworden, wie ehrgeizig du bist. Du wolltest, dass ich Resident werde, damit du in der hiesigen Gesellschaft das Sagen hast. Das erklärt natürlich auch deine Angriffe auf Mollard und seine Frau.«

»Das stimmt nicht«, rief sie. Er goss sich einen Drink ein. »Ich hätte gern auch einen. Whiskey, meine ich.«

»Du trinkst doch keinen Whiskey.«

»Jetzt schon.«

»Wie du möchtest.« Er gab ihr den Whiskey, den sie trotz des ungewohnten Geschmacks hinunterkippte.

»Ich bleibe nach wie vor dabei, dass mein Brief privat war, aber du weißt ebenso gut, dass meine Äußerungen über die Mollards nur den örtlichen Klatsch wiedergeben. Du magst sie nicht, das weiß ich genau.«

»Aber ich muss mit ihnen leben und kann sie nicht in aller Öffentlichkeit beleidigen. Andererseits kann ich zwischen den Zeilen lesen und erkenne deine Ambitionen, in die du mich leider einbeziehst. Dank deiner Dummheit und der deiner Mutter muss ich mich nun verteidigen und habe keine Ahnung, wie ich das anfangen soll.«

»Warum musst du überhaupt etwas unternehmen?«, fragte sie wütend. »Du schuldest ihnen nichts. Und wenn sie es erfahren ...«

»Was dann? Sie wissen es doch schon. Sie wissen es schon eine ganze Weile und kennen diesen Zeitungsausschnitt.«

Harriet sank in sich zusammen. »Sie kennen ihn? Oh, William, es tut mir so Leid!«

»Ein Teil deiner Strafe war der Ausschluss aus dem Tennisklub«, fuhr er fort. »Aber meine dauert noch an ...«

Harriet konnte es nicht länger ertragen. Sie sprang auf und rannte aus dem Zimmer, hinaus auf die Veranda, wo sie einen Moment unschlüssig stehen blieb. Dann floh sie aus dem Haus und eilte in den Park an der Esplanade. Sie hielt erst inne, als sie das harte Gras hinter sich gelassen und den Strand jenseits der Teebäume erreicht hatte. Dort ließ sie sich im Schatten einer Palme zu Boden fallen und weinte. Sie bereute den Brief, war zornig auf ihre Mutter, entsetzt über Williams Mangel an Mitgefühl. Sie fühlte sich ungerecht behandelt und fragte sich, wie sie ihren Mitmenschen je wieder unter die Augen treten sollte. Bei diesem Gedanken spürte sie ein brennendes Erröten, das ihr ganzes Gesicht überzog. Sogar ihre Hände wiesen rote Flecken auf.

Unglücklich schaute Harriet auf den Hafen, auf die blaue, einladende See. Welch eine Erleichterung, dort hineinzuwaten, sich in das warme Wasser zu werfen, immer tiefer ins Vergessen zu sinken.

Sie blieb lange unter der Palme sitzen, die nur wenig Schatten bot, den Kopf ungeschützt, über sich den wolkenlosen Himmel und die brennende Sonne, die kein Mitleid mit ihr zeigten.

Ihre Achselhöhlen wurden feucht, Schweiß rann zwischen ihren Brüsten hinunter, sie bekam Kopfschmerzen. Vermutlich würde sie sich einen Sonnenstich holen, doch was machte das schon? Dennoch, sie konnte hier nicht ewig bleiben, sie musste etwas unternehmen. Ertrinken oder heimgehen lautete die Devise. Sie besaß keine Freunde, niemanden in ihrem Alter. Und wenn Williams Freunde diesen Brief lasen, würde sie auch deren Sympathie verlieren. Maudie Hamilton hatte ihr einen Vorgeschmack darauf geliefert.

Entschlossen stand sie schließlich auf, streifte Schuhe und Strümpfe ab und schaute aufs Meer hinaus. Dann packte sie die Angst. Nicht die Furcht vor dem Ertrinken, sondern vor Ungeheuern. Hatte man ihr nicht erzählt, hier gebe es Krokodile? Man nannte sie Saltys, weil sie im Salzwasser lebten und als gefährlicher galten als ihre Artgenossen in den Flüssen. Mit einem Schaudern sank sie zu Boden.

Tom Ling fand sie am Strand. Aufgeregt umflatterte er sie, voller Sorge, hob ihre Schuhe und Strümpfe auf ...

»Kommen heim, Missy, nicht gut hier. Moskitos beißen, viele hier. Machen krank. Schlimmes Omen. Kommen heim.«

»Wie spät ist es?«, fragte sie erschöpft.

»Mittagessen vorbei, aber egal. Billy hat Suppe für Sie, viel und gut, fühlen besser.«

»Ist Mr. Oatley wieder ins Büro gegangen?«

Tom holte tief Luft, als lege er sich eine Lüge zurecht, besann sich aber eines Besseren.

»Herr zu Hause, hingelegt. Sie kommen in Wohnzimmer, schön kühl da, Missy.« Seine dunklen Augen schauten sie flehend an. »Kommen mit Tom Ling, ja? Nicht gut hier. Alles wird gut, werden sehen.«

»Nein, ich kann nicht zurück.«

Doch er blieb beharrlich und ignorierte ihre wütenden Aufforderungen, sie in Ruhe zu lassen.

Schließlich zog er sie auf die Füße, stützte sie, obwohl sie ihn deutlich überragte, und führte sie zum Haus zurück. Er bestand nicht einmal darauf, dass sie Schuhe und Strümpfe anzog, und einige vorbeireitende Männer starrten fassungslos die barfüßige Frau ohne Hut an, die sich auf einen Chinesen im schwarzen Pyjama-Anzug stützte. Harriet kümmerte sich nicht um die Blicke. Ihr war mittlerweile alles gleichgültig.

Es war einfacher, die Suppe zu essen, als sich auf Diskussionen mit den Chinesen einzulassen, und an den winzigen Hühnerklößchen zu picken, die Billy ihr geschickt hatte. Den Tee lehnte Harriet jedoch ab und verharrte reglos in einem weich gepolsterten Korbstuhl. Gelegentlich warf sie einen Blick in den Spiegel, der in der Mitte des zarten japanischen Schranks gegenüber prangte. Sie war noch immer barfuß, ihr Gesicht glühte vom Sonnenbrand, und ihr Haar hing zerzaust herunter, doch sie unternahm keinen Versuch, es in Ordnung zu bringen.

Sie blieb einfach sitzen, versuchte, an nichts zu denken, doch der Brief und seine Konsequenzen ließen sie nicht los, bahnten sich, wie Luftblasen im Wasser, immer wieder den Weg an die Oberfläche. Irgendwann kam William herein.

Er schien ihr Aussehen gar nicht zu bemerken.

»Nun, Madam, was hast du mir zu sagen?«

»Nichts«, erwiderte sie niedergeschlagen. »Gar nichts. Ich möchte nichts mehr davon hören.«

»Ich kann es dir leider nicht ersparen. Ich habe beschlossen, dass es das Beste ist, alles offen auf den Tisch zu legen. Dann ist es ein für alle Mal vorbei.«

Harriet dachte, es liege bereits zu viel offen auf dem Tisch, doch er sollte tun, was ihm beliebte, solange er sie damit in Ruhe ließ. Sie hörte reglos zu, als er ihr seinen Plan vortrug.

»Ich bestehe auf einem Termin bei Mr. und Mrs. Mollard und erkläre ihnen die Umstände, durch die es zur Publikation dieses Briefes kam und die sich jenseits deiner Kontrolle befanden. Zusammen müssten wir eigentlich ...«

»Zusammen? Ich soll mit dir kommen?«

»Selbstverständlich, was dachtest du denn? Ich stehe dir bei, wenn du deine Entschuldigung vorbringst.«

Harriet erstarrte. »Das werde ich nicht tun! Es war nicht meine Schuld.«

»Doch, das wirst du, Harriet. Schade, dass sie und so viele andere deine Meinung über sie in der Zeitung lesen mussten. Sie fühlen sich öffentlich bloßgestellt, und die Pflicht und die guten Manieren gebieten, dass du dich mit ihnen triffst und dich entschuldigst.«

Sie schob ihr Haar aus dem Gesicht und setzte sich trotzig auf. »Das werde ich nicht tun! Wozu denn? Selbst wenn ich mich entschuldige, werden sie es nicht einfach vergessen. Es wird mir bis in alle Ewigkeit anhängen.«

William zog einen Sessel heran und setzte sich ihr gegenüber. »Es geht mir um den Anstand. Du musst dich entschuldigen, so schwer es dir auch fallen mag. Alles andere ist unwesentlich. Dann hast du das Richtige getan.«

»Nein.«

Er seufzte. »Ich finde, du solltest es aus dem genannten Grund tun, aber es gibt noch einen weiteren. Mollard hat die Sache bereits seinem Anwalt übergeben.«

»Woher weißt du das?«, fragte sie besorgt.

»Ich weiß es eben. Mollard würde so weit gehen, dich der Verleumdung zu bezichtigen. Mit einer schriftlichen Beleidigung hat er dich in der Hand. Das möchte ich vermeiden, Harriet.«

»Habe ich ihn wirklich diffamiert?«

»So gut wie, aber ich möchte mich auf keine gerichtlichen Haarspaltereien einlassen.«

»Gerichtlich!« Harriet war entsetzt. »Müsste ich vor Gericht?«

»Hoffentlich nicht. Aber die Frage, um die es im Augenblick geht, lautet: Kommst du mit oder nicht? Ich muss den Termin schnellstens vereinbaren.«

»Ich komme wohl nicht darum herum.«

»Gut.« Er tätschelte ihr Knie. »Jetzt ruh dich aus, ich gehe in die Stadt und sehe zu, was sich machen lässt.«

Unterwegs verspürte William Gewissensbisse, weil er seiner Frau Angst gemacht hatte, doch es war unumgänglich gewesen. Mollard war nachtragend, er würde auf seine Genugtuung nicht verzichten, doch eine Gerichtsverhandlung ließe sich wohl vermeiden. William bezweifelte nicht, dass sich der Bursche kaufen ließ.

Für Harriet sollte es die demütigendste Erfahrung ihres Lebens werden.

Das Treffen zwischen den Oatleys und den Mollards fand im Wohnzimmer der Residenz in Gegenwart Christy Cornfords statt, der wie ein uniformierter Wachposten dabeistand. Die Atmosphäre war unterkühlt.

William gab sich jovial und legte seine Erklärungen dar, doch die anderen verhielten sich steif und unbewegt.

Als er fertig war und seine Entschuldigung vorgebracht hatte, wollte Mollard etwas sagen, doch seine Frau schnitt ihm das Wort ab und wandte sich wutentbrannt an Harriet.

»Sie unverschämtes Ding! Ich habe Sie als Gast in meinem Haus empfangen, und so danken Sie es mir. Noch nie hat man mich derart beleidigt. William kann sich gut entschuldigen, doch der Schaden ist nun mal passiert.« Sie keifte weiter, wie schwer es sei, ein so großes Territorium zu verwalten, wie sehr ihren Mann die persönliche Diffamierung treffe, und verkündete, sie hätten diese Position aus reiner Gutmütigkeit übernommen, sie vermisse ihre Familie und Freunde im Süden und so weiter, bis Mollard sie schließlich unterbrach.

»Oatley, von Ihren Ambitionen war noch gar nicht die Rede. Ihre Frau erklärt klar und deutlich, dass Sie dieses hohe Amt anstreben.«

»Das war ein Fehler«, sagte Harriet, doch der Resident fiel ihr ins Wort. »Ich habe mit Ihrem Mann gesprochen, Madam.«

Williams freundliche Haltung löste sich in Luft auf. »Sir, sprechen Sie bitte nicht in diesem Ton mit meiner Frau. Sie ist hier, weil es der Anstand gebietet, und ich erwarte von Ihnen ein Mindestmaß an Höflichkeit. Was wolltest du sagen, Harriet?«

Zitternd entschuldigte sie sich. Erklärte, es sei töricht von ihr gewesen, sie habe niemanden verletzen wollen, William habe niemals auch nur angedeutet, dass er sich für einen wie auch immer gearteten Regierungsposten interessiere. Sie war froh, dass William ihr die wichtigen Punkte eingetrichtert hatte, sonst hätte sie diese Tortur niemals durchgestanden. Am Ende brach sie in Tränen aus und blickte hasserfüllt in die versteinerten Gesichter.

»Ich glaube, wir können es als Unreife betrachten«, meinte Mrs. Mollard boshaft. »Sie sollten sich lieber an Ihrem Ehemann orientieren, als sich Flausen in den Kopf zu setzen.«

An diesem Punkt sah Harriet einen Hoffnungsschimmer am Horizont. Es schien klar, dass Mrs. Mollard aus bestimmten Gründen nicht allzu wütend auf William war.

»Ja, es tut mir so Leid. Auch für William war das alles schrecklich unangenehm. Ich hoffe, Sie akzeptieren meine Entschuldigung.«

Der Resident nickte. »Ja, aber sie geht mir nicht weit genug. Ich glaube, Mrs. Oatley sollte einen Entschuldigungsbrief im West Australian drucken lassen.«

»Das halte ich für keine gute Idee«, grollte William. »Dann rennen alle los, die den Artikel noch nicht kennen, und wollen ihn um jeden Preis lesen. Das wäre nur zum Nachteil Ihrer selbst, das wollen wir doch vermeiden.«

»Mein Anwalt meint, es sei das Mindeste, was wir verlangen können.«

»Sicher, aber er ist kein Politiker. Er muss sich keine Gedanken über die öffentliche Meinung machen. Ich glaube, die Damen haben beide einen unbehaglichen Morgen hinter sich, und wir sollten dieses Thema auf später verschieben, wenn Sie das wünschen.« Er schaute Mrs. Mollard an. »Mrs. Mollard, meine Frau kann nicht mehr tun, als um die freundliche Annahme ihrer Entschuldigung bitten.«

Mrs. Mollard zuckte die Achseln. »Na schön.«

Das musste reichen. Christy Cornford führte sie hinaus.

Harriet war überrascht, als der gewöhnlich so steife Cornford zu William sagte, er sei froh, dass alles so glimpflich abgegangen sei, und ihr mit einem Lächeln einen guten Morgen wünschte.

Doch damit war es nicht zu Ende. Bei einem privaten Treffen mit Mollard, der weiterhin auf rechtlichen Schritten bestand, löste William das Problem auf seine Weise. Er schlug dem Residenten vor, sich zwei schöne Vollblüter anzuschauen, die er zum Gestüt der Westons bringen ließe.

»Echte Schönheiten«, meinte er. »Stammbäume so lang wie mein Arm. Sie werden Ihnen gefallen.«

Als Mollard die Pferde in Besitz nahm, ging William grinsend davon.

Das war kein Kuh-, sondern ein Pferdehandel gewesen.

Briefe, Briefe, nichts als Briefe. Harriet war entschlossen, von nun an nie wieder einen zu schreiben. Sie hatte einen scharfen Brief an ihre Mutter gerichtet, der zu einer tränenreichen Entschuldigung führte. Ihr Vater, der erst aus der Zeitung von der Veröffentlichung erfuhr und nicht gerade begeistert war, sandte William seine aufrichtigste Entschuldigung, ebenso dem Residenten und Mrs. Mollard. Er teilte William auch mit, dass der Herausgeber eine Entschuldigung gegenüber Mrs. Oatley bringen werde, da man den Brief ohne ihre Einwilligung abgedruckt habe. Er legte eine Kopie des Wortlauts zur Genehmigung bei, doch William telegrafierte ihm, es sei nicht notwendig, sie sollten die Angelegenheit am besten auf sich beruhen lassen.

Es war für Harriet kein Trost, dass ihr mehrere bis dato unbekannte Bürger zu ihrem Mut gratulierten, einen wahrheitsgetreuen Bericht über den Stand der Dinge im Territorium zu liefern.

Lucy Hamilton, die eigentlich mehr an Myles und dessen Rückkehr interessiert war, erklärte, Maudie Hamilton habe sich in den Frauen mit den alten Filzhüten wiedererkannt. Lucy, die nicht gerade für ihr Taktgefühl berühmt war, schrieb, ihre Tante sei außer sich vor Wut. Harriet begriff, dass sie sich in ihr eine echte Feindin gemacht hatte, denn Maudie würde sich durch ihre Zerknirschung nicht beschwichtigen lassen. William wusste nicht einmal davon, die Frage der Hüte war bisher nicht angesprochen worden.

Was ihn betraf, war wieder Normalität eingekehrt, seine gute Laune wiederhergestellt. Er entschuldigte sich sogar für seine Grobheit, doch Harriet hielt sich die Ohren zu.

»Ich kann das Wort Entschuldigung nicht mehr hören!«

»Dann könnte das vielleicht helfen.« Er zog eine mit Gold geprägte Karte hervor, die besagte, Mrs. William Oatley sei Gründungsmitglied des Tennisklubs von Darwin. »Anscheinend wollen sie jetzt einen gemischten Klub betreiben, da die meisten Damen ohnehin nicht spielen können«, sagte er lachend.

»Was habe ich denn davon«, knurrte Harriet. »Vermutlich wird niemand mit mir spielen wollen.«

»Das ist nicht wahr. Christy Cornford ist hoch erfreut, dass du Tennis spielst, und freut sich schon, dich auf dem Court zu begrüßen. Er wird deine Partien arrangieren.«

»Guter Gott, weshalb sollte er das tun?«

»Ich nehme an, er hat wohl keinen Spaß am Spiel mit Dilettanten.«

»Du meinst also, ich sollte hingehen?«

»Natürlich, man erwartet dich am Samstag. Danach kannst du packen.«

»Weshalb?«, fragte Harriet misstrauisch.

»Ich habe geschäftlich in Singapur zu tun, und wir könnten es mit einem Kurzurlaub verbinden, falls du mich begleiten möchtest.«

»Oh, William, das wäre herrlich.« Sie umarmte ihn erleichtert. »Du bist wirklich ein wunderbarer Mann.«

»Ein glücklicher Mann«, sagte er lächelnd und küsste sie.

11. Kapitel

MYLES OATLEY LEHNTE die Heirat seines Vaters mehr denn je ab. Ihm graute vor der Rückkehr nach Darwin und der Begegnung mit dem gleichaltrigen Mädchen, das seine Stiefmutter geworden war. Den Briefen seines Vaters zufolge waren sie noch immer wie die Turteltäubchen, und die Vorstellung, bei ihnen zu wohnen und dieses Verhalten mit ansehen zu müssen, verursachte ihm Übelkeit.

Bislang war er der Alleinerbe der Oatley-Stationen und der lukrativen Handelsagentur seines Vaters gewesen. William erwähnte dies in jedem Brief und hielt seinen Sohn über all seine Grundstücks- und Bergbaugeschäfte, die ihm ein Vermögen einbrachten, auf dem Laufenden. Er informierte Myles auch pflichtbewusst über dessen umfangreiches Aktienportfolio, das ständig an Wert gewann, und bat ihn gelegentlich um Rat, was sein Sohn zu schätzen wusste. Er begriff, dass sein Vater ihm auf diese Weise nahe bleiben und gleichzeitig Vorsorge treffen wollte, falls er krank werden oder, Gott behüte, sterben sollte. Er war so weitsichtig, seinen Sohn darauf vorzubereiten, im Notfall den Besitz zu übernehmen.

Zu seiner Überraschung hatte er Myles in einem der letzten Briefe geraten, das Portfolio zu halten, die Agentur aber zu verkaufen, da ihm die Landarbeit mehr liege. Was stimmte, denn Myles fand Büroarbeit ausgesprochen langweilig.

Er wunderte sich allerdings, was zu diesem Sinneswandel geführt hatte. Wurde seinem Vater das Leben mit seiner jungen Frau in sexueller und anderer Hinsicht zu anstrengend? Er konnte es aus der Ferne nicht beurteilen, hätte aber gern mehr über diese Frau gewusst. Wie gut kannte sie sich in den geschäftlichen Angelegenheiten aus? Vertraute William sich ihr ebenfalls an? Und was war mit seinem Erbe? Wer bekäme was? William würde ihn niemals ausschließen, doch waren Frauen wie sie durchaus in der Lage, ein Testament zu ihren Gunsten zu beeinflussen.

Er seufzte. Sein Status als Alleinerbe war Vergangenheit, er musste so bald wie möglich heimkehren. Außerdem begann ihn das Leben in London zu langweilen.

Zuerst hatte er sich prächtig amüsiert. Auf dem Schiff traf er Donald McBride aus Sydney, und sie wurden so enge Freunde, dass sie gemeinsam eine Wohnung in Kensington samt zuvorkommendem Diener mieteten, der die beiden Junggesellen nur zu gern betreute. Sie zogen wochenlang als eifrige Touristen durch London, fest entschlossen, all die historischen Gebäude zu besichtigen, von denen sie so viel gehört hatten. Dann aber trafen immer mehr Einladungen von Schiffsbekanntschaften ein, sodass sie meist erst frühmorgens ins Bett taumelten. Die Junggesellen war äußerst umworben.

Myles verguckte sich in Helena, eine reizende Engländerin, doch zu Donalds Belustigung belegte ihn die Amerikanerin Belle Symington, eine weltgewandte, ungeheuer attraktive verheiratete Frau, mit Beschlag.

Sie bestand darauf, ihn in die wichtigen Gesellschaftskreise einzuführen. Myles war völlig hingerissen, und ihre Affäre sollte mehrere Monate dauern, bis Belle die Heimreise nach New York antrat.

Währenddessen sprach Donald unablässig vom Wunsch seines Vaters, er solle ein nettes schottisches Mädchen mit nach Hause bringen, und sie mussten lachen, wann immer sie einen schottischen Akzent vernahmen. Bis zu dem Abend, an dem er Tess begegnete, Tess mit dem leuchtend roten Haar und dem schlagfertigen Witz. Sie stammte aus Edinburgh.

Donald und Tess verliebten sich Hals über Kopf ineinander,

und Myles begleitete das Paar, als es Tess' Familie in ihrem uralten, entlegenen Schloss einen Besuch abstattete. Die Familie Dalgleish verhielt sich gegenüber den Fremden, die ihre Tochter angeschleppt hatte, höflich, aber kühl, bis sie schließlich erfuhren, dass Donald überaus ehrenwerte Absichten hegte. Er liebte das Schloss, obgleich es teilweise verfallen und nicht mehr zugänglich war, doch Myles langweilte sich. Zudem war ihm ständig kalt, ob er sich nun im Haus befand oder an der frischen Luft.

Schließlich erinnerte er Donald an ihr Vorhaben, den Winter im Süden zu verbringen und die Küsten des Mittelmeers zu bereisen, doch sein Freund konnte sich nicht von Tess trennen. Also kehrte Myles allein nach London zurück.

Dort lernte er eine blonde Schauspielerin namens Shilly Shannon kennen, die eine kleine Rolle in einem Shaw-Stück spielte. Sie verriet ihm, dass Shilly ihr Künstlername sei, weil Shirley zu gewöhnlich klinge. Sie war exzentrisch, verrückt, aber eine hervorragende Gesellschafterin und ausgesprochen erotisch. Als das Stück vom Spielplan genommen wurde, begleitete sie ihn nach Paris. Sie amüsierten sich prächtig, bis Shilly das Thema Heirat anschnitt.

Als Myles ihr nicht den Verlobungsring kaufen wollte, den sie sich in einem Schaufenster ausgesucht hatte, machte ihm Shilly eine grauenhafte Szene in der Hotelhalle. Damit endete ihre Beziehung. Myles schickte sie auf ihr Zimmer, bezahlte die Rechnung, ließ ihr etwas Geld zurück und erwischte gerade noch den Zug nach Marseiile.

Er verbrachte eine herrliche Zeit in Spanien, von wo aus er an die französische Riviera und weiter nach Italien reiste. Er fand leicht Anschluss, englische Gentlemen schienen ebenso gern zu reisen wie er. Sie kannten jede Menge Leute, die in eigenen Häusern oder abgelegenen Hotels wohnten. Schließlich traf er in Athen ein und fand dort einen Brief von Donald vor, der darauf bestand, er müsse Ostern zu ihrer

Hochzeit nach Edinburgh kommen und sein Trauzeuge werden.

Nachdem er diese Pflicht erfüllt hatte, kehrte Myles in ihre Wohnung in Kensington zurück. Obwohl ihn das fröhliche Leben in der Hauptstadt für das kalte Wetter entschädigte, hatte er das endlose Karussell aus Partys und Bällen allmählich satt. Er konnte keine Abendkleidung mehr sehen.

Vermutlich hatten ihm die Schönheiten der französischen und italienischen Hafenstädte London verleidet, dachte er missmutig.

Als Donald und Tess nach ihren Flitterwochen London besuchten, stellten sie überrascht fest, dass Myles sich in einen Stubenhocker verwandelt hatte, der lieber mit Büchern und Zeitungen am Feuer saß, als das gesellschaftliche Leben zu genießen.

»Du solltest nach Berlin fahren«, riet ihm Donald. »Es ist herrlich, wir haben uns prächtig amüsiert.«

Tess war jedoch anderer Meinung. »Er sollte nach Hause fahren, er hat Heimweh.«

»Das stimmt nicht! Ich bin gern hier, gehe aus, wann es mir passt, vor allem ins Theater, und verzichte einfach auf die geistlosen Bälle und Soireen.«

»Das liegt daran, dass du schon vergeben bist. Du vermisst dein Mädchen zu Hause. Wie hieß sie doch gleich? Lucy?«

»Hörst du noch von ihr?«, wollte Donald wissen.

»Natürlich.«

»Dann möchte ich wetten, du hast Angst, jemand könnte sie dir wegschnappen«, lachte Donald.

»Sei nicht albern, wir haben ein Arrangement getroffen.«

»Dann hoffe ich, sie hält es ebenso treu ein wie du«, meinte Tess scharfzüngig.

Myles grinste. »Hört auf, mir Schuldgefühle einzureden, das wird nicht funktionieren. Lucy und ich werden heiraten, aber wir sind noch zu jung.«

Donald stieß einen Pfiff aus. »Das ist ja ganz was Neues. Du hast mir ihre Briefe gezeigt, sie klangen, als hätte sie schon das Brautkleid bestellt.«

Tess streifte die Schuhe ab und hielt ihre Füße vor den wärmenden Kamin. »Ich habe immer schon gefunden, dass ihr zu jung seid«, bemerkte sie mit der ganzen Weisheit ihrer fünfundzwanzig Jahre.

»Aber du solltest es ihr wenigstens sagen.«

»Unsinn«, meinte Donald. »Er ist einundzwanzig. Hätte ich dich in dem Alter getroffen, wäre ich sofort mit dir zum Altar gelaufen, damit dich keiner wegschnappt.«

»Myles, du brauchst frische Luft«, entschied Tess. »Komm doch mit! Du kannst mit auf die Jagd gehen.«

»Er hasst die Jagd«, sagte Donald.

Tess war verblüfft. »Du hast doch gesagt, es habe ihm gefallen.«

»Das musste ich sagen, ich konnte euch doch nicht beleidigen. Aber es ist einfach nicht unser Reitstil. Myles und ich sind auf Stationen groß geworden, dort reitet man bei der Arbeit oder um irgendwohin zu gelangen. Du wirst es erleben, wenn wir heimkehren, es sind die ungeheuren Entfernungen, die endlose Weite, die solchen Spaß machen.«

Myles beendete die Diskussion über seine Zukunftspläne. »Gehen wir ins *Crown and Anchor,* ist inzwischen mein Stammlokal. Man kann dort auch gut essen.«

Donald hatte einen wunden Punkt angesprochen. Myles wollte sich sein Heimweh nicht eingestehen, vermisste aber die Viehstation, die Freiheit und Aufregung und das weite Land. Wenn er Lucy heiratete, könnte er seinen Vater überreden, ihm die Verwaltung von Millford zu übertragen und dort sesshaft zu werden. William würde dem jungen Paar diesen Wunsch niemals abschlagen, doch als allein stehender Mann konnte er nur für Pop oder den gegenwärtigen Verwalter von Millford arbeiten. Auch das wäre nicht schlecht, denn so könnte er wählen und seine Zeit auf beide Stationen verteilen, die ihm beide eines Tages gehören würden.

Oder nicht? Immerhin gab es jetzt Harriet, und nur wegen ihr scheute er vor der Heimkehr zurück.

Als Donald und Tess nach Schottland fuhren, fühlte Myles sich allein gelassen. Er hatte ihre Gesellschaft wirklich genossen. Er spielte jetzt doch mit dem Gedanken, nach Berlin zu fahren, zog sich dann aber eine schlimme Erkältung zu und versank noch tiefer in seine niedergeschlagene Stimmung.

Dann erhielt er einen nörgelnden Brief von Pop, der seine Heimkehr verlangte, und das Schreiben von William, in dem dieser ihm zum Verkauf der Agentur riet.

Myles musste feststellen, dass die Trennung von Lucy seine Gefühle nicht gerade befeuert hatte; ihre Briefe interessierten ihn kaum noch. Vielleicht würde das Wiedersehen die beinahe erloschene Liebe neu entfachen, doch von hier aus wirkte seine Verlobte kindlich und albern.

Dennoch, Lucy erbte einmal den beträchtlichen Besitz der Hamiltons, was ihn für die Verluste durch seine Stiefmutter entschädigen würde.

Er warf einen Blick auf den Kalender. Inzwischen musste die Familie Flores wieder in der Stadt und im *Savoy* abgestiegen sein. Schon besserte sich seine Laune. Die Flores stammten aus Argentinien. Er war ihnen in London, Neapel und zufällig auch in Venedig begegnet, wo sie eine Villa gemietet und darauf bestanden hatten, er müsse bei ihnen wohnen. Myles genoss diese Gesellschaft, weil sie so viel gemeinsam hatten. Die Flores besaßen Estancias genannte Viehstationen und hielten große Herden wie die Oatleys. Der Patriarch der Familie, Diego Flores, war um die siebzig. Er hatte Myles ins Herz geschlossen, weil der Australier in derselben Branche tätig war, und sprach mit ihm über seine beiden Vorlieben, Pferde und Rinder. Bald schon verband sie eine enge Freundschaft. Ihre Reisegruppe bestand aus Diegos beiden Söhnen mit ihren

Frauen und einer älteren Dame, seiner verwitweten Schwester. Alle waren älter als Myles, doch er fühlte sich von ihrer warmherzigen Art angezogen.

Er betrat die vornehme Halle des *Savoy,* des modernsten und prächtigsten Hotels in ganz London, da er für die Flores eine Einladung zu einem Essen im *Balalaika,* einem beliebten russischen Restaurant, hinterlassen wollte. Doch Diego Flores hatte ihn bereits erspäht und kam auf ihn zu.

Alle Köpfe wandten sich um, als der silberhaarige Mann die Arme ausstreckte. »Mein Junge, Myles! Wie schön, dich zu sehen! Wo willst du hin? Du musst einen Kaffee mit mir trinken, die anderen sind mir weggelaufen.«

Sie zogen sich in den Teeraum zurück, wo die meisten Tische von elegant gekleideten Frauen mit ausladenden Hüten besetzt waren. Diego strahlte.

»Das tut meinen Augen gut«, seufzte er. »So viel Schönheit.«

»Der Raum?«, fragte Myles lächelnd.

»Der auch«, lachte Diego. »Jetzt erzähl mir von deinen Reisen. Wohin bist du von Venedig aus gefahren?«

Sie tauschten ihre Reiseeindrücke aus, und Myles überbrachte seine Einladung, die Diego begeistert annahm.

»Ausgezeichnet, mein Junge. Wir waren noch nicht da, die Musik soll sehr romantisch sein. Gibt es etwas Besonderes zu feiern?«

»Nein, eigentlich nicht, aber ich werde mich bald auf den Heimweg machen.«

»Wir auch. Wir haben uns schon zu lange herumgetrieben, ich sehne mich nach zu Hause.«

Myles wünschte, er könnte das Gleiche von sich behaupten.

»Australien ist so weit. Welche Route nimmst du?«

»Um Südafrika und quer über den Indischen Ozean.«

»Ein langer Weg«, meinte Diego. »Ich habe eine bessere Idee. Weshalb kommst du nicht mit uns? Reise einfach über

Amerika. Zuerst nach Buenos Aires, dann auf unsere Ranch. Du musst Argentinien erleben, wir erzeugen das beste Rindfleisch der Welt.«

»Nach unserem«, neckte ihn Myles.

»Du hast die Wahl. Es wird dir Spaß machen, das verspreche ich. Dann bringen wir dich auf ein Schiff nach Sydney, und schon bist du zu Hause.«

»Auf der falschen Seite des Kontinents.«

»Aber es kann doch nicht so schwer sein, eine Küstenverbindung von Sydney nach Darwin zu bekommen.«

»Nein«. Er wurde allmählich schwach. Die Reise von Australien nach London war aufregend gewesen, doch die Rückfahrt schien ihm nicht gerade verlockend. Warum also keine andere Route nehmen? Es wäre wunderbar, die Flores auf ihrem Grund und Boden zu besuchen und zu sehen, wie ihre viel gerühmten Viehstationen arbeiteten. Ja, warum eigentlich nicht? Er hatte es nicht eilig.

»Es ist sehr freundlich von Ihnen, mich einzuladen, Sir, aber ich möchte mich nicht aufdrängen.«

»Aufdrängen? Aber nicht doch. Du bist unser Gast. Nun hast du eine viel bessere Gelegenheit, Argentinien zu besuchen, als wenn du von Australien kämest.«

»Wann brechen Sie auf?«

»In ungefähr drei Wochen. Juan ist dafür zuständig. Ich werde ihn anweisen, eine Kabine für dich zu buchen.«

»Vielleicht gibt es keine mehr.«

»Das finden wir schon heraus. Du kommst also mit?«

»Sehr gern.«

»Gut, das wäre geregelt. Jetzt möchte ich noch einen Kaffee.«

Juan hatte Schwierigkeiten, eine Kabine für Myles zu finden, der daraufhin vorsichtshalber auf einem Schiff buchte, das einige Wochen später nach Buenos Aires fuhr. In letzter Minute erwischte Juan dank einer Stornierung dann doch noch eine Einzelkabine für Myles. Nun würden sie in zwei Tagen alle gemeinsam abreisen.

Myles musste sich beeilen, packen, Freunden Lebewohl sagen und Geschenke für daheim kaufen.

Er schrieb seinem Vater von seinen Plänen und schätzte, er werde Weihnachten zu Hause sein. »Drei lange Seereisen und einige Monate in Südamerika machen das Jahr voll. Du kannst dir gar nicht vorstellen, wie aufregend die Gelegenheit ist, auf meinem Heimweg neue Länder kennen zu lernen.«

Myles gab seine nächste Adresse in Buenos Aires an und versicherte seinen Vater seiner immer währenden Zuneigung. Mrs. Oatley erwähnte er auch diesmal mit keinem Wort.

Drei Tage nach seiner Abreise traf ein dringliches Telegramm von William an Myles' Londoner Adresse ein. Der neue Bewohner versah es mit dem Vermerk »Unbekannt verzogen« und gab es dem Boten zurück.

William bezog diesmal eine Suite im Hotel *Raffles,* da er geschäftliche Besprechungen mit chinesischen und malaiischen Geschäftsleuten hatte, die viel Zeit in Anspruch nehmen würden. Harriet würde sich im Hotel wohler fühlen, da es hauptsächlich von einer englischen Klientel bewohnt wurde, darunter viele Regierungsbeamte und Plantagenbesitzer aus Malaya.

Nach ihrer Ankunft sprach William mit dem Geschäftsführer und erfuhr, dass einige Bekannte von ihm ebenfalls im Hotel abgestiegen waren. Er lud zwei Paare zum Essen ein, um Harriet bei dieser Gelegenheit mit ihnen bekannt zu machen. Er wollte sie diskret bitten, sich ein wenig um seine Frau zu kümmern, die sich möglicherweise allein fühlen würde. Sie sagten bereitwillig zu.

Harriet war angesichts der Offenheit dieser Fremden angenehm überrascht. Besonders herzlich zeigten sich Lena und

Leslie Hopetoun, die aus Malaya zu Besuch waren. Sie erwähnten beiläufig, dass Leslie dort als Sekretär und rechte Hand eines malaiischen Prinzen arbeitete. Harriet war davon derart beeindruckt, dass sie ihnen zunächst sehr schüchtern begegnete, doch Lena lud sie zum Einkaufsbummel ein und nahm ihr damit die Hemmungen.

»Eigentlich müsste ich gar nichts kaufen«, meinte sie. »In Darwin braucht man nicht viel.« Nur langweilige weiße Kleider, dachte sie, wagte aber nicht einmal im fernen Singapur, dies zu erwähnen.

»Unsinn, wir müssen einkaufen«, meinte Lena, die das Geld mit vollen Händen auszugeben schien. »William wird nichts dagegen haben, es wird geradezu erwartet.«

Harriet ließ sich von Lenas Begeisterung mitreißen. Sie kauften billigen Tand an Straßenständen und teurere Juwelen in den unzähligen Schmuckgeschäften, die in ruhigen Nebenstraßen versteckt lagen. Die großen Kaufhäuser boten ein so atemberaubendes Warenangebot, dass Harriet der Mund offen stand. Zum Lunch gingen sie in einen Tennisklub, der so großartig ausgestattet war, dass sie voller Scham an ihr Klubhaus in Perth dachte, eine ehemalige Werkstatt. Leslie traf sie dort, und sie setzten sich mit vielen Leuten, die alle bester Laune waren, an einen Tisch. Harriet fühlte sich wieder eingeschüchtert. Es ging laut zu, man lachte dröhnend über Scherze, die bei Tisch kursierten, und auch nach dem letzten Gang wurde weiter ausgiebig getrunken, bevor man noch mehr Käse, Obst und Wein orderte. Hurrarufe ertönten, als eine dreiköpfige Kapelle aufzuspielen begann.

Harriet sah erstaunt, dass es schon vier Uhr war und ein Tanztee begonnen hatte. Niemand schien an Aufbruch zu denken. Sie war inzwischen leicht beschwipst und genoss die Gesellschaft dieser fröhlichen, eleganten Menschen, wollte aber nicht länger bleiben, um William bei seiner Rückkehr im Hotel zu treffen. Immerhin musste sie ihm erklären, wie es zum

Kauf all der Dinge gekommen war, die Lena frohgemut in ihre Hotelsuite hatte schicken lassen.

Schließlich konnte sie sich losreißen, obwohl ihre neuen Freunde sie Aschenputtel nannten. Leslie rief ihr eine Rikscha, die sie ins Hotel brachte.

William traf nur wenige Minuten nach ihr in der Suite ein. Er war bester Laune. Seine Besprechungen waren gut verlaufen, und er interessierte sich brennend für die Resultate ihres Einkaufsbummels. Von den billigen Marktwaren abgesehen, hatte sie nur teure Stücke gekauft, wofür sie nun Lena die Schuld gab. Er lachte nur, als sie alles vor seinen Augen ausgebreitet hatte. Passende goldene Taschenuhren für sie beide, die in Muschelform gearbeitet waren; Rubinohrringe; meterweise herrliche Seide ...

»Das reicht, um Vorhänge fürs ganze Haus zu schneidern«, stöhnte Harriet.

Sechs Seidenhemden für William, die ihm gefielen. Panamahüte für Damen und Herren, die man zusammenknüllen und wieder in Form bringen konnte. Geschnitzte Buchstützen in Tierform; geschnitzte Lampenfüße und leuchtende Schirme; mit bestickter Seide bezogene Fußhocker ...

»Wir können alles zurückschicken«, meinte Harriet nervös, doch William blieb ganz ruhig.

»Nein, was uns gefällt, das behalten wir. Lena kennt sich aus, das alles ist Qualitätsware und kostet woanders viel mehr. Den Rest verwahren wir als Geschenke. Ich werde einen Diener bitten, die schweren Stücke für uns einzupacken, damit wir sie nach Hause schicken können. Hauptsache, du hattest deinen Spaß.«

»Ja, die Leute sind nett. Wir haben im Tennisklub zu Mittag gegessen.«

»Tatsächlich? Ich hatte noch nie Zeit, dorthin zu gehen. Aber du scheinst dich wunderbar amüsiert zu haben, dank Lena und Leslie.«

Doch Lena hatte erst mit ihren Bemühungen angefangen und nahm Harriet nun ganz und gar unter ihre Fittiche. Wenn sie Harriet nicht gerade durch die Geschäfte schleifte, besuchten sie ihre Freunde, wo man statt des Morgentees häufig Gin-Cocktails zu sich nahm, die Harriet lieber abgelehnt hätte. Doch trotz der Zimmerfächer, mit denen die meisten Häuser und öffentlichen Gebäude versehen waren, war es heiß, und die Getränke löschten den Durst.

»Wie, ihr habt keine Zimmerfächer?«, erkundigten sich Lena und ihre Freundinnen erstaunt. »Ist es bei euch zu Hause nicht heiß?«

»Doch, sehr sogar, aber die Stadt ist sehr neu. Es gibt noch nicht viele Annehmlichkeiten, wir haben nicht einmal Elektrizität.«

Lena betrachtete den kleinen malaiischen Jungen, der den Zimmerfächer ihrer Freundin bediente. »Du brauchst keine Elektrizität. Es gibt doch Eingeborene.«

»Ja, aber ...«

Als William am nächsten Abend ins Hotel kam, berichtete Harriet von dem Geschenk, das Lena und Leslie ihnen gekauft hatten: ein aufwändiger Zimmerfächer für ihr Heim, der fertig verpackt im Gepäckraum des Hotels auf sie wartete.

William lachte Tränen. »Ein Zimmerfächer in Darwin! Mein Gott, du darfst ihre Gefühle nicht verletzen, ich hoffe, du hast das Geschenk dankend angenommen. Aber kannst du dir Tom Lings Gesicht vorstellen, wenn wir ihn in eine Ecke setzen und seinen großen Zeh an dieses Ding binden? Er würde vermutlich in Tränen ausbrechen.« Er überlegte. »Wenn wir ihn verschenken, brauchen sie es ja nicht zu erfahren.«

»Wem willst du ihn schenken?«

»Unserem Residenten und seiner Missus, meine Liebe. Ist es ein guter Fächer?«

»Lena sagt, der beste. Sie benutzt ihn in Malaya.«

»Ausgezeichnet«, meinte William grinsend. »Das perfekte

Geschenk für Ihre so genannten Exzellenzen. Gut gemacht, Harriet, gut gemacht.«

Dann aber überbrachte er ihr die Neuigkeit, er müsse nach Norden reisen, um mit den Vertretern eines malaiischen Prinzen und vielleicht auch dem Prinzen selbst zu sprechen.

»Leslies Prinz?«

»Nein, verglichen mit diesem Burschen und seinem Vater ist er ein kleiner Fisch. Sie sind märchenhaft reich, und ich konnte sie für die Kupferminen interessieren, die Garfield Perdoe nicht wollte. Mit derartigen Geldern können sie nicht nur die existierenden Kupferminen erschließen, sondern auch nach Silber, Zink und sogar Gold suchen. Wir haben noch immer keine Ahnung, welche Reichtümer unser Territorium birgt. Es ist praktisch unerschlossen.«

Harriet war ratlos. »Das verstehe ich nicht. Warum sollten sie sich die Mühe machen, wenn sie schon so reich sind? Haben sie denn nicht genug?«

»Mehr als genug, Milliarden Pfund in unserer Währung. Aber was macht man damit? Sie müssen an ihre Nachkommen denken, die Throne aus massivem Gold benötigen, dazu Heerscharen von Dienern und Harems voll der schönsten Frauen der Welt ...«

»Wie bitte?«

»Aber ja. Deshalb verlangt das Protokoll, dass du hier bleibst. Man hat mich in den Palast dieses Sonnenkönigs eingeladen, aber meine englischen Berater meinten, ich solle meine Frau nicht mitbringen, da Frauen dort nicht sonderlich hoch angesehen sind.«

»Du meinst, ich wäre dir im Weg?«

»Und wie!«

»Schade, ich hätte so gern gesehen, wie sie leben.«

»Das bekommen nur wenige Europäerinnen je zu sehen. Ich hoffe, es macht dir nichts aus, hier auf mich zu warten. Ich erzähle dir alles, wenn ich zurück bin.«

»Natürlich bin ich enttäuscht, aber ich möchte keinen Skandal verursachen.«

»Nun, es tut mir ehrlich Leid, Harriet, aber ihre Investitionen sind bedeutend, obwohl die eigentliche Zahlung vermutlich über eine Londoner Bank erfolgen und die Firma einen englischen Namen tragen wird.«

»Wieso?«

»Wer weiß, welche verschlungenen Wege diese Burschen einschlagen. Die Quelle liegt jedoch in Prinz Abu Selongs Palast, und ich muss die Gelegenheit ergreifen. Sie investieren Millionen in aller Welt, und ich verlange im Vergleich dazu wenig. Außerdem sprechen meine Fakten und Zahlen für sich.«

»Warum kann ich nicht in der Nähe wohnen und eine Stippvisite im Palast machen?«

»Unmöglich, ich würde mein Gesicht verlieren. Und wenn du im Palast wohntest, was sie im Übrigen nicht verweigern könnten, würdest du hinter Schleiern versteckt Gefahr laufen, eine Favoritin des Prinzen zu beleidigen, weil du die gesellschaftlichen Regeln nicht beherrschst. Meine chinesischen Freunde haben mir geraten, äußerst umsichtig vorzugehen.«

»Verstehe«, meinte Harriet gekränkt. »Vermutlich wird dein Prinz Tanzmädchen auffahren, um dich zu unterhalten.«

»Sei nicht albern«, meinte William, »ich habe geschäftlich dort zu tun.«

»Das war doch nur ein Scherz. Geh nur, ich komme schon zurecht. Vielleicht stelle ich selbst einige Erkundungen an, die Geschäfte kenne ich ja zur Genüge.«

»Ja, aber wage dich nicht zu weit in die Viertel der Einheimischen, und nimm nur die hoteleigenen Rikschas.«

Harriet verbrachte zwei ruhige Tage allein, bevor Lena nach ihr sah, sich für ihre Abwesenheit entschuldigte und unter Gelächter erklärte, sie sei auf einer Dinnerparty gewesen, die geschlagene zwei Tage gedauert habe.

Harriet sah sie erstaunt an. »Wie ist das möglich?«

»Ganz einfach, wir waren bei den Sinclairs. Alle haben sich so gut amüsiert, dass niemand nach Hause gehen mochte. Es ging immer weiter.«

Allmählich schwante Harriet, dass William diese Leute doch nicht so gut kannte.

»Aber jetzt mal im Ernst, wie gefällt dir mein neues Kostüm?«

Harriet hatte das blassblaue Kostüm mit der bestickten Jacke, der adretten Bluse und dem langen Bahnenrock schon bewundert. »Es ist wunderschön. Ungewöhnlich. Die neueste Mode?«

»Für tagsüber schon. Ich habe eine großartige Schneiderin aufgetan, da gehen wir heute früh hin.«

»Was willst du dir machen lassen?«

»Nicht ich, du. Du kannst einfach nicht mehr in diesen schweren, gerafften Röcken herumlaufen, und die Ballonärmel sind völlig aus der Mode.«

»Ich dachte, sie seien der letzte Schrei. Zu Hause in Darwin jedenfalls.«

»O nein, du brauchst nur einen leichten Puffärmel so wie hier, das ist weicher. Kein Raffungen und Überröcke auf den Hüften mehr. Die Linie ist schmaler geworden, man trägt Glockenröcke. Es hat alles mit der Taille zu tun, man bezeichnet sie als Wespentaille. Du musst dein Korsett enger schnüren, damit es richtig wirkt.«

Bald schon war Harriet einer französischen Schneiderin namens Mimi auf Gedeih und Verderb ausgeliefert. Sie beschäftigte ein halbes Dutzend chinesischer Damen, die in einer Nische hinten im Laden eifrig nähten. Die Art, in der sie und Lena über Harriets Geschmack sprachen, schüchterte sie so sehr ein, dass sie am Ende eine komplette neue Garderobe orderte, Batist und Leinen und Seide in zarten Pastelltönen, dazu endlose Spitzen.

»Ihre Kleider machen sie alt und unmodern«, meinte Lena. »Diese hier sind viel flotter und wirken sehr chic.«

»Ja, harte Farben sind völlig unmodern«, stimmte ihr Mimi zu.

»Aber Madame ist so groß, so schön, die neuen Farben werden ihr ausgezeichnet stehen. Nur das Haar ... zu viel Haar.«

Harriets Freude über die Komplimente verlieh ihr neues Selbstvertrauen. »Da lässt sich nichts machen, es ist eben sehr lang.«

»Zu lang, Madame. Und vorn eingerollt, das sieht matronenhaft aus. Diese dicken Rollen erdrücken Ihr Gesicht. Sie haben schöne Züge, Sie sollten Ihr Haar abschneiden lassen.«

»Sie hat Recht!«, rief Lena und setzte den Hut ab, um zu demonstrieren, dass sie ihr eigenes weiches, blondes Haar nur schulterlang trug.

»Aber mein Haar ist glatt«, stöhnte Harriet. »Ich wüsste nicht, was ich mit kurzem Haar anfangen soll.«

»Dann wirkt es aber geschmeidiger«, erklärte Lena strahlend, »nicht mehr wie ein dickes Vogelnest. Oder du könntest dir Locken machen lassen. Meine Zofe legt mir oft Locken.«

Harriet wagte nicht, diesen eleganten Frauen zu gestehen, dass sie keine Zofe besaß. Sie eilten mit ihr zu einem Damenfriseur, einer Institution, die in Darwin nicht existierte, dort gab es nur einen Barbier.

Harriet weinte beinahe, als ihr hüftlanges Haar in Strähnen zu Boden fiel und einfach wie Abfall weggekehrt wurde. Der Friseur ging mit Bürste, Kämmen und scharfer Schere wieder ans Werk, bis ihr Haar säuberlich in der Mitte gescheitelt und auf dem Kopf in Rollen gelegt war.

»Schönes, dickes Haar, leicht zu frisieren«, meinte der Friseur, während er sein eigenes Werk bewunderte. »Kommen

Sie vor der Abreise noch einmal zu mir, Madam, dann zeige ich Ihnen, wie es geht. Es ist beinahe wie Ihre alte Frisur, aber ohne die schwere Rolle über der Stirn.«

Harriet schaute verblüfft in den Spiegel. Sie hatte immer nur zwei Frisuren gekannt, Zöpfe und den »matronenhaften« Stil, den ihre Mutter trug, doch nun wirkte sie wie ein anderer Mensch – frischer, strahlender, ihre Augen sahen plötzlich größer aus. Sie lächelte erfreut.

»Ich habe es dir doch gesagt«, flötete Lena. »Einfach wunderbar. Du bist ein völlig neuer Mensch.« Sie schnappte sich einen runden Hut aus weißer Spitze mit rosa Federn und platzierte ihn auf Harriets Kopf.

»Sieht das nicht entzückend aus? Den hättest du vorher gar nicht tragen können.«

»Es sieht wunderschön aus«, sagte Harriet verblüfft.

»Ist er zu verkaufen?«, erkundigte sich Lena.

»Ja, Madam.«

»Dann soll sie ihn haben. Er wird herrlich zu dem rosa Nachmittagskleid passen. Schicken Sie ihn zu Mrs. Oatley ins *Raffles*.«

Auf dem Rückweg zum Hotel war Harriet wie betäubt, schämte sich ihres unmodernen Taftkleides mit den bauschigen Ärmeln und war gleichzeitig stolz auf die neue Frisur, die sich unter dem ausladenden Hut verbarg.

»Macht das nicht Spaß?«, fragte Lena. »Morgen kaufen wir dir ein paar neue Hüte.«

Drei Tage später trafen die Kleider ein, und Lena musste das Mädchen zu Hilfe rufen, um Harriet in die neuen Korsetts zu schnüren.

Die Kleider waren atemberaubend: ein Schneiderkostüm, beinahe noch eleganter als Lenas, dazu ein wunderschönes Abendkleid aus gelbem, besticktem Tüll mit einem weich fließenden Rock und passender Stola. Die anderen, mit Volants besetzten Kleider waren ebenfalls traumhaft geschnitten und dem tropischen Klima angepasst. Allerdings fand sich nicht ein einziges weißes Modell darunter. Das Mädchen bestaunte ehrfürchtig die Kleider.

»Madam, noch nie habe ich so schöne Kleider gesehen.«

»Ich auch nicht«, gestand Harriet.

Lena und Leslie gingen mit ihr zum Rennen, und Leslie war verblüfft, als er sie erblickte.

»Himmel, du siehst hinreißend aus, Harriet.«

Sie dachte schon, seine Frau habe ihm diese Komplimente nahe gelegt, doch im Rennklub zog sie alle Blicke auf sich, wurde von jungen Herren umschwärmt und in die Geheimnisse der Pferdewetten eingeführt. Zwei von ihnen boten sogar an, ihr Singapur zu zeigen oder mit ihnen zu speisen, da sie den Trauring anscheinend nicht bemerkt hatten. Sie lehnte errötend ab, während Lena kichernd hinter ihr stand.

Niemand zog sich um, bevor sie nach dem Rennen im Schlepptau von Lena und ihrer Clique eine Party am Strand besuchte, wo weiter getrunken wurde. Es gab ein formloses Büfett im Wohnzimmer, wo man die Teppiche weggeräumt hatte, um Platz zum Tanzen zu schaffen. Ein Pianist am Flügel und ein eifriger Violinist sorgten für die musikalische Untermalung.

Noch nie hatte Harriet einen so formlosen Umgang oder eine so fröhliche Party erlebt, und sie amüsierte sich prächtig. Diese Welt war ganz anders als das Singapur ihrer Flitterwochen – das ruhige Haus, die steifen Bankette bei den Chinesen. Und weit entfernt vom langweiligen alten Darwin.

William war außer sich. Das neue Nachmittagskleid interessierte ihn nicht im Geringsten.

Er war hereingekommen und hatte sie umarmt, glücklich, wieder bei ihr zu sein.

»Ich habe dich so vermisst, meine Liebe, und die Kunden

waren so schwierig. Mit ihnen zu verhandeln ist nicht einfach ... aber was war mit dir? Hast du dich gut unterhalten?«

Er trat einen Schritt zurück und betrachtete sie. »Du siehst verändert aus. Als hättest du ...« Dann berührte er ihr Haar.

»Was ist denn damit passiert?«, fragte er erstaunt.

»Ich habe es abschneiden lassen«, antwortete sie und drehte sich, damit er die neue Frisur bewundern konnte. »Sieht es nicht hübsch aus? Und es ist so viel kühler.«

»Du hast was?« Er nahm sie bei den Schultern und hielt sie fest. »Du hast dein wunderbares Haar abschneiden lassen! Wie konntest du das tun, ohne mich vorher zu fragen? Wie bist du auf diese Idee verfallen?«

»Es sieht jetzt viel besser aus«, antwortete sie enttäuscht.

»Es sieht nicht besser aus, du wirkst auf einmal so fremd. Mach es los, ich möchte sehen, was davon übrig geblieben ist.«

Sie zog verunsichert die Nadeln aus ihrem Haar.

»O nein, die Krönung deiner Schönheit. Jetzt ist nichts mehr davon zu sehen.«

»Passiert ist passiert«, versuchte sie zu scherzen.

»Ruiniert ist ruiniert, meinst du wohl. Wirklich dumm von dir.«

»Der Friseur hat gesagt, die alte Frisur sei matronenhaft«, verteidigte sie sich.

»Und wenn schon? Du bist doch eine verheiratete Frau, und jetzt siehst du aus wie ein flotter Vamp.«

»Ich bin kein flotter Vamp! Und seit wann muss ich um Erlaubnis bitten, wenn ich mir die Haare schneiden lasse? Es ist mein Kopf. Du kommst schlecht gelaunt nach Hause und lässt es an mir aus. Alle sagen, es sähe reizend aus.«

»Tatsächlich? Und wer bitte sind alle?«

»Ach, es ist ab, Schluss, aus. Wir müssen uns zum Essen umziehen.«

»Nein, wir essen hier oben. Ich muss mich an den Anblick

erst gewöhnen. Wie lange dauert es, bis es nachgewachsen ist?«

»Länger als bis zum Frühstück«, sagte sie schnippisch und schlug die Schlafzimmertür hinter sich zu.

Sie war nie auf den Gedanken gekommen, William könne etwas dagegen haben oder die Frisur missbilligen. Sie wollte sich in seine Lage versetzen, doch es gelang ihr nicht. Sicher, er liebte langes Haar und war enttäuscht über den Haarschnitt, aber das war noch lange kein Grund, sie derart zu beleidigen.

Sie schaute in den Spiegel und hob die losen Strähnen an. Es sah gut aus. Der Friseur hatte ihr gezeigt, wie die Lockenschere zu gebrauchen war, und ihr geraten, sie solle die »Maus« genannte Rolle aus falschem Haar behalten, über der sie die schweren Haare festgesteckt hatte, um die neue Frisur fülliger zu gestalten. Nun konnte sie verschiedene Varianten ausprobieren und war nicht mehr an die ausladende Aufsteckfrisur gebunden, die einzige Alternative zum ebenso matronenhaften Knoten.

Matronenhaft! Natürlich, William wollte nicht, dass sie jünger aussah, sie sollte sich ihm vom Aussehen her anpassen. Es ging nur um sein Ego. Deshalb hatte er ihr auch immer geschmeichelt, wie gut sie mit der komischen Frisur und den unmodernen Kleidern aussähe. Kein Wunder, dass sie sich bei den zarten Chinesinnen so fehl am Platz gefühlt hatte. Wäre sie nur damals schon Lena und ihren weltgewandten Freunden begegnet. Sie konnte es gar nicht erwarten, die schmal geschnittenen Kleider vorzuführen.

Aber wo? In Darwin?

O Gott, die herrlichen Seidensaris, die sie auf ihrer Hochzeitsreise gekauft hatte, schlummerten noch immer mit Mottenpulver in einer Truhe. Sie hatte sie nie getragen, und nun waren ihre leuchtenden Farben aus der Mode gekommen. Und die neuen Kleider würden sich in Darwin auch nicht gut machen.

Harriet verzog schmollend das Gesicht. »Und wenn schon, ich trage, was mir gefällt. Ich bin es leid, mich herumschubsen zu lassen. Und den Haarschnitt wird er schon verwinden.«

Maggie Mollard war ganz begeistert von dem Zimmerfächer, obwohl er von den Oatleys kam.

»Was nicht heißen soll, dass ich dieser Frau jemals verzeihe«, warnte sie ihren Mann. »Wir sind so gut mit William ausgekommen, bevor sie auf der Bildfläche erschien.«

»*Du* bist mit ihm ausgekommen«, murmelte Lawrence hinter seiner Zeitung. Oatley war ihm schon immer auf die Nerven gegangen, genau wie die anderen Viehzüchter da draußen, die sich in ihrem Geld sonnten und nicht begreifen wollten, dass die eigentliche Macht in Darwin saß. Nicht eine Sekunde lang hatte Mollard geglaubt, dass Oatleys Kindfrau auf die Idee gekommen sei, ihr Mann solle das Territorium regieren, doch die Diplomatie hatte verlangt, dass er die erbärmlichen Entschuldigungen annahm. Lawrence rühmte sich seiner diplomatischen Fähigkeiten, die sich bezahlt gemacht hatten. Wie er Oatley in die Knie gezwungen hatte, bis dieser ihm die Pferde anbot! Musste ganz schön geschmerzt haben, ein so schönes Paar ziehen zu lassen ...

»Ich behaupte nach wie vor, sie hat ihn wegen des Geldes geheiratet«, meinte Maggie. »Hat dem alten Gockel den Kopf verdreht, dabei finde ich gar nichts an ihr. Sie ist ziemlich fade. Du weißt doch, dass sie heute Abend herkommen.«

»Wer?«

»Die Oatleys. Deshalb musste ich auch den Zimmerfächer aufhängen. Immerhin, er macht sich gut im Salon, und ich habe einen schwarzen Jungen gefunden, der ihn bedient.«

»Falls er nicht einschläft.«

»Für den Fall habe ich ihm mit der Peitsche gedroht. Aber der Fächer sorgt wirklich für kühle Luft, nur schade, dass die

Decke in der Eingangshalle zu hoch ist. Meinst du nicht, wir könnten auch dort welche anbringen?«

Lawrence jedoch starrte auf eine kurze Meldung in der Zeitung, in der es um die Wiederaufnahme von Verhandlungen über die Erschließung großer Kupfervorkommen im Territorium ging.

Der Bergbauminister in Adelaide kündigte gestern an, die britische Firma Ungers and Stockdale habe sich um die Bergbaurechte beworben und plane beträchtliche Investitionen im Gebiet ...

Er schleuderte die Zeitung beiseite und rief nach Christy.

»Was hat die Sache mit den Kupferminen zu bedeuten? Haben Sie das gelesen?«

»Ja, Sir.«

»Und warum hat man mich nicht informiert? Wer sind Ungers and Stockdale überhaupt? Habe noch nie von ihnen gehört. Kabeln Sie umgehend dem Minister, verlangen Sie eine Erklärung. Nein, überbringen Sie ihm meine Grüße mit der Bitte um weitere Anweisungen. Erinnern Sie ihn daran, dass ich über die Kupfervorkommen in diesem Gebiet besonders gut informiert bin. Das sollte reichen. Und nun los.«

Wie üblich hatte William sich von seinem Temperament hinreißen lassen und bald wieder beruhigt. Er entschuldigte sich bei Harriet und erklärte, dass seine Enttäuschung und Überraschung über den Haarschnitt zu dieser Überreaktion geführt hätten. Dennoch ertappte sie ihn häufig dabei, dass er mit wehmütigem Blick ihr gekürztes Haar betrachtete, doch sie sagte nichts, um den Streit nicht wieder anzufachen.

Sie waren zu einer Soiree in der Residenz geladen. Harriet war aufgeregt, ganz im Gegensatz zu ihrem Mann. Nun fände sie Gelegenheit, ihre elegante Garderobe vorzuführen. Zunächst jedoch wollte sie ihn vorbereiten, um nicht wieder eine unangenehme Überraschung zu erleben.

Sie holte den Spitzenhut mit den rosa Federn.

»Sehr hübsch«, bemerkte William lächelnd, »wirklich sehr hübsch.«

Dann folgte das weiche Georgette-Kleid mit der engen Taille, dem großen Ausschnitt, der Satinrüsche am Mieder und den Volants am Saum.

»Gefällt es dir?«

Er nickte anerkennend. »Aber ja, es wirkt sehr weiblich, Liebes.«

Er musste ihr beim Schnüren des Korsetts helfen.

»Zieh es enger.«

»Es scheint schon ziemlich eng zu sein«, meinte William besorgt. »Vielleicht ist es dir zu klein.«

»Nein, es muss eng sein, sonst hält es nicht«, meinte sie und unterdrückte ein Keuchen.

»Gut, wenn du meinst.« Als er fertig war und die letzte Schleife band, musste er lachen. Dann drehte sie sich um, und er hob anerkennend die Augenbrauen.

»Mein Gott, das schiebt die Brust ganz schön in die Höhe, was? Sieht wunderbar aus. Ich kann nicht widerstehen ...«

Er küsste ihre vollen Brüste. Harriet genoss die Wirkung, die das Korsett auf ihn hatte.

Als sie fertig angezogen war und der hübsche Hut kess auf ihrem Kopf thronte, stellte sie sich vor. William seufzte.

»Du siehst reizend aus, meine Liebe. Das Kleid steht dir gut.«

»Obwohl es rosa ist.«

»Wie bitte?«

»Die meisten Damen hier oben tragen Weiß, weil es kühler ist.«

William grinste bewundernd. »Mag sein, aber in diesem hier wirkst du kühl wie Eis. Ein Bild von einer Frau, vor allem an einem so heißen Abend.«

Mrs. Mollard sah vom Wohnzimmerfenster aus den Hut über dem Gebüsch auftauchen. Dann entdeckte sie ihn in der Menge auf der Terrasse und war hingerissen. Weiße Spitze, aber in der Form eines steifen Strohhuts.

Während sie ihre Gäste begrüßte, überlegte sie, wie man Spitze so in Form bringen konnte. Das Tüpfelchen auf dem i waren jedoch die rosa Federn, die anmutig auf dem Hut schwebten. So etwas sah man hier selten. Die Besitzerin musste eine jener englischen Damen sein, die mit den Herren der Telegrafengesellschaft bekannt waren. Maggie liebte Hüte, sie musste einfach ein solches Modell haben.

Dann stand der Hut mit seiner Trägerin vor ihr, und ihr Lächeln gefror. Wo hatte dieses unscheinbare Mädchen einen derart eleganten Hut aufgetrieben?

William lächelte. »Mrs. Mollard, da ist ja der Zimmerfächer. Sie haben also Verwendung dafür gefunden. Funktioniert er einwandfrei?«

»Ja, vielen Dank.« Sie folgte seinem Blick zu dem schwarzen Jungen in Livree, der ihre eleganten Gäste ehrfürchtig anschaute und gar nicht mehr daran dachte, den Fächer zu bewegen. Sie machte Christy Cornford ein Zeichen, damit er den Jungen an seine Pflichten erinnerte.

Der Resident selbst wurde ebenfalls von seinen Aufgaben abgelenkt, weil er diesen hinterhältigen Oatley begrüßen musste, der, wie er mittlerweile wusste, hinter den Plänen von *Ungers and Stockdale* steckte. Und es waren nicht nur Pläne, sie hatten bereits einen Vertrag über eine ansehnliche staatliche Subvention geschlossen und als Zeichen guten Willens zehntausend Pfund in der Bank von Adelaide hinterlegt. Die Arbeiten konnten beginnen, ohne dass man ihn auch nur einmal gefragt hätte. Das war eine unglaubliche Beleidigung.

Er nickte säuerlich und sagte nur: »Oatley.«

Da er jedoch beobachtet wurde und keinen weiteren

Klatsch gebrauchen konnte, wandte er sich an Oatleys Frau, die zu seiner Überraschung in ihrem hübschen Hut und dem passenden Kleid richtig gut aussah.

»Meine Liebe, Sie sehen heute Abend bezaubernd aus.«

»Vielen Dank, Sir«, antwortete sie und betrat mit William den Salon.

Maggie erstickte beinahe vor Wut. »Hast du gesehen, was sie anhat?«, zischte sie.

»Was meinst du?«

»Dieses Kleid, es ist rosa.«

»Na und?«

»Ach, egal«, schnaubte sie.

Maggie und ihre Freundinnen betrachteten Harriet Oatley im Schutz ihrer Fächer.

»Sie weiß einfach nicht, was sich gehört.«

»Dieses Kleid gehört ins Schlafzimmer, nicht in die Öffentlichkeit.«

»Es besteht nur aus Volants, ein Nichts an Stelle eines Kleides.«

»Maggie, du solltest mir ihr reden.«

»Warum ich? Soll sie sich doch zum Narren machen. Ich bin nicht ihre Gouvernante. Aber was kommt als Nächstes? Königsblau? Grasgrün?«

Mina Forrest, die Frau des Anwalts, hütete ihre Zunge. Sie war verblüfft angesichts dieser Verwandlung. Harriet Oatley wirkte so elegant und selbstsicher, und das Kleid war nicht unanständig, sondern modern. Sie fragte sich, weshalb die Frauen von Darwin so viel Wert auf weiße Kleider legten. Mina besaß ein hübsches eisgrünes Modell, das ihre Mutter aus Sydney geschickt und das sie nie zu tragen gewagt hatte, aber jetzt ... warum eigentlich nicht?

Sie wünschte, sie fände den Mut, mit Harriet zu sprechen. Vielleicht ein anderes Mal, wenn es sich weniger auffällig bewerkstelligen ließ. Harriet wurde im Augenblick ohnehin von den jüngeren Männern umschwärmt, während sich William Oatley und seine Altersgenossen in eine Ecke zurückgezogen hatten.

Auch Christy Cornford war überrascht und beeindruckt. Die junge Mrs. Oatley war die Sensation des Abends. Sicher war sie in die eleganten Kreise von Singapur geraten, die er selbst gut kannte, und hatte dort das eine oder andere gelernt. Er grinste verstohlen. Singapur war für ihn der einzige Zufluchtsort, die nächste Großstadt von Darwin aus. Er näherte sich Harriet, seiner exzellenten Tennispartnerin, mit neuer Entschlossenheit. Ihre Schüchternheit war ihm schon aufgefallen, doch sie konnte auch überraschend schlagfertig sein und hatte sich an diesem Abend zu einem neuen Menschen gewandelt.

Gut gemacht, dachte er, ein cremeweißes Dekolleté und eine Taille, die ich mit den Händen umfassen könnte. Und das dicke Haar ist weg. Sieht wunderbar aus.

Christy war nicht so aufdringlich wie die jungen Burschen, die ihr schamlos in den Ausschnitt starrten und sie mit Geschwätz langweilten. Er blieb einfach in ihrer Nähe und wartete auf eine Gelegenheit, um ihr ein Kompliment zu machen. Ihm fiel auf, dass auch die neue Eleganz Harriets Unsicherheit nicht ganz verbergen konnte. Was wollte sie eigentlich mit Oatley, dem alten Herrn? Das Geld reize sie, hieß es.

Er entdeckte sein Bild im Spiegel und strich sich eine blonde Strähne aus der Stirn. Er war dreißig und in Bestform, also eine weitaus passendere Begleitung für diese Dame. Nur an Geld fehlte es ihm.

Als seine Chance gekommen war, führte er Harriet zu einem Burschen namens Cochrane samt Frau, den letzten Neuankömmlingen in der Stadt. Cochrane war Buchhalter bei der Telegrafengesellschaft, Ersatz für einen beurlaubten Angestellten. Beide wirkten so verschwitzt und unglücklich, dass er sich die Bemerkung, dies sei der Winter im Territorium, einfach nicht verkneifen konnte. Die Telegrafengesellschaft hatte stets Mühe, ihr Personal zu halten.

Er schaute zu Oatley hinüber, der mit seinen Freunden Whiskey trank und sich nicht um seine Frau zu kümmern schien. Ganz schön sorglos, dachte Christy. Die angeborene Selbstsicherheit der Reichen.

Kurz nach seiner Ankunft in Darwin hatte Christy erfahren, dass es hier am Ende der Welt Familien mit großen Reichtümern gab. Darüber hatte er lange nachgedacht. Ein Mann, der in einen dieser Clans einheiratete, heiratete gleichzeitig ein Vermögen und wurde Mitglied der Kolonialaristokratie. Doch das war leichter gesagt als getan. Christy, nach nur vierjähriger Ehe als kinderloser Witwer allein auf der Welt, hatte seinen Posten aus purer Verzweiflung angenommen, da sich keine andere respektable Stelle anbot. Es war ihm nicht schwer gefallen, sich in die Pflichten eines Adjutanten einzufinden. Seine Tätigkeit war nicht anstrengend, er empfand nur den Mangel an Höflichkeit, den seine Arbeitgeber an den Tag legten, als störend.

Christy hatte sich bei den Viehzüchtern von seiner besten Seite gezeigt, den charmanten Gentleman und liebenswerten Gast hervorgekehrt, doch obgleich er gemeinsam mit Mollard auf mehrere Stationen eingeladen worden war, hatte er nie eine Freundschaft mit einer unverheirateten Tochter anknüpfen können. Die Familienbande waren eng, schlimmer noch als bei den Italienern, und die Mädchen lebten unter väterlicher Obhut, sodass ihnen die Bekanntschaft mit jungen Männern wie dem Adjutanten des Residenten verwehrt blieb. Nur in den Sommerferien, wenn sie in der Stadt nach Gesellschaft suchten, hätte er eine Chance, und er nahm sich vor, in diesem Jahr aufmerksamer ans Werk zu gehen.

Er seufzte und schaute sich nach einem Stuhl für Mrs. Oatley um, die Anstalten machte, sich mit den Cochranes irgendwo niederzulassen. Doch Mrs. Mollard sah ihn wütend an und winkte ihn zu sich. Er eilte zu ihr hinüber.

»Sie sind nicht dazu angestellt, dieses Flittchen zu bedienen. Die Bowle ist leer, lassen Sie sie nachfüllen.«

»Sehr wohl, Madam.«

Harriet dachte gern an jenen Abend zurück. Sie hatte sich wirklich amüsiert, und William war stolz auf sie gewesen. Er hatte berichtet, dass einige seiner Freunde ihr Aussehen gelobt hatten, womit die Diskussion über ihre Haare beendet war, doch Freunde hatte sie noch immer nicht gewonnen. Die Damen verhielten sich noch abweisender als zuvor. Allerdings schmeichelte es ihr, dass Christy Cornford ihr Aussehen zu gefallen schien.

Im Tennisklub zeigte er sich von seiner galantesten Seite, suchte ihr zwischen den Partien stets einen Sitzplatz, plauderte und brachte ihr Erfrischungen, doch Harriet wusste auch, dass er gern gewann. Er war ihr Partner im gemischten Doppel, und ihre Namen führten seit Wochen die Rangliste an. Vermutlich waren seine Bemühungen daher nicht ganz selbstlos.

Sie hatten neben dem Tennis noch eine weitere Gemeinsamkeit. Harriet sprach gern mit ihm über Singapur, denn er kannte die Hotels, Klubs und eleganten Restaurants. Als Witwer schien er einsam zu sein, und sie überlegte, ob sie ihn zum Essen einladen solle. Er wäre sicherlich angenehm überrascht, da Billy Chinn ein so ausgezeichneter Koch war und er sich oft über das ungenießbare Essen in der Residenz beschwerte. Andererseits schien William ihn nicht sonderlich zu mögen, daher schnitt sie das Thema gar nicht erst an.

Außerdem stand die Trockenzeit bevor, und das Reisen im Outback wurde wieder einfacher. William sprach davon, mit ihr die Familienstationen zu besuchen. Endlich! Da sie keine Ahnung hatte, wie man eine derartige Reise organisierte, konzentrierte sich Harriet auf die für eine sechswöchige Safari erforderliche Garderobe und überließ ihrem Mann die Ausarbeitung der Einzelheiten.

Sie war aufgeregt angesichts dieses Abenteuers. Sie würden den Zug bis Pine Creek nehmen und von dort aus in Begleitung berittener Männer, die William als »Wachen, Köche und Spülhilfen« bezeichnete, in einem Wagen weiterfahren.

»Wachen?«, fragte sie nervös.

»Nur ein Scherz. Wir müssen ein paar Mal draußen schlafen. Dort gibt es keine Gasthäuser, meine Liebe. Dazu brauchen wir zusätzliche Pferde und Helfer, die die Zelte aufbauen und die Mahlzeiten zubereiten. Aber ich möchte dir die Schönheiten des Outbacks zeigen. Es gibt auch einige sehr malerische Quellen, in denen wir baden können.«

»Wirklich? Das wäre herrlich.«

»Ja, zur Abkühlung nach der langen Fahrt. Ich führe dich durch Campbell's Gorge, eine malerische Schlucht, und dann geht es nach Süden bis Millford, das ist meine Station. Es wird Zeit, dass ich dort einmal nach dem Rechten sehe und mit dem Verwalter spreche. Wenn du dich ausgeruht hast, besuchen wir Pops Station im Nordwesten und kehren von dort aus nach Darwin zurück.«

»Klingt herrlich.«

»Ja, ich werde mein Bestes tun, um dir die Reise angenehm zu gestalten. Hoffentlich wird es nicht zu anstrengend.«

»Auf keinen Fall! Ich kann es gar nicht abwarten, William.«

Dann traf die schlechte Nachricht ein. Pop hatte einen Herzanfall erlitten, William wurde so bald wie möglich auf Warrawee gebraucht. Sein Vater befinde sich in einem kritischen Zustand, und der Arzt mahne ihn zur Eile.

»Liebster, es tut mir so Leid«, sagte Harriet. »Lass uns sofort aufbrechen.«

Er schaute sie an. »Harriet, das geht nicht. Ich muss reiten. Das wäre zu anstrengend für dich.«

»Nein, ich kann doch reiten.«

»Aber nicht über solche Entfernungen. Du bist nicht daran gewöhnt.«

»Ich werde es schon schaffen.«

»Du verstehst mich nicht. Ich nehme keine Ausrüstung mit, schlafe auf dem harten Boden, ohne Zelt, nur mit einer Decke, und habe einen einzigen Mann als Begleitung dabei.«

»Das ist mir egal«, flehte sie.

»Harriet, es ist unmöglich. Du würdest mich nur aufhalten. Pop könnte sterben, ich darf keine Zeit verlieren. Morgen früh breche ich auf. Ich habe Myles nach London telegrafiert, damit er sofort nach Hause kommt.« Er ließ sich in einen Sessel sinken. »Er wird Monate brauchen, bis er hier ist. Bete zu Gott, dass Pop es übersteht, sonst ist Myles am Boden zerstört, wenn er zu spät kommt. Er wird sicher das erste Schiff von England aus nehmen.«

Harriet war tief gekränkt. Sie wollte nicht von einer Familienkrise ausgeschlossen werden, zudem behandelte William sie wie ein Porzellanpüppchen, anders als die Frauen von den Stationen, anders als die erste Mrs. Oatley, die allem Anschein nach die geborene Reiterin gewesen war.

Sie schaute das Foto von Emily May an, das zwischen anderen Familienfotos auf einem Sideboard stand.

Als sie entdeckt hatte, wer diese streng dreinblickende Frau war, hatte Harriet zunächst geglaubt, man habe das Bild einfach übersehen. Doch niemand nahm es weg, und sie sagte nichts, um ihren Mann nicht zu verärgern.

In diesem Moment jedoch war sie wütend und machte sich auf die Suche nach William.

»Ich verstehe nicht, weshalb ich nicht mitreiten kann. Zu Hause bin ich auch geritten.«

Er schüttelte den Kopf. »Das bequeme Reiten durch die ruhigen Straßen von Perth kannst du nicht hiermit vergleichen. Ich kann dich nicht mitnehmen, Schluss, aus.«

Harriet gab auf. »Na gut, wann fährt dein Zug?«

»Ich nehme nicht den Zug, der geht erst in zwei Tagen. Ich werde die gesamte Strecke reiten.«

Billy Chinn und Tom Ling standen vor Tagesanbruch mit ihnen auf. Am Tor wartete ein drahtiger Bursche mit zwei Pferden, den William als Sweeney vorstellte.

»Werden sie auf der langen Strecke nicht müde?«, erkundigte sich Harriet bissig, doch William war damit beschäftigt, Gewehre und Gepäck festzuschnallen, und achtete nicht auf ihren Tonfall.

»Nein, wir bekommen unterwegs frische Pferde.«

Er küsste sie zum Abschied. »Pass gut auf dich auf, Liebes. Falls du etwas brauchst, wendest du dich einfach an Leo im Büro. Er wird sich um alles kümmern.«

Sie schwangen sich in den Sattel und verschwanden in einer Staubwolke, als das erste Licht auf die verlassene Straße fiel.

12. Kapitel

WILLIAM WAR SEIT Wochen unterwegs, und Harriet besuchte Leo beinahe täglich, um sich die Langeweile zu vertreiben. Erst jetzt wurde ihr klar, wie abhängig sie von ihrem Mann war. Während seiner Abwesenheit blieben die Einladungen nach und nach aus, und sie fragte sich, wie es wohl für eine Witwe sein musste. Anna, die Freundin ihrer Mutter, hatte sich immer darüber beklagt, dass Frauen ohne Partner gesellschaftlich nicht akzeptiert seien.

Dann und wann erkundigten sich Leute auf der Straße nach Pop Oatley, doch sie konnte nur sagen, dass es ihm nach wie vor schlecht gehe. Während er noch gegen die Nachwirkungen der Herzattacke kämpfte, hatte er sich eine schwere Lungenentzündung zugezogen.

Leo sorgte sich um Myles, dessen Aufenthaltsort er noch immer nicht hatte ausfindig machen können. Er hatte keine Antwort auf die beiden Telegramme nach England erhalten, und als er sich bei der Londoner Bank nach Mr. Oatleys augenblicklicher Anschrift erkundigte, erfuhr er, dass Myles sein Konto gekündigt hatte.

»Vermutlich ist er irgendwo auf dem Kontinent«, meinte er. »Dennoch, er hätte eine Adresse hinterlassen sollen. William ist sehr wütend auf ihn. Er sollte nur ein Jahr wegbleiben, also bis Februar, und nun muss er sich sputen, um noch vor der Regenzeit nach Hause zu kommen.«

»Nun, er weiß ja nicht, dass Pop krank ist. Die beiden Telegramme hat er offensichtlich nicht erhalten. Wird er denn hier gebraucht?«

»Nein, im Augenblick laufen die Geschäfte ziemlich ruhig. Ich informiere William per Post über die Entwicklungen, allerdings bekommt er meistens mehrere meiner Briefe auf einmal.«

William schrieb alle paar Tage an Harriet, doch auch diese Briefe, die wenig Neues enthielten, trafen bündelweise ein.

Leo hatte gut reden, William werde derzeit hier nicht gebraucht. Was war denn mit ihr? Zählte sie denn überhaupt nicht?

Das Tennisspiel bot ihr die einzige Abwechslung in diesen langen, trüben Wochen, doch allmählich wurde sie auch das leid. Es machte keinen Spaß, die Gespräche der anderen über Feste und Feiern zu hören, zu denen sie nicht eingeladen wurde.

Dann hatte sie eine gute Idee. Sie würde eine Dinnerparty im kleinen Rahmen geben. Wen sollte sie einladen? Williams Geschäftsfreunde, bei denen sie zu Gast gewesen war, waren älter und bloße Bekannte für sie, sodass sie sich nach jüngeren Leuten umschaute. Dabei fielen ihr die Cochranes ein.

Zu ihrer Überraschung wirkte Amy Cochrane überaus erfreut, als Harriet im Tennisklub an sie herantrat.

»Wir würden sehr gerne kommen. Wann denn?«

»Am Samstagabend. Ganz zwanglos, nur ein Essen und ein bisschen Plauderei. So gegen sieben, dann ist es kühler.«

Christy gesellte sich zu ihnen. »Welche Komplotte schmieden die Damen denn gerade?«

Harriet war mit sich zufrieden. Gewöhnlich sprach William die Einladungen aus. »Über eine Dinnerparty«, erwiderte sie fröhlich.

»Am Samstagabend bei mir zu Hause. Möchten Sie nicht auch kommen?«

Sofort bereute sie ihre Worte, doch es war schon zu spät.

Christy verbeugte sich. »Vielen Dank, es wäre mir ein Vergnügen.«

Als Nächstes fielen ihr Mina und Judah Forrest ein. Der

junge Anwalt und seine Frau wären die ideale Ergänzung; sechs Personen reichten völlig aus.

Während sie wartete, bis Judah seine Partie beendet hatte, verdrängte Harriet die Sorge wegen Christys Einladung. Falls sich William darüber aufregte, würde sie ihm sagen, dass es ihr einfach herausgerutscht sei und sie die Einladung unmöglich rückgängig machen konnte.

Judah war ein attraktiver Mann, groß, mit dunklem Bart und durchdringenden blauen Augen. Die Frauen schwärmten für ihn, und er war, soweit sie wusste, mit den berühmten Forrests aus Perth verwandt. Er nahm respektvoll die Kappe ab, als sie ihn ansprach, schüttelte dann aber den Kopf.

»Vielen Dank, Mrs. Oatley, lieber nicht.«

Harriet war schockiert. Eine höfliche Entschuldigung unter Angabe von Gründen wäre in Ordnung gewesen, nicht aber diese offene Zurückweisung. Gedemütigt eilte sie davon, um ihren Schläger zu holen, packte ihn ein, zog den Strohhut in die Stirn und verschwand, ohne sich Straßenschuhe anzuziehen. Dieser Mann war ein grober Klotz, der seinen berühmten Namen nicht verdiente. Irgendwann würde sie es ihm heimzahlen.

Als sie blindlings die Straße entlangstürmte, kam ihr Mina Forrest mit dem Kinderwagen entgegen.

»Hallo, Harriet«, sagte sie fröhlich, »Sie haben heute gut gespielt.«

Sie blieb unvermittelt stehen. »Ihr Ehemann hat die Manieren eines wilden Ebers. Sie tun mir aufrichtig Leid.« Dann stampfte sie entschlossen davon.

Sie sprach aus Angst vor einer erneuten Zurückweisung keine weiteren Einladungen aus. Nun würden sie zu viert sein. Egal, die Konversation wäre müheloser, Mr. Forrest hätte die Stimmung wohl ohnehin gedrückt. Wer wollte bei Tisch schon seine sauertöpfische Miene sehen?

Sie vergaß ganz, dass sie Amy gegenüber von einem

zwanglosen Abendessen gesprochen hatte, und bestellte bei Billy Chinn eines seiner beeindruckenden chinesischen Bankette. Er war enttäuscht, dass er nur vier Leuten seine Kochkunst präsentieren konnte, doch sie erklärte ihm, dass ein kleiner Rahmen der traurigen Reise seines Herrn angemessener sei.

Tom Ling griff nun ebenfalls ein. Das Bankett verdiene den besten Wein und die schönsten Kristallgläser, dazu die besten Porzellanteller und -schalen, und es müsse Blumen und Laternen als Dekoration geben. Er steckte Harriet mit seiner Begeisterung an. Ihre Bankette waren immer ein großer Erfolg gewesen, doch sie hatte gar nicht mehr an die aufwändigen Vorbereitungen gedacht, die ihre Diener zu treffen pflegten.

Egal, dachte sie, ansonsten müssen sie ja nur mich bedienen. Sie werden sich freuen, für mehrere Leute zu kochen, und ich brauche einmal nicht allein zu essen.

An diesem Abend strahlte das ganze Zimmer, die Lackmöbel spiegelten das Licht der Laternen wider, dekantierter Sherry stand neben einem Tablett mit Gläsern und Billys winzigen Pastetchen bereit.

Christy traf als Erster ein. Harriet bemerkte, wie Tom Ling die Stirn runzelte, was sie mit gleicher Mimik beantwortete. Christy erwies sich als pflegeleichter Gast, der sofort die orientalischen Möbel bewunderte.

»Sie passen viel besser in dieses Klima als die schweren Möbel in den meisten Häusern.«

Er schwelgte in den Düften, die aus der Küche drangen. Er trank zwei Gläser Sherry, während Harriet an ihrem nur nippte, und plauderte liebenswürdig mit ihr. Irgendwann klopfte es an der Tür.

Tom Ling kehrte bedrückt zurück. »Nachricht, Missy. Mr. und Mrs. Cochrane nicht kommen.«

»Was?« Harriet wurde beinahe ohnmächtig, und Christy sprang aus seinem Sessel auf.

»Wer hat die Nachricht überbracht?«

Tom Ling verbeugte sich. »Diener, Sir.«

»Warum können sie nicht kommen? Was hat er gesagt?«

»Sehr Leid, Missus Cochrane krank. Kann nicht kommen.«

Alle drei sahen einander an, bis Christy das Wort ergriff.

»Vielleicht sollte ich auch gehen. Sieht aus, als müssten wir das Dinner verschieben, Harriet.«

Tom Ling verschwand. Harriet fühlte sich wie betäubt. Natürlich verhielt sich Christy korrekt, aber welch eine Enttäuschung! Ihre wundervolle Dinnerparty war vorbei, bevor sie richtig angefangen hatte.

Wütende Stimmen drangen aus der Küche zu ihnen herein. »Entschuldigen Sie, Christy, ich sehe nach, was da los ist. Nehmen Sie sich noch etwas zu trinken. Sie können gern bleiben.«

»Was soll das?«, fragte sie die beiden Streithähne, die einander auf Chinesisch anbrüllten.

»Er sagt, mein Dinner vorbei«, rief Billy wütend.

»Nicht richtig«, jammerte Tom und wich zurück. »Nicht richtig, Missus mit Mann. Dieser Mann. Boss mag ihn nicht.«

»Unsinn!«, fauchte Harriet. »Er ist der Adjutant des Residenten. Ich würde wie eine Idiotin dastehen, wenn ich ihn hungrig gehen ließe.«

»Mehr Leute kommen?«, fragte Billy hoffnungsvoll.

»Nein.« Harriet schaute sich in der Küche um. »Welch eine Verschwendung.«

»Ich sagen, er gehen?«, drängte Tom, worauf Billy ihn erneut anbrüllte. Dann wandte er sich an Harriet.

»Bankett auch gut für zwei. Werden sehen. Machen schönen Abend, Missus. Tom dumm. Was machen? Allein essen? Nein. Gentleman bleiben, keine Verschwendung.« Er fuchtelte mit einem schweren Löffel vor Toms Gesicht herum, der daraufhin die Flucht ergriff.

»Warum eigentlich nicht?«, meinte Harriet unglücklich. »Du hast Recht, Billy. Das Essen ist nun mal da, und es schmeckt bestimmt köstlich.«

Sie eilte zurück zu Christy. »Dürfte ich Sie bitten, dennoch zum Essen zu bleiben? Sonst nimmt sich mein Koch das Leben.«

Christy brach in Gelächter aus. »Wenn es so ernst ist, kann ich wohl nicht anders. Ich tue es sogar gern.«

Schmollend führte Tom Ling sie ins Speisezimmer. Zu Harriets Freude trat Christy erstaunt einen Schritt zurück.

»Sehen Sie sich das an! Herrlich! Wie schade, dass die Cochranes es nicht geschafft haben. Sie verpassen wirklich etwas.«

Selbst Tom Ling konnte ein stolzes Grinsen nicht verbergen.

Das Dinner war ein Erfolg, und sie waren bester Laune, während Tom ein Gericht nach dem anderen auftrug. Zum Glück legte Christy einen gesunden Appetit an den Tag und nahm die großzügigen Portionen strahlend entgegen.

»Das Essen ist köstlich«, sagte er begeistert. »Kommen Sie, Harriet, nicht schlapp machen.«

Sie lachten, tranken Wein, bewerteten jedes Gericht, das aufgetragen wurde, und stöhnten, als Billy Chinns Meisterwerk, Ente in Gelee, serviert wurde. Sie wagten nicht, es abzulehnen.

»Was für ein Festmahl!«, rief Christy, als Billy Chinn in der Tür erschien. »Wahrhaft köstlich! Eine Delikatesse!«

Alle waren zufrieden.

Als Christy gegangen war, ließ sich Harriet erleichtert in einen Sessel sinken. Sie hatte zu viel getrunken und fühlte sich leicht beschwipst, doch der freundliche Mann hatte sie vor einer völligen Katastrophe gerettet. Sie hatte ihm das auch ausdrücklich gesagt.

»Danken Sie nicht mir. Ich habe mich prächtig amüsiert.

Ich fürchte, ich kann es mir nicht verkneifen, den Cochranes zu erzählen, was ihnen entgangen ist.«

Harriet gefiel das. Den ganzen Abend hatte sie sich gefragt, ob Mrs. Cochrane wirklich krank war oder dies nur als Ausrede vorgeschoben hatte. Sie würde es schon herausfinden, dachte sie finster.

Am nächsten Morgen schickte sie Tom Ling mit einer hübsch verpackten Keksdose zu Mrs. Cochrane und wünschte ihr baldige Genesung.

»Wenn du da bist, sprichst du mit den Dienstboten. Du musst herausfinden, ob sie wirklich krank ist oder nur nicht herkommen wollte.«

»Ha! Sie tut so was?«, grollte Tom.

»Ich weiß es nicht, das sollst du herausfinden.«

»Ha! Ja, Missy, ich finde heraus.«

Die Antwort war unerfreulich für Mrs. Cochrane, bedeutete aber einen Trost für Harriet. Die Dame lag tatsächlich mit Fieber zu Bett.

William kehrte sorgenvoll heim. Pop war noch schwach, hatte sich aber rundweg geweigert, die Station zu verlassen. Er wollte weder ins Krankenhaus nach Darwin, das ohnehin keinen allzu guten Ruf genoss, noch zu William nach Hause, wo er immerhin einen Arzt in ständiger Rufnähe hätte.

»Wenn ich schon den Löffel abgebe«, keuchte er, »dann nur in meinem eigenen Haus.«

»Du wirst nicht den Löffel abgeben«, sagte William.

»Wozu veranstaltest du dann dieses Theater? Sorge lieber dafür, dass Myles zurückkommt.«

»Ich kann den Burschen nicht finden.«

»Er wird schon auftauchen«, sagte Pop betrübt. Er vermisste seinen Enkel und befürchtete wohl, ihn nicht mehr wiederzusehen. Dies quälte William nur noch mehr.

Er sprach mit dem Aufseher der Station, ritt meilenweit in

alle Richtungen, inspizierte den Viehbestand und den Zustand der Weiden, die allmählich austrockneten, da akuter Regenmangel herrschte. Hoffentlich würde die nächste Regenzeit früh anbrechen oder das Land zwischenzeitlich in den Genuss einiger Gewitter kommen. Leider sah es nicht allzu gut damit aus, dachte er mit einem Blick zum stahlblauen Himmel.

Also kehrte William nach Darwin zurück, immer mit dem Hintergedanken, dass ihn jeden Moment ein Telegramm aus Warrawee zur Heimkehr zwingen konnte.

Dann traf endlich ein langer Brief von Myles ein, der die Telegramme offensichtlich nicht erhalten hatte. Er wollte ausgerechnet nach Argentinien reisen, um befreundete Viehzüchter zu besuchen, und konnte über die Bank von England in Buenos Aires kontaktiert werden.

»Allmächtiger Gott!«, rief William aus. »Er ist in Argentinien! Wo genau liegt das, Leo?«

Sie studierten eine Weltkarte.

»Hier, er hat sich auf den Heimweg gemacht. Braver Junge.«

»Den Teufel tut er. Er hat vor, sich bei seinen neuen Freunden für eine Weile einzunisten.«

»Aber er hat den Atlantik überquert«, meinte Leo. »Ein Ozean weniger bis hierher.«

»Verdammt, wenn er das Telegramm erhalten hätte, wäre er schon zu Hause. Hoffentlich bekommt er dieses hier. Schick es an die Bank mit dem Vermerk DRINGEND.«

Während Leo unterwegs war, versuchte William, sich die Reiseroute auszumalen, wenn Myles um Kap Horn segelte. Das Kap war ein berüchtigter Schiffsfriedhof.

Seufzend wandte er sich seiner Post zu, sortierte sie rasch und zog einen kleinen, dünnen Umschlag heraus. Er schlitzte ihn mit dem Brieföffner aus Elfenbein auf, den ihm Harriet geschenkt hatte.

Als er die Nachricht darin las, schüttelte er traurig den Kopf.

Leo kam herein.

»Abgeschickt?«

»Ja, und sie haben ganz schön gestaunt; bald weiß die ganze Stadt, wo Myles steckt.«

»Leo, ich habe soeben eine neue Vorschrift erlassen. Wir tätigen keine Geschäfte mehr mit Judah Forrest.«

»Kommt ohnehin selten vor. Wir arbeiten mit Sinclair.«

»Ich weiß, aber andere machen es, wenn es um Übertragungen, Verträge und Ähnliches geht. In Zukunft wird alles, was von Forrest eintrifft, zurückgeschickt. Wir arbeiten nicht mit ihm und ignorieren seine Korrespondenz. Falls seine Klienten mit mir ins Geschäft kommen wollen, müssen sie sich einen anderen Anwalt suchen.«

Leo stieß einen Pfiff der Überraschung aus. »Wird ungemütlich für ihn. Was ist denn los?«

»Er hat meine Frau beleidigt. Sie im Tennisklub vor den Kopf gestoßen, und das vor aller Augen.«

»Verstehe.« Leo nickte und kehrte an seinen Schreibtisch zurück. Er ließ sich die Konsequenzen von Williams Edikt durch den Kopf gehen. Es würde sich bald herumsprechen, dass Oatley Forrest aus nicht genannten Gründen kaltgestellt hatte. Schon das allein würde Anlass zu wilden Spekulationen über die mögliche Ursache geben.

Er grinste. Forrest würde vielleicht Seine Exzellenz als einzigen Klienten behalten. Leo empfand Mitgefühl für Harriet, da er selbst schon Opfer von Forrests herablassender Art geworden war. Der Kerl behandelte ihn stets wie Dreck und weigerte sich, mit einem einfachen Angestellten über geschäftliche Angelegenheiten zu sprechen, selbst wenn Leo auf Williams ausdrückliche Anweisung handelte. Schon oft hatte er sich darüber bei William beklagt.

»Aber diesmal hast du dir den Falschen ausgesucht, mein

Guter«, meinte er lächelnd und wandte sich wieder seinen Büchern zu.

William zeigte Harriet die Nachricht nach dem Abendessen. Sie errötete, als sie die spinnenbeinige Handschrift las.

Lieber Mr. Oatley,

während Sie weg waren, hat Ihre Frau ganz schön auf die Pauke gehauen. Sie und Captain Cornford sind ein echter Skandal. Sie hat ihn abends in Ihr Haus gelotst und Orgien gefeiert.

Ein Freund

»Das ist nicht wahr«, schrie Harriet. »Du weißt, dass es nicht stimmt. Ich habe dir genau erzählt, was bei meiner Dinnerparty passiert ist. Ich war einsam, wollte mich nur ablenken. Und Billy Chinn und Tom Ling waren die ganze Zeit im Haus. Christy ist nicht einmal zum Kaffee geblieben, sondern sofort nach dem Essen gegangen.«

William lächelte. »Bei dem ihr genug gegessen habt, um Billy glücklich zu machen, wie mir scheint.«

»Das stimmt. Wer hat bloß dieses schreckliche Ding geschrieben?«

»Keine Ahnung. Ich nehme an, die Handschrift ist dir unbekannt.«

»Ja.«

Er entzündete ein Streichholz und verbrannte die beleidigende Notiz. »Wir werden es vergessen. Dennoch war ich der Ansicht, du solltest es lesen. Damen müssen ihren guten Ruf wahren, vor allem, wenn es um Männer wie Cornford geht. Er gilt als Wüstling.«

»Aber wirklich! Mir ist er immer ausgesprochen höflich begegnet.«

»Dennoch ist er kein vertrauenswürdiger Mensch, Harriet. Jedenfalls nicht, was das Geschäftliche angeht, das steht fest. Andererseits hat er vielleicht ganz harmlos das Abendessen gerühmt, das er hier genossen hat ...«

»Und wenn schon? Billy und Tom haben sich solche Mühe gegeben.«

»Sicher, aber die Leute zählen zwei und zwei zusammen und kommen dabei zu einem falschen Ergebnis. Ihr spielt oft zusammen Tennis, sagst du?«

»Ja.«

»Na ja, vielleicht ist jemand eifersüchtig. Kleinstädte können manchmal furchtbar sein.«

»In der Tat. Du hättest mich nach Warrawee mitnehmen sollen.«

»Hätte ich gewusst, dass es so lange dauern würde, hätte ich eine Begleitung für dich organisiert. Es tut mir Leid, Liebste.«

Harriet zuckte mit den Schultern. »Egal, aber ich bin froh, dass du wieder hier bist. Wie gut, dass wir endlich wissen, wo Myles sich aufhält. Ich freue mich schon so darauf, ihn zu Hause zu begrüßen.«

Ihr Ehemann wünschte, sie hätte das nicht gesagt, denn ihre Worte erinnerten ihn an ein weiteres ungelöstes Problem. Er zündete seine Pfeife an und schlenderte in den Vorgarten hinaus. Noch immer hatte Myles Harriet in seinen Briefen nicht als die Frau seines Vaters anerkannt. Er würde ihn ins Gebet nehmen; sein Sohn musste den Tatsachen ins Auge sehen und Harriet mit dem ihr zustehenden Respekt begegnen.

Und wenn nicht? Er könnte Myles geradewegs nach Warrawee schicken, doch er war immerhin sein Sohn, den er so sehr vermisst hatte. Er konnte es gar nicht erwarten, mit ihm zu reden, ihn einfach in seiner Nähe zu haben. Vor ihnen lagen noch viele Jahre, ein Bruch zwischen Vater und Sohn schien undenkbar. Nein, es gab nur die eine Möglichkeit. Er würde ihm ins Gewissen reden, ihn notfalls auch anflehen, die Frau seines Vaters zu akzeptieren. Wenn er sah, wie gut sie sich verstanden, wie glücklich ihr Leben verlief und wie sehr sie sich beide über seine Heimkehr freuten, würde Myles sicher nachgeben. William seufzte. Es gab nur drei Menschen auf dieser Welt, die er über alles liebte: seinen Pop, der um sein Leben kämpfte, seinen Sohn, der ihn mit seiner hartnäckigen Ablehnung quälte, und Harriet.

Er legte die Pfeife beiseite und sog die Nachtluft ein. Sie war klar, der Himmel über ihm ein Meer aus Sternen, doch man spürte Feuchtigkeit, einen klammen Wind vom Ozean, da sich irgendwo in Ostindien die Monsunwolken ballten und Kraft für den Weg nach Süden sammelten. Als Wolkenbrüche würden sie an diese Küste peitschen. Hoffentlich besaßen sie genügend Kraft, um den Regen in das verdorrte Hinterland zu tragen. Im letzten Jahr war zu wenig Regen gefallen, das Land konnte keine neun trockenen Wintermonate überstehen.

Er zuckte zusammen. Es war Ende Oktober, er hätte darauf bestehen müssen, dass Pop in die Stadt kam. Was hatte er sich bloß dabei gedacht? Nur Familiensorgen im Kopf, statt das Wetter zu beobachten, die Luft zu riechen. Alle Straßen, die aus Darwin hinausführten, wären abgeschnitten, sobald der Regen einsetzte. Und was dann? Himmel, er musste umgehend zurückkehren und Pop holen. Andererseits wäre es eine Zeitverschwendung, denn Pop würde nichts darauf geben, wenn Flüsse über die Ufer traten und die Ebenen überfluteten, solange nur sein Vieh in Sicherheit war. Schon oft hatten sich die Oatleys aus den unterschiedlichsten Gründen dafür entschieden, die Regenzeit im Outback zu verbringen. Sie kamen zurecht. Weihnachten in Darwin gab es für sie noch nicht so lange. Bis vor wenigen Jahren hatte es sich einfach nicht gelohnt, das Dorf Darwin zu besuchen, da ihre eigenen Häuser weitaus komfortabler waren.

Weit im Norden bemerkte William einen Blitz ohne nachfolgenden Donner, nur ein Glühen, das die fernen Wolken kurz erhellte. Es hatte nicht viel zu bedeuten, doch das Warten hatte begonnen, und William verspürte beim Gedanken an die kommende Regenzeit ein seltsames Gefühl.

»Das Warten auf den Regen«, murmelte er und wandte sich ab. Das Warten auf den Regen brachte die Menschen stets aus der Ruhe.

»Was höre ich über Ihre Fortschritte bei Mrs. Oatley?«, erkundigte sich Mollard grinsend. »Sie sind ein schlauer Hund, Christy.«

»Ganz und gar nicht«, entgegnete sein Adjutant steif. »Ich wurde zum Essen eingeladen, um die Zahl der Gäste aufzurunden. Leider wurde Mrs. Cochrane krank, sodass sie nicht ...«

»Also sind Sie geblieben, um die Strohwitwe zu trösten.«

»Wohl kaum«, meinte Christy ungerührt, da er weder seinen Boss verärgern, noch weiteren Stoff für Klatsch liefern wollte. Er hatte Bill Cochrane und einigen Freunden berichtet, wie sehr er den Abend genossen hatte, und das Gerede überraschte ihn nicht. Dazu wäre es auch gekommen, wenn die Cochranes dabei gewesen wären. Harriet hatte das sicher gewusst, als sie die Einladung aussprach, daher machte er sich keine Gedanken darüber.

»Da uns das Fernbleiben der anderen Gäste in ein Dilemma stürzte, entschieden Mrs. Oatley und ich, dass es am klügsten sei, wenn ich nach Hause ginge«, erklärte er. »Als Gentleman wollte ich gerade aufbrechen, als ihr Koch einen Tobsuchtsanfall bekam.«

»Tatsächlich?«

»O ja«, meinte Christy lachend. »Er hat Zeter und Mordio geschrien. Das Bankett, das er mit so viel Liebe vorbereitet hatte, sollte im Abfall landen. Da stand ich nun, eine Hand an der Türklinke, den köstlichen Duft in der Nase, ausgehungert, und die bedauernswerte Gastgeberin wusste nicht ein noch aus. Was hätten Sie getan, Sir?«

»Bei Gott, ich wäre geblieben.«

»Eben. Also bot ich ihr an, zum Essen zu bleiben. Ich glaube, die arme Frau wurde vor Erleichterung beinahe ohnmächtig.«

»Aber Sie haben trotzdem allein mit der Dame diniert«, meinte Mollard mit anzüglichem Grinsen.

»Falls man es denn so nennen kann. Alles lief unter den Blicken des Hausboys ab, der uns nicht aus den Augen ließ. Er tischte eine endlose Folge von Speisen auf, die für vier Leute bestimmt war. Schwierige Situation.« Christy verlegte sich aufs Schwindeln. »Gleichzeitig Konversation machen und so viel wie möglich essen, eigentlich das Gegenteil eines normalen Dinners. Ich hoffte, Mrs. Cochrane würde eine wunderbare Genesung erfahren und mit ihrem Mann erscheinen. Da es nicht dazu kam, aß ich einfach weiter.«

»Welch ein Fiasko!«, rief Mollard erheitert. »Und dann?«

Christy schien den Hintergedanken nicht zu bemerken. »Was dann, Sir? Nach dem Dessert bin ich schleunigst gegangen. Ich glaube, die arme Frau war erleichtert. Ich konnte mich ja schlecht allein mit Portwein und Zigarren zurückziehen ...«

»Guter Gott, Sie sind einfach gegangen?«

»Abgetaucht, wie man sagt.«

»Sie weiß sich einfach nicht zu benehmen. Es heißt, sie würde trinken.« Mollard zog eine buschige Braue fragend hoch.

»Ein Glas Wein oder zwei«, meinte Christy. »Aber ich habe umso mehr getrunken. Es gibt nichts Besseres als einen schönen Weißwein nach einem schweren Essen.«

Christy dachte an die beiden Flaschen Wein, die er und Harriet geleert hatten. Er hatte sich in ihrer Gesellschaft wunderbar amüsiert, da sie eine kluge, unterhaltsame Frau war. Bei diesem Essen zu zweit hatte er sie besser kennen lernen können. Auf keinen Fall hätte er Harriets Vertrauen durch einen Flirtversuch aufs Spiel gesetzt, obgleich sie in Folge des Alkoholgenusses sicher nicht abgeneigt gewesen wäre. Außerdem verlief der ganze Abend ja unter dem wachsamen Auge Tom Lings.

Doch genug. Mollard hatte seinen Spaß gehabt, nun war es an der Zeit, die Schraube anzuziehen.

»Ich bin praktisch auf die Straße getaumelt«, sagte er. »Müsste mich schämen, in Gesellschaft derart viel zu essen. Aber eins muss ich Ihnen sagen, Sir. Dieser Bursche kann vielleicht kochen. Wenn die Chinesen kochen können, machen sie es gut. Und dieser hier ist ein Genie. Jeder Gang war sorgfältig geplant und absolut delikat – Fisch, Schwein, Suppe, Gemüse, Rind und alles mit köstlichen Soßen. Die geröstete Ente in Gelee, dünn aufgeschnitten ..., wenn ich dort noch einmal eingeladen werde, stehe ich Gewehr bei Fuß.«

»Tatsächlich?«, fragte Mollard gierig. Er liebte Essen und verschlang sogar den Fraß, den man ihm in der Residenz vorsetzte.

»Wie heißt er denn?«

»Billy Chinn.«

»Wie viel sie ihm wohl bezahlen?«

»Niemand bezahlt einem Chinesen viel.«

»Dachte ich mir. Wenn wir einen Burschen hätten, der solche Bankette auffahren kann ...«

»Dann blieben Mrs. Mollard viele Sorgen erspart.«

»Auf mein Wort, ja. Sie müssen mit ihm sprechen. Der Mann verschwendet in einem privaten Haushalt ganz offensichtlich sein Talent. Hier zu arbeiten wäre ein Aufstieg für ihn. Kümmern Sie sich darum, Christy.«

»Gewiss, Sir.«

Als er das Arbeitszimmer des Residenten verließ, lachte er bei sich. Von wegen. Beim Essen hatte er erfahren, dass Billy Chinn und Tom Ling bei den Oatleys praktisch zur Familie gehörten. Harriet hatte ihm sogar gestanden, dass sie die beiden zunächst entlassen hatte, da sie an männliche Dienstboten nicht gewöhnt war, sie aber bald zurückgeholt hatte. An diesem Abend hatte er ohnehin viel erfahren. Dass Oatley einen Sohn in ihrem Alter hatte, der aus Übersee zurückerwartet wurde. Dass sie und ihr Mann sich auf seine Heimkehr freuten.

Christy fragte sich, ob der Sohn wohl ebenso begeistert sein würde. Immerhin hatte der alte Herr in seiner Abwesenheit ein junges Mädchen geheiratet, nicht gerade eine verlockende Vorstellung für den jungen Mann. Mal sehen, vielleicht brauchte Harriet in nächster Zeit einen Freund.

Seit William heimgekehrt war, sah man Harriet nicht mehr im Tennisklub. Niemand wunderte sich darüber angesichts der kursierenden Klatschgeschichten.

Christy hielt Ausschau nach Harriet und begegnete ihr bald auf der Straße.

»Harriet, meine Liebe, wie geht es Ihnen?«

»Vielen Dank, Christy, mir geht es gut«, antwortete sie nervös.

»Wir vermissen Sie beim Tennis.«

Sie nahm ihn beiseite. »Ich kann wirklich nicht mehr kommen. Jemand hat William einen schrecklichen anonymen Brief geschickt. Einfach skandalös.«

»Worum ging es dabei?«

Sie errötete. »Es tut mir Leid, Christy, es ist mir so peinlich, aber es ging darin um Sie und mich. Es ist natürlich alles aus der Luft gegriffen, aber er wurde nun einmal geschrieben. Ich muss mich bei Ihnen entschuldigen. Ich wollte Ihnen schreiben, wusste aber nicht, wie ich mich ausdrücken sollte.« Sie seufzte. »Ich hoffe, Sie verzeihen mir.«

Er wurde blass. Klatsch war eine Sache, doch anonyme Briefe an den Ehemann standen auf einem anderen Blatt. Darauf konnte er gut verzichten.

»Harriet, Sie brauchen sich doch nicht zu entschuldigen. In dieser Stadt geraten viele Leute in Schwierigkeiten, aber Sie doch nicht. Ich kann einfach nicht glauben, dass jemand so boshaft sein sollte. Mr. Oatley hat doch hoffentlich kein Wort davon geglaubt?«

»O nein, William hat keine Sekunde daran geglaubt. Er hat mir den Wisch gezeigt und ihn sofort verbrannt, um mir sein Vertrauen zu beweisen. Aber ich halte es für besser, zurzeit nicht zum Tennis zu kommen. Wenigstens, bis sich dieses alberne Gerede gelegt hat. Ich bin so wütend, Christy. Warum müssen sich Leute mit derartigem Unsinn abgeben?«

»Sie haben nichts Besseres zu tun«, murmelte er. »Der Tennisklub schließt ohnehin für die Sommermonate, da der Platz unter Wasser stehen wird.«

Sie lächelte ihr zauberhaftes, argloses Lächeln. Christy kam sie bei jedem Zusammentreffen attraktiver vor, und er wollte sich diese Gelegenheit nicht entgehen lassen.

»Falls ich Sie in irgendeiner Weise kompromittiert haben sollte, ist es an mir, mich zu entschuldigen. Leider besitze ich hier nicht viele Freunde, und Sie sind sehr nett zu mir gewesen. Natürlich steckt hinter all dem pure Eifersucht. Sie stellen alle anderen Damen in den Schatten, darin liegt das Problem.«

Ein rosiger Schimmer überzog ihre Wangen. »Also wirklich, Christy, das ist doch nicht wahr.«

Nicht ganz, dachte er, als er ihr nachsah, aber fast. Sie wirkte weltgewandter und gepflegter als früher, war zwar keine hinreißende Schönheit, aber doch eine erotisch anziehende Frau. Er hatte Mrs. Mollards abfällige Bemerkungen über Harriets Größe gehört, aber sie wusste natürlich nicht die herrlichen Rundungen ihrer Figur zu schätzen. Schade, dass dies alles an einen alten Mann verschwendet wurde.

Interessant, dass Oatley diesen teuflischen anonymen Brief so gelassen hingenommen hatte. Christy spielte mit dem Gedanken, in Oatleys Büro vorbeizuschauen, um zu zeigen, dass er die Begegnung mit ihm nicht scheute, besann sich dann aber. Oatley war ein schlauer Fuchs. Es war wohl besser, seinem Beispiel zu folgen und die Sache ruhen zu lassen.

Myles verbrachte eine herrliche Zeit in Argentinien. Buenos Aires war eine lebhafte, farbenfrohe Stadt, deren gesellschaftliches Leben er in vollen Zügen genoss. Sein eigentliches Interesse galt jedoch dem Hinterland, wo er bei der Familie Flores auf einer der großen Rinderfarmen wohnte, deren Besitzer als Rancher oder Estancieros bekannt waren. Das Wohnhaus war im spanischen Stil gehalten, und die Herzlichkeit, mit der man ihn dort empfing, wärmte ihm das Herz. Seit langem schon war er nicht mehr so frei und wild geritten, und er genoss die Herausforderungen, vor die ihn die Gauchos stellten. Es waren wilde Kerle, die nichts mit den lakonischen Viehhütern seiner Heimat gemein hatten, außer dass sie ebenso gut ritten und dabei ihren Hals riskierten.

Er begegnete einigen attraktiven jungen Damen, doch obwohl er ein geschätzter Gast war, ließ man ihn nie mit einer von ihnen allein. Es gab zahlreiche Veranstaltungen, formelle und zwanglose Abendessen, Musik und Tanz, doch immer wachten dunkeläugige Anstandsdamen lächelnd über die Mädchen.

Er schrieb seinem Vater, er und eine Gruppe von Freunden planten eine Expedition, bei der sie die großen Flüsse und Wasserfälle erforschen wollten, von denen man überall sprach.

Er hatte den Brief kaum abgeschickt, als er ein Telegramm von William über die Bank in Buenos Aires erhielt.

»Pop schwer krank. Rückkehr dringend erforderlich. William.«

Eine Woche später ging er in Buenos Aires an Bord der *Ohto,* eines Handelsschiffes, das über das Kap nach Sydney fuhr.

Als Myles nach einer elenden Reise in Sydney eintraf, verschwendete er keine Zeit. Auf dem letzten Teil der Fahrt, in der Tasmanischen See, hatte er den heftigen Seegang erdulden müssen und allmählich auch unter dem mangelnden Komfort des Handelsschiffes gelitten. Nun fand er einen Küstendampfer, der nach Darwin fuhr, und stolperte nur Minuten vor dem Ablegen mit seinem Gepäck an Bord.

Myles Oatley stand an Deck, als das Schiff in den vertrauten Hafen von Darwin einfuhr. Zum Glück herrschte Flut, sodass das Aussteigen einfacher war als bei Ebbe, wenn man zu Fuß an Land waten musste.

Die Barkasse legte vom Schiff ab und brachte die Passagiere zum Anlegesteg. Myles war unangemeldet heimgekehrt. Er war aufgeregt, freute sich auf das Wiedersehen mit seinem Vater und versuchte, die Sorge um Pop zu verdrängen. Williams Frau hatte er praktisch vergessen.

Er rannte den Steg hinauf, entdeckte einen chinesischen Kuli mit einem Handkarren und gab ihm einen Shilling, damit dieser sein Gepäck im Haus der Oatleys an der Esplanade ablieferte.

Er eilte den Hügel hinauf, achtete nicht auf die Wartenden, die andere Ankömmlinge begrüßen wollten, und wich nur knapp drei bärtigen Reitern aus, die hinter einem Packpferd trabten. Sie brüllten, er solle doch aufpassen, wohin er laufe, doch Myles hatte nur Augen für sein Ziel, Williams Büro. Es war beinahe Mittag, er musste dort sein.

Doch das Büro war geschlossen. Verwirrt starrte Myles auf die Tür, bis ihm einfiel, dass Sonntag war!

Achselzuckend wandte er sich zur Esplanade und ging zu dem neuen Haus, auf das William so stolz war. Er war froh, endlich zu Hause zu sein, hier in dieser Stadt, wo er jeden Winkel kannte. Er bemerkte, dass die Palmen im Park seit seinem Aufbruch gewachsen waren; auch die Büsche wirkten gepflegter, nur die hohe, alte Feige trotzte noch der Axt. Zwei schwarze Kakadus flatterten lärmend aus den Baumkronen hoch und schreckten eine Gruppe kleiner Kängurus auf, die friedlich das spärliche Gras gefressen hatten. Sie schauten zu Myles hinüber, und er erwiderte ihren sanften Blick mit einem Lächeln, als seien sie alte Freunde.

Beinahe wäre er am Haus vorbeigelaufen, das nun von einem Zaun und einem jungen Garten mit gepflegten Palmen und einheimischen Büschen umgeben war. Williams Haus sah genau so aus, wie er es geplant hatte, bis hin zu den Bambusläden, die die Veranden umschlossen. Die Schlitze waren offen, um jeden noch so kleinen Windhauch ins Innere des Hauses zu lassen. Er ging den Weg entlang und beschloss dabei, aus Spaß an die Tür zu klopfen.

Tom Ling öffnete ihm. Er sah aus wie immer in seinem schwarzen Pyjama-Anzug und der kleinen, runden Kappe, aus der sein langer Zopf zu wachsen schien.

Er starrte ihn an und schrie dann: »Mister Myles! Sie sind das? Sie! Ah! Kommen nach Hause.« Er riss die Tür noch weiter auf und verneigte sich grinsend.

»Kommen herein! Herein! Großer Junge jetzt. Sehen an.«

Er war so aufgeregt, dass seine Stimme sich überschlug. »Missy, kommen und sehen. Kommen sehen, Missy. Mister Myles zu Hause! Mister Myles zu Hause!«

Harriet kam in einer Wolke aus blauem Musselin herbeigelaufen. Ihr glänzendes Haar war im französischen Stil mit Bändern geschmückt und aufgesteckt. Das makellose Gesicht strahlte, die braunen Augen unter den schön geformten Brauen leuchteten, der Mund war zu einem freudigen O geöffnet.

Missbilligend stellte Myles fest, dass sie viel hübscher aussah als in seiner Erinnerung.

Tom Ling war außer sich. »Ihr Zimmer, Mr. Myles. Kommen sehen. Extra für Sie. Noch nie gesehen ...«

Sie kam auf ihn zu. »Myles! Ich freue mich, dich zu sehen. Wann bist du angekommen? Es tut mir Leid, ich hätte dich abholen sollen, aber wir kannten den Termin deiner Ankunft nicht. Wie schön, dass du endlich zu Hause bist.«

Seine Stiefmutter näherte sich ihm, als wolle sie ihn umarmen oder einen mütterlichen Kuss auf seine Stirn drücken – die Frau, die seinen alten Vater verführt hatte.

Entsetzt wandte er sich an Tom Ling: »Wo ist mein Vater?«

»Er weg, Mr. Myles. Fischt auf Chinesenboot«, kicherte Tom Ling. »Kommt zurück ein, zwei Tage. Bald. Große Überraschung, was?«

Myles nickte. »Gut, du kannst mir mein Zimmer zeigen. Das Gepäck kommt gleich nach.«

Harriet blieb verwirrt stehen und errötete angesichts dieser schroffen Zurückweisung. Sie konnte kaum fassen, dass er sie geschnitten hatte. Heiße Tränen stiegen ihr in die Augen, doch sie unterdrückte sie. War er nur wütend, weil sein Vater nicht da war, um ihn zu begrüßen? Oder enttäuscht? Aber William hatte wirklich nichts von seiner Ankunft gewusst. Es ergab keinen Sinn. Sie hörte die Stimmen aus Myles' Zimmer und war beinahe eifersüchtig auf Tom, weil er ihn nun herumführte und nicht sie. William hatte zwei große Zimmer für Myles und Pop reserviert. Er war sehr stolz darauf und hatte die Räume im Hinblick auf ihre Bedürfnisse eingerichtet. Tom Ling hatte sie immer lüften müssen. Harriet selbst hatte dafür gesorgt, dass seine Bücher, Kleider und übrigen Besitztümer gepflegt wurden, sodass bei Myles' Heimkehr alles bereit war.

Da sie nicht wusste, was sie mit sich anfangen sollte, ging

sie ins Wohnzimmer und griff nach einer Zeitung. Vielleicht wünschte Myles ja einen Morgentee, und so schlich sie auf Zehenspitzen in die Küche, als könne sie sonst die Ruhe des Hauses stören. Nun drang auch Billy Chinns aufgeregte Stimme aus dem Schlafzimmer.

Sie seufzte, fühlte sich unglücklich und ausgeschlossen. Daher bezog sie wieder Stellung im Wohnzimmer und unternahm den Versuch, sich auf eine Zeitung aus Perth zu konzentrieren, die schon eine Woche alt war. Myles sah reifer aus, so als habe er die kindlichen Schichten seiner Persönlichkeit abgestreift. Auch seine Stimme klang voller. Sie versuchte, ihn durch die Wand zu belauschen, als er nun mit den Dienstboten im Speisezimmer sprach. Er klang plötzlich so englisch!

»Verdammt«, murmelte sie, »für wen hält er sich?«

Das war eine gute Frage. Wie konnte er es wagen, in ihr Heim einzudringen und sie zu behandeln, als sei sie gar nicht da? Enttäuschung oder nicht, es gab keinen Grund für ein derartiges Verhalten. Sie spielte mit dem Gedanken, ihn geradeheraus zu fragen, ob es neuerdings zum guten Ton gehöre, die Frau seines Vaters zu ignorieren? Aber ihr fielen nicht die richtigen Worte ein, außerdem würde er vielleicht doch noch hereinkommen und sich entschuldigen.

Sie wartete. Hörte das Klappern eines Teetabletts, fröhliche Stimmen, dann traf das Gepäck ein, der Kuli plapperte, der Handkarren fuhr quietschend zur Seitentür des Hauses, und Tom Ling erteilte Befehle.

Harriet konnte ihren Gast sehen, wie er gemütlich im Speisezimmer saß, Tee trank und Kekse knabberte, während Tom Ling die Sachen auspackte. Das Haus war unheimlich still. Und heiß, stickig, der Schweiß rann an ihr herunter. Hoffentlich fand er es nach dem kalten englischen Klima richtig ungemütlich, dachte sie. Warum war William ausgerechnet jetzt auf dieser Angeltour? Warum konnte er nicht hier sein und die

Situation bereinigen? Seinen überheblichen Sohn zur Ordnung rufen?

Doch dann mahnte sie sich zur Vorsicht. Vielleicht reagierte sie übertrieben. Wenn er nun im Speisezimmer saß und auf sie wartete? Außerdem liebte William seinen Sohn wie seinen Augapfel. Der gesunde Menschenverstand sagte ihr, dass sie Ärger um jeden Preis vermeiden musste.

Nachdem sie diese Entscheidung getroffen hatte, stand Harriet auf, prüfte ihr Aussehen im Spiegel und wischte sich die Schweißperlen von der Stirn. Zum Glück hatte sie sich an diesem Morgen für das hübsche, luftige Kleid entschieden. Schrecklich, wenn er sie im Morgenmantel angetroffen hätte. Dann fiel ihr ein, dass sie nicht zum Sonntagsgottesdienst gegangen war. Nun, Gott würde ihr Fehlen sicher entschuldigen; sie musste sich um Familienangelegenheiten kümmern.

Myles saß noch am Tisch, eine Zeitschrift gegen die Zuckerdose gelehnt, als Harriet festen Schrittes eintrat.

»Alles zu deiner Zufriedenheit, Myles?«

Er nickte kaum merklich. »Danke, ja.«

»William wird begeistert sein, dass du sicher heimgekehrt bist. Er hat sich große Sorgen gemacht.«

»War nicht nötig, ich bin so schnell wie möglich gekommen.«

»Natürlich. Was liest du gerade?«

»Die *Countryman's Gazette,* das ist doch offensichtlich. Ich habe einiges nachzuholen.«

Harriet wich nicht zurück. »Das stimmt wohl. Pop geht es viel besser. Er war lange Zeit sehr krank, scheint das Schlimmste aber überstanden zu haben.«

»Ja, Tom Ling hat es mir erzählt.« Er erhob sich vom Tisch und schob die aufgeknöpften Hemdsärmel hoch. »Würdest du mich bitte entschuldigen? Ich möchte nachschauen, wo Tom Ling meine Sachen einräumt.«

»Keine Sorge, er wird nichts von seinem Platz entfernen.« Harriet blieb hartnäckig. »Wie findest du das Haus?«

Er schob seinen Stuhl ordentlich an den Tisch. »Größer als erwartet. Aber passend für Darwin.«

Nun versuchte Harriet, sich beliebt zu machen. »Ja, ich glaube, deine Mutter hat es entworfen.«

»Meine verstorbene Mutter, ja. Ich möchte allerdings bezweifeln, dass sie an das Ambiente eines asiatischen Freudenhauses gedacht hat.«

Sie spürte, dass dieser Mann, der in ihrem Haus vor ihr stand und trotz aufgekrempelter Ärmel noch immer wie ein Dandy wirkte, sie provozieren wollte. Sie hatte ihm als Dame des Hauses nicht erlaubt, das Jackett abzulegen. Mit ungekämmtem Haar und offenem Kragen in ihrem Haus herumzulungern, als müsse er keinen Anstand wahren! Andererseits musste sie als Frau seines Vaters unerfreuliche Szenen vermeiden.

»Ich nehme an, du hast Recht«, sagte sie ruhig. »Aber es scheint, als wüssten die Asiaten besser, wie man mit der Hitze zurechtkommt, daher auch die leichteren Möbel.« Sie lächelte. »Ich finde, Rohr und Bambus wirken irgendwie kühler als das gute alte Mahagoni.«

Myles zuckte mit den Schultern. »Kommt wohl auf den Geschmack an. Meine verstorbene Mutter hatte einen exzellenten Geschmack, und sie wurde im Territorium geboren. Wir benötigen keine Lektionen über den Umgang mit der Hitze. Wenn du mich nun *bitte* entschuldigen würdest, ich möchte nach meinen Sachen sehen.«

Harriet dachte mit Schrecken an das bevorstehende Abendessen mit Myles. Da sie trotz allem mit seiner Gegenwart rechnete, wies sie Tom Ling an, für zwei zu decken.

»Nein, nein, Missy, Mr. Myles ausgegangen.« Er zwinkerte ihr zu.

»Junger Mann, seine Stadt hier. Muss Leute treffen!«

Seine Stiefmutter fühlte sich erleichtert und wütend zugleich.

Myles wusste genau, wohin er wollte. Die Hamiltons müssten in der Stadt sein, auch Lucy. Er rannte die Straße hinunter bis Doctor's Gully, wo einige Stationsbesitzer ihre Ferienhäuser errichtet hatten. Wieder errichtet, besser gesagt, nachdem ein Wirbelsturm die Stadt vor Jahren dem Erdboden gleichgemacht hatte.

Der Anblick ihres Hauses heiterte ihn auf und vertrieb den Überdruss, der ihn gequält hatte. Vermutlich hatte ihn die Begegnung mit dieser Frau in diese schlechte Stimmung versetzt.

Das Haus war eher ein hoch gelegenes Cottage mit angebauten Zimmern und breiten Veranden, von denen Leinwandrouleaus flatterten, aber es war ihr Strandhaus, und es gefiel ihnen so. Myles besaß wunderbare Erinnerungen an die Sommer in diesem Haus, als er mit nackten Füßen über bloße Dielen gelaufen war, mit Sand zwischen den Zehen. Er dachte zurück an den feuchten Geruch vom Meer, den Duft von Festmählern mit Fisch und Zigarren, den Anblick von Menschen, die zwanglos umherschlenderten, lachten und an besonders heißen Nachmittagen einfach faulenzten, und Lucy war immer dabei mit ihrem sonnigen Wesen, ihrem Lachen, wie sie Spiele organisierte und alle herumkommandierte. So war sie schon als kleines Mädchen gewesen ... Er hielt inne. Das Haus lag ungewöhnlich ruhig da.

Keulenlilien gaben den Blick auf einen sandigen Weg frei, doch Myles brauchte gar nicht erst bis zum Haus zu gehen. Alle Türen waren geschlossen, niemand war zu Hause. Verwirrt überlegte er, welcher Monat war. Oktober? Dann müssten die Hamiltons hier sein. Verdammt, wo waren sie? Was für eine Heimkehr!

Er ging zu Sweeneys Stallungen und stieß auf einen jungen Burschen, der die Ställe reinigte.

»Habt ihr in letzter Zeit die Hamiltons gesehen?«

»Die sind noch nicht da.«

»Ist aber spät, oder?«

»Ja, die meisten Bushies sind schon in der Stadt.« Er stellte das Wasser ab und griff nach einem Gummischrubber. »Zack hatte Probleme.«

»Womit?«

»Wurde von einem Schwarzen mit dem Speer verletzt. Das muss ihn wohl aufgehalten haben.«

»Geht es ihm wieder gut?«

»Wird jedenfalls erzählt. Bleiben diesen Sommer aber wohl zu Hause.«

Myles kehrte wütend und enttäuscht in die Stadt zurück, wobei er einen großen Bogen um die Esplanade schlug. Inzwischen waren mehr Leute unterwegs; manche erkannten ihn und wollten höflich plaudern. Er brauchte beinahe eine Stunde, um ihre freundlichen Fragen zu beantworten, bis er vor dem geschlossenen *Victoria Hotel* eintraf. Aber er wusste Bescheid, ging zur Hintertür und klopfte an. Man ließ ihn ein, denn jetzt, während der so genannten katholischen Stunde, versammelten sich einige Einheimische, darunter auch die Polizisten, in der geschlossenen Bar.

Mit einem kalten Bier in der Hand machte es Myles nichts mehr aus, im Mittelpunkt des Interesses zu stehen. Er lachte, als ihm einige alte Bekannte mit lakonischem Grinsen zunickten.

»Du kommst spät, Oatley.«

Um fünf Uhr saßen Myles und seine Freunde dann sturzbetrunken in Charlie Wongs Café.

Endlich war er zu Hause, entspannt und glücklich.

Sie hörte Myles zu unchristlicher Stunde heimkommen. Er polterte betrunken durchs Haus. Sie blieb im Bett und bemühte sich, wieder einzuschlafen, aber der Ärger hielt sie wach.

Der nächste Tag schien endlos. Myles schlief, Harriet lief nervös umher, konnte sich auf nichts konzentrieren, da seine Gegenwart das ganze Haus auszufüllen schien.

Als Myles endlich aufstand, aß er in der Küche, was immer Billy Chinn für den jungen Prinzen bereitet hatte. Später hörte Harriet ihn ins Arbeitszimmer seines Vaters gehen, und dort blieb er auch. Sie roch das Aroma von Williams Zigarren.

Myles schlug die Zeit tot und kurierte seinen Kater. Billy Chinn hatte darauf bestanden, dass er als Heilmittel eine kräftige Mahlzeit aus Steak, Ei und Würstchen zu sich nahm, bevor er Leo in der Handelsagentur aufsuchte. Danach wollte er sich mit seinen Freunden zu einem Festessen im *Victoria* treffen.

Er durchstöberte das Arbeitszimmer, schaute in Magazine und Sammelalben, las Berichte von der Millford Station und Pops Briefe aus Warrawee und öffnete Schubladen. Sein Vater hatte gewiss nichts dagegen. Er blätterte in einem Kasten mit Zeitungsausschnitten, in denen es hauptsächlich um Zuchtpferde und Vieh ging, versehen mit Bildern, Stammbäumen und Preisen, doch eine Seite aus einer Zeitung aus Perth schien nicht recht dazuzugehören. Er wollte sie schon beiseite legen, als sein Blick auf einen Namen fiel. Er begann zu lesen. Es handelte sich um einen Brief von Mrs. William Oatley an die Zeitung.

Seine Augen wurden immer größer, dann musste er lachen. Er lachte, bis ihm die Tränen über die Wangen liefen. Der Brief war unerhört, und sie hatte ihn tatsächlich veröffentlicht! War sie völlig von Sinnen? Nein, ganz und gar nicht, denn sie hatte darin mit den schlimmsten Idioten und Snobs dieser Stadt abgerechnet.

Sie hatte die Leute exakt porträtiert. Myles fragte sich, ob jemand in Darwin diesen Artikel kannte.

Er lachte immer noch, als er am Salon vorbeikam, wo Harriet saß und nähte.

»Entschuldige mich bitte, ich werde nicht zum Abendessen da sein.«

Sie sprang hoch wie von der Tarantel gestochen. »Vielen Dank, dass du es mich wenigstens wissen lässt«, sagte sie sarkastisch. »Aber es ist mir ohnehin gleichgültig. Vielleicht möchtest du ja lieber im Hotel wohnen.«

Myles wich zurück. Ihm schossen einige scharfe Entgegnungen durch den Kopf, doch er besann sich eines Besseren und verließ wortlos das Haus. Das war wirklich dreist von ihr. Sie würde ganz schön dumm dastehen, wenn er auszog, denn William würde sich gewiss nicht darüber freuen, dass sie seinen Sohn vertrieben hatte.

Er war noch bei Leo im Büro, der eifrig seinen Reiseabenteuern lauschte, als ein Buggy vorfuhr und sein Vater mit einer Leine voller Fische heraussprang.

Myles erkannte ihn kaum wieder. Er trug ausgebeulte Fischerhosen und einen zerdrückten Filzhut, doch selbst so konnte man erkennen, dass er das Wohlstandsbäuchlein verloren hatte, das ihm die jahrelange Büroarbeit eingetragen hatte. Er wirkte jünger und kräftiger, als er mit erwartungsvollem Grinsen zur Tür schritt. Der Fischer kehrte mit seinem Fang heim.

»Hallo, Leo«, rief er herzlich und stieß die Tür auf, »hier ist was Feines zu essen, ich gebe dir die Hälfte ab.«

Dann hielt er inne, blinzelte im Zwielicht, starrte fassungslos den anderen Mann an.

»Da hol mich doch! Du bist zurück! Himmel Herrgott, er ist zurück!«

William warf Leo die Fische zu und umarmte seinen Sohn. »Was für ein Tag!« Er schob ihn ein Stück zurück. »Lass dich ansehen. Ja, du siehst besser aus, reifer. Stimmt's, Leo? Ach, es tut gut, dich zu sehen, mein Sohn. Wann bist du angekommen?«

»Am Sonntag, auf dem alten Kahn, der noch in der Bucht liegt. Du siehst auch gut aus. Wir hatten dich erst morgen erwartet.«

»Da draußen braut sich ein Sturm zusammen. Wir haben beschlossen, lieber zurückzufahren. Du warst natürlich schon im Haus?«

»Ja.«

»Hat Harriet sich um dich gekümmert?«

»Selbstverständlich«, log Myles. »Und Tom und Billy sind um mich herumgewuselt, aufgeregter denn je.«

»Und ich habe es verpasst. Weshalb hast du nicht geschrieben, dass du auf dem Heimweg bist?«

»Dazu fehlte die Zeit. Ich musste rennen, um den Küstendampfer noch zu erwischen. Die Hamiltons sind übrigens noch nicht im Strandhaus. Wo stecken sie denn?«

»Sie haben sich nur verspätet. Zack wurde von einem Schwarzen mit dem Speer verletzt, aber er hat sich wieder erholt. Braucht nur noch ein bisschen Ruhe. Keine Sorge«, meinte er grinsend, »Lucy hat geschrieben, dass sie mit Maudie vorausfährt.«

Er wandte sich an Leo. »Für heute ist Feierabend. Mach den Laden dicht, wir haben etwas zu feiern. Komm, Myles ...«

»Da ich nicht wusste, dass du heute Abend schon da bist, habe ich mich mit einigen Burschen zum Essen im *Victoria* verabredet. Ich gehe hin und sage es ab.«

»Keine Sorge«, sagte sein Vater. »Ich muss mich ohnehin erst waschen und den Rest meines Fangs bei Billy abliefern. Sweeney wartet draußen mit dem Buggy, er fährt uns nach Hause. Dann gehen wir alle zusammen ins *Victoria.* Du auch, Leo, und bring deine Frau mit. Wir müssen den verlorenen Sohn willkommen heißen. Gott, bin ich froh, dich zu sehen. Ich kann es gar nicht erwarten, von deinen Reisen zu hören.«

»Ich habe eine Idee«, schlug Myles vor. »Du fährst nach Hause, ziehst dir die Tanzschuhe an, und ich sage im Vic Bescheid, dass wir eine Party steigen lassen.«

»Gut, mach das. Aber zuerst solltest du Sweeney begrüßen ...«

Harriet konnte William nichts vormachen. Sie freute sich, dass er einen Tag früher gekommen und die Angeltour ein Erfolg gewesen war, doch er bemerkte auch ihre Erleichterung und wusste, dass etwas schief gelaufen war, obgleich sie von der wunderbaren Überraschung berichtete.

Er hätte da sein sollen. William war wütend auf sich, da er Myles' Einstellung zu seiner Ehe kannte. Harriet war noch immer ahnungslos, und dies wegen all der guten Wünsche, die er erfunden hatte. Was wohl geschehen war?

»Eine spontane Willkommensparty!«, sagte sie. »Das ist eine gute Idee. Wer kommt sonst noch?«

»Nur ein paar Freunde von Myles, vielleicht auch Mädchen, dazu Leo und seine Frau. Jeder, der mitfeiern möchte. Später organisieren wir dann ein richtiges Willkommensfest mit allem Drum und Dran. Einverstanden?«

»Ja, das wärc herrlich.«

Ihre Stimme klang begeistert, doch ihre Augen sprachen cine andere Sprache.

Während sie sich umzog, marschiertc er mit Tom Ling in den Hof und holte die Geschichte stückweise aus ihm heraus. Myles hatte kaum ein Wort mit der Missy geredet und war auch nicht zu den Mahlzeiten erschienen. Der Junge hatte sie geschnitten, dachte William, und das musste sofort aufhören. Tom Ling krümmte sich, als ihm einfiel, dass die beiden doch einmal miteinander »gesprochen« hatten.

»Was haben sie gesagt?«

»Zu schnell. Viel zu schnell reden. Missy schreien. Dann er gehen.«

William lächelte. Gut gemacht. Aber er musste beide zur Ordnung rufen. Sie gehörten zu einer Familie und mussten miteinander zurechtkommen.

Zu dumm, dass Lucy Hamilton nicht rechtzeitig in der Stadt angekommen war, um Myles willkommen zu heißen. Sie würde entsetzlich enttäuscht sein. Andererseits würde sie mit Freude hören, dass Myles gleich an seinem ersten Tag zu Hause ihr Haus in Darwin aufgesucht hatte; das wäre wenigstens ein kleiner Trost.

William war erleichtert zu hören, dass Zack sich von der Speerwunde erholt hatte. Um Sibell machte er sich mehr Sorgen. Sie hatte ihm geschrieben, um ihm für sein Paket mit Zaumzeug zu danken, das bitter benötigt wurde und schwer zu bekommen war, aber in dem Brief hatte sie auch erwähnt, dass sie das Leben auf der Station inzwischen zu belastend fand und fort wollte, je eher, desto besser. Sie wollte nach Perth ziehen. Das hatte ihn sehr beunruhigt, zumal der Ton ihres Briefes etwas so Endgültiges hatte. William hatte ihr sofort zurückgeschrieben und sie gefragt, was wirklich hinter ihren Plänen steckte. Man ließ eine Station im Outback doch nicht so mir nichts, dir nichts hinter sich. Wollten sie verkaufen? Verpachten? Er konnte sich überhaupt nicht vorstellen, dass Zack Black Wattle verlassen würde.

Aber er hatte nichts mehr von ihr gehört. Allmählich dachte er, dass es Zeit wurde, die Hamiltons hier in der Stadt zu sehen.

13. Kapitel

Die Nachricht, dass Myles Oatley wieder zu Hause war und sein Vater eine Party im *Victoria* steigen ließ, verbreitete sich rasch. Freunde, Bekannte und auch völlig Fremde fanden sich im Hotel ein. Manche brachten sogar Geschenke mit, die sie auf die Schnelle besorgt hatten, um diesen großen Augenblick gebührend zu würdigen.

Die Bar war voll und Mrs. Ryan mit ihrem Latein am Ende, da immer mehr Männer ins Hotel drängten, begleitet von ihren Frauen und Töchtern. Vor allem Töchtern, denn Myles galt als der begehrenswerteste Junggeselle weit und breit. Als all diese Leute in den Speisesaal strömten, wandte sie sich flehend an William.

»Sind das alles Ihre Gäste?«

»Sieht so aus«, meinte er lachend.

»Würde es Ihnen etwas ausmachen, wenn ich ein Büfett vorbereite, von dem sich alle selbst bedienen können? Mehr kann ich leider nicht tun.«

»Kein Problem. Es tut mir Leid, wenn ich Ihnen Unannehmlichkeiten bereite.«

»Solange Sie zahlen, ist mir nichts unangenehm!« Sie wandte sich an Harriet. »Darf ich Ihnen sagen, dass Sie heute Abend ganz bezaubernd aussehen, Mrs. Oatley? Ein herrliches Kleid. Kommen Sie bitte, ich habe einen Tisch für die Familie reserviert.«

Harriet bedankte sich. Sie war erstaunt und erleichtert, dass so viele Leute gekommen waren, denn sie hatte ein Essen im kleinen Kreis mit dem ihr feindselig gesonnenen Myles gefürchtet.

Christy tauchte neben ihnen auf. »Ich bin etwas verwirrt.

Eigentlich wollte ich heute Abend hier essen, aber es sieht ganz nach einer privaten Feier aus.«

Harriet schaute William an, der bester Stimmung war.

»War es auch«, gab er Christy zur Antwort. »Aber sie scheint ein wenig aus den Fugen zu geraten. Sie sind uns herzlich willkommen, Christy.«

Harriet drückte seinen Arm. »Du bist der netteste Mann der Welt«, flüsterte sie, während Christy ihnen durch die Menge folgte und am Tisch neben Leo und seiner Frau Platz nahm. Myles und seine Freunde waren noch in der Bar.

Mrs. Ryan verstand sich wirklich auf ihr Geschäft. Über der Bühne prangte ein großes Schild mit der Aufschrift WILLKOMMEN ZU HAUSE, unter dem jetzt drei Musiker Platz nahmen. Schon bald hatte sie die Gäste für den Speisesaal an Tischen untergebracht.

Schließlich erhob sich William, um seinen Sohn aus der Bar zu holen, und Harriet ließ die Blicke durch den Raum schweifen. Sie konnte es sich nicht verkneifen, Christy auf die Anwesenheit von Mr. und Mrs. Cochrane und Judah Forrest samt Frau hinzuweisen. »Heute haben sie es nicht gewagt, wegzubleiben«, meinte er grinsend.

»Obwohl sie nicht eingeladen waren?«

»Darwin ist eine Kleinstadt. Ich nehme an, Ihr Mann hat eine offene Einladung ausgesprochen.«

»Ja, das stimmt, angeblich ist das hier nichts Ungewöhnliches. Vor allem, wenn Leute Gold gefunden haben; dann gibt es kein Halten mehr. Mrs. Ryan liebt solche Veranstaltungen und weiß genau, wie man sie organisiert.« Sie hielt inne. »Dennoch hat Judah meine Einladung abgelehnt.«

»Tatsächlich? Nun, das erklärt vermutlich, weshalb Mr. Oatley keine Geschäfte mehr mit ihm tätigt.«

»Ehrlich? Das habe ich nicht gewusst. Die Cochranes haben mich übrigens nie zu sich eingeladen, nachdem sie an jenem Abend weggeblieben sind.« Sie nahm noch ein Glas

Champagner. »Ich glaube, ich sollte hingehen und sie begrüßen.«

»Warum nicht?«, meinte Christy lachend.

Nachdem ihr Mann aus dem Weg und sein Sohn noch in der Bar war, übernahm Harriet die ihr zustehende Rolle der Gastgeberin.

Sie ging von Tisch zu Tisch, plauderte mit den Gästen, schmeichelte ihnen und landete schließlich auch bei den Forrests und Cochranes, die am selben Tisch saßen.

»Was für ein herrlicher Abend«, sagte sie begeistert.

Judah Forrest pflichtete ihr bei. »Wirklich ganz reizend. Obwohl ich fürchte, dass wir auf dem Heimweg nass werden, es sieht nach einem Unwetter aus.«

Alle sprachen mit ihr, lächelten, Amy Cochrane machte ihr Komplimente wegen ihrer Garderobe.

»Ich bin so froh, dass Sie sich amüsieren«, meinte Harriet. »Leider fürchte ich, dass wir Ihren Abend hier stören. Zu welcher Gesellschaft gehören Sie?«

Die Herren verharrten reglos; sie schauten einander an, ihnen fehlten die Worte. Die Damen starrten sie mit offenem Mund an. Harriet wurde an einen anderen Tisch gerufen und ging ruhig weiter, als interessiere sie die ganze Sache nicht mehr.

William hatte mehr vor, als nur den Ehrengast an seinen Tisch zu lotsen. Er trennte Myles von seinen Gefährten und schob ihn unauffällig in Mrs. Ryans Büro.

»Ich habe mit dir zu reden, mein Sohn.«

»Nur zu, stimmt etwas nicht?«

»Ja, und das weißt du ganz genau. Ich muss mit dir sprechen, bevor du noch mehr trinkst. Es geht um Harriet.«

»Was ist mit ihr?«

»Sie ist meine Frau, doch ich weiß, dass du meine Ehe nicht gutheißt. Ich habe in meinen Briefen immer wieder davon geschrieben, aber du hast es vorgezogen, diese Tatsache zu ignorieren. Ich liebe Harriet, und du wirst ihr respektvoll begegnen.«

»Was soll ich denn tun? Mami zu ihr sagen?«

William fuhr zusammen. »Wenn ich nicht wüsste, dass du bereits zu viel getrunken hast, würde ich dich jetzt schlagen ...«

»Tut mir Leid. Du hast ja Recht, es war unpassend. Aber du musst auch verstehen, dass ich mich in einer schwierigen Lage befinde.«

»Für dich ist es überhaupt nicht schwierig. Das bildest du dir bloß ein.« William trat zurück und warf durch die angelehnte Tür einen Blick auf Mrs. Ryan, die ihr Personal gerade anwies, die Bar zu schließen. »Dein Leben ist vorgezeichnet, Myles«, sagte er traurig, »und ich bete, dass es so bleibt, aber du kannst nicht über das Leben anderer verfügen. Du musst dein eigenes Leben gestalten und das Beste hoffen, aber auch wir müssen unseren Weg gehen. Du bist mein Sohn und mein bester Freund, daher könntest du meine Frau wenigstens als Freundin betrachten. Als gute Freundin und Mitglied unserer Familie.«

Er bemerkte, dass Myles in seinem silbernen Etui nach einer Zigarette suchte.

»Hörst du mir überhaupt zu?«

»Ja, Sir, ich denke schon.«

»Gut. Und ihr Name ist Harriet, das kann doch nicht so schwer sein.«

»Nein, Sir.«

William lachte erleichtert. »Der Sir ist neu. Englisch, was? Warum konnte ich dir das nicht beibringen, als du ein Kind warst? Habe ich dir überhaupt schon gesagt, wie überglücklich ich über deine Rückkehr bin?«

Myles grinste. »Ja, Dad.«

»Dann los, lass uns feiern, und morgen möchte ich alles über deine Reise und das argentinische Vieh hören.«

Arm in Arm betraten sie den Speisesaal und wurden mit »For he's a jolly good fellow« und stehenden Ovationen empfangen.

Myles sah zu Harriet hinüber, die mit Christy Cornford lauthals lachte, und spürte eine leise Eifersucht beim Gedanken an seinen Vater. William, der diese attraktive junge Frau so liebte, sollte lieber Acht geben, wenn Männer wie Christy in ihrer Nähe waren.

Als die Sitzordnung geändert wurde, um Neuankömmlingen Platz zu machen, sorgte Myles dafür, dass Christy nicht mehr neben ihr saß.

Als Myles am Tisch auftauchte, war Harriet schon alles egal. Sie amüsierte sich prächtig, tanzte den ersten und letzten Tanz mit William. Ihr fiel auf, dass Myles sie einige Male höflich ansprach. Er hatte auch eine Rede gehalten, bei der alle applaudierten. Sie tanzte mit seinen Freunden und mit Christy und schloss sich dem gemeinsamen Singen an, das William nach dem Essen organisierte. Was für ein Spaß!

Als es Zeit zum Gehen war, mussten Vater und Sohn sie stützen. Gemeinsam wankten sie die Esplanade entlang, durch den warmen, strömenden Regen. Das Wasser stieg in der Tropennacht dampfend vom Boden auf, und sie plantschten wie Kinder durch die Pfützen. Als Tom Ling ihnen die Tür öffnete, geriet er in helle Aufregung, da alle drei bis auf die Haut durchnässt waren. Die Anzüge der Herren und Missys Hut und Robe waren völlig ruiniert.

Die Kameradschaft des Heimwegs hielt nicht lange vor. Harriet wusste, dass Myles' verändertes Verhalten oberflächlich war. Sicher, er begegnete ihr mit Höflichkeit, um seinem Vater eine Freude zu machen, doch sobald dieser nicht dabei war, flackerte die alte Feindseligkeit wieder auf. Auch in Williams Gegenwart spürte sie manchmal Myles' Irritation. Doch sie musste sich fürs Erste damit zufrieden geben. Er würde ja nicht ewig bei ihnen leben. Nach den Ferien würde er auf eine Station ziehen, vielleicht nach Warrawee, wo Pop seine Hilfe brauchte. Bis dahin bot er gelegentlich sogar exzellente Unterhaltung, wenn er von seinen Reisen berichtete.

Irgendwann stand dann endlich Lucy Hamilton vor der Tür, als sie sich gerade zum Essen begeben wollten. Myles sprang auf, und sie warf sich in seine Arme, lachte und weinte vor lauter Wiedersehensfreude.

William war überglücklich und lud sie zum Essen ein, doch beide lehnten ab. Also schickte er sie, taktvoll wie er war, in den Salon.

»Ihr Turteltauben habt euch sicher viel zu erzählen. Keine Sorge, wir kommen auch ohne euch zurecht.«

Dann wandte er sich an Harriet. »Ich höre Hochzeitsglocken. Du weißt, meine Liebe, ich hatte befürchtet, er könnte sich in eine andere Frau verlieben und mit einer Braut am Arm heimkehren.«

»Ja, ich sage nur: Ende gut, alles gut.«

»Ich wollte sie eigentlich fragen, wann Zack und Sibell in die Stadt kommen. Hoffentlich ist Zack reisefähig.« Er seufzte glücklich.

»Aber meine Fragen können warten.«

Zack hatte sich geweigert, im Wagen zu reisen. »Ich reite, Sibell, keine Diskussion. In einem Wagen durch die Gegend zu rumpeln wäre schrecklich. Ich fühle mich auf dem Pferd sehr wohl.«

»Na schön«, sagte sie, »dann reite ich ebenfalls.«

»Wirst du das schaffen?«

»Wenn du es schaffst, schaffe ich es auch.«

Die Männer, die Maudie und Lucy bis Pine Creek begleitet hatten, kamen zurück und berichteten, dass es keine Probleme gegeben hatte, von einem Radbruch in der Schlucht abgesehen.

»Wir konnten ihn aber reparieren. Maudie war allerdings fuchsteufelswild über die Verzögerung«, meinten sie lachend.

»Kein Erdrutsch?«, erkundigte sich Zack. Die Männer schüttelten den Kopf. »Nein, aber wir haben die Spuren gesehen. Deshalb auch die Probleme mit dem Wagen. Es war stellenweise ziemlich eng.«

Es wurde vereinbart, dass Casey und ein anderer Viehhüter den Boss und seine Frau nach Pine Creek bringen sollten. Wenige Tage später machten sie sich auf den Weg.

Sibell genoss den Ritt. Es war lange her, seit sie und Zack das letzte Mal eine Reise ohne den langsamen Wagen unternommen hatten, fast wie in alten Zeiten. Diese Erinnerung würde sie mitnehmen.

Sie ritten in langsamem Trab, da sie es nicht eilig hatten, quer über Black Wattle, bevor sie dem Weg folgten. Nicht einmal der Regen störte sie, sie zog Ölzeug über und schob den Hut in den Nacken, damit ihr das kühle Wasser übers Gesicht rann.

Zack zeigte ihnen die Wasserstelle, an der man ihn überfallen hatte. Keine Spur von Aborigines.

Sie kampierten in einigen Meilen Entfernung. Sibell war glücklich, als sie mit den Männern ums Lagerfeuer saß. Dann fiel ihr ein, dass sie sich nach dem Verbleib des jungen Yorkey erkundigen wollte.

»Ich kann nicht glauben, dass er einfach weggelaufen ist. Warum sollte er das tun?«

»Keine Ahnung. Ist vielleicht auf Wanderung gegangen.«

»Das würde er nicht tun. Ich habe gehört, wie er mit dir darüber gesprochen hat, Zack, er gehört keinem Stamm an. Außerdem kennt er sich in diesem Bezirk nicht aus. Sie besuchen auf der Wanderung nur die geheiligten Stätten ihrer Heimat. Mit den einheimischen Clans hatte er nichts zu tun.«

»Vielleicht fühlte er sich auf Black Wattle fehl am Platz. Er ist Viehtreiber, die sind gern unterwegs. Vielleicht kommt er irgendwann zurück.«

Als Sibell im Zelt in ihren Schlafsack gekrochen war, ging Zack noch einmal hinaus, um mit Casey zu sprechen.

Auch sein Aufseher wunderte sich, dass Yorkey ohne ein Wort verschwunden war, und hatte alle Arbeiter nach ihm gefragt, bis er auf Dodds und seine Frau gestoßen war.

»Worüber hat er mit dir geredet?«, fragte er sie.

»Er wollte alles Mögliche wissen. Vor allem über Jimmy Moon.«

»Wer ist das?«

»Ach, das war vor deiner Zeit. Damals lebte dein Bruder noch hier. Jimmy Moon haben sie aufgehängt.«

Casey war empört. »Mein Bruder Joe hat niemanden aufgehängt.«

»Nicht er, ein Suchtrupp. Ein Haufen Schläger.«

»Wieso?«

Mrs. Dodds breitete wieder ihre Geschichte aus. Casey hörte zu, obwohl es ihm bei seinen Fragen nicht weiterhalf.

»Er wurde zuletzt gesehen, als er mit Ma Dodds über die alten Zeiten und einen Schwarzen namens Jimmy Moon schwätzte«, berichtete er Zack jetzt.

»Jimmy Moon?«

»Ja. Kannst du dich an ihn erinnern?«

Zack stöhnte. »Ich war damals nicht auf der Station. Bin ihm nie begegnet. Aber Sibell ist zusammengebrochen, als sie von seiner Hinrichtung erfuhr. Er war ein Freund von ihr.«

»Das hat Ma Dodds auch gesagt.«

»Ja, aber es steckt wohl mehr dahinter. Als Sibell Yorkey zum ersten Mal sah, verwechselte sie ihn mit Jimmy Moon. Hat sich richtig erschreckt. Meinst du, Yorkey könnte mit ihm verwandt sein? Warum sonst sollte er herumschnüffeln und sich nach ihm erkundigen? Ein harter Bursche, das kannst du mir glauben. Er trägt irgendetwas mit sich herum.«

»Aber die Sache mit Jimmy ist doch so lang her!«

»Für Moons Familie ist sie vielleicht nicht ausgestanden. Aber wir können nichts unternehmen, dazu liegt es wirklich zu lange zurück. Nur ... Moment mal, Casey. Hat sie gesagt, wer zu dem Suchtrupp gehörte, der den Mann gehängt hat?«

»Ja. Sie meint, Syd Walsh wäre dabei gewesen.«

»Und das weiß Yorkey jetzt.« Er nahm den Hut ab und wischte sich mit dem Handrücken über die Stirn. »Wenn wir zwei und zwei zusammenzählen, wissen wir auch, wo Freund Yorkey hingeritten ist.«

»Glenelg«, sagte Casey grimmig. »Er hat drei Tage Vorsprung. Müsste jetzt dort sein, wenn er sich beeilt hat.«

»Hoffentlich irren wir uns. Mit Walsh und seiner Bande kann er es nicht aufnehmen.«

Sibell schlief so gut, dass sie erst vom Duft des brutzelnden Specks erwachte. Sie trat aus dem Zelt und begrüßte den schönen Morgen. In der Nacht hatte sich in einer Senke im bunt gemaserten Fels ein wenig Wasser gesammelt, über dem nun lärmend schwarze Kakadus mit leuchtend roten Schwänzen kreisten, als wollten sie der Welt ihre Entdeckung mitteilen. In der Ferne richtete sich ein großer Waran auf den Hinterbeinen auf und ließ prüfend seine Blicke schweifen. Sibell lachte. Früher hatte sie nicht geahnt, von wie vielen Lebewesen dieses Land bevölkert war. Die seltsame Flora und Fauna bot eine Vielzahl von Wundern, doch in letzter Zeit hatte sie das Interesse daran verloren, alle Tage wirkten gleichmäßig grau und monoton. An diesem Morgen kehrte die Farbe in ihr Leben zurück. Sie pflückte eine gelbe Eukalyptusblüte, steckte sie ins Haar und ging zu den Männern hinüber.

Sie hatten die Zeit gut abgepasst und trafen nur wenige Stunden vor der Zugabfahrt in Pine Creek ein. Zack holte ihre Reisetaschen vom Packpferd und lud sie in den Zug, während Sibell sich auf den Ledersitzen ausruhte, bevor die anderen

Passagiere eintrafen. Im Wagen war es zwar stickig, aber bequemer als auf den harten Bänken draußen auf dem Bahnsteig.

Als Zack später nach ihr sah, war sie fest eingeschlafen. Er kehrte auf den Bahnsteig zurück, um noch ein wenig mit den anderen Reisenden zu plaudern.

Schließlich ertönte das Signal zur Abfahrt. Er stieg ein. Sibell hatte ihm einen Platz freigehalten, und er wollte sich schon setzen, als Casey ihm von draußen ein Zeichen machte. Er ging rasch zur Tür.

»Was ist los?«

»Ich habe Yorkey gesehen.«

»Wo?«

»Im Wagon der Wachen«, sagte Casey. »Er ist verhaftet worden.«

»Weshalb denn nur?«

»Ich glaube, du hattest Recht«, meinte Casey. »Er steckt bis zum Hals in Schwierigkeiten. Er hat Syds Haus niedergebrannt. Aber das ist noch nicht alles.« Der Zug setzte sich in Bewegung, und Casey lief nebenher. »Zwei von Syds Männern sind ebenfalls auf dem Weg ins Gefängnis von Fanny Bay. Viehdiebstahl. Die Polizei hat sie beim Fälschen von Brandzeichen erwischt.«

»Wessen Vieh war es denn?«

»Keine Ahnung«, brüllte Casey. Der Zug gewann an Tempo, der Aufseher blieb stehen.

»Ja, Himmel Herrgott«, sagte Zack. Dann fiel ihm Yorkey ein.

»Dummer Kerl. Warum hat er sich erwischen lassen?«

Im Bahnhof von Darwin wurde der Zug wie immer von einer neugierigen Menschenmenge erwartet, denn in der Hafenstadt passierte wenig Aufregendes. Zack half Sibell aus dem Zug. Am Wagon der Wachposten war Unruhe entstanden, alle Köpfe wandten sich dorthin. Die Neugier trieb Sibell ebenfalls in diese Richtung.

Bevor der Zug Pine Creek verließ, hatte Sergeant Riley die drei Gefangenen sicher im Wachwagon verstaut und Constable Smith die Aufsicht übertragen. Dann hatte er an die Polizei in Darwin telegrafiert, dass Smith mit drei Gefangenen unterwegs sei und eine Eskorte zum Gefängnis von Fanny Bay benötige.

Smith sorgte dafür, dass die Gefangenen allesamt mit Eisenketten an die Wand gefesselt waren, hielt es aber nicht für nötig, im Wagon zu bleiben und die ganze Fahrt auf dem Boden sitzend zu verbringen. Der Wachposten belegte nämlich den einzigen Sitzplatz. Als der Wachposten dem Lokführer mit einer Flagge das Signal zur Abfahrt geben wollte, verkündete Smith, er werde in den Zweiter-Klasse-Wagen nebenan gehen. Der Wachposten zuckte die Achseln. »Wie Sie wollen. Die Burschen können ohnehin nicht abhauen.«

Smith zögerte einen Moment und betrachtete sein Gepäck, sein Gewehr und die schweren Schlüssel für die Ketten der Gefangenen. Er entschied, das Gepäck zurückzulassen, das Gewehr mitzunehmen und die Schlüssel an das Schlüsselbrett neben der Tür zu hängen.

Sobald der Constable sicher im nächsten Wagen saß, gab der Posten sein Signal und wollte schnell die Schiebetür schließen. Nicht schnell genug. Zwei Männer rannten neben dem Zug her, warfen sich gegen die Tür und kletterten in letzter Sekunde hinein.

Der Posten war wütend. Landstreicher waren dafür bekannt, dass sie solche halsbrecherischen Versuche unternahmen, um das Fahrgeld zu sparen. »Ihr Burschen könnt gleich wieder runterspringen, hier darf niemand mitfahren. Ist gegen die Vorschriften.«

»Zu spät«, grinsten sie. »Wir sind drin und bleiben drin.«

»Verdammt, dann bezahlt ihr bei der Ankunft, sonst könnt ihr euch auf eine Anzeige gefasst machen.«

»Ganz wie du willst, Kumpel.«

Grollend rollte der Wachposten die Flagge ein und legte sie auf ein Regal. Während er den Männern den Rücken kehrte, erhielt er einen Schlag auf den Hinterkopf. Als er zu Boden stürzte, rief einer der Gefangenen: »Die Schlüssel! An dem Haken neben der Tür!«

Rasch wurden die Weißen befreit, und einer der Neuankömmlinge deutete auf Yorkey. »Was ist mit dem Nigger? Lassen wir ihn auch gehen?«

»Von wegen, Andy, das Schwein hat Syds Haus niedergebrannt und uns verpfiffen. Hat die Bullen geschickt, die das Vieh überprüft haben.«

»Der Typ da?«

»Sicher doch.« Der Mann stützte sich im schaukelnden Wagon ab und trat wieder und wieder auf Yorkey ein. Schließlich schlug er ihn mit den losen Ketten, bis der Gefangene fast bewusstlos und blutüberströmt am Boden lag.

Sie zerrten den Posten zur Wand, ketteten ihn fest und warfen die Schlüssel ans andere Ende des Wagons zwischen das Frachtgut. Yorkey lag ganz still da und hielt seinen blutenden Kopf mit den Händen umklammert. Er hatte sich zusammengerollt, um weiteren Hieben zu entgehen. Er fürchtete, dass einige Finger gebrochen waren, wagte aber nicht, sie versuchsweise zu bewegen.

Er hörte, wie die Männer an der offenen Tür standen und einander aufforderten hinauszuspringen, während der Zug immer schneller wurde. Dann waren sie weg, und er vernahm nur noch das Rattern der Räder unter sich. Langsam und unter Schmerzen versuchte er sich hochzustemmen, besann sich dann aber eines Besseren. Sein linker Arm versagte ihm den Dienst, er musste gebrochen sein. Seltsam, der Schmerz in den Fingern war schlimmer.

Auch mehrere Rippen waren gebrochen, das Atmen fiel ihm schwer. Er spürte, wie er das Bewusstsein verlor, wollte dagegen ankämpfen ...

Der Wachposten fand sich in Ketten neben dem Schwarzen wieder, der furchtbare Prügel bezogen hatte. Sein eigener Kopf dröhnte von dem Hieb, doch der arme Kerl war weitaus schlimmer dran. Die anderen Gefangenen waren natürlich auf und davon, und er lag hier, so weit von dem Verletzten entfernt, dass er ihm nicht einmal helfen konnte.

»Alles klar?«, rief er, erhielt jedoch keine Antwort. Er sah die Blutlache auf den Bodenbrettern und fragte sich, ob der junge Schwarze bereits tot sei. Ein Wunder wäre das nicht.

Uniformierte Polizisten riefen einander wütend etwas zu. Der Lokführer drängte sich durch die Menge zu ihnen. Männer halfen dem Wachposten aus dem Wagon, ein junger Polizist wollte ihm helfen, doch der Mann beschimpfte ihn derart unflätig, dass die Menge in entsetztes Gemurmel verfiel. Sie hoben einen Schwarzen heraus, dessen Kleidung blutgetränkt war.

»Ist er tot?«, fragten die Leute im Flüsterton.

»Sieht ganz so aus«, meinte jemand.

Sie gingen behutsam mit ihm um, übergaben ihn an Helfer, die ihn in eine lange Schubkarre betteten. Da erkannte Sibell den Mann!

Zack hörte ihre Schreie und rannte zu ihr hin. Einige Umstehende bemerkten, das sei zu viel für die Damen, die Polizei dürfe Frauen nicht einem derartigen Anblick aussetzen. Eine andere Frau fiel in Ohnmacht. Zack packte Sibell und zog sie an sich, um sie zu beruhigen. »Schon gut, Sibell, ganz ruhig. Schon gut.«

»Sie haben ihn umgebracht«, schluchzte sie. »Sie haben Yorkey auch umgebracht!«

»Nein, nein, Missus«, sagte eine Frau. »Ich habe ihn aus der Nähe gesehen. Er ist nicht tot.«

Ein Mann fügte hinzu: »Das stimmt, Madam, er lebt noch. Kein Grund zur Aufregung.«

Zack führte sie weg. Sie setzten sich auf eine Bank, während sich der Bahnhof allmählich leerte. Der Stationsvorsteher erkannte sie und brachte Sibell ein Glas Wasser, das sie mit zitternden Händen entgegennahm.

»Tut mir Leid, dass du es mit ansehen musstest«, sagte Zack. »Aber du hast gehört, was die Leute sagen, er ist nicht tot. Sie bringen ihn ins Krankenhaus.«

Sibell riss sich von ihm los. »Zack, sie bringen einen schwarzen Mann nicht ins Krankenhaus, du musst der Sache nachgehen.«

»Gut, aber zuerst fahren wir zum Haus.«

Normalerweise wären sie vom Bahnhof aus zu Fuß gegangen, da es in Darwin keine Mietkutschen gab, doch Sibell duldete nicht, dass Zack das Gepäck trug. Er löste das Problem, indem er vor dem Bahnhof den nächstbesten Wagen anhielt.

Das Gig wurde von Reverend Walters gelenkt, der ihnen bereitwillig half. Auf der kurzen Fahrt zu ihrem Strandhaus erkundigte er sich, ob Zack bei seinem Freund, William Oatley, ein gutes Wort für ihn einlegen könne.

»Was ist denn mit William?«, fragte Sibell.

»Er wehrt sich dagegen, dass wir unsere Kirche an der Esplanade bauen, gleich neben seinem Haus. Als wenn eine Kirche eine Störung darstellte! Er macht mir ungeheure Schwierigkeiten.«

»Sagten Sie, gleich neben seinem Haus?«, fragte Sibell mit unterdrücktem Lachen.

»Ja. Ich finde seine Haltung unerträglich. Sie sprechen doch mit ihm, Zack, nicht wahr?«

»Ich werde sehen, was ich tun kann.« Er deutete nach vorn.

»Da lang, Reverend, rechts. Das Haus liegt hinter den Bäumen.«

Maudie freute sich, sie zu sehen, sorgte sich aber noch um ihren Bruder. »Wie geht es dir? Alles in Ordnung mit ihm, Sibell? Er hat sich doch nicht überanstrengt, oder? Zack, du musst dich jetzt ausruhen. Ich setze Wasser auf, dann trinken wir in aller Ruhe Tee.«

Er grinste. »Mir geht es prima. Ich muss nur für eine Weile den Speeren aus dem Weg gehen. Trink mit Sibell eine Tasse Tee, ich muss los. Es dauert nicht lange.«

»Du willst weg? Du bist doch gerade erst angekommen. Und du hast meine Neuigkeiten noch gar nicht gehört.«

»Welche Neuigkeiten?«

»Myles Oatley ist endlich nach Hause gekommen. Ihr braucht also nicht lange zu fragen, wo eure Tochter steckt.«

»Das sind wirklich gute Neuigkeiten.« Er küsste Sibell. »Aber jetzt muss ich los, der Reverend wartet draußen auf mich.«

»Was macht der hier?«, wollte Maudie wissen.

»Er hat uns vom Bahnhof hergebracht«, antwortete Sibell. »Geh nur, Zack, sei aber vorsichtig. Bis jetzt hast du dich gut gehalten, solltest es aber nicht übertreiben.«

»Wo will er hin?«, bohrte Maudie, als Zack gegangen war.

»Zu Yorkey. Ich ziehe mir nur eben die warmen Sachen aus, dann erkläre ich dir alles. Eine Tasse Tee wäre übrigens herrlich, die Zugfahrt war einfach grauenhaft.«

Während Reverend Walters Zack in seinem Gig zum Gefängnis von Fanny Bay brachte, erfuhr er die Geschichte über den Schwarzen, der unterwegs zusammengeschlagen worden war. Allerdings reagierte er vollkommen entsetzt, als Zack ihn bat, mit ins Gefängnis zu kommen.

»Als Mann der Kirche flößen Sie den Menschen mehr Respekt ein, Reverend. Ich muss unbedingt erfahren, was mit Yorkey geschehen ist. Er hat mir immerhin das Leben gerettet.«

»Aber Sie haben selbst gesagt, er sei ein Krimineller.«

»Das gibt niemandem das Recht, ihn zu verprügeln. Er war in sehr schlechter Verfassung.«

»Zack, das geht mich nichts an. Ich kann mich da nicht einmischen.«

»Als Christ können Sie das sehr wohl. Sie können verlangen, ihn zu sehen.«

»Und was sollte ich dann tun?«

»Eins nach dem anderen.«

»Bedauere, Zack, aber es geht nicht. Ich habe mein Bestes getan. Ich werde Sie hier absetzen.«

»Zum Teufel noch mal! Wissen Sie eigentlich, wem das Grundstück gehört, das hinter dem Land liegt, auf dem Sie Ihre Kirche bauen wollen? Das mit den beiden Cottages?«

»Doch, darin wohnen zwei Familien, die Miete bezahlt die Telegrafengesellschaft.«

»Stimmt, aber sie hat das Land von mir gepachtet. Es gehört mir, Reverend. Eine Hand wäscht die andere, daher sollten Sie von Ihrem hohen Ross steigen, solange es noch geht.«

»Wollen Sie mir etwa drohen, Sir?«

»Da haben Sie den Nagel auf den Kopf getroffen, Reverend. Kommen Sie nun mit oder nicht?«

Sie fanden Yorkey im Schmutz des Schwarzenlagers. Als man sie einließ, riefen die anderen Gefangenen um Hilfe und lenkten die Aufmerksamkeit auf den armen Kerl, den man zum Sterben hineingeworfen hatte.

Die Wärter gaben den Besuchern die Schuld an der Unruhe und verlangten, sie sollten das Gefängnis umgehend verlassen, doch Zack kniete neben Yorkey nieder. Er war zornig, weil man keinerlei Versuch unternommen hatte, dem Mann zu helfen. Nur die anderen Gefangenen hatten sich bemüht, seinen gebrochenen Arm mit Stofffetzen zu bandagieren.

Er sprang auf und beschimpfte die Wärter, verlangte ihren Vorgesetzten zu sehen und war überrascht, dass Walters ihn lautstark unterstützte. Zack begriff, dass der Reverend das Gefängnis wohl noch nie von innen gesehen hatte, obwohl es in seiner Gemeinde lag. Der Mann schien aufrichtig schockiert über die Zustände. Dreck und Gestank waren überwältigend; Yorkey würde es unter diesen Umständen nicht lange machen.

Der Aufseher, den Zack als fetten, geschwätzigen Angeber titulierte, kam herunter und beklagte sich bei den beiden Männern, er habe Probleme mit den finanziellen Mitteln, es herrsche Raumnot, und das Krankenrevier sei nur für weiße Gefangene bestimmt.

»Dann muss ein Arzt herkommen«, brüllte Zack.

»Ärzte kommen nicht zu Schwarzen«, gab der Wärter zurück.

»Und ob. Ich hole einen. Sie bleiben hier, Reverend, und passen auf, dass man ihn nicht umbringt, während ich weg bin.«

Walters sprang erschreckt in die Höhe, sah dann aber zu dem jungen Schwarzen hinüber, der keuchend in der Ecke lag, den Körper blutverkrustet, und sein Mitleid gewann die Oberhand.

»So darf ihn der Arzt nicht sehen«, sagte er zu dem Aufseher, »sonst wird man Sie zur Verantwortung ziehen. Bringen Sie Seife und heißes Wasser her, dann können ihn die beiden Gefangenen dort waschen. Na los!«

Der Arzt war mit Zack befreundet und kam bereitwillig mit, nachdem er erfahren hatte, dass Yorkey Zack das Leben gerettet hatte. Er ließ den Schwarzen ins Krankenrevier bringen, das aus einer Reihe verschmutzter, von Läusen wimmelnder Matratzen bestand, richtete den gebrochenen Arm und die

Finger, tastete besorgt die Rippen ab, verband die Wunden und schüttelte dann den Kopf. »Sieht nicht gut aus. Er hat innere Verletzungen erlitten. Angesichts der schweren Prellungen befürchte ich, dass seine Nieren etwas abbekommen haben. Kannst du pinkeln, mein Junge? Ich glaube nicht. Alles angeschwollen ... er braucht ordentliche Pflege.«

Das reichte Zack nicht. Er sah die kalten Augen des Aufsehers. Falls der Schwarze während der Nacht starb, wäre ihm das nur recht, denn dann würden auch die Einmischungen in seinem Herrschaftsbereich aufhören. Zack musste Yorkey unbedingt aus dem Gefängnis schaffen. Er lieh sich noch einmal das Gig des Reverends und fuhr in die Stadt. Ein weißer Mann konnte auf Kaution freigelassen werden, warum nicht auch Yorkey? Es schien die einzige Möglichkeit zu sein, ihm das Leben zu retten. Er musste an den Obersten Richter appellieren, den er leider nicht sonderlich gut kannte. Wer war mit ihm befreundet?

Natürlich: William Oatley!

Die Stunden rannen dahin. Zack verlor den Mut, als er bemerkte, dass es fast neun Uhr abends war. Zum Glück war William noch auf.

»Was für eine Überraschung, Zack! Ich wusste gar nicht, dass du in der Stadt bist. Komm herein. Hast du schon gehört, dass Myles wieder im Lande ist?«

»Ja, wie geht es ihm?«

»Sehr gut, hat Lucy es dir nicht erzählt? Er ist heute Abend mit ihr zum Kostümball gegangen.«

»Wir sind erst heute Nachmittag eingetroffen und waren sehr beschäftigt. Deshalb wollte ich auch mit dir reden.«

»Ich hoffe doch, es ist alles in Ordnung?«

»Leider nicht. William, ich brauche dringend deine Hilfe.«

»Natürlich, komm mit. Einen Whiskey?«

»Da sage ich nicht Nein.«

Sie ließen sich im Wohnzimmer nieder, und William goss

die Drinks ein. »Auf dich, Zack. Schön, dich wiederzusehen. Noch Probleme mit der Speerwunde?«

»Du hast also davon gehört? Nein, es zieht noch ein bisschen, das ist alles. Aber ich wollte mit dir über einen Burschen sprechen, der im Gefängnis von Fanny Bay sitzt und in einer schlimmen Lage ist. Ich will versuchen, ihn auf Kaution herauszuholen.«

»Heute Abend noch?«

»Wenn nicht, könnte er morgen früh tot sein.«

»Du lieber Himmel, um wen geht es denn?«

»Um einen Schwarzen namens Yorkey Moon.«

William schnaufte. »Sagtest du Moon? Das ist ein seltener Name, Zack.«

»Was du nicht sagst.«

»Ist er mit dem anderen Moon verwandt? Mit Jimmy?«

»Ich bin mir nicht sicher, aber ich glaube schon. Sibell regt sich in letzter Zeit ohnehin über die ganze Gewalt im Land auf, und nun hat sie gesehen, wie man ihn blutüberströmt aus dem Zug holte.«

»O nein!«

»Ich sollte besser von Anfang an berichten. Er hat mir das Leben gerettet, nachdem ich angegriffen worden war. Er fand mich am Wegesrand.«

»Kam er zufällig vorbei?«

»Zuerst sah es so aus, aber ich bin mir nicht mehr sicher.« Zack zuckte die Achseln und verzog das Gesicht. »Hört sich an, als wüsste ich vieles nicht, aber ich werde es schon herausfinden.«

Er erzählte die ganze Geschichte, so schnell es ging. William war voller Mitgefühl, schien aber nicht zu wissen, wie er helfen könnte.

Zack beugte sich vor. »Dein Freund, Patsy Vickery, ist doch Oberster Richter. Er könnte eine Kaution festsetzen, und sei es nur, um einem Freund einen Gefallen zu tun.«

William dachte einen Augenblick nach. »Schwer zu sagen. Vor allem, wenn wir ihn um diese Uhrzeit stören. Sollten wir nicht besser morgen früh mit einem Anwalt hingehen?«

»Nein, so viel Zeit haben wir nicht. Yorkey hat zahlreiche Verletzungen davongetragen, ich kann ihn in diesem Dreck nicht allein lassen.«

»Gut, versuchen wir es«, sagte William. »Patsy liebt Schnaps, und ich habe einen guten Tropfen hier. Den nehmen wir mit.«

Auch Patsy war noch auf und hatte nichts gegen Besucher einzuwenden. »Kann bei dieser Hitze sowieso nicht schlafen. Ich bete, dass der Winter bald kommt. Ein verdammt kalter irischer Winter und Regen, bis einem die Knochen gefrieren, nicht dieser dampfende Nebel. Irgendwann fahre ich nach Hause, das könnt ihr mir glauben.«

»Hör auf«, meinte William lachend. »Du willst schon nach Hause, solange ich dich kenne. Du würdest da drüben eingehen.« Er überreichte die Flasche, und Patsy strahlte.

»Schnaps für mich, William? Du bist die Güte in Person. Hab so eine Flasche schon seit Ewigkeiten nicht mehr gesehen.«

»Es ist mir ein Vergnügen.«

»Allmächtiger Gott, Zack! Wusste gar nicht, dass du hier bist. Hast dich mit einem Wilden angelegt, was? Dachte, du wüsstest es besser.«

Zack lachte. »Ich habe ihn zu spät gesehen, Patsy.«

»Und was verschafft mir die Ehre eures späten Besuchs? Wollt ihr Karten spielen, um euch die Nacht um die Ohren zu schlagen?« Er spähte sie aus scharfen grünen Augen an. »Doch wohl nicht. Was also wollt ihr von mir?«

Der Oberste Richter hörte sie an. »Seid ihr verrückt?«, fragte er schließlich. »Mollard schmeißt mich raus, wenn ich Schwarze auf Kaution freilasse.«

»Er muss es ja nicht erfahren«, meinte William.

Sie diskutierten den Fall, bis Zack schließlich sagte: »Patsy, er hat mir das Leben gerettet. Ich stehe in seiner Schuld. Und er wurde im Gewahrsam der Polizei zusammengeschlagen. Das könnte Schwierigkeiten geben. Die halbe Stadt hat gesehen, wie man ihn blutend und beinahe bewusstlos aus dem Bahnhof trug.«

Doch Patsy konnte mit weiteren Informationen über Yorkeys Fall aufwarten.

»Die Männer, die euren Nigger verprügelt haben, standen wegen Viehdiebstahls unter Arrest. Drüben in Glenelg. Die Polizei dachte, sie wären im Wachwagon sicher untergebracht, doch sie konnten befreit werden, noch ehe der Zug Pine Creek verlassen hatte. Einige ihrer Kumpel sprangen in den Zug und holten sie raus, nachdem sie den Wachposten niedergeschlagen hatten. Sie haben euren Nigger verprügelt.«

»Wieso?«

»Aus zwei Gründen, wenn man dem Dienst habenden Constable glauben darf: Yorkey hat Syd Walshs Haus niedergebrannt und die Männer wegen Viehdiebstahls angezeigt. Und nun haben sie sich gerächt.«

Der Alkohol stimmte sie gesprächig. Sie redeten über das Wetter, während Zack seine Ungeduld nur mühsam bezähmen konnte. Schließlich wurde doch eine Kaution vereinbart. Wer interessierte sich schon für Syd Walsh, den ohnehin keiner leiden konnte? Ein gemeiner Viehdieb, das war allgemein bekannt. Und wenn jemand sein Haus niederbrannte, hatte er schon guten Grund dazu.

Die Papiere wurden ausgestellt, unterzeichnet und beglaubigt. Die Uhrzeit festgehalten.

Bewaffnet mit Yorkeys verbrieftem Recht auf vorübergehende Freiheit stiegen William und Zack in das Gig des Reverends.

»Wir können ihn rausholen«, sagte William. »Aber wohin mit ihm? Er kann nicht ins Krankenhaus.«

»Zu mir«, antwortete Zack entschlossen.

Doch als die Pferde in Trab fielen, schrak er auf. »Nein, lieber doch nicht. Maudie würde uns die Hölle heiß machen, und Sibell – mit uns steht es nicht zum Besten ...«

»Mit dir und Sibell? Das kann ich nicht glauben.«

»Ich hoffe, es in der Stadt wieder ins Lot zu bringen. Was aber fange ich mit Yorkey an?«

William zögerte nicht. »Wir bringen ihn zu mir. Neben Tom Lings und Billy Chinns Unterkunft gibt es einen Lagerraum. Halt kurz bei mir an, dann sage ich ihnen, sie sollen dort ein Krankenlager vorbereiten.«

Sie trafen im Gefängnis ein, wo der Reverend noch immer auf sie wartete. Er war inzwischen selbst in einer üblen Verfassung, konnte die Umgebung kaum noch ertragen und hatte sich während der letzten halben Stunde sogar mehrfach erbrochen. Yorkey war bei Bewusstsein und dankbar für ihre Hilfe.

Zack bemerkte, dass der Aufseher die Kautionsmitteilung keines Blickes würdigte. Er war froh, sie alle miteinander loszuwerden.

Am nächsten Morgen erfuhren Harriet und Myles verwundert von den Ereignissen der Nacht. Nachdem William die Situation erklärt hatte, eilte Harriet in den Lagerraum, um nach dem Patienten zu sehen. Myles schaute ebenfalls hinein und kam entsetzt zurück.

»Kann ich irgendetwas tun?«, fragte er seinen Vater. »Der Junge sieht aus, als sei er unter eine Herde Bullen geraten.«

»Eher eine Herde von Schweinehunden«, knurrte William. »Ich bleibe heute zu Hause. Geh doch ins Büro und hilf Leo.«

»Sicher.«

Am Tor begegnete er Zack Hamilton, seinem zukünftigen Schwiegervater, dem letzten Menschen, den er jetzt treffen wollte, aber Zack freute sich sehr. Er schüttelte Myles die Hand, klopfte ihm auf die Schulter und entschuldigte sich, dass er so sehr mit Yorkeys Wohlergehen beschäftigt gewesen sei.

»Wie geht es ihm heute Morgen?«

»Er sieht nicht allzu gut aus. Vater erwartet jeden Moment den Arzt. Harriet und Tom Ling kümmern sich um ihn.«

»Gut. Myles, es ist wunderbar, dich nach so langer Zeit zu sehen. Du siehst prächtig aus. Später höre ich mir deine Abenteuer an. Und wie war der Ball gestern Abend? Lucy hat noch geschlafen, als ich aus dem Haus ging.«

»Der Ball? Wir haben uns herrlich amüsiert.«

»Freut mich«, strahlte Zack, »freut mich.«

Was für eine Lüge, dachte Myles, als er durch das Tor ging und die Richtung zum Büro einschlug. Was für eine verdammte Lüge. Aber was hätte er sagen sollen? Zack Hamilton war so ein netter Kerl.

14. Kapitel

MYLES HATTE KOSTÜMBÄLLE schon immer gehasst. Untersetzte Männer tollten als Frauen verkleidet umher; Mädchen genossen die Verwandlung in Piraten, Straßenräuber und Sträflinge; dickliche Frauen wurden zu scheuen Schäferinnen, während ihre missratenen Töchter in hauchzarten Gewändern als Feen, Kokotten oder Maiköniginnen auftraten. Und Lucy sah ebenfalls lächerlich aus mit ihren rot bemalten Wangen, dem künstlich gekräuselten Haar und dem Kleinmädchenkleid mit den silbernen Schuhen. Wie immer drängten sich einige Männer durch die Menge und riefen Gelächter hervor: Sie waren als Eingeborene verkleidet, hatten die Haut mit angesengtem Kork oder Schuhwichse geschwärzt, trugen züchtige Bettlaken zu bloßen Füßen und fuchtelten mit Speeren, um die kichernden Mädchen zu erschrecken. Als Myles sich an den überfüllten Tisch setzte, inmitten von Dekorationen aus Ballons und bunten Bändern, fragte er sich, wie lange er diese lächerliche Veranstaltung wohl ertragen müsse.

Das Abendessen war vorbei, doch er hatte keine Chance, Lucy wegzulotsen. Sie amüsierte sich in einer seltsam gezwungenen Weise, da sie wütend auf ihn war. Wütend, weil er zunächst gar nicht zum Ball hatte gehen wollen und nur ihr zuliebe nachgegeben hatte, allerdings unter der Auflage, sich nicht zu kostümieren.

»Du musst aber.«

»Ich muss gar nichts. Ich trage einen Abendanzug. Du weißt, wie sehr ich dumme Verkleidungen hasse.«

»Sie müssen ja nicht dumm sein. Maudie meint, du könntest als Chinese gehen. Sie besorgt das Material im chinesischen Laden und näht dir einen Pyjama-Anzug. Dazu kannst du dir noch einen langen, dünnen Schnurrbart ankleben.«

»Ich trage Abendkleidung, Lucy.« Und lasse mich nicht von deinem Schlachtross von Tante herumkommandieren, fügte er im Stillen hinzu. Er konnte Maudie Hamilton nicht ausstehen, hatte sie noch nie gemocht, und seine Abneigung hatte sich noch verstärkt, seit sie darauf verfallen war, hämische Bemerkungen über »Turteltäubchen« und Lucys Erfolge bei den jungen Männern des Bezirks zu machen. Alle zielten auf ihn ab und sollten ihn animieren, ein Datum für die Hochzeit festzusetzen oder wenigstens die Verlobung bekannt zu geben, doch er war einfach noch nicht soweit.

Lucy hatte sich nicht verändert. Sie war noch immer ein sehr nettes Mädchen und sah besser aus, als er es in Erinnerung gehabt hatte. In London hatte er ein schwedisches Mädchen kennen gelernt, das mit seinem platinblonden Haar und der gebräunten Haut Lucy sehr ähnlich sah. Sie gefiel ihm so gut, dass er die Bekanntschaft vertiefen wollte. Zu seiner Enttäuschung musste er jedoch feststellen, dass sie kaum Englisch sprach. Die wenigen Stunden, die er mit ihr verbrachte, hatten sich sehr unbehaglich gestaltet.

Nach den ersten Tagen mit Lucy, dem ersten Ansturm der Liebe, den aufgeregten Küssen und Liebkosungen empfand er in ihrer Gegenwart ähnliches Unbehagen. Nicht, dass ihnen die Gesprächsthemen ausgegangen wären, sie redeten ständig über ihre Familien, Bekannte, die Stationen, eben die alten Themen, bis Myles nach einer Weile merkte, dass er diese Themen langweilig fand. Unglücklich erkannte er, dass er auch Lucy als langweilig empfand. Sie erwartete einen Verlobungsring, doch er konnte sich einfach nicht zu diesem Schritt durchringen. Er verstand ihre Anflüge von Gereiztheit, die sich oft zu ernsthaften Auseinandersetzungen entwickelten, konnte das Thema aber nicht anschneiden, weil er nicht wusste, wohin die Diskussion führen würde. Irgendwann würde er Lucy heiraten, doch zuerst brauchte er noch Zeit für sich.

Er dachte an Flucht. Eine Reise zu Pop. Schließlich war er hauptsächlich wegen der Krankheit seines Großvaters heimgekehrt, doch sein Vater wollte nichts davon hören.

»Pop geht es schon viel besser. Du kannst uns jetzt nicht verlassen, so kurz vor Weihnachten. Lucy wäre sehr aufgebracht.«

Später hörte er, wie William zu seiner Frau sagte: »Wann wird Myles wohl die Verlobung bekannt geben? Maudie sagt, für Lucy sei die Ungewissheit nur schwer zu ertragen. Sie denkt schon über das Brautkleid nach.«

Harriets Antwort hatte ihn überrascht und auch ein wenig getröstet. Das hatte er nicht erwartet, nicht von dieser Seite.

»Maudie Hamilton sollte sich um ihre eigenen Angelegenheiten kümmern«, hatte sie barsch entgegnet. »Frauen wie sie beschwören nur peinliche Situationen herauf. Man muss den Dingen ihren Lauf lassen. Vermutlich wartet Myles, bis Zack und Sibell in der Stadt sind.«

Das verschaffte ihm Luft. Doch nun waren Zack und Sibell in Darwin. Myles mochte Zack und betete Sibell förmlich an, obwohl sie immer ein wenig verträumt wirkte. Eine reizende Frau. Er erinnerte sich noch dankbar daran, dass sie ihn auf der Beerdigung seiner Mutter, als alle ihm die Hand schüttelten und »Du musst tapfer sein« sagten, in den Arm genommen und mit ihm geweint hatte. Und sie hatte ihm offene, wohltuende Briefe geschrieben, in denen sie von seiner Mutter berichtete, von ihrer Liebe zu ihm, von den guten Zeiten, während sonst niemand wagte, ihren Namen in seiner Gegenwart auszusprechen. Diese Briefe hatte Myles niemals jemandem gezeigt.

Wie konnte er Sibell jetzt enttäuschen?

Lucy war an den Tisch zurückgekehrt, nachdem sie an einem wilden Tanz namens Alberts teilgenommen hatte. Sie schmollte noch immer.

»Alle halten dich für einen Snob, weil du nicht verkleidet bist«, zischte sie.

»Interessant. Bevor ich weggefahren bin, habe ich mich auch nie verkleidet, was mir nie jemand als versnobt angekreidet hat.«

»Du weißt, was ich meine.«

»Nein, weiß ich nicht.«

»Alle in der Stadt lieben Kostümbälle.«

»Nein, das ist nicht wahr. Mein Vater und seine Frau sind auch zu Hause geblieben, weil sie keine Lust hatten.«

»Verstehe. Stellt sie jetzt die Regeln auf?«

»Wer?«

»Harriet. Der städtische Kleiderständer. Sie möchte sich natürlich nicht wie der gemeine Pöbel anziehen.«

»Keine schlechte Beschreibung«, murmelte Myles. Um ihn herum verrutschten Perücken und seltsame Kostüme, was der Stimmung jedoch keinen Abbruch tat. Laut sagte er: »Wollen wir jetzt gehen?«

»Nein, noch nicht.« Sie drückte sich an ihn. »Myles, Liebster, sei doch bitte nett. Es sind nur noch drei Tänze, und den letzten haben wir immer zusammen getanzt.«

Er spielte mit dem Gedanken, ins Pub zu huschen, wo sich andere durstige Herren vom trockenen Ball erholten, doch sie waren ihm vermutlich um einige Drinks voraus.

Er konnte ebenso gut bleiben.

William suchte in seinem Arbeitszimmer nach der Besitzurkunde für eines seiner Grundstücke.

»Irgendwo muss sie sein«, murmelte er. »Sieh mal nach, ob du sie findest, Myles. Ich gebe auf.«

»Es überrascht mich ohnehin, dass du hier überhaupt etwas findest. Hast du in deinem Leben je ein Stück Papier weggeworfen? Jede Ecke quillt über davon.«

»Ja, ich sollte wohl besser eine Kommode kaufen.«

Myles lachte. »Die brauchst du nicht. Du kannst die Papiere nicht blindlings irgendwohin stopfen. Warum lässt du mich nicht alles durchgehen und sortieren? Dabei werde ich automatisch auf die Urkunde stoßen.«

»Würdest du das für mich tun? Es kann aber lange dauern.«

»Du brauchst mich ja nicht im Büro. Ich habe ohnehin nichts zu tun.«

»Es wäre mir eine große Hilfe, aber wirf bitte nichts weg.«

»Ich packe alles, was meiner Ansicht nach nicht gebraucht wird, in einen Karton. Den kannst du später durchgehen.«

»Gut, ich überlasse es dir.«

Myles ging geduldig ans Werk und schüttelte den Kopf angesichts des Durcheinanders, bis er ein System entwickelt hatte. Er nahm sich eine Schublade nach der anderen vor und stapelte die Papiere nach Vorgängen sortiert auf dem Boden. Im Karton landeten Briefumschläge, Zigarrendosen, Werbung, veraltete Börsenberichte und anderer Kram, der kaum noch von Nutzen sein konnte. Er fand auch die Besitzurkunde und legte sie zu anderen ähnlichen Papieren. Interessant, dass sein Vater mehr als ein Standbein hatte; er hatte nicht nur Landbesitz im Territorium, sondern investierte auch in Grundstücken in und um Perth herum. Ein kluger Schachzug.

Dann stieß er wieder auf den Brief, den Harriet an die Zeitung in Perth geschrieben hatte, und legte ihn auf den Haufen, der persönlichen Dokumenten vorbehalten war. Er las ihn noch einmal durch und lächelte. In diesem Augenblick ging Harriet an der offenen Tür vorbei, und seine Neugier gewann die Oberhand.

»Harriet.«

Sie kam zurück. »Ja?« Schon wirkte sie defensiv.

»Darf ich dich etwas fragen?«

»Was denn?« Sie blieb an der Tür stehen, als spürte sie eine drohende Gefahr.

»Ich beiße nicht«, sagte er grinsend. »Ich wollte mich nur hiernach erkundigen.«

Er hielt den Artikel hoch.

Sie erkannte ihn auf der Stelle. »O Gott, hat er den immer noch? Wirf ihn weg.«

»Tut mir Leid, ich darf nichts wegwerfen. Hast du das wirklich geschrieben?«

Sie errötete. »Das geht dich nichts an!«

»Wohl nicht, aber ich habe mich darüber amüsiert. Hat es sonst noch jemand hier gelesen?«

»Jemand?«, fragte sie schaudernd. »Frag lieber, wer es nicht gelesen hat. Es war ein einziger Albtraum.«

»Aber das musst du doch vorher gewusst haben. Irgendwann kommt jede Zeitung aus Perth nach Darwin.«

»Ich habe es ja nicht für die Zeitung geschrieben ...«

Tom Ling tauchte neben ihr auf. »Morgentee, Missy. Soll ich Tee herbringen, Mr. Myles?« Entsetzt warf er einen Blick ins Arbeitszimmer. »Himmel, machen alles durcheinander!«

»Schon gut, ich räume es wieder auf. Wo möchtest du den Tee nehmen, Harriet?«

»Im Wohnzimmer.«

»Darf ich dir Gesellschaft leisten?«

Sie wirkte wenig begeistert, doch Myles zeigte sich beharrlich. »Ich muss einfach diesem Rätsel mit dem Brief auf den Grund gehen.«

Bei Tee und warmen Scones entlockte er ihr den Rest der Geschichte, die sie weitaus weniger komisch fand als er.

»Einfach schrecklich. Wegen der Einmischung meiner Mutter musste ich mich bei den Mollards entschuldigen. Es gab furchtbaren Ärger. Zuerst war der arme William verständlicherweise wütend, aber er hat mich schließlich verteidigt, als sie mir bei der Entschuldigung so unfreundlich begegneten.«

Myles grinste.

»Du hast gut lachen«, meinte Harriet unglücklich. »Mollard

war so beleidigt, dass er deinem Vater ein Geschäft wegschnappte. Er tat gegenüber amerikanischen Investoren so, als sei dein Vater unzuverlässig.«

»Komm schon, das hätte Mollard ohnehin getan. Dad übersteht so etwas. Aber die Idee, dass William der nächste Resident wird, gefällt mir. Du hast vollkommen Recht, er wäre ideal für diese Aufgabe.«

»Er will das Amt nicht haben, was die Mollards allerdings nicht zu glauben scheinen. Dann hat man mir auch noch die Mitgliedschaft im Tennisklub verwehrt.«

Als müsse sie sich dafür entschädigen, löffelte sie eine Extraportion Sahne auf ihr Scone. Myles lachte.

»Na ja, der Tennisklub von Darwin ist nicht gerade die königliche Loge.«

»Die anderen halten ihn aber dafür. Ehrlich gesagt, spreche ich jetzt zum ersten Mal über diese Zeit, ohne vor Scham zu sterben. Ich wollte mich sogar ertränken. Ins Meer stürzen, sodass nur mein Hut auf den Wellen zurückbliebe.«

Sie musste lachen. »Ich hatte aber Angst, dass mich die Haie oder Krokodile fressen könnten, bevor ich ertrank. Und es wurde noch schlimmer. Ich gab eine Dinnerparty, zu der niemand kam ... ein chinesisches Bankett. Es war furchtbar«, kicherte sie. »Ich war so einsam. Nur Christy Cornford ist erschienen, und dabei hatten wir so viel zu essen, weil ich die Leute beeindrucken wollte. Also mussten wir allein essen, um Tom und Billy nicht vor den Kopf zu stoßen ...«

Tom Ling war im Garten, als Lucy eintraf. Er kümmerte sich gerade um das halbe Dutzend Geweihfarne, die er an das Spalier neben der Vordertreppe gehängt hatte. Er düngte sie mit Bananenschalen, die sie angeblich bevorzugten.

Er schenkte Mr. Myles' Verlobten ein strahlendes Lächeln und ließ sie allein ins Haus gehen, da sie sich gut auskannte.

Lucy hörte die beiden lachen. Sie schienen allein zu sein.

Das entzog den Gerüchten und Myles' eigenen bissigen Bemerkungen, denen zufolge sich Williams junge Frau und sein Sohn nicht verstanden, den Boden.

Sie hielt inne und blieb auf der Veranda neben der Vordertür stehen. Sie konnte kein Wort verstehen, doch der Tonfall war viel sagend. William war nicht zu Hause, und die beiden machten sich einen schönen Tag.

Sie betrat das Wohnzimmer.

»Ist das ein Scherz nur zwischen euch beiden, oder darf ich mitlachen?«

Myles schrieb alle paar Tage an Pop, um ihm von den Weihnachtsvorbereitungen in der Stadt zu berichten und ihn wissen zu lassen, dass sein Enkel ihn nicht vergessen hatte. Vermutlich erhielt Pop immer mehrere Briefe auf einmal, aber das machte nichts. Im Januar und Februar, wenn die Flüsse über die Ufer traten, würde er wahrscheinlich gar keine Post bekommen. Bisher hatte es beständig geregnet, die Monsunwolken ballten sich zusammen, doch es gab keine spektakulären Wetterereignisse, und die Meinungen über die Regenzeit waren geteilt. Manche behaupteten, der Regen in diesem Jahr würde wenig nützen und könne den verzweifelten Durst des Outbacks nicht stillen, andere wiederum warnten vor Unwettern, die wie ein Dammbruch den Norden überfluten würden. Alle hofften auf die richtige Regenmenge.

In seinen Briefen an Pop wich er verzweifelt der Frage aus, weshalb er seine Verlobung noch nicht bekannt gegeben habe. Der alte Mann wies darauf hin, dass Myles seine Entscheidung, ob er nach der Regenzeit auf Warrawee oder Millford leben wolle, mit Lucy gemeinsam treffen müsse. Natürlich hatte er Recht; immerhin ging es um ihre Zukunft, wenn sie heirateten. Wenn! Die Möglichkeit schien in immer größere Ferne zu rücken.

Die Grobheit, mit der sie Harriet an diesem Tag begegnet

war, wirkte unangebracht, und Myles hatte ihr verärgert erklären müssen, dass es sich um ein harmloses und ausnahmsweise freundschaftliches Gespräch gehandelt hatte. Danach musste er sich bei Harriet entschuldigen ... eine lächerliche und peinliche Angelegenheit.

Er zündete sich eine Zigarre an. Lucy war doch tatsächlich eifersüchtig auf Harriet, und das vollkommen grundlos.

Oder gab es einen Grund?, fragte er sich. Bevor er London verlassen hatte, war er der Ansicht gewesen, Lucy sei bei weitem die hübschere von den beiden, aber das sah er inzwischen anders. Harriet stach Lucy ganz klar aus. Sie war eigentlich ganz reizend, so elegant und – ja, er musste es zugeben – anziehend. Allem Anschein nach hatte die Ehe aus dem langweiligen Vorstadtmädchen eine sehr attraktive Frau gemacht.

Er fühlte sich unbehaglich bei dem Gedanken, dass sein Vater, ein älterer Mann, diesen Wandel herbeigeführt haben sollte. Lieber wollte er annehmen, dass die Einkaufstouren in Singapur das ihre bewirkt hatten; William hatte ihm oft von ihren angenehmen Aufenthalten dort geschrieben. Er mochte gar nicht daran denken, was wohl die Leute dort über seinen Vater dachten, der mit einem Mädchen verheiratet war, das seine Tochter hätte sein können.

Seine Gedanken schweiften zurück zu Harriet. Sie war wirklich erotisch anziehend, hoch gewachsen und vollbusig, mit schmalen Hüften und einer wunderbaren Taille. Wie gern dachte er in diesem Zusammenhang an Belle Symington, seine Londoner Liebschaft, zurück.

In der Nacht hatte er von Belle geträumt, und es war ein sinnlicher, wollüstiger Traum gewesen, so leidenschaftlich, dass er ihn festzuhalten suchte, als er erwachte. Dann stellte er fest, dass in diesem Traum nicht Belle, sondern Harriet bei ihm gewesen war. Aber das spielte keine Rolle; schläfrig ließ er sich in die Freuden der Nacht zurückgleiten.

Am Morgen spürte Myles keine Peinlichkeit, keine Reue,

eher ein Prickeln der Erregung, als er Harriet auf dem Korridor traf. Sie kam aus dem Bad, den Morgenrock um sich geschlungen, das Haar nass, und ihre weiche Haut duftete wunderbar.

Sie errötete leicht, als sie sich trafen, und er grinste und fragte sich, warum. Sie konnte doch wohl kaum denselben Traum gehabt haben? Dann, dachte er, wäre sie von den Zehen bis zur Nasenspitze errötet.

Er widerstand der Versuchung, ihr im Vorbeigehen scherzhaft das Hinterteil zu tätscheln. Immerhin hatten sie die Nacht miteinander verbracht. Aber den Rest des Tages konnte er nicht aufhören, an sie zu denken. Der Traum ließ ihm keine Ruhe.

Beim Frühstück erfuhr Sibell von den Ereignissen des vergangenen Abends und war beeindruckt von Zacks Bemühungen um Yorkey.

»Das ist wunderbar. Gut gemacht! Wie nett von William, Yorkey bei sich aufzunehmen. Ich hoffe, Harriet wird dadurch nicht gestört.«

»Warum denn?«, fragte Maudie. »Sie hat doch die beiden Chinesen, die sich um ihn kümmern können. Ob er dort in guten Händen ist?«

»Hoffentlich.«

»Ich würde ihn gern besuchen«, sagte Sibell, doch Zack schüttelte den Kopf.

»Lass ihn die nächsten Tage in Ruhe. Du solltest abwarten, bis er sich ein wenig erholt hat und seine Umgebung richtig wahrnimmt.«

Er schaute nach draußen. Die Wolken hingen tief, doch der Regen hatte aufgehört. »Lass uns am Strand spazieren gehen, Sibell. Vielleicht geht ja ein bisschen Wind.« In Wirklichkeit wollte er allein mit ihr sprechen.

Sie ließen ihre Schuhe im Gras stehen, gingen barfuß durch

das seichte Wasser und unterhielten sich über Lucy und Myles.

»Ich hoffe, alles ist in Ordnung.«

»Ja. Du hast so tief geschlafen, dass du gar nicht gehört hast, wie Lucy nach Hause kam. Sie sagt, sie hatte einen netten Abend. Und wie war das, es gibt noch mehr über Yorkey zu berichten? Ich meine, es reicht eigentlich, dass man ihn wegen des Brandes von Syds Haus verhaftet und danach zusammengeschlagen hat. Ich kann mir gar nicht vorstellen, weshalb er so etwas tun sollte. Ich mag Syd nicht besonders, aber für Mrs. Walsh tut es mir Leid. Es ist schlimm, das Haus zu verlieren.«

»Hör zu, ich habe eine Überraschung für dich. Yorkeys voller Name lautet Yorkey Moon.«

»Wie bitte?«

»Du hast richtig gehört. Vielleicht warst du auf der richtigen Spur, als du gesagt hast, er sähe aus wie Jimmy Moon.«

»Du lieber Himmel, bist du sicher? Woher weißt du das?«

»Aus den Polizeiakten im Gefängnis. Es ist eine Tatsache.«

Sibell blieb stehen und schaute ihn an. »Meinst du, er ist mit ihm verwandt?«

»Ich weiß es nicht. Pass auf, dein Kleid wird nass.«

Sie zuckte die Achseln. »Egal, Baumwolle trocknet schnell. Aber Zack ... warum hat er es uns nicht gesagt?«

»Keine Ahnung. Vielleicht wirft es Licht auf die Frage, weshalb er das Haus niedergebrannt hat.«

»Was meinst du? Aus Rache? Doch nicht nach all den Jahren.«

»Wir sollten darüber nachdenken.«

»Oder ihn fragen. Yorkey Moon, das ist ein wahrhaft ungewöhnlicher Name.«

»Ja. Vielleicht solltest du dich mit ihm unterhalten, wenn er sich erholt hat. Mag sein, dass er dir etwas verrät, weil du Jimmy Moon so gut kanntest.«

»Sicher, ich brenne vor Neugier.«

Sie gingen über den Strand und ließen sich unter einer Schraubenpalme im Gras nieder. Nun kam Zack zum eigentlichen Grund ihres Spaziergangs.

»Ich wollte dich etwas fragen, Sibell. Hast du noch immer vor, wegzugehen?«

»Ja, Zack«, antwortete sie leise. »Leider ja.«

»Sag mir eins. Haben dich die letzten Ereignisse, meine Speerverletzung und Yorkeys Tortur, in deinem Entschluss bestärkt? Ich meine, ist das die Gewalt, von der du gesprochen hast?«

Sie runzelte die Stirn. »Oh, Zack, ich wünschte, Lucy hätte es dir nicht gesagt. Ich habe es nicht so gemeint. Damals jedenfalls nicht, heute bin ich mir nicht mehr so sicher. Im Busch können so viele schlimme Dinge passieren.«

»Nicht nur im Busch. Ich könnte mitten in Darwin vom Pferd stürzen«, sagte er schroff. »Auf dem Friedhof erzählen viele Grabsteine solche Geschichten. Gegen Unfälle ist niemand gefeit, wo auch immer sie passieren mögen. Es ist keine Entschuldigung dafür, dein Heim zu verlassen.«

»Das stimmt, Zack. Wir beide betonen diese Seite des Stationslebens wohl zu sehr.«

»Ich nicht, ich möchte nur verstehen, worum es dir eigentlich geht. Davonlaufen löst keine Probleme. Du musst mir schon sagen, was dir nicht gefällt.«

»Bitte, ich habe es dir doch schon so oft gesagt. Ich möchte künftig in einer Stadt leben. Ich sehe nicht ein, weshalb das so schwer zu verstehen sein sollte. Es geht mir nicht gut, und ich bin ständig in dieser schwermütigen Verfassung. Ich halte es einfach nicht mehr aus, ich muss fort.«

»Und darum willst du mich verlassen? Falls unsere Beziehung zu Ende sein sollte, kann ich das akzeptieren, aber du musst mir die Wahrheit sagen. Sag es einfach, dann wäre dieser Punkt ein für alle Mal geklärt.«

»Ich kann es aber nicht sagen, weil ich dich liebe. Die Station ist dein Leben. Ich weiß, ich verhalte mich egoistisch, aber ich weiß nicht, was ich sonst tun soll.«

Er stand auf und sah wütend auf sie hinab. »Du bist wirklich egoistisch. Verdammt egoistisch. Und dumm dazu! Ach, mach doch, was du willst!«

Er stürmte über den Strand davon. Sibell hielt ihn nicht zurück. Sie war tief erschüttert; sein Zorn, den sie früher selten zu spüren bekommen hatte, ängstigte sie. Sie fragte sich, ob ihre Entscheidung den ganzen Kummer lohnte, aber sie war fest entschlossen. Sie musste gehen, bevor diese elende Schwermut noch schlimmer wurde.

Harriet führte Sibell zu Yorkey hinein. »Er ist ziemlich ungeduldig«, sagte sie. »Offensichtlich ist er es nicht gewöhnt, untätig zu sein.«

»Welcher Mann wäre das schon?«, fragte Sibell lächelnd. »Sie alle betrachten ein Krankenzimmer als Gefängnis. Wie geht es ihm?«

»Komm mit. Sein Arm ist eingegipst, er hat einen Schneidezahn verloren, und sein Gesicht ist noch angeschwollen, aber du solltest dir keine Sorgen machen. Der Arzt sagt, er sähe schlimmer aus, als es ist. Seine Nieren haben auch etwas abbekommen, deshalb soll er noch liegen. Ruhe scheint die beste Medizin zu sein.«

Sibell freute sich, dass jemand die Mühe unternommen hatte, Yorkeys Lagerraum nett herzurichten. Auf dem Boden lag eine große Matte, am Fenster war ein Rouleau angebracht, und neben seinem Bett standen unter einem Moskitonetz ein Wasserkrug und Medikamente. Was Yorkeys Aussehen betraf, hatte Harriet Recht gehabt: Sein Gesicht sah schlimm aus, wenn auch besser als auf dem Bahnhof.

»Besuch für dich«, sagte Harriet fröhlich. Yorkey, der flach auf dem Bett gelegen hatte, wandte mühsam den Kopf und stöhnte. Dann erkannte er Sibell. »Tut mir Leid, Missus.«

»Was tut dir Leid?«

»Dass ich weggelaufen bin«, murmelte er mit geschwollenen Lippen.

»Hier, Sibell, nimm den Stuhl. Ich lasse euch jetzt allein.«

»Danke«, sagte Sibell und setzte sich. »Du brauchst dich nicht dafür zu entschuldigen, Yorkey. Ich dachte, es täte dir Leid, dass du das Haus niedergebrannt hast.«

Er presste die Lippen aufeinander. Zu diesem Thema hatte er nichts zu sagen.

»Yorkey, ich interessiere mich für deinen Namen«, fuhr sie fort. »Hoffentlich hast du nichts dagegen, wenn ich dich frage, ob du mit einem Mann namens Jimmy Moon verwandt bist. Er war ein Freund von mir und ist vor langer Zeit gestorben.«

»Sie haben ihn gehängt«, knurrte Yorkey.

»Ja, es war furchtbar.«

»Er war mein Vater.«

Sibell sah den Schmerz in seinen Augen und nickte. »Das dachte ich mir. Du hättest es uns sagen sollen, damit hättest du dir viel Ärger erspart. Ich nehme an, du hast erfahren, dass Syd Walsh zu dem Suchtrupp gehörte?«

»Ja.«

»Verstehe. Aber du kannst nicht alt genug sein, um dich an deinen Vater zu erinnern, Yorkey. Wer hat dir von ihm erzählt? Deine Mutter?«

»Ja.«

Sibell wollte ihn nicht überanstrengen, doch eine wichtige Frage musste sie noch stellen. Ihres Wissens war Jimmy Moon nämlich als unverheirateter Mann gestorben.

»Wo hat deine Mutter gelebt?«

»Auf Black Wattle«, erwiderte er fest.

Trotz ihrer guten Absichten musste Sibell ihm einfach widersprechen. »O nein, das kann nicht stimmen. Auf unserer Station? Ich hätte sie doch gekannt, Yorkey.«

Er drehte sich auf die Seite und sah ihr ins Gesicht. »Haben Sie auch, Missus. Sie hat für Sie gearbeitet. Erinnern Sie sich an Netta?« Sibell lehnte sich überrascht nach hinten. »Netta, du lieber Himmel! Natürlich habe ich Netta gekannt, sie war damals bei uns. Und Netta ist deine Mutter?«

»Sie lebt nicht mehr.«

»Das tut mir Leid, Yorkey. Ich weiß noch, dass Netta zu dieser furchtbaren Zeit wegging. Sie zog mit einem Viehtreiber fort, hat ihn angeblich geheiratet.«

Er schüttelte den Kopf. »Er hat sie sitzen lassen, Missus, als er erfuhr, dass sie ein Baby erwartete. Es war nicht seins, sondern Jimmy Moons Baby.«

»O Gott, wie traurig. Aber ich sehe, dass sie einen prächtigen Sohn bekommen hat. Vielleicht sprechen wir demnächst noch einmal darüber.«

Er nickte und lächelte dann. »Sie sagte, Jimmy Moon war ein guter Mann.«

»Ja, das war er, ein wahrhaft guter Mann. Und nun ruh dich aus, Yorkey.«

Sie kam noch öfter, und Yorkey freute sich auf ihre Besuche. Sie erzählten von den alten Zeiten, da Sibell alles über Netta und ihr Schicksal hören wollte. Zack kam ebenfalls und sah ihn, die Hände in die Hüften gestützt, grinsend an.

»Du bist also Nettas Sohn, was? Jetzt muss ich mir noch mehr Mühe geben, dich gegen diese Anklage zu verteidigen. Denk daran, dass du die Stadt nicht verlassen darfst, du bist nur auf Kaution frei.«

»Dazu dürfte er wohl kaum in der Lage sein«, meinte Sibell.

»Ich weiß, ich wollte ihn ja nur warnen. Brauchst du irgendetwas, Yorkey?«

Der junge Schwarze hatte lange darüber nachgedacht. »Mein Pferd und den Sattel. Die Kerle von Glenelg haben mir alles weggenommen.«

Zack lachte. »Du machst wohl Witze. Die Sachen siehst du nie wieder.«

»Aber sie gehören mir!«

»Schon, aber Feuer legen ist auch nicht erlaubt. Und komm bloß nicht auf die Idee, dir Pferd und Sattel zurückzuholen. Glenelg wirst du Zeit deines Lebens nicht mehr betreten, klar?«

Yorkey nickte unwillig. Doch das bedeutete, dass er kein Pferd, keinen Sattel und keine Arbeit mehr hatte, selbst wenn ihm eine Gefängnisstrafe erspart bleiben sollte. Ein Treiber ohne Pferd!

Es kamen noch andere Besucher. Die Oatleys sahen oft nach ihm, doch am meisten unterhielten ihn die verrückten Chinesen, die in ihrer seltsamen Sprache miteinander stritten, vor allem, wenn es um seine Pflege ging. Tom Ling behandelte die Prellungen mit Tinkturen, die angeblich heilsam wirkten, doch Billy Chinn behauptete, die bessere Medizin zu besitzen. Manchmal rieben sie ihm das Gesicht gleichzeitig mit zwei verschiedenen Salben ein, sodass er sich vorkam wie ein Krieger in voller Bemalung. Er wusste nicht, ob die Salben etwas nützten, und hätte sie am liebsten abgewaschen, aber die beiden Experten ließen darin nicht mit sich reden.

Als es ihm besser ging, verfrachteten sie ihn in einen Lehnstuhl, wickelten ihn in Decken wie eine Großmutter und zwangen ihn zur Ruhe, bis der Arzt seine »Mitte« für gesund erklärte. Vermutlich meinten sie damit die Nieren, die noch von den Tritten schmerzten. Allerdings konnte er wieder pinkeln, was wohl ein gutes Zeichen war.

Doch irgendwann hörten die beiden Chinesen plötzlich auf zu streiten. Sie wurden kalt und schweigsam und wechselten verstohlene Blicke. Yorkey sorgte sich so sehr, dass er sich erkundigte, ob er etwas falsch gemacht habe.

»Nein, nein, du guter Kerl. Bald gesund«, meinte Tom Ling beschwichtigend.

»Was ist denn dann mit euch los?«

»Nichts!«, schrie Tom. »Nichts los! Alles prima!«

Von wegen, dachte Yorkey.

Dann kam Mrs. Oatley eines Tages herein, um nach ihm zu sehen, und kurz darauf folgte der junge Mr. Oatley. Sie scherzten über die zahlreichen Besucher, für die nur ein Stuhl zur Verfügung stand. Yorkey lachte mit ihnen. Dann brachte Tom Ling seinen Tee, und er bemerkte überrascht den Blick, den der Chinese den beiden zuwarf. Es ging blitzschnell, doch wenn Blicke töten könnten, wären die beiden auf der Stelle umgefallen.

Mrs. Oatley und Mr. Myles plauderten weiter, ohne etwas zu bemerken. Als Tom gegangen war, erhob sich Mrs. Oatley ebenfalls. Ihre Hand strich leise über Myles' Hand, und das Lächeln, mit dem er sie bedachte, war ebenso verräterisch.

Hielten sie ihn für blind? Meinten sie, ein Schwarzer sei nicht empfänglich für derartige Dinge? Diese Berührung, dieses Lächeln verhießen nichts Gutes. Für einen Moment hatten sie wie ein Liebespaar gewirkt, und Yorkey war schockiert.

Später wollte er sich einreden, es sei nur Einbildung gewesen. Und selbst wenn? Sie gehörten zu einer Familie, da gab es gefühlsmäßige Bindungen. Andererseits war ihm die Atmosphäre, die im Raum herrschte, die Spannung in der Luft, nicht entgangen. Allmächtiger Gott, was spielte sich da ab? Mr. Oatleys Frau und sein eigener Sohn!

Yorkey kippte den Tee mit einem Schluck hinunter.

Tom Ling kam mit verdrießlichem Gesicht zurück, um Tasse und Untertasse zu holen, sagte aber nichts. Es gab Dinge, die besser unerwähnt blieben. Den beiden argusäugigen Chinesen entging nichts, und ihr Wissen erklärte auch das Geflüster der letzten Tage.

William und Myles spielten Schach auf der Veranda. Keiner von ihnen schaute hoch, als Harriet ins Wohnzimmer ging. Sie fühlte sich ruhelos und wusste nichts mit sich anzufangen. Die Nacht war so feuchtwarm, sogar die Wände schwitzten, braune Rinnsale liefen am Putz hinunter. Sie ließ sich in einen Sessel fallen und griff nach einem Fächer. Dieses Zimmer war zu schlecht belüftet, ein Konstruktionsfehler, wie Myles behauptete. Die meisten Zimmer hatten Flügeltüren, andere normale Fenster, aber das Wohnzimmer lag mitten im Haus, sodass nur durch die beiden Türen Luft hereindrang. Innen liegende Zimmer waren in diesem Klima einfach nicht zu empfehlen.

Harriet hing untätig im Sessel, seufzte, schwenkte den Fächer träge hin und her, ergriff das schön illustrierte Buch, das Myles seinem Vater aus London mitgebracht hatte. Sie betrachtete ein Bild des Tower, der in seiner düsteren Kälte irgendwie wohltuend wirkte. Sie dachte an Schnee. Im Gegensatz zu Myles hatte sie noch nie welchen gesehen.

Während seines Aufenthalts in London hatte es geschneit, und er hatte von der wunderbaren weichen, weißen Stille geschwärmt, in der die Welt versank.

»Und die Kälte«, murmelte Harriet sehnsüchtig.

Sie hörte Rufen. Dann Gelächter. Einer hatte den anderen ausmanövriert. William spielte besser, doch Myles lernte ständig dazu, folglich hatte er das Spiel am letzten Sonntag gewonnen und seither damit geprahlt.

Harriet ließ den Fächer fallen und hob ihn zitternd auf. Wie hatte es nur geschehen können? Keiner von ihnen hatte es gewollt, zu Beginn hatte sie nicht einmal geglaubt, dass sie Freunde werden könnten, und nun ...

O Gott!

Eigentlich konnten sie nichts dafür, dachte Harriet. Sie verbrachten gezwungenermaßen so viel Zeit miteinander, dass eine gegenseitige Zuneigung nicht ausgeschlossen blieb. Sie waren erleichtert gewesen, eine gemeinsame Basis zu finden und William damit eine Freude zu machen. Es hatte mit Gelächter begonnen, mit unschuldigem Gelächter, das ihre Entspannung widerspiegelte, die sie in der Gegenwart des anderen empfanden, und bald schon suchten sie das Zusammensein, wenn William im Büro war. Harriet fragte sich mittlerweile, wie sie die stürmischen Regentage überstanden hatte, bevor Myles in ihr Leben trat. Und dann kam der Abend, an dem sie dicht an ihm vorbei durch eine schmale Tür ging. Urplötzlich hatte sie es gespürt, wie einen elektrischen Schlag. Noch nie hatte sie etwas Derartiges empfunden. Auch Myles war es nicht entgangen, und sie hatten einander einen Moment lang angeschaut, angestarrt, besser gesagt, und dann war Harriet mit flammendem Gesicht davongelaufen.

Danach mieden sie einander. Waren beschämt. Spürten sogar einen neuen Anflug von Feindseligkeit bis zu dem Ball der Telegrafengesellschaft, bei dem Myles endlich mit ihr getanzt hatte. Das aber auch nur, weil sie als Einzige am Tisch übrig geblieben waren. Sie hatten gegen die Neigung angekämpft, einen Flirt vermieden. Doch nun lag sie beim Walzer in seinen Armen, und er sagte: »Du weichst mir schon wieder aus.« Sie stritt es ab, und er sagte ihr, sie sei schön, und sie antwortete: »Sag so etwas nicht«, und dann wollte er mit ihr reden, und sie fragte: »Worüber?« Am Ende hatte sie zugestimmt, weil sie einander nicht länger ausweichen konnten.

Sie trafen sich im Park unter dem dicken Affenbrotbaum. Harriet kam als Erste und schlenderte zwischen einer Reihe blühender Hibiskusbüsche hindurch, schaute zum ruhelosen grauen Himmel empor und betete um eine Sintflut, die sie aus dieser Lage befreite. Worüber mussten sie sprechen? Was tat sie eigentlich hier? Hoffentlich vergaß Myles die Verabredung, immerhin hatte er reichlich getrunken.

Doch er kam. Und sie freute sich. Und sie umarmten einander, bevor auch nur ein Wort gesprochen wurde. So war es geschehen, dachte sie schuldbewusst. So war die Romantik in ihr Leben getreten. Eine bittersüße Romanze, dachte sie zärtlich, denn sie liebte William, und Myles liebte seinen Vater, doch die Gefühle, die von ihr Besitz ergriffen, waren stärker als alles andere. Dann begannen die verstohlenen Berührungen, Küsse in dunklen Ecken, geprägt von Schuldgefühlen. Die Schuld ließ sie niemals zur Ruhe kommen. Harriet erinnerte sich an den Morgen, als sie allein zu Hause gewesen war. Sie hatte sanft an seine Tür geklopft und ihm gesagt, es müsse aufhören.

»Das geht nicht«, hatte er zu ihr gesagt, »meine Liebe zu dir ist grenzenlos. Wild! Ich will nicht, dass sie aufhört, und du willst es auch nicht. Unmöglich.«

Sie liebten sich in seinem Bett, hungrig, vergaßen alles um sich herum in einer neuen, aufregenden Art der Liebe, die sie zusammenschmiedete und ihr Leben noch schwerer machte. Myles blieb so oft wie möglich zu Hause und schickte die Dienstboten los, um Besorgungen zu machen. Und so wurde Harriet ruhelos, lief wie eine Fremde durch ihr Haus und wusste nicht, was sie mit sich anfangen sollte, wenn sie einmal allein war.

William gegenüber wahrte sie den Schein. Sie ließ zu, dass er mit ihr schlief, empfand aber keine Lust mehr, sondern betrachtete es als reine Pflichterfüllung. Zum Glück schien er den Unterschied nicht zu bemerken. Über diese Seite ihres Lebens sprach Myles nie mit ihr.

Zudem hatte William eigene Probleme. Er sorgte sich wegen Sibell Hamiltons Drohung, Zack zu verlassen, und Yorkeys bevorstehender Gerichtsverhandlung.

Der junge Schwarze hatte sich erholt, lebte aber noch im

Dienstbotenquartier. Harriet fand es ein wenig lästig, dass Sibell ihn so oft besuchte, doch Zack bestand darauf, dass sie den Seiteneingang nahm und das Haupthaus nicht betrat. Daher konnte Harriet sich schlecht beschweren. Aber Sibell störte dennoch; die Nachmittage waren nicht länger sicher, und Harriet fühlte sich oft gezwungen, Sibell aus Gründen der Höflichkeit zum Tee zu bitten, auch wenn diese die Einladungen nur selten annahm.

Myles sagte, sein Vater sei ein wenig verliebt in Sibell, was Harriet erstaunlicherweise ärgerte, hatte diese Bemerkung doch angedeutet, dass William ihr nicht seine ungeteilte Liebe schenkte.

Was sollte nur werden? Sie legte Fächer und Buch beiseite und knöpfte ihre Bluse auf. William wurde immer ungeduldiger, weil Myles die Verlobung mit Lucy Hamilton hinauszögerte. Er war freundlich, aber bestimmt, erkundigte sich nach dem Stand der Dinge, und Myles brachte einen ganzen Katalog von Entschuldigungen vor. Manchmal gab er Lucys schlechter Laune die Schuld, was sein Vater mit dem Vorschlag, ein ehrliches Gespräch sei die beste Lösung, abtat.

Wir alle könnten ein ehrliches Gespräch gebrauchen, dachte Harriet, aber wer soll den Anfang machen? Einmal hatte Myles vorgeschlagen, die Leitung der Millford Station zu übernehmen, die ursprünglich den Eltern seiner Mutter gehört hatte. Sobald er sich eingelebt hatte, sollte Harriet William verlassen und zu ihm ziehen. Sie könnten im Busch ihr eigenes Leben führen.

»Gehört Millford denn nicht deinem Vater?«, hatte ihn Harriet erinnert.

Es hatte keinen Sinn, weiter darüber zu reden. Die Tatsache, dass Myles ohne seinen Vater mittellos dastand, war unumstößlich. Mit seinem Vater, Lucy und Pop im Rücken wäre er hingegen mehrfacher Millionär.

Harriets Hände waren feucht. Sicher, Myles' Liebe war

grenzenlos, doch wie lange konnte sie sich gegen diese Widrigkeiten behaupten? Sie wünschte, sie könnten einfach weglaufen, nicht nach Millford, sondern nach London. In die Kälte, hin zu den Kaminfeuern und fremden Menschen, wo ihre Liebe ihnen Schutz bot.

Sie ging niedergeschlagen zu Bett und überließ die Männer ihrem Schachspiel. Oder einem anderen Spiel, in dem sie letztendlich die Verliererin sein würde, so war ihr jedenfalls zu Mute. Aber sie liebte Myles zu sehr, um in die Zukunft zu blicken.

Der Umschlag trug die Aufschrift PERSÖNLICH, daher hatte Leo ihn ungeöffnet auf Williams Schreibtisch gelegt. Sein Chef schlitzte den Brief in aller Ruhe auf, während sein Blick noch auf der Liste interessanter Pferde ruhte, die bei der bevorstehenden Jährlingsschau zu verkaufen waren. Er rechnete mit einer weiteren Einladung zu den unzähligen Feiern, die von örtlichen Geschäftsleuten am Jahresende organisiert wurden: langweilige Angelegenheiten, immer dieselben Gäste bei öden Essen mit reichlich Alkohol, die oft im Streit endeten. In diesem Jahr hatte er schon einige Einladungen abgesagt. Doch es war keine Einladung. Sein Gesicht lief rot an, als er die ersten Worte las.

Lieber William,

ich schreibe dies nur, weil ich denke, du solltest über die Angelegenheit Bescheid wissen. Ich kann es dir einfach nicht persönlich sagen, es regt mich zu sehr auf. Offen gesagt, ich glaube, dass deine Frau und dein Sohn ein Verhältnis miteinander haben. Du solltest wissen, dass auch andere Leute bereits diesen Verdacht geäußert haben. Ich denke, dies betrifft auch mich, da meine Nichte davon betroffen ist und unter dem Verhalten deines Sohnes leidet ...

Er konnte nicht weiterlesen. Traurig zerriss er den Brief und warf ihn in den Papierkorb. Dann schaute er aus dem Fenster, ohne etwas wahrzunehmen.

»Ich weiß, Maudie, ich weiß es doch«, flüsterte er unglücklich. »Ich hatte nur gehofft, dass es niemand außer mir merkt.«

Er wusste es schon länger. Wie hatte er sich überhaupt einen Moment lang täuschen können? Zuerst hatte er sich eingeredet, er sei ein eifersüchtiger alter Mann. Sie sollten schließlich Freunde werden, er hatte sie zusammengebracht, alles war seine Schuld. Doch was hätte er tun sollen? Nie hätte er damit gerechnet. Er liebte beide so sehr, und sie hatten ihn betrogen. Myles war von Anfang an gegen die Heirat eingestellt gewesen, vielleicht hatte er Harriet mit voller Absicht verführt. Doch er schüttelte den Kopf. Dazu gehörten immer zwei. Er war auch nicht sicher, wie weit die Affäre schon gediehen war. Flirteten sie nur, oder war es schon mehr als das?

Tief im Herzen kannte William die Antwort. Er hatte die Zärtlichkeiten gesehen, die verstohlenen Blicke, das ganze Balztheater, das zu einer Affäre gehörte. Und er hatte begonnen, die Diener zu beobachten. Ihr Verhalten Harriet und Myles gegenüber grenzte an Feindseligkeit, die sie nur unzureichend hinter ihren lächelnden Gesichtern und dem fröhlichen Geplapper verbargen. Sie wahrten wegen ihm den Schein, aus einem Gefühl der Loyalität heraus, wie auch er den Schein wahrte, während sich der Zorn in ihm anstaute. »Verdammt!«, schrie er schließlich, froh, dass Leo das Büro verlassen hatte. »Verdammte undankbare Narren!«

Die ganze Zeit hatte er sich unter Kontrolle gehalten, Zorn und Enttäuschung verborgen, gehofft, dass er sich irre, dass die Sache im Sande verlaufen werde, während sie ihm in Wahrheit das Herz brachen. Das war das Schlimmste daran. Lucy mochte zwar leiden, doch sie war jung und würde darüber hinwegkommen. Er selbst hingegen empfand den gleichen Schmerz wie damals, als er seine geliebte Emily May verloren hatte. Seine Trauer lebte wieder auf, denn Emily May hätte sich niemals so gegen ihn gewandt.

Maudie wusste also Bescheid, und andere hegten den gleichen Verdacht. Jetzt musste er, der gehörnte Ehemann, etwas unternehmen. Aber was? Sie zur Rede stellen? Und wenn sie es nun abstritten? Und wenn nicht?

»Jesus!«, rief er, den Tränen nahe. William hatte Angst, sich vor ihnen zum Narren zu machen. Seine angegriffenen Nerven würden der Situation nicht standhalten. Er zog die Schreibtischschublade auf, wollte die Whiskeyflasche herausholen und schob sie rasch wieder zurück.

»Das darf nicht wieder anfangen. Irgendwie muss ich die Sache durchstehen. Verdammt!«

Der Zorn war ungefährlicher und befreiender. Er ging die verschiedenen Möglichkeiten durch. Zorn würde den Tränen Einhalt gebieten. Er könnte nach Hause gehen und Myles hinauswerfen. Samt Harriet. Warum nicht? Dann hätte er die Sache in der Hand. Sollten sie ihre Geschichte doch erzählen. Und dann? Sollte er dabei zusehen, wie sie zusammen sein Haus verließen? Sein Haus und den erbarmenswerten Mann darin, der ein leeres Leben vor sich hatte.

Die Wände seines Büros schienen auf ihn einzudringen. Er rang nach Luft, konnte kaum atmen. Er ergriff seinen Hut und stürmte ziellos aus dem Büro. Er wollte einfach laufen und nie mehr stehen bleiben. Doch als er an der Kirche vorbeikam, schoss Reverend Walters auf ihn zu.

»Mr. Oatley, auf ein Wort bitte! Hat Zack Hamilton schon mit Ihnen gesprochen?«

»Nein. Worüber denn?«, fragte William kurz angebunden. Er war nicht in der Stimmung für ein Gespräch mit dem Geistlichen. Mit diesem Mann, der Harriet Oatley jeden Sonntag Treue predigte. Einer Heuchlerin, die sich als gute Christin ausgab. Alles Zeitverschwendung.

»Es geht um das Grundstück neben Ihrem. Wir hatten gehofft, Sie würden Ihre Einwände gegen unseren Kirchenbau noch einmal überdenken.«

William starrte ihn an, ohne wahrzunehmen, was er sagte. Dann war ihm plötzlich alles egal.

»Machen Sie doch, was Sie wollen!«, brüllte er. »Bauen Sie, was Ihnen gefällt. Ich verkaufe das Haus!«

Walters überschüttete ihn mit Dank, doch William beachtete ihn gar nicht. Er hatte sich selbst mit dieser Ankündigung überrascht, doch nun schien es ihm eine gute Idee. Er würde ohnehin nie wieder glücklich darin werden, sie hatten alles zerstört. Angetrieben von der Energie, die ihm diese Entscheidung verlieh, eilte William zurück ins Büro, um mit Leo zu sprechen.

Sein Sekretär war verblüfft. »Du willst dein Haus verkaufen? Warum denn nur?«

»Weil ich mich zurückziehe.«

»Was? Vom Geschäft?«

»Ja, aber keine Sorge, ich lasse dich nicht hängen. Ich dachte, du möchtest die Agentur vielleicht übernehmen.«

»Als was? Geschäftsführer oder Eigentümer?«

»Das liegt bei dir.«

Leo beugte sich vor und sah seinen Boss an. »Meinst du das ernst?«

»Gewiss doch.«

»Und wie passt Myles in dieses Bild?«

William schaute sich um. »Ich sehe keinen Myles. Du etwa?«

»Nein, aber ...«

»Nichts aber. Myles hat kein Interesse an der Firma, sie ist für ihn nur ein Zeitvertreib, wenn er nichts Besseres zu tun hat.«

Leo nickte vorsichtig. Sicher, Myles hatte seit seiner Heimkehr nur wenig Zeit im Büro verbracht, und der Sekretär hatte sich bei den seltenen Besuchen geärgert, da er nur einen Boss anerkannte. Dennoch, Myles war der Sohn und Erbe, und die Wendung der Ereignisse überraschte ihn. Es passte nicht zu William Oatley, derart unvermittelte Entscheidungen zu treffen. Leo fragte sich, ob William von den Gerüchten über Harriet und Myles erfahren hatte, die in der Stadt kursierten, Gerüchte, die Leo empört von sich gewiesen hatte.

Er spielte auf Zeit, suchte nach seiner Pfeife und zündete sie an, während die Zahlen durch seinen Kopf wirbelten. Er konnte es nicht wagen, als Geschäftsführer tätig zu werden, solange Myles in den Kulissen wartete. Ihre Abneigung beruhte auf Gegenseitigkeit. In diesem Fall konnte der Sohn sich jederzeit einmischen. Und wenn nun, was Gott verhüten mochte, William etwas zustieße? Leo wusste, dass Myles ihm augenblicklich den Stuhl vor die Tür setzen konnte.

»Wie viel willst du verlangen?«, erkundigte er sich, während er im Geiste sein Vermögen und sein nicht unbeträchtliches Aktienportfolio addierte.

»Das weißt du besser als ich«, sagte William. »Ich verkaufe nur die Firma als solche, falls du nicht auch die Grundstücke erwerben möchtest. Die Geschäfte kannst du auch anderswo führen.«

»Aber sie sind eine gute Investition«, sagte Leo. »Wenn du keine Verwendung für die Grundstücke hast, würde ich sie gern in das Paket aufnehmen. Aber soll ich wirklich dein Haus zum Verkauf anbieten?«

»Ja. Es hat keinen Sinn, in Darwin zu wohnen, wenn ich hier nichts zu tun habe.«

»Wohin willst du ziehen?« Leo hatte bemerkt, dass Harriet mit keinem Wort erwähnt wurde, was ihn nervös machte. Bei den Oatleys gab es eine Krise. Schade, William und Harriet waren so glücklich gewesen, bis diese kleine Ratte nach Hause gekommen war.

Leo seufzte. William sprach davon, auf die Millford Station zurückzukehren.

»Ich vermisse den Busch«, sagte er leise. »Es wäre schön, wieder dort zu leben.«

»Du solltest nichts überstürzen«, warnte ihn Leo. »Es ist spät im Jahr, und es fehlt noch Regen, damit das Gras wächst. Es bleiben nur noch wenige Monate für anständige Niederschläge, sonst müssen die Viehzüchter mit einer Dürre rechnen.«

»Schuster, bleib bei deinen Leisten«, sagte William. »Du bist hier der Rechenkünstler, aber ich bin der Bushie. Das Wetter unterliegt Zyklen, und in dieser Saison erwarte ich eine Menge Regen, selbst wenn er spät kommt. Nun, wie sieht es mit dem Kauf meiner Firma aus?«

»Es ist sehr freundlich von dir, dass du mir die Chance gibst, William. Ich werde einen angemessenen Betrag auf Grundlage unserer Gewinnspanne ausrechnen. Allerdings müsste ich mein Angebot zum Teil durch ein Darlehen finanzieren.«

William erhob sich, er schien es eilig zu haben. »Also abgemacht«, sagte er und streckte Leo die Hand entgegen. »Ich gratuliere dem neuen Inhaber von *Oatley Mercantile.* Und falls du ein Darlehen brauchst, um die Firma zu kaufen, gebe ich es dir als Freund. Mit der Rückzahlung hat es keine Eile.«

William machte sich auf den Heimweg. Er bedauerte es nicht, sich von Haus und Geschäft zu trennen. Ihm war, als werfe er vor der Schlacht allen unnötigen Ballast ab, doch seine Bemühungen konnten eine gewisse Verzweiflung nicht verdecken. Auch musste er sich eingestehen, dass seine Unfähigkeit, die Affäre zu unterbinden, purer Feigheit entsprang. Ein anderer Mann wäre mit der Peitsche ans Werk gegangen. Warum nicht er? Vielleicht war bei anderen Männern keine Liebe im Spiel. Er vergötterte Harriet noch immer, und wie konnte er aufhören, seinen Sohn zu lieben? Im Grunde hatte er Angst, beide zu verlieren; der Schmerz war ohnehin schlimm genug. Sein Magen verkrampfte sich, seine Knochen taten weh, verzweifelt machte er sich klar, dass er es mit der Jugend nicht aufnehmen konnte. In Gegenwart von Harriet und Myles fühlte er sich alt. An diesem Abend veranstaltete der Himmel ein Feuerwerk. Grelle Blitze zuckten im Zickzack über den Himmel, es wurde taghell, während der Donner grollte und zornig zerbarst, als wollte er die Erdlinge vor den ungezähmten Naturgewalten warnen.

Harriet hatte Angst. Ihre Mutter hatte bei Gewittern die Spiegel verhängt, doch hier machte sich niemand die Mühe, da die Sommergewitter zu häufig auftraten. Sie wollte nicht auf der kühleren Veranda sitzen, und William gesellte sich vor dem Abendessen zu ihr in den Salon.

»Es hat keinen Sinn, sich wegen der Blitze zu sorgen, solange man nicht unter einem Baum steht«, sagte er. »Außerdem tobt das Gewitter über dem Meer. Du kannst die Sekunden zwischen Blitz und Donner zählen, dann weißt du, wie weit es noch entfernt ist.«

»Und wenn keine Zeit dazwischen liegt?«, fragte Harriet nervös.

»Dann hat der Blitz im Haus eingeschlagen«, antwortete er grinsend. William hatte sich bereits mit drei Gläsern Whiskey für die kommende Frage gestärkt.

»Harriet, Liebes, möchtest du mir irgendetwas sagen?«

Sie sprang wie von der Tarantel gestochen auf. »Wieso?«

William sank in sich zusammen. »Ich weiß nicht. Bist du glücklich? Du wirkst in den letzten Tagen so distanziert.«

»Natürlich, es ist alles in Ordnung. Nur das Wetter behagt mir nicht. Im letzten Jahr war es anders, da überfielen uns die

Regenfälle beinahe, aber diesmal zieht sich alles in die Länge, und dann die ständigen Gewitter. Sie sind furchtbar, und dennoch fällt nicht genügend Regen.«

»Regen reinigt hier nicht die Luft«, murmelte er, »es wird nur feuchter und ungemütlicher. Erst am Ende, wenn die Sonne alles getrocknet hat, wird es wieder klar.«

»Na gut, wenn du es so genau weißt«, fauchte Harriet.

»Ich habe nur gedacht, dass du vielleicht nicht richtig schlafen kannst. Falls dich die Hitze stört, könnte ich auch ins Gästezimmer ziehen.«

Überrascht stimmte sie zu.

»Oh, William, wäre das möglich? Das würde es leichter machen. Ich meine, wir schwitzen ohnehin so sehr, kein Wunder, dass wir keinen Schlaf finden.«

Er nickte, missbilligte aber ihre eifrige Zustimmung. »Dann veranlasse doch bitte, dass Tom Ling meine Sachen ins andere Zimmer bringt.«

Bevor sie davoneilen konnte, stellte er eine weitere Frage. »Wie sieht es übrigens mit Myles und Lucy aus? Wie ich höre, werden die Hamiltons allmählich ungeduldig.«

»Tatsächlich? Dann sollten sie mal Lucy fragen. Sie trifft sich mit Christy Cornford. Ein nettes Paar.«

Das waren keine guten Neuigkeiten. Kein Wunder, dass Maudie die Sache in die Hand genommen hatte. In ihren Augen konnte Cornford einem Oatley nicht das Wasser reichen. Dieser verdammte Kerl, musste er denn in alles seine Nase stecken? Lucy war Williams letzte Chance gewesen, das Paar zu trennen, doch wenn man es ehrlich betrachtete, war Christy vermutlich eine bessere Wahl als Myles mit seinem schändlichen Verhalten. Immerhin gab er offen zu, dass er auf der Suche nach einer passenden Ehefrau war. Vielleicht würden die Hamiltons ihn akzeptieren, um Lucy die Demütigung zu ersparen, von Myles sitzen gelassen zu werden.

Myles kam nicht zum Essen nach Hause. Als er endlich eintraf, erwartete ihn sein Vater. Leider hatte William in der Zwischenzeit noch mehrere Gläser Whiskey getrunken. Er passte Myles auf der Veranda ab.

»Da bist du ja! Ich dachte schon, du wärst ausgezogen. Bekomme dich in letzter Zeit selten zu Gesicht.«

»Ich bin nie weit weg.«

»Hast du dich gut amüsiert?«

»Ja, wobei die Gesellschaft in Darwin nicht gerade prickelnd ist.«

»Dann solltest du vielleicht wieder abreisen.«

»Ehrlich gesagt würde ich es gerne tun. Mein Herz hängt an Millford, ich kann es gar nicht erwarten, dorthin zu ziehen.«

»Warum fährst du nicht gleich?«

Myles ließ seinen Mantel auf einen Stuhl fallen. »Hast du getrunken, Vater?«

»Nicht viel«, meinte William freundlich. »Ich habe gefragt, warum du nicht gleich fährst?«

Myles setzte sich in einen Korbsessel. »Herrgott, was ist bloß in dich gefahren, Vater? Erstens möchte ich bis Weihnachten bleiben, zweitens sind die Straßen durchweicht. Um diese Jahreszeit schaffe ich es nie bis Millford.«

»Die Straßen sind trocken, da draußen ist nicht mal genügend Regen gefallen, um eine Schnecke zu ertränken.«

»Gut, aber wie steht es mit Weihnachten? Ich freue mich auf ein Familienfest.«

»Was? Du, ich und Harriet?«

»Und alle unsere Freunde.«

»Verstehe. Aber mir scheint, dass du bald keine Freunde mehr haben wirst.«

»Was soll das heißen?«

Tom Ling steckte den Kopf zur Tür herein. Noch nie hatte William ihn so betrübt gesehen. »Ihr Zimmer fertig, Herr. Nicht mehr trinken. Gehen zu Bett.«

»Hau ab«, zischte Myles, und der Chinese verschwand.

»Lucy«, sagte William und bemühte sich, seine Gedanken auf das Gespräch mit seinem Sohn zu konzentrieren.

»Ach, du hast also davon gehört. Lucy hat einen neuen Verehrer.«

»Du gibst also ihr die Schuld am Ende eurer Beziehung?«

»Nein, das tue ich nicht, Dad, wir haben uns einfach auseinander gelebt. Es tut mir Leid, dass wir damit deine Pläne und die der Hamiltons durchkreuzen, aber das passiert gelegentlich.«

»Also gibt es zurzeit keine Frau in deinem Leben?«

»Stimmt genau.«

»Darf ich das Harriet mitteilen?«

»Was?« Myles schrie die Frage beinahe heraus.

»Du hast mich verstanden«, erwiderte William gefasst. Erstaunlich, wie sehr ihn der Alkohol beruhigte.

»Willst du mir etwas vorwerfen?«

»Nein, ich will die Wahrheit hören. Hast du eine Affäre mit Harriet?«

Myles schoss in die Höhe. »Wie kannst du mir etwas so Unglaubliches unterstellen? Bist du verrückt geworden? Oder nur ein eifersüchtiger alter Narr, der blind vor Liebe ist? Ich gehe zu Bett und erwarte morgen früh eine Entschuldigung von dir, wenn du wieder nüchtern bist.«

Tom Ling hatte den Zwischenfall vom Ende der Veranda aus beobachtet. Nachdem Myles davongestürmt war, näherte er sich William. »Ich mache guten, heißen Tee, Herr, und süße Kekse. Kommen mit.«

»Danke«, entgegnete William erschöpft und ließ sich von Tom auf die Füße helfen. Mittlerweile verursachte ihm der Alkohol rasende Kopfschmerzen.

Tom Ling brachte ihm wie angekündigt Tee und Kekse, dazu ein Kopfschmerzmittel, das in dünnes Papier gewickelt war. Bevor er ging, wandte er sich noch einmal mit Tränen in den Augen an seinen Herrn.

»Er lügt«, flüsterte er und verschwand mit einer entschuldigenden Verbeugung.

Die Sonne strahlte wieder vom Himmel, als habe es nie geregnet und sie müsse die letzten Wolken vertreiben, das feuchte Land trocknen und übermütig auf das blaue Hafenbecken scheinen. Leo ließ das Rouleau hinunter, um sich vor der Helligkeit zu schützen. »Sieht nicht allzu gut aus«, meinte er. »Ich würde dieses Jahr nicht auf den Regen wetten, du etwa? Werden wohl nur die halben Einnahmen haben, wenn überhaupt.«

William schüttelte den Kopf. »Du würdest verlieren. Der Regen kommt.«

»Optimistisch wie immer«, grinste Leo.

Als sie sich wieder den Unterlagen für Leos Firmenübernahme zuwandten, gestand sich William ein, dass er nie weniger optimistisch gewesen war. Er und Leo hatten eine freundschaftliche Vereinbarung für die Übertragung der *Oatley Mercantile Company* getroffen, doch das war nur ein schwacher Hoffnungsstrahl neben den finsteren Wolken, die über seinem Heim hingen. Er hatte erwartet, dass Myles an diesem Morgen zu ihm kommen und die Entschuldigung einfordern würde, doch sein Sohn war nicht aufgetaucht. Billy Chinn berichtete, er habe das Haus zeitig verlassen. Und Harriet hatte sich beim Frühstück übertrieben fröhlich gegeben, beinahe albern, während William zu niedergeschlagen war, um ihr zu antworten. Er war froh, als er das Haus verlassen hatte.

Später am Morgen tauchte ein schüchterner Yorkey in der Tür des Büros auf.

William lehnte sich zurück. »Komm herein, Yorkey. Schön, dich wieder auf den Beinen zu sehen. Was kann ich für dich tun?«

»Ich wollte mich verabschieden, Boss. Und bedanken, dass

Sie mich aufgenommen haben. Zack sagt, die Polizei will mich nicht mehr.«

»Du hast Glück gehabt. Syds Frau hat es vorgezogen, dich nicht zu verklagen. Sie hat genug von Syd und will alles hinter sich lassen.«

»Verkauft sie die Station?«, fragte Leo mit leuchtenden Augen.

»Ja, das wollte ich dir noch sagen. Sie lässt sich von dem Schweinehund scheiden und wohnt zurzeit im *Victoria.*« Er zwinkerte Leo zu.

»Vielleicht solltest du das Eisen schmieden, solange es heiß ist. Diese Viehzüchter in Brisbane suchen doch nach wie vor nach einem Besitz hier oben, oder?«

Leo sprang auf, griff nach seinem Hut, zögerte dann aber. »Du willst nicht mitkommen?«

»Nein, das übernimmst du von nun an allein, mein Freund.«

Nachdem er gegangen war, wandte sich William wieder an Yorkey.

»Und wohin willst du?«

»Hm, zurück ins Outback. Nach Pine Creek vielleicht, oder Katherine. Mich einfach umsehen. Zack Hamilton schenkt mir ein Pferd.«

»Gut, aber halte dich fern von Syd Walsh, und es werden auch bitte keine Häuser mehr angezündet!«

»Klar, Boss.« Nachdem er seiner Pflicht Genüge getan hatte, wollte der scheue Aborigine das Büro verlassen, doch William hielt ihn zurück und fischte in seiner Tasche nach einigen Pfundnoten für den Jungen. Er gab sie ihm und bestand darauf, dass Yorkey das Geld annahm, doch dann fiel ihm noch etwas ein. Er erkundigte sich, wann der Aborigine aufbrechen wolle.

»Eigentlich heute.«

»Könntest du bis morgen warten?«

»Warum?«

»Ich wollte meinen Vater besuchen, er ist krank. Ihm gehört die Warrawee Station. Kennst du sie?«

»Nicht dass ich wüsste.«

»Egal, aber ich wäre froh über ein bisschen Gesellschaft. Sollen wir gemeinsam hinreiten?«

»Das wäre schön, Boss. Besser als allein.«

»Also gut, wir brechen morgen früh auf. Ich besorge heute Nachmittag den Proviant, und du gehst nach Hause und schickst Tom Ling zu mir.« William seufzte. »Ich brauche einen guten, langen Ritt, damit mein Kopf wieder klar wird. Es ist noch trocken genug, um durchzukommen.«

Yorkey nickte. »Der Regen kommt dieses Jahr spät.«

Harriet kleidete sich langsam an und wartete dabei auf Myles. Als er eintraf, setzte sie einen großen Hut auf und eilte zum Tor, damit es aussah, als begegneten sie sich zufällig.

»Er ist aus dem Schlafzimmer ausgezogen«, sagte sie drängend.

»Ich weiß. Gestern Abend hat er mich praktisch aus dem Haus geworfen.«

»O Gott, weiß er Bescheid?«

»Nicht wirklich, aber er hat so seine Vermutungen.«

»Was hat er denn gesagt?«

»Egal, wir müssen einfach vorsichtiger sein«.

Harriet lächelte einige Passanten strahlend an, und Myles grüßte, bevor er sie wieder anschaute.

»Du bist heute Morgen ganz besonders schön. Vermutlich aus Freude darüber, dass du ihn aus deinem Bett hast. Schade, dass ich nicht zu dir kommen konnte.«

»Bitte nicht, Myles«, flüsterte sie. »Was sollen wir nur machen? Ich kann es nicht mehr lange ertragen. Warum sprichst du nicht in aller Ruhe mit deinem Vater, damit wir es hinter uns bringen können.«

»Worüber denn?«

Sie wurde allmählich wütend. »Stell dich nicht so dumm. William muss es irgendwann erfahren. Du könntest es ihm wenigstens schonend beibringen.«

»Von wegen, er würde uns beide hinauswerfen.«

»Ich weiß, das wäre furchtbar. Aber wir könnten auf die Millford Station ziehen, davon hast du schon so oft gesprochen. Warum fahren wir nicht einfach jetzt? Ich habe solche Schuldgefühle wegen William.«

»Und du meinst, das würde helfen? Harriet, du hörst mir nicht zu. Diese Station ist derzeit an den Verwalter und seine Frau verpachtet. Ich könnte zwar dort hinfahren, aber wenn ich dich mitnehme, dürfte der Empfang nicht allzu herzlich ausfallen. Ich habe den Pachtvertrag geprüft, er läuft noch sechs Monate.«

»Sechs Monate! Nein, ich kann das hier keine sechs Monate mehr ertragen, Myles! Ausgeschlossen.« Sie war den Tränen nahe, hielt aber für Vorübergehende den Schein einer freundschaftlichen Unterhaltung aufrecht.

»Was wäre denn die Alternative? Soll ich jetzt schon abreisen? Ich liebe dich und möchte so lange wie möglich bei dir bleiben.«

»Ich weiß es auch nicht«, antwortete sie niedergeschlagen. »Vielleicht wäre es das Beste.«

»Damit du in der Zwischenzeit mit ihm turteln und mich darüber vergessen kannst«, erwiderte Myles schroff. »Bin ich dir lästig geworden?«

»Nein, natürlich nicht.«

»Dann hör auf, dir Sorgen zu machen. Ich habe eine gute Entschuldigung, wenn ich bis zum Ende der Regenzeit bleibe. Danach zeige ich mich als pflichtgetreuer Sohn und lerne das Geschäft auf der Station von der Pike auf, bis ich den Besitz offiziell übernehmen kann. Sobald ich die Pacht habe, kannst du zu mir ziehen, daran wird uns niemand hindern. Ich werde auf einem Fünf-Jahres-Vertrag bestehen, bis dahin dürfte sich das Aufsehen endgültig gelegt haben.«

»Meinst du wirklich?«

»Ja. Und nun ab in die Stadt mit dir, wir können nicht den ganzen Tag hier stehen.«

Er sah ihr nach, wie sie die Straße entlangging, und wünschte, er hätte sie an Ort und Stelle umarmen können. Sie war schön und hatte eine herrliche Figur. Warum hatte ihr in Perth niemand Beachtung geschenkt? Andererseits war sie damals auch nur die unscheinbare Tochter eines Bankdirektors gewesen, die sich inzwischen prächtig entwickelt hatte. Er beneidete seinen Vater, ärgerte sich über die Ungerechtigkeit, dass ein alter Mann wie William Nacht für Nacht in ihrem Bett verbringen konnte, während er selbst auf die seltenen Gelegenheiten warten musste, wenn sie allein waren. Erst vor drei Tagen hatten sie sich in einer abgeschiedenen Ecke des Botanischen Gartens geliebt, wo die tropischen Pflanzen am dichtesten wuchsen, und sie hatte gestöhnt und seinen harten, durchtrainierten Körper genossen. Er fragte sich, ob sie sich in Williams muffigem Schlafzimmer jemals so hatte gehen lassen.

Doch die Lage war nicht so einfach, wie er es dargestellt hatte. Wohin er auch schaute, William hielt überall die Zügel fest in der Hand und den Daumen auf dem Geld. Er konnte zwar auf Millford arbeiten, aber würde sein Vater ihm die Pacht jetzt noch geben? Trotz seines forschen Auftretens am Vorabend hatte Myles in den Augen seines Vaters zum ersten Mal echte Härte entdeckt, eine Erfahrung, die ihn zutiefst beunruhigt hatte. Deshalb war er zum Frühstück in das chinesische Café gegangen und hatte sich zu Hause im Billardzimmer aufgehalten, bis William sein Büro aufsuchte.

Was sollte er machen? Es gab verschiedene Möglichkeiten, die jedoch allesamt eine Trennung von Harriet bedeuteten. Doch er war in sie verliebt, geradezu verrückt nach ihr. Sein

Vater hatte im Leben alles mühelos erreicht, seine glückliche Ehe mit Mutter war ihm in den Schoß gefallen. Konnte er denn nicht einmal verlieren? Würde es ihn so sehr schmerzen? Wie konnte ein Mann erwarten, sein Glück werde ewig dauern? Ohne ihn, dachte Myles boshaft, hätte Harriet sich vielleicht in einen Jüngeren verliebt, sie war doch reif für eine Beziehung gewesen.

Schließlich entschied er, nichts zu unternehmen. Sie mussten einfach vorsichtiger sein. Warum sollte er seine finanzielle Zukunft aufs Spiel setzen? Harriet war fügsam, es gab keinen Grund für ihn, die Affäre zu beenden. Wäre es nicht besser, die Dinge unverändert zu lassen, anstatt sich Harriet mit ihren kostspieligen Neigungen an den Hals zu hängen? Den Gedanken, dass Harriet ständig zu seiner Verfügung stand, so oft und so lange sie getrennt sein mochten, empfand er als verlockend. Er konnte sogar heiraten; viele Ehemänner hielten sich eine Geliebte.

Endlich hatte Myles einen Entschluss gefasst. Er und Harriet würden auf immer ein Liebespaar bleiben, und zwar in aller Stille. Er brauchte nicht mit ihr über diese Lösung zu diskutieren, im Laufe der Zeit würde sie sich von selbst ergeben.

Vielleicht sollte er noch einmal bei Lucy vorsprechen, um es diesem Emporkömmling Christy Cornford zu zeigen.

Sein Besuch bei den Hamiltons fand ein schnelles Ende.

Maudie sah ihn den Weg heraufkommen und eilte die Verandatreppe hinunter, um ihn in Empfang zu nehmen.

»Myles Oatley, du bist in diesem Haus nicht willkommen.«

»Verzeihung?«

»Du solltest deinen Vater um Verzeihung bitten. Und den Herrn!«, schleuderte sie ihm entgegen. »Und wenn du schon dabei bist: Hat dir niemand gesagt, dass unser Botanischer Garten kein Schlafzimmer ist? Verschwinde von hier!«

Sie drehte sich auf dem Absatz um und stapfte ins Haus. Myles stürzte entsetzt davon. Bei der Begegnung im Park hatte er sich völlig allein mit Harriet gewähnt. Es war am Nachmittag gewesen, der heißesten Zeit des Tages, wenn sich die meisten Leute in ihren Häusern aufhielten. Doch irgendjemand hatte sie gesehen. Wer nur? Vielleicht war man ihnen gefolgt, hatte sie ausspioniert. Wer sonst mochte davon wissen? Um Himmels willen, hatte William ihn etwa deshalb zur Rede gestellt?

Er war am Boden zerstört. Die ungeheuren Konsequenzen dämmerten ihm erst nach und nach. Harriet hätte ihn an den Kleinstadtklatsch erinnern sollen, er war so lange im Ausland gewesen. In London schien alle Welt Affären zu haben, gerade die verheirateten Leute, und niemand regte sich darüber auf. Hier jedoch gab es keine Privatsphäre. Wütend begriff er, dass die Klatschmäuler ihnen selbst dann eine Affäre angedichtet hätten, wenn er ihnen keinen Anlass dazu gegeben hätte. Beide waren jung und lebten unter demselben Dach. Nun gab es nur einen Ausweg. Sie mussten alles entrüstet von sich weisen, die zu Unrecht Beschuldigten spielen, falls das Thema zur Sprache kam. Er betete zu Gott, dass es nie so weit kommen werde, denn dann würde er sich von Harriet fern halten müsse. Keine Treffen mehr, keine Spaziergänge, keine süßen Momente im Haus ... Er zog sich für den Rest des Nachmittags ins Billardzimmer zurück und beschloss, an diesem und allen folgenden Abenden pünktlich zum Essen zu erscheinen, damit er das Alleinsein mit ihr möglichst vermied. Die Affäre ruhte vorübergehend, und irgendwann würde der Klatsch verstummen.

William wusste, dass er den feigen Weg einschlug, doch selbst Zorn und Rachsucht konnten nicht den Kummer vertreiben, der ihn quälte. Er empfand den Schmerz körperlich, kam sich alt vor. Er verlor Frau und Sohn und schämte sich so sehr, dass er es nicht länger ertragen konnte. Und die ganze Zeit verspürte er den Drang nach der Flasche, den Wunsch, seine Sorgen im Alkohol zu ertränken. Doch so weit durfte es nicht kommen. Der Busch war die Lösung, fünf Tage unterwegs mit Yorkey, das würde ihm auch ein Arzt als Weg zum gesunden Leben empfehlen. Danach würde er eine Weile bei Pop bleiben, ohne die Affäre zu erwähnen. Weiter in die Zukunft wagte er nicht zu blicken.

Beim Abendessen verkündete er, er werde am nächsten Morgen nach Warrawee aufbrechen, und baute ihren Fragen durch die Erklärung vor, er mache sich Sorgen um Pop.

»Dann komme ich mit«, sagte Myles. Traurig bemerkte William die Überraschung seiner Frau.

»Nein, ich reite mit Yorkey, du bleibst in der Stadt. Ich möchte nicht, dass du die Weihnachtsfeierlichkeiten verpasst.«

»Aber ich habe Pop noch gar nicht gesehen. Ich würde gern mitkommen.«

»Und Harriet allein in Darwin lassen? Nein, ich bleibe nur ein paar Wochen weg. Weihnachten bin ich wieder da.«

»Warum fahren wir nicht alle?«, fragte Harriet.

»Um diese Jahreszeit ist es mit dem Wagen zu schwierig. Es dauert zu lange, dem Morast auszuweichen, und die Flüsse treten bald über die Ufer.«

Harriet wandte sich an Myles. »In all der Zeit habe ich noch keine Station gesehen. Wir hatten immer zu viel zu tun.«

»Oder sind nach Singapur gereist«, erinnerte William sie.

»Aber ich brauche keinen Wagen, ich kann reiten.«

»Nein, kannst du nicht«, fauchte Myles, »nicht bei dieser Hitze. Du bist keine erfahrene Reiterin.«

»Und wessen Schuld ist das?«, fragte sie William.

Er seufzte. »Keinen Streit mehr, bitte. Ich breche morgen mit Yorkey auf, Schluss, aus.«

Sobald sich eine Möglichkeit bot, allein mit Harriet zu

sprechen, flüsterte Myles: »Es ist eine Falle. Er wird vermutlich nicht weit reiten. Dann taucht er überraschend auf, weil er hofft, uns auf frischer Tat zu ertappen.«

»O nein, meinst du wirklich?«

»Sicher.«

Beide standen früh auf, um sich von William zu verabschieden. Er wirkte erfreut, Yorkey grinste, und die beiden Chinesen luden aufgeregt Proviant und Ausrüstung auf das Packpferd.

»Letztes Mal hattest du kein Packpferd dabei«, sagte Harriet zu ihrem Mann.

»Nein, da hatte ich es eilig. Heute habe ich Zeit. Außerdem werden wir vielleicht aufgehalten, wenn wir auf überschwemmte Brücken und Furten stoßen.«

Myles sah ihn neugierig an. »Ohne Packpferd wärst du schneller.«

»Vielleicht wünsche ich mir diesmal ein bisschen Komfort. Und ich habe aus berufener Quelle erfahren, dass Yorkey ein verdammt guter Koch ist.«

»Darauf können Sie wetten«, rief dieser.

Nachdem sie aufgebrochen waren, ging Myles sofort in sein Zimmer, um zu packen.

»Was tust du?«, fragte ihn Harriet.

»Das habe ich dir doch gesagt. Es ist eine Falle, ich ziehe ins *Victoria Hotel*.«

»Aber er wollte, dass du mir Gesellschaft leistest«, sagte sie verärgert.

»Sei nicht so dumm! Wenn ich allein mit dir im Haus bleibe, bekommen wir Schwierigkeiten. Es würde wieder Gerede geben.«

»Dein Vater schien das anders zu sehen.«

»Ich weiß nicht, was er sich denkt, einfach so loszureiten. Er muss verrückt sein. Sag Tom Ling, er soll mir frische Hemden bringen.«

DRITTES BUCH

DEZEMBER 1900

15. Kapitel

NUMINGA WAR VON den Plänen, mit denen Mimimiadie seinen Sohn befreien wollte, nicht sonderlich angetan, da sie ihn einbezogen und folglich auch in Gefahr bringen konnten. Sein früherer Gefährte hatte es als selbstverständlich erachtet, dass Numinga energischen Schrittes in die Welt der Weißen zurückkehren, Boomi finden und ihn zu seinem untröstlichen Vater zurückbringen werde. Daher war er nun verwundert über Numingas Widerwillen.

»Hast du dich auf den Stationen in der Nähe umgesehen?«, wollte Numinga wissen. »Vermutlich hat ihn die Polizei bei der nächsten weißen Frau abgeliefert. Es wäre leicht, ihn von dort zurückzuholen.«

»Meinst du denn, ich hätte nicht nach ihm gesucht?«, grollte Mimimiadie. »Ich habe alle losgeschickt. Du musst nur nach Pine Creek gehen und nachfragen. Die Weißen wissen alles, sie haben Drähte, mit denen sie Botschaften übermitteln, diese Ticktackmaschinen.«

»Und was dann? Soll ich dich hinbringen und gegen Boomi austauschen?«

»Nie im Leben! Sie würden mich töten und Boomi behalten. Du musst herausfinden, wo er ist, und mir Bescheid geben. Dann überfallen wir die Weißen und töten sie alle.«

Numinga appellierte an die Ältesten, die mit versteinerten Mienen um das Lagerfeuer hockten. »Versteht ihr denn nicht, dass es unmöglich ist? Die Polizei kennt mich. Sobald sie mich erspähen, sitze ich wieder im Gefängnis, wo ich niemandem nützen kann. Das mit Boomi tut mir sehr Leid, ich würde euch gerne helfen, aber es ist zu schwierig. Ihr solltet die Geister um besseren Rat bitten. Aber ich bin euch sehr dankbar, dass ihr mich aus dem Gefängnis befreit habt.«

»Wir könnten dich zurückbringen«, knurrte Mimimiadie. »Sie sagen, es ist jetzt geschlossen. Man würde dich erst nach der Regenzeit finden.«

Numingas Magen verkrampfte sich vor Angst, doch nach außen gab er sich unverzagt. »Würde Boomi dadurch zurückkehren?«, knurrte er.

»Macht keinen Unterschied«, meinte Mimimiadie achselzuckend, und Numinga wusste, dass die Drohung ernst gemeint war. Und noch gefährlicher als die klare Aussage der alten Zauberer, er müsse mithelfen, sonst käme die Strafe der Geister auf ihn hernieder. Mit anderen Worten, einer von ihnen würde mit dem Knochen auf ihn zeigen, sodass er verdorrte und starb. Das war vermutlich auch nicht schlimmer als Mimimiadies Drohung mit dem verlassenen Gefängnis.

»Ich brauche bessere Kleider«, sagte er schließlich. Sofort holten sie ein rot kariertes Hemd, Arbeitshosen, Stiefel, einen Hut aus ungegerbtem Leder und sogar eine Viehpeitsche hervor.

»Und ein Pferd.«

»Das Pferd kommt«, sagte Garradji, der Sprecher des Ältestenrates. »Ohne Sattel und Zaumzeug komme ich allerdings nicht weit«, entgegnete Numinga, doch auch daran hatten sie gedacht.

Eine Frau schnitt ihm den langen, grau melierten Bart ab und rasierte ihn mit Pflanzenseife und einem scharfen Stein. Sie kürzte auch die Augenbrauen und schnitt sein Haar auf Ohrlänge ab. Numinga meinte, in Garradjis tränenden Augen ein seltenes Aufblitzen von Heiterkeit zu bemerken.

Die Frau spie in eine Kürbisflasche, mischte eine Paste und trug sie auf sein Haar auf.

»Was tust du da?«, erkundigte er sich.

»Ich mache dich jung. Dein Haar sieht jetzt nicht mehr alt

aus«, grinste sie. Er bemerkte, dass die Paste schwarz war. Eigentlich färbten sich nur weibische Männer die Haare.

Mimimiadie war begeistert. »Du siehst ganz anders aus. Hätte dich vielleicht gar nicht erkannt. Und jetzt los.«

»Wohin?«

»Zur Schlucht. Dort kampieren wir. Am selben Ort. Gopiny wartet auf uns, und Garradji kommt auch mit, damit du nicht wegläufst.«

Numinga betastete sein glattes Gesicht und fragte sich, wie er wohl aussehen mochte. Sein Leben lang hatte er einen Bart getragen, genau wie sein Vater, und er fühlte sich ganz nackt. Er wandte sich an Garradji.

»Nun bin ich ein neuer Mann. Bitte die Geister, mir Weisheit für diesen Auftrag zu geben, denn ich bin nur ein schwacher Mensch.«

»Du bist mehr als das«, erwiderte Garradji tonlos. »Für mich bist du neu, aber ich habe dich beobachtet. Du trägst die Geister und die Weisheit in dir.« Er sah Mimimiadie an. »Du irrst dich. Du sagtest, der Mann sei ein Krieger.«

»Er hat einen Weißen getötet. Das ist eine Tatsache.«

»Aus Gerechtigkeit, denke ich. Ihr beide passt nicht zusammen, aber nun gibt es kein Zurück. Wir müssen den Jungen finden. Sie haben schon so viele unserer Kinder mitgenommen. Dieses ist eins zu viel.«

Erst jetzt verstand Numinga, dass Mimimiadie trotz aller aggressiven Pläne, die man diskutiert hatte, diese Unternehmung nicht anführte. Sein Magen zog sich erneut zusammen. Die alten Männer wollten ein Zeichen setzen, und er stand zwischen den Fronten.

Während er in der grauenhaften Hitze durch die kleine Siedlung Pine Creek ging, fragte sich Numinga, weshalb die Weißen sich dieses Leben antaten. Zugegeben, es gab einen Bahnhof, ein Telegrafenbüro und ein wenig Zivilisation für

Männer, die noch immer vergeblich nach Gold suchten, doch in der Nähe boten sich weitaus freundlichere Orte an, wo sie ihr Lager hätten aufschlagen können. Östlich dieser kargen Kleinstadt gab es natürliche Wasserstellen, die Erfrischung verhießen und schön gelegen waren. Er konnte nicht verstehen, weshalb sich die Menschen hier zusammendrängten. Andererseits war er ganz froh, dass die Weißen nicht die Geister des Wassers, der Luft und der Vögel in Zorn brachten, indem sie dort ihre hässlichen Häuser aus Holz und Eisen bauten.

Er hatte nicht die geringste Vorstellung, was er tun oder wen er fragen sollte, spähte in jedes Gebäude in der Hoffnung, Boomi zu entdecken, fand aber keine Spur von ihm. Er erkundigte sich bei den Aborigines, die sich in der Stadt herumtrieben, und jagte ihnen mit den Geistern Angst ein, doch auch sie hatten den Sohn des berühmten Mimimiadie nicht gesehen.

Numinga hatte kein Geld. Daran hatten sie nämlich nicht gedacht. Daher musste er sich auf seine eigenen Leute verlassen, so arm sie auch sein mochten, und sich von ihnen durchfüttern lassen, bis er etwas Geld mit dem Ausmisten von Ställen verdient hatte. Ein Gutes kam jedoch dabei heraus: Er begegnete Constable Smith auf der Straße, und der junge Narr erkannte ihn nicht. Nun fühlte sich Numinga zuversichtlicher und sicherer. Mit dem verdienten Geld konnte er sich der nächst höheren Stufe in der Rangordnung der Aborigines nähern, den Viehhütern, die an der Hintertür des Pubs Alkohol kaufen durften. Manche von ihnen hatten von der Entführung des Jungen gehört und bekundeten ihr Mitgefühl, konnten aber nicht helfen.

Schließlich schickte Numinga einen Mann, dem er vertraute, in die Schlucht, damit er Mimimiadie berichten konnte, dass Boomi sich nicht in Pine Creek befinde. Er selbst würde nach Süden in Richtung Katherine ziehen, wo sich das Hauptquartier der Polizei in dieser Gegend befand. Er hoffte, das Kind dort zu finden oder wenigstens etwas Neues zu erfahren.

Sein Bart wuchs beängstigend schnell, und Numinga brachte in seinem Lager jeden Morgen längere Zeit damit zu, ihn mit Hilfe einer rostigen Klinge und eines zerbrochenen Spiegels, den eine Frau für ihn aufgetrieben hatte, abzuschaben. Sie war sehr dunkel und liebenswert gewesen und hatte einen Weißen-Namen gehabt, Lulu, das vergaß man nicht so rasch. Es klang irgendwie hübsch.

Doch auch im größeren Katherine fand er keinerlei Spur. Er nahm sogar Kontakt zu Aborigines auf, die mit den gefürchteten Missionsstationen in Verbindung standen, wo häufig schwarze Kinder aufgenommen wurden, doch auch dort war Boomi nicht aufzutreiben. Er schien wie vom Erdboden verschluckt.

Bis zu einem Abend, als ihm ein Aborigine-Mädchen seine Geschichte erzählte. Sie war ein Flittchen, wurde aber angeblich besser bezahlt als die übrigen schwarzen oder weißen Schlampen, weil sie singen und tanzen konnte und zudem gut im Bett war. Sie besaß eine eigene Hütte hinter dem *George Hotel* und empfing dort nur erstklassige Kunden. Sogar Polizisten, wie sie Numinga stolz berichtete. Diese hatte sie nach Mimimiadie ausgefragt, der so berühmt geworden war wie die weißen Buschräuber. Sie versicherte Numinga, sie habe überdies von einem Captain erfahren, wer Mimimiadies Sohn entführt hatte.

Sie warteten noch immer darauf, dass Mimimiadie sich im Austausch gegen den Jungen stellte, hielten ihn aber für zu feige, da er als Mörder aus dem Hinterhalt bekannt sei. Bisher hatten sie kein Wort von ihm gehört.

»Aber wo ist das Kind?«, fragte Numinga.

»Dazu komme ich noch. Sie werden ihn auf gar keinen Fall zurückgeben. Sie haben Befehl, Mimimiadie auf der Stelle zu erschießen. Der Kleine soll wohl anständig aufwachsen und

Englisch sprechen lernen, nicht wie wir, die auf Müllhalden am Ende der Welt leben.«

»Glaubst du ihnen nicht?«

»Und ob. Wir sind am Ende, Numinga. Sie haben uns nichts übrig gelassen. Wir sind ein totes Volk. Die Weißen mit ihren Waffen sind zu stark für uns.«

»Das stimmt nicht, meine Hübsche. Wir leben hier, seit vor Jahrtausenden Ungeheuer die Erde heimsuchten. Es hat schon andere Krisen gegeben, das sagen dir die Lieder. Das Leben ist ein ständiger Wandel, und wir werden auch diese Veränderung überstehen.«

»Ja, so sagen die Lieder. Aber ich bin mir nicht sicher. Jedenfalls verhungere ich nicht, und wenn ich zu hässlich werde, schneide ich mir die Kehle durch.«

»O nein«, stöhnte er, »o nein«.

»Wolltest du nicht etwas über den Kleinen wissen?«

»Ja«, sagte er geistesabwesend, tief bekümmert über ihre Haltung. »Sie haben ihn nach Darwin gebracht. In eine Missionsschule, angeblich die beste im Territorium. Er wird es gut haben. Sag Mimimiadie, er soll sich keine Sorgen mehr um ihn machen.«

Numinga ließ das Pferd einige Tage auf einer abgelegenen Viehstation rasten, bevor er den langen Heimweg antrat. Er ritt querfeldein und ließ sich Zeit, da er es nicht eilig hatte, die schlechten Neuigkeiten zu überbringen. Im offenen Gelände mit den vereinzelten Eukalyptusbäumen und Akazien entdeckte er zu seiner Freude winzige grüne Schösslinge, die aus der Erde spähten. Hoffentlich kam der Regen, bevor sie verwelkten, dann würden hier neue Weiden entstehen und wenigstens einige der ausgemergelten Rinder retten, die hungrig in die Gegend starrten.

Er wusste, dass Mimimiadie und seine Gefährten ihn von weitem entdecken würden, und war nicht überrascht, als die beiden auf dem felsigen Terrain bei der Schlucht plötzlich vor ihm auftauchten. Sein Pferd jedoch scheute, wobei es seinen Reiter abwarf.

Mimimiadie konnte es gar nicht erwarten.

»Hast du Boomi gefunden?«

Numinga ließ ihn zappeln. Er beruhigte zunächst das Pferd, gab ihm ein Stück von einem Apfel und reichte Mimimiadie die andere Hälfte, um ihn gnädig zu stimmen. »Wir setzen uns hin und reden«, sagte er zu den Männern.

Mimimiadie verschlang den Apfel mit wachsamem Blick und hörte aufmerksam zu, als Numinga die Lage schilderte.

»Wir können keinen Überfall in Darwin wagen«, sagte er. »Es ist eine große Stadt mit vielen Leuten und Polizisten. Ich war noch nie da, habe aber davon gehört. Sie haben auch ein großes Gefängnis voll mit Schwarzen.« Er wollte es sich nicht mit Mimimiadie verderben, musste ihm aber den Plan eines Überfalls um jeden Preis ausreden.

Mimimiadie schien erfreut, immerhin vom Verbleib seines Sohnes erfahren zu haben. Er beschloss, nach oben zu klettern und sich mit Garradji zu beraten.

Während sie das Plateau erstiegen, musste Numinga einen riesigen Umweg machen, bis er einen Weg fand, auf dem er das Pferd hinaufführen konnte. Es lohnte aber die Mühe. Weiter oben hatte es geregnet, die Büsche waren zu neuem Leben erwacht, die dünne Erdschicht war grün gefleckt, und in Vertiefungen stand kristallklares Wasser. Das Pferd trank gierig.

Oben fand eine Besprechung statt, und als sich alle Augen auf den Neuankömmling richteten, beschlich Numinga das unangenehme Gefühl, Teil eines neues Planes zu sein.

Diesmal erklärte ihm Gopiny, worum es ging. Er sollte zu Fuß und bei Nacht zur Mission nach Darwin marschieren, die unschwer an ihrem Kreuz zu erkennen war, Boomi schnappen, wenn nötig die Missionare töten und eilends die Stadt verlassen. An der langen Straße würden ihn Gopiny und zwei andere Krieger, die bereits zu ihnen gestoßen waren, erwarten.

Es dauerte eine Ewigkeit, bis er ihnen erklärt hatte, dass Darwin nicht Pine Creek war. Dort gab es zahlreiche Straßen und ungeheuer viele Menschen.

»Selbst wenn wir Boomi befreiten«, sagte er mit der Betonung auf »wir«, »würden sie uns einen bewaffneten Suchtrupp hinterherschicken, der uns stellt ...«

Mimimiadie erhob sich. »Warte. Genug von diesem Plan, er überlässt zu vieles dem Zufall. Mein Junge könnte dabei in Gefahr geraten. Ich habe die Lösung. Ich hätte längst darauf kommen sollen.«

Er trat an den Rand des Plateaus und schaute in die Schlucht hinunter. »Sie werden mir meinen Sohn bringen«, rief er wild. »Sie werden ihn mir bringen.«

»Was hast du nun wieder vor?«, fragte Numinga. »Noch einen Erdrutsch auslösen?«

»Nein. Ich mache das Gleiche wie sie. Warten und beobachten.«

Das taten sie mehrere Tage lang. Ein halbes Dutzend Reiter durchquerte gemeinsam die Schlucht. Eine Gruppe von Aborigines wanderte hindurch, einen Tag darauf fuhr ein Paar in einem Federwagen durch, das, von mehreren berittenen Wachen begleitet, aus der anderen Richtung kam und nach Pine Creek zu wollen schien. Zurzeit reisten nur wenige Leute in die andere Richtung.

Sie warfen neugierige Blicke auf Mimimiadie, der sie nicht in seinen Plan eingeweiht hatte; er benötigte nur einen Wachposten tagsüber und die Nachricht, wer aus welcher Richtung durch die Schlucht kam.

Schließlich erspähte Gopiny zwei Reiter, die von Osten, also aus Pine Creek, kamen.

»Ja!«, brüllte Mimimiadie. »Die will ich haben.«

»Töten wir sie?«, fragte Gopiny nervös.

»Nein, du Trottel. Wir fangen und behalten sie.«

Während ihr Anführer Befehle brüllte, dämmerte Numinga, was er vorhatte. Sie behalten. Zwei weiße Männer im Gegenzug für Boomis Entführung. Gut und schön, dass man sie nicht auf der Stelle erschoss, aber was kam danach? Irgendetwas sagte ihm, dass ihm, da er als Einziger Englisch sprach, eine tragende Rolle zugedacht war. Er wünschte, die beiden Männer, die samt ihrem Packpferd so gelassen über die einsame Ebene ritten, würden kehrtmachen, es sich einfach anders überlegen, ihr Ziel ändern. Numinga hatte bei alledem kein gutes Gefühl.

Man wies ihm einen tiefer gelegenen Ausguck zu, während Mimimiadie und seine drei Anhänger hinunterkletterten und mit gezückten Speeren zu beiden Seiten des Weges Stellung bezogen. Garradji hielt von oben Ausschau nach weiteren Reisenden, die am Horizont auftauchen und ihren Plan gefährden konnten.

Es gibt nichts Besseres als frischen Wind im Gesicht, um trübe Gedanken zu vertreiben, sagte sich William, als sie am dritten Tag ihres langen Rittes nach Warrawee in Galopp fielen. Er war beinahe zufrieden, weigerte sich, an Harriet und Myles zu denken, war entschlossen, die Reise zu genießen. Yorkey war ein ausgezeichneter Gefährte, ein typischer Viehtreiber, der wenig sprach und nur seine Meinung zum Wechsel der Jahreszeiten oder dem plötzlichen Auftreten von Vögeln kundtat, das angeblich Regen verhieß. Über persönliche Dinge sprachen sie nicht, und William war dankbar dafür. Wäre er mit einem Freund oder seinem Sohn geritten, hätte er unweigerlich über seine Probleme gesprochen.

Yorkey schlug schnell und geschickt das Lager auf, und auch seine Kochkünste waren nicht zu verachten. Nach Sonnenuntergang plauderten sie noch ein bisschen, doch dann fielen William die Augen zu, und er streckte sich in seinem Schlafsack aus. Er war beruhigt, denn er wusste, dass Yorkey noch einmal nach den Pferden sah, ein wenig umherging, eine Zigarette rauchte ... endlich fühlte William sich entspannt und schlief wieder gut.

Sie ritten auf die Schlucht zu, als es passierte. Beide trugen Schusswaffen bei sich, doch der Angriff der vier Schwarzen kam so plötzlich, dass er sie völlig unvorbereitet traf.

Als die beiden Reiter näher kamen, bemerkte Numinga, dass der eine ein Schwarzer war. Das würde ihren Plan erschweren. Mimimiadie und seine drei Männer hatten sich hinter einem Haufen von Felsblöcken versteckt und sprangen mit erhobenen Speeren hervor, als die Reiter nahe genug waren.

Eine Sekunde lang war Numinga verblüfft, hatten sie doch erklärt, die Männer nicht töten zu wollen. Dann sah er, dass die Speere die Pferde getroffen hatten.

»O nein«, stöhnte er, als die Tiere wiehernd zu Boden stürzten. Numinga liebte Pferde und hielt dies für eine unnötige Grausamkeit, doch sie hatte den gewünschten Effekt. Die beiden Reiter stürzten aus dem Sattel, sprangen beiseite, um nicht unter den Tieren zu landen, und waren somit hilflos. Der schwarze Mann war flink und griff schon nach Gewehr und Munition, doch die vier Aborigines gingen mit Keulen und Lederschnüren auf ihn los. Er wollte sie abwehren, bezog aber Prügel dafür. Der Weiße schien vom Sturz betäubt zu sein. Das Packpferd hatte sich losgerissen und war in die Schlucht galoppiert. Bald hatte man die beiden Reiter gefesselt. Sie waren mehr oder weniger unverletzt, obwohl der Weiße ein wenig hinkte.

Erst jetzt stieg Numinga hinunter. Er sah Gopiny, der hinter dem Packpferd in die Schlucht lief, und rief ihm zu, er solle stehen bleiben.

»Wieso?«

»Hol das Essen, sattle das Pferd ab und versteck das Zaumzeug. Dann lässt du es laufen.«

»Was?«

»Tu, was er gesagt hat!«, donnerte Mimimiadie, und Gopiny rannte davon.

»Was zum Teufel soll das?«, rief Yorkey, als er seinem ehemaligen Zellengenossen gegenüberstand. »Warum haben die unsere Pferde getötet?«

»Du kennst ihn?«, fragte der schwarzbärtige Mimimiadie. Numinga betastete sein Gesicht, doch Yorkey hatte ihn auch ohne Bart erkannt.

»Er war mit mir im Gefängnis.«

»Kennst du sie?«, fragte nun auch William.

»Nur den, der Englisch spricht«, entgegnete Yorkey. »Ich weiß auch nicht, was hier vorgeht.«

Mimimiadie sorgte sich um die toten Pferde. Er gab seinen Begleitern die Anweisung, sie wegzuschaffen und zu verbrennen.

»Was ist los?«, erkundigte sich Yorkey.

»Egal«, antwortete Numinga.

»Wer ist er?«, fragte Yorkey mit einem Blick auf Mimimiadie.

»Der Boss. Seid vorsichtig.«

»Wird er uns töten?«

»Nicht, wenn du den Mund hältst. Ist ein wichtiger Mann. Macht viel Ärger.« Er war erleichtert, dass der weiße Mann vernünftig genug war, Yorkey das Reden zu überlassen. Er hatte noch nicht viel gesagt, sondern beobachtete Mimimiadie argwöhnisch, als wisse er nicht, wem er trauen solle. Sechs Schwarze gegen einen Weißen, oder sogar sieben, wenn man Garradji auf dem Plateau einrechnete.

Mimimiadie befahl ihm, die Gefangenen nach oben zu bringen.

»Sie können mit den Fesseln nicht klettern. Es dauert zu lange.«

Der Anführer betrachtete die Gefangenen eingehend. Der weiße Mann stand hoch aufgerichtet da, er war ebenso groß wie er selbst. Mimimiadie zwang ihn in die Knie, indem er ihm mit der Keule auf die Schultern schlug. Er grinste.

»Die Hände bleiben gefesselt. Du machst nur die Seile an den Beinen los.«

Numinga tat, wie ihm geheißen. »Hört auf ihn«, warnte er die Gefangenen.

Der Aufstieg war lang und mühselig. Yorkey schaffte es problemlos, aber der ältere Mann kam nicht schnell voran, was Numinga insgeheim freute. Der Kerl, sein Name war William, musste ungefähr so alt sein wie er, doch das gute Essen der Weißen und die Annehmlichkeiten des Lebens hatten ihren Tribut gefordert. Es mangelte ihm an der Muskelkraft und Drahtigkeit des Schwarzen, er schwitzte wie eine fette alte Frau.

Garradji erwartete sie voller Zufriedenheit. Numinga empfand ein gewisses Unbehagen in Gegenwart des Ältesten mit dem behaarten Gesicht und der Kette aus Krokodilzähnen auf der eingesunkenen Brust; er mochte ihn einfach nicht. Garradji bespuckte den Weißen und stieß Yorkey an, der ihn auf Englisch beschimpfte. Dann versuchte er sich an einer Erklärung in dem grauenhaftesten Waray, das Numinga je gehört hatte.

»Was hat er gesagt?«, wollte Garradji wissen.

»Er sagt, er gehört zu den uralten Waray«, log Numinga genüsslich. »Er sagt, ihr seid zu jung, um seinen Dialekt zu verstehen. Er gehört zum Volk der Schlucht, das aus der Traumzeit stammt, und wenn ihr ihm ein Leid zufügt, werden seine Ältesten euch in die Tiefe stürzen.«

Die Geschichte schien Garradji zwar nicht zu beeindrucken, doch danach wandte er sein Interesse dem weißen Mann zu.

»Frag ihn, wer er ist.«

»Sie wollen wissen, wer William ist«, übersetzte Numinga. »Sie sagen, er sieht aus wie ein Boss, ein wichtiger Mann.«

»Nein«, erwiderte Yorkey, »er ist bloß ein Viehhüter.«

»Dafür ist er aber gut gekleidet.«

»Ich weiß, er war gerade auf einer Hochzeit in Pine Creek.«

»Einer Hochzeit?« Numinga konnte mit dem Begriff nichts anfangen.

»Du weißt schon, heiraten, große Feier.«

»Ist er reich? Hat er Pferde?«

»Keine Sorge, schau nur in meine Tasche. Dort drinnen sind zwei Pfund.«

Numinga fiel etwas ein. »Warum bist du nicht mehr im Gefängnis? Du hast doch das Haus eines Weißen niedergebrannt. Darauf steht für gewöhnlich der Tod am Galgen.«

»Danke vielmals der Nachfrage. Du bist geflohen und hast mich im Stich gelassen, du Mistkerl.«

»War nicht meine Schuld.«

»Sicher, und das hier wohl auch nicht.«

»Wie bist du aus dem Gefängnis gekommen?«, fragte Numinga beharrlich.

»Der Bursche hier, William, hat mir bei der Flucht geholfen. Jetzt ziehen wir in den Busch. Kaum sucht man nach einem sicheren Ort, schon werden wir von euch angegriffen.«

Als Numinga gegangen war und sie allein in der nach Fledermäusen stinkenden Höhle hockten, ergriff William das Wort.

»Sei vorsichtig. Ich glaube, er möchte uns helfen, steht aber allein gegen einen Häuptling und einen Zauberer. Du solltest ihn nicht beleidigen. Da sie uns nicht getötet haben, können wir uns wohl als Geiseln betrachten.«

»Wieso?«

»Das musst du herausfinden. Rede nicht mehr mit Numinga, sondern verlange durch ihn, den Boss zu sprechen. Und hör genau zu, was sie sagen. Sie selbst sind keine Waray, außer Numinga gehören alle zur Horde vom Victoria River ...«

»Um Himmels willen ... meinen Sie wirklich?«

»Ich weiß es genau. Ich kenne die Horde besser als du. Sie sind sehr gefährlich, aber weit entfernt von ihrer Heimat, und dafür muss es einen Grund geben. Ich möchte, dass du dem Boss mit dem größtmöglichen Respekt begegnest, und ich werde das Gleiche tun. Keine Widerworte, verstanden?«

»Klar«, flüsterte Yorkey. Er hatte furchtbare Geschichten über die Wildheit der Clans gehört, die unter dem Weißen-Namen der Horde vom Victoria River zusammengefasst wurden. Sie lebten noch immer an seinen Ufern und weigerten sich, die Herrschaft der Weißen anzuerkennen. Er hatte jedoch nie damit gerechnet, ihnen zu begegnen, schon gar nicht als ihr Gefangener. Bis jetzt hatte es ihn nicht weiter gekümmert, von seinen eigenen Leuten gefangen zu werden, da er keine wirkliche Gefahr durch sie sah, doch nun schien man ihn dem Lager des Gegners zuzurechnen. Sie würden sich keinen Deut um ihn scheren, er war nicht mehr wert als die Pferde.

Er hatte Recht. Die Geiselnehmer genossen ein ausgiebiges Mahl aus den Vorräten des Weißen, Bohnen und Pfirsiche in Dosen, Cornedbeef, Brot, Melasse, Kartoffeln und Koteletts, dazu noch Tabak. Dann legte Mimimiadie den nächsten Schritt dar.

Es war ganz einfach: Numinga sollte nach Pine Creek zur Polizei gehen und dort verkünden, Schwarze hätten einen weißen Mann gefangen genommen. Falls Boomi nicht zu ihm zurückkehre, würden sie den Weißen töten und einen weiteren Gefangenen machen. Numinga sollte den Austausch organisieren. Danach würde Frieden herrschen.

»Was ist mit dem anderen Schwarzen?«, erkundigte sich Garradji.

»Er hat keinen Nutzen für uns.«

»Das stimmt«, sagte Mimimiadie leichthin. »Du gehst morgen früh los, Numinga.«

»Sie werden mich sofort ins Gefängnis stecken, ich bin ein gesuchter Mann. Und dann? Ihr werdet ewig hier sitzen.« Da er seine Rolle bereits erahnt hatte, hielt Numinga einen anderen Plan bereit. »Ich schlage vor, wir schicken Yorkey.«

»Damit er Polizei und berittene Truppen holen kann«, höhnte Garradji.

»Und seinen Freund dem Tod überantworten? Das glaube ich nicht.« Nach endlosem Hin und Her schickte man Numinga zu Yorkey, um ihm zu erklären, was von ihm verlangt wurde. Zu seiner Überraschung hob Yorkey die Hand und deutete auf Mimimiadie.

»Er ist der Boss. Ich spreche nur mit ihm.«

»Aber er kann kein Englisch.«

»Er wird es schon verstehen. Du übersetzt.«

Der schlaue alte Garradji grinste breit und sagte etwas zu Mimimiadie, der daraufhin strahlend auf sich zeigte.

»Ich bin der Boss!«

»Stimmt, du bist der Häuptling«, sagte Yorkey.

Vermutlich verstand der Kerl viel mehr Englisch, als er vorgab.

Yorkey gab in Zeichensprache noch einmal zu verstehen, dass Numinga übersetzen würde, was er dem Boss, der wichtig war und Respekt verdiente, zu sagen hatte.

Und so begann die Unterhaltung über den entführten Sohn. Yorkey war entsetzt und sehr traurig. Dann erfuhr er, dass die Frau des Anführers, die Mutter des gestohlenen Kindes, von Weißen ermordet und verstümmelt worden war.

Yorkey empfand aufrichtiges Mitleid für den Mann und sagte ihm das auch. Kein Wunder, dass der arme Kerl um sein Kind kämpfte. Er bot seine Hilfe an und erklärte, sein eigener Vater sei von Weißen gehängt worden.

Mimimiadie glaubte ihm, doch der Älteste wirkte misstrauisch.

»Er will wissen, warum du so lebst wie sie«, sagte Numinga.

»Weil ich, ohne von meiner Traumzeit zu erfahren, bei ihnen aufgewachsen bin. Genau das wird auch mit Boomi geschehen, wenn wir ihn nicht befreien.«

Dies nahm Garradji die letzten Argumente, und Yorkey fuhr fort: »Ich will euch helfen. Ich verrate niemandem, wo ihr seid, aber lasst den weißen Mann mit mir gehen. Er ist sehr bedeutend. Wenn ihr ihn bittet, wird er Boomi befreien.«

Das war zu viel für Numinga, der der Gruppe bereits erzählt hatte, William sei nur ein Viehhüter. Wütend brüllte er Yorkey an, er mache einen Narren aus ihm und bringe sie alle in Gefahr.

Mimimiadie ärgerte sich über die Unterbrechung der Diskussion und rief: »Ich bin der Boss!« Er schlug Numinga ins Gesicht, sodass der Dolmetscher zu Boden stürzte.

Nun war die Ordnung wiederhergestellt. Niemand kümmerte sich um Numinga, dem das Blut vom Mund tropfte, und Yorkey wandte sich unmittelbar an den Anführer. Er sprach langsam, damit Numinga übersetzen konnte, sah Mimimiadie fest ins Gesicht, und erklärte, er habe gelogen, weil sie nicht erfahren sollten, dass ihnen ein wichtiger Mann ins Netz gegangen war. Doch nun, da er die Situation verstehe, würde ihnen Williams Stellung von ungeheurem Nutzen sein.

»Er ist ein großer Boss. Ihm gehören mehrere Viehstationen. Kennt ihr Warrawee? Und Millford weiter südlich? Kennt ihr diese Orte?«

Sie nickten.

»Wie heißt er?«, fragte Garradji.

»William Oatley.«

Bei diesen Worten grinste Mimimiadie und sagte etwas zu Garradji. »Wir haben einen großen Fisch gefangen«, übersetzte Numinga.

Nichts konnte sie dazu überreden, William mitgehen zu lassen. Yorkey musste allein aufbrechen.

»Dann bindet ihn wenigstens los, damit er es bequemer hat.«

Auf Mimimiadies Befehl hin band man Williams Hände los, schob ihn aber noch weiter in die Höhle und fesselte ihn mit dem Hals an die Wand. Als Yorkey sich darüber beschwerte, bot der Anführer lächelnd an, man könne William auch an einem Seil in die Schlucht hängen, bis er zurückkehre.

»Schon gut«, beschwichtigte ihn der Weiße, »sieh zu, ob du mir einen Schlafsack besorgen kannst. Dieser Felsboden ist verdammt hart.«

»Tut mir Leid, bis auf das Essen und die Gewehre haben sie alles weggeworfen. Die Gewehre gefallen ihnen, damit können sie sich hier oben gut verteidigen.«

»Ja«, seufzte William. »Hör zu. Du gehst in Pine Creek nicht zur Polizei. Du hast Geld und kannst auch meine Börse nehmen, davon kaufst du dir irgendwie eine Zugfahrkarte.« Es war bekanntermaßen schwierig für Aborigines, den Zug zu benutzen. »Dann fährst du geradewegs nach Darwin.«

»Das dauert aber.«

»Ist aber letztendlich schneller. Wenn du zur Polizei in Pine Creek gehst, kabeln sie erst nach Darwin, um Anweisungen einzuholen. Dann bekommst du berittene Polizisten statt des Jungen. In Darwin gehst du ihnen ebenfalls aus dem Weg. Such sofort Zack Hamilton auf, er muss das Kind finden. Wie heißt der Bursche doch gleich?«

»Mimimiadie.«

»Wie bitte?«, rief William verblüfft. »Er ist berühmt-berüchtigt, das sind schlechte Nachrichten. Ein Glück, dass wir überhaupt noch am Leben sind. Trotzdem, wenn er dieses Kind wirklich haben will, bleibt uns noch eine Chance.«

Numinga hörte ihnen zu. Gopiny hatte erklärt, die Polizei biete an, den Jungen gegen seinen Vater auszutauschen. Es war besser, wenn Yorkey diesen Aspekt der Sache nicht kannte. Numinga war beeindruckt, dass der Weiße die Angelegenheit ohne die Polizei regeln wollte. Die wichtigen weißen Männer würden den Jungen auf Yorkeys Anweisung hin finden. Das wären ausgezeichnete Neuigkeiten für Mimimiadie, der Plan war klug und konnte tatsächlich funktionieren. Er war so beeindruckt, dass er dem Anführer gegenüber beinahe damit herausgeplatzt wäre.

»Aber«, sagte Yorkey zu Mimimiadie, »keine Gewalt. Ihr kümmert euch um Mr. Oatley. Ihr gebt ihm zu essen, und wenn er verletzt wird, habt ihr die Polizei des gesamten Territoriums am Hals.«

Der Anführer wirkte gelassen. »Wenn er Tricks versucht, landet Mr. William Oatley auf dem Grund der Schlucht.«

»Es könnte dauern«, meinte Yorkey vorsichtig.

Mimimiadie antwortete barsch.

»Wenn es zu lange dauert, bringt er den weißen Mann hier um und holt sich einen anderen. Nimm mein Pferd, und dann los. Der Regen kommt.«

So war es. Als Yorkey davonritt, peitschten Regengüsse von Norden herüber, die den ganzen Tag andauerten. Numinga hatte angenommen, er solle oben auf dem Plateau warten, erhielt aber eine andere Aufgabe. Man schickte ihn zum »Ort wo die Dingos heulen«, einem felsigen Ausguck weit im Osten, der hoch über dem Weg zwischen Pine Creek und der Schlucht lag. Dort sollte er ein Lager für sich allein aufschlagen. Der Ort war früher oft für Rauchzeichen eingesetzt worden, die vom Plateau aus gut zu erkennen waren. Dort sollte er bleiben, bis Mimimiadie ihm die Erlaubnis zur Rückkehr erteilte. Es war seine Aufgabe, sie vor herankommenden Reitern, vor allem Polizisten, zu warnen. Der Regen kam ihnen zugute. Schon bald würden die Wasserstellen in der Schlucht anschwellen und sie mit dem ablaufenden Wasser von oben unpassierbar machen. Mit Störenfrieden war daher kaum zu rechnen.

Numinga war nicht gerade erfreut über die einsame Wache, aber es war besser, als im Gefängnis zu sitzen oder das Opfer von Mimimiadies Schikanen zu werden. Wenigstens konnte er dort in Ruhe nachdenken.

Zack Hamilton war außer sich. »Wo halten sie ihn fest?«

»Das kann ich Ihnen nicht sagen«, antwortete Yorkey. »Ich habe die Aufgabe, den Jungen zu holen, ihn seinem Vater zu übergeben und Mr. William zu befreien.«

»Aber du musst doch wissen, wo sie sind!«

Yorkeys Schweigen war unerschütterlich.

»Mr. William ist sehr gut zu dir gewesen«, warnte ihn Zack.

»Und Yorkey versucht, ihn zu beschützen«, meinte Sibell. »Du verschwendest deine Zeit, Zack. Wir müssen das Kind umgehend finden und Yorkey übergeben, damit er es zu seinem Vater bringt. Der arme Mann ist offensichtlich verzweifelt, sonst würde er nicht zu solch extremen Mitteln greifen. Er hat William doch nichts getan, oder?«

Die Frage war an Yorkey gerichtet, der sich innerlich krümmte. Er würde dieses Ungeheuer nicht gerade als »armen Mann« bezeichnen, wollte die Hamiltons aber nicht noch mehr beunruhigen.

»Er will das Kind«, sagte er entschlossen.

»Wie heißt der Mistkerl?«, fragte Zack.

»Weiß ich nicht. Hat er nie gesagt.«

»Du solltest mich lieber nicht belügen. Hat Mr. Oatley einen von ihnen erkannt?«

»Nein.«

»Und du auch nicht?«

»Nein, ich kenne mich in diesem Gebiet nicht aus. War zum ersten Mal in der Gegend. Ich weiß nur, dass der Junge Boomi heißt und in der Missionsstation von Darwin leben soll.«

»Woher wissen die das?«

»Um Himmels willen, Zack! Woher beziehen die Aborigines ihr Wissen?«, rief Sibell ungeduldig. »Sie haben ihre Mittel und Wege. Wir müssen Reverend Walters um Hilfe bitten. Ich habe Lucy zu Myles geschickt, er wird entsetzt sein über die Nachricht.«

Harriet sah Lucy im Laufschritt die Straße entlangkommen und missverstand die Situation. Sie rechnete mit einem Zusammenstoß, als Lucy durchs Tor und die Treppe hinaufstürmte und an die Verandatür hämmerte. Harriet trat vom offenen Fenster zurück und hoffte, sie habe sie nicht gesehen. Zu dumm, dass Tom Ling einkaufen gegangen war. Sie spielte mit dem Gedanken, nicht zu öffnen, entschied sich dann aber für die Konfrontation. Sie mussten einfach alles abstreiten, wie Myles ihr geraten hatte. Dennoch war sie nervös, als sie die Tür öffnete.

»Wo ist Myles?«, fragte Lucy sofort.

»Er ist nicht da.«

»Vielleicht willst du nur nicht, dass ich mit ihm spreche.«

»Ich habe dir gesagt, er ist nicht hier.«

»Wo denn dann?«

»Ich weiß es nicht.«

»Harriet, es ist dringend. Sein Vater ist in Gefahr. Wo ist Myles?«

»Wie? Ist William etwas zugestoßen?«

»Falls es dich überhaupt kümmert, ja. Er wurde von einer Horde Schwarzer entführt. Wo ist Myles?«

»Er wohnt im *Victoria Hotel*«, sagte Harriet eilig. »Wir dachten, da sein Vater weg ist ...«

»Das ist *mir* doch egal!«, rief Lucy und wandte sich ab.

»Warte, was kann ich tun?«, rief Harriet.

»Bleib zu Hause und halt den Mund. Schließlich soll es nicht alle Welt erfahren.«

Und schon rannte sie los in die Stadt. Harriet stand wie betäubt auf der Schwelle. Was sollte das heißen, von Schwarzen entführt?

An diesem Morgen beschloss Myles, sich im Büro sehen zu lassen und diesen Emporkömmling Leo im Auge zu behalten.

Er betrat forschen Schrittes das Büro, sah Leo im Hinterzimmer und nahm sofort an Williams Schreibtisch Platz. Er griff nach einer Akte und las, dass der Besitz der Walshs zum Verkauf stand. Während er die Beschreibung der Station studierte, kam Leo herein.

»Nehmen wir es jetzt mit den Viehagenten auf und handeln mit Stationen?«

»Das haben wir in einem gewissen Rahmen schon immer gemacht«, sagte Leo. »Was kann ich für Sie tun, Myles?«

»Im Moment gar nichts. Wie viel verlangt Walsh für seine Station?«

»Das steht noch nicht fest. Mrs. Walsh wartet auf Angebote meiner Klienten.«

Myles grinste bei der Bemerkung. »Aha, und wer sind, wenn ich fragen darf, unsere Klienten?«

»Das ist ein Geschäftsgeheimnis, Myles, außerdem sitzen Sie, wenn ich das sagen darf, auf meinem Stuhl.«

»Oho! Wenn die Katze aus dem Haus ist ... Aber ich brauche den Schreibtisch während Williams Abwesenheit. Ich habe einige Briefe zu erledigen.«

»Myles, hat Ihr Vater es Ihnen denn nicht gesagt? Er hat die Firma verkauft.«

»Wie bitte?« Myles schoss von seinem Stuhl hoch. »Wann denn das?«

»Bevor er aufgebrochen ist. Sie gehört ihm nicht mehr.«

»Das glaube ich nicht. Was ist denn das für ein Spiel?«

»Es ist kein Spiel. Dies ist jetzt mein Büro.«

»Und Sie wollen damit sagen, Sie führen die Geschäfte für die neuen Eigentümer?«

»Nein. Bedauere, wenn es ein Schock für Sie ist, aber *ich* bin der neue Eigentümer. Ich habe Ihrem Vater die Firma abgekauft. Er hat sich aus dem Geschäft zurückgezogen.«

»Das glaube ich einfach nicht. Ich möchte die Papiere sehen.«

Leo wartete geduldig. »Sie werden verzeihen, Myles, aber die Verträge sind vertraulich. Ich bin nicht verpflichtet, Ihnen Einsicht zu gewähren.«

»Was haben Sie dafür bezahlt?«

»Das sollten Sie vielleicht besser Ihren Vater fragen.«

»Verdammt, er ist aber nicht hier.«

»Es hat auch keine Eile. Er wird es Ihnen sicher sagen, wenn er zurückkommt.«

»Dafür werde ich schon sorgen«, höhnte Myles und schlug die Tür hinter sich zu. »Sie hören noch von mir.«

»Zweifellos«, sagte Leo gleichgültig und setzte sich an seinen Schreibtisch.

Myles stürmte wütend und verwirrt die Straße entlang, wohl wissend, dass er sich zum Narren gemacht hatte. Nein, William hatte ihn zum Narren gemacht. Wie konnte er es wagen, die Firma zu verkaufen, ohne ihm ein Wort davon zu sagen? Und warum? Dann dämmerte es ihm. Himmel Herrgott, war dies etwa der Beginn der Rache? Wollte William ihn finanziell kaltstellen? Er war schon fast beim Hotel, schlug dann aber den Weg zur Esplanade ein, um Harriet davon zu berichten. Sie musste erfahren, dass William hinter seiner ruhigen Fassade finstere Pläne schmiedete, seinen Besitz verkaufte und sie allein zurückließ. Was hatte der alte Bursche vor? Da kam ihm

Lucy entgegengelaufen. Ihr wollte er im Augenblick nun wirklich nicht begegnen!

»Myles, bin ich froh, dass ich dich gefunden habe! Dein Vater ist in Schwierigkeiten ...«

Sie war außer Atem, den Tränen nahe, und er musste sie beruhigen, bevor er die Geschichte aus ihr herausholen konnte.

»Komm mit, Dad wartet auf dich«, sagte sie schließlich.

»Meint er wirklich, mein Vater sei in Gefahr?«

»Natürlich. Es sind keine Schwarzen, die auf einer Station leben, sondern Wilde. So viel wissen wir jedenfalls. Und sie wollen den schwarzen Jungen zurückhaben. Und zwar schnellstens, oder ...«

»Oder was?«

»Sie sagen, sie würden ihn sonst töten.«

»Woher wisst ihr das alles?«

»Komm schon, Myles, Dad wird dir alles erklären.«

»Und ich sage euch, wir sollten zur Polizei gehen«, beharrte Maudie, gerade als Myles und Lucy eintrafen. Sie bedachte Myles mit einem missbilligenden Blick, wies ihm aber nicht die Tür. »Mit einem Suchtrupp dürfte die Polizei die Verbrecher schnell finden und William retten, bevor es zu spät ist.«

»Wir wissen nicht, wo sie sind«, gab Zack zu bedenken.

»Er weiß es aber«, sagte Maudie und deutete auf Yorkey.

Myles trat vor, packte den Schwarzen am Hemd und schüttelte ihn. »Wo ist mein Vater, du Dreckskerl? Sag es uns, sonst hole ich die Peitsche!«

Zack stieß ihn beiseite. »Hör auf damit, Myles. Wir beide gehen zu Reverend Walters und erkundigen uns, ob in der Missionsschule ein sechsjähriger Junge namens Boomi ist. Los!«

»Ich komme auch mit«, sagte Sibell.

»Nein, du bleibst mit Yorkey hier.« Er warf Maudie einen strafenden Blick zu. »Und du auch, verstanden?«

Unterwegs erteilte Zack Myles Anweisungen. »Du hältst den Mund und überlässt mir das Reden. Der Junge ist vielleicht gar nicht dort. Kein Wort über deinen Vater. Wir ziehen lediglich Erkundigungen ein.«

»Und dann? Wenn er nun nicht da ist?«

»Dann müssen wir herausfinden, wo er ist.«

»Und wenn wir ihn dort finden? Wir können ihn nicht einfach mitnehmen.«

»Himmel, das weiß ich auch nicht! Eins nach dem anderen.«

Der Reverend zeigte sich erfreut, sie zu sehen, und schüttelte ihnen herzlich die Hand. Zu Zacks Verwirrung dankte er ihm, dass er ein gutes Wort bei William eingelegt habe, was nicht der Wahrheit entsprach, da Zack sein Versprechen völlig vergessen hatte. Den wärmsten Händedruck hielt er jedoch für Myles bereit.

»Ich kann Ihnen gar nicht sagen, wie froh ich bin, dass Ihr Vater seine Einwände gegen den Bau unserer Kirche zurückgezogen hat.«

»Hat er das?«, fragte Myles beinahe wütend, doch Zacks mahnender Blick hielt ihn zurück.

»Ja, vor einigen Tagen«, erwiderte Walters fröhlich. »Der Herr wird ihn dafür segnen.«

»Reverend«, sagte Zack, »wir möchten uns nach einem kleinen Jungen erkundigen. Einem Aborigine namens Boomi. Befindet er sich in der Mission?«

»Ja«, entgegnete Walters betrübt. »Leider lebt er sich nicht allzu gut ein. Ein Stammesjunge, Sie wissen schon. Das braucht Zeit, aber er wird sich schon noch eingewöhnen. Kennen Sie ihn?«

»Nein, eigentlich nicht, aber wir wissen, dass sein Vater große Sehnsucht nach ihm hat und ihn gern sehen möchte.«

»Aha, dann hat er sich also gestellt?«

»Wer?«

»Der Vater, dieser Mimimiadie. Ganz übler Bursche. Ich dachte schon, er würde sich nie stellen, nicht einmal wegen des Jungen. Aber er scheint ihn wohl doch zu lieben, sogar Heiden sind nicht ganz ohne Herzensgüte.«

»*Wer* bitte ist sein Vater?«, fragte Zack, und als Walters den Namen wiederholte, sah Myles die Angst in Zacks Augen.

»Kennst du ihn?«, fragte er.

»Ich habe von ihm gehört.«

»O ja, er ist sehr bekannt«, fiel Walters ein. »Gehört zur Horde vom Victoria River. Ein Mörder, sogar seine eigenen Leute fürchten sich vor ihm. Wo hält man ihn fest? In Fanny Bay? Ich wäre bereit, den Jungen zu ihm zu bringen.«

»Sehr gut«, sagte Zack kühl, »doch erwähnen Sie es bitte nicht, es soll vertraulich bleiben. Ich wollte Ihnen nur vorab einen Hinweis geben. Ich wünsche Ihnen einen guten Tag, Sir.«

Er musste Myles anstoßen, damit dieser mit ihm das Haus verließ. Draußen explodierte Myles. »Was ist mit diesem Mimi oder wie er heißt? Hält er meinen Vater gefangen?«

»Ich fürchte, ja. Und es sieht so aus, als hätte die Polizei ihm gesagt, er solle sich stellen, dann würde man seinen Sohn freilassen. Aber das ist eine Falle, der Junge käme niemals zu seinem Stamm zurück. Mimimiadie hat das durchschaut und einen Weißen als Geisel genommen.«

»Hat Yorkey dir das erzählt?«

»Nein«, knurrte Zack.

»Also befindet sich mein Vater in den Händen eines Mörders, und du willst nicht zur Polizei gehen. Aber *ich* werde es tun.«

Zack ergriff seinen Arm. »Nein, wirst du nicht. Dein Vater hat Yorkey zu mir geschickt, und ich nehme die Sache in die Hand! Wir müssen den Jungen holen.«

»Wie denn? Willst du ihn entführen? Walters würde sofort

Alarm schlagen. Warum erklären wir ihm nicht einfach die Lage, damit er uns den Jungen aushändigt? Er wird es verstehen.«

»Von wegen, der Junge ist auch eine Geisel. Walters würde sich mit den Behörden in Verbindung setzen und erfahren, dass Mimimiadie nach wie vor auf freiem Fuß ist. Er hat eine Seele zu bekehren, die lässt er sich nicht wegnehmen.«

»Auch nicht, um meinen Vater zu retten?«

»Er kann nicht, er hat seine Vorschriften, an die er sich halten muss. Jedenfalls können wir ihm nicht trauen. Lass mich mal in Ruhe nachdenken.«

Als sie zum Haus der Hamiltons zurückkehrten, war ihnen immer noch kein Plan zur Befreiung Boomis eingefallen. Beide waren wütend auf Yorkey, der ihnen nur die halbe Wahrheit gesagt hatte.

»Ich habe das nicht gewusst«, verteidigte sich dieser, »ich kannte zwar seinen Namen, wollte Sie aber nicht in Panik versetzen.«

»Und dir war nicht bekannt, dass Mimimiadie von der Polizei gesucht wird?«

»Nicht direkt. Ich wusste nichts über dieses Angebot. Mr. William auch nicht, aber er hat gesagt, ich solle Mimimiadie mit Respekt behandeln.«

»Respekt? Warum das zum Teufel?«, explodierte Myles.

Yorkey sah ihn verunsichert an. »Darum.«

»Weil William wusste, dass er gefährlich ist«, sagte Zack knapp. »Mit anderen Worten, hier sehnt sich nicht irgendein Vater nach seinem Kind.«

»Stimmt, aber Sie sollten sich keine allzu großen Sorgen machen. William sagte, ich solle das Kind holen, damit er schnell frei kommt. So einfach war das.«

»Zur Hölle mit einfach«, fauchte Myles. »Mein Vater ist vermutlich schon tot. Wir übergeben das Kind, und die Schweine winken uns zum Abschied.«

»Noch haben wir das Kind nicht«, warf Zack düster ein. »Wir müssen vielleicht doch die Erlaubnis der Polizei einholen.«

»Nein, müsst ihr nicht«, sagte Sibell, die ihnen ruhig zugehört hatte. »Die Missionsschule schließt während der Ferien. Die Kinder werden in Familien untergebracht. Vor einigen Jahren haben wir zwei kleine Mädchen über die Weihnachtstage bei uns aufgenommen. Weißt du noch, Zack?«

»Ja, aber ...«

»Mein Lieber, ich besuche Reverend Walters und biete ihm an, dieses Jahr wieder ein Kind zu nehmen. Oder zwei, wenn sich zu wenig Leute melden. Ich werde dafür sorgen, dass Boomi dabei ist. Überlasst das nur mir.«

Auf dem Heimweg ließ Myles jegliche Vorsicht außer Acht und sprach bei Harriet vor. Immerhin handelte es sich um einen Notfall.

Sie unterhielten sich in einer Ecke der Veranda im Flüsterton, und als Tom Ling mit missbilligendem Blick fragte, ob sie Mittagessen wünschten, schrie Myles, er solle verschwinden.

»Wozu diese Geheimniskrämerei?«, fragte Harriet schließlich. »Es ist eine Sache für die Polizei, Myles. Er ist dein Vater und mein Mann, du musst zur Polizei gehen.«

»Ich weiß, aber Zack hat sich schon alles zurechtgelegt. Er ist zu vertrauensselig. Wir wissen nicht, wo sie Dad gefangen halten, aber Yorkey meint, er müsse mit dem Kind nach Pine Creek fahren. Das ist schon mal ein Anfang. Ich werde mich ruhig verhalten, bis wir dort sind, und dann alarmiere ich die Polizei. Ich glaube Yorkey kein Wort; vermutlich steckt er mit ihnen unter einer Decke. Was hält ihn denn davon ab, den Jungen dorthin zu bringen und mit ihnen zu verschwinden, ohne sich um William zu kümmern? Warum sollte er ihm helfen?

Er steht doch auf Seiten der Schwarzen, die halten zusammen wie Pech und Schwefel.«

Myles überlegte. »Da wäre noch etwas. Dad hat die Firma verkauft.«

»Welche Firma?«

»Himmel Herrgott, die Agentur natürlich. Er hat sie an seinen Sekretär verkauft.«

»Wieso das denn?«

»Das wüsste ich auch gern. Warum sollte er so etwas machen, ohne uns Bescheid zu geben? Leo sagt, er ziehe sich vom Geschäft zurück. Und mehr noch, dein angeblich so religionsfeindlicher Ehemann hat diesen Idioten erlaubt, nebenan die Kirche zu bauen.«

»Nie im Leben!«

»Und ob, glaub mir.«

»Warum sollte er das tun?«

»Woher zum Teufel soll ich das wissen?«

Harriet schwieg eine Weile und sagte dann: »Heute ist etwas Komisches passiert. Ein Mann klopfte an die Tür und sagte, das Haus stehe zum Verkauf, er wolle sich umsehen. Ich habe ihn davongejagt. Ich meine, ich habe schon genug Sorgen, ohne dass Leute dumme Fragen stellen. Meinst du, es hat etwas damit zu tun, dass William die Pläne zum Bau der Kirche nicht mehr bekämpft?«

»Kann sein. Und dann diese hirnverbrannte Idee, wochenlang im Busch zu hausen. Nun, das wäre wohl ins Wasser gefallen. Jetzt sitzt er richtig in der Patsche, und wir dürfen den alten Narren rausholen.«

»Würden ihm die Schwarzen wirklich etwas zu Leide tun?«

»Bestimmt, ob mit oder ohne Kind.«

»Myles, wie kannst du so kaltherzig sein?«

»Ich habe diese Situation nicht heraufbeschworen. Zack wollte es nicht sagen, aber er weiß ebenso gut wie ich, dass sie den alten Knaben vermutlich irgendwo im Busch festgesetzt haben. Füttern ihn sicher mit gebratenen Ratten, falls er überhaupt etwas zu essen bekommt. Er hat Glück, wenn er es überlebt.«

Harriet schaute ihn argwöhnisch an. Offensichtlich wollte William sein Leben neu ordnen, was unter den gegebenen Umständen nicht überraschend war. Falls er von der Affäre wusste, war er vermutlich zornig und tief verletzt und musste irgendeine Reaktion zeigen. Vielleicht hatte er sich deshalb entschlossen, sowohl das Haus als auch die Firma zu verkaufen. Niemand konnte ihm Vorwürfe machen, und sie spürte den Wunsch, mit ihm zu reden. Er war immer sehr gut zu ihr gewesen ...

Myles küsste sie leidenschaftlich. »Ich muss gehen. Mach dir keine Sorgen, es ist nicht unsere Schuld, dass er in diese Sache hineingeraten ist.«

Harriet gab keine Antwort. Sie wagte nicht, ihre Gedanken offen zu äußern, ihren Verdacht, dass Myles insgeheim den Tod seines Vaters wünschte. Sein gleichgültiger Tonfall machte ihn verdächtig. Wenn William diese Gefangennahme nicht überlebte, wären all ihre Probleme gelöst. Wirklich? Harriet sträubte sich innerlich gegen diese Einstellung. Nachdem Myles gegangen war, stand sie da und zitterte vor Kälte. Ging es um Geld oder war ihm an ihr selbst gelegen? Wie weit war es schon mit ihnen gekommen, dass sie dem Mann, der sie beide so geliebt hatte, den Tod wünschten?

»Nein!«, rief sie laut. Das war alles falsch und böse. Heute hatte sie eine Seite an Myles entdeckt, die sie abstieß. Sie wünschte, sie könnte mit jemandem reden, doch niemand kam. Die Welt hatte sie vergessen.

In dieser Nacht träumte Harriet, sie stünde auf einer hohen Klippe, und ein Adler schieße auf sie zu, reiße Fleischbrocken aus ihr heraus, Haarbüschel, Finger, dann einen Arm. Es tat weh, doch sie schrie lautlos, und dann kam William herbei, sah, dass sie sich nur durch einen Sprung in die Tiefe vor dem Adler retten konnte, und rief: »Warte! Warte!«

Sie erwachte schweißgebadet, allein im Bett, und wollte nach nebenan laufen, um William etwas zu erzählen, konnte sich aber nicht mehr erinnern, was es war. Außerdem war er nicht hier. Er befand sich draußen im Busch in großer Gefahr.

Der Dolmetscher war gegangen, sodass William sich mehr schlecht als recht mit den anderen verständigen musste. Entsetzt hatte er erfahren, dass Mimimiadie ihr Anführer war. Er hatte genug über diesen Übeltäter gehört, um noch wachsamer zu sein und ihm noch mehr Respekt zu bezeugen. Als ihm die anderen Nahrung und Wasser versagten, verlangte er den Boss zu sehen, der ihre Entscheidung nur zu gerne umstieß.

Da er schon so lange gefesselt war, hatte er sich in die Hose gemacht, ließ sich aber davon nicht entmutigen, sondern bat den Boss um die Erlaubnis, sich ausziehen und im Regen waschen zu dürfen. Es wurde ihm gewährt. So stand er nackt da, genoss den warmen, reinigenden Regen und wusch auch Hemd und Hosen ausgiebig in einer Felswanne. Er aß das Essen, das sie ihm einmal am Tag vorsetzten, mit kalter Entschlossenheit. Es waren nur Fetzen von Känguru- oder Reptilienfleisch, Überreste, die wenig Feuer abbekommen hatten, oder Beeren und angegessene Jamswurzeln, doch Essen war Essen. Er schloss die Augen und kaute weiter, denn er wusste, dass ihn schon bald Durchfälle heimsuchen würden, die ihm wenigstens die Möglichkeit gaben, die Höhle zum Waschen zu verlassen.

Nach einem derartigen Ausflug stieg er in seine nasse Hose und deutete mit Gesten an, er wolle sich eine Weile zu Mimimiadie setzen. Dieser war vermutlich ebenfalls angespannt, da er auf die Rückkehr seines Sohnes wartete.

Mit Hilfe von Pidgin-Englisch, Williams bruchstückhaften

Kenntnissen der Dialekte vom Victoria River und Mimimiadies wenigen englischen Brocken bemühten sie sich um eine Unterhaltung. Er erzählte dem großen Mann, dass auch er einen Sohn habe, und hoffte auf Mitleid, doch als Mimimiadie dessen Alter wissen wollte und ob er ein guter Sohn sei, musste William die letzte Frage verneinen.

Er war erstaunt über sich selbst, doch nach vier Tagen Gefangenschaft lag es wohl an seiner körperlichen und geistigen Erschöpfung. Außerdem, wen kümmerte schon, was er über seinen Sohn dachte? Mimimiadie runzelte die Stirn. »Hast du ihn geschlagen?«

William schüttelte den Kopf. »Nein. Sollte ich aber.«

Der große Mann schlug mit seiner Keule auf den Boden. »Schlag ihn. Brich seinen Schädel.«

William war klar, dass er einen harten Burschen vor sich hatte, einen Mann, der sich den Weißen niemals ergeben würde. Er versuchte, mit ihm über Frieden zu sprechen. Mimimiadie verstand ihn zwar, schüttelte jedoch den Kopf.

»Lieber sterben.«

»Was ist mit deinem Jungen Boomi? Im Frieden wäre er sicher.«

Garradji sprang ein. »Er sagt, vielleicht. Neue Zeit. Zuerst geht er heim zum Fluss. Dann sehen.«

»Wirst du mich toten?«, fragte William den Anführer unverblümt. Dieser zuckte mit den Schultern. »Kein Boomi, kein weißer Boss.« William musste wissen, was ihn erwartete, um Ordnung in seine Gedanken zu bringen. Er fürchtete sich nicht vor dem Sterben, nur vor der Art, in der es geschah. Der Tod im Busch kam meist plötzlich, durch Schlangenbisse, Reitunfälle, wilde Bullen oder Vieh, das einen niedertrampelte; man ertrank, verhungerte, fiel der Hitze zum Opfer. Er hatte in Darwin ein angenehmes Leben geführt, doch nun, da er in seine Heimat zurückgekehrt war, sah er dem Tod ins Auge. In dieser Situation gab es kein plötzliches Ende – das war ihm nicht vergönnt. Er glaubte keine Sekunde lang, dass die Behörden Mimimiadies Sohn ausliefern würden.

Mimimiadie kämpfte um seinen Sohn. Hoffentlich würde der Junge später einmal erkennen, wie sehr ihn dieser entschlossene Krieger, der so tief in der Vergangenheit verwurzelt war, geliebt hatte. Und William hoffte, dass sein eigener Sohn sich zwischenzeitlich um seine Befreiung bemühte, Himmel und Erde in Bewegung setzte, wie er es im umgekehrten Fall getan hätte.

William saß im Dunkeln da, am Hals gefesselt, während ihn gereizte Fledermäuse angriffen, mit verkrampften Gliedmaßen und wunder Haut, und versuchte, gnädiger über Harriet und Myles zu denken. Den übereilten Verkauf der Firma und des Hauses empfand er nun als trivial und unbedeutend, ebenso seine Flucht ins Outback. Hier sitze ich nun, dachte er, bar jeder Würde. Er zupfte sich Fledermauskot aus Gesicht und Haaren. Was galten hier schon seine verletzten Gefühle und ihr unwürdiges Benehmen? Nicht viel. Er wollte nicht sterben, ohne den beiden Menschen verziehen zu haben, die er so geliebt hatte und auf eine Art noch immer liebte.

Doch der Kummer war beharrlich. Er versuchte, inmitten der Ruinen seines Lebens an bessere Zeiten zu denken.

Gopiny musste sich bücken, um das Ende der Höhle zu erreichen. Er brachte dem Gefangenen frisches Wasser, schaute ihn finster an und ließ ihn wieder allein mit den Schatten.

Reverend Walters war überaus erleichtert, dass die Hamiltons Boomi während der Feiertage bei sich aufnehmen wollten, da sie die Situation verstanden. Er hatte schon befürchtet, er müsse Mrs. Branigan, die bereits zwei Kinder aufnahm, auch noch den Sprössling des berüchtigten Kriegers aufhalsen, doch nun bot sich ein anderer Weg.

Sibell und Zack kamen, um sich den Jungen anzusehen. Es war ein kräftiger kleiner Bursche mit sehr dunkler Haut und kurzem, krausem Haar. Er wirkte ziemlich schüchtern und wich vor ihnen zurück, doch als er hochsah, blitzte der Trotz in seinen Augen. »Er ist ein Schatz«, sagte Sibell und streckte ihm die Hand entgegen, vergeblich.

»Lassen Sie sich nicht vom engelhaften Aussehen der Heidenkinder beeindrucken, Mrs. Hamilton. Er ist keineswegs ein Schatz, sondern beißt, kratzt und tritt. Er braucht eine feste Hand.«

»Dafür werden wir schon sorgen«, meinte Zack. »Wir haben Erfahrung mit diesen Kindern, das wird schon. Süßigkeiten und Karussellfahrten wirken Wunder. Eigentlich könnten wir ihn gleich mitnehmen, viel zu packen hat er wohl nicht.«

»Nein, er kann jetzt nicht gehen. Er wird heute Nachmittag getauft.« Der Reverend tätschelte dem widerspenstigen Kind den Kopf. »Morgen wird er einen neuen Namen tragen. Vor dir liegt ein neues, heiliges Leben, du wirst Elijah heißen ...«

Keine Überredungskunst der Welt konnte Walters dazu bringen, das Kind herauszugeben, und Sibell erklärte sich bereit, am nächsten Tag wiederzukommen.

»Verstehst du denn nicht, dass die Zeit gegen uns arbeitet?«, fragte Zack, musste jedoch eingestehen, dass ihnen keine andere Wahl blieb.

»Wir haben noch Zeit«, sagte sie. »Morgen holen wir ihn ab und setzen ihn tags darauf in den Zug. Yorkey übernimmt ihn ab Pine Creek.«

»Und du hast kein schlechtes Gewissen dabei, Walters zu hintergehen?«

»Nicht unter diesen Umständen. Uns bleibt keine Wahl. Denk daran, dieses Kind wurde ebenfalls entführt.«

»Sie nennen es Rettung.«

»Ach was! Es gab ein Angebot, den Jungen auszuliefern, wenn sich sein Vater stellt. Wir bringen ihn einfach zurück. Hast du Zweifel an der Sache?«

»Nein, aber du hast doch die Gewalttätigkeit hier draußen

so satt. Du sagst ständig, du willst am Leben im Territorium nicht mehr teilhaben. Das Kind wegzubringen ist auch ein Akt der Gewalt, wir könnten Probleme bekommen.«

Sibell zog sich den Schal enger um die Schultern, es wehte ein heftiger Wind.

»Und?«, fragte er.

»Williams Leben steht auf dem Spiel. Da du es schon angesprochen hast, ja, die Gewalt wird mir zu viel.« Sie seufzte. »Aber Boomi ist nur ein kleiner Junge, der im bösen Spiel der Erwachsenen gefangen ist. Er hat das Recht, zu seiner Familie heimzukehren und in Frieden zu leben. Ich kümmere mich um ihn, bis wir ihn zu seinem Vater schicken.«

»Und dann? Was geschieht, wenn all das vorbei ist?«

»Zack, ich habe meine Meinung nicht geändert. Nach Weihnachten reise ich ab. Das Leben im Busch hat mich ausgelaugt, ich fühle mich alt und müde.«

»So siehst du aber nicht aus«, sagte er traurig. Seine Frau schwieg. Sie hatten schon zu oft darüber gesprochen.

16. KAPITEL

DER ZUG FUHR in die Bahnstation von Pine Creek, die Lok stieß den Dampf in die regnerische Dunkelheit. Die Passagiere stiegen aus, eilten an schwankenden Laternen vorbei durch das kleine Tor und verschwanden in der Nacht.

Zack ließ seine Begleiter unter dem Vordach des Bahnhofs zurück und lief über die Straße in das schäbige Hotel. Er drängte sich durch die Schar der Gäste, bis er Scotty McCabe, den Wirt, gefunden hatte.

»Wie viele seid ihr?«, fragte dieser.

»Meine Frau, ich und noch zwei Männer.«

»Ich habe nur eine Hütte hinter dem Haus, aber die könnt ihr gern haben. Für die Männer gibt es Feldbetten auf der Veranda. Dürfte allerdings ein bisschen feucht werden.«

»Es wird schon gehen. Wir sind dankbar, dass wir überhaupt unterkommen. Wie sieht es mit Essen aus?«

»Klar, meine Missus steht in der Küche. Sie brät euch ein paar Steaks. Sagt einfach Bescheid.«

Sie brachten Sibell und Boomi eilig in den Ein-Raum-Bungalow, der ein Blechdach und Leinwandblenden an Stelle von Fensterscheiben hatte. Die einzigen Möbelstücke waren ein altes Doppelbett und eine nackte Bank, auf der eine Kerosinlampe stand.

»Scheußlich«, sagte Myles, und Sibell lachte. »Das Beste, was die Stadt zu bieten hat.«

»Wart ihr schon einmal hier?«

»Nein, normalerweise wohnen wir bei Freunden, aber das geht heute ja nicht.«

»Wo soll ich schlafen?«

»Du und Yorkey, ihr geht auf die Veranda«, meinte Zack

grinsend. »Fang bloß nicht an zu jammern, sonst gibt es nichts zu essen. Mrs. McCabe duldet keine Kritik an ihrem Etablissement.«

Sibell brachte das erschöpfte Kind zu Bett. »Ich glaube, der Kleine ist zu müde zum Essen.«

Anders als von Walters angekündigt, hatte sich Boomi musterhaft benommen. Als sie ihn im Strandhaus badete, hatte Sibell zu ihrem Entsetzen Striemen auf seinem Rücken und den Beinen entdeckt. Man hatte ihn geschlagen. Kein Wunder, dass der Junge aufsässig war. Sie nahm ihn in die Arme, streichelte ihn, gab ihm zu essen. Wenigstens zeigte er einen gesunden Appetit. Er aß Gelee und eine Banane, ein Kotelett, Brot und Marmelade, und als er zu Bett ging, fand sie noch etwas zum Naschen für ihn. Als Boomi im Schlaf aufschrie, nahm sie ihn auf, setzte sich in den Schaukelstuhl und wiegte ihn in ihren Armen.

Als er am nächsten Morgen hörte, dass er wieder im großen Zug fahren sollte, war Boomi viel zu aufgeregt, um Angst zu haben. Sibell verriet ihm noch nicht, dass er seinen Vater wiedersehen sollte, und verbot auch den anderen, davon zu sprechen. Es konnte immer noch etwas schief gehen.

Auf dem Weg nach Pine Creek kletterte er auf Yorkey, Zack und Myles herum und schaute aus dem Fenster auf die vorbeiziehende Landschaft, bis er schließlich auf Sibells Schoß einschlief.

Am Morgen holten die Männer gemeinsam mit Yorkey dessen Pferd aus dem Stall, und Zack kaufte die beiden besten Tiere, die dort zu haben waren.

»Was haben Sie vor?«, fragte Yorkey nervös. »Warum zwei Pferde? Meins ist hier, wir brauchen nur noch ein Tier für William.«

»Ich komme mit. Zumindest ein Stück.«

»Das geht nicht, ich habe versprochen, mit Boomi allein zu kommen.«

»Nein, du brauchst Verstärkung, es geht nicht anders.«

»Das gefällt mir aber nicht.«

Myles war der gleichen Ansicht. »Wenn jemand mitgeht, dann ich.«

»Auf keinen Fall«, erwiderte Zack barsch. Er wies den Stallburschen an, die Pferde zu satteln, und kehrte zu Sibell zurück. Er fürchtete sich davor, es ihr zu sagen, doch nun ließ es sich nicht länger aufschieben.

Er schloss die klapprige Tür vor Myles' Nase und nahm seine Frau in die Arme.

»Ich muss mit Yorkey gehen.«

»Was? Nie im Leben! Yorkey muss allein reiten wie geplant.«

»Es ist zu riskant.«

»Natürlich, der tapfere Zack. Du musst immer den Helden spielen, nicht wahr? Was stört es dich schon, wenn wilde Schwarze dort draußen warten, die dich mit ihren Speeren durchbohren, obwohl du ihnen viel Gutes getan hast. Es wird niemals enden. Zack Hamilton, du wirst nicht alt werden und ich ebenso wenig, wenn ich noch lange an diesem schrecklichen Ort bleibe. Du kannst nicht mitgehen. Schick Myles, immerhin geht es um seinen Vater.«

»Nein, das wäre ein Fehler, er ist zu hitzköpfig. William wusste schon, was er tat, als er Yorkey zu mir schickte.«

»Unsinn. Wenn du mitreitest, werde ich bei deiner Rückkehr nicht mehr hier sein. Falls du zurückkehrst, besser gesagt. Und das meine ich völlig ernst, Zack.«

Myles lauschte grinsend. Bravo, Sibell, das hier geht nur mich etwas an.

Zack stürmte zur Tür heraus. Seine Frau hatte den Streit offensichtlich verloren.

»Ich muss Proviant besorgen.«

Myles lief neben ihm her. »Woher willst du wissen, was du brauchst? Du hast keine Ahnung, wie weit ihr überhaupt reiten musst.«

»Ich kaufe nur das Nötigste.«

Als ihr Mann mit Myles im Schlepptau davonstürmte, blieb Sibell zornig in der Tür stehen. Da ertönte ein Flüstern hinter ihr.

»Missus, ich bin's.«

Sie schaute um die Ecke des Bungalows und entdeckte Yorkey, der dort auf sie wartete.

»Bitte, Missus, schnell. Geben Sie mir Boomi. Ich muss um Mr. Williams willen allein reiten.«

Sibell war vollkommen seiner Meinung. Sie hatte schon die ganze Zeit gedacht, dass Yorkey am besten wissen müsse, was zu tun sei. Sie übergab ihm den Jungen und sagte: »Du gehst mit Yorkey reiten!« Dann eilte sie ans Fenster, um ihm noch einen Kuss zuzuhauchen, bevor die beiden verschwanden.

Sibell setzte sich aufs Bett und betete um Sicherheit für alle Beteiligten.

Myles sah zu, wie Zack die Vorräte zusammenpackte.

»Ich verstehe immer noch nicht, woher du wissen willst, ob das reicht.«

»Ganz einfach. Pops Station ist vier Tagesritte von hier entfernt, aber so weit sind sie offensichtlich nicht gekommen. Yorkey will nicht sagen, wo sich der Hinterhalt befindet, aber er muss auf der Strecke zwischen hier und Warrawee gewesen sein. Vermutlich hat man sie von dort in ein entlegenes Versteck gebracht, aber allzu weit dürfte es auch nicht entfernt sein.«

Myles hörte aufmerksam zu und merkte sich alles.

Als sie wieder zum Bungalow kamen, vertrat er Zack den Weg. »Sibell will nicht, dass du gehst. Tut mir Leid, ich habe alles mit angehört. Daher werde ich mit Yorkey reiten.«

»Ich habe Nein gesagt! Und lass Sibell aus dem Spiel.«

»Tut mir Leid, aber ich muss darauf bestehen.«

»Du kannst darauf bestehen, so lange du willst, aber du bleibst hier.«

»In diesem Fall gehe ich auf dem schnellsten Weg zur Polizei und bitte um eine Eskorte. Vergiss nicht, Mimimiadie ist irgendwo dort draußen. Sie werden sich die Chance, ihn zu fassen und gleichzeitig meinen Vater zu retten, gewiss nicht entgehen lassen. Ich weiß ohnehin nicht, ob es klug ist, auf eigene Faust zu handeln.«

Zack packte seinen Arm und drehte ihn um. »Du kleine Ratte, wir haben die Möglichkeit, William ohne Schwierigkeiten freizubekommen. Du bleibst gefälligst hier und hältst den Mund.«

»Bedauere, aber es geht nicht. Entweder ich reite mit Yorkey, oder ich gehe zur Polizei.«

Myles grinste. Zack war geschlagen, und er wusste es.

»Und?«

»In Ordnung, reite mit ihm. Aber sei vorsichtig, das rate ich dir. Egal was passiert, fang keinen Streit mit ihnen an, du musst einen kühlen Kopf behalten. Sie sollen Boomi nehmen ... und je weniger du redest, desto besser.«

»Auf deine Ratschläge kann ich verzichten. Gib mir den Jungen, dann bin ich weg.«

Sibell saß noch immer auf dem Bett. Die Männer sahen sich um. »Wo ist Boomi?«

»Yorkey hat ihn abgeholt.«

»Gut«, sagte Myles. »Es wird dich freuen zu hören, dass Zack nun endlich eingesehen hat, dass ich besser mitreite. Ich nehme deinen Proviant, falls du nichts dagegen hast, Zack.«

»Ich komme mit zum Stall«, knurrte Zack.

Sibell schwieg. Immerhin erhielt Yorkey auf diese Weise einen Vorsprung, und er kannte zudem als Einziger das Ziel.

Yorkey hatte sich vor Morgengrauen am Pub herumgetrieben. Als Mrs. McCabe in die Küche kam, um den Herd anzuzünden, stieß er einen Pfiff aus und legte zwei Shilling auf die Fensterbank. So kauften Schwarze Essenreste. Sie war gut gelaunt, weil es endlich regnete: die Rettung für ihren Gemüsegarten. Während sie mit ihm sprach, packte sie Tee, Brot, gekochtes Fleisch und trockenen Kuchen in einen Zuckersack.

Yorkey bedankte sich und ging.

Als er Boomi abgeholt hatte, standen die Pferde hinter einem Schuppen bereit. Er ritt davon, den Jungen vor sich im Sattel, und führte das Ersatztier für William am Zügel mit sich.

Er mochte zwar einen Vorsprung haben, doch Zack würde ihn bald einholen, da ihn das zweite Pferd und der Junge am raschen Fortkommen hinderten. Sobald er die Stadt verlassen hatte, wandte er sich von der Straße weg in den Busch, hin zum Labyrinth der Viehwege, die zu den einzelnen Stationen führten.

Sie kamen stetig voran, und Boomi genoss den Ritt, wollte aber wissen, wieso er nicht auf dem zweiten Pferd reiten könne.

»Später«, erwiderte Yorkey lachend. »Halt dich gut fest und sei ein braver Junge, dann bekommst du gleich Kuchen.«

Doch es war nicht Zack, sondern Myles Oatley, der die ausgetretene Straße in Richtung Westen entlangpreschte, erfüllt von der Überzeugung, er werde Yorkey im Nu eingeholt haben. Dann würde er dem Mistkerl eine Tracht Prügel verpassen. So ein verdammter dreister Abo, für wen hielt er sich eigentlich? Wer konnte sagen, ob der Schwarze nicht selbst in die ganze Sache verwickelt war? Nun, bald würde sich zeigen, wer hier das Sagen hatte.

Er ritt eine Stunde im schnellen Galopp, ohne Yorkey zu entdecken. Allmählich beschlichen ihn Zweifel. Er musste sich auf dieser Straße befinden – oder wollte er ihn hinters Licht führen?

Nun, das würde ihm nicht gelingen. Es gab nur zwei Straßen durch die Hügel: Eine verlief durch die Schlucht, die andere, die benutzt wurde, wenn die Schlucht unpassierbar war, bedeutete eine um zwei Tage längere Reise. Irgendwann würde Yorkey wohl auf die Straße zur Schlucht zurückkehren, und dort wollte Myles auf ihn warten.

Da sie es mit Männern aus der Horde vom Victoria River zu tun hatten, war keiner von ihnen auf die Idee gekommen, sie könnten sich woanders als in der unmittelbaren Nähe ihres Territoriums aufhalten, das an Pops Station grenzte. Als Myles die einsame Straße entlangritt, fragte er sich, ob sie vielleicht näher an der Zivilisation auf der Lauer lagen und auf neue Opfer warteten. Sie könnten näher sein, als er ahnte. Yorkey war ohne Proviant aufgebrochen, obgleich er sich im Busch nicht auskannte.

Als die Schatten länger wurden und immer noch keine Spur von Yorkey zu entdecken war, wusste Myles, dass er bald sein Lager aufschlagen musste. Nachtvögel schwirrten durch die Luft; ein Dingo lief lautlos über die Straße und erinnerte ihn daran, dass wilde Schwarze einen Mann völlig geräuschlos überfallen konnten. Bei dem Gedanken, vom Pferd zu steigen und sich einen Unterschlupf zu suchen, wurde er nervös, hatte aber keine andere Wahl.

Mittlerweile wünschte er sich, Zack wäre statt seiner geritten. Wenn Yorkey nun mit den Wilden unter einer Decke steckte und er ebenfalls gefangen genommen wurde?

Myles verbrachte die längste Nacht seines Lebens. Er traute sich nicht, Feuer zu machen, und aß seinen Proviant kalt. Er gab dem Pferd zu trinken, lehnte sich mit dem Rücken gegen einen Baum, eingewickelt in seine Decke, und kämpfte gegen den Schlaf. Bei jedem Geräusch in der undurchdringlichen Finsternis fuhr er zusammen und griff nach dem geladenen

Gewehr auf seinem Schoß. Ihm fiel ein, dass Zack auf dem Heimweg in der Nähe der Schlucht mit dem Speer überfallen worden war. Die Angst regte seine Fantasie an, er vermeinte, schwarze, bemalte Gestalten im Gebüsch zu entdecken. Er feuerte das Gewehr ab, lud nach, feuerte wieder und starrte wie blind in einen Wald von Geistereukalyptus.

Dann setzte der Regen ein. Myles hätte sich ein Schutzdach aus Laub bauen sollen, doch sein Gespür für den Busch hatte ihn verlassen. Er saß im Schlamm und betete, die Dämmerung möge ihn von dieser Qual erlösen.

Er erwachte vom Summen unzähliger Fliegen, und als er sie beiseite schlug, berührte er eine riesige Spinne, die gerade in seinen Kragen kriechen wollte. Er schleuderte sie weg und sprang hoch, wobei ihn die Morgenhitze wie ein Hammerschlag traf. Es war lange her, dass Myles auf dem harten Boden geschlafen hatte, und nun bezahlte er den Preis für die Bequemlichkeit. Er fühlte sich unausgeruht und steif vom Reiten und war hungrig, doch der Regen zerstörte jede Aussicht auf ein warmes Frühstück. Er ließ das Pferd grasen und aß Brot, kaltes Fleisch, Käse und harten Zwieback, der nach Kuhmist roch.

Als er wieder auf der Straße war, fragte er sich, was er überhaupt hier draußen machte. Von Anfang an hatte er sich über Zacks Haltung geärgert, der tat, als sei er der Boss und Williams Sohn nur eine Nebenfigur. Was Myles jedoch am meisten störte, war die Tatsache, dass sein Vater Yorkey zu Zack geschickt hatte und nicht zu ihm.

Die Hamiltons hatten getan, als sei das völlig normal, doch was mochten sie hinter seinem Rücken reden? Was hatte William ihnen ausrichten lassen? Dass er sich nicht auf seinen Sohn verlassen könne? Dabei kannte er diese Straßen so gut wie jeder andere. Schließlich war er im Territorium aufgewachsen!

Mit dem Tageslicht kehrte auch sein Selbstbewusstsein

wieder, und er legte bis zum Mittag vierzig Meilen zurück. Doch da er nicht wusste, wo Yorkey steckte, machte es keinen Sinn, weiterzureiten. Er befand sich vermutlich in der Nähe der Schlucht, und was konnte er in dem gefährlichen, von kriegerischen Schwarzen bewohnten Terrain, das dahinter lag, allein ausrichten? Yorkey hatte gesagt, Mimimiadie befinde sich in Begleitung von fünf wilden Männern. Sechs gegen einen, dazu noch Yorkey als unbekannter Faktor.

Als er sich über einen Weg aus rotem Schlamm mühte, entdeckte Myles Dingospuren. Ihm fiel ein, dass sich weiter rechts ein Ausguck in Form eines unvermittelt aufragenden Felsens befand. Vor Jahren war er einmal mit seinem Vater dort hinaufgestiegen. Die Aborigines nannten ihn »Ort wo Dingos heulen« oder so ähnlich, doch für Myles und seine Freunde war es immer nur der Dingo-Ausguck gewesen. Er entschied, hinaufzuklettern und sich umzuschauen.

Dieses Vorhaben verlieh ihm neue Kraft. Von dort oben konnte man die ganze Ebene überblicken bis hin zu den massigen Hügeln, hinter denen sich die Schlucht verbarg. Mit etwas Glück konnte er Yorkey oder andere Reisende entdecken, die ihm helfen würden. Dennoch, er hätte von Beginn an die Polizei hinzuziehen sollen, denn Mimimiadies Ruf war ungeheuerlich. Es war Wahnsinn, ihm zu vertrauen. Sobald er sein Kind zurückhatte, würden alle Zusagen wertlos sein.

Die rauchfarbenen Wolken hingen tief, die Sonne blitzte nur gelegentlich hindurch, doch es war immer noch brütend heiß. Myles wischte sich mit einem Taschentuch über das Gesicht und trank den Rest des Wassers aus der Feldflasche. Als er sie wegpackte, vermeinte er aus dem Augenwinkel eine Bewegung zwischen den Bäumen an der Straßenbiegung zu entdecken ... Pferde, bestimmt hatte er Pferde gesehen! Er preschte los, brach durch die Büsche – und fand sich einigen Stieren gegenüber. Sie schauten ihn drohend an, rührten sich aber nicht von der Stelle. Vorsichtig wandte er sich von den gesenkten Hörnern ab und ritt durch die Büsche davon, wobei er die Felsformation, die hoch über die Baumwipfel ragte, ständig im Auge behielt.

Numinga sah die beiden Pferde kommen. Sie näherten sich auf einem Weg, nicht mehr als ein schwaches Band aus roter Erde, das sich kaum von der Farbe des Busches abhob. Eines der Pferde war ohne Reiter. Es musste Yorkey sein, der ein Ersatztier für Oatley mitbrachte. Aber hatte er auch Mimimiadies Jungen bei sich? Hoffentlich. Numinga hatte bereits gefürchtet, die weißen Männer hätten Yorkey windelweich geprügelt und Mimimiadies Aufenthaltsort aus ihm herausgepresst. Niemand interessierte sich für das Schicksal schwarzer Kinder.

Er kletterte hinunter. Beim Näherkommen erkannte er Yorkey, den Jungen vor sich im Sattel, und führte einen Freudentanz auf. Am liebsten hätte er ihm einen Willkommensgruß entgegengerufen, doch das musste warten. Es war denkbar, dass Yorkey und der Junge als Köder dienten, Mimimiadie hatte es ihm eingeschärft. Möglicherweise wurden sie mit oder ohne Yorkeys Wissen von Weißen verfolgt.

Zögernd stieg er wieder hinauf und zündete ein Feuer an. Als es brannte, legte er feuchtes Laub auf und schützte es mit einem Stück Rinde vor dem Wind. Dann lehnte er sich zufrieden zurück und sah zu, wie sich die Rauchspirale träge emporkräuselte. Auch die anderen würden Wache halten und das Signal bemerken. Und sie würden wissen, dass er gute Kunde brachte, denn das ununterbrochene Rauchzeichen bedeutete Frieden.

Myles war nach zwei Jahren guten Lebens nicht mehr in Form, obwohl er noch die schlanke Figur des Landbewohners besaß. Während er früher ganze Tage im Sattel verbracht hatte, wenn die Herden aufgetrieben wurden, stieg er nun steifbeinig vom Pferd und litt Schmerzen, obgleich er nur achtzig

Meilen, verteilt auf mehrere Tage, zurückgelegt hatte. Er fühlte sich wie eines jener Greenhorns, über die er auf den Stationen immer gelacht hatte. Der Aufstieg bei vierzig Grad im Schatten ging an die Substanz. Er schwitzte übermäßig und fand zum Glück in flachen Felsvertiefungen Wasser. In dieser Hitze konnte ein Mensch sehr schnell austrocknen. Er füllte seine Feldflasche und blieb in regelmäßigen Abständen stehen, um zu trinken.

Der Aufstieg war nicht sonderlich schwer, man musste nur die größten Felsbrocken umgehen. William hatte gesagt, dies seien vermutlich die Überreste eines vorzeitlichen Vulkans, was die Größe der Felsbrocken erklären würde, von denen manche hoch wie Hütten waren. Auch war es hier heiß wie im Inneren eines Vulkans. Hoffentlich würde sein Vater zu schätzen wissen, welche Mühen er auf sich nahm, um ihn zu retten.

Er war beinahe oben angelangt, als er Yorkey entdeckte, der weit unter ihm nach Osten ritt, nicht auf die Schlucht zu, sondern nach Norden auf der Umgehungsstraße.

»Teufel noch mal!«, rief Myles, »ich habe das Schwein verpasst.« Wo wollte er bloß hin? Und warum mied er die Schlucht? Es hatte noch nicht genügend geregnet, um sie unpassierbar zu machen. Oder doch? Das Plateau galt als Auffangbecken, vielleicht waren die Fluten über die Ränder gestürzt. Doch woher hätte Yorkey das wissen sollen? Er schien jedenfalls einer geplanten Route zu folgen, und plötzlich erkannte Myles, dass er seinem Ziel näher als erwartet war.

Seine Entschlusskraft kehrte zurück. Er würde Yorkey folgen und zusehen, was geschah. Die Abos besaßen keine Schusswaffen, er hingegen schon. Und er würde den richtigen Zeitpunkt zum Eingreifen abwarten. Natürlich würde er Mimimiadie fangen, tot oder lebendig. Das wäre eine Sensation! Selbst wenn sein Vater noch am Leben war, gab es keinen Grund, seinen Entführer zu schonen.

Als er sich umdrehte, um hinabzusteigen, sah er über sich

Rauch. Von einem Lagerfeuer? Nein. Myles hatte sein Leben lang engen Kontakt zu Aborigines gehabt und wusste genau, worum es sich handelte. Rauchzeichen. Wer aber schickte sie, und wohin?

Es musste einer von ihnen sein, ein Ausguck, den die weißen Buschleute als Kakadu bezeichneten. Leise ergriff er das Gewehr und lud. Dann entledigte er sich der Feldflasche, seiner Stiefel und seines Hutes und glitt mühelos nach oben. Hinter den letzten Felsbrocken entdeckte er einen Schwarzen, der im Schneidersitz mit dem Rücken zu ihm dasaß. Er legte ein Stück Rinde ins Feuer, ließ es zu Asche verbrennen, dann war das Signal beendet.

Myles spielte mit dem Gedanken, den Kerl niederzuschlagen, doch mit einem geladenen Gewehr war das nicht ungefährlich. Außerdem wäre es nicht allzu klug, sich ausgerechnet an einen Abo heranzupirschen. Er zielte ruhig und schoss ihm in die knochige Hüfte.

Der Abo stieß einen Schmerzensschrei aus und fiel beinahe ins Feuer. Myles ging gelassen hinüber und drehte ihn brutal auf den Rücken.

»Sprichst du Englisch?«, fragte er und hockte sich neben den Schwarzen.

Dieser stöhnte vor Schmerzen und umklammerte die nackte Hüfte, von der Blut auf den Boden rann.

»Ja«, murmelte er. »Ja, Boss.«

»Gut. Wem hast du Signale gegeben?«

Die Befragung dauerte eine Weile. Zugegeben, der Bursche litt Schmerzen und verlor viel Blut, aber daran konnte Myles nichts ändern. Und dieser Wilde wollte nicht recht antworten, was ihn nur noch misstrauischer stimmte.

»Mimimiadie?«, fragte er und erhielt nach einigen harten Tritten das erwünschte Nicken.

»Ha! Und kennst du auch Yorkey?«

»Ja, Boss.« Er war ein Mann mittleren Alters mit seltsam

pechschwarz gefärbten, wachsglänzenden Locken, deren Ansatz grau meliert war.

Myles lachte. Falls dies einer von Mimimiadies gefürchteten Kriegern sein sollte, wäre die ganze Episode ein Scherz.

»Wo ist mein Vater?«, fragte er.

Der Mann krümmte sich. »Weiß nicht.«

»Mein Vater, Mr. Oatley. Lebt er noch? Sag es mir besser, sonst verpasse ich dir auch in die andere Hüfte eine Kugel.«

»Ja, Boss, er ist da.«

»Wo?«

»In der Schlucht.«

»Du lügst!« Myles versetzte ihm ein paar Tritte und zwang ihn, sich wieder auf den Rücken zu drehen. »Ich habe Yorkey dort draußen gesehen. Er reitet nicht zur Schlucht, sondern davon weg. Jetzt rede, du Schwein, und diesmal will ich die Wahrheit hören.«

Numinga spürte, dass seine Zeit gekommen war. Wie traurig. Er würde sterben wie der Junge damals, ohne Familie, die um ihn weinte. Nicht einmal ein Bekannter war in der Nähe, der ihn zu den Geistern singen konnte. Dann aber fiel ihm ein, dass dies der Ort war, an dem Dingos heulten, und seine Familie, die Familie seiner Mutter, die er auf seinen Reisen beinahe vergessen hatte, hatte den Dingo als Totem gewählt. Vielleicht hatte doch alles seine Ordnung. Aber zuerst musste er mit diesem Weißen fertig werden, diesem tapferen Krieger mit dem Gewehr.

Er hatte die Wahrheit gesagt, sie warteten in der Schlucht auf Yorkey. Sie würden alle herunterkommen, um rasch zu fliehen. Mimimiadie hatte das Ende gut geplant. Er war sehr schlau.

Yorkey hatte den Auftrag, den Jungen zur Schlucht zu bringen, wo man ihn gegen Oatley austauschen würde. Doch Mimimiadie traute den Weißen nicht, und er besaß zwei Schusswaffen samt Munition, die er Yorkey und Oatley abgenommen hatte. Seine Krieger würden vermutlich im Hintergrund bleiben, um sie zu bewachen.

Alle waren von diesem Plan sehr beeindruckt gewesen, selbst der alte Garradji, der die Verantwortung für den Gefangenen trug.

Natürlich hatte niemand Yorkey davon erzählt, sodass dieser ahnungslos in Richtung Plateau ritt.

Dort oben befand sich nur noch Gopiny, der auf Numingas Signal wartete. Er würde hinuntersteigen und Yorkey in die Schlucht umlenken, falls nicht ein weiteres Rauchzeichen aufstieg, das Gefahr verhieß.

Numinga umklammerte seine zerschmetterte Hüfte und versuchte, sie einzurenken. Er wusste, dass er diese Verletzung nicht überleben würde, er war wie ein hilfloses, verwundetes Tier. Schade, dass er den großen Regen nicht mehr erleben würde und die Farben, mit denen er das Land bemalte. Und das Donnern der Flüsse ...

Es war sinnlos, derartige Selbstgespräche zu fuhren und die brutalen Tritte wortlos zu ertragen. Sollte dieser boshafte Kerl doch erfahren, was er wissen wollte! Sein Vater war ein besserer Mensch als der Sohn, ein Gentleman. Hoffentlich würde Boomi eines Tages besser als sein Vater sein, weiser vor allem, denn Weisheit war dauerhafter als bloße Schläue.

Auch ich hätte überleben können, wenn ich weiser gewesen wäre, sinnierte er, doch dafür ist es nun zu spät.

Er schaute zu Oatleys Sohn empor und sagte mit krächzender Stimme: »Hab gelogen, Boss, nicht mehr wehtun. Sie sind nicht in der Schlucht. Haben Ihren Daddy aufs Plateau gebracht. Mimimiadie ist auch da. Oben auf dem Plateau. Kennen Sie es?«

»Ja, bin schon dort gewesen. Also macht Yorkey keinen Umweg durch das Feuchtgebiet, sondern steigt hinauf. Liegt dort der vereinbarte Treffpunkt?«

Numinga nickte. »Ja, oben. Ja, Boss. Guter Ausguck.«

»Das stimmt«, entgegnete Myles, »ein idealer Platz. Wie viele Männer hat Mimimiadie dabei?« Er lachte. »Ohne dich alten Bock natürlich.«

»Vier hat er. Gute alte Burschen«, keuchte Numinga beim Gedanken an Garradji.

»Älter als du?«

»Zauberer immer alt«, konnte er noch sagen, bevor der junge Mann ihn beiseite stieß.

»Und du hast ihnen signalisiert, dass Yorkey unterwegs ist?«

»Ja«, sagte Numinga. Sein Kiefer war steif von den Tritten, und er konnte kaum sprechen. »Ich sage, alles in Ordnung.«

»Alles in Ordnung? Das werden wir noch sehen.«

Doch Numinga war zusammengebrochen, das Gesicht im frischen Gras vergraben, das zwischen den Felsen spross. Sogar eine winzige weiße Blume blitzte aus dem Grün hervor. Er lag lächelnd da und erwartete den Todesschuss, da er nicht mehr von Nutzen war. Den Schuss, den die weißen Männer verwundeten und sterbenden Tieren verpassten, doch er kam nicht.

Nach einer Weile begriff er, dass Oatleys Sohn gegangen war und ihn zum Sterben zurückgelassen hatte.

Numinga kroch zu der erkaltenden Asche seines Feuers und sammelte Blätter und Zweige, die der Sturm der letzten Nacht zurückgelassen hatte. Er verdrängte dabei den Schmerz und konzentrierte sich ganz auf diese letzte Handlung.

Seine Ellbogen waren wund gescheuert, er hinterließ eine Blutspur, die beißende Ameisen anlockte, doch er gab nicht auf. Er suchte nach Rinde, und als er keine fand, brach er einen belaubten Zweig von einem Busch. Es war zwar nicht das vorgeschriebene Ritual, würde aber reichen. Er hauchte der Asche neues Leben ein, legte Zweige nach, entschlossen, dies hier richtig zu machen, um Oatleys Sohn zu überlisten. Grimmig mühte er sich weiter.

»Ich werde dir noch zeigen, was mit Leuten passiert, die auf mich schießen«, sagte er laut und deutlich in der fremden Sprache.

Das aufsteigende Rauchsignal zuckte unruhig, mit Unterbrechungen empor, tanzte weiter, bis kein Feuer mehr da war und keine Atemluft in den Lungen des einsamen Aborigine, den die Polizei als Neddy kannte.

Gopiny hasste es, hier oben allein zu bleiben, während unten die interessanten Dinge passierten. Sie hatten es einst für einen guten Ort gehalten, an dem sie die Regenzeit verbringen konnten, doch das erwies sich als Irrtum. Es war der nasseste Ort, den er je erlebt hatte. Der Regen schien endlos, ihm war, als hocke er inmitten einer dicken Wolke. Die Felsen wurden schlüpfrig, Wasser drang in jede Spalte und stürzte in die Höhlen hinab. Es rann nicht nur von den Rändern der Klippe, sondern donnerte in Kaskaden hinunter, sodass er sich nicht in die Nähe der Klippen wagte. Dennoch war ihm befohlen, hier oben auf Numingas Signal zu warten.

Und dann war es da! Endlich passierte etwas!

Gopiny jubelte.

Seit sie in die Schlucht hinabgestiegen waren, gab es nichts als Schwierigkeiten. Die Felslöcher am Boden hatten sich gefüllt und waren übergelaufen, von oben floss noch mehr Wasser herunter, sodass die Bewohner – Reptilien und Kleintiere – in sicherere Gefilde umzogen. Mimimiadie war gereizt, da keine Nahrung in greifbarer Nähe zu finden war. Sie hatten keine Frauen dabei, die für sie auf die Suche gehen konnten, und er musste seine beiden Krieger anweisen, die Waffen im Stich zu lassen und auf die Jagd zu gehen. Sie stritten, wollten die kostbaren Gewehre nicht unbewacht zurücklassen, doch er blieb unerbittlich.

Bisher hatte jeder nur eine Kugel abfeuern dürfen, das war

ihre einzige Lehrstunde im Gebrauch eines Gewehrs gewesen. Mimimiadie hoffte, sie könnten im Notfall einen Feind treffen oder zumindest abschrecken, doch ein Känguru oder einen Emu würden sie niemals töten. Folglich schickte er sie mit ihren Speeren auf die Jagd.

Nun blieb ihm nur Garradji als Gesellschaft, er und der Weiße Oatley, den er in einer Felsspalte verborgen hielt. Sie hatten ihm die Hände gebunden und konnten ihn an seiner Halsfessel herumführen.

Aus der entgegengesetzten Richtung tauchten einige Reiter auf, und sie mussten in Deckung gehen, bis die Männer durch die Schlucht geritten waren.

Tage später waren wieder alle am Eingang zur Schlucht versammelt, doch Mimimiadie verlor allmählich die Geduld. Er war diese Anspannung und erzwungene Untätigkeit nicht gewohnt und wurde immer rastloser. Er wünschte, er hätte den Weißen eine Frist gesetzt; dieses Warten war einfach unerträglich. Wo blieb Yorkey, der seinen Sohn holen wollte? Warum dauerte es so lange? Er hatte doch ein Pferd. Männer auf Pferden konnten reiten wie der Wind. Er hatte gesagt, er wolle Boomi aus der großen Stadt holen, was konnte daran so schwierig sein? Oder war er einfach davongelaufen und hatte den Weißen im Stich gelassen?

Seine Ungeduld verwandelte sich in Zorn, und er bestürmte Oatley mit Fragen, drohte ihm mit Schlägen, falls Yorkey nicht bald zurückkehrte, doch der Weiße wirkte zuversichtlich und bemüht, ihm Englisch beizubringen. Mimimiadie hatte nichts dagegen, er betrachtete es als willkommenen Zeitvertreib. Auch seine beiden Männer hatten es satt, die Gewehre zu bewachen, und wanderten ruhelos umher, drangen tief in die Schlucht vor, bis er sie anschnauzte, auf ihrem Posten zu bleiben.

Weitere Tage vergingen. Mimimiadie entschied, wieder auf das Plateau zu steigen. Sie schleppten Oatley mit, dessen

Beine von der mangelnden Bewegung geschwächt waren, umgingen das felsige Terrain außerhalb der Schlucht und näherten sich dem flachen Waldgebiet, das vor dem Abhang lag.

Doch dann änderte Mimimiadie seine Meinung erneut und verkündete, sie würden an dieser Stelle bleiben, die Ausläufer des Plateaus im Rücken.

Garradji beschwerte sich augenblicklich. Er fühle sich sicherer in der Schlucht. Hier draußen seien sie zu ungeschützt, ohne Zuflucht. Dies wiederum ärgerte Mimimiadie, der insgeheim erkannte, dass der alte Mann Recht hatte.

»Wenn wir dort drinnen bleiben, stehen wir bald bis zu den Knien im Wasser, du alter Narr«, fauchte er.

Er fragte sich, ob sie vielleicht alle wieder nach oben steigen sollten. Er war der Boss, er würde entscheiden, wann und wohin sie gingen. Falls Yorkey jemals zurückkam, würde Gopiny ihn hier entlang schicken. Er diskutierte ausgiebig mit seinen Männern über die vorteilhaftesten Positionen zur Verteidigung. Das gefiel ihnen, es lenkte sie von dem langen Warten ab.

Doch an diesem Abend ging eine regelrechte Sintflut auf sie nieder. Sie krochen zwischen Felsen und Bäume, die zwar Verstecke, aber keinen Schutz vor dem Regen boten.

Am Morgen verlangten die Männer, hinauf zu Gopiny zu gehen, der trocken in seiner Höhle säße, doch Garradji weigerte sich mit dem Argument, der Aufstieg sei zu schwer für ihn. Die Männer murrten. Garradji nützte ihnen ohnehin nicht, er war nur ein zusätzlicher Esser, und um sie zu beschwichtigen, ging Mimimiadie auf die Forderungen ein. Dennoch behagte es ihm nicht, einem Zauberer zu widersprechen, und er erklärte dem alten Mann mit erzwungener Freundlichkeit, dass es ihm freistehe, zu gehen.

Garradji brüllte vor Wut. »Du undankbare Ratte! Als du nach Numinga gesucht hast, brauchtest du mich, und jetzt stößt du mich beiseite. Wage es nur, mich zu verbannen, dann werden die Würmer dein Herz fressen.«

»Nein, nein, nein, ich dachte nur, du würdest lieber nicht mitkommen. Es ist mir eine Ehre, dich dabeizuhaben, dein Rat ist unschätzbar für mich. In diesem Wald gibt es Buschtruthähne, die Jungen sollen einen für dich fangen. Schau nur, die Sonne scheint, es wird schön hier.«

Doch Garradji hörte nicht zu. Sein verwittertes Gesicht erbleichte, sein Mund klappte auf. Wie wild suchte er auf dem Boden nach einer Hand voll rotem Schlamm und schmierte ihn auf seine Zunge, hustete und würgte, als etwas davon in seine Kehle geriet.

Mimimiadie starrte ihn an. »Was tust du da?«

»Wiedergutmachung«, murmelte er, spuckte und klatschte sich Schlamm auf Stirn und Wangen, der wie eine Maske eintrocknete.

»Weshalb?«

»Weil ich den Namen des Englisch Sprechenden genannt habe.«

»Du meinst ...«

Garradji schlug ihm die Hand vor den Mund. »Sag nichts! Sprich ihn nicht aus. Er ist tot. Auf dem Weg in die Traumzeit.«

Seine Lider schlossen sich, er verfiel in eine Art Trance, saß mit erhobenem Kopf im Schneidersitz da und stimmte ein leises Klagelied an.

Mimimiadie kannte diesen uralten Gesang mit dem vertrauten Rhythmus: ein Trauerlied für die Toten. Er zweifelte keine Sekunde an Garradjis Worten, sondern sprang auf, packte das Seil an Oatleys Hals und führte ihn weg.

»Was war das eben?«, fragte William, während Mimimiadie verwirrt nach einer Unterbringungsmöglichkeit für ihn suchte. Er schaute hoch und entdeckte einen schlanken Eukalyptus, der auf einem Vorsprung über ihnen wuchs. Mit grimmiger Miene zerrte er Oatley den Hang hinauf, prüfte den Baum, befand ihn für gut und band seinen Gefangenen daran fest. Er war an dieser Stelle dem Wetter ausgesetzt und für jeden Vorbeikommenden sichtbar.

»Was zum Teufel soll das?«, fragte Oatley. »Du kannst mich nicht hier lassen, es ist viel zu heiß.«

Mimimiadie beachtete ihn nicht. Er rannte hinunter und sah zu Oatley hinauf, der reglos vor dem Baum stehen musste. Er schätzte die Entfernung. Ja, falls ihn keine Kugel traf, würde ein Speer diese Aufgabe erledigen.

Er wusste nicht, was mit Numinga geschehen war, doch er war sicher, dass keine natürliche Todesursache dahinter steckte. Wenn man sie angriff, würde auch dieser Mann keines natürlichen Todes sterben. Er wäre der Erste, den es traf. Er gab die Hoffnung auf, seinen Sohn wiederzusehen, und der Krieger in ihm tobte vor Zorn. Die Zeit der Trauer war vorbei, nun war er bereit zum Kampf. Vergeltung! Er ergriff einen seiner Speere und rannte zu seinen Männern hinüber. Sobald sie hörten, dass Numinga tot war, bewaffneten auch sie sich mit Speeren und Gewehren und hefteten den Blick auf den schmalen Weg, der zur Hauptstraße führte. Endlich tat sich etwas.

Zum Spaß hielt sich niemand in Pine Creek auf. Die Bahnarbeiter, die Mitarbeiter der Telegrafengesellschaft, einige Ehefrauen und Polizisten freuten sich alle auf den Tag, an dem sie von der Pflicht in dieser elenden Stadt entbunden wurden. Der Kolonialwarenladen verkaufte alles von Proviant bis zu Sätteln, und dem Besitzer gehörten auch die Stallungen. Er war außerdem Schmied, und seine Frau betrieb die Poststelle. Hier floss die Zeit so langsam dahin, dass man sagte, über Pine Creek flögen die Krähen rückwärts. Die einzige Entspannung bot das schäbige Pub, in dem sich alle trafen. Die Theke war kurz, doch man konnte auch auf der Veranda sitzen oder ein Gläschen unter den Bäumen nehmen, die von kreischenden

Papageien bevölkert wurden, während man die Welt vorüberziehen sah. Die Welt bestand in diesem Fall hauptsächlich aus Stationsleuten und langen Zügen, die Schwergut vom Hafen in Darwin nach Pine Creek transportierten.

Die Leute von den Stationen wurden begutachtet und identifiziert. Wohlhabende Viehzüchter wie Zack Hamilton und seine Familie, die auf eleganten Pferden vorbeiritten, Stationshelfer auf ihren robusten Pferden, Treiber, deren Herden sich vor der Stadt unter den aufmerksamen Blicken der Vorreiter ausruhten. Doch niemand von ihnen blieb lange. Sie wollten nur den Zug nehmen oder ihren quälenden Durst stillen, danach waren sie verschwunden. Eigentlich kam niemand nach Pine Creek, man fuhr nur hindurch, und deshalb hatte die Stadt nun ein Rätsel zu lösen.

Was tat Zack Hamilton in Scottys altem Bungalow? Er wohnte schon seit Tagen dort, trieb sich herum, aß mit Scotty und seiner Missus, trank gelegentlich ein paar Pints an der Bar, schien ansonsten aber kein bestimmtes Ziel zu verfolgen.

Man spekulierte darüber. Vielleicht würde etwas Bedeutendes in der Stadt passieren. Zack hatte Geld, wollte er hier vielleicht ein neues Pub bauen? Nein, das würde er nicht hinter Scottys Rücken tun. Der Wirt selbst hatte nämlich auch keine Ahnung, was sich abspielte. Ein richtiges Postamt? Wohl kaum. Ein Café? Ein anständiges Restaurant? Das wäre doch etwas. Mrs. McCabe servierte nur Imbisse, wenn ihr danach war, nichts Großartiges, das Leute wie Zack Hamilton zufrieden gestellt hätte.

Was also hatte er in dieser klapprigen Hütte zu suchen? Er besaß einige Freunde, die ihm angeboten hatten, bei ihnen zu wohnen, doch er hatte dankend abgelehnt. Wieso?

Die Gerüchteküche dampfte. Er sei mit seiner Missus, einem jungen Mann, einem schwarzen Viehtreiber und einem schwarzen Kind angekommen. Doch nun hatte der Viehtreiber den Jungen mitgenommen. Das war nicht weiter ungewöhnlich. Den anderen Mann hatten sie erkannt, es war Myles Oatley, der lange nicht mehr in dieser Gegend aufgetaucht war. Sicher war er nach Westen zu seinem Großvater geritten, der draußen auf Warrawee lebte. Myles würde wissen, dass er sich beeilen musste, die Regenzeit stand unmittelbar bevor. Blieben also Zack und seine Missus. Doch Mrs. Hamilton war in den Zug gestiegen und nach Darwin gefahren, und Zack hatte ihr nachgewinkt. Und nun lief er wie Falschgeld durch die Straßen. Ganz schön seltsam.

Zack war sich über die Gerüchte im Klaren. Er wusste, dass die Münder nicht still standen, ignorierte aber die indirekten Fragen und offenen Erkundigungen, die Sergeant Murphy im Pub einziehen wollte.

»Zack, wie schön, Sie zu treffen. Was treibt Sie hierher?«

»Ich sehe mich nur um.«

»Nach was? Denken Sie an eine Investition?«

»Ich bin Viehzüchter, Jim, kein Stadtmensch.«

»Ich sage Ihnen eins, Zack. Falls Ihre Kumpel von der Regierung daran denken, ein paar Pfund auszugeben, wir könnten hier eine anständige Polizeiwache gebrauchen. Ich arbeite in einem Schuppen, und aus meiner Zelle könnte ein krankes Kalb ausbrechen. Es wird Zeit, dass sie mal was für uns tun.«

»Ich werde daran denken.«

Doch seine Gedanken galten zunächst einmal Sibell. Er hätte mit ihr nach Darwin fahren sollen, musste aber noch vor Ort bleiben. Sie hatte es immerhin verstanden, was jedoch nichts an der Tatsache änderte, dass sie ihn verlassen wollte. Zack fiel es schwer, seine Gefühle in Worte zu kleiden. Als Mann konnte er nur sagen: »Geh nicht. Verlass mich nicht.« Betteln war nicht seine Sache. Er war noch so betroffen von der Vorstellung, dass Sibell ihn verlassen würde, dass ihm die Worte fehlten. Ihre Argumente schüchterten ihn ein, die Litanei von Klagen, die sie bei ihm abgelassen hatte. Die Tatsache, dass sie ohne sein Wissen so lange unglücklich gewesen war.

»Weißt du denn nicht, dass ich dich liebe?«, hatte er sie an diesem Morgen im Bungalow erneut gefragt, bevor sie aufbrach.

»Zack, wir haben es so oft besprochen, es macht keinen Sinn mehr. Natürlich liebst du mich, und auch ich werde dich immer lieben. Aber ich kann hier draußen nicht mehr leben, meine Entscheidung ist endgültig.«

»Was soll ich denn tun?«

»Nichts. Black Wattle ist dein Leben. Du liebst die Station und die Menschen dort, aber ich gehöre nicht mehr dorthin. Ich glaube, ich war nie für dieses Leben geschaffen, für die Abgeschiedenheit.«

»Und du hast zwanzig Jahre gebraucht, um das herauszufinden?«

»Jetzt wirst du schon wieder wütend. Wir können ja nicht einmal darüber diskutieren!«

»Was gibt es da zu diskutieren? Die Station hat uns ein gutes Leben ermöglicht. Dir hat es an nichts gefehlt.«

»Bitte, hör auf damit! Mir hat eine Menge gefehlt. Normales Wetter, sauberes Wasser, Menschen, Geschäfte, Zivilisation. Wir haben nur dein verdammtes Geld, das du wieder in die Station steckst. Vieh macht dich glücklich. Nein, wir können nicht darüber diskutieren, weil du nicht die geringste Vorstellung hast, wovon ich rede.«

Er saß in dem flohverseuchten Bungalow, blätterte alte Magazine und Zeitungen durch und fühlte sich ausgesprochen elend.

Nur eines tröstete ihn. Sibell würde Darwin nicht eher verlassen, bis sie von ihrem alten Freund William Oatley gehört hatte. Wie mochte es William gehen? Er war nervös, die Angst ließ ihn nicht mehr los. Wenn er nun einen Fehler begangen hatte, als er die Polizei nicht von der Entführung in Kenntnis setzte? Er hatte geglaubt, es selbst regeln zu können, und sich von Myles beiseite drängen lassen. Natürlich hatte Myles als Sohn das Recht, an der Rettungsaktion teilzunehmen, außer ...

Zack hasste Klatsch. Er hatte die Geschichte über Myles und Harriet Oatley keine Sekunde lang geglaubt. Auch Sibell war im Zweifel, doch Maudie und Lucy waren fest davon überzeugt. Vielleicht benutzten sie den Klatsch als Schutzschild gegen die Tatsache, dass Myles Oatley das Interesse an Lucy verloren hatte. Seine Tochter war sehr aufgebracht, doch er hatte gehört, wie Sibell mit ihr sprach und erklärte, es sei besser, es jetzt herauszufinden als nach der Verlobung oder Hochzeit.

Sibell hatte gut reden! Wie stand es es denn mit ihrer Eröffnung nach zwanzig Jahren Ehe? Es hatte ihn umso härter getroffen. Er fühlte sich zutiefst erschüttert und fragte sich, weshalb er all die Jahre so hart gearbeitet hatte. Er hatte Sibell eine Seereise nach England vorgeschlagen, um die Kleinstadt wiederzusehen, in der sie aufgewachsen war, die prachtvolle Hauptstadt zu besuchen und sogar Paris kennen zu lernen, doch sie hatte sich geweigert.

»Nein, Zack, es geht einfach nicht. Du weißt doch, meine Eltern sind bei einem Schiffsunglück ertrunken, und ich habe nur knapp überlebt. Ich möchte nie wieder damit konfrontiert werden! Es reicht mir, nach Perth zu ziehen, ich möchte nur weg von hier.«

Später hatte er sich bei ihr entschuldigt. Als er an dem kalten Abend nach Hause kam, fand er sie in Gedanken versunken auf der Veranda sitzend, in eine Decke gehüllt.

»Es tut mir Leid, Sibell, ich hatte nicht daran gedacht. Wie konnte ich es nur vergessen? Ich glaubte nur, du würdest vielleicht gern hinfahren ...«

»Schon gut, Zack, es war eine liebe Idee von dir. Ich würde London gerne wiedersehen, fürchte mich aber vor dem riesigen Ozean. Außerdem würde die Reise das Problem nur hinausschieben. Ich möchte nach wie vor nicht im Busch leben, ich bin es leid.«

Vielleicht war sie ihn auch einfach leid.

Dann sorgte er sich auch noch wegen Sergeant Murphy, der immer noch große Neugier bezüglich seines Aufenthalts in Pine Creek an den Tag legte. Wenn der wüsste ...

Und was geschah dort draußen? Das Warten war entsetzlich, die Untätigkeit machte ihn verrückt. Die Zeit würde kommen, da er Murphy um Hilfe bitten musste. Wenn sie nicht zurückkehrten oder ohne William kamen, blieb ihm nichts anderes übrig. Doch wann würde das sein? Wie viel Zeit sollte er ihnen noch geben? Und wo zum Teufel hielt Mimimiadie sich verborgen?

Er hätte Myles gewaltsam davon abhalten und die Sache selbst in die Hand nehmen sollen.

Am liebsten hätte er sich eine Waffe geschnappt und wäre losgeritten.

Als Sibell in Darwin eintraf, ging sie auf dem schnellsten Weg zu Harriet Oatley. Das arme Mädchen machte sich furchtbare Sorgen um William, wusste aber nichts Genaues, da niemand sich die Mühe gemacht hatte, ihr etwas zu sagen. Selbst Myles hatte ihr nur erklärt, ihr Mann sei von wilden Schwarzen gefangen worden und sie solle kein Wort davon verlauten lassen. Nun saß sie also da und traute sich nicht aus dem Haus, während sie auf Nachricht wartete.

Leider konnte Sibell ihr auch nichts Neues berichten, außer dass Myles und Yorkey zu den Aborigines geritten waren, die William festhielten.

»Warum denn?«, fragte Harriet. »Wollen sie Geld von uns?«

»Etwas in der Art«, meinte Sibell vage. Es war noch zu früh, das Kind zu erwähnen. »Ich bin zuversichtlich, dass sie William sicher heimbringen.«

»Gott, das hoffe ich. Ich komme mir so nutzlos vor, weil ich nicht helfen kann.« Sie sah furchtbar aus, ihr Haar war ungekämmt, ihr Gesicht blass und müde, und Sibell merkte, dass sie getrunken hatte.

»Kann ich etwas für dich tun?«, fragte sie. »Soll ich deinen Freunden Bescheid sagen, damit sie zu dir kommen?«

»Ich habe keine Freunde, es sind alles Williams Freunde, nicht meine.«

»Das ist doch nicht wahr, meine Liebe. Denk daran, dass niemand außer uns weiß, dass William in Schwierigkeiten steckt.«

Sie fühlte sich schuldig, weil sie das Mädchen nicht in ihr Haus bitten konnte, doch Harriet hatte von Maudie und Lucy nur wenig Mitgefühl zu erwarten. Konnte doch etwas Wahres an dieser hässlichen Geschichte sein? Maudie schien zu glauben, dass William die Stadt deshalb so abrupt verlassen hatte. Sicher war es ein ungewöhnlicher Schritt, da Weihnachten so kurz bevorstand, denn William liebte die Feiertage.

Harriet seufzte. »Meinst du wirklich, er kehrt sicher heim?«

»Natürlich. Aber eines möchte ich dir sagen, meine Liebe: ich würde an deiner Stelle im Moment auf Alkohol verzichten.«

»Was?« Harriet schien abstreiten zu wollen, dass sie getrunken hatte, zuckte dann aber die Achseln. »Warum denn? Ein kleiner Gin am Nachmittag ist gut für die Gesundheit. Ich habe ohnehin nichts Besseres zu tun.« Sie erhob die Stimme. »Ich habe in dieser furchtbaren Stadt nie etwas zu tun. Schau doch hinaus! Sie ist grau und deprimierend, dauernd nieselt es, meine Nerven machen das nicht mit.«

»Du wirst dich besser fühlen, wenn die Regenzeit richtig anfängt.«

Harriet starrte sie an. »Anfängt? Ist das noch nicht die Regenzeit? Ich habe schon vergessen, wie die Sonne aussieht.«

»Das ist nur der Anfang. Wenn der Monsun uns richtig trifft, blasen gewaltige Stürme, und der Regen klatscht gewaltig gegen die Fenster. Dennoch ist es eine ungeheure Erleichterung.« Sie hielt inne und sah Harriet an. »Aber das weißt du doch. Du warst doch im letzten Jahr schon hier. Ich weiß noch, wie du gesagt hast, die tropischen Wolkenbrüche machten dir nicht das Geringste aus.«

»Im letzten Jahr war es anders«, meinte Harriet schmollend.

»Natürlich. William war hier, und du hast dich amüsiert. Er wird bald zurückkommen, lass dich nicht unterkriegen.«

Harriet schüttelte den Kopf. »Ich brauche wirklich etwas zu trinken.« Sie läutete mit einer kleinen silbernen Glocke, die auf einem geschnitzten Beistelltisch neben ihrem Sessel stand.

Sofort erschien Tom Ling. »Ja, Missy?«

»Ich hätte gern Gin mit Zitrone«, sagte sie trotzig. »Und du, Sibell?«

»Limonade, bitte.«

Die Getränke wurden auf einem Silbertablett mit feinster Leinendecke und winzigen Waffeln serviert. Sibell bedankte sich bei Tom Ling und nippte an der köstlichen Limonade, während Harriet den Gin in einem Zug hinunterkippte.

»Egal«, sagte sie traurig. »Falls William zurückkommt ...«

»Was soll das heißen, falls? Ich habe dir gesagt, er wird auf jeden Fall kommen. Du bist nur niedergeschlagen.«

Harriet brach in Tränen aus. »Du verstehst es nicht. Du verstehst es einfach nicht.«

»Was verstehe ich nicht?«

»Lass mich, um Gottes willen, mir ist schlecht. Ich werde mich besser hinlegen.«

»Ja, das ist eine gute Idee.«

Nachdem sie das Zimmer verlassen hatte, ging Sibell die Unterhaltung im Geiste noch einmal durch. Sie wünschte, sie hätte Harriet nicht unterbrochen, als diese über Williams eventuelle Rückkehr sprach.

Was hatte sie im Kopf? Was wollte sie tun, wenn ihr Mann wieder da war? Vielleicht war es besser, es nicht zu wissen, da es nicht allzu fröhlich geklungen hatte. Was ging in diesem Haus tatsächlich vor?

Als Nächstes musste sie gegen Lucys schlechte Laune kämpfen. Sie stritt gerade mit Maudie über Christy Cornford.

»Er ist wirklich reizend, Mutter, und so nett zu mir. Und er sieht so gut aus!«

»Sie hat sich in diesen Gecken verliebt«, knurrte Maudie. »Ich sage ihr die ganze Zeit, dass sie Myles damit nur eins auswischen will. Sie soll die Sache nicht so ernst nehmen.«

»Wie kannst du es wagen, ihn als Gecken zu bezeichnen?«, rief Lucy entrüstet. »Er ist ein Gentleman. Aber das würdest du ja nicht einmal dann erkennen, wenn er über deine Füße stolpern würde.«

»Da hast du es, Sibell«, erregte sich Maudie. »Hör dir das an. Wenn du sie nicht zur Ordnung rufst, wird sich der ach so elegante Mr. Cornford bei euch auf Black Wattle einnisten. Er hat bei Lucy einen Stein im Brett, weil er ihr schöne Augen macht und sie zu dumm ist, um es zu merken.«

»Das reicht, ihr beiden«, warf Sibell entschlossen ein. »Lass sie in Ruhe, Maudie. Nur weil Mr. Cornford Lucys derzeitiger Begleiter ist, will sie ihn noch lange nicht heiraten.«

»Warum denn nicht?«, rief Lucy. »Ihr habt mich glauben machen, dass Myles mein Verehrer sei, und er hat sich als Mistkerl erwiesen. So viel zu eurem Urteilsvermögen. Ich werde nie wieder auf euch hören.«

Maudie sank in ihren Sessel. »Siehst du, ich habe es dir doch gesagt! Sie muss nur den Finger krümmen, schon kommt Cornford mit dem Trauring angelaufen. Ihr vier werdet euch gut auf der Station machen. Kann er überhaupt einen Ochsen von einer Färse unterscheiden?«

Sibell zögerte. Sie machte sich Sorgen um Harriet und William und hegte allmählich den schlimmen Verdacht, dass die Gerüchte über seine Frau und seinen Sohn der Wahrheit entsprachen. Sie sah noch die Angst in Harriets Augen, als sie gesagt hatte, »falls er zurückkommt«. Was hatte Harriet damit andeuten wollen?

Dann traf sie die Erkenntnis ... falls? Falls Myles es nun vorzog, dass sein Vater nicht zurückkehrte? Dann wäre der Weg für ihn frei.

»Du verstehst es nicht. Du verstehst es einfach nicht«, hatte sie gerufen.

Nein, sie hatte keine Ahnung gehabt. Und sie selbst hatte darauf bestanden, dass Myles zur Rettung seines Vaters beitrug! Hatte verlangt, dass Zack in Pine Creek blieb. O Gott, hatte William sich deshalb an Zack um Hilfe gewandt?

Eigentlich müsste sie zurückgehen und die Wahrheit aus Harriet herausholen. Doch was nützte es jetzt noch? Es war zu spät, Zack wartete in Pine Creek, und Myles war Yorkey und dem Jungen gefolgt.

»O Gott«, sagte sie laut, was Lucy missverstand.

»Was kümmert es dich?«, schrie sie. »Du wirst ja nicht mehr hier sein. Du interessierst dich nicht die Bohne für mich oder Daddy. Von dir aus könnte ich glatt den nächsten Straßenkehrer heiraten!«

»Das stimmt nicht«, warf Sibell ein, doch Maudie fiel ihr ins Wort.

»Was soll das heißen, sie ist nicht mehr hier?«

»Ach, wusstest du das noch nicht?«, fragte Lucy hämisch. »Meine Mutter verlässt uns. Verlässt mich und Daddy. Sie langweilt sich auf der Station und bricht zu neuen Ufern auf.«

Maudie war verblüfft. »Wie bitte? Ich dachte, dieser Unsinn sei endgültig vom Tisch.«

»O nein, sag es ihr, Mutter. Sag ihr, dass du fortgehst. Sag ihr, dass du Daddy das Herz brichst und er keinen Finger rührt, um dich zu halten.«

»Das meinst du doch nicht ernst?«, fragte Maudie.

Sibell wich zurück. »Ich möchte jetzt nicht darüber sprechen. Ich bin müde.«

Doch Maudie war schon aufgesprungen und folgte ihr zu ihrem Zimmer. Sie war ehrlich besorgt. »Sibell, bitte, sag mir doch, was los ist. Ich dachte, du und Zack, ihr wärt so glücklich ...«

»Bitte, Maudie, lass mich in Ruhe.«

»Nein, erst wenn du mir geantwortet hast. Stimmt es?«

»Ja! Bist du nun zufrieden?«

Maudie ging in die große Landhausküche, die gleichzeitig als Esszimmer diente. Sie starrte Lucy, die noch immer schmollend am Tisch saß, fassungslos an.

»Himmel, was ist nur los mit euch? Wir fahren in die Stadt, um uns zu amüsieren, und überall sehe ich lange Gesichter. Und du Göre«, schnaubte sie, »genießt es auch noch, deine Mutter zu beschimpfen. Wenn sie sich tatsächlich zum Aufbruch entschlossen haben sollte, bist du ihr keine große Hilfe.«

»Was soll ich denn machen?«, jammerte Lucy.

»Dich heraushalten.«

»O ja, das musst du gerade sagen!«

17. KAPITEL

GOPINY BEOBACHTETE NUMINGAS Signal, erleichtert, dass alles in Ordnung war. Er rannte zurück in die Höhle, holte seine Speere und machte sich an den Abstieg. Falls alles nach Plan verlief, müsste Yorkey unterwegs sein, zusammen mit dem Jungen. Was würde es für Feiern geben, wenn sie im Triumph zu ihren Leuten heimkehrten, den Weißen gezeigt hatten, dass auch andere ihr Spiel beherrschten. Sie würden Helden sein!

Nachdem er ein Stück auf der Straße gegangen war, blieb er stehen und hielt Ausschau nach einem Reiter. Was für ein Tag! Er setzte sich hin, während seine Augen weiter die spärlich bewaldete Landschaft nach Bewegungen absuchten oder dem Glitzern des Metalls, wenn ein Sonnenstrahl auf das Zaumzeug eines Pferdes fiel.

Schließlich bemerkte er ein gelegentliches silbernes Aufblitzen zwischen den Bäumen, das sich auf ihn zubewegte. Stetig, ohne Hast. Schneller kam Yorkey mit dem Jungen im Sattel wohl nicht voran. Gopiny wartete noch. Er konnte es nicht riskieren, Yorkey aus den Augen zu verlieren, er musste ihn ja zur Schlucht umlenken. Mimimiadie würde toben, wenn er ihn verpasste.

Als er den Reiter erspähte, der sich über eine Lichtung bewegte, fuhr er zusammen. Da waren zwei Pferde, nicht eins! Was hatte das zu bedeuten? Wer könnte Yorkey begleiten? Vielleicht ein Polizist, der Mimimiadie verhaften wollte? Gopiny war verwirrt, er hatte seine Anweisungen, und zwei Reiter wurden nicht erwartet. Als sie die nächste Lichtung passierten, stellte er erleichtert fest, dass das zweite Pferd reiterlos war. Yorkey brachte offensichtlich ein Tier für den

Gefangenen mit. Ob William tatsächlich freigelassen wurde, ging Gopiny nichts an. Seine Aufgabe war es, den Hang hinunterzulaufen und Yorkey im richtigen Augenblick abzupassen.

Doch er musste zuerst abwarten, ob Numinga, der noch auf seinem Ausguck saß, möglicherweise ein weiteres Signal senden würde. Diesen Teil seines Auftrags hatte er vor lauter Aufregung beinahe vergessen. Gopiny schaute nach Westen und fuhr wieder erschreckt zusammen. Numinga sandte ein neues Signal, diesmal keine gleichmäßige Spirale, dicke Wolken stiegen zum Himmel, die ihm dringend etwas sagen wollten. Was war los? Yorkey rückte näher und näher.

Gopiny geriet in Panik. Es waren keine anderen Reiter in Sicht, keinerlei Bewegung. Und das Rauchsignal hörte auf.

Doch Numinga hatte eine eindeutige Botschaft geschickt, eine Warnung.

Da bemerkte er wieder das Aufblitzen von Metall, diesmal in kürzeren Abständen. Er stand ganz still: Diesen Reiter durfte er nicht aus den Augen verlieren. Ein einzelner Reiter bedeutete nicht unbedingt eine Gefahr, doch Numinga hatte deutlich signalisiert, dass dieser Zweite nicht willkommen war. Gopiny begriff, dass er Yorkey folgte – kein gutes Zeichen. Niemand sonst war zu dieser ganz besonderen Begegnung eingeladen.

Doch jetzt musste Gopiny los ... er schlitterte den Hang hinab, über Felsblöcke und durch glitschige Rinnen und hastete durch die Bäume auf Yorkey zu.

Der kleine Boomi saß vor ihm im Sattel und strahlte über das ganze Gesicht. Auch Yorkey lächelte. Er schien nicht zu wissen, dass man ihn verfolgte. Gopiny musste ihn sofort warnen.

Leider sprach er nicht Yorkeys Sprache. Er wies auf die Schlucht, doch Yorkey deutete nach oben zum Plateau. Er stampfte mit dem Fuß auf, rammte seinen Speer fest in den

Boden und machte deutlich, dass Yorkey so schnell wie möglich den anderen Weg nehmen müsse.

»Mimimiadie!«, flüsterte er mit drängender Geste. Zu seiner großen Erleichterung verstand ihn der andere und wendete die Pferde. Gopiny betrachtete den aufgeweichten Weg. Selbst ein Weißer konnte auf diesem feuchten Boden den Pferden folgen, der zweite Reiter musste diese Stelle bald erreicht haben. Gopiny würde sich um ihn kümmern. Mimimiadie hatte ihnen doch gezeigt, wie einfach es war, Yorkey und den weißen Boss zu fangen. Sie waren stolz auf ihn gewesen.

Er bezog Stellung hinter einem Felsvorsprung neben dem Weg und prüfte seinen Speer.

Myles Oatley betrachtete die Spuren der Pferde als Geschenk Gottes. Er würde ihn einholen, bevor er mit den Schweinen reden konnte, die seinen Vater dort oben gefangen hielten. Sie wussten, dass Yorkey kam. Er würde sich ihnen einfach anschließen, der Junge würde Schutz vor Angriffen bieten.

Am wichtigsten war es, William zu finden. Er hatte die Überlegungen bezüglich Harriet und Williams Haltung ihnen gegenüber verdrängt, da er einfach nicht wusste, wie er das Problem lösen sollte, ohne Harriet oder seinen Anteil am Familienvermögen zu verlieren. Es war ärgerlich, dass William trotz seines ganzen Reichtums seinem Sohn nie etwas überschrieben hatte, keinen Anteil am Landbesitz, keine Wertpapiere, gar nichts. Einige seiner Freunde hatten zu ihrem achtzehnten Geburtstag die Besitzurkunden großer Ländereien erhalten, nicht aber Myles Oatley, er wurde knapp gehalten. Er war völlig abhängig von seinem Vater, der gut daran tun würde, sich für seine Rettung dankbar zu erweisen.

Doch wenn William die Misshandlungen in der Gewalt Mimimiadies nicht überlebt hatte? Hatte er ein neues Testament aufgesetzt, bevor er Darwin im Zorn verließ? Sie beide vielleicht enterbt? Und wenn nicht, wie viel würde Harriet bekommen? Der Gedanke gefiel ihm nicht.

Plötzlich und zum ersten Mal auf seinem unüberlegten Ritt fragte sich Myles, was er und Yorkey unternehmen sollten, wenn der versprochene Austausch der Geiseln ein Trick war. Hatte Mimimiadie je die Absicht gehabt, seinen Teil der Abmachung einzuhalten? Was, wenn sein Vater überhaupt nicht hier, sondern längst tot war?

Was sollten sie tun? Das Kind dennoch übergeben? Myles hatte keine Ahnung. Im Notfall musste er sich auf Yorkeys Schutz verlassen.

Das rotbraune Plateau ragte vor ihm auf wie eine ungeheure bedrohliche Masse, die dem Himmel zustrebte, ausgespien von dem uralten Land. Die Seitenhänge waren im Laufe der Jahre zu flachen Vorhügeln abgeschliffen worden, doch es würde eine weitere Million Jahre vergehen, bis der Zahn der Zeit am Plateau selbst nagte. Die Mitte des gespaltenen Felsens bildete die Schlucht, die Campbell's Gorge genannt wurde.

Myles wurde nervös beim Anblick des Plateaus und dem Gedanken, dass wilde Schwarze gemütlich dort oben warteten und glaubten, sie hätten das Spiel gewonnen. Wenn nun auch unten einige von ihnen auf der Lauer lagen? Er studierte die Spuren von Yorkeys Pferd. Sie verrieten keinen Tempowechsel, auch schien er zu keiner Zeit angehalten zu haben. Dennoch musste er größte Vorsicht walten lassen. Er ließ sein Pferd langsam traben und lud das Gewehr durch.

Gopiny brannte vor Aufregung. Das hier konnte er allein schaffen, und diesmal würde er es besser machen. Der andere Weiße, den er mit dem Speer angegriffen hatte, war durchgekommen. Nun kannte er die richtige Reihenfolge. Zuerst das Pferd töten, damit er den Mann treffen konnte, der in diesem Moment bestimmt nicht nach der Waffe griff, sondern dem schweren Körper des stürzenden Tieres auszuweichen suchte. Er wünschte, er hätte eine Keule mitgebracht, die im Nahkampf mehr nützte als ein Speer, doch er besaß immerhin zwei Speere. Sein Arm war stark, seine Reaktion schnell. Mit den Zehen zog er den zweiten Speer näher zu sich heran.

Ein Geräusch lenkte seine Aufmerksamkeit auf das leuchtend blaue Gefieder eines heiligen Eisvogels, der ein Nest in einem hohen Termitenhügel baute. Mit dem Schnabel stieß er in die Mittelkammer vor. Gopiny grinste. Eisvögel waren schlaue Tiere, doch manchmal kämpften sie gegen Hügel an, die einfach zu hart waren, und brachen ihre Schnäbel ab. Dieser Bursche hier schaffte es, schob den Kopf in das Loch ...

Dann erklang ein anderer Laut. Hufschlag, das Klirren von Zaumzeug. Rasch griff Gopiny nach einem Speer, der Reiter war da! Er roch die Ausdünstungen des Pferdes.

Er richtete sich auf, hob den Speer und schoss hervor. Doch irgendetwas ging schief! Ein Stoß traf seine Brust und schleuderte ihn rückwärts in die Deckung der Bäume, wo er lautlos ins weiche Gras sank.

Entsetzt starrte Myles auf ihn hinunter. Er stieg nicht ab, dazu war keine Zeit. Der Bursche war nicht alt; der Mann im Ausguck hatte gelogen, er war höchstens dreißig. Seine Augen stierten leer aus dem bärtigen, schwarzen Gesicht; Blut sickerte über seine glänzende Brust, wo ihn die Kugel getroffen hatte.

»Das war knapp! Zum Glück hatte ich mein Gewehr geladen. Es war ein Hinterhalt – ich wusste doch, dass wir ihnen nicht trauen können.«

Er wagte sich nicht weiter und zügelte sein Pferd. Wie viele hockten sonst noch mit Speeren bewaffnet im Gebüsch? Myles spürte ein Kribbeln im Nacken und schaute sich verstohlen um. Sein Pferd scheute, es wollte so schnell wie möglich den unheimlichen Ort verlassen, und der Reiter gab nach. Er ritt Yorkey rasch hinterher.

Er sah die zerfurchte Erde, wo Yorkey angehalten hatte, dann folgte er weiter der Spur. Sie bog nicht nach links ab, sondern führte in Richtung Schlucht. Myles war alles egal, solange er in Yorkeys Nähe bleiben konnte.

Alle hörten den Schuss, der in der Luft nachhallte und dann einer unheilvollen Stille wich.

Instinktiv lenkte Yorkey die Pferde in die Deckung der Bäume, umklammerte Boomi und bedeutete ihm zu schweigen. Wer hatte geschossen? Und warum? Mimimiadie hatte Williams und sein eigenes Gewehr, doch worauf sollten sie schießen? Er wusste nicht, aus welcher Richtung der Schuss gekommen war, und beschloss, eine Weile zu warten. Zweifellos nahm Gopiny bereits eine Abkürzung durch das felsige Terrain, um seinem Anführer die guten Nachrichten zu überbringen. Er war so aufgeregt gewesen und würde wie ein Känguru über die Felsblöcke hüpfen.

Mimimiadie hingegen wusste genau, woher der Schuss gekommen war. Seine Ohren war darin geschult, auch die leisesten Geräusche im Busch wahrzunehmen: Das alles gehörte zu den Fähigkeiten eines Jägers. Er hoffte einen Augenblick, es könne Yorkey gewesen sein, der seine Ankunft anzeigen wollte, doch das ergab keinen Sinn, denn Gopiny war ja dort, um ihn zu empfangen. Und weshalb sollte er einfach so ein Gewehr abfeuern, wenn er einen kleinen Jungen dabeihatte, der sich ängstigen würde? Vielleicht war es auch nur ein Weißer auf der Jagd. Mimimiadies Gefühl sagte ihm, dass irgendetwas nicht in Ordnung war. Er hatte zahllose Gefahren überstanden und irrte sich nur selten. Er drehte sich zu Garradji, um dessen Reaktion zu sehen. Zu seinem Erstaunen rannte der Alten bergauf, so schnell ihn seine mageren Beine trugen, er schaute sich nicht einmal um. Plötzlich schien es ihm gar keine Mühe mehr zu machen, das sichere Plateau zu erreichen. Diese Ratte. Er wusste etwas, was konnte das sein?

Mimimiadie entriss einem der Wachposten das Gewehr, mit dem dieser wild in der Luft herumfuchtelte.

»Geh runter und sieh nach, wer da ist! Los!« Mimimiadie trat ihm in den Hintern, um die Dringlichkeit zu betonen.

Dann wartete er in den langen Schatten des Nachmittags, während die Sonne hinter dem Plateau versank. Er schaute zu Oatley hinauf, dem es gelungen war, sich hinzusetzen, den Rücken gegen den Baum gelehnt, mit hängendem Kopf. Er konnte sich glücklich schätzen, dass er Garradji erlaubt hatte, die Halsfessel zu lösen, sonst hätte er nicht einmal trinken können. Nun, sein Wärter war verschwunden und niemand mehr da, der sich um ihn kümmern konnte.

Mimimiadie fand es unerträglich, dass ein erwachsener Mann so lange untätig warten sollte, beinahe wie im Gefängnis. Nie wieder würde er an diesen Ort zurückkehren, nie wieder.

Nichts geschah. Yorkey fragte sich, ob Zack ihm folgte. Zuzutrauen wäre es ihm. Doch weshalb sollte er ein Gewehr abfeuern? Weil er sich ihm anschließen wollte?

Schließlich entschied er, dass er ebenso gut weiterreiten könnte. Er kehrte auf den Pfad zurück, voller Sorge um Boomi, der so erschöpft war, dass sein Kopf hin und her rollte.

»Bald sind wir da«, sagte er, »hoffe ich jedenfalls.«

Er war erst eine halbe Meile geritten, als er Hufschlag hinter sich hörte. Erregt drehte er sich um in der Annahme, Zack zu sehen, doch es war Oatleys Sohn Myles. Dieser Ehebrecher mit den zwei Gesichtern, der seinem Vater nicht gut gesonnen war.

»Was machen Sie hier? Verschwinden Sie!«

»Hast dich wohl für schlau gehalten, was? Ich habe dir von Anfang an nicht getraut. Steckst wohl mit dieser Horde unter einer Decke, was?«

»Seien Sie nicht so dumm! Sie machen sofort kehrt, ich weiß, was ich tue.«

»Von wegen. Wie kommt es denn, dass mir dieser Schwarze vors Pferd gelaufen ist und mich töten wollte? Warum sollte er einen Unschuldigen angreifen? Was hast du zu verbergen?«

»Wer hat Sie angegriffen? Gopiny?«

»Du kennst natürlich ihre Namen. Kein Wunder, sind wohl Freunde von dir.«

»Was ist passiert? Wo ist Gopiny? Himmel, waren Sie das mit dem Schuss?«

Myles grinste. »Ja, er war nicht schnell genug.«

»Sie haben ihn getötet?«

»Mausetot, der Mistkerl. Einer von uns musste dran glauben.«

Yorkey sah ihn nervös an. Er empfand eine gesunde Furcht vor den wilden Vertretern seines eigenen Volkes, wenn sie sich auf dem Kriegspfad befanden, und hegte auch einen aufrichtigen Respekt für ihre »geheimen Geschäfte«, den ihm seine Mutter eingeimpft hatte. Viele von ihnen waren Mystiker, wussten Dinge, besaßen Kräfte, die Uneingeweihten unbegreiflich waren. Ob sie auch wussten, dass Gopiny tot war? Sicher hatten sie es im Wind gehört, dem heißen Wind, der von Norden wehte. Er schauderte, als er vom Pferd stieg, Boomi herunterhob und auf seine Hüfte setzte.

»Sie verschwinden von hier«, schnauzte er Myles an. »Kehren Sie um! Ich reite keinen Meter mit Ihnen zusammen. Ich will nichts mit Ihnen zu tun haben.«

»Dann schlagen wir hier unser Lager auf. Du machst das, ich halte den Jungen fest.« Myles stieg ebenfalls ab.

»Hände weg von ihm! Wenn Sie ihn anfassen, verpasse ich Ihnen eine Kugel.«

Yorkey wusste nicht recht, wie er sich verhalten sollte. Mimimiadie würde wissen, dass er in seiner Nähe war, Gopiny hätte es ihm ... Nein! Gopiny war tot! Falls sie keinen weiteren Späher eingesetzt hatten, wussten sie gar nicht, dass er unterwegs war. Schon bald würden sie Gopiny vermissen und nach ihm suchen. Wenn sie seine Leiche fanden, wäre alles zu Ende. Keiner von ihnen würde je in die Stadt zurückkehren.

Yorkey starrte Myles' Hose an. Er dachte an Numinga, der sich sicher für sie einsetzen würde. Immerhin brachte er Boomi sicher zu seinem Volk. Noch immer schaute er gedankenverloren auf die Hose: teurer Stoff, helle Farbe ...

Yorkey setzte den Jungen ab. »Willst du Kuchen? Setz dich hin.«

Der Kleine grinste und nickte. Er liebte Kuchen.

Ruhig wandte sich Yorkey an Myles. »Haben Sie ihn vom Pferd aus erschossen?«

»Klar, ist tot umgefallen.«

»Was ist dann das an Ihrer Hose? Die Flecken an beiden Beinen?« Myles war überrascht. Er sah nach unten und zuckte die Achseln.

»Schlamm.«

»Das ist kein Schlamm, sondern Blut!« Er geriet allmählich in Panik. »Wessen Blut? Wie ist es dahingekommen?«

Myles blinzelte und stammelte: »Herrgott, ich habe mich wohl geschnitten. Was ist so schlimm daran?«

Yorkey packte und schüttelte ihn. »Sie lügen. Zeigen Sie mir den Schnitt! Ihre Hose ist ganz voller Blut. Unten an den Knöcheln. Das kann nicht von einem Schnitt stammen.«

Myles wollte ihn abschütteln. »Lass mich los, dafür zeige ich dich an!«

»Bei wem denn? Was ist mit dem Blut?«

»Also, wenn du es unbedingt wissen möchtest, ich habe dir den Rücken freigehalten. Da war noch einer von ihnen, oben auf dem Dingo-Felsen. Er hat dich beobachtet und Zeichen gegeben.«

»Und deshalb haben Sie ihn getötet?«

»Ich musste ihn zum Reden bringen«, verteidigte sich Myles. »Ich wollte dich beschützen. Verstehst du das nicht?«

In Yorkeys Kopf wirbelte alles durcheinander. Natürlich, das Signal. Also wussten sie doch, dass er und Boomi unterwegs waren, und warteten in Alarmbereitschaft. Das Wort »verstehen« zuckte durch sein Gehirn.

»Verstehen? Wie konnten Sie ihn denn verstehen?« Die Antwort war ebenso vorhersehbar wie schrecklich.

»Er sprach ganz gut Englisch«, sagte Myles glatt.

Er hatte Numinga getötet, ihren einzigen Freund in dieser Horde!

Yorkey holte aus und versetzte Myles einen Schlag ins Gesicht, dass dieser nach hinten stürzte, riss ihn am Hemd wieder hoch und schlug ihn erneut, dass er betäubt zu Boden fiel. Boomi schaute fasziniert zu.

Yorkey begriff, dass er schnell zu Mimimiadie gelangen musste, bevor ihn die Nachricht von den beiden Morden erreichte. Er packte Boomi, nahm sein Pferd und das Ersatztier am Zügel, schnappte sich Myles' Gewehr, leerte das Magazin, zerbrach den Lauf über seinem Knie und warf dem Besitzer die beiden Teile verächtlich hin.

Dann lenkte er die Pferde auf den Weg und ritt rasch in Richtung Schlucht davon. Boomi weinte, weil er seinen Kuchen haben wollte.

Der Wachposten sah sie. Hörte ihren Streit. Er verstand nichts, doch das war egal. Sie hatten Boomi dabei. Nie hatte er wirklich geglaubt, dass die Weißen ihn übergeben würden, doch nun war der Junge hier. Er rannte zu Mimimiadie, um die gute Nachricht zu überbringen.

»Boomi ist zurück! Er ist hier! Holen wir ihn rasch.«

Mimimiadie warf jubelnd die Arme empor, doch dann gewann Vorsicht die Oberhand.

»Wie sieht er aus? Ist er gefesselt? Ist Yorkey bei ihm? Wo sind sie?«

»Gefesselt ist er nicht, sondern sitzt vor Yorkey im Sattel. Dort auf dem Weg. Da ist noch ein anderer Mann. Sie hatten Streit. Yorkey hat ihn verprügelt.«

»Was?«, fragte Mimimiadie zornig. »Was für ein anderer Mann? Ein Weißer?«

»Ja.«

»Ich habe Yorkey gesagt, er muss allein kommen. Was sind das für Tricks? Und was hat er auf dem Weg zu suchen? Kommt er auf uns zu?«

»Gopiny sollte es ihm doch sagen.«

»Natürlich, aber wo ist er? Hast du ihn nicht gesehen?«

»Nein.« Offensichtlich hatte Gopiny Yorkey in diese Richtung geleitet, sonst wäre er wie ursprünglich geplant mit Boomi auf das Plateau gestiegen. Und Gopiny hätte genügend Zeit gehabt, wieder zu ihnen zu stoßen. Dann fiel ihm der Schuss ein. Unglücklich sah er seinen Anführer an. »Nein, ich habe ihn nirgendwo gesehen.«

»Und der Englisch Sprechende ist auf dem Dingo-Ausguck. Auch er ist nicht gekommen«, sagte Mimimiadie schroff. »Warum?«

»Du hast gesagt, er sei tot.«

»Sicher, aber ich weiß nicht, wie es geschehen ist. Ich habe nur das Wort des alten Mannes, der nun davongelaufen ist. Ich sollte ihn zurückholen, doch dafür bleibt keine Zeit.« Er gab dem Mann das Gewehr zurück und nahm seinen Speer. »Zuerst holen wir Boomi, dann sehen wir weiter.«

Yorkey schätzte, dass er nur noch eine Meile von der Schlucht entfernt war, ein Glück, denn die Pferde ermüdeten allmählich. Er wandte sich um, doch von Myles war nichts zu entdecken. Noch nicht. Ohne Gewehr wäre er vielleicht nicht mehr so mutig, würde ihm aber folgen, um nicht allein in der Wildnis zu bleiben. Warum hatte der Kerl sich nicht aus alledem herausgehalten? Verdammt, Myles hatte zwei von Mimimiadies Männern getötet. Wenn das herauskam ...

Abrupt brachte er sein Pferd zum Stehen. Mimimiadie war vor ihm auf dem Weg aufgetaucht und hatte den Speer zwischen die Zehen in den Boden gerammt, doch Yorkey traute dem Frieden nicht. Er wusste nur zu gut, dass Mimimiadie die Waffe in Sekundenschnelle werfen konnte. Doch als dieser Boomi sah, stürzte er vor, zog ihn aus dem Sattel und hob ihn strahlend in die Luft. Er drückte das glückliche Kind an sich, sein zerfurchtes Gesicht verriet eine seltene Freude.

Lächelnd stieg Yorkey ab und rieb sich den schmerzenden Rücken. Gleichzeitig bemerkte er, dass Mimimiadies mit Gewehren bewaffnete Krieger ihre Aufregung nicht bezähmen konnten, aus der Deckung gerannt kamen und unvermittelt wieder verschwanden. Sie waren noch immer argwöhnisch, und Yorkey wusste, dass diese Begegnung mit Myles im Hintergrund nicht einfach werden würde. Vor allem ohne Dolmetscher.

Er schüttelte Mimimiadie die Hand, tätschelte Boomis Kopf und sagte mit strahlendem Lächeln, in der Hoffnung, dass sein Gegenüber irgendetwas verstand: »Boomi ist ein braver Junge. Einer der Besten. Aber müde. Er muss schlafen. Wir gehen schnell zu Oatley. Wo ist er? Ich nehme ihn mit. In Ordnung?«

Mimimiadie bat ihn mit Gesten, ihm zu folgen. Yorkey band die Pferde an und ging mit ihm zu einer Ansammlung von Felsblöcken. Mimimiadie gab einige Anweisungen an seine Männer, die sofort den Weg zurückliefen. Ob sie nach Gopiny suchten? Oder wussten sie bereits, dass Myles in der Nähe war?

Er tat, als kümmere es ihn nicht. »Wo ist Oatley, Boss?«

Mimimiadie deutete mit dem Kopf nach oben. Entsetzt sah Yorkey William, der zusammengesunken unter dem Baum saß.

»O nein, was habt ihr mit ihm gemacht? Alles in Ordnung, Mr. Oatley?«, rief er.

Er sah, wie sich der graue Kopf hob und wieder auf die Brust sank.

»Ich hole ihn runter!«, sagte er zu Mimimiadie, der seine Zustimmung signalisierte. In Minutenschnelle war er oben und schnitt William los.

»Es tut mir so Leid! Können Sie aufstehen? Und gehen? Gott, Sie sehen furchtbar aus.«

»Das Gewehr«, krächzte William, »dein Gewehr. Er hat es.«

Yorkey sah Mimimiadie, der neben seinem Pferd stand und lachend das Gewehr in der Luft schwenkte.

»Egal«, meinte er, »mit einem bisschen Glück werden wir es nicht brauchen. Keine Sorge, bald sind wir weg von hier. Ich habe Ihnen ein Pferd mitgebracht.«

Sie stolperten zusammen den Hügel hinunter. Da Yorkey keine Zeit zu verlieren hatte, schleppte er William, der sehr geschwächt war, praktisch zu den Pferden.

»Sie können nicht gut laufen, aber ich schätze, Reiten geht«, meinte er.

»Ja«, murmelte William. Er war kaum wiederzuerkennen, abgemagert und verdreckt. Seine Kleidung stank. Sein Haar war schmutzig und verfilzt, die Haut löste sich in Fetzen von Gesicht und Armen, doch in seinen Augen funkelte Leben, er würde weiterkämpfen. Yorkey wagte nicht, ihm zu sagen, dass sein dummer Sohn irgendwo da draußen war und den Austausch zu ruinieren drohte.

»Wir müssen uns beeilen«, sagte er und wollte William in den Sattel helfen, doch Mimimiadie trat vor und richtete das Gewehr auf sie.

»Nicht gehen.«

»Was soll das heißen?«, rief Yorkey überrascht. »Es ist vorbei. Ihr habt Boomi, ich nehme ihn mit.«

»Nein, warten.«

»Worauf? Wir gehen.«

Doch es hatte keinen Sinn. Er ließ William neben dem Pferd zu Boden sinken und verlangte von den Schwarzen, mit ihm allein gelassen zu werden. Dabei versuchte er, den Gedanken an das Gewehr in den Händen des leicht erregbaren Anführers zu verdrängen.

Myles war wütend und verängstigt zugleich. Wenn dieser schwarze Bastard Yorkey zurückkam, würde er ihn wegen Körperverletzung anzeigen. Doch was war jetzt zu tun? Gewiss konnte er nicht unbewaffnet weiterziehen. Und wie lächerlich würde er sich machen, wenn er allein nach Pine Creek zurückkehrte. Zack würde sich totlachen. Doch was spielte sich dort vorne ab? Sollte er einfach in Deckung bleiben? Sich durch den Busch anschleichen und nachschauen? Der Gedanke an die beiden toten Aborigines ließ ihn nicht mehr los. Es waren Mimimiadies Männer gewesen, er würde sie vermissen und sich nach ihnen erkundigen. Andererseits würde Yorkey ihn nicht verraten, weil er sich dadurch selbst in Gefahr brachte. Vielleicht sollte er ihm die Schuld in die Schuhe schieben. Oder war es doch besser, von hier zu verschwinden?

Was sollte aus William werden? Hätte Yorkey nicht sein Gewehr zertrümmert, hätte er seinem Vater helfen können.

Jemand anders nahm ihm die Entscheidung ab. Als er zu seinem Pferd ging, traf ihn ein Schlag von hinten, und er fiel hin. Bevor er begriff, was geschehen war, rissen ihn zwei wild aussehende Aborigines wieder auf die Füße.

Myles brüllte los. »Lasst mich los! Das werdet ihr büßen! Wisst ihr nicht, dass ich ein Boss bin? Großer Boss. Viele Soldaten werden kommen und schießen.«

Ihre Gesichter wirkten ungerührt, während sie seine Hände nach hinten rissen und so stramm fesselten, dass ihm die

Schnüre wie Draht ins Fleisch schnitten. Entsetzt sah er, dass sie gute Gewehre bei sich trugen, und änderte seinen Ton.

»Warum macht ihr so etwas? Ich bin ein Freund. Ich habe nichts Böses getan. Ich warte nur auf Yorkey. Will ihm helfen. Versteht ihr?«

Doch sie nahmen sein Pferd, stießen ihn auf den Weg und trieben ihn eilig voran. Einer von ihnen grinste, sprang in den Sattel, griff nach den Zügeln und presste die Knie in die Flanken des Tieres. Der andere fiel neben dem Pferd in Laufschritt und zerrte Myles hinter sich her. Er stolperte. Ein brutaler Tritt in den Hintern trieb ihn weiter, der Schweiß rann ihm übers Gesicht. Angst und Erschöpfung forderten ihren Tribut. Seine Beine waren schwer wie Blei. Er weinte beinahe vor Erleichterung, als er Yorkey ohne Fesseln neben den beiden Pferden stehen sah. Sein Vater lag im Gras. Er sah schrecklich aus, war aber am Leben.

»Sagt ihnen, sie sollen mich loslassen!«, schrie Myles. »Sagt ihnen, wer ich bin. Das ist empörend!«

Plötzlich tauchte ein Ehrfurcht gebietender Schwarzer auf, ein Riese mit dicken, filzigen Locken und einem eisernen Blick baute sich majestätisch vor ihm auf. In der Hand hielt er einen langen Speer. Er stand unbeweglich da, seine Raubvogelaugen fixierten Myles, den man vor seine Füße stieß. Myles wusste sofort, dass dies der berühmte Mimimiadie sein musste, und fuhr entsetzt zusammen. Die Brust des Mannes war von Narben bedeckt, die aus Schlachten oder von Initiationsriten stammten und von einem bewegten Leben zeugten.

»Sag ihm, er soll mich freilassen«, rief er seinem Vater zu.

William nickte. »Schon gut, Myles, bleib ruhig, ganz ruhig.« Er rappelte sich mühsam hoch und stützte sich auf Yorkey. »Guter Mann, Boss. Dein Sohn Boomi. Mein Sohn Myles. Gut?«

Yorkey erklärte die Lage mit Gesten, doch William schaute

ihn nur müde an. »Er kann jetzt etwas Englisch, ich habe es ihm beigebracht. Hatte nichts Besseres zu tun.«

»Gut. Sprechen jetzt Englisch, Boss?«, fragte Yorkey Mimimiadie bewundernd. »Gut, was?«

»Er Sohn von Oatley«, verkündete Mimimiadie stolz.

»Stimmt«, sagte Yorkey. »Auch guter Mann. Lass ihn gehen. Wir gehen alle. Boomi ist da. Keine Probleme mehr, oder?«

Mimimiadie hob einen Finger, um sie zum Schweigen zu bringen.

»Erst sagen, wo Gopiny.«

Myles wollte aufstehen, doch ein Fußtritt warf ihn nieder.

»Wo Gopiny?«, knurrte Mimimiadie.

»Ich weiß es nicht!«, schrie Myles. »Wer ist Gopiny?« Mimimiadie stellte Yorkey die gleiche Frage und erhielt eine überzeugende Antwort.

»Habe Gopiny dort gesehen. Hat mich zu dir geschickt, stimmt? Wo er ist? Vielleicht oben.« Er deutete auf das Plateau.

Mimimiadie wollte endlich weg, nachdem er seinen Jungen wiederhatte, die ganzen Diskussionen gingen ihm auf die Nerven, doch irgendetwas war Numinga und Gopiny zugestoßen. Vielleicht sollte er die beiden Weißen töten, um sein Gesicht vor den anderen zu wahren? Doch das würde den Zorn der Weißen auf sie lenken. Sicher wusste die ganze Welt der Weißen von seinem kühnen Plan zur Rettung seines Sohnes, den er gegen den weißen Boss austauschen wollte. Yorkey hatte gesagt, William sei ein bedeutender Mann. Sie würden warten, was geschah, ob er sein Versprechen hielt. Aber wie lange würden sie warten?

Er nahm Yorkey beiseite. »Du guter Mann, hast nach meinem Jungen gesehen. Sag mir die Wahrheit. Wo Gopiny?«

»Ich weiß es nicht, Boss, ehrlich. Ich weiß es nicht.«

»Was sagt er?« Er hörte argwöhnisch zu, als Yorkey Oatleys

Sohn die Frage stellte, und bemerkte die Angst in dem glatten, jungen Gesicht. Der Sohn schüttelte wiederholt den Kopf, ein Strom von Wörtern drang aus seinem Mund. Warum hatte er Angst? Was wusste er? Es tat gut, zur Abwechslung einmal die Weißen in Angst und Schrecken zu erleben. Seine Männer beobachteten ihn, und er versetzte dem Sohn zu ihrer Freude noch einen Tritt.

Dennoch, sie mussten weg von hier. Ihnen fehlte die Zeit, eine Suche nach den beiden Männern durchzuführen. Sie waren auf sich selbst gestellt. Er konnte den anderen nur befehlen, die Augen offen zu halten.

Er wandte sich an die Krieger. »Wir müssen aufbrechen.«

Sie stimmten ihm von ganzem Herzen zu. Das lange Warten hatte sie schon genug gelangweilt.

»Ich weiß nicht, wo Gopiny ist. Und wir haben keine Zeit, ihn zu suchen. Vielleicht hat ihn der Kerl verletzt oder getötet.« Er stieß Myles mit dem Fuß an. »Eigentlich sollte ich ihn auch verletzen oder töten, als Vergeltung, aber dann kommen große Suchtrupps und jagen uns. Dabei haben wir gewonnen, mit eurer Hilfe. Diese Geschichte können wir nach unserer Rückkehr erzählen. Falls wir zurückkehren«, fügte er finster hinzu.

Es sind junge Burschen, die an meinen Lippen hängen, dachte er.

Ich muss ihnen irgendeine Art der Vergeltung bieten.

Dann kam ihm eine wunderbare Idee. Sein hartes Gesicht verzog sich zu einem gemeinen Grinsen. Er wandte sich an den Mann, der Myles' Pferd hielt.

»Das Tier gehört dir. Du kannst darauf zurückreiten, so weit du willst.«

Der junge Mann strahlte und tanzte umher, tätschelte das Tier und dankte seinem Anführer für das herrliche Geschenk. Er konnte den Ritt kaum erwarten. Mimimiadie nickte feierlich. Problem gelöst.

Er beachtete Myles nicht und trat auf Yorkey zu. »Ihr geht jetzt. Nimm Oatley. Nimm Sohn. Geh.«

Yorkey war erfreut und schüttelte Mimimiadie die Hand.

»Guter Mann. Hast Versprechen gehalten, was? Schau jetzt nach Boomi. Danke, Boss.«

Doch als Yorkey sich den Pferden zuwandte, richtete Mimimiadie das Gewehr auf ihn und wies seine Männer an, die Tiere festzuhalten.

Dann sagte er ruhig: »Geht alle. Keine Pferde. Gehen.«

Yorkey und Oatley begannen eine wütende Diskussion, doch Mimimiadie bestand darauf, dass nicht nur Schwarze, sondern auch Weiße diese Entfernung zu Fuß zurücklegen konnten. Er blieb hart.

Yorkey tobte. Er gab die Schmeicheleien auf und brüllte den Anführer an. »Du hast versprochen, wir kommen sicher heim. Das geht nicht. Nein! Wir gehen nicht. Wir brauchen die Pferde, ihr nicht.«

Schließlich mündeten seine Argumente in eine Bitte um Oatleys Leben. »Sieh ihn dir an. Er ist krank. Er kann nicht gehen. Er würde sterben. Suchtrupps kommen, am ganzen Victoria River. Hörst du? Wenn er stirbt, hast du großen Ärger.«

Zu guter Letzt schlossen sie einen Handel. Ein Pferd, nicht mehr. Nun konnte Mimimiadie nicht mehr zurück. Ein Tier brauchte er für sich, um mit Boomi an einen sicheren Ort zu reiten. Eine gute Idee.

Ein Pferd gab er ab, das war ein ehrenvolles Geschäft. Er wählte das schwarze, weil es kräftig aussah.

Er befahl Yorkey, Oatley aufs Pferd zu helfen, und schickte die beiden anderen fort. Dann sah er mit dem Gewehr in der Hand zu, wie Yorkey Myles auf die Füße half.

Als sie loszogen, brüllte der Sohn Yorkey an, gab ihm wohl die Schuld am Verlust der Pferde, doch das interessierte ihn nicht mehr. Mimimiadie hatte seinen Jungen und ein Pferd, und es würde bald dunkel. Sie konnten die Schlucht nachts durchqueren und am Morgen in die Freiheit reiten. Sein Sohn würde stolz auf ihn sein.

»Wohin gehen wir?«, fragte Myles.

»Ich nehme eine Abkürzung zur Straße, die zur Schlucht führt«, sagte Yorkey. »Da finden wir eher Hilfe.«

»Wenn du diesem Schwein nicht nachgegeben hättest, brauchten wir keine Hilfe. Was wollen die mit den Pferden?«

»Das Gleiche wie wir.« Yorkey hatte das ständige Gejammer satt. Es würde ein langer Marsch werden, doch immerhin hatten sie ein Reittier für William. »Und wenn du nicht seine Männer getötet hättest, wären wir jetzt nicht in dieser Lage.«

William schaute auf Yorkey hinunter, der sein Pferd führte. »Welche Männer? Wen hat er getötet?«

»Gopiny und Numinga.«

»O mein Gott!«

Myles verteidigte sich. »Ich konnte nicht anders, sie haben mich angegriffen!«

»Gopiny schon, bei Numinga bin ich mir nicht sicher«, meinte Yorkey. »Du warst jedenfalls keine große Hilfe.«

»Hört auf zu streiten. Hört auf zu reden«, stöhnte William. »Wir brauchen unsere Kräfte noch. Haben wir Proviant?«

»Ja. Er hat mein Pferd genommen, aber hier ist auch noch ein Paket angeschnallt.«

»Ich habe nichts«, klagte Myles. »Ihr habt ihnen mein Tier gegeben, mit meiner Satteltasche.«

»Mir geht es genauso«, fauchte Yorkey angewidert.

Sie mühten sich weiter, bis es dunkel wurde, und schlugen ihr Lager nahe der Straße auf. Yorkey machte Feuer und bereitete etwas zu essen zu, während Myles das Pferd versorgte. Nachdem sie gegessen hatten, fragte der Schwarze William, ob er noch reiten könne.

William schaute zum Vollmond empor. Der Himmel war

sternenklar. »Genau das habe ich auch gedacht. Nachts ist es viel kühler. Tut mir Leid, dass ich euch zur Last falle.«

Yorkey lächelte. »Sie sind keine Last, solange Sie sich im Sattel halten können.«

Er stieß Myles an, der am Feuer döste. »Komm. Wir gehen weiter.«

Sie trabten neben dem Pferd einher, mal schneller, mal langsamer, um Atem zu schöpfen, doch Yorkey sorgte sich, dass sie nicht schnell genug vorankämen. Außerdem waren Myles' elegante Reitstiefel nicht zum Wandern geschaffen. Die Sohlen waren dünn, er klagte über Blasen. Yorkey empfand zwar kein Mitleid, konnte sich aber nicht leisten, dass er sie aufhielt.

»Nimm die Stiefel von deinem Dad. Sie sind eingelaufen, er braucht sie jetzt nicht.«

Nachdem sie den Tag über gerastet hatten, marschierten sie die gesamte zweite Nacht durch. Mit Williams Erlaubnis änderte Yorkey den Rhythmus.

»Wir müssen zweimal rasten und zum Ausgleich am Morgen so schnell wie möglich vorwärts kommen. Am Abend geht es weiter.«

Ausnahmsweise widersprach Myles ihm nicht, er war zu müde. Sie wussten alle, dass sie bei diesem Schneckentempo noch mindestens achtzig Meilen vor sich hatten. Die Straße passte sich den Gegebenheiten des Terrains an, sie wand sich um natürliche Hindernisse wie flache Hügel und Felsen und orientierte sich an der Lage der Furten, wenn Wasserläufe zu durchqueren waren. Diese führten mittlerweile genügend Wasser, sodass es ihnen wenigstens daran nicht mangeln würde. Yorkey dachte, es wäre vielleicht besser, querfeldein zu gehen, um den Weg zu verkürzen, doch damit verzichteten sie auf die Chance, hilfsbereiten Reisenden zu begegnen.

Allerdings hatten sie bisher keine Menschenseele gesehen. Wer wagte sich auf diese Straße, wenn ein einziger Wolkenbruch die Schlucht wie einen Eimer füllen würde? Aber Yorkey gab die Hoffnung nicht auf. Die Morgensonne brannte mörderisch auf den schattenlosen Weg. Er gab Myles, der unter Sonnenbrand litt, seinen Hut. Ein Patient mit Sonnenstich hätte ihm gerade noch gefehlt. Die Weißen schienen zu glauben, dass Aborigines dagegen immun seien, und Yorkey, dem der Schweiß übers Gesicht rann, hoffte, dies möge der Wahrheit entsprechen.

Am fünften Morgen sehnte er sich nach Regen, nach einem Ende der Gluthitze, einem Verlöschen des blendenden Sonnenlichts.

Am frühen Vormittag bat William um eine Unterbrechung und schlug vor, unter den mageren Eukalyptusbäumen ein wenig Schutz zu suchen. Er machte sich Sorgen um seine Begleiter und war der Ansicht, er könne selber laufen. Sie sollten einander beim Reiten abwechseln. Als Yorkey es jedoch auf einen Versuch ankommen ließ, erwies sich William als zu schwach auf den Beinen. Er litt unter wässrigem Durchfall und gehörte ins Krankenhaus, nicht in diesen Brutofen.

Yorkeys Gebete um einen Wetterumschwung wurden auf drastische Art erhört. Am Nachmittag zogen von Norden her Wolken auf, und Yorkey sorgte dafür, dass sie ihr Lager aufschlugen, bevor der Sturm losbrach. Diesmal war es kein bloßer Vorbote der Regenzeit. Der Monsun traf das Land mit Verspätung, dafür aber umso heftiger. Blitze zuckten über ihnen, der Donner krachte, die Bäume schienen sich unter den Regenfluten niederzubeugen.

Sie wurden nass bis auf die Haut. Der Weg verwandelte sich in eine Rutschbahn aus Schlamm, auf dem Waldboden war es auch nicht viel besser, da er mit glitschigem Laub bedeckt war.

Ihnen gingen allmählich die knappen Vorräte aus. Yorkey hatte nicht damit gerechnet, zu Fuß nach Pine Creek zurückzukehren. Außerdem besaß er keine Waffe mehr, mit der er Vögel oder Kleintiere hätte jagen können.

»Du bist ein Abo«, knurrte Myles. »Such uns Buschfutter, ihr braucht sonst ja auch keine Gewehre.«

William, der neben ihm im strömenden Regen kauerte, brachte ein Lächeln zu Stande. »Myles, es würde dir nicht schmecken, glaub mir. Wir müssen das Ende dieser Sintflut einfach abwarten.«

»Dann sitzen wir eine Woche hier. Lass mich das Pferd nehmen und Hilfe holen.«

»Nein«, entgegnete Yorkey entschlossen, »nein.«

Am nächsten Morgen mussten sie weiterziehen, obgleich es nach wie vor regnete. Der schlammige Weg war immer noch besser als der Waldboden mit seinen tückischen Löchern und Baumstümpfen. Das Pferd war zu wichtig, sie konnten nicht riskieren, dass es sich verletzte.

Plötzlich stürzte Myles in den Schlamm, weinte, entschuldigte sich und flehte sie an, ohne ihn weiterzugehen.

»Schon gut, Kumpel«, sagte Yorkey, »ruhen wir uns ein bisschen aus. Ich massiere deine Beine, wie ich es bei deinem Dad mache. Dann geht es dir bald besser.«

Sie tranken den letzten Tee, und William scherzte: »Wasser ist sowieso gesünder.«

Er musste geahnt haben, dass das Proviantpaket fast leer war, ließ aber den Mut nicht sinken.

Myles umklammerte den Teebecher und schaute seinen Vater klagend an: »Es tut mir so Leid. Ich habe alles verdorben, nicht wahr?«

»Nein, das stimmt nicht«, meinte Yorkey freundlich. »William hat Recht. Er weiß, dass wir ab und zu rasten müssen. Danach geht es mit neuer Kraft weiter. Wozu die Eile?«

Myles beachtete ihn nicht. »Ich habe alles verdorben, stimmt's?«, fragte er seinen Vater noch einmal. »Nicht nur das, auch den Rest, mit Harriet.«

Yorkey erstarrte. Dies war nicht der rechte Zeitpunkt, um über Familienfehden zu sprechen, doch Myles ließ nicht locker.

»Ich weiß nicht, wie es dazu kommen konnte. Ich kann nur sagen, dass es mir schrecklich Leid tut. Ich wollte sie hassen, weil sie Mutters Platz eingenommen hatte ...«

William versuchte, ihn zu beschwichtigen. »Jetzt nicht, mein Sohn. Ruh dich aus, du bist erschöpft. Yorkey wird dir eine trockene Stelle ausheben.«

Doch Myles blieb am qualmenden Feuer sitzen, das Yorkey unter einem kleinen Dach aus Adlerfarn hatte entzünden können.

»Nein, ich kann nicht weiter«, sagte Myles. Er streifte mit schmerzverzerrtem Gesicht einen der durchweichten Stiefel ab und enthüllte einen blutigen, aufgequollenen Fuß. »Ich war wohl zu lange in der Zivilisation«, meinte er trocken. »Bisschen aus der Übung.«

»Um Gottes willen!«, rief Yorkey. »Ich mache dir einen Verband.«

William schüttelte den Kopf. »Tu das, Yorkey, aber er muss trotzdem reiten. Wir reiten beide.«

Als Yorkey sein Hemd in Streifen riss, zuckte Myles nur die Achseln. »Ich glaube, das hilft nicht viel, und auf das Pferd steige ich schon gar nicht. Es muss meinen Vater heimbringen. Außerdem möchte ich zu Ende reden.«

Während Yorkey die blutigen Füße verband, wurde ihm klar, dass Myles entweder Stiefel oder Verbände tragen konnte, aber nicht beides zugleich. Das Blut sickerte durch den Flanell, vermutlich waren die Füße bereits entzündet. Am Morgen würde er noch einen Blick darauf werfen, konnte die Wunden aber nur säubern, gegen die Infektion besaß er kein Mittel. Was nun?

Myles sprach eindringlich auf seinen Vater ein.

»Dann habe ich gemerkt, dass ich sie gar nicht hasse. Ich

fand sie sogar schön, und auch das hat mich geärgert. Aber man kann so gut mit ihr reden. Dann fand ich den Brief, der in der Zeitung in Perth abgedruckt worden war.«

William nickte.

»Ich habe gelacht, fand ihn ungeheuer komisch. Endlich bekamen der Resident und seine Frau, was sie verdienten. Harriet sah mich lachen und hat sich furchtbar geschämt. Ach, ich weiß auch nicht, wie ich jetzt darauf komme, ich kann mich nicht richtig konzentrieren.«

»Myles, bitte ...«, sagte William und wollte ihn berühren, doch sein Sohn wehrte ihn ab.

»Lass mich. Ich muss dir sagen, dass es nicht Harriets Schuld war. Ich habe mich in sie verliebt, das ist alles. Mich interessierte nicht, dass sie deine Frau war, das schwöre ich. Und Harriet ... nun ...«

William wandte sich ab. Offensichtlich wollte er dieses Geständnis nicht hören.

»Gib nicht ihr die Schuld. Ich war verrückt nach ihr und habe deutlich gezeigt, dass ich sie vergöttere. Vielleicht wollte ich ihr schmeicheln. Jedenfalls möchte ich dir bei dieser Gelegenheit sagen, wie Leid es mir tut, dass ich dir solchen Schmerz zugefügt habe. Und ihr auch. Mag sein, dass sie mich eine Zeit lang geliebt hat, zieh jetzt bitte nicht so ein Gesicht, aber sie hat sich furchtbare Sorgen um dich gemacht.«

»Es reicht, Myles«, entgegnete William streng.

»Nein, tut es nicht. Kannst du mir je verzeihen? Ich muss es einfach wissen.«

»Weil du glaubst, im Sterben zu liegen? Werde endlich erwachsen, Myles. Wir sind noch weit vom Tor zur Hölle entfernt. Schlaf jetzt.«

Yorkey war verblüfft über diese Antwort, die so gar nicht zu Williams sanfter Art passen wollte.

Am nächsten Morgen ergriff William die Initiative. »Heb

ihn hinter mir aufs Pferd, Yorkey. Wir reiten zusammen und legen dafür längere Pausen ein.«

Entgegen seiner Ablehnung vom Vorabend stieg Myles hinter seinem Vater auf. Yorkey ging neben ihnen her und versuchte, die Entfernung bis Pine Creek einzuschätzen, hatte aber jegliches Gefühl dafür verloren.

18. Kapitel

ALS REVEREND WALTERS um die Ecke bog und seinen Schirm gegen die Regenfluten stemmte, stieß er mit einem Haufen Betrunkener zusammen, die vor dem Darwin Hotel herumlungerten. Statt den Weg frei zu machen, drängten sie sich um ihn und forderten ihn zum Mittrinken auf. Sie lachten, entrissen ihm den Schirm, und er wurde ganz nass, was sie jedoch nicht zu stören schien. Diese Raufbolde waren ohnehin durchnässt und platschten durch die Pfützen wie große Kinder.

»Feiern Sie mit, Pastor!«, brüllte einer, doch Walters entwand ihnen den Schirm und knurrte: »Ich trinke nicht, und der Herr steht auf meiner Seite. Er wird lasterhafte Orte wie diesen vernichten.«

»Soll er doch«, lachte einer, »er hat uns den Regen geschickt, Pastor, und das feiern wir.«

»Die Kirche ist der richtige Ort, um Gott zu danken«, schnaubte Walters und stürmte davon in Richtung Esplanade. Er bemitleidete sich selbst, weil er in dieser gottverlassenen Stadt gelandet war. Eine Stadt, die lange den Ruf genossen hatte, jenseits der zehn Gebote zu liegen.

»Und daran hat sich bis heute nicht viel geändert«, murmelte er vor sich hin. Er hatte den Versuch, Aborigines zu bekehren, aufgegeben, solange sie nicht als Babys zu ihm kamen. Bei Erwachsenen war es reine Zeitverschwendung. Auch die große chinesische Gemeinde pflegte ihre heidnischen Riten und verhielt sich vollkommen unzugänglich. Außerdem war es nicht gut, Neuankömmlingen allzu freundlich zu begegnen. Viele Männer betrachteten Freundlichkeit mit Argwohn, schon oft war man ihm mit Misstrauen begegnet. Anscheinend galt es als indiskret, sich nach persönlichen Dingen zu erkundigen.

Walters seufzte. Er hasste die endlose Regenzeit, die in diesem Sodom Australiens als Lebensspenderin gefeiert wurde.

Zwei junge Frauen rannten kichernd an ihm vorbei. Er wandte den Blick ab. Huren, einfach abstoßend, und das waren nur zwei aus einer Vielzahl der Schlampen, die unter den Augen der Polizei ihrem lasterhaften Gewerbe nachgingen. Walters konnte nichts dagegen ausrichten. Auf Grund des hier herrschenden Frauenmangels drückte man bei ihren Aktivitäten ein Auge zu, manche betrachteten sie sogar als legal. Unglaublich!

All das bedeutete, dass er nur wenige Gläubige um sich scharen konnte, die regelmäßig den Sonntagsgottesdienst besuchten. Und bevor nicht mehr Christen zuwanderten, stagnierte ihre Zahl. Dies wiederum missfiel dem neuen Bischof in Adelaide, der von Walters eine genaue Statistik verlangt hatte. Da die Gemeinde nicht gewachsen war, lehnte er den Bau einer neuen Kirche in Darwin entschieden ab. Er schrieb, die Diözese habe dringenderen Bedarf für das Geld, das Walters törichterweise für das Grundstück an der Esplanade, der teuersten Lage der Stadt, ausgegeben hatte. Der Bischof wies ihn an, es umgehend zu verkaufen und das Geld nach Adelaide zu schicken.

Dieser Befehl hatte Walters bis ins Mark erschüttert. Offenbar war es dem Bischof auch egal, dass ein Verkauf einer Demütigung des Reverend gleichkam. Er sollte das Land verkaufen, das er vor nur einer Woche im Kreise seiner Gemeinde gesegnet hatte. Auch Mrs. Oatley hatte mit ihnen gebetet.

Harriet Oatley! Man sollte eigentlich glauben, dass die höher gestellten Persönlichkeiten der Stadt den unteren Klassen ein Beispiel geben würden, doch das galt nicht in Darwin. Über Harriet kursierte eine äußerst hässliche Geschichte, um die er sich kümmern musste. Es war seine Pflicht, ihre Seele zu retten.

Er eilte an ihrem Haus vorbei: Diese Aufgabe musste noch ein wenig warten.

Resigniert schüttelte Reverend Walters den Kopf. Man hätte denken können, dass auf die Hamiltons, die er als gute, gottesfürchtige Menschen kannte, Verlass war, doch auch ihnen schien er nicht mehr trauen zu können.

In einer ruhigen Minute hatte er mit dem Polizeipräsidenten gesprochen, der zwar Papist, aber dennoch ein vernünftiger Bursche war. Dabei erwähnte er den Namen Mimimiadie.

»Wie benimmt er sich denn?«

»Keine Ahnung. Wieso?«

»In Fanny Bay, meine ich. Fügt er sich ein? Ich soll seinen Sohn hinbringen, wenn das Gericht es erlaubt. Es wäre ein Akt der Nächstenliebe, denn angesichts seines Strafregisters dürfte er wohl nicht mehr lange von dieser Welt sein.«

Cavendish starrte ihn an. »Ich weiß nicht, wovon Sie reden!«

»Mimimiadie, er sitzt doch in Ihrem Gefängnis.«

»Schön wär's. Sie müssen ihn mit jemandem verwechseln. Wir haben den Kerl noch nicht gefasst.«

Was sollte das heißen? Ernüchtert hatte Walters sich auf den Weg gemacht, um seine Gedanken zu sammeln. Kein Zweifel, Zack Hamilton und Oatleys Sohn Myles, der sich Gerüchten zufolge im Haus seines Vaters versündigt hatte, hatten ihn zum Narren gehalten.

Mit verletztem Stolz kämpfte er sich auf das Strandhaus zu, wo er Zack Hamilton zur Rede stellen wollte. Warum hatte man ihn über Boomis Vater falsch informiert? Walters musste sich eingestehen, dass er mit seinen nassen Kleidern wenig präsentabel wirkte, doch er war ein Mann der Kirche und stand über solchen Banalitäten.

Die Damen Hamilton saßen auf einer geschützten Veranda

beim Kartenspiel. Er rannte die Treppe hoch und platzte unvermittelt herein, während er das Wasser von seinem Schirm schüttelte.

Beide sprangen auf und boten ihm Handtücher an. Er nahm ihre Hilfe an, weigerte sich aber, Jacke und Stiefel am Ofen trocknen zu lassen.

»Nur keine Umstände, meine Damen, mir geht es gut. Bei diesen Temperaturen wird man sich wohl kaum erkälten. Ich würde gern mit Mr. Hamilton sprechen. Würden Sie mich bitte melden?«

»Tut mir Leid, Mr. Walters, aber er ist nicht zu Hause«, antwortete Maudie Hamilton ruhig. Er bemerkte jedoch das Augenzwinkern zwischen den Frauen und schloss sofort daraus, dass man ihn auslachte.

»Verstehe. Wann wird er kommen? Vielleicht könnte ich auf ihn warten.«

»Das kann ich nicht sagen.«

»Und wie geht es Boomi?«

»Ganz gut.«

»Wo ist er? Ich würde ihn gerne sehen.« Es war nur eine Ausrede. Seltsam, dass man ihm keine Erfrischung anbot; auch eine Tasse Tee wäre ihm bei diesem Wetter sehr willkommen gewesen.

»Bedauere, Boomi ist auch nicht hier.«

»Tatsächlich? Wo treibt er sich bei diesem Wetter herum? Kein Tag für einen Ausflug, möchte ich meinen. Ich habe ihn in Ihrer Obhut gelassen, Mrs. Hamilton, Sie sollten ihn bei sich behalten. Wo ist das Kind, während Sie sich hier amüsieren?« Er betrachtete stirnrunzelnd die Karten. Ein unchristlicher Zeitvertreib.

»Er ist bei Zack«, sagte Sibell Hamilton fröhlich.

»Und wo wäre das?«

»Die beiden machen Besuche«, lächelte Maudie.

»Bei wem, wenn ich fragen darf?«

Ihr Lächeln verschwand, die alte Aggression trat zu Tage. »Nein, das dürfen Sie nicht.«

Er ließ sich in einem Korbsessel nieder. »Dann sollte ich wohl wirklich warten. Es ist meine Pflicht, nach dem Kind zu sehen.«

»Gehören dazu auch Schläge?«, fragte sie herausfordernd. »Das Kind hatte Striemen an Beinen und Rücken. Ich halte es für unsere Pflicht, auch die anderen Kinder in Ihrer Obhut in Augenschein zu nehmen.«

Sibell Hamilton wollte ihre Schwägerin beschwichtigen, doch der Reverend ließ sich von Maudies Vorwürfen nicht beeindrucken. Sein Misstrauen war geweckt.

»Sicher, Madam, doch nun stelle ich hier die Fragen. Sagen Sie mir bitte, wann genau das Kind zu Hause erwartet wird, sodass ich umgehend kommen und mich davon überzeugen kann, dass es sich in guten Händen befindet.«

»Das erfahren Sie zu gegebener Zeit«, antwortete sie schnippisch.

»Nein, ich will es jetzt wissen, sonst übergebe ich die Angelegenheit Mr. Cavendish. Das Kind befindet sich nach wie vor unter Polizeischutz, und es ist meine Pflicht, dem Sergeanten Meldung zu erstatten.«

»Tun Sie das bitte nicht«, bat Sibell.

»Dann holen sie ihn her.«

»Das geht leider nicht.«

Er seufzte und zuckte die Achseln. »Unter diesen Umständen muss ich mich auf den Weg machen.«

Sibell Hamilton achtete nicht auf Maudies warnenden Blick. »Mr. Walters, ich möchte mich entschuldigen, falls ich Ihnen Umstände bereite, aber wir haben ein Problem, das ich Ihnen gern erklären werde. Sie müssen jedoch versprechen, es zumindest einige Tage vertraulich zu behandeln. Es ist eine ernsthafte Angelegenheit, und wir wären für Ihre Unterstützung dankbar.«

Schon besser, sie schienen zur Vernunft zu kommen. Was hatten sie getan? Jemand anderem das Kind aufgehalst? Offensichtlich gab es in dieser Familie auch Probleme. Hatte es da nicht ein Gerücht gegeben, sie wolle ihren Mann verlassen? Woher stammte es doch gleich? Natürlich ... er hatte es von Christy Cornford gehört. Und dann der andere Skandal mit Myles Oatley. Er hatte Lucy verschmäht, und jetzt machte Cornford ihr den Hof.

»Selbstverständlich, meine Liebe. Sie können sich auf mich verlassen. Sagen Sie mir, was Sie bedrückt.«

Er lehnte sich zurück, legte die Fingerspitzen aneinander und wartete darauf, dass man ihn in die Geheimnisse der Hamiltons einweihte. Was er zu hören bekam, entsetzte ihn, doch er unterdrückte jegliche Missfallensäußerung, vor allem gegenüber Maudie Hamilton, die sich offenbar wieder bei ihm einschmeicheln wollte und mit einer Kanne Tee und einigen Scheiben ihres so genannten Vorweihnachtskuchens herbeieilte. Der Kuchen schmeckte köstlich, und Walters gratulierte ihr dazu.

Nachdem man ihn eingeweiht hatte, verkündete er salbungsvoll und mit ernster Miene: »Ich bin so froh, dass Sie sich mir anvertraut haben. Das hätten Sie gleich tun sollen. Ich verstehe Ihre prekäre Lage. Wie furchtbar, dass sich der arme Mr. Oatley in den Händen dieses Schurken befindet. Aber Sie müssen dennoch verstehen, dass Sie dieses Kind dem Herrn entzogen haben und die Polizei um die Chance bringen, einen Mörder zu fassen. Wie viele Leben wird wohl dieses übereilte Abenteuer kosten?«

»Es war unsere einzige Chance, Mr. Oatley zu retten«, gab Sibell zu bedenken. »Wir alle haben die Aufgabe, ihm zu helfen, und ich möchte Sie um Verständnis bitten. Wir wollten Sie nicht hintergehen, aber nicht in die Geschichte hineinziehen. Daher war es besser, diesen Weg einzuschlagen. Ich möchte Sie bitten, niemandem etwas davon zu sagen, bevor wir von Zack gehört haben. Ich habe keine Ahnung, was seither geschehen ist oder ob sie Boomi überhaupt abgeliefert haben.«

Sie hatten ihm das Kind tatsächlich unter der Nase weggestohlen! Ihn zum Narren gehalten! Für wen hielten sich diese Leute mit all ihrem Geld? Standen sie etwa über dem Gesetz? Und über dem Herrn? Ihre Eitelkeit war eine schwere Sünde.

Er lauschte ihren Dankesbezeugungen, ihrer himmelschreienden Heuchelei, und nickte feierlich wie beim Gebet. Dann verließ er das Haus, nachdem er den angebotenen Mantel ausgeschlagen hatte, trat in den reinigenden Regen hinaus und rief den Herrn an, er möge seinen Gleichmut in dieser Lasterhöhle wohlwollend zur Kenntnis nehmen. Wenn er von dem endlosen Regen absah, kam er sich beinahe vor wie Jesus, der in die Wüste gegangen war, umgeben von den Teufeln der Versuchung, und dennoch nicht von seiner Pflicht abgewichen war. Er würde die Demütigung, das Kind verloren zu haben, und sogar den Zorn der Polizei hinnehmen, auf dass ihn der Vater im Himmel liebte. Doch nun musste er Cavendish umgehend davon in Kenntnis setzen. Zunächst aber suchte er Mrs. Oatley auf.

Harriet führte Reverend Walters, der wie eine nasse Vogelscheuche aussah, ins Wohnzimmer. Die Störung ärgerte sie, sie hatte schon genug Sorgen, ohne ihn auch noch unterhalten zu müssen. Zähneknirschend bot sie ihm einen Platz an.

»Ich stehe lieber. Ich bin in einer dringenden Angelegenheit hier, Schwester Oatley, und falls Sie meinen, dass es dabei um den Verbleib Ihres Ehemannes geht ... darüber weiß ich Bescheid und möchte mein Mitgefühl bekunden. Obgleich er kein frommer Mensch ist, werde ich für ihn beten, auf dass Gott ihn diese schwere Prüfung überstehen lässt.«

Sie starrte ihn an. »Oh, vielen Dank. Möchten Sie Tee oder eine Erfrischung? Vielleicht Limonade?«

»Danke, nein.« Er zog seine Taschenuhr hervor. Ihm blieb noch genügend Zeit, um Cavendish aufzusuchen und von den Gesetzesverstößen der Hamiltons zu berichten. Der Polizeipräsident würde ebenso empört sein wie er.

»Schwester Oatley, ich möchte, dass Sie gemeinsam mit mir niederknien und beten. Haben Sie Ihre Bibel zur Hand?«

»Jetzt?«

»Ja, meine Liebe, jetzt.«

»Gut, es ist freundlich von Ihnen, herzukommen. Ich mache mir solche Sorgen um William, dass ich kaum noch klar denken kann.«

Hatte sie nicht zugehört? Es ging doch gar nicht um die Entführung ihres Mannes. Der Reverend empfand ein wenig Mitleid mit William Oatley, das jedoch schnell verflog. Der Mann hatte schließlich dem Herrn den Rücken gewandt.

Sie kam mit der Bibel zurück, und er hieß sie neben sich an einem langen, niedrigen Tisch niederknien.

»Wir beten für die Seele von William Oatley«, hob er an. »Mögen diese Sorgen von ihm genommen werden.«

»Amen«, murmelte sie mit gesenktem Kopf.

»Möge er den feurigen Weg in die Arme Jesu einschlagen. Vater unser im Himmel ...«

Er dehnte das Gebet auf volle fünfzehn Minuten aus, um sie angemessen zu bestrafen. Gleichzeitig schaute er sich im Zimmer um. Er war noch nie hier gewesen, weiter als bis zur Veranda hatte man ihn nie vorgelassen. Kein Wunder, das Haus erinnerte mit seinen orientalischen Vasen und dem ganzen Nippes an einen chinesischen Schrein. Sogar der Tisch vor ihnen trug heidnische Schnitzereien, und die große Matte darunter war zwar weich unter den Knien, wies aber eindeutig asiatische Muster auf.

Schließlich sank der Reverend in einen Sessel.

»Amen, Schwester.«

Sie schaute erleichtert hoch, doch er bat sie, auf den Knien zu bleiben, damit sie in ihren eigenen Worten mit Jesus sprechen könne.

»Keine Sorge«, sagte sie und setzte sich ihm gegenüber auf ein Korbsofa, »ich habe seit Tagen pausenlos mit Gott gesprochen.«

»Worüber?«

»Meine Güte, natürlich über die Sicherheit meines Mannes.«

»Meinen Sie, Gott erhört Sie?«

»Das will ich hoffen«, sagte sie müde.

»Vielleicht tut er das, wenn Sie zuerst um Gnade für sich selbst bitten.«

»Ja, das mag sein.«

»Und haben Sie das getan?«

»Was getan?«

»Mit ihm über Ihre eigene Seele gesprochen. Bei einer Frau ist die Reinheit von größter Bedeutung. Wenn Ihre Seele nicht rein ist, wird sich der Herr von Ihnen abwenden. Man könnte sagen, es sei dreist, wenn eine unreine Seele die Hilfe Gottes sucht. Ein Akt der Blasphemie.«

Sie führte die Hand zum Gesicht, als wolle sie etwas wegwischen.

»Nun?«

»Man tut sein Bestes«, meinte sie gleichgültig.

»Schwester, könnten Sie mir die Sünde des Ehebruchs definieren?«

Bei dieser Frage richtete sie sich kerzengerade auf. »Wirklich, Mr. Walters, ich halte diese Unterhaltung für unangemessen.«

»Bedauere, Ehebruch ist niemals angemessen, wenn wir bei diesem Begriff bleiben wollen. Aber Sie als Ehebrecherin halten es für angemessen, den Herrn mit Ihren jammernden Bitten zu belästigen!« Seine Stimme wurde zu einem Zischen.

»Sagen Sie, dass Sie keine Ehebrecherin sind. Sagen Sie es jetzt, sagen Sie es dem Herrn, mit einem Mann Gottes als Zeugen.«

Sie sah ihn entsetzt an. Ihr Gesicht wurde bleich, und sie brach in Tränen aus. »Bitte, Mr. Walters, ich fühle mich nicht wohl. Wenn Sie mich entschuldigen wollen.«

»Nein, das will ich nicht!«, donnerte er. »Nein! Gott kennt Ihre Sünde, und schlimmer noch, als Mitglied meiner Herde besudeln Sie die ganze Gemeinde, die Sie in ihren Kreis aufgenommen hat. Wollen Sie es etwa abstreiten? Sind Sie so vermessen, dass Sie Gott schamlos belügen können und alle Ihre Gebete wertlos machen?«

»Nein! Nein!«, schluchzte sie. Er sprang auf, schloss die Tür, um ihr den Fluchtweg zu versperren, und stellte sich unmittelbar vor sie. Ein weiterer Schlag würde die wankende Mauer zum Einsturz bringen.

»Schwester, ich will Ihnen helfen. Mit Ihnen beten und Sie auf den rechten Weg führen. Ich darf Sie aber nicht in Ihrer Schande bestärken, Sie müssen mir die Wahrheit sagen. Wenn Sie beten, wünschen Sie sich dann, Ihr Mann möge in der Gefahr umkommen und nie mehr zurückkehren, damit Sie diese schändliche Affäre fortsetzen können?«

»Nein! Nein!«, weinte sie und hielt sich die Ohren zu. »Natürlich nicht, bei Gott, nein!«

»Wirklich nicht? Denn wenn das Ihre eigentliche Absicht ist, verlasse ich dieses Haus auf der Stelle. Soll ich mit dem Wissen gehen, dass Sie Ihrem Mann im tiefsten Herzen den Tod wünschen?«

»Nein, denken Sie das bitte nicht, Mr. Walters. Ich liebe William. Er bedeutet mir sehr viel.«

Er ließ sich wieder in den Sessel sinken, als sei er erschöpft. »Ich kann das kaum glauben, da es aus dem Mund der Frau kommt, die ihn betrogen hat.«

War das aufregend! Mit keinem Wort hatte sie seine Anschuldigungen abgestritten, bald hätte er die ganze Wahrheit aus ihr herausgeholt.

»Ich weiß«, murmelte sie und zerrte mit zitternden Händen an einem Taschentuch. Sie war nicht länger die elegante Dame, sondern nur ein unglückliches Weib, das seiner Lust gehorcht hatte, nicht besser als eine Hure.

»Sie scheinen verwirrt«, sagte er sanft. »Und ich muss gestehen, das Sie auch mich verwirren. Hat Mr. Oatley Sie vielleicht schlecht behandelt?«

»Nein, niemals.«

»Dann vielleicht sein Sohn ... O ja, der Herr sieht alles. Vielleicht hat der Sohn Sie ausgenutzt, gegen Ihren Willen? In Abwesenheit seines Vaters. Das, Schwester, wäre ein Verbrechen gegen Natur und Gesetz, wir könnten ihn anklagen. Das Verbrechen der Vergewaltigung ist in dieser Stadt nicht unbekannt.«

Sie starrte ihn an. »Was reden Sie da? Ich soll Myles der Vergewaltigung bezichtigen?«

»Wenn ein Mann intime Beziehungen zur Frau seines Vaters unterhält ... Eine üblere Sünde kann ich mir kaum vorstellen, aber Sie könnten aussagen, dass er Sie gezwungen hat ...«

»Hören Sie bitte auf! Ich verstehe das nicht. So war es nicht ... Gott, nein!«

»Dann können Sie mir vielleicht erzählen, wie es war, wie Sie in diesen traurigen Zustand gelangt sind, Mrs. Oatley. Wir werden gemeinsam versuchen, Sie aus diesem Unglück herauszuführen. Sie sind verzweifelt, das sehe ich, brauchen jemanden, mit dem Sie reden können ...«

»Ja«, murmelte sie, »ich kann das alles nicht mehr ertragen.«

Er lauschte angewidert, unterbrach aber nicht ein einziges Mal die in seinen Augen ekelhafte, von Selbstmitleid triefende Litanei von Lust und Betrug. Mit ihrem Stiefsohn – einfach entsetzlich! Welch lasterhafte Menschen unter dem Deckmantel des respektablen Bürgertums lebten.

»Und ihr Ehemann weiß von der Affäre?«, fragte Walter schließlich.

»Ich glaube schon.«

»Was hat er getan?«

»Nicht viel. Er ging in den Busch.«

»Er hat nichts unternommen?« War dieses Haus derart von Laster durchdrungen?

Es war an der Zeit, den Zorn Gottes auf diese Sünderin herabzurufen. Er schalt sie, brüllte sie an, wie der Herr es getan hätte.

Die Polizeiwache hatte mittlerweile geschlossen, doch das hier war wichtiger. Der Polizeipräsident konnte bis zum nächsten Morgen warten.

Er nannte sie eine Hure. Schlimmer als eine Hure. Wie viele Huren gingen schon mit Vater und Sohn ins Bett? Vielleicht hatte sie sich beiden Männern zur selben Zeit hingegeben? Gräuel dieser Art waren nicht unbekannt. Hatte sie sich ihnen in schamverletzender Weise gezeigt, bis keiner mehr widerstehen konnte? War sie nackt durchs Haus gelaufen, um ihre Lust zu allen Tages- und Nachtzeiten zu befriedigen? Seine Fantasie ging mit ihm durch, als er an die Ausschweifungen dachte, die sich wahrscheinlich in diesen vier Wänden abgespielt hatten. Ihre heidnischen Diener unterstützten sie vermutlich noch darin. Warum sonst hatte sie keine weißen Hausangestellten?

Harriet war am Boden zerstört. Sie umschlang die Knie, ihre vollen Brüste quollen aus dem Ausschnitt, sie war bar jeder Würde. Nun konnte Walters verstehen, was diese Männer zur Sünde verleitet hatte. Die cremigen runden Brüste, der tiefe Spalt dazwischen genügten, um ..., egal, diese Lasterhöhle musste gereinigt werden.

Er setzte sich neben Harriet und legte den Arm um sie. Sie zitterte am ganzen Leib.

»Loben Sie den Herrn, Schwester Oatley, es ist vollbracht. Sie sind auf den rechten Weg zurückgekehrt. Amen, sagen Sie Amen.«

»Amen«, murmelte sie.

»Was können wir tun, um Sie wieder in den Stand der Gnade zu versetzen? Ich frage Jesus. Was können wir tun? Lassen Sie mich nachdenken. Hier bleiben können Sie nicht. Es darf nicht sein. Ich habe dies schon erlebt, habe Huren davon überzeugt, die Hurenhäuser zu verlassen. Aus freiem Willen. Manche besaßen leider nicht genügend Gottvertrauen, um sich zu lösen, doch einige konnten mit aller Kraft neu beginnen. Möchten Sie eine von diesen sein?«

Sie nickte geistesabwesend.

»Dann gehen wir den Weg zusammen. Wir schreiten gemeinsam von der Dunkelheit ins Licht. Sind Sie bereit, Schwester Oatley? Besitzen Sie die Stärke, mit mir zu kommen? Die Lasterhöhle hinter sich zu lassen? Weiche von mir, Satan! Sagen Sie das, wenn wir jetzt gemeinsam aufstehen.« Er hob sie auf die Füße.

»Höre ich es?«

»Weiche von mir, Satan«, wiederholte sie.

Er ging mit ihr zur Haustür. Sie war so groß wie er, doch er musste sie mit starkem Arm und der Kraft Gottes stützen.

Ein chinesischer Diener kam angelaufen. »Wo Missy hingehen?«

»Tritt beiseite!«, befahl Walters.

»Missy braucht Mantel!«

»Mrs. Oatley braucht gar nichts von hier. Gib mir meinen Regenschirm.«

»Regen hat aufgehört«, sagte der Chinese, gab ihm aber den Schirm. Er schaute seine Herrin an. »Alles gut, Missy?«

Sie winkte ihn zur Seite und taumelte am Arm des triumphierenden Missionars in die graue, wolkenschwere Dämmerung hinaus.

Er würde sie zur Missionsstation bringen und den beiden dort wohnenden Novizinnen übergeben. Sie konnte mit ihnen im Bungalow leben und ihr frugales Leben teilen. Er bildete die Novizinnen zu Laienschwestern aus; sie würden Harriet den Weg zum rechten Leben weisen. Schwester Minto, eine reife, harte Schottin, die erst kürzlich zu ihnen gestoßen war, würde als ihre Mentorin fungieren.

Mrs. Oatley war ein typisches Beispiel dafür, wie tief diese reichen Leute sinken konnten. Eine Frau, die im Luxus geschwelgt hatte, Ausschweifungen als selbstverständlich betrachtete und nur gerettet werden konnte, indem sie ihr ganzes Leben radikal änderte. Indem man sie zu den wesentlichen Dingen zurückführte, zum bewährten, klösterlichen Lebensstil. Obwohl der Missionsbungalow, der den beiden Frauen als Heim diente, kaum als Kloster bezeichnet werden konnte, war ihr Leben, das aus Gebet, Buße und guten Taten bestand, ganz und gar dem Herrn geweiht, und sie begrüßten die Entsagungen, die er ihnen auferlegte.

Harriet stützte sich noch auf seinen Arm, als sie durch die schlammigen Straßen liefen. Walters war ihre Krücke, ihr Halt, von Gott geschickt, um sie aus dem Mahlstrom zu retten, in den sich ihr Leben verwandelt hatte.

»Preis dem Herrn«, murmelte er, als sie an seinem Wohnhaus vorbeikamen. »Es ist nicht mehr weit, Schwester, und der Herr erwartet Sie mit offenen Armen. Er liebt Sie, Schwester.«

Hinter der Kirche bog er mit ihr auf einen Buschpfad ab, über dem sich tropfendes Laub wie ein Baldachin wölbte. Sie folgte ihm demütig wie ein Lamm.

Der abgeschiedene Bungalow war ein idealer Zufluchtsort und im Grün des Dschungels kaum erkennbar, sodass die Frauen nicht durch unerwünschte Besucher von ihrer Arbeit abgehalten wurden. Obwohl ihre religiösen Pflichten vorrangige Bedeutung hatten, bestand der Reverend darauf, dass sie ihren Lebensunterhalt durch die Herstellung von Seife und Kerzen verdienten, die an der Kirchentür verkauft wurden. Ihr Tagesplan ließ ihnen keine Zeit zum Müßiggang.

Schwester Minto, ein magere Frau in einem verblichenen, schwarzen Kleid, trat aus dem Haus und trocknete sich die Hände an der Schürze ab, um sie begrüßen.

»Guten Abend, Reverend, wen haben wir denn da?«

»Das ist Schwester Oatley. Sie möchte sich Ihrer Gemeinschaft anschließen«.

»Heute gibt es nicht viel Gemeinschaft. Ich habe schon nach Ihnen gesucht, Schwester Tolley ist wieder weggelaufen. Zu ihrer schwachsinnigen Familie.«

Er seufzte. »Ich werde mit ihr reden. Würden Sie mit Schwester Oatley hineingehen und ihr alles zeigen? Sie ist sehr müde, morgen dürfte es ihr besser gehen. Danach möchte ich mit Ihnen reden.«

Noch zwitscherten und zeterten die Vögel, bevor sie ihre Nester für die Nacht aufsuchten, und einige Flughunde sausten über seinen Kopf. Walters ging zur Seite des Hauses und klopfte an den eisernen Wassertank, der sich endlich wieder füllte. Minto hatte während der Trockenzeit Wasser kaufen wollen, doch er hatte derartige Extravaganzen untersagt und die Frauen stattdessen mit Eimern ausgestattet, in denen sie sich Wasser aus seinem Haus holen konnten. Die Schwester kam heraus. »Was ist los mit dieser Frau? Sie ist völlig schlaff und leblos. Sitzt nur da und starrt in die Gegend.«

»Kein Wunder«, meinte er munter, »sie hat ein tiefes Erlebnis mit Jesus gehabt, eine schmerzhafte Erfahrung. Sie hat sich aus einem sündigen Leben gelöst, um das Licht zu suchen.«

Minto war beeindruckt. »Ehrlich? Wer ist sie denn? Auch eine Hure?«

»So in der Art. Schlimmer noch, könnte man sagen, aber ich erspare Ihnen die Einzelheiten. Jedenfalls war es für sie eine schwere Entscheidung, zu Ihnen zu kommen. Ihre Welt ist aus den Fugen geraten.«

»Preis dem Herrn!«

»Am besten sollte sie morgen mit der Arbeit beginnen. Sie müssen ihr helfen, mit ihr beten, sie beschäftigen, damit der Teufel sie nicht zurückholt.«

»Ich konnte Schwester Tolley nicht aufhalten«, meinte sie zu ihrer Verteidigung.

»Das ist etwas anderes. Schwester Tolley hat nie wirklich bereut; diese Frau hier ist sich ihrer Sünden sehr viel mehr bewusst und überwältigt von Reue. Sie braucht Sie in ihrem Elend, um die Freuden der Gnade Gottes zu erleben.«

»Amen«, schloss Minto feierlich.

Tom Ling eilte zu Billy Chinn in die Küche.

»Missy ist mit dem Prediger weggegangen. Ohne Mantel und Hut.« Er warf einen Blick über die Schulter, als könnte jemand sie belauschen. »Ich glaube, sie ist betrunken«, flüsterte er.

»Oh«, erwiderte Billy zweifelnd. »Was wird der Boss dazu sagen?«

Besorgt lief Tom Ling zu dem schwarzen Lackkabinett, in dem die Spirituosen aufbewahrt wurden. Verwirrt starrte er die Flaschen und Karaffen an. Am Morgen hatte er die Gin-Karaffe verschlossen, und seitdem war kein Tropfen getrunken worden. Was mochte der Prediger ihr gegeben haben, dass sie mit ihm gegangen war?

Er verbrachte die ganze Nacht auf der Veranda und wartete auf die Rückkehr seiner Herrin, doch sie tauchte nicht auf. Nicht einmal am nächsten Mittag, dabei hatte er ihr frische Kleider zurechtgelegt.

Die beiden treuen Diener saßen beunruhigt und ratlos in der Küche.

Zur gleichen Zeit war der Reverend mit einem überraschten Polizeipräsidenten ins Gespräch vertieft.

»Sind Sie sicher?«

»Gott ist mein Zeuge. Sie haben es mir selbst erzählt. Mimimiadie hat Sie überlistet. Er hat William Oatley in seiner Gewalt, und diese Narren wollen ihn befreien, indem sie Boomi zurückgeben. Das Kind haben sie mir mit ihren abscheulichen Lügen gestohlen. Das dürfen Sie nicht zulassen, Mr. Cavendish, ich will dieses Kind zurück.«

»Ich sollte wohl selbst mit Mrs. Hamilton sprechen.«

»Das ist nicht nötig, ich habe Ihnen alle Informationen gegeben, die Sie brauchen.«

»Was ist mit Mrs. Oatley? Was sagt sie zu der ganzen Sache?«

»Man hat sie nicht davon in Kenntnis gesetzt, um sie nicht noch mehr zu beunruhigen. Myles Oatley und Zack Hamilton haben die Verschwörung geplant und diesen Schwarzen Yorkey für ihre Zwecke benutzt.«

»Woher aber wussten sie, wo Mimimiadie sich aufhält? Wir selbst konnten ihn nicht ausfindig machen.«

»Das ist eine lange Geschichte, die ich lieber nicht noch einmal erzählen möchte. Yorkey wusste Bescheid, er führt den Austausch durch. Zack und Myles sind augenblicklich in Pine Creek. Ich will wissen, was Sie zu unternehmen gedenken. Wir verschwenden nur Zeit mit Reden. Sie haben jetzt die Chance, diesen Dämon Mimimiadie zu fassen.«

»Sie haben Recht!« Der Polizeipräsident sprang auf.

Die Leute in Pine Creek waren ungeheuer aufgeregt. Sergeant Murphy hatte mehrere Telegramme von seinem Oberhäuptling erhalten. Der alte Cavendish verlangte zu wissen, wo sich Myles und William Oatley, Zack Hamilton und ein Kind namens Boomi aufhielten. Leider befanden sich der Sergeant und sein Helfer Constable Smith gar nicht in der Stadt, da sie eine Schießerei zwischen den drei Teilhabern der Goodwin-Goldmine zu untersuchen hatten. Angeblich war einer von ihnen tot, der Zweite verwundet, der Dritte unversehrt.

Als das dritte Telegramm mit der gleichen dringenden Anfrage eintraf, weigerte sich der Angestellte, die Verantwortung dafür zu übernehmen. Es sei nicht seine Aufgabe. Seine Kollegen empfahlen ihm, den Rat Zack Hamiltons einzuholen, da er als Einziger der Genannten verfügbar war.

Zack ahnte, dass der Polizeipräsident irgendwie herausgefunden hatte, was vorging, und das bereitete ihm große Sorgen. Inzwischen war er halb wahnsinnig vor lauter Unruhe, da weder Myles noch Yorkey zurückgekehrt waren. Zack spielte sogar mit dem Gedanken, Murphy um die Aufstellung eines Suchtrupps zu bitten, denn die Männer waren seit mehr als einer Woche unterwegs.

Sicher hätte die Zeit gereicht, um Yorkey ans Ziel zu bringen und mit William zurückzukehren. Er hatte entdeckt, dass Yorkey doch Proviant mitgenommen hatte, den er bei Mrs. McCabe erworben hatte, der aber nur für wenige Tage reichte. Weit konnten sie also nicht geritten sein.

Doch nun war Murphy nicht in der Stadt.

Um dem Angestellten des Telegrafenamts gefällig zu sein, diktierte er eine Antwort.

»Polizeibeamte in wichtigen Ermittlungen unterwegs. Sie können zurzeit nicht helfen. Alles Menschenmögliche wird getan. Zack Hamilton.«

»Um Himmels willen«, stöhnte der Angestellte. »Das wird aber teuer, Zack. Wollen Sie nicht ein paar Wörter streichen?«

»Nein.« Er legte ein Pfund auf den Schalter. »Behalten Sie den Rest. Sagen Sie Bescheid, wenn noch etwas ankommt.«

Der Pub summte förmlich vor Aufregung. Alle kannten Zacks Antwort. Wobei konnte Cavendish nicht helfen? Und in welcher Angelegenheit wurde alles Menschenmögliche getan? Sie schauten einander ratlos an. Soweit sie wussten, war

Pine Creek immer noch ein verschlafenes Nest. Hier geschah nichts Interessantes, ohne dass sie Bescheid wussten. Also wollten sie auf der Stelle wissen, was hier vorging.

Alle Augen richteten sich auf Zack Hamilton, als dieser die Straße überquerte und den Laden betrat, Bündel und Gewehr über der Schulter. Er blieb lange dort drinnen, und sie erfuhren bald, dass er Vorräte gekauft und zur Hintertür hinausgegangen war, in Richtung der Stallungen. Der Mann musste im Geld schwimmen, denn er hatte ein Pferd gekauft und ein anderes als Packpferd ausgeliehen, da keine weiteren Tiere zum Verkauf standen. Dann hatte er die Straße nach Westen genommen.

»Hat er etwas zu dir gesagt?«, fragte man McCabe.

»Kein Wort.«

»Hat er die Rechnung bezahlt?«

»Zack hat bei mir Kredit.«

Doch als ein weiteres Telegramm eintraf, das an Zack Hamilton gerichtet war und eine Erklärung verlangte, war es an McCabe, darauf zu antworten.

Seine Antwort war kurz und knapp.

»Zack ist nicht mehr hier.«

Yorkey fragte sich, was sonst noch schief gehen könnte. Das Pferd lahmte; William litt unter Brechdurchfall und konnte das Essen, das Yorkey für sie gesammelt hatte, und die Enten, die er auf einem schlammigen Flussarm erwischt hatte, nicht bei sich behalten. Dem geschwächten alten Burschen war das alles peinlich, und er sagte ihnen, sie sollten ihn zurücklassen, was natürlich außer Frage stand. Sein Sohn hielt sich tapfer, das musste man ihm lassen. Da er wusste, dass das Pferd sie nicht beide tragen konnte, ging er zu Fuß. Es musste ihm Höllenqualen verursachen, denn ohne Stiefel konnte er nicht laufen. Über den Schäften sah man die purpurroten Verfärbungen und offenen Wunden an seinen Beinen.

Yorkey ließ sie rasten und ging auf Nahrungssuche. Er wünschte, er könnte sich daran erinnern, welche einheimischen Pflanzen seine Mutter gern gegessen hatte, welche Beeren, die verlockend von den vereinzelten Büschen baumelten, essbar und welche giftig waren. Er fand Vogeleier in Bodensenken und fing einige fette Eidechsen. Diese bereitete er in sicherer Entfernung von seinen Begleitern zu und bot ihnen nur das gebratene Fleisch an. Doch das alles reichte nicht, sie benötigten dringend ärztliche Hilfe.

Verzweifelt bemühte er sich um eine Entscheidung. Sollte er sie mit so viel Buschnahrung wie möglich zurücklassen und das Pferd so weit vorantreiben, wie es laufen konnte? Er würde ihnen die Feldflasche überlassen, aber reichte das Wasser aus? Bei dieser Hitze würden sie ohne ständige Flüssigkeitszufuhr austrocknen.

Dann kam ihm ein besserer Gedanke. Sie würden sich bis zum nächsten Wasserlauf oder zu einer Lagune vorkämpfen. So flach es auch sein mochte, würde ihnen das Wasser doch Kühle und Feuchtigkeit spenden.

Obwohl Yorkey sich nicht von der Stelle gerührt hatte, schien Myles zu ahnen, dass eine Entscheidung gefallen war.

»Gehst du? Recht hast du. Nimm Vater mit. Er ist sehr krank.«

»Nein, das Pferd muss auch ausruhen. Ich laufe vor, bis ich Wasser finde, irgendwo da vorn muss ein Wasserlauf oder Teich sein. Dann hole ich euch und setze euch mitten rein, damit ihr nicht austrocknet. Danach hole ich Hilfe. Ich schätze, wir sind am Ende.«

»Diese Ebene ist so trocken, dass sie jeden Tropfen Wasser aufsaugt. Kann sein, dass du mehrere Meilen laufen musst.«

Yorkey grinste. »Ein Kerl wie ich ist doch angeblich dafür geschaffen, es heißt doch sogar, wir schwitzen nicht.«

Myles schüttelte den Kopf. »Darauf würde ich mich nicht

verlassen. Nimm die Feldflasche, sie ist noch halb voll. Du wirst das Wasser nötiger brauchen als wir.«

Doch Yorkey nahm nur einen kleinen Schluck. »Nein, teil das Wasser mit deinem Dad. Und halte ihn im Schatten.«

Die Straße war trocken und rissig, der Schlamm festgebacken, sodass Yorkey vorsichtig laufen musste. Er konnte sich keinen verstauchten Knöchel leisten. Dennoch kam er trotz seiner schmerzenden Beine und wunden Füße schnell voran, da er allein war und auf niemanden Rücksicht nehmen musste. Er fragte sich, ob er das schon früher hätte tun sollen, doch die Logik befahl ihm, die Männer so nahe wie möglich an die Stadt zu bringen, bevor er sie allein ließ. Er musste es auch ohne ein Pferd schaffen, das kurz vor dem Zusammenbruch stand.

Die Sonne brannte auf ihn nieder, und erneut betete er um Regen.

Immer wieder hielt er Ausschau nach Hängen und Felsen, die ihn zum Wasser führen würden, doch das dürre Land wirkte hoffnungslos. Ein alter Hase hatte ihm einmal geraten, Kieselsteine zu lutschen, wenn sein Mund trocken war, doch bei ihm schien es nicht zu wirken, und er spuckte sie wieder aus. Und die verdammte Straße verlief jetzt schnurgerade, was kein gutes Zeichen war, sie neckte ihn mit Luftspiegelungen in schimmerndem Silber, die seinen Augen wehtaten. Er rief sich in Erinnerung, dass er noch Kraft für den Rückweg brauchte, und wurde langsamer, verfiel in Trab, suchte die Ebene mit ihren mageren, nutzlosen Bäumen mit den Augen ab.

Dann erspähten ihn zwei Emus und liefen neben ihm her, als wollten sie ein Wettrennen veranstalten. Ihre großen Füße klatschten im Gleichschritt mit seinen auf den Boden, bis sie an Tempo zulegten und das traurige Exemplar eines menschlichen Läufers weit hinter sich ließen.

»Haut doch ab, ihr Idioten!«, schrie er ihnen hinterher, als er merkte, dass er ihretwegen sein Tempo gesteigert und dabei kostbare Energie verschwendet hatte.

Yorkey brach unter einem Baum zusammen und griff nach einem Eukalyptusblatt, das seinem trockenen Mund mehr nützte als die Kiesel. Er nahm noch eins und kaute darauf, während er zu seiner Feindin, der Sonne, emporsah. Es war Mittag, die schlimmste Zeit des Tages, doch er konnte nicht rasten. Die letzten Stunden der Nacht war er mit Myles und William marschiert und hatte sie bei Tagesanbruch verlassen. Er verdrängte die Geschichten von Männern, die im Territorium gestorben waren, Opfer der Sonne auf langen, einsamen Pfaden, und fragte sich, ob er sich in diesen Glutofen wagen sollte. Die Erfahrung riet ihm davon ab. Die Sorge um die hilflosen Männer, die er zurückgelassen hatte, trieb ihn voran. Er schloss mit sich einen Kompromiss. Er würde sich eine Viertelstunde ausruhen und danach umso schneller laufen.

Jemand rüttelte an seiner Schulter.

Er schaute hoch. Ein dunkles Gesicht blickte ihn an, die Züge verschwammen zunächst im Sonnenlicht.

»Junge, was tust du hier?«

Jetzt konnte er erkennen, dass es sich um eine Aborigine-Frau mit grauen Strähnen im schwarzen Haar handelte. Die Anwesenheit dieses menschlichen Wesens verwirrte ihn.

»Bist du krank?«

»Hast du Wasser?«, stieß er hervor. Sie sah ihn fassungslos an.

»Hast du keins? Verdammt dumm von dir.« Sie legte einen Finger an die Zähne und stieß einen schrillen Pfiff aus.

Die Gruppe, die plötzlich auftauchte, bestand aus vierzehn Leuten, Frauen, Männern und sechs Kindern, die gemeinsam auf Wanderung gegangen waren. Entsetzt hörten sie von seinen Schwierigkeiten, verstanden nicht ganz, worum es ging, wollten aber bereitwillig helfen.

Yorkey war ihnen so dankbar, dass er sinnloses Zeug plapperte. Das Wasser und die Nahrung versetzten ihn in eine derartige Euphorie, dass er sich für die mangelnde Beherrschung ihrer Sprache entschuldigte, worauf sie in Gelächter ausbrachen. Sie lebten normalerweise auf einer Station und sprachen Englisch beinahe so gut wie ihre Muttersprache.

Er brach gemeinsam mit der Frau, die ihn gefunden hatte, und den vier Männern voll neuer Energie und Zuversicht bei Einbruch der Dunkelheit auf und führte sie zu dem Lager, in dem William und Myles in Mitleid erregendem Zustand auf sie warteten.

Sie hielten die Luft an und murmelten leise vor sich hin, als sie die Verfassung der Weißen erkannten. Dann machten sie sich an die Arbeit, während Yorkey nur noch zusehen konnte.

Die Frau richtete William auf, nahm ihn in ihre kräftigen Arme und sprach auf ihn ein, tastete seinen Körper ab, nickte verständnisvoll und legte ihn sanft wieder hin.

»Schon gut, Boss, Bauch ist leer. Sind mager, aber in Ordnung, Boss.«

Mit Myles sah es anders aus. Die Männer zogen ihm behutsam die Stiefel aus und schüttelten den Kopf. »Ihre Füße sterben, Boss. Nicht mehr gehen, sonst fallen sie ab.«

Alle drei bekamen zu essen. William erhielt nur gesäuertes Fladenbrot, das, wie die Frau ihm versicherte, das Loch in seinem Bauch füllen würde. Sie hatten auch Tee, Zucker und getrocknetes Rindfleisch dabei. Die Frau bereitete die Küchlein zu, an die Yorkey sich aus seiner Kindheit erinnerte. Sie waren hauchdünn, heiß und köstlich, wie ihm jetzt schien, obgleich er sie früher als fade empfunden hatte.

Danach schlief er sofort ein.

Am Morgen bauten sie für William eine Trage aus Schösslingen, die mit Ranken verbunden wurden, setzten Myles auf das traurige, lahmende Pferd und machten sich auf den Weg. Die Frau fragte Yorkey, was sie hier täten, wie es so weit gekommen sei, doch er konnte es nicht erklären, sondern nur für ihre Hilfe danken.

Als sie schließlich den Rest der Horde erreichten, beschlossen die Schwarzen, dass ein Umweg auf ihrer Wanderung in Ordnung sei, und die ganze Gruppe machte sich auf in Richtung Pine Creek. Die Frau mit dem Weißen-Namen Naomi, auf den sie sehr stolz war, erklärte, die Stadt sei nur zwanzig Meilen entfernt.

Auf dem Weg trafen sie Zack Hamilton. Er entdeckte die seltsame Truppe, die in der Ferne aus einer Luftspiegelung auftauchte, lange, verzerrte Gestalten, ein einziges Pferd. Enttäuscht sah er, dass es sich um Schwarze handelte, doch vielleicht konnten sie ihm etwas sagen. Auf dieser Straße hatte William den langen Ritt zu Pops Station angetreten. Dann hielt er abrupt inne.

Ein Weißer ritt auf dem Pferd! Es war Myles. Wo zum Teufel steckten William und Yorkey?

Beim Näherkommen rief Myles ihm etwas zu. Hunde bellten, Kinder liefen voraus, und eine Sekunde lang vermeinte er, Boomi zu erkennen. Dann fiel seine Blick auf die Trage, die zwei Schwarze schleppten. Darauf lag William.

Zack war so damit beschäftigt, Hände zu schütteln, den Helfern zu danken, mit Myles und William zu reden und ihnen Fragen zu stellen, dass er den dritten Mann beinahe vergessen hätte.

Er schaute sich suchend um. »Wo ist Yorkey? Was ist mit ihm geschehen?«

»Hier, Boss.« Yorkey hinkte an einer selbst gemachten Krücke auf ihn zu. »Ich habe den Jungen abgeliefert. Alles schon lange erledigt. Aber auf dem Rückweg gab es Probleme.«

»Wieso?«

Yorkey schaute Myles an und lächelte schief. »Boomis Dad hat einen hohen Preis gefordert. Wir mussten ein bisschen mehr zahlen als geplant.«

»Was?«

»Pferde.«

»Er hat euch drei mit nur einem Pferd zurückgelassen? Da draußen?« Entsetzt schaute Zack auf das heiße, unerbittliche Land, das hinter ihnen lag und das er nur zu gut kannte. »Wo wart ihr?«

»Bei der Schlucht.«

»O Gott.«

Myles sagte: »Dieser Mimimiadie ist ein Schwein«, und Zack nickte. »Das habe ich auch gehört.«

»Ja, aber wenn Yorkey ihm nicht so nachdrücklich widersprochen hätte, wären wir ganz ohne Pferd gewesen. Er hat Mimimiadie dazu gebracht, uns dieses Tier zu überlassen. Das solltest du wissen.«

»Bist du in Ordnung, Myles?«

»Könnte besser sein.«

Vater und Sohn wurden vom Zug aus umgehend ins Krankenhaus von Darwin gebracht, doch auf Zack wartete der Polizeipräsident. Sie stritten noch immer heftig miteinander, als Sibell sich auf den Weg zu Harriet Oatley machte. Sie hatte ihr sofort eine Nachricht gesandt, als sie ein Telegramm von Zack erhalten hatte, das die Heimkehr der Verlorenen ankündigte, und war nun überrascht, Harriet nicht anzutreffen.

Tom Ling öffnete vorsichtig die Tür und erklärte, Missy sei nicht zu Hause.

»Wo ist sie denn? Mr. Oatley ist zurück, Tom Ling, und es geht ihm nicht gut. Er liegt im Krankenhaus.«

»Oh«, stöhnte der Chinese. »Was los mit ihm, Missus?«

Das war schwer zu erklären, die Geschichte zu lang, sodass sie sich für einen Kompromiss entschied.

»Er hatte sich im Busch verirrt.« Was das hieß, wusste jeder. Hunger, Sonnenbrand, Hitzschlag, Austrocknen, Fieber.

»Oh, braucht jetzt viel gutes Essen. Billy Chinn Suppe kochen, ja?«

»Das ist eine gute Idee«, sagte Sibell. »Wo aber finde ich Mrs. Oatley?«

»Sie gegangen.«

»Wohin gegangen?«

»Schon drei Tage weg.«

»Wieso? Wohin ist sie gegangen?«

»Nicht sagen.«

Als Sibell gegangen war, rannte er erleichtert in die Küche, um sich mit Billy Chinn zu beraten. Sie waren beide der Ansicht, er habe das Richtige getan, als er nicht erwähnte, dass Missy mit dem Prediger das Haus verlassen hatte. Was für ein Skandal wäre das gewesen! Sie überlegten, ob sie es überhaupt ihrem Herrn gestehen sollten. Dann wäre er wirklich wütend, schließlich wussten sie, wie sehr er Prediger hasste.

Tom Ling brachte die Suppe ins Krankenhaus und erkundigte sich, ob er seinen Herrn besuchen dürfe. Vielleicht könnte er ihm heimlich die schlechten Neuigkeiten zuflüstern, während er ihm die Suppe einflößte. Doch man nahm ihm das Essen ab und schickte ihn nach Hause. Traurig musste er begreifen, dass dieses Krankenhaus kein Ort für Leute wie ihn war, doch zumindest seine Suppe würde dem Herrn zugute kommen.

Die Oberin warf einen Blick auf das Tablett, das die Schwester ihr präsentierte. Ein großes Lacktablett mit einer kostbaren Terrine darauf.

»Was ist das?«

»Suppe für Mr. Oatley. Und hier, haben Sie je etwas so Hübsches gesehen?« Zu der Terrine gehörte eine Suppentasse aus feinstem Porzellan, die mit Vögeln dekoriert war, Schöpf- und Esslöffel waren aus Silber. Daneben stand ein Körbchen, das aus einer edlen Serviette gefaltet war und dünnen Zwieback enthielt.

»Sehr schön. Wer hat das geschickt?«

»Ein Chinese hat es abgegeben.«

»Ein Chinese? Guter Gott, man weiß nie, was da drin ist. Werfen Sie es weg!«

»Was soll ich mit dem Tablett anfangen?«

»Lassen Sie es in der Küche. Irgendjemand wird sich schon melden.«

Nachdem sie gegangen war, nutzte die Schwester die Gelegenheit. Die Suppe roch gut und schmeckte auch so, vor allem nach den schlechten Mahlzeiten, die man ihr hier vorsetzte, und sie bekam ihr auch.

William sah ein, dass der Arzt es gut mit ihm meinte, als er ihn für den Fall, dass er eine Herzattacke erleiden oder andere schwer wiegende Folgen zeigen sollte, im Krankenhaus behielt, doch er wäre lieber zu Hause gewesen. Leider fühlte er sich zu schwach zum Streiten und konnte kaum alleine essen, doch in wenigen Tagen würde er von hier verschwinden.

Von Harriet war nichts zu sehen, und obgleich er sich Sorgen machte, wagte er schon aus Prinzip nicht, Erkundigungen einzuziehen. Er fragte auch nicht nach Myles, der in einem anderen Zimmer lag. Am schrecklichsten war, dass niemand die beiden ihm gegenüber erwähnte, weder die Schwestern, noch der Arzt oder der unablässige Strom von Besuchern. War Harriet jetzt bei Myles? Tat sie offen kund, für wen sie sich entschieden hatte?

Eines Abends schlich sich Yorkey nach der Besuchszeit ins Zimmer.

»Sie lassen keine Abos rein«, meinte er grinsend, »aber die Tür stand offen.«

William hatte sich den anderen gegenüber tapfer gezeigt, doch nun brach er in Tränen aus. Und er schämte sich sofort dafür.

»Tut mir Leid«, sagte er und wischte sich die Augen, »aber ich fühle mich so schwach. Wie geht es dir, Yorkey?«

»Ganz gut, Boss. Was ist los?«

»Hast du meine Frau gesehen?«

»Nein, ich wohne bei den Hamiltons.«

Er zwang sich zu fragen: »Besucht sie Myles?«

»Nein, sie besucht niemanden. Keiner weiß, wo sie ist.«

»Was soll das heißen?«

»Mehr weiß ich auch nicht. Die anderen denken, Sie seien zu krank, um Sie damit zu belasten. Aber ich schätze, wenn Sie es mit Mimimiadie aufnehmen können, überstehen Sie auch das. Was meinen Sie?«

Williams Tränen versiegten, und er begriff, dass er sich nur selbst bemitleidet hatte, statt etwas zu unternehmen. Wieder einmal war er in seinem Kummer versunken, hatte den Kopf in den Sand gesteckt und das Schlimmste nicht wahrhaben wollen. Eben diese Haltung hatte ihn auch dazu getrieben, zu Pop zu reiten, um sich dort zu verstecken. Welch ein Narr war er gewesen.

Yorkey saß still neben ihm, eine uralte Verhaltensweise der Aborigines, die Fähigkeit, die Gedanken der Menschen nicht zu unterbrechen, unendlich viel Zeit zum Warten mitzubringen, obgleich eine Antwort nicht einmal gewiss war.

Die Oberin betrat das dämmrige Zimmer und leuchtete mit einer Lampe auf Yorkey. »Was tust du hier?«, fauchte sie.

»Raus!« Endlich behauptete sich William Oatley wieder.

»Aber, Mr. Oatley ...«

»Raus!«

Sie machte auf dem Absatz kehrt und verschwand im Flur.

»Meine Frau ist also fortgegangen?«, fragte er tonlos.

Yorkey nickte.

»Und Myles pflegt noch seine wunden Füße?«

»Wund ist zu milde ausgedrückt. Es heißt, sie sähen sehr schlimm aus.«

»Warum hast du ihn überhaupt mitgenommen? Du solltest doch allein kommen.«

»Er ist mir gefolgt, wollte helfen.«

»Und hat uns beinahe alle umgebracht!«

»Ist das jetzt noch von Bedeutung?«

William seufzte. »Wohl kaum.« Er lag da und fragte sich, was überhaupt noch von Bedeutung sei.

»Kümmert man sich hier gut um Sie?«

»Nein. Das Bett ist bretthart, und ich bekomme nur Brei zu essen.«

»Was für Brei?«

»Aus Brot und Milch. Wäre gut für den Magen, heißt es.«

»Klingt nicht gerade appetitanregend.«

»Ist es auch nicht. Ein schlechter Witz. Ich habe genug von alledem. Könntest du Tom Ling aufsuchen und ihn bitten, morgen früh das Gig herzubringen? Ich fahre heim. Mir reicht es.«

»Ich hole es selbst«, erklärte Yorkey. »Und bringe die Chinesen mit, die helfen Ihnen zum Wagen.«

Trotz aller Proteste der Oberin verließ Mr. Oatley mit Hilfe der beiden Diener das Krankenhaus. Das Gig, mit dem er davonfuhr, wurde von dem Aborigine gelenkt, den sie am Abend zuvor in seinem Zimmer erwischt hatte.

»Wohin soll das noch führen?«, murmelte sie. »Und er hat nicht einmal seinen armen Sohn besucht. Es gibt schon herzlose Menschen.«

William lag in seinem eigenen Bett in seinem eigenen Haus und fühlte sich dank Billy Chinns Suppe und der leichten, schmackhaften Mahlzeiten schon viel besser. Auch Billy schonte seinen Magen, aber auf weitaus fantasievollere Weise als der Koch im Krankenhaus. Hier konnte William die Pflege genießen.

Auch der Regen tat gut, der auf das Blechdach trommelte. Nicht nur er fühlte sich wohler, auch das Land da draußen erwachte zu neuem Leben.

Sibell Hamilton besuchte ihn als Erste und war erfreut, als sie ihn in seinem bequemen Lehnstuhl antraf. Sie umarmte und küsste ihren alten Freund stürmisch. »William, wir haben uns solche Sorgen um dich gemacht. Ich dachte, der Schuft würde dich niemals gehen lassen, selbst wenn Boomi zu ihm zurückkehrte.«

»Es ist ja überstanden, aber wie geht es dir?«

»Gut. Im Augenblick gibt es bei uns eine Menge Aufregung. Christy Cornford hat um Lucys Hand angehalten.«

»Christy!« William war es peinlich; eigentlich hätte sein Sohn diesen Antrag machen sollen.

»Ja. Zack ist nicht sonderlich begeistert. Sie wollen auf der Station leben, und dafür ist Christy nicht gerade der ideale Mann. Ich glaube, er ahnt nicht, wie dieses Leben wirklich aussieht.«

»Er kann gut reiten. Außerdem hast du auch nicht gewusst, worauf du dich bei deiner Heirat eingelassen hast. Und damals war das Leben für Frauen weitaus härter als heute.«

Plötzlich wirkte sie bedrückt, und William erkannte, dass er einen wunden Punkt getroffen hatte.

»Wie sehen deine Pläne aus?«, fragte er vorsichtig.

»Meine Pläne ...«, sagte sie geistesabwesend.

»Ja. Willst du Zack nach wie vor verlassen?«

»Sag das bitte nicht, William, es geht nicht um Zack. Ich kann dieses Leben einfach nicht mehr ertragen, ich habe die ganzen Krisen satt. Sie nehmen kein Ende. Zuerst wird Zack überfallen und schwer verwundet, dann entführen dich Schwarze und töten dich um ein Haar ...«

»Ach, Sibell, so etwas kommt doch selten vor.«

»Genau das hat Zack auch bei der Mäuseplage gesagt, bei

den Dürrekatastrophen, den Unfällen, bei denen Leute ertranken, den tückischen Augenkrankheiten. Hör zu, ich bin seine Tagebücher für die Station durchgegangen und habe die Krisen nur eines einzigen Jahres aufgelistet ... Tod und Verderben und dieses unerträgliche Klima ...«

»Stellst du auch Listen der guten Dinge auf?«

»Jetzt fang nicht an zu predigen. Ich habe meine Entscheidung getroffen und dachte, wenigstens du würdest mich verstehen. Immerhin bist du nicht mit Harriet in den Busch gezogen. Ich war erst neunzehn, als ich Zack heiratete, und ebenfalls gerade erst aus Perth angekommen. Frisch aus England, um genau zu sein. Aber ich habe es in Kauf genommen ...«

»Weil du Zack liebtest und dieses Leben genossen hast, so hart es auch sein mochte.«

»Ich bestreite nicht, dass ich das einmal gesagt habe, aber es ist vorbei. Ich habe es satt. Alles, was ich mir wünsche, ist ein angenehmeres Leben. Ich will kein Vieh mehr sehen und keine Klagen mehr darüber hören, so lange ich lebe.«

»Und was ist mit Zack?«

»Er bleibt natürlich. Black Wattle bedeutet ihm alles.«

»Tut mir Leid, das zu hören.«

»Nun, um auf etwas anderes zu kommen: Zack hat im Moment noch weitere Probleme. Dieser schreckliche Walters verlangt, dass man ihn wegen Boomis Entführung vor Gericht stellt. Eigentlich war ich genauso daran beteiligt wie er, doch das scheint niemanden zu interessieren.«

»Was meint Cavendish dazu?«

»Er würde die ganze Sache lieber ad acta legen, da deine Rettung von größter Dringlichkeit war, aber Walters hängt an ihm wie eine Klette und hat an unseren geliebten Residenten nach Adelaide telegrafiert.«

»Und hat er Mollards Unterstützung?«

»Natürlich. Du bist nicht gerade Mollards bester Freund.«

»Verdammt. Und wie lautet die Anklage?«

»Wohl auf Behinderung der polizeilichen Ermittlungen.«

»Können wir den Reverend nicht mit Geld ruhig stellen? Sag ihm, ich hätte meine Meinung wegen des Kirchenbaus nebenan geändert.«

»Das dürfte keinen Sinn mehr haben. Es wird keine Kirche geben, sein Bischof hat Walters angewiesen, den Kauf rückgängig zu machen.«

»So ein verdammtes Pech! Bitte, bleib doch zum Essen.«

»Gern.«

Sibell war dankbar für die Einladung. Noch immer hatten sie weder Harriet noch Myles erwähnt. Sie musste William dazu bringen, mit ihr über dieses Thema zu sprechen, denn sie schien die Einzige zu sein, der er sich überhaupt anvertrauen würde. Doch wo war Harriet?

William bestand darauf, mit ihr am Esstisch Platz zu nehmen. Als er sich hinsetzte, rückte er die Tageszeitung sorgfältig an ihren angestammten Platz und warf einen Blick auf die Titelseite.

»O nein, Sibell, sieh dir das an!«

William Oatley von Schwarzen gekidnappt!, lautete die Schlagzeile. Sibell sprang auf und sah ihm über die Schulter, las über die verzweifelte Rettungsaktion, die Myles Oatley angeführt habe, um seinen Vater nach Hause zu holen. Von Yorkey und Boomi war nicht die Rede.

»Woher haben sie das alles?«, fragte Sibell verblüfft.

»Ein Haufen von Halbwahrheiten«, schnaubte William. »Wahrscheinlich haben sie den Unsinn von der Polizei gehört.«

Er wollte die Zeitung auf den Boden werfen, doch Sibell ergriff sie und las weiter.

»Du bist ein Held!«, lachte sie. »Hast tapfer gegen die Torturen gekämpft, denen dich der wilde Aborigine-Häuptling

Mimimiadie über Wochen unterworfen hat. Hast nicht aufgegeben. Du bist der Mann der Stunde, ein wahrer ...«

»Hör bitte auf damit. Mir vergeht der Appetit.«

»Du solltest dich besser daran gewöhnen. Das hier ist erst der Anfang. Die Zeitungen werden die Geschichte wochenlang ausschlachten, auch wenn Cavendish nicht allzu glücklich darüber sein dürfte.« Als Tom Ling den Fisch servierte, zwang William sich zu einem Lächeln. »Vielleicht ist es doch nicht so schlimm. Würdest du Christy bitten, zu mir zu kommen?«

»Natürlich. Aber warum?«

»Nichts Besonderes, ich möchte nur kurz mit ihm reden.«

Nach dem Essen gingen sie auf die Veranda. Alle Läden waren fest geschlossen, die Luft war noch immer feucht, erfüllt vom Duft des roten Jasmins.

»Das erinnert mich an Singapur«, sagte William leise, während er eine verbotene Zigarre paffte.

Sibell ergriff die Gelegenheit. »Und an Harriet. Dürfte ich fragen, wo sie ist?«

»Ich habe keine Ahnung.«

»Wie dumm von mir, ich habe geglaubt, du liebtest sie.«

»Habe ich auch. Früher einmal. Und da du sie bisher nicht erwähnt hast, dürfte dir der Klatsch wohl bekannt sein.«

»Ist es wahr?«

»Angeblich«, meinte er achselzuckend. »Sieht aus, als hätte sie mich ohnehin verlassen.«

»William, sie hat sich furchtbare Sorgen um dich gemacht.«

»Ihr Problem. Und um meinen Sohn wohl auch.«

»Guter Gott, warum fragst du sie nicht selbst?«

»Weil sie nicht hier ist. Außerdem haben wir uns nichts mehr zu sagen.«

»Ich glaube, das ist nicht wahr. Du kannst nicht einfach hier sitzen und Trübsal blasen.«

William schüttelte den Kopf. »Versuche nicht, mich zu provozieren, Sibell, es hat keinen Sinn. Ich habe mich in meine Lage gefügt, also lassen wir es dabei bewenden.«

Später fragte er sich jedoch, ob er tatsächlich Trübsal blies. Selbstverständlich hatte er sich nicht in sein Schicksal gefügt, er vermisste Harriet. Das Haus war einsam ohne sie, aber es hatte keinen Sinn, ihr nachzutrauern. Dennoch interessierte ihn natürlich, wo sie sein mochte. Bei Myles war sie jedenfalls nicht. Dann vielleicht in einem Hotel oder bei Freunden. Welchen Freunden? Wer sonst war noch in diese furchtbare Sache verwickelt?

William läutete das Glöckchen.

Tom Ling kam herbeigeeilt.

»Hast du gesagt, Missy sei ohne Mantel ausgegangen? War das so?«

»Ja, ohne Mantel, ohne andere Kleider, alles noch da. Hat nichts mitgenommen.«

Was hatte sie vor? Wollte sie ihre ganze Vergangenheit abstreifen wie eine Schlange, die sich häutete? Doch es klang so gar nicht nach Harriet, sie war immer sehr auf ihr Erscheinungsbild bedacht gewesen. Außer natürlich, sie wollte sich neue Kleider kaufen, um einen glatten Schnitt zu machen, hatte sie vielleicht schon irgendwo gelagert, in einem verborgenen Liebesnest. Nun, dies war eine Kleinstadt, und er würde herausfinden, was aus ihr geworden war.

Tom Ling stand noch immer da.

»Ist sie allein gegangen?«, fragte William und kam sich töricht vor, denn Myles hatte Darwin zu diesem Zeitpunkt längst verlassen.

Zu seiner Überraschung schaute Tom Ling weg und stammelte dann: »Nein, Herr.«

»Oh, wer war denn bei ihr? Eine Freundin?« Das würde einen Sinn ergeben.

»Nein, Herr, ein Gentleman.«

»Welcher Gentleman?«

»Der Prediger. Mit dem schwarzem Hut. Sie ist mit ihm gegangen.«

»Walters?«

Tom Ling nickte niedergeschlagen.

»Warum hast du mir das nicht gleich erzählt?«

»Nicht gut. Sie zu krank.«

William lachte. »Ich möchte bezweifeln, dass sie mit diesem kalten Fisch davonlaufen würde. Vermutlich hat er sie nur irgendwohin begleitet. Danke, das ist alles.«

Als Tom Ling verschwunden war, lächelte William erleichtert. Der prüde Walters würde in Ohnmacht fallen, wenn er wüsste, dass ihn die Dienstboten unlauterer Beziehungen zur Dame des Hauses verdächtigten. Dann fiel ihm auf, dass er zum ersten Mal seit langer Zeit gelacht hatte. Zur Abwechslung war einmal etwas Komisches passiert. Nun würde er keine Mühe haben, Harriet zu finden.

Entschlossen stand er auf und bewegte sich auf unsicheren Beinen durchs Zimmer, hielt sich an Stühlen fest und rief dann Tom Ling zu Hilfe.

»Es wird Zeit, dass ich wieder aktiv werde. Von nun an werde ich mich viel bewegen, und du richtest Billy Chinn bitte aus, er soll mir anständige Portionen kochen.«

»Prima!«, rief Tom Ling strahlend.

Obwohl das unvermeidliche Gewitter in der Ferne zuckte und grollte, kleidete sich Christy Cornford mit besonderer Sorgfalt an: maßgeschneiderte Hosen, ein frisch gewaschenes Hemd, steifer Kragen, elegante schwarze Krawatte, gut geschnittenes Jackett und auf Hochglanz polierte Stiefel. Er zog einen exakten Scheitel in das pomadisierte Haar und hängte seinen Mantel im Militärstil um. Eine Einladung zu William Oatley war keine Kleinigkeit. Der Mann war Zack Hamiltons bester

Freund, und Lucys Vater hatte ihm noch keine Antwort auf seinen Heiratsantrag gegeben.

Christy wusste, dass Zack der Verantwortung nicht ausweichen und einen Freund bitten würde, eine Ablehnung zu übermitteln, doch vielleicht sollte Oatley ihn schonend auf die negative Antwort vorbereiten. In diesem Fall würde er mit Oatley, der als fair bekannt war, ausführlich über seine Lage sprechen können.

Er musste die Familie davon überzeugen, dass er Miss Hamilton aufrichtig liebte. Lucy war schön, ein unbekümmertes Mädchen vom Land mit natürlichem Charme, und Christy betrachtete sich als glücklichsten Mann der Welt, da sie seine Gefühle erwiderte. Doch da gab es die Frage nach einem Leben auf der Station. Lucy betrachtete es als selbstverständlich, dass sie auf Black Wattle leben würden, wie es in diesen Kreisen für Jungvermählte üblich war. Obwohl niemand es aussprach, spürte er Zacks Sorge. Er fürchtete bestimmt, Christy werde sich nicht einfügen. Christy hatte keine Erfahrung mit dem Leben auf einer Station, wusste nichts über Vieh. Zack hatte gesagt, sie müssten sich noch einmal unterhalten, und dies würde zweifellos das Gesprächsthema bilden.

Aber er konnte lernen, war bereit zu lernen, wenn man ihn nur ließ. Es würde gewiss eine demütigende Erfahrung werden, doch auch das wollte er akzeptieren. Er griff achselzuckend nach seinem Hut. Mal sehen, ob er Oatley auf seine Seite ziehen konnte.

Er ritt an seinem Grundstück vorbei, wo ein kleines, hölzernes Cottage kurz vor der Vollendung stand. Christy war stolz darauf, obgleich es sich kaum von den anderen Häusern an der Straße unterschied. Es war sein erstes eigenes Heim und sollte geschmackvoll eingerichtet werden, nicht mit dem billigen Zeug, das es hier zu kaufen gab. Er erinnerte sich daran, wie er Lucy das Haus gezeigt hatte.

»Wir könnten auch hier leben, wenn du möchtest. Ich würde dann weiter in der Residenz arbeiten.«

Sie hatte genickt. »Sicher, aber was soll ich den ganzen Tag tun, Christy? Ich würde mich langweilen.«

»Es gibt doch immer Einladungen zum Essen, Partys und Bälle ...«

»Ich weiß, aber dieses Leben würde mir einfach nicht gefallen. Es scheint mir so sinnlos, eine nette Abwechslung, aber nichts auf Dauer.«

Er verstand sie, stellte sich aber die bange Frage, ob er sie eines Tages nicht auch langweilen würde. Ein Neuling im harten Buschleben, der es an Fähigkeiten und Erfahrung mit seiner Frau nicht aufnehmen konnte. Christys Selbstvertrauen schwand dahin. Vielleicht sollte er sich die ganze Sache noch einmal gut überlegen.

Oatley hatte stark abgenommen, was ihm gut zu Gesicht stand und ihn auf den ersten Blick viel jünger aussehen ließ. Sein Hemdkragen stand offen, sodass Christy die Narbe an Williams Hals bemerkte.

»Freut mich, Sie gesund wiederzusehen, Sir«, sagte er, als sie sich die Hände schüttelten.

»Ja, es war keine angenehme Erfahrung, aber nicht so schlimm, wie die Zeitung glauben machen will. Darf ich Ihnen einen Whiskey anbieten?«

»Gern.«

Oatley machte Smalltalk im Salon, demselben Raum, in dem ihn Harriet empfangen hatte. Diesmal schaute er sich die Einrichtung mit Blick auf sein Cottage genauer an. Einige der leichteren Stücke wären durchaus passend.

»Haben Sie noch in der Residenz zu tun?«, erkundigte sich Oatley.

»Jetzt, wo der Boss weg ist?«

»Ja, es sind immer Büroarbeiten zu erledigen, und in Abwesenheit von Mrs. Mollard fungiere ich auch als Zahlmeister und inoffizieller Butler, der das Personal im Auge behält.«

»Und wann erwarten Sie die Mollards zurück?«

»Nicht vor Neujahr, irgendwann im Januar. Ich habe noch nichts Genaues erfahren.«

»Gut. Würden Sie mir verraten, ob Sie Briefe von Cavendish und Reverend Walters mit Bezug auf Zack Hamilton und das Kind Boomi gesehen haben?«

»Leider eine ganze Menge. Und stapelweise Telegramme vom Residenten. Er will, dass Zack vor Gericht gestellt wird.«

»Würde nicht eine Geldstrafe reichen? Ich möchte das übernehmen.«

»Wahrscheinlich. Zack hat auch seine Argumente. Boomi war nicht offiziell unter staatliche Vormundschaft gestellt, womit er den Vorwurf der Kindesentführung entkräften wird. Aber Yorkey hat Probleme.«

»Wieso denn er?«

»Er wusste, wo Sie sich befanden und wo Mimimiadie und seine Horde sich versteckt hielten, aber er hat es nicht einmal Zack verraten.«

»Ich habe ihm befohlen zu schweigen.«

»Sicher, das hat Zack ihnen auch gesagt, aber Cavendish muss einen Sündenbock finden. Mr. Mollard liest den ganzen Kram über Ihre Entführung und den Austausch in den Zeitungen von Adelaide ...«

»Sagen Sie bitte nicht, die haben das auch gebracht.«

»Doch, Sie sind berühmt. In den Zeitungen sieht die örtliche Polizei leider ziemlich schlecht aus. Von einem schwarzen Outlaw ausgetrickst, das macht sich nicht gut.«

Auf ein Nicken Oatleys füllte der Diener ihre Gläser nach, reichte Zigarren herum und gab ihnen Feuer.

»Anscheinend«, fügte Christy hinzu und zog an der erlesenen Zigarre, »schlagen die Zeitungen erbarmungslos auf ihn ein, wollen wissen, warum hier alles schief läuft, warum wilde Schwarze die Polizei zum Narren halten, weiße Männer entführen und alle außer den Ordnungshütern wissen, wo ihr Versteck liegt.«

»Aber das ist nicht wahr.«

Christy zuckte die Achseln. »Macht sich aber gut. Mollard würde alle Beteiligten entlassen, wenn er könnte, wie er wollte.«

Oatley lehnte sich in seinem Sessel zurück. »Verstehe. Ich bin also berühmt, ja?«

»Und ob. Mit Recht, möchte ich hinzufügen. Nach allem, was Sie durchgemacht haben, muss ich Ihre Courage bewundern. Dürfte ich fragen ... die Narbe an Ihrem Hals ... wollten die Sie aufhängen?«

Oatley grinste. »Sieht aus wie ein Souvenir vom Galgen, was? Das werde ich wohl den Rest meines Lebens behalten. Aber nein, ich war nur die ganze Zeit über am Hals gefesselt; der Strick scheuerte und fühlte sich an wie heißer Draht. Eine überaus wirksame Methode, das dürfen Sie mir glauben.«

»Allmächtiger Gott! Und wie hat sich dieser Mimimiadie verhalten? Haben Sie Angst um Ihr Leben gehabt?«

»Die Angst habe ich verdrängt. Mimimiadie ist ein harter Mann, sehr launisch. Alles wäre möglich gewesen. Ich habe mehr als einmal meine Sünden bereut ..., aber das ist nun vorbei. Ich möchte Sie um einen Gefallen bitten.«

»Nur zu.«

»Teilen Sie Mollard bitte mit, dass ich mich als Resident des Nordterritoriums bewerbe. Vielleicht könnten Sie ihn sogar warnen, dass ich in seiner Abwesenheit und auf Grund der kürzlichen Vorfälle große öffentliche Zustimmung genieße und überwältigende Unterstützung für die mögliche Übernahme eines Amtes erhalten werde. Tragen Sie ruhig dick auf.«

Christy schaute ihn verwirrt an. »Ich hatte den Eindruck, Mollard habe seine Amtszeit verlängert.«

»Er wäre nicht der erste Resident, den man entlässt«, knurrte William, und Christy musste ihm beipflichten.

»Ich war allerdings in dem Glauben, Sie wollten nicht Resident werden, Sir.«

»Ich habe meine Meinung geändert.«

»Sicher, ausgezeichnet.« Nun sah alles anders aus. Oatley würde einen hervorragenden Residenten abgeben, mit dem viel leichter zu arbeiten wäre als mit dem boshaften, geizigen Mollard. Die Residenz könnte ein angenehmer Arbeitsplatz werden, und Christy bedauerte seine bevorstehende Abreise. Allerdings hatte er noch nicht gekündigt.

»Wäre das alles?«, fragte er.

»Ja. In Adelaide, wo die Macht sitzt, dürfte ich mir problemlos Unterstützung holen. Sir David Fullarton, der Minister für die Territorien, hat die Nase voll von Mollard. Er hat ihn nie leiden können, fand aber keinen passenden Ersatz. Jetzt ist sein Problem gelöst.«

»Ja«, schluckte Christy. »Sicher doch.«

»Würden Sie mir so bald wie möglich mitteilen, was Mollard dazu gesagt hat?«

»Gewiss.«

Bald darauf verabschiedete er sich. Sein Heiratsantrag war mit keinem Wort erwähnt worden. Auch war keine Spur von Harriet Oatley zu entdecken, ein weiteres Rätsel und Teil eines unaufgeklärten Skandals in Darwin. Doch Oatley war ein wichtiger Bürger, und Christy würde streng nach Anweisung verfahren. Im Vergleich zu William Oatley war Mollard nur ein kleiner Fisch.

Nachdem Christy gegangen war, fühlte William sich niedergeschlagen. Hätte er wirklich vorgehabt, für ein öffentliches Amt zu kandidieren, wäre dieses Vorhaben durch den Skandal, den seine Frau und sein Sohn verursacht hatten, im Keim erstickt worden. Doch Mollard war zu weit entfernt, um davon schon zu wissen. Zweifellos würde Christy irgendwann darauf kommen, wusste aber, wo sein Vorteil lag, und würde es nicht wagen, Zack Hamilton in irgendeiner Weise vor den Kopf zu stoßen. Nicht solange seine Heirat mit Lucy auf Messers Schneide stand.

Er gönnte sich noch einen Whiskey und schalt sich, dass er wegen Dingen Trübsal blies, die noch in der Zukunft lagen. Ein erneuter Hinweis, dass er diesen Kummer, dieses Selbstmitleid bekämpfen musste, die sich an ihm festsogen wie Blutegel. Fiel einer von ihm ab, tauchte sofort der nächste auf.

Es war doch nur ein Spiel, erinnerte er sich, ein Komplott, er hatte ja gar nicht vor, Resident zu werden. Also konnte er seinen Plan auch weiterspinnen. Er würde Mollard eine Weile schmoren lassen. Sollte der sich doch über die Schande einer möglichen Entlassung grämen. Dann würde er dem Residenten klar machen, dass William Oatley ihn ersetzen würde, falls nicht alle Anklagen gegen alle Beteiligten fallen gelassen würden. Das war nicht zu viel verlangt. Er selbst würde das Telegramm mit den besten Weihnachtsgrüßen absenden.

Und nun zu dem Prediger.

Reverend Walters zog seine Gummistiefel an und stapfte den schlammigen Weg zum Missionshaus entlang. Er fluchte, als sein Regenschirm an einem niedrigen Ast hängen blieb. Das Laub wuchs dank des tropischen Regens so dicht, dass der Weg kaum noch als solcher zu erkennen war. Er musste Minto anweisen, die Äste zurückzuschneiden. Oder besser noch, dachte er gereizt, er könnte den Missionslehrer und seinen Helfer daran setzen, bevor sie ihren Weihnachtsurlaub antraten.

Als er um eine Ecke bog, stieß er beinahe mit Minto zusammen, die in einen langen Umhang gehüllt war und barfuß ging, die Bastsandalen in der Hand.

»Wohin wollen Sie?«, fragte er streng.

Sie schaute ihn schuldbewusst an und stammelte: »Nirgendwohin. Ich meine, ich gehe nur spazieren.«

»Zu dieser frühen Stunde? Haben Sie nichts Besseres zu tun? Und was ist mit Schwester Oatley? Muss sie etwa Ihre Arbeit tun?«

»Nein, Reverend, das würde ich niemals zulassen. Ihr geht es gut, sie reinigt den Herd. Ich habe ihr gesagt, ich käme gleich wieder.« Sie verzog das Gesicht. »Es wäre ohnehin egal. Wenn ich zurückkomme, muss ich die Arbeit vermutlich selber machen. Sie steht meist nur da und starrt vor sich hin. Bekommt nie etwas fertig.«

»Das möchte ich mir ansehen.«

Als Walters in die Küche trat, saß sie vor dem kleinen Herd auf dem Boden, Eimer und Bürste neben sich, und träumte vor sich hin.

»Schwester Oatley, das kann ich nicht dulden«, hob er an. »Wir alle müssen arbeiten. Also los!«

»Ja«, murmelte sie, ohne aufzuschauen, und schob die Bürste mit einer unendlich müden Bewegung in den kalten Ofen.

»Ich schätze, sie hat ihr ganzes Leben noch keinen Handschlag getan«, beklagte sich Minto. »Sie ist weniger als nutzlos, Reverend, ich weiß nicht, was ich mit ihr anfangen soll.«

»Sie ist hier nicht in Urlaub, sondern um für ihre Sünden zu büßen. Stimmt das nicht, Schwester Oatley?«

Harriet nickte, doch die Bürste bewegte sich so unerträglich langsam, dass er sich noch mehr ärgerte.

»Los, schneller, zeigen Sie es ihr, Schwester Minto.«

Mit einem frustrierten Seufzen ließ sich Minto neben ihr nieder, ergriff die Hand mit der Bürste und zwang sie zu energischem Schrubben. Zwei große Schaben krabbelten aus dem verschmutzten Inneren. Minto zerquetschte sie mit einer Sandale, doch Harriet schien es gar nicht zu bemerken. Sie saß dort wie in Trance, vielleicht schmollte sie auch nur. Jedenfalls konnte es so nicht weitergehen mit ihr.

Walters wandte sich an Minto: »Es ist eine Sache, in Buße versunken zu sein, und eine ganz andere, in Selbstmitleid zu schwelgen, wie sie es tut. Wenn ich Zeit finde, komme ich her und bete mit ihr. Hole ihre Sünden ans Tageslicht, und Sie werden meine Zeugin sein, obgleich ich fürchte, dass Sie schockiert sein werden.«

»Ich werde ebenfalls für sie beten«, erwiderte Minto ungerührt.

»In der Zwischenzeit ist sie als ungezogenes Kind zu betrachten, das gerade in die Mission gekommen ist und Gehorsam lernen muss. Ein Schlag mit der Rute wird ihr nicht schaden und sie auf den Boden der Tatsachen holen.«

»Amen«, schloss Minto begeistert.

Walters betrachtete Mintos schmales, sauberes Gesicht und warf einen Blick auf die andere Frau. »Und sorgen Sie dafür, dass sie sich wäscht. Kämmen Sie ihr die Haare. Wenn sie nicht von sich aus Ihrem guten Beispiel folgt, helfen Sie nach.«

Minto strahlte bei dem seltenen Kompliment. »Ich werde sie anständig schrubben.«

»Hervorragend. Übrigens wollte ich Ihnen eigentlich sagen, dass Sie sie morgen zur Kirche bringen sollen, aber das wäre verfrüht. In diesem Zustand können wir sie nicht mitnehmen. Warten wir ab, ich möchte, dass sie tapfer vor der Gemeinde aufsteht und zum Ruhme des Herrn ihre Sünden bekennt. Das wird ein bedeutender Tag für uns alle. Ich denke, wir sollten auch einen Chor dabeihaben.«

Am Samstag hatte der Reverend viel zu tun. Er musste Hausbesuche erledigen, sich um die Kranken kümmern, ins Büro des *Darwin Clarion* gehen und einen Auszug aus seiner Sonntagspredigt abgeben, damit der Text am Montagmorgen erscheinen konnte. Leider fand er sich immer in entlegenen Ecken der Zeitung, aber immerhin für alle lesbar.

Nach einer Auseinandersetzung mit dem Redakteur über die Länge des Auszugs ging er in den Kolonialwarenladen, um seine wöchentliche Rechnung zu begleichen. Typisch Chinese, die Preise waren exorbitant, er kontrollierte sie, indem er jeden Posten genauestens prüfte. Im Geschäft war viel zu tun, die Leute drängten sich kurz vor der Mittagspause herein und äußerten beim Blick auf die regengepeitschte Straße Befürchtungen wegen eines weiteren Hurrikans. Seit dem schweren Hurrikan vor einigen Jahren kam diese Sorge in jeder Regenzeit auf, doch er fand diese Diskussion völlig sinnlos.

»Wir sind alle in Gottes Hand«, verkündete er munter und eilte hinaus zu seinem geduldig wartenden Pferd. Einen kurzen Moment meinte er zu sehen, wie Minto um die Ecke des Hotels verschwand, doch bei diesem Wetter trugen die meisten Frauen lange schwarze Mäntel und dunkle Hüte; es hätte jede von ihnen sein können.

Als Nächstes ritt er zum Krankenhaus, um dort seine Runde zu machen und jemanden Bestimmtes zu besuchen. Er hatte entdeckt, dass Myles Oatley im einzigen Privatzimmer untergebracht war, in dem zuvor sein Vater gelegen hatte und das gewöhnlich Leuten vorbehalten war, die sich von Operationen erholten. Aber nein, für die Reichen nur das Beste. Doch als er hineinspähte, sah er nicht zur zwei Ärzte, sondern auch einen katholischen Priester, und schlich von dannen. So ein Pech, er musste ein anderes Mal wiederkommen, um mit Myles über dessen Rolle in der sündigen Dreiecksgeschichte zu sprechen.

Im Gehen fragte er sich, was William Oatley, der eingefleischte Atheist, davon halten mochte, dass ein Priester am Bett seines Sohnes saß. Eigentlich konnte ihm das nicht gefallen.

Myles Oatley war ein schwieriger Patient. Die Ärzte hatten den Priester gerufen, damit dieser ihm ins Gewissen redete.

»Wieso? Was ist denn los?«

»Wir müssen ihn operieren ... seine Füße sehen übel aus.«

»Dann sollten Sie mit ihm reden, es ist Ihr Fachgebiet.«

»Nun, wir hatten gehofft, die Füße zu retten, und mit dem rechten Fuß ist es uns auch gelungen, aber der linke ... Wundbrand. Er muss amputiert werden.«

»Gott steh uns bei! Weiß der Junge es schon?«

»Ja, aber er will uns nicht die Erlaubnis erteilen. Weigert sich rundweg.«

»Und die Folgen? Haben Sie ihn darüber aufgeklärt? Sehe ich recht, dass er sonst sterben könnte?«

»Ja.«

»Wo steckt denn nur seine Familie? Warum ist niemand bei ihm?«

»Er hat nur noch seinen Vater, William Oatley. Sie kennen ihn. Scheint, als hätten sie Streit gehabt. Er will ihn nicht sehen.«

Der Priester seufzte. »Die Menschen sind unergründlich. Entkommen dem Tod um Haaresbreite und führen ihre trivialen Auseinandersetzungen weiter. Aber ich rede mit ihm, wenn Sie sich etwas davon versprechen.«

Myles wandte nur den Kopf ab und weigerte sich nochmals ausdrücklich, der Operation zuzustimmen.

»Tut mir Leid, Pater«, sagte er schließlich zu dem Priester, »aber ich möchte lieber sterben.«

»Das ist aber eine seltsame Entscheidung für einen so gut aussehenden jungen Mann wie Sie. Und wenn Sie nächste Woche Ihre Meinung ändern? Dann ist es zu spät. Sie können nicht an der Himmelspforte stehen und sagen: Ich habe mich geirrt.«

Myles rang sich ein Lächeln ab. »Ich lasse es drauf ankommen, Pater.«

»Aber so haben Sie keine Chance. Das Bein wird nicht besser werden, das können Sie vergessen. Sie müssen auf den Rat der Ärzte hören. Nun kommen Sie, bringen Sie es hinter sich. In einer Woche lachen Sie wieder.«

Doch kein Argument konnte die Entschlossenheit des jungen Mannes ins Wanken bringen. Bevor der Priester ging, hörte er noch, wie Myles sich weitere Besuche verbat.

»Der arme Kerl«, sagte er. »Wo ist sein Vater? Ich muss den Mann wohl selbst herholen.«

Zum Glück traf er am Eingang Zack und Sibell Hamilton, die auf dem Weg zu Myles waren.

»Das ist kein guter Zeitpunkt«, erklärte der Priester. »Aber Sie würden ihm helfen, wenn Sie seinen Vater aufsuchten und ihn um jeden Preis herbrächten, notfalls in Fesseln.«

Er schilderte ihnen die Lage, und die beiden reagierten natürlich entsetzt.

»Wir holen ihn, Pater«, meinte Zack, und Sibell flüsterte ihm zu: »Ich hoffe, wir können auf die Fesseln verzichten.«

»Steht es so schlimm zwischen den beiden?«

»Leider ja.«

»Was ist mit Harriet? Könnte sie nicht mit Myles reden?«

»Ich weiß nicht, wo sie steckt. Sie hat William verlassen.«

»Wie bitte? Warum hast du mir das nicht früher erzählt?«

Sibell ging schweigend neben ihm her, und er nickte. »Verstehe. Das Thema war dir wohl zu heikel. Im Augenblick werden überall Männer von ihren Frauen verlassen.«

»Zack, das stimmt nicht. Mag sein, dass sie inzwischen wieder zurück ist. Aber die beiden haben ernsthafte Probleme miteinander.«

»Wir etwa nicht? Ich bringe dich nach Hause und werde dann den Buggy holen, um William zu Myles zu bringen. Das Leben seines Sohnes steht auf dem Spiel, er kann ihm den Besuch nicht verweigern.«

Reverend Walters war hungrig und freute sich auf sein Mittagessen. Samstags morgens servierte seine Haushälterin immer Steak-und-Nieren-Pastete. Eine dicke, knusprige Pastete mit üppiger Soße, die er, wie er oftmals zu ihr sagte, um nichts in der Welt missen mochte. Er brachte sein Pferd in den Stall und ging mit einem frischen Brotlaib unter dem Arm zur Haustür.

Doch wer saß auf den Stufen der Veranda? William Oatley!

»Walters, ich habe auf Sie gewartet«, sagte er und richtete sich zu voller Größe auf.

»Das sehe ich, aber ich habe leider keine Zeit für eine Unterhaltung.«

»Sie werden mit mir reden, Mister. Wo ist meine Frau?«

»Keine Ahnung. Würden Sie mich jetzt vorbeilassen?«

»Ich frage Sie noch einmal: Wo ist Mrs. Oatley? Sie hat in Ihrer Begleitung mein Haus verlassen. Wohin haben Sie sie gebracht?«

»Sie möchte Sie nicht sehen. Ich habe nur meine Pflicht getan, das ist alles. Ich nehme an, Mrs. Oatley wird Kontakt zu Ihnen aufnehmen, falls sie Sie zu treffen wünscht.«

»Aber *ich* möchte *sie* sehen. Nun tun Sie noch einmal Ihre Pflicht und verraten mir, wo sie sich aufhält.«

»Ich darf ihre Adresse nicht bekannt geben. Und nun gehen Sie bitte.«

Oatley packte seinen Arm und riss ihn die drei Stufen herunter, bis sie einander Auge in Auge auf dem schlammigen Rasen gegenüberstanden.

»Hände weg, Oatley«, knurrte der Reverend, als er wieder fest auf den Beinen stand. »Sonst rufe ich die Polizei!«

»Sicher, darin sind Sie ja ganz groß. Aber eines sage ich Ihnen: Bevor ich mit Ihnen fertig bin, kriechen Sie auf allen vieren weinend aus der Stadt!«

»Drohungen werden Ihnen nicht helfen, Sir. Ihre Frau will Sie nicht sehen, das ist alles. Und wenn man den Schaden betrachtet, den die Oatley-Männer dieser armen Frau zugefügt haben, überrascht mich das auch nicht. Männer wie Sie und Ihren Sohn sollte man teeren und federn. Und jetzt lassen Sie mich in Ruhe.«

Wütend begriff William, dass aus diesem Kerl nichts herauszubekommen war. Er stieß ihn beiseite, sodass Walters das Gleichgewicht verlor und samt Brot in den Schlamm fiel.

William ergriff den warmen Laib und schleuderte ihn auf die Straße.

»Mit Ihnen bin ich noch nicht fertig!«

Zack war ebenso schlecht gelaunt wie William. Er sah seinen Freund die Straße entlangstapfen, wobei er mit dem Gehstock auf den Boden stieß, und brachte den Buggy neben ihm zum Stehen.

»Steig ein!«

William tat, wie ihm geheißen, doch Zacks grimmige Miene verunsicherte ihn.

»Was ist denn los?«

»Wir fahren zum Krankenhaus.«

»Wozu?«

»Damit du deinen Sohn besuchen kannst.«

»Dreh um, ich will ihn nicht sehen.«

»Das interessiert mich nicht im Geringsten. Myles braucht dich.«

»Zur Hölle mit ihm. Zack, ich habe gesagt, ich will ihn nicht sehen.«

»Warum nicht?«

»Das geht dich nichts an. Verdammt, nun halte schon an!«

Zack trieb die Pferde schneller voran. »Nun, jetzt weiß es jedenfalls die ganze Stadt, dass ihr Ärger habt. Myles ist in einer schlimmen Lage, und die Ärzte wundern sich, wo du steckst.«

»Sollen sie doch.«

Sie rumpelten um eine Ecke, und William klammerte sich mühsam fest. »Zack, bist du von Sinnen? Du bringst uns beide um.«

»Nein, aber du gehst ins Krankenhaus und sprichst mit Myles. Sein Fuß ist brandig, die Ärzte müssen ihn amputieren, aber er weigert sich. Wenn du deinem Sohn das Leben retten willst, musst du hingehen.«

Mit einem Ruck brachte Zack den Buggy zum Stehen. Williams Gesicht war grau vor Entsetzen, er schien wie gelähmt. Dann legte er Zack die Hand auf den Arm.

»Ich weiß nicht mehr, wie ich mit ihm reden soll«, flüsterte er. »Kommst du mit?«

»Nein, er ist dein Sohn, das geht nur euch etwas an. Geh rein und bring ihn zur Vernunft. Du kannst ihn nicht sterben lassen.«

William war wütend, dass ihn die Ärzte und die Oberin zum Zimmer begleiteten, während er mit den Tränen kämpfte und sich die Worte zurechtzulegen suchte. Er fürchtete, Myles könne nach Harriet fragen, und befahl mit barscher Stimme, man solle ihn in Ruhe lassen.

Myles lag flach ausgestreckt im Bett mit einem kleinen Kissen unter dem Kopf. Die bandagierten Füße ruhten auf Polstern. Sein blondes Haar war ordentlich gekämmt, der Sonnenbrand einer tiefen Bräune gewichen, die einen starken Kontrast zum reinen Weiß des Bettes bildete. Er trug einen dünnen Krankenhaus-Pyjama, dessen Hosen an den Knien abgeschnitten waren. Er wirkte einsam und verloren. Myles wandte sich um und erblickte seinen Vater.

»Ich habe gesagt, ich wünsche keinen Besuch.«

»Das weiß ich, aber mich hat man nicht dazu gezählt.«

»Was willst du von mir?«

»Das weißt du sehr gut. Du musst dich operieren lassen.«

»Wozu?«

»Jetzt komm mir nicht so, Myles. Ich übernehme von nun

an die Kontrolle. Du wirst dich operieren lassen, dir bleibt keine andere Wahl. Es tut mir aufrichtig Leid, mein Sohn, aber es ist der einzige Weg.«

»Sicher, das würde dir gefallen. Was für eine Rache, mich in einen verdammten Krüppel zu verwandeln.«

Williams geringer Vorrat an Tapferkeit war erschöpft. Er hatte stark sein, der Dickköpfigkeit seines Sohnes mit Autorität begegnen wollen, doch nun ließ er sich auf einen Stuhl sinken und vergrub das Gesicht in den Händen. Die Qualen, denen Myles sich gegenübersah, hatten sein Selbstvertrauen erschüttert. Schließlich stand William auf und schloss die Tür.

»Es sollte kein Befehl sein, tut mir Leid. Ich möchte, dass du deine Einwilligung gibst. Myles, es ist furchtbar, aber ich bitte dich darum. Ich flehe dich an ... Gott, mir fallen keine Argumente mehr ein. Du musst aufhören, dagegen anzukämpfen.«

Myles schien mit sich selbst zu reden, sah seinen Vater nicht an, sondern blickte zur Decke empor.

»Das Problem ist, ich habe Angst. Ich bin ein Feigling. Ich traue mich nicht.«

William nickte. »Ginge mir genauso.«

»Nein, du würdest die Sache im Sturm nehmen, der große Held werden.«

»Zum Teufel damit!«

Beide schwiegen.

»Du hast mich nicht einmal gefragt, wie es mir geht«, meinte Myles schließlich schmollend.

»Entschuldigung. Wie geht es dir?«

»Mir ist heiß. Ein Bein tut weh, das andere fühlt sich taub an, vermutlich das kranke. Mein Hintern ist wund. Das Essen schmeckt zum Kotzen.«

»Ich weiß. Mir haben sie nur Brot und Milch gegeben.«

»Aber du siehst gut aus.«

»Ich musste auch nicht durch den Busch laufen.«

»Du hast noch immer die Narbe um den Hals.«

»Ja, damit muss ich leben. Sieht aus, als wäre ich dem Galgen entwischt.«

Dann herrschte wieder Schweigen. Myles döste, kratzte gelegentlich an den Verbänden, bis er fragte: »Wie geht es Harriet?«

»Ich weiß es nicht«, antwortete sein Vater sanft. »Ich glaube, sie hat von uns beiden genug. Sie ist gegangen, ich weiß nicht, wo sie sich aufhält.«

»Ich wollte dir noch einmal sagen, dass ich es bedauere.«

»Das spielt keine Rolle mehr.«

»Doch, du weißt, dass ich Angst habe. Dieses verdammte Chloroform und die Operation, was ist, wenn ich nicht durchkomme?«

»Um Gottes willen, Myles, das wirst du!«

Myles seufzte. »Hör auf, mich zu bevormunden! Ich möchte dir jetzt etwas sagen. Es tut mir Leid, ungeheuer Leid, es war alles meine Schuld. Ich möchte nicht, dass du es an ihr auslässt.«

»Nein, das werde ich nicht tun. Aber es ist Zeit, was soll ich den Ärzten sagen?«

»Sag ihnen, was du willst.«

William wollte seine Hand ergreifen, fand aber nicht den Mut dazu.

»Ich werde hier sein, Myles, die ganze Zeit über.«

»Das hoffe ich. Gib ihnen Saures! Dass sie nicht den falschen Fuß abschneiden.«

William lächelte. »Du kannst auf mich zählen.«

Die Stunden schleppten sich dahin. William ging vor dem Krankenhaus auf und ab, blieb aber immer in Rufweite. Er beobachtete, wie die Besucher heimgingen, und hielt sich im Schatten, um unerwünschten Gesprächen auszuweichen.

Patienten fanden sich in den Zimmern an der langen Veranda ein, wo Myles gelegen hatte, während sein Vater das Privatzimmer bewohnte, das nun in tiefer Dunkelheit lag. Überall in dem einstöckigen Gebäude flackerten Lichter. Es war nur ein Buschkrankenhaus, mehr konnte sich Darwin nicht leisten, ein Holzhaus, von dem die Farbe abblätterte, mit einem Wellblechdach als Schutz gegen die Regenfluten des Sommers. Es wirkte nicht gerade Vertrauen erweckend. Hoffentlich waren die Ärzte der Aufgabe gewachsen.

Schließlich zündete William seine Pfeife an und setzte sich auf eine Bank unmittelbar vor dem Zimmer. Er hätte gern gebetet, beneidete die gläubigen Menschen um diesen Trost und versuchte, nicht an das zu denken, was mit seinem Sohn geschah. Doch überall lauerten Fallen, die Vergangenheit durchdrang auch die Gegenwart. Konnte er den beiden jemals wirklich verzeihen? Auch der Gedanke an die Zukunft behagte ihm nicht. Wollte Harriet wirklich von ihnen beiden nichts mehr wissen? Oder wartete sie nur, dass Myles sie holte? Er wollte jetzt nicht an sie denken, schon die Vorstellung, ihr zu begegnen, brachte ihn aus der Fassung.

Die hohen Eukalyptusbäume über ihm schwankten im warmen Wind. Ihm war flau, er hätte gern einige Drinks gehabt, ein paar doppelte Whiskeys, wagte aber nicht, sich zu entfernen.

Lucy Hamilton war entsetzt.

»Sie können ihm doch nicht den Fuß abschneiden!«

»Leider muss es sein, Liebes«, sagte ihr Vater. »Er wird sich schon erholen.«

»Wie kannst du so etwas sagen? Wie sollte er sich erholen? Myles wird am Boden zerstört sein. Wir müssen ihn auf der Stelle besuchen!«

Maudie sah von ihrem Strickzeug hoch. »Nun hör sie dir an. Vor einer Woche war er noch der letzte Mensch auf Erden, und jetzt bricht sie seinetwegen in Tränen aus.«

»Er ist mein Freund, noch immer! Sei nicht so verdammt herzlos. Ich will ihn sehen, und notfalls gehe ich allein hin.«

Zack ergriff ihren Arm. »Nein, das wirst du nicht tun. Beruhige dich, Lucy, sein Vater ist bei ihm, das reicht für den Augenblick. Außerdem wissen wir noch gar nicht, wie die Operation verlaufen ist.«

»Was soll das heißen? Könnte er dabei sterben?«

»Natürlich nicht, aber er steht sicher unter Schock. Wir können nur abwarten. Wie wäre es mit einer Tasse Tee?«

»Wo mag Mrs. Oatley sein?«, fragte Maudie beißend, doch ein kalter Blick von Zack verbot ihr den Mund.

Harriet war allein. Minto war noch nicht zurückgekehrt, und sie wusste nicht, was sie mit sich anfangen sollte. Zitternd machte sie Licht und legte sich auf ihr Bett. Das Lärmen der Vögel verursachte ihr Kopfschmerzen. Im Augenblick tat ihr der Kopf immer weh, und ihr war schwindlig. Sie hatte versucht, Minto zu erklären, dass sie nicht faul sei, sondern nur schrecklich müde, hatte aber nur Schelte bezogen.

»So ein Unsinn, Sie sind durch und durch faul, haben noch nie im Leben einen Finger gerührt. Sie wissen gar nicht, was Arbeit ist! Jetzt schöpfen Sie das heiße Wasser aus dem Kupferkessel in den Eimer, und zwar schnell!«

Harriet fühlte sich gedemütigt. Nicht einmal so einfache Aufgaben konnte sie erledigen, ohne das heiße Wasser zu verschütten, und sie verstand Mintos Ungeduld. Die Frau arbeitete hart und musste furchtbar wütend werden, wenn ihr ein so unfähiger Mensch wie Harriet über den Weg lief. Am schlimmsten war die Herstellung der Seife. Harriet verstand das Verfahren einfach nicht, konnte sich nicht konzentrieren, wusste nur, dass etwas gekocht und in Dosen gekippt wurde. Die erkalteten Stücke mussten in drei Teile geschnitten werden. Die Mixtur roch furchtbar, und einmal hatte sie Minto vorgeschlagen, Parfüm hinzuzugeben. Darauf hatte die Frau sie mit dem hölzernen Rührlöffel geschlagen und sie für geisteskrank erklärt. Wahrscheinlich hatte Minto sogar Recht.

Doch dann waren sie auf die Knie gefallen und hatten gebetet, und Minto hatte sie ermutigt, mit Jesus zu sprechen und ihre Sünden in allen Einzelheiten zu beichten.

»Er kennt sie ohnehin«, hatte die Schwester gesagt, »aber Sie müssen sich reinigen, indem Sie um der Liebe Gottes willen darüber sprechen.«

Zweimal am Tag hattc Harriet sich gereinigt, während Minto und Jesus ihr zuhörten, und sie hatte alles von Myles erzählt. Und mehr noch. Minto hatte sie ermutigt, die Intimitäten ihres Ehelebens preiszugeben.

»Dort hat Ihre Erniedrigung begonnen. Verheiratete Menschen benehmen sich nicht so. Kein Wunder, dass er den Sohn zu den Orgien eingeladen hat, wenn Sie so willig waren.«

Harriet weinte. »Das glaube ich nicht. Ich weiß nicht ... ich dachte ...«

»Nein, Sie haben gar nichts gedacht, Sie armes Ding. Sie wissen gar nicht, wie viehisch Männer sein können, wenn sie eine schutzlose Frau in ihrer Gewalt haben, aber die Erlösung ist nahe. Sie dürfen an nichts anderes denken als an Jesus – an Jesus und an Buße.«

»Buße, aber wie?«

»Durch Arbeit. Ich habe schon von den müßigen Händen gesprochen. Hören Sie auf, über ihre Müdigkeit zu jammern, Sie sind doch eine starke Frau. Jesus hat Ihnen einen gesunden Körper gegeben, den Sie missbrauchen.«

Allmählich fürchtete sich Harriet vor Minto. Manchmal gab sich die Frau herrschsüchtig und kommandierte sie herum, begriff nicht, dass Harriet nicht arbeiten konnte, weil sie sich nicht konzentrieren konnte und sich ungeschickt vorkam. Dann wieder ließ sie sie allein, ignorierte sie stundenlang, was ihr ebenfalls Angst machte, da sie nichts mit sich anzufangen wusste. Harriet war gefangen in einem Netz aus Schuld und Furcht.

Als Minto wieder einmal ausgegangen war, versuchte sie, in ihrer Bibel zu lesen, doch sie konnte sich auch hierbei nicht konzentrieren und lag auf dem Bett, bis es ohnehin zu dunkel war.

Am Morgen merkte sie, dass die andere Frau noch immer nicht zurückgekommen war. Also blieb sie im Bett, doch die Fliegen wurden so lästig, dass sie sie mit einer Klatsche jagen musste. Sie fand im Schrank Brot und Butter und stahl schuldbewusst ein wenig von Mintos Marmelade, einer leckeren, hausgemachten Pflaumenmarmelade. Harriet saß eine Weile draußen, betrachtete die Kerosindosen voller Talg und den kalten Kupferkessel und dachte, sie könne wenigstens anfangen, Kerzen oder Seife zu machen. Leider hatte sie vergessen, wie es ging. Doch sie nahm einen Eimer, füllte den Kupferkessel mit Wasser und zündete das Feuer darunter an. So hätten sie wenigstens genügend heißes Wasser, wenn Minto zurückkam.

Pflichtschuldig kniete sie nieder, um zu beten, und las dann in der Bibel einige Psalmen. Sie gefielen ihr persönlich am besten, während Minto sie als oberflächlich bezeichnete. Der Tag war sehr heiß, die Luft in dem kleinen Haus stickig. Minto verbrachte jeden Tag viel Zeit damit, die wuchernde Vegetation zu stutzen, doch der Dschungel drang immer wieder von neuem vor.

Bei Einbruch der Dunkelheit fühlte sich Harriet wohler und ausgeruht, verspürte aber wieder Schuldgefühle. Minto hatte ihr vermutlich gesagt, wohin sie gehen wollte, doch sie konnte sich nicht daran erinnern. Sie würde nicht einfach wegbleiben, ohne zuvor die Erlaubnis des Reverends einzuholen. Harriet genoss die Ruhe, die sie nun umgab, und konnte endlich ungestört mit Jesus sprechen.

Der aus vier Tönen bestehende Ruf der Eisvögel weckte sie

am nächsten Morgen. Sie teilte den Rest des eingelegten Hammelfleischs mit den wunderschönen Tieren, die sich zu ihrem Entzücken bis an die Hintertreppe wagten. Die Kopfschmerzen waren verschwunden, doch ohne Mintos Gegenwart versagte Harriets Orientierungssinn. Sie konnte sich nicht erinnern, wo sie sich befand, wusste nur, dass sie in Sicherheit war, das allein zählte. In einem Anfall von Ärger auf Minto, die sie so lange allein ließ, holte sie den Schlüssel aus der Küchenanrichte und öffnete Mintos persönliche Schublade. Zu ihrer Überraschung war sie angefüllt mit Lebensmitteln, guten Sachen wie Tee, Zucker, Honig, Keksen, Eingemachtem, Dosen mit Bohnen und Sardinen.

Sie schlemmte wie ein Kind, goss Honig über die Kekse und häufte löffelweise Zucker in ihren Tee. Danach schloss sie alles wieder ein und rollte sich auf ihrem Bett zusammen, um sich eine Entschuldigung für den Diebstahl zu überlegen. Am Nachmittag unternahm sie tapfer einen Spaziergang im Busch hinter dem Haus, schob die feuchten Zweige beiseite und stapfte barfuß wie ein erfahrener Bushie durch das dichte Unterholz. Sie genoss die Expedition und fragte sich, wohin sie gelangen würde. Als sie einen Dingo aufschreckte, rief sie ihm etwas zu, doch er schoss davon. Scharen bunter Papageien sausten durch die Bäume, und sie entdeckte einige kräftige Eidechsen, die sie an die mögliche Gegenwart von Schlangen erinnerten. Zum Glück blieben diese im Verborgenen, und Harriet kämpfte sich weiter vor, bis sie die Rückkehr für geboten hielt.

Der Rückweg war nicht so leicht. Harriet machte sich Sorgen, denn Minto musste mittlerweile zurück sein und würde wütend werden, wenn sie niemanden antraf. Sie eilte hin und her, suchte weit über sich nach der Sonne, als könne diese ihr die Richtung weisen, doch der hohe Baldachin aus Blättern ließ nur wenig Licht durch. Sie hatte sich verirrt. Der Spaziergang im Busch hatte sich in etwas Grauenhaftes verwandelt.

Ihre Arme und Füße bluteten, wo sie sich an scharfen Gräsern und spitzen Dornen verletzt hatte. Ihr einziger Rock war zerrissen, und Mintos Bluse, die sie trug, wenn gewaschen werden musste, war schweißgetränkt.

Irgendwann stolperte sie zufällig aus dem feuchten Labyrinth auf eine Lichtung und stand vor dem Haus. Ihrem kleinen Haus.

Die Sonne ging unter, die Nacht in der Wildnis war ihr gerade noch einmal erspart geblieben. Harriet sank auf die Knie, um Jesus zu danken, rannte ins Haus und rollte sich auf ihrem Bett zusammen. Nie wieder würde sie den Willen des Herrn missachten. Er wollte sie hier haben, und hier würde sie, ob mit oder ohne Minto, bleiben, bis er ihr vergab.

Lucy Hamilton betete, flehte zu Gott, er möge ihrem lieben Freund Myles Oatley helfen, der sich nach dieser schrecklichen Operation in einem kritischen Zustand befand. Dass man sein Bein wirklich amputiert hatte, begriff sie erst, als sie ihn im Krankenhausbett liegen sah. Sie hatte gehofft, die Ärzte würden im letzten Moment feststellen, dass man nur den brandigen Teil entfernen und das Bein retten konnte, aber nein, sie hatten es in der Mitte des Unterschenkels amputiert. Und nun lag er seit drei Tagen im Fieber und war kaum bei Bewusstsein.

Alle waren entsetzt, da Myles ohnehin schwach war und das Fieber ihn noch weiter schwächen würde. Insgeheim hielt Lucy die Ärzte für unfähig, wollte William aber nicht noch mehr beunruhigen und gab sich damit zufrieden, ihm Gesellschaft zu leisten und für seinen Sohn zu beten. Obwohl die Ärzte eigentlich keine Besucher im Krankenzimmer wünschten, hatte William sich unglaublich über ihre Anwesenheit gefreut. Wenigstens konnte sie seinen Platz einnehmen, sodass er für einige Stunden nach Hause gehen und sich ausruhen konnte.

Christy wurde allmählich ungeduldig, begriff einfach nicht, dass sie Myles nahe sein wollte, weil sie seit ihrer Kindheit befreundet waren. In der Stunde der Not würde sie ihn nicht verlassen. Christy beklagte sich sogar, er werde den Weihnachtsball im *Victoria Hotel* verpassen, bei dem diesmal nur geladene Gäste Zutritt hatten, worauf Lucy wütend reagierte.

»Wie kann ich jetzt ans Tanzen denken, wenn es Myles so schlecht geht? Wenn du so wild darauf bist, geh doch allein!«

Tatsächlich war er am vergangenen Abend hingegangen, doch Lucy kümmerte das nicht. Für sie war es kein Verlust, und sobald sich Myles erholt hatte, würde sie den Streit mit Christy beilegen. Doch die Angst nagte an ihr. Wenn Myles sich nun nicht erholte?

Sie saß still am Bett und fühlte sich hilflos, als sie Myles betrachtete, der reglos dalag, die Augen geschlossen, das schmale Gesicht vom Fieber gerötet. Ob er überhaupt begriff, was mit ihm geschehen war?

Ein Schauer überlief ihn. Sie griff nach seiner Hand und hielt sie sanft in der ihren. »Komm schon, Myles, du schaffst es«, flüsterte sie. »Du hast doch früher schon Fieber gehabt. Erinnerst du dich an den Schlangenbiss? Junge, ging es dir da schlecht! Alle dachten, du wärst so gut wie tot, aber du hast nicht aufgegeben. Du musst auch diesmal dagegen kämpfen, wach endlich auf, ich weiß, du kannst es.«

William kam zurück und hörte an der Tür, wie sie Myles ermutigte. Er entfernte sich leise, Lucys Ermahnungen waren jetzt die beste Medizin für seinen Sohn. Die beiden verstanden einander, sie konnte ihm seine Pflicht, gesund zu werden, besser ins Gedächtnis rufen als jeder Vater.

Er fragte sich, wie es zwischen Lucy und Christy stehen mochte. Zack hatte versucht, seinen Rat einzuholen, doch William zweifelte, ob er der Richtige war, um dazu etwas zu sagen. Wenn es um Christy ging, hegte er persönliche Vorbehalte. Sicher, er selbst hatte den Mann bestochen, um an Informationen zu gelangen, doch Christys Verhalten gegenüber seinem Arbeitgeber konnte man kaum als positiven Charakterzug werten, selbst wenn dieser Arbeitgeber ein Mensch wie Mollard war. Er zuckte die Schultern; sollten die jungen Leute ihre Probleme doch selbst lösen. Dann fiel ihm Harriet wieder ein. Wo war sie? In der Lokalzeitung waren Artikel über Myles' kritischen Zustand erschienen, sie hätte doch ins Krankenhaus kommen oder wenigstens einen Brief schicken können. Doch niemand hatte irgendetwas von ihr gesehen oder gehört.

Als er wieder ins Zimmer kam, lag Myles ganz still da, die Augen noch immer geschlossen.

Lucy ergriff wieder seine Hand. »Ah, da kommt dein Vater, Myles. Los, wach auf, sprich mit uns. Du kannst doch nicht ewig hier liegen und dich selbst bedauern!«

William zuckte zusammen, fand ihre Worte ziemlich hart, doch plötzlich bewegte sich sein Sohn, schien etwas sagen zu wollen.

»Das tue ich nicht«, flüsterte er.

Lucy jubelte beinahe vor Freude. »Na bitte, ich wusste doch, dass du uns die ganze Zeit gehört hast. Was sagst du dazu, William? Er hat uns etwas vorgemacht.« Sie küsste Myles auf die Wange. »Jetzt musst du richtig aufwachen, damit wir dich endlich nach Hause bringen können.«

William trat an die andere Seite des Bettes und legte seinem Sohn eine zitternde Hand auf die Stirn.

»Lucy, er fühlt sich viel kühler an. Ich glaube, das Fieber ist endlich gesunken.«

Doch sie eilte schon aus dem Zimmer. »Ich hole die Oberin.«

Die Passagiere, die an Bord des Dampfers *Belfast* gingen, der die ostaustralischen Häfen Brisbane und Sydney anfuhr, mussten gegen Windböen und Regenschauer ankämpfen, Hüte und Schirme festhalten. Doch eine Dame kümmerte sich nicht um das Wetter. Entschlossenen Schrittes bewegte sie sich voran. Ihre neue Haube saß fest auf dem Kopf, die bunten Bänder flatterten im Wind. Ihr langer, marineblauer Mantel, ebenfalls neu, war hoch zugeknöpft und bot ihr Schutz bei diesem Wetter. Ihre Hände in den Handschuhen packten zu, brauchten nicht die Hilfe der Matrosen, als sie mit zufriedenem Lächeln und ohne einen Blick zurück über die Gangway schritt. Minto verließ Darwin auf Nimmerwiedersehen.

Zwei Tage darauf beriet sich William, der sich besser fühlte, mit Tom Ling, bevor er ins Krankenhaus ging. Myles' Genesung machte Fortschritte, und obgleich er noch niedergeschlagen war, versuchte er doch, sich an seinen Zustand zu gewöhnen.

»Wie soll er laufen?«, jammerte Tom Ling.

»Er muss ein Holzbein bekommen«, meinte William müde.

»Ein Holzbein?«

»Ich habe nach Perth telegrafiert. Meine Freunde kennen einen Fachmann für solche Dinge, er wird Myles ein Bein anfertigen und anpassen.«

»Und damit kann er richtig gehen?«

»Ich glaube, es braucht Zeit, um sich daran zu gewöhnen. Aber ja, er wird es schaffen, wenn er die nötige Geduld aufbringt.«

Tom Ling wunderte sich noch immer, doch William fuhr fort: »Ich kann einfach nicht verstehen, weshalb ihr Mrs. Oatley noch nicht gefunden habt.«

Er hatte beide Diener losgeschickt, um die Stadt nach ihr abzusuchen, denn er war gewiss, dass die chinesische Gemeinschaft sie irgendwo entdecken würde. Die Leute kannten alle Ecken und Winkel von Darwin.

Tom Ling schüttelte den Kopf. »Niemand weiß. Haben gut geguckt. Überall, weiße Häuser, Chinesen-Häuser, ist nicht da. Ist weg.«

»Vielleicht hast du Recht.«

»Sehr Leid, Herr«, erklärte Tom Ling mit einer traurigen Verbeugung.

»Schon gut, ich werde es herausfinden. Bis dahin haltet ihr weiterhin die Augen offen.«

Er war selbst schon auf den Gedanken gekommen, sie habe die Stadt per Schiff verlassen, und hatte sich alle Passagierlisten der Schiffe beschafft, die in den vergangenen Wochen den Hafen verlassen hatten. Er konzentrierte sich dabei vor allem auf Schiffe, die nach Perth, Harriets Heimatstadt, fuhren. Er spielte sogar mit dem Gedanken, ihren Eltern zu telegrafieren, schreckte aber vor den dafür notwendigen Erklärungen zurück.

Auf dem Weg zum Krankenhaus bog William kurz ab und schaute in seinem ehemaligen Büro vorbei. Vielleicht hatte Leo etwas gehört. Falls Harriet die Stadt auf dem Seeweg verlassen hatte, und das war für eine Frau wie sie der einzige Weg, wie hatte sie die Fahrkarte bezahlt? Das Haushaltsgeld lag noch in seiner Schreibtischschublade. Und dann ihre Kleider! Tom Ling behauptete, sie habe nichts mitgenommen, nicht einmal Hut und Mantel. Hatte sie von jemandem Geld erhalten? Aber von wem? Sicher nicht von Walters, diesem geizigen Bibelschwenker. Den musste er sich noch einmal vorknöpfen.

Leo war besorgt. »So wie es aussieht, hat Harriet von hier aus kein Schiff genommen. Und wenn sie in der Stadt nicht aufzufinden ist, könnte ihr etwas zugestoßen sein.«

»Was denn? Darwin hat einen schlechten Ruf, aber unsere Frauen sind hier sicher. Die rauen Burschen bringen Gentlemen in Schwierigkeiten, brechen Schießereien vom Zaun, aber Frauen wie Harriet lassen sie gewöhnlich in Ruhe.«

»Man kann nie wissen. Ich will nicht anzüglich werden, aber wenn sie, wie du sagst, unvollständig bekleidet auf die Straße gegangen ist, könnte jemand dies ausgenutzt haben. Vorsichtig ausgedrückt.«

»Das hat Tom Ling behauptet. Ich schätze, Walters hat sie bei einem seiner gottesfürchtigen Schäfchen untergebracht. Sie hockt sicher in irgendeinem Hinterzimmer.«

»Vielleicht solltest du zur Polizei gehen.«

»Und einen Skandal lostreten? Ich weiß nicht, ob ich dem augenblicklich gewachsen bin.«

»Sollte die Sicherheit deiner Frau nicht an erster Stelle stehen?«

»Und wenn man sie wohlauf findet? Dann stehe ich wie ein Trottel da.«

»Und wenn nicht?«

»Ich weiß es verdammt noch mal nicht«, knurrte William. »Ich werde darüber nachdenken. Jetzt muss ich zu Myles.«

»Natürlich, gut zu hören, dass er auf dem Weg der Besserung ist. Grüß ihn von mir.«

Myles Oatley erholte sich. Christy wusste das auch, doch für Lucy schien es keine Bedeutung zu haben. Sie empfand sich nach wie vor als Engel der Nächstenliebe und wich nicht von seiner Seite, um ihm Mut zu machen.

Christy hatte durchaus Mitleid mit ihm, es war furchtbar, ein Bein zu verlieren, doch Myles war selbst schuld an seiner Lage. Er hätte sich nicht in die Angelegenheiten der Schwarzen einmischen sollen, das war Yorkeys Aufgabe gewesen, der auf Oatleys ausdrücklichen Wunsch den Austausch vornehmen sollte. Selbst Zack Hamilton hatte es dabei belassen, nicht aber der große Myles Oatley. Nein, der hatte sich in die Wildnis gestürzt, unvorbereitet und erfüllt von törichter Selbstüberschätzung. Der Mann war ein Idiot.

Lucy sah das allerdings anders. Für sie war er ein Held, er, der Mann, der sie wegen seiner Stiefmutter hatte sitzen lassen. In ihrem grenzenlosen Kummer ob seines Missgeschicks hatte sie diese skandalöse Episode anscheinend vergessen.

Lucy hatte Cornford vorgeworfen, er sei eifersüchtig, und

damit hatte sie verdammt Recht. Er spürte, wie sie ihm entglitt, sich wieder Myles Oatley zuwandte. Sie würde ihn nehmen, falls er sie noch wollte, und er konnte sie wieder verlassen, wenn ihm der Sinn danach stand.

Christy fiel es schwer, mit ihr in Kontakt zu bleiben, da sie ständig am Krankenbett hockte. Deshalb sah er Zack Hamilton, der ihm noch immer keine Antwort auf den Heiratsantrag gegeben hatte, nur selten. Das war wirklich schlechter Stil.

Christy hatte die Hamiltons unter einem Vorwand aufgesucht, um mit Zack zu sprechen, doch er hatte nur Maudie angetroffen. Sie hatte die Botschaft für ihren Schwager aus ihm herausgepresst und versprochen, sie weiterzuleiten. Der Resident hatte tatsächlich den Polizeipräsidenten angewiesen, alle Anklagen gegen Zack und Yorkey fallen zu lassen, zweifellos aus Furcht vor Oatleys Drohung, sich selbst um dieses Amt zu bewerben. Dies wusste Christy von einem Freund im Telegrafenamt, der Williams Telegramm an Mollard gelesen hatte.

Maudie war erfreut gewesen. »Wie nett, dass Sie uns das mitteilen, Christy. Es ist nicht schön, wenn eine solche Drohung über unseren Köpfen schwebt. Zack schien unbekümmert, aber ich habe gesagt, Leute wie wir sollten nicht vor Gericht erscheinen müssen. Die Schande würden wir nicht überstehen. Ich habe ihn die ganze Zeit davor gewarnt, den Jungen zu entführen, aber auf mich hört ja keiner. Natürlich bin ich mit Mrs. Mollard befreundet, und ich wette, sie hatte ein Wörtchen mitzureden, dass die Vorwürfe fallen gelassen wurden. Sie wäre sehr empört darüber gewesen.«

Christy war froh, ihr mit der Entschuldigung, er habe im Büro zu tun, zu entkommen. In Wirklichkeit hatte er wenig Arbeit, da Weihnachten kurz bevorstand.

Er schlenderte in die Stadt, spähte in die Schaufenster mit ihren halbherzigen Dekorationen und fand sich irgendwann vor einem chinesischen Pfandhaus wieder. Vielleicht würde er dort etwas für Lucy finden. Die Stücke wurden selten von ihren Besitzern ausgelöst, und das Geschäft wirkte eher wie ein Trödlerladen mit Kisten auf dem Boden und einem vielfältigen Schmuckangebot, das auf Tabletts auf der Theke ausgestellt war.

»Ich suche ein Geschenk für eine Dame«, sagte er zu dem älteren Chinesen, der als Sleepy Lee bekannt war. Der Mann saß in einem hohen Korbsessel hinter der Theke, war wie gewöhnlich in einen langen Brokatmantel gekleidet und trug die übliche Kappe über dem dünnen Zopf. Die verschleierten Augen schienen Christy kaum zu bemerken, doch jeder wusste, dass Sleepy nichts entging und er schreiend aus seinem Sessel fuhr, sobald ein Langfinger seine scheinbare Schläfrigkeit ausnutzen wollte.

Er wies mit der mageren Hand träge auf die Theke, als interessiere ihn Christys Anliegen nicht sonderlich.

»Vielleicht eine Brosche«, meinte dieser. Als keine Antwort kam, nahm er das Angebot in Augenschein. Es gab einige Opalbroschen, mehrere Gemmen, aber nichts, was ihm wirklich gefiel. Die große Auswahl von Trauringen ließ ihn schmunzeln. Welche Geschichten mochten sich dahinter verbergen? Es hieß immer, von ihrem Ehering trenne sich eine Frau zuletzt. Vielleicht waren die Damen dieser Stadt aus anderem Holz geschnitzt.

Da er schon einmal da war, konnte er sich auch nach dem durchschnittlichen Preis eines Traurings erkundigen. Er hielt einen schmalen Goldring in die Höhe. »Wie viel kostet dieser?«

»Fünf Shilling.« Sleepy hatte sich nicht von der Stelle gerührt.

Christy versuchte es am anderen Ende der Theke. Er deutete auf einen breiten Goldring mit eingelassenen Rubinen. Es gab mehrere davon, und – gut zu wissen – sie waren noch in

Mode. Einige Damen seiner Bekanntschaft trugen ähnliche Ringe.

»Wie viel?«

»Zwanzig Pfund.«

Das war eine Menge. Er hätte Lee gern gefragt, wie viel Karat der Ring hatte, um die Kosten besser einzuschätzen, doch der Chinese war nicht allzu gesprächig. Entweder man kaufte oder man kaufte nicht; auf Diskussionen ließ er sich nicht ein.

Beim Blick auf das Tablett mit den Schmuckringen kam Christy ein Gedanke. Warum sollte er keinen Verlobungsring kaufen, ihn Lucy einfach überreichen, sie vor vollendete Tatsachen stellen? Damit würde er ihre Verbindung besiegeln, und Zack konnte nichts mehr unternehmen.

Doch es musste ein ganz besonderes Stück sein, das nicht nach Pfandhaus aussah und ihr wirklich gefiel. Eifrig betrachtete er die Schmuckringe. Einige waren hübsch: Diamanten und Edelsteine in schönen Fassungen.

Lee musste seine Gedanken gelesen haben, denn er ließ sich zu einer Bemerkung herab.

»Beste Qualität, Sir. Herren wie Sie erkennen das. Diese sehr billig.« Er nickte wohlwollend und versank wieder in tiefem Schweigen, um Christy nicht bei seiner Entscheidung zu stören.

Christy war eigentlich an Diamanten interessiert, doch dann fiel sein Blick auf einen dunklen Saphir, der mit zwei Diamanten eingefasst war. Ein entzückender Ring, der sicher ein Vermögen kostete. Er nahm ihn in die Hand, um nach dem Preis zu fragen, legte ihn aber schnell wieder hin. Diesen Ring kannte er! Aber woher? Gewiss hatte er ihn schon einmal gesehen. Christy war stolz auf sein gutes Gedächtnis, doch diesmal vermochte er die Erinnerung nicht einzuordnen.

Er konnte Lee schlecht fragen, wer ihn verpfändet hatte. Diese Läden waren dafür bekannt, dass sie auch Diebesgut annahmen, doch die Polizei war ziemlich machtlos dagegen, weil keine Bücher geführt wurden. Lee gab sich nicht mit Papierkram ab, er hatte alles im Kopf.

Christy versuchte Zeit zu gewinnen, indem er interessiert weitere Ringe betrachtete, wobei sein Blick immer wieder zu dem Saphir wanderte. Er kannte ihn, er musste nur lange genug nachdenken. Andererseits musste der Ring deshalb noch lange nicht gestohlen sein. Vielleicht war die Besitzerin ihn leid geworden, hatte ihn verkauft, etwas anderes dafür ausgesucht. Aber wer war die Besitzerin? Sein Grübeln hielt ihn im Laden fest.

Ein hübscher Ring, der Lucy sicher gefallen würde. Er konnte immerhin nach dem Preis fragen, das würde weder Lee noch ihm selbst wehtun. Er wollte ihn gerade dem Chinesen zeigen, als es ihm einfiel!

Es war Harriets Ring, das konnte er beschwören. Wie groß war schon die Wahrscheinlichkeit, dass es zwei gleiche Schmuckstücke in Darwin gab? Er betrachtete noch einmal die Diamanten. Es waren erstklassige Steine, das konnte selbst er als Laie erkennen.

Was tun? Er brauchte eine zweite Meinung. William, er musste ihn herholen. Doch bis dahin ... er konnte den Ring weder kaufen noch einfach hier lassen.

Christy wies auf den Ring. »Könnten Sie mir dieses Stück einige Stunden reservieren? Meine Verlobte soll ihn sich ansehen. Sie trifft letztlich die Entscheidung. Sie kennen mich doch, oder?«

Lee nickte, als sich seine Hand um den Ring schloss, doch die andere schoss vor. »Geld?«

»Nein, nur reservieren. Wir reden später über den Preis. Und ich möchte Sie daran erinnern, dass ich der Adjutant Seiner Exzellenz bin. Der Ring sollte besser noch hier sein, wenn ich zurückkomme.«

William befand sich im Krankenhaus und Lucy ebenfalls, wie ihm die Oberin mitteilte. Christy musste jedoch allein mit William sprechen und fragte sie, ob sie ihn herausbitten könne.

»Was gibt es?«, fragte William gereizt, als er zum Haupteingang kam.

Christy erklärte umgehend, worum es ging, und als er mit William zum Pfandhaus ging, waren sie bereits zu dritt. Oatley hatte sich der Hilfe Charlie Wongs versichert, dem das benachbarte Café gehörte. Charlie verlangte den Ring zu sehen, den Lee ihm gelassen aushändigte.

William identifizierte ihn. »Ja, das ist ganz bestimmt Harriets Ring. Können Sie herausfinden, wann er verkauft wurde?«

Die beiden Männer unterhielten sich in ihrer Sprache, dann wandte Charlie sich an Christy und William, um zu übersetzen.

»Mr. Lee möchte Schwierigkeiten vermeiden. Er hat ihn vor ungefähr einer Woche von einer Dame gekauft, und zwar in gutem Glauben. Er wurde also nicht verpfändet. Er möchte gern behilflich sein. Er wusste nicht, dass der Ring Ihrer Frau gehört.«

»Was soll das heißen?«, fragte William. »Wenn sie ihn verkauft hat, gehörte er natürlich ihr.«

»Nein, nein, nicht Mrs. Oatley hat ihm den Ring verkauft, er kennt Ihre Frau vom Sehen. Sie hat sich gelegentlich bei ihm umgeschaut, aber nie etwas gekauft.«

William wirkte verwirrt. »Ich verstehe nicht; wer hat ihn denn dann verkauft?«

»Mr. Lee weiß den Namen der Dame nicht«, meinte Charlie entschuldigend. »Es tut ihm sehr Leid.«

»Von wegen Leid«, knurrte Christy, »an seiner Tür läuft ganz Darwin vorbei. Er kennt jeden in der Stadt. Sagen Sie ihm, er soll uns den Namen nennen, sonst hole ich die Polizei.«

Nach weiteren Nachfragen förderte Charlie eine Art Antwort zu Tage. »Er weiß ihren Namen wirklich nicht, aber er hat sie schon in Begleitung des Predigers gesehen. Walters, der Mann von der Kirche.«

»Was?«, brüllte William.

»Einen Moment noch«, sagte Charlie, als Sleepy Lee sich aus seinem Sessel erhob und die Trauringe durchwühlte. »Sie hat noch einen zweiten Ring verkauft. Mr. Lee drückt hiermit sein tiefstes Bedauern aus. Er hatte keine Ahnung, dass die Ringe gestohlen waren.«

Offensichtlich verstand der Chinese genau, worum es ging. Er überreichte ihnen einen goldenen Ehering.

»Gehört der auch Mrs. Oatley?«, fragte Charlie, und William nickte. »Ja. Und mehr kann er uns nicht sagen? Wie sah die Frau aus?«

Charlie übersetzte die Antwort. »Um die vierzig. Mager. Hässlich.«

»Verstehe«, meinte William finster. »Und er ist nicht auf den Gedanken gekommen, dass diese magere, hässliche Frau, die Freundin des Predigers, unmöglich kostbare Ringe besitzen konnte?«

Lee antwortete erregt auf Chinesisch, und Charlie lächelte glatt. Der erzürnte Pfandleiher lamentierte weiter.

»Mr. Lee sagt, dass Damen oft ihre Dienstboten schicken, um Dinge zu verkaufen, weil sie nicht in einem Pfandhaus gesehen werden möchten. Das ist durchaus üblich. Und wenn Sie die Ringe nehmen, wünscht er eine Entschädigung.«

»Zum Teufel mit ihm«, explodierte William, doch Charlie widersprach ihm höflich.

»Mr. Lee erklärt in aller Bescheidenheit, dass Sie keinen Anspruch auf die Ringe haben. Sie gehören ihm. Er hat für sie bezahlt, selbst wenn er das Geld einer Dienstbotin gegeben hat. Es existiert kein Beweis dafür, dass die Ringe gestohlen wurden.«

William musste dieser Diskussion ein Ende setzen. »Wie viel verlangt er?«

»Dreihundert Pfund.«

»Quatsch, ich gebe ihm fünfzig.«

Lee hielt zwei Finger hoch, und William antwortete mit einem Finger. »Hundert, du alter Gauner. Nicht mehr.«

Der alte Mann lächelte zufrieden und streckte die Hand aus.

William fühlte sich nicht in der Stimmung für Nettigkeiten. Er packte Walters, der gerade unterwegs zur Kirche war, beim Kragen und schüttelte ihn heftig.

»Ich will die Wahrheit hören, Sie Mistkerl, sonst schleppe ich Sie auf die Polizeiwache und zeige Sie wegen des Diebstahls dieser Ringe an. Sehen Sie sie? Die gehören meiner Frau, sie wurden in einem Pfandhaus verkauft.«

Christy fand Williams Verhalten ein wenig heftig, doch irgendwie mussten sie Walters ja beikommen. Immerhin kannte er die Frau, die den Schmuck verkauft hatte.

Der Reverend wollte sich losreißen, mit Oatley reden. Passanten blieben interessiert stehen, um sich das Schauspiel vor der Kirche nicht entgehen zu lassen.

William zerrte den schreienden Walters die Straße hinunter zur Wache.

»Ich weiß nichts über ihre Ringe. Sie hatte sie noch, als ich sie das letzte Mal sah. Mich interessiert ihr Tand nicht. Lassen Sie mich los, Sie zerreißen mir die Jacke!«

»Wann haben Sie sie zum letzten Mal gesehen?«, brüllte Christy, der wie ein Terrier neben ihm herlief.

»Vor drei oder vier Tagen. Ich verlange, dass Sie mich auf der Stelle loslassen. Die Polizei wird Sie Manieren lehren!« Er stolperte und fiel, doch William riss ihn wieder auf die Füße.

»Wo haben Sie Harriet gesehen?«

Walters gelang es, sie aufzuhalten, indem er sich an einem

Zaunpfahl festklammerte. »Ich sage Ihnen, wo sie ist«, heulte er. »Aber über die Ringe weiß ich nichts. Wenn sie sie verkauft hat, geht es mich nichts an. Wie können Sie es wagen, mich des Diebstahl zu bezichtigen?«

»Wo ist sie?«, fragte William noch einmal.

»Zuerst loslassen. Hände weg, Oatley, Sie Grobian, eigentlich sollte ich Sie anzeigen.«

»Wo ist sie?«

»Ihre Frau befindet sich in guten Händen«, setzte Walters an, doch William hatte endgültig genug.

»Ich breche ihm den Hals«, sagte er zu Christy, der gerade noch dazwischengehen konnte.

Harriet schlief. Sie hatte den Versuch aufgegeben, Seife oder Kerzen zu machen, und im Gemüsegarten gearbeitet. Das Unkraut wucherte ungehemmt, doch die Arbeit gefiel ihr. Niemand störte sie, und der Regen war ihr gleichgültig.

Minto war immer noch nicht zurück, doch Gott versorgte sie mit Möhren und Pastinaken, die sie roh aß, weil sie mit dem feuchten Holz kein Feuer anzünden konnte. Harriet staunte über Mintos Fähigkeit, all diese schwierigen Aufgaben zu bewältigen. Vermutlich war sie wirklich nutzlos, doch wenn Minto zurückkam, würde sie besser aufpassen und lernen. Sie wurde allerdings nach wie vor schnell müde und hatte die schlechte Angewohnheit, alles zu vergessen.

Als sie an diesem Tag ins Haus kam, konnte sie keine Handtücher finden, dabei war sie nass bis auf die Haut. Verzweifelt zog sie Rock und Bluse aus und hängte sie auf die Wäscheleine auf der Veranda, dann zog sie ein Nachthemd aus schwerer Baumwolle an, das sie von dem Mädchen geerbt hatte, das weggelaufen war. Sie wanderte eine Weile umher und stand plötzlich im Schlafzimmer. Da sie ohnehin ein Nachthemd trug, konnte sie sich ruhig schlafen legen.

Laute Stimmen weckten sie, und Angst überkam sie. Es war

heller Tag, sie musste das Frühgebet verschlafen haben. Harriet sah sich um, weil sie fürchtete, der Reverend könnte sie um diese Zeit im Bett vorfinden und wütend werden. Doch es war zu spät, ihre Kleider zu suchen, wo immer sie auch sein mochten. Sie hörte, wie er nach Minto rief, und betete, er möge nicht ins Schlafzimmer kommen. Plötzlich flog die Tür auf, und Männer drängten sich herein. Wütende Stimmen erfüllten den Raum.

Harriet presste sich gegen die Wand, schrie, weil sie an einen Überfall glaubte. Sie zog sich die Decke über den Kopf, um sich zu verstecken.

Christy starrte fassungslos zum Bett. Das da war Harriet, obwohl er sie mit dem wirren Haar und dem verschlissenen Nachthemd kaum erkannt hatte. William wollte sie beruhigen, doch sie setzte sich zur Wehr, schlug nach ihm, während Walters draußen nach einer Person namens Minto schrie.

Auf dem Weg über den zugewachsenen Pfad hatte er darauf beharrt, Harriet befinde sich mit einer anderen Dame in der Obhut der Kirche. Sie sei freiwillig dort und fühle sich gut.

Obwohl der hölzerne Bungalow nur aus zwei kleinen Räumen bestand, unterschied er sich nicht von zahlreichen anderen Behausungen in der Stadt, die oft in Gärten errichtet wurden, um zusätzlichen Wohnraum zu schaffen. Auf den ersten Blick war Christy beruhigt gewesen. Die Lage war recht hübsch, das Haus umgeben von einheimischen Bäumen, von denen einige blühten, und hohen Palmen. Ein dichter Bambusstrauch, der das niedrige Dach überragte, raschelte im Wind.

Walters war ohne anzuklopfen eingetreten. Sie folgten ihm und fuhren angesichts der Unordnung und des schlechten Geruchs, der drinnen herrschte, entsetzt zurück. Dies war kein harmonischer Zufluchtsort, sondern eher ein übel riechendes Rattennest.

Harriet wurde langsam ruhiger. William hatte sich ein wenig entfernt von ihr auf einen Schemel gesetzt und sprach leise auf sie ein. »Harriet, ich bin es, William. Du brauchst keine Angst zu haben. Was ist geschehen? Nein, nein, keine Angst. Ich fasse dich nicht an. Du kennst mich doch, oder? Ich bin William. Ich sehe, dass du mich erkennst. Bleib ganz ruhig, dann trinken wir eine schöne Tasse Tee ...«

Aber nicht hier, dachte Christy, und ging hinaus, um sich Walters vorzunehmen. »Diesen Müllhaufen nennen Sie also einen Zufluchtsort, was?«

»So sollte es nicht aussehen, nie im Leben! Ich weiß nicht, was dieser Frau in den Sinn gekommen ist.«

»Ich schon. Harriet trägt ihre Ringe nicht mehr. Ich würde sagen, Ihre Betschwester hat sie geklaut und sich aus dem Staub gemacht.«

»Das würde sie niemals tun. Sie ist eine ehrliche, gottesfürchtige Frau. Einfach undenkbar.«

»War sonst noch jemand hier?«

»Nein, nur die beiden, die ein ruhiges und meditatives Leben geführt haben.«

»Tatsächlich? Dann kommen nur noch Sie in Frage. Hat Mrs. Oatley Sie gebeten, die Ringe zu versetzen?«

»Ganz gewiss nicht!« Walters sah sich fassungslos um. »Ich weiß nicht, was hier geschehen ist, eine Schande.«

»Ja, und mehr noch. Sie sollten lieber anfangen zu beten, bevor William nach draußen kommt. Er möchte sicher einige Fragen beantwortet haben, und mir geht es genauso. Wie ist Harriet in diesen Zustand gelangt? Sie wirkt wie eine Wahnsinnige. Was haben Sie ihr angetan?«

»Nichts, das sagte ich doch!«, stieß Walters in Panik hervor. »Nichts! Sie musste irgendwohin, weg von den beiden ...«

»Von wem?«

Walters betrachtete ihn hämisch. »Tun Sie nicht, als hätten Sie keine Ahnung, was diese beiden Männer ihr angetan haben. Vater und Sohn haben die Schwäche der bedauernswerten Frau ausgenutzt. Ich weiß alles über ihre Orgien, denken Sie also nicht ...«

Christy konnte nicht fassen, was er hörte, und zuckte zusammen bei dem entsetzlichen Vorwurf.

Dann schlug er zu.

William war zu wütend, um sich um Walters zu kümmern, der benommen am Boden lag und sein Auge betastete.

»Wir müssen raus hier«, sagte er. »Aber Harriet ist nicht angezogen. Können Sie einen Wagen besorgen, irgendeinen?«

Christy tat mehr als das. Er eilte zur Residenz und wies den Kutscher an, ein Pferd vor Mollards Landauer zu spannen, der mit Planen aus glänzender Ölhaut vor der Nässe geschützt war. Und vor neugierigen Blicken, dachte Christy.

Er konnte den Wagen nur bis hinter das Haus des Predigers lenken, sodass sie Harriet bis dorthin bringen mussten. Sie war fügsam, aber nicht allzu begeistert von diesem Aufbruch.

»Da haben Sie es!«, höhnte Walters, der sich an der Hintertür hielt, um einem erneuten Angriff vorzubeugen. »Ich habe ihr gesagt, sie könne jederzeit aus freiem Willen das Haus verlassen. Hier gibt es keinen Zaun.«

»Klappe«, knurrte Christy. »Die arme Frau weiß überhaupt nicht, wo sie ist.« Walters hatte nicht einmal nach dem Fausthieb mit rechtlichen Schritten gedroht, und Christy freute sich über die purpurrote Schwellung, die Walters' rechtes Auge zierte.

In diesem Moment erschien Harriet auf der Schwelle, eingewickelt in das geflickte Betttuch. Sie sah aus wie der leibhaftige Tod.

William streckte die Hand aus, doch sie wich zur Seite und schaute Walters an.

»Was wollen die von mir?«, fragte sie.

Die Antwort des Predigers kam wie aus der Pistole geschossen. »Sie wollen Sie mitnehmen, meine Liebe.«

»Ich bin noch nicht bereit, oder?«

»Ich denke doch«, meinte er mit einem Nicken.

»Oh!« Sie stand da und wusste nicht weiter.

William hielt ihr erneut die Hand hin. »Du kennst Christy und mich doch.«

»Ja. Wo ist Minto?« Sie blieb noch immer auf Distanz.

»Sie ist weg.« William sprach leise und ruhig mit ihr. »Wir kümmern uns jetzt um dich. Keine Sorge, wir müssen nun fahren.«

Sie schaute nervös zur Tür. »Wohin?«

»Nach Hause. Wir bringen dich nach Hause.«

Harriet schien sich zu freuen. »Ja, das ist wohl das Beste. Ich war hier nicht viel nütze. Tut mir Leid, Mr. Walters.«

»Zu was denn nütze?«, fragte Christy mit drohender Stimme.

»Oh, zum Herstellen von Seife und Kerzen.«

»Verstehe«, meinte er mit einem Nicken. »Darf ich Ihnen die Stufen hinunterhelfen, Harriet?«

»Nein, ich kann allein gehen.« Zu seinem Erstaunen segelte sie aus der Tür und die Treppe hinunter, als sei ein Nachthemd mit einem Laken darüber die passende Kleidung für eine Spazierfahrt. Gott sei Dank würde niemand sie in Mollards Kutsche sehen können. Harriet stapfte den Weg entlang, wobei das Laken durch den Schlamm schleifte.

William drehte sich noch einmal zu der abgeschiedenen Behausung um.

»Ich wünschte, Yorkey wäre hier«, sagte er zu Christy.

»Yorkey? Wieso?«

»Ich wette, diese Hütte hätte er mit dem größten Vergnügen angezündet.«

Nach ihrer Heimkehr bereitete Harriet ihnen Schwierigkeiten. Sie kauerte auf dem Rand des Himmelbetts und weigerte sich, sie zur Kenntnis zu nehmen. Nicht einmal mit Tom Ling wollte sie sprechen.

»Sie scheint zu glauben, sie wäre im Kloster gewesen«, meinte William müde, als er aus dem Schlafzimmer auftauchte. »Sie will keine Männer um sich haben. Mehr bringe ich nicht aus ihr heraus.«

Christy erinnerte sich an die boshafte Bemerkung des Predigers. Kein Wunder, dass sie sich so verhielt. Er fragte sich, welche hässlichen Geschichten Walters zu ihrer angeblichen Erlösung ersonnen hatte.

»Meinen Sie, Sibell Hamilton würde kommen?«, fragte William. »Sie könnte sie vielleicht zur Vernunft bringen und wenigstens waschen.«

Sibell war überrascht, ergriff aber rasch Hut und Mantel. »Selbstverständlich komme ich mit, Christy.«

»Was ist los?«, wollte Maudie wissen, erhielt aber ausnahmsweise keine Antwort.

»Oh, wir fahren im großen Stil«, staunte Sibell, als er ihr in den Landauer half. »Ich bin so froh, dass Harriet endlich zu Hause ist. Sagten Sie, sie sei krank? Der arme William, als hätte er nicht schon genug Sorgen.«

Christy wendete den Wagen und erklärte Sibell die Lage. Sie war verblüfft. »Sie ist die ganze Zeit über dort gewesen?«

»Sieht so aus.«

»Guter Gott, aber was ist nun mit ihr?«

»Nervenzusammenbruch, würde ich sagen. Eine Überdosis Religion ... Sie hockt im Schlafzimmer und klammert sich an einer Bibel fest.«

»Du meine Güte. Ich glaube, Sie sollten besser Dr. Byrne holen, nachdem Sie mich abgesetzt haben.«

Christy schüttelte den Kopf. »Ich glaube nicht, dass sie ihn jetzt schon in ihrer Nähe duldet.«

Während die Männer zu Mittag aßen, gelang es Sibell, Harriet zu baden, ihr Haar zu trocknen und sie anzukleiden. Sie hatte beschlossen, die junge Frau nicht wie eine Kranke zu behandeln, da sie ohnehin schon völlig verstört war. Harriet hatte mit ihr gesprochen, von den Sünden der Männer erzählt, vom Leben allgemein und ihrer eigenen Lasterhaftigkeit. Sibell war entsetzt. Sie reagierte mit einem beruhigenden Lächeln und beschwichtigte Harriet, als diese bei dem Gedanken, die Botschaft Gottes an eine andere Frau weiterzugeben, ganz aufgeregt wurde.

Als Sibell ihr Essen brachte – Suppe, frisches Brot mit Butter, Brathähnchen, Sahnecreme –, aß Harriet alles restlos auf.

»Ihr Appetit scheint nicht gelitten zu haben«, berichtete Sibell später. »Ein gutes Zeichen, wie mir scheint.«

Tage später ließ Harriet Dr. Byrne endlich in ihr Zimmer. Er war sachlich und duldete keinen Widerstand, zog einen Stuhl ans Bett und fühlte ihr den Puls.

»Nun, junge Dame, prüfe ich Herz und Lungen, damit ich weiß, wie es um Sie steht.«

William wartete nervös auf das Ergebnis. Der Arzt schien lange zu brauchen, und als er schließlich ins Wohnzimmer trat, bat er William, sich zu setzen.

»Körperlich ist sie in bester Verfassung«, verkündete er. »Aber verdammt durcheinander. Ich würde sagen, sie hat einen geistigen Zusammenbruch erlitten, aber er hält sich im Rahmen. Viel Ruhe, gutes Essen und Beschäftigung sind meine Empfehlung. Sie sagt, sie liest gerne und macht Quilts. Damit sollte sie wieder anfangen. Und halten Sie ihr den verdammten Prediger vom Hals, sie scheint Gott in ihm zu sehen.«

»Darauf können Sie sich verlassen«, entgegnete William grimmig.

»Sonst können Sie nicht viel tun. Kein ehelicher Verkehr, so weit ist sie noch nicht. Wir verstehen uns?«

»Sicher.«

»Gut. Bei dieser Gelegenheit möchte ich mit Ihnen über

Myles sprechen. Er weiß, dass Sie ihm helfen wollen, und möchte keinen Streit mit Ihnen.«

»Worum geht es denn?«

»Sie sollen nicht den Burschen mit dem Holzbein aus Perth kommen lassen. Er möchte selbst dorthin fahren und sich darum kümmern. Mit anderen Worten, er scheut sich, vor aller Augen das Gehen zu lernen. Er will es allein schaffen, wo er ein bisschen Privatsphäre genießt.«

»Warum hat er mir das nicht gesagt? Er kann tun, was immer er will.«

»Kann er nicht«, erwiderte Byrne ruhig. »Er sagt, ihm gehöre überhaupt nichts. Was bedeutet, dass er Sie um Ihre Unterstützung bitten muss.«

»Na und? Geld spielt keine Rolle.«

»Für Sie vielleicht nicht, aber für ihn. Ihre Differenzen gehen mich nichts an, aber er fühlt sich sehr schlecht dabei, dass er nach wie vor auf Ihre finanzielle Hilfe angewiesen ist.«

»Sein Pech«, meinte William knapp.

»Wie Sie meinen. Aber vielleicht sollten Sie ihm selbst den Vorschlag mit der Reise nach Perth machen, das würde Sie doch keine große Überwindung kosten. Und erwähnen Sie mich besser nicht.«

»Schon gut, abgemacht. Jetzt könnte ich einen Whiskey gebrauchen. Sie auch?«

»Sicher doch, es war ein langer Tag. Es heißt, Mannering habe Jovial decken lassen. Ich hätte nichts gegen ein Fohlen mit diesem Stammbaum ...«

19. KAPITEL

OBWOHL ER DIE Feiern nur am Rande mitbekam, liebte Yorkey Weihnachten. Als kleiner Junge hatte er gestaunt, wenn ihm die hartgesottenen Treiber plötzlich Papiertüten mit Lutschern schenkten, die er ganz für sich allein behalten durfte. Einmal hatte ihm der Boss mit einem Lächeln ein Federmesser überreicht. Er hatte weder diesen ungewöhnlichen Tag vergessen noch den Namen, Weihnachten, der etwas mit einer besonderen Nacht zu tun hatte.

Während der Regenzeit, in die der große Tag fiel, versammelten sich die Treiber, die kein eigenes Zuhause besaßen, mit ihren Familien in Lagern. Für die Kinder waren es aufregende Zeiten, eine Abwechslung von den ständigen Wanderungen entlang der Viehwege. Schon bald erfuhr Yorkey, dass Weihnachten der Höhepunkt dieser Monate war, und er freute sich darauf. Als erwachsener Mann und gestandener Treiber vergaß er nie, den Kindern Lutscher zu kaufen. Im Laufe der Jahre war er oft für einige Wochen ins Lager zurückgekehrt, um Freunde zu treffen, Neuigkeiten zu erfahren und mit den Mädchen zu flirten.

In diesem Jahr war er jedoch ein wenig ratlos. Es war viel zu spät, um ins Lager zu reiten, da die schweren Regenfälle eingesetzt und Darwin praktisch von der Außenwelt abgeschnitten hatten. Die Flüsse traten über die Ufer, das Wasser stürzte in Kaskaden in die Schlucht hinab. Campbell's Gorge ging ihm noch immer nicht aus dem Kopf. Das Tal der Träume. Eines Tages würde er in der Regenzeit hinreiten und, vielleicht mit Hilfe einiger Freunde, auf das Plateau steigen, um das Schauspiel aus der Vogelperspektive zu genießen.

Bis dahin würde er in Sweeneys Stallungen arbeiten, sich ein paar Pfund verdienen und im Heuschober schlafen.

Dort fand ihn auch Zack Hamilton.

»Yorkey, ich habe dich überall gesucht. Morgen ist Weihnachten, wir wollten dich zum Essen einladen.«

Yorkey war es peinlich, da er noch nie zu einem Weihnachtsessen in einem Haus gewesen war, sondern nur in Lagern, wo sich niemand an seiner Hautfarbe stieß. Das hier waren elegante Weiße.

»Hm ... ich komme schon zurecht, Boss, muss arbeiten.«

»Die Pferde können ein paar Stunden auf dich verzichten.«

»Ist schon in Ordnung hier«, beharrte Yorkey mit gesenktem Blick.

Zack verstand ihn, doch es war Sibells Idee gewesen, und er würde verdammt noch mal alles tun, um ihr in diesen letzten gemeinsamen Tagen eine Freude zu machen. Sie hatte bereits ihre Fahrkarte für die *Australis* gekauft, die im neuen Jahr nach Perth fahren würde.

Und um ihre Entscheidung noch unumstößlicher zu machen, hatte sie angeboten, Myles Oatley dorthin zu begleiten.

William hatte sich gefreut, war aber auch besorgt. Er hatte darauf bestanden, ihre Situation mit ihnen zu besprechen.

»Ich möchte nicht, dass du Myles als Entschuldigung benutzt, um schon so bald aufzubrechen, Sibell. Was sagst du dazu, Zack?«

»Es scheint, als hätte ich gar nichts zu sagen. Doch da sie so entschlossen ist zu gehen, kann sie sich ebenso gut nützlich machen und nach Myles sehen.«

William seufzte. »Dann möchte ich etwas klarstellen: Falls du deine Meinung änderst, Sibell, werde ich eine der Schwestern aus dem Krankenhaus mitschicken. Ich habe bereits mit der Oberin gesprochen, und sie ist einverstanden, jemanden zur Verfügung zu stellen. Meine Freunde werden Myles in Perth treffen, sodass du zu nichts verpflichtet bist, Sibell.«

»Dessen bin ich mir bewusst, William.«

»Mit anderen Worten, sie fährt mit demselben Schiff«, meinte Zack kalt.

»Tut mir Leid, das zu hören. Kann ich sonst noch etwas tun, damit du deine Meinung änderst, Sibell?«

»Danke nein, William. Wie geht es Harriet?«

»Sie kommt allmählich wieder zu sich. Ich hatte daran gedacht, das Haus zu verkaufen, werde es aber noch eine Weile behalten. Danach ziehen wir nach Warrawee. Pop braucht Gesellschaft, und ich freue mich auf das Leben auf der Station. Auch Harriet wird der Tapetenwechsel gut tun. Sie lebte richtig auf, als ich ihr von dem Plan erzählte.«

Kein Wunder, dachte Zack. Sie hat sich hier derart unmöglich gemacht, dass ein Abgang in Würde die einzige Lösung ist. Die Leute flüsterten, es sei großzügig von William, sie wieder aufzunehmen, doch Zack war anderer Ansicht. Es war nicht »großzügig«, er tat das einzig Richtige. Sie war seine Frau, und er hing offensichtlich noch an ihr. William war vernünftig in seinem Streben, die Ehe zu retten. Zack wünschte, er könnte das Gleiche über seine Frau sagen, die immer noch seine große Liebe war.

Yorkey führte ihn durch die Stallungen, da beide Pferde liebten. Die meisten Tiere gehörten Einheimischen ohne eigenen Stall. Einige prächtige Exemplare schauten aus den Boxen hervor, und Zack dachte insgeheim, dass seine Vollblüter es mit jedem von ihnen aufnehmen konnten.

Er fuhr zusammen, als Yorkey seine Gedanken zu lesen schien. »Ihre sind besser, was?«, grinste er.

Zack lachte. »Meinst du?«

»Sicher. Der hier ist ein bisschen fett, muss mehr arbeiten.«

»Da wir gerade von Arbeit sprechen, ich wollte dich fragen, ob du nach der Regenzeit wieder nach Black Wattle kommen möchtest. Ich weiß, du magst die Arbeit als Treiber, und das könntest du auch bei mir machen. Bisher hast du doch wie ein Vagabund gelebt, du hast etwas Besseres verdient.«

»Treiber werden bezahlt«, erwiderte Yorkey steif. Die meisten Aborigines auf den Stationen arbeiteten nur für Kost und Logis.

»Ich zahle dir den Lohn eines Viehhüters, Unterkunft und Verpflegung sind frei. Alles andere liegt bei dir. Wenn du dabeibleibst, könntest du irgendwann Vorarbeiter werden ...«

»Wohl kaum«, meinte Yorkey schüchtern.

»Und ob. Du kennst dein Geschäft, und es gibt ohnehin nicht genügend zuverlässige Leute. Sie kommen und gehen. Ich weiß, dass ich auf dich zählen kann, und du kannst mir vertrauen. Du könntest auf Black Wattle sesshaft werden, heiraten ...«

»Um Himmels willen, nicht so schnell«, schnaubte Yorkey in gespielter Entrüstung, und Zack fiel ein, wie er selbst in diesem Alter auf das Thema reagiert hatte.

»Ich spreche mit dir wie mit einem Weißen, den ich für meine Station haben möchte«, fuhr er fort. »Ich halte immer Ausschau nach guten Männern. Ich erkläre ihnen, dass sie bei mir und meiner Familie ein angenehmes Leben führen können.«

Doch Yorkey wirkte nervös. »Weiß nicht. Muss drüber nachdenken.«

»In Ordnung. Wir bleiben bis zum Ende der Regenzeit hier, aber du solltest es dir gut überlegen. Willst du als alter Kerl enden, der den jungen Treibern ein Klotz am Bein ist, oder lieber etwas aus dir machen? Verschaffe dir Respekt, es liegt ganz bei dir. Und wie steht es nun mit dem Weihnachtsessen?«

Yorkey hatte gar nicht mehr an die Einladung gedacht, sondern erinnerte sich an Netta und ein Weißen-Wort, das sie ihm so oft eingebläut hatte, ohne es je erklären zu können.

»Du brauchst Respekt«, hatte sie gesagt, doch es war im Laufe der Zeit zusammen mit ihren Geschichten verblichen.

Nun tauchte es hier, in diesem Gespräch, wieder auf. Respekt. Yorkey ließ sich das Wort auf der Zunge zergehen, da es aus dem Mund eines Weißen ganz anders klang. Trotz seines schrecklichen Todes durch ihm gänzlich unbekannte Männer hatte Jimmy Moon Respekt genossen. Und, bei Gott, das würde auch sein Sohn schaffen, draußen auf Black Wattle, wo man Jimmy Moon ins Wohnhaus eingeladen hatte, weil man ihn respektierte.

Er beschloss, die Stelle anzunehmen. Zacks Alternative erschreckte ihn. Er wollte das Beste aus sich machen, doch aus Prinzip weigerte er sich, seinen Eifer offen zu zeigen. Zack wollte, dass er es sich überlegte, also würde er sich einige Tage Bedenkzeit gönnen und dann annehmen. Doch was das Abendessen anging, war es noch zu früh für Yorkey: Noch konnte er nicht in die Fußstapfen Jimmy Moons treten.

»He, Zack, sagen Sie der Missus, es ist furchtbar nett, dass ich auf ihre Party kommen soll, aber mir geht es hier gut. Sie erklären es ihr, ja?«

Zack legte ihm den Arm um die Schultern und brachte ihn zum Tor. »Ich sage es ihr, Yorkey, sie wird es verstehen. Sie wollte dir zeigen, wie sehr sie dich schätzt. Und falls du deine Meinung ändern solltest ...«

Yorkey schüttelte den Kopf, doch sein Lächeln beim Abschied drückte große Freude aus, und Zack wusste, dass er nach Black Wattle kommen würde, wohin er gehörte.

Weihnachten war im Strandhaus der Hamiltons immer ein fröhliches Fest, das in einem feierlichen Abendessen gipfelte. Unterhalb des hoch gebauten Hauses wurden lange Tische aufgestellt. Dieses Jahr spürte Lucy jedoch, dass sie sich auf die gute Laune der Gäste verlassen mussten, denn die Familie war auf Grund der geplanten Abreise ihrer Mutter gedrückter Stimmung. Sie selbst konnte Sibells Egoismus einfach immer noch nicht fassen. Es war absurd, dass sie ihren Ehemann, ihre Tochter und ihr Heim an diesem Punkt ihres Lebens verlassen wollte. So etwas tat man einem wunderbaren Mann wie Zack, der sie aufrichtig liebte, einfach nicht an. Zuerst hatte er wütend reagiert, doch nun war er einfach nur verletzt. Seine Augen verrieten es, und er machte keine Anstalten mehr, sich zu wehren.

Er hatte Sibell sogar angeboten, ihr ein Haus in Perth zu kaufen, was Lucy für schlichtweg verrückt hielt. Sie sagte es ihm auch, doch Zack ließ keine Kritik an seiner Frau zu.

»Das ist die Entscheidung deiner Mutter. Wenn sie in Perth leben möchte, kann ich wenigstens dafür sorgen, dass sie es bequem hat. Sie kann schlecht in einer Pension unterkommen.«

»Würde ihr aber gut tun. Dann wüsste sie ihr Zuhause vielleicht wieder zu schätzen!«

»Und du solltest dich besser um deine eigenen Angelegenheiten kümmern. Was geht zwischen dir und Myles vor?«

»Nichts«, sagte sie ausweichend.

»Hoffentlich stimmt das auch.«

»Was soll das heißen? Ich dachte, du magst ihn.«

»Früher schon«, meinte er. »Heute bin ich mir nicht mehr so sicher.«

»Du magst niemanden! Christy passt dir auch nicht. Wenn es nach dir ginge, würde ich als alte Jungfer enden.«

»Mag sein«, antwortete er grinsend, »aber ich habe nie behauptet, dass ich Christy nicht mag. Er sollte seinen Heiratsantrag bloß gründlich überdenken. Immerhin geht es um das Leben auf einer Station. Ist der Heiratsantrag noch aktuell?«

»Warum denn nicht?«, fragte Lucy schnippisch.

»Ich habe Christy länger nicht gesehen. Isst er morgen Mittag bei uns?«

»Natürlich!«

»Verstehe«, meinte ihr Vater mit leisem Zweifel.

»Was soll das nun wieder heißen?«

Zack grinste. »Nichts, um mit den Worten meiner Tochter zu sprechen.«

Lucy war verunsichert. Gewiss hatte sie Christy in letzter Zeit selten gesehen. Er fühlte sich gekränkt, weil sie so viel Zeit bei Myles verbrachte, doch sie hatte geglaubt, er werde es verkraften. Immerhin würde er beim Weihnachtsessen neben ihr am Familientisch sitzen. Sie würden sich amüsieren und wieder zur Normalität zurückkehren. Auch hatte sie gute Neuigkeiten für ihn. Er sollte sich noch einmal mit Zack unterhalten, der offensichtlich keine Einwände gegen ihre Heirat hatte, solange sich Christy mit der Arbeit und Verantwortung anfreunden konnte, die das Leben auf Black Wattle mit sich brachte.

Je länger sie darüber nachdachte, desto besser fühlte sie sich. Christy war klug, er würde das Handwerk bald lernen, und der Besitz war so groß, dass Zack die Hilfe eines anderen Mannes gut gebrauchen konnte. Zudem würde es ihn bestimmt über den Verlust von Sibell hinwegtrösten, dachte sie gereizt.

Sie gestand sich mittlerweile selbst ein, dass sie bei ihren Bemühungen um Myles vielleicht ein wenig übertrieben hatte. Doch sie war entsetzt und voller Mitleid gewesen, das war doch verständlich.

Dennoch, es war eine seltsame Erfahrung gewesen. Zuerst hatte sie geglaubt, sich wieder in ihn zu verlieben, aber im Zuge der Genesung hatte sie es als romantische Verirrung erkannt. Dieser Mann war nicht mehr der Myles, den sie einmal gekannt hatte, und würde es auch nie mehr werden. Das hatte nichts mit dem Verlust des Beines zu tun. Aus Loyalität war sie geblieben, überrascht, dass die Ärzte Recht behielten und er sich nach dem Rückgang des Fiebers rasch erholte. Mit der Wunde gab es keine Komplikationen, der Stumpf heilte gut.

Lucy entdeckte an Myles eine Entschlossenheit, die sie bewunderte. Zur allgemeinen Erleichterung ließ er sich vom Verlust des Beines nicht unterkriegen, er scherzte sogar darüber. Doch allmählich betrachtete er ihre Hilfe als selbstverständlich, erwartete, dass sie ständig für ihn da war. Sie tat ihr Bestes, blieb so lange wie möglich bei ihm und erzürnte Christy dadurch nur noch mehr. Sie war froh, als es um Myles' Reise nach Perth ging, wo er bessere Möglichkeiten der Rehabilitation genießen würde. Lucy freute sich über diese einfache Lösung.

Doch es kam anders. Bei Myles hieß es auf einmal wieder »uns« und »wir«. Es sei beschlossen worden, dass er nach seiner Genesung nach Millford ziehen und die Station übernehmen sollte, die der Familie seiner verstorbenen Mutter gehört hatte. »Millford wird dir gefallen«, hatte er gesagt. »Ein herrliches Stück Erde. Aber du kennst es ja selbst.«

Lucy musste lachen. »Und meinen Verlobten bringe ich gleich mit.«

»Welchen Verlobten? Du hast deine Verlobung mit diesem Zinnsoldaten noch gar nicht bekannt gegeben. Lass ihn laufen. Die Herren Oatley und Hamilton sollen endlich ihren Willen bekommen, wir vereinigen ihre Besitzungen, Lucy. Wird ein ganz schönes Familienvermögen.«

Sie musste ihm in aller Ruhe seine Fantasien ausreden und ihn daran erinnern, dass er sie sitzen gelassen hatte. Auch erwähnte sie die Affäre zwischen ihm und Harriet. Doch als sie gehen wollte, geriet Myles in Rage.

»Es ist das Bein, nicht wahr? Du willst keinen Krüppel heiraten!«

»Nein, Myles, ich liebe dich nicht mehr, und du liebst mich auch nicht. Also hör auf, von diesem verdammten Bein zu reden! Du weißt, dass es für mich keinen Unterschied gemacht hätte.«

»Dein Ton gefällt mir nicht.«

»Pech für dich. So bin ich aber. Ich bin deine Freundin und

werde es bleiben, wenn du dich anständig benimmst. Und wie feiert ihr Weihnachten?«

Sie sorgte sich noch immer um ihn. Ihre Mutter hatte erklärt, William Oatley habe die Einladung zum Essen abgelehnt, da er eine ruhige Feier mit Harriet plante. Myles' Vater würde also nicht unter den Gästen sein.

»Hier gibt es eine abstoßende Veranstaltung mit Papphüten und einem Haufen unmusikalischer Wohltäter, die uns etwas vorsingen, aber ich werde mich dagegen zu schützen wissen.«

»Wie?«

»Wie du weißt, habe ich hier viele Freunde. Ich lade morgen Mittag zwei Paare in dieses Domizil ein. Sie bringen flüssige Erfrischungen mit, und Billy Chinn kocht uns etwas Anständiges.«

»O Gott, Myles! Weiß die Oberin davon?«

»Sie wird es früh genug herausfinden. Und wenn schon, sie führt schon den ganzen Morgen Freudentänze auf, weil mein philanthropischer alter Herr einen brandneuen Flügel für diese Einrichtung spendet. Du bist übrigens herzlich willkommen, dann wäre ich nicht das fünfte Rad am Wagen.«

Sie seufzte. »Du weißt, dass ich morgen zu Hause esse. Außerdem bringen die beiden Paare doch sicher jemanden für dich mit.«

»Nancy Forrester«, antwortete Myles, ohne mit der Wimper zu zucken. »Eine gute Wahl, sie will nämlich Krankenschwester werden.«

»Auf Wiedersehen, Myles.«

»Kommst du zum Hafen?«, rief er, als sie zur Tür ging.

Christy war im Büro und sprang ehrlich erfreut auf, als ein Diener Lucy hereinführte.

»Welch eine Überraschung, meine Liebe.«

»Ich wusste nicht, ob du da bist. Die Weihnachtsdekoration in der Halle ist herrlich.«

»Ja, selbst ohne den Residenten und seine Frau müssen wir den Schein wahren. Mit Krippe, Figuren und allem, denn die Leute kommen jedes Jahr mit ihren Kindern her, um es sich anzuschauen. Setz dich. Darf ich dir ein Glas Wein anbieten? Nein, wie wäre es mit Champagner im Garten? Seine Exzellenz hat einen ausgezeichneten Tropfen.«

»Sehr gern!«

Von der Residenz aus genoss man weit und breit den schönsten Blick auf die Bucht, die an diesem Spätnachmittag als Folge der schweren Regenfälle jedoch in Nebel gehüllt war.

»Ich glaube, der Pavillon wäre am besten«, sagte Christy, als sie den Weg entlanggingen. »Man sieht nicht viel, aber es ist wenigstens trocken. Und du heiterst ohnehin jeden Regentag auf, wenn ich das sagen darf. Du siehst reizend aus.«

Lucy schöpfte neuen Mut. Das Kleid, das sie trug, war eines von vieren, die ihre Mutter erst gestern aus Perth erhalten hatte. Es bestand aus einem sommerlich leichten weißen Voile und war mit winzigen gelben und grünen Blumen bestickt. Um den Halsausschnitt flatterte eine Rüsche aus weichem, weißem Georgette.

»Willst du mich damit entschädigen?«, hatte sie ihre Mutter wütend gefragt. »Hast ein schlechtes Gewissen, was?«

»Es sind hübsche Kleider. Ich glaube, du kannst sie brauchen. Verschenke sie, wenn du sie nicht magst.«

Sie und Maudie hatten die Kleider aus der großen Schachtel geholt und vors Fenster gehängt, um sie in Ruhe zu betrachten. Zwei herrliche Abendroben und zwei Tageskleider, doch Maudie hatte die Nase gerümpft.

»Sie sind zu frivol für dich, Lucy, ein Mädchen vom Land wie du braucht etwas Bodenständigeres.«

Dies bestärkte Lucy in ihrem Beschluss, sie zu behalten. Maudie wollte im Grunde sagen, dass sie zu feminin für sie seien, und das konnte sie nicht auf sich sitzen lassen. In diesem Fall hatte ihre Mutter Recht gehabt, die Kleider waren wie für sie gemacht. Sie zog sie an, stolzierte vor dem Spiegel auf und ab und wählte das Bestickte für den Nachmittag mit Christy aus. Lucy hatte die richtige Wahl getroffen, denn er hatte sich noch nie derart begeistert über ihre Garderobe geäußert. Sie musste sogar stehen bleiben und sich drehen, damit die satingefasste Rüsche am weiten Rock zur Geltung kam.

»Es ist traumhaft hier«, sagte sie. »Als lebten wir in einer eigenen, vom Nebel umschlossenen Welt.«

»So sollte es auch sein«, sagte Christy lächelnd, als sie einander am Gartentisch gegenübersaßen. »Frohe Weihnachten, Lucy.«

Er hatte keinen Versuch unternommen, sie zu küssen, ihr nicht einmal den üblichen Kuss auf die Wange gegeben. Je länger sie miteinander plauderten, desto nervöser wurde sie. Sicher, die Umgebung war traumhaft, warum also machte er nicht mehr daraus?

Sie trank ihren Champagner so schnell, dass sie eine Entschuldigung für angebracht hielt. »Wirklich köstlich.«

»Ja, der Allerbeste.«

Sie sah zu, wie er nachschenkte, knabberte an einem Keks und suchte nach einem Gesprächsthema, doch Christy ergriff die Initiative. »Und wie geht es Myles?«

»Gut. Anfang des Jahres fährt er nach Perth, zusammen mit meiner Mutter.«

Nun hatte er ihre Zweisamkeit empfindlich gestört. Lucy hatte nicht die Absicht, mit ihm über Myles zu sprechen, und sie wusste, dass Christy zu höflich war, um die als peinlich empfundene Abreise ihrer Mutter zu diskutieren. Sie schaute in die Ferne, als könne sie durch den silbrigen Regen, dem der Nebel nun gewichen war, die Schiffe im Hafen erkennen.

»Ich freue mich wirklich auf morgen«, platzte sie schließlich heraus. »Es wird bestimmt ein herrlicher Tag.« Dann fiel ihr ein, dass sie ihn noch nicht in den genauen Ablauf eingeweiht hatte. »Die meisten Leute kommen gegen elf, um zwölf gehen wir zu Tisch, aber du kannst auch früher kommen, wenn du möchtest ...«

»Morgen?« Er fuhr zusammen. »Meinst du zu eurem Weihnachtsessen?«

»Sicher.«

»Aber Lucy, Liebes, ich wusste nicht, dass ich eingeladen bin.«

»Natürlich, ich habe dich doch eingeladen.«

»Wann denn?«

»Ach ... vor einer Ewigkeit.«

»Nein, ich weiß noch, wie du sagtest, dass deine Familie an Weihnachten gerne Freunde einlädt, aber du hast mich nicht eingeladen, Lucy. In den letzten Wochen warst du so sehr mit anderen Dingen beschäftigt, dass ich ganz in den Hintergrund getreten bin.«

Sie rang die Hände im Schoß. »Bitte, Christy, sei nicht so empfindlich, ich musste Myles doch beistehen. Aber jedenfalls bist du eingeladen, wir erwarten dich.«

»Danke«, erwiderte er steif, »aber ich habe bereits eine anderweitige Verabredung getroffen.«

»Was? Das geht nicht! Ich wollte dich bei mir haben.«

»Morgen klappt es nun mal nicht.«

»Wieso? Wohin gehst du?«

»Wie gesagt, ich habe bereits eine anderweitige Verabredung getroffen.«

»Aber ich habe es für selbstverständlich gehalten, dass du zu uns kommst.«

»Es empfiehlt sich nicht, so etwas als selbstverständlich zu betrachten, Lucy. Ich liebe dich, daher hat mich dein Verhalten in den letzten Wochen ziemlich verletzt. Man könnte glatt auf den Gedanken kommen, du hättest deine Meinung geändert.« Er stand auf und streckte den Arm aus. »Ich muss wieder ins Büro.«

»Aber ich habe meine Meinung nicht geändert«, stieß sie hervor.

»Dann reden wir ein anderes Mal darüber, wenn du dir deiner sicher bist.«

Bevor sie begriff, wie ihr geschah, hatte Christy sie zum Tor geführt und ihr einen höflichen Kuss auf die Wange gehaucht. Dann gab er ihr den Regenschirm und schob sie auf die Straße hinaus.

»Frohe Weihnachten, meine Liebe.«

»Aber wann sehen wir uns?«

»Wäre es dir genehm, wenn ich einen Tag nach Weihnachten vorspreche?«, fragte er förmlich.

»Natürlich«, fauchte sie und rauschte enttäuscht davon.

Als sie zu Hause eintraf, fand sie ein Päckchen vor, das ein Bote für sie abgegeben hatte. Darin lag eine elegante Taschenuhr aus Gold mit einer Karte: »Mögen alle deine Sommer glücklich sein. Frohe Weihnachten. In Liebe, Christy.«

Zack hatte seine Pflicht erfüllt. Er hatte den Bereich unter dem Haus gefegt und gesäubert, Leinentücher an der Strandseite aufgehängt, um den Sand abzuhalten, lange Tische und Bänke aus dem örtlichen Gemeindesaal aufgestellt und mit Engelsgeduld die Dekorationen genau so angebracht, wie Maudie sie haben wollte. Die Stützpfosten des Hauses waren mit chinesischen Laternen und Bändern geschmückt, von der Decke flatterten rote, weiße, goldene und silberne Fahnentücher. Zum Schluss sammelte er Unmengen von Eukalyptuszweigen, die er in mit buntem Krepppapier verzierte Kerosinkanister stellte.

»Reicht das?«, fragte er schließlich.

»Nein, ich brauche noch mehr Eukalyptuszweige für die andere Seite, dann sieht es aus wie eine kleine Hecke. Und vielleicht holst du noch einen Tisch. Den könnten wir als zusätzlichen Serviertisch benutzen.«

»Es gibt keine mehr«, log er. »Maudie, es reicht, es sieht sehr hübsch aus.«

»Meinst du wirklich?«

»Ja, ganz toll. Wenn alle Tische stehen, sieht es aus wie im Ritz.«

Maudie strahlte, und Zack ergriff rasch die Flucht.

Oben in der geräumigen Küche waren Lucy und Sibell mit einigen anderen Damen bei der Arbeit. Zack schlüpfte aus dem Haus und schlug den Weg zum *Victoria Hotel* ein, wo ihm als Erstes Christy Cornford über den Weg lief.

»Dürfte ich Sie zu einem Drink einladen?«, fragte dieser ein wenig zaghaft.

»Das beste Angebot des Tages.«

An Heiligabend war an der Theke kein ruhiges Plätzchen zu finden, und sie zogen sich auf eine Seitenveranda zurück. Nach dem üblichen Geplauder brachte Zack das Thema der gestohlenen Ringe zur Sprache.

»Was ist denn letztlich daraus geworden?«

»Wir haben die Polizei in Brisbane alarmiert. Wenn das Schiff anlegt, wird diese Peggy Minto an Land gebracht und wegen Diebstahls und Hehlerei verhaftet.«

»Und Walters? Im Grunde hat er Harriet praktisch entführt.«

»Leider kann man ihn nicht belangen. Sie hätte jederzeit das Haus verlassen können, immerhin war sie nur eine halbe Meile von zu Hause entfernt. Aber ich habe einen Bericht über die Angelegenheit verfasst, den ich an den Bischof in Adelaide sende. Ich vermute, wir werden Walters bald los sein.«

»Der arme William«, meinte Zack mit einem Grinsen. »Wie kann einem überzeugten Atheisten so etwas passieren? Der nächste Pfaffe, der sich über seine Schwelle wagt, wird mit Pistolenschüssen empfangen. Übrigens, ich habe gehört, dass Sie mit den beiden zu Abend essen. Er freut sich ungemein über Ihre Gesellschaft.«

»Es ist mir eine Ehre. Außerdem ist Harriet noch nicht so weit, dass sie ihm richtig Gesellschaft leisten kann, und er ist so treu, dass er im Traum nicht ohne sie ausgehen würde.«

»Das stimmt.«

»Also sitzt er praktisch allein zu Hause. Ein interessanter Mann, ich freue mich schon darauf.«

Zack nickte anerkennend. »Lucy schien zu glauben, Sie äßen mit uns.«

»Ich weiß, aber sie hat tatsächlich vergessen, mich einzuladen, bis heute Nachmittag jedenfalls. Nun kann ich William nicht im Stich lassen.«

Zack stellte lachend sein Glas ab. »Sie hat es vergessen? Doch nicht Lucy! Sie ist einfach davon ausgegangen, dass Sie kommen. Wir halten nicht viel von Förmlichkeiten. War es wegen Myles?«

»Ja«, antwortete Christy ehrlich. »Und ich weiß immer noch nicht genau, was sich abgespielt hat.«

»Keine Sorge deswegen, Lucy hatte bloß Mitleid mit ihm. Eine gute Entschuldigung, um viel Zeit mit ihm zu verbringen und herauszufinden, dass er ein verwöhnter Bengel ist.«

»Hat sie das gesagt?«

»Sie hat Maudie erzählt, dass er die Stirn hatte, sie um ihre Hand zu bitten. Damit fand ihre Wohltätigkeit ein schnelles Ende.«

»Ich möchte Sie nicht beleidigen, Zack, aber sie muss ihn doch irgendwie ermutigt haben ...«

»Nein, er ist so arrogant. Hat ihre Freundlichkeit ausgenutzt. Aber vergessen wir Myles, ich wollte mit Ihnen über die Station reden. Falls Sie noch daran interessiert sind, meine Tochter zu heiraten.«

Christy staunte. »Ja, natürlich. Soll das heißen, Sie sind einverstanden?«

»Für den Fall, dass Sie mir versprechen, gut für sie zu sorgen«, meinte Zack grinsend. »Sonst komme ich mit der Schrotflinte.«

»Und wie ich für sie sorgen werde. Vielen Dank, Sir.« Christy war aus dem Häuschen. »Sie können auf mich zählen, das verspreche ich.«

»Dann gibt es viel zu bereden«, meinte Zack. »Wie wäre es mit morgen Nachmittag? In Ihrem Büro? Es ist sicher ruhiger als bei mir zu Hause. Ich möchte Ihnen gern einen Überblick über die Station und deren Arbeitsweise geben. Ich habe einen hervorragenden Verwalter namens Casey, der Ihnen alles erklären wird. Dann kann nichts schief gehen. Wäre morgen Nachmittag in Ordnung?«

»Sicher doch.« Christy wunderte sich über die plötzliche Eile. Zack würde noch mindestens einen Monat in der Stadt bleiben. Er war davon ausgegangen, dass die Hochzeit sechs Monate nach Bekanntgabe der Verlobung stattfinden würde; das hatte Lucy angedeutet. Angeblich wäre eine Hochzeit während der Regenzeit der blanke Wahnsinn. Sie hoffte, im Juni zu heiraten und den herrlichen blauen Himmel von Darwin zu genießen ...

»Dann bis morgen«, sagte sein zukünftiger Schwiegervater. »Ich gebe Ihnen noch einen aus, dann muss ich mich zum großen Kochfest begeben und nachschauen, ob etwas für mich abfällt.«

Lucy hätte am liebsten geschrien, weil man sie dauernd nach Christy fragte. Und Maudie war keine große Hilfe.

»Er hat andere Verabredungen getroffen«, flötete sie und genoss Lucys Unbehagen.

»Du wusstest, dass er nicht kommt!«, warf sie Zack vor. »Du musst mir immer alles verderben, nicht wahr? Wohin geht er denn dann?«

»Hör auf mit dem Theater und genieße den Tag. Kümmere dich um unsere Gäste.«

Trotz ihrer Enttäuschung ließ Lucy sich bald von der Stimmung anstecken und erlebte einen wunderbaren Tag. Sibell und ihre Helferinnen hatten sich selbst übertroffen. Sie servierten für über dreißig Gäste ein Weihnachtsmenü mit allem Drum und Dran, obwohl sich die Temperaturen der Vierzig-Grad-Marke näherten. Die Getränke flossen in Strömen, Geschichten wurden erzählt, Lieder gesungen, und Maudie trug zum Schrecken des Publikums wie üblich Gedichte vor.

Zack trat leise zu Lucy. »Ich glaube, du hast dir einen kleinen Urlaub verdient. Warum besuchst du nicht Christy? Ich glaube, er wartet auf dich.«

»Wo denn?«

»Bei den Oatleys.«

»Du hast es die ganze Zeit gewusst!«

»Zuerst die Pflicht«, lachte er. »Dein Hut!«, rief er ihr nach.

»Wo will sie hin?«, erkundigte sich Maudie.

»Vorwärts«, antwortete Zack, und Maudie schlenderte, ein wenig beschwipst, von dannen.

Endlich waren sie allein. Nur sie beide. Alles war weggeräumt, das Haus beinahe wieder im Normalzustand. Maudie schlief tief und fest.

»Wir haben noch etwas Champagner, möchtest du ein Glas?«, fragte Sibell.

»Nein, danke, mir reicht es. Warum setzen wir uns nicht auf die Veranda und lassen den Tag deines Triumphes nachwirken?«

»Gute Idee«, meinte Sibell, zog die Schuhe aus und folgte ihm nach draußen. »Ich bin vollkommen erledigt.«

Zack setzte sich neben sie auf das breite Sofa und seufzte. »Ich glaube, der Wind kommt vom Meer.«

»Ja, herrlich.«

»Wie du.«

»Danke. Du bist auch nicht übel.«

»Warum verlässt du mich dann?«

»Bitte, Zack, nicht heute.«

»Es ist nicht einfach für mich.«

Sie schauten zu, wie beschwipste Feiernde über die Straße taumelten und ihre Weihnachtsgrüße beantworteten. Der schläfrige Nachmittag neigte sich dem Ende zu. In der Ferne erklang der trauervolle Ruf eines Brachvogels, ein anderer antwortete. Ein rosiger Schimmer durchdrang die Wolken und erinnerte Zack an die berühmten Sonnenuntergänge von Darwin, die man in der Regenzeit nur selten erlebte. Sibell döste, die Füße auf einem gepolsterten Schemel. Er legte den Arm um sie, zog sie sanft zu sich heran und wartete.

Als sie schließlich erwachte, war es dunkel. Dieses Land duldete kein Zwielicht, Tag und Nacht brachen plötzlich herein. Sie betrachtete den Jasminstrauch, den sie im vergangenen Jahr aus Schösslingen gezogen hatte, die Harriet ihr gegeben hatte. Die Ranken erreichten mittlerweile die Veranda.

»Ich schwöre, der Strauch wächst glatt einen Fuß pro Woche. Du solltest Draht anbringen, damit er hinauf- statt hineinwächst.«

»Und mich mit seinem Duft erstickt? Nein, danke, der vor dem Schlafzimmer ist schlimm genug.«

»Ich dachte, er gefällt dir.«

»Eigentlich nicht. Darf ich dich etwas fragen, Sibell? Hör mir zu, wenn du Nein sagst, ist es auch in Ordnung.«

Sie schaute ihn aufmerksam an, schob einige Strähnen aus der Stirn, wie sie es immer tat, wenn sie nervös wurde.

»Was gibt es jetzt?«

»Es geht um deinen Umzug nach Perth.«

»Bitte ...«

»Nein, lass mich ausreden. Ich habe mich gefragt, ob ich mitkommen darf.«

Überrascht setzte sie sich auf. »Um Himmels willen, Zack, darüber haben wir doch schon gesprochen. Ich hätte es gern, wenn du mitkämst und bis zum Ende der Regenzeit bei mir bliebest, aber nein, du wolltest ja nicht! Du warst so dickköpfig und stur. Aber wenn du deine Meinung geändert hast, müssen wir uns sofort um eine Fahrkarte kümmern.«

»Ich habe meine Meinung nicht geändert.«

Sie wirkte verwirrt. »Was dann?«

»Ich möchte für immer mit dir gehen.«

»Was? In Perth leben? Das kannst du nicht, du würdest nie die Station verlassen.«

»Doch. Ohne dich will ich nicht dort leben.«

Sie wirkte ganz aufgeregt. »Zack, das musst du nicht tun. Black Wattle ist dein Leben, du bist dort geboren. Das kann ich nicht von dir verlangen.«

»Du verlangst es nicht, ich biete es an. Ich habe lange darüber nachgedacht. Casey kann mit einigen zusätzlichen Leuten die Verwaltung allein übernehmen. Er kennt die Station so gut wie ich. Und ich verschwinde ja nicht von der Bildfläche. Ich kann hin- und herreisen und alles im Auge behalten. Wie gefällt dir das? Ich könnte Anfang des Jahres mit dir fahren. Ein Haus suchen, warten, bis du dich eingelebt hast, und rechtzeitig wieder in Darwin sein, um Lucy und Maudie heimzubringen ... Dann packe ich und komme nach Perth!«

Sibell starrte ihn an. »Meinst du das ernst? Du würdest wirklich mit mir kommen?«

»Wenn du willst. Es könnte Spaß machen, in Ruhestand zu gehen. Sicherer ist es allemal. Keine Speere, kein Vieh, das mich niedertrampelt. Nur diese neumodischen Straßenbahnen.«

Sie küsste ihn. »Ich liebe dich, Zack Hamilton.«

»Ja, aber versuch nicht noch einmal, mir davonzulaufen. Wie du siehst, hat es keinen Sinn. Und schau mal, da kommen Christy und Lucy.«

Sibell sprang auf. »Ich kann es gar nicht abwarten, ihnen die guten Neuigkeiten mitzuteilen.«

»Warte bis morgen. Sie haben wohl selbst gute Neuigkeiten.«

Sie standen Arm in Arm auf der Veranda, als Lucy die Treppe heraufstürmte. Ihr Gesicht strahlte vor Glück. Sie bemerkte gar nicht, wie glücklich auch ihre zuvor noch zerstrittenen Eltern aussahen.

»Gut«, sagte Zack zu seiner Frau, »es wird ohnehin bald Zeit, die Station zu verlassen. Black Wattle braucht keine zwei Bosse.« Lachend fügte er hinzu: »Oder drei, mit Lucy.«

Der heiß ersehnte neue Fall
um Mitchell und Markby

Zwei Leben - ein Tod: Andrew Pellham ist ein renommierter Anwalt, der auf seinem Landsitz, dem herrschaftlichen Tudor Lodge, ein unbescholtenes Leben führt. Doch die Fassade trügt, denn eines Morgens wird Pellham ermordet in seinem Garten aufgefunden. Die ersten Untersuchungen führen zu der überraschenden Enthüllung, dass der Anwalt offensichtlich ein Doppelleben geführt hat. Und in seiner zweiten Existenz scheint er sich eine Menge Feinde gemacht zu haben. Superintendent Markby ist da über die Hilfe seiner Freundin Meredith ganz froh, denn seine Ermittlungen werden ausgerechnet von seinem Kollegen, Sergeant Prescott behindert, der sich Hals über Kopf in die Hauptverdächtige verliebt …

ISBN 3-404-15201-8

BASTEI
LÜBBE

**Der erste Fall des Brisbaner Detectives
Shane O`Connor**

In einem verschlafenen Nest im Westen Queenslands, Australien, entdecken Bauarbeiter eine halbverweste Leiche ohne Kopf. Handelt es sich um ein weiteres Opfer des Serienkillers, dem schon mehrere Frauen zum Opfer gefallen sind? Der Brisbaner Detective Sergeant Shane O`Connor soll ermitteln. Keine leichte Aufgabe, wenn Aborigine-Mythen die Untersuchungen erschweren – und ein Spitzenpolitiker, ein angesehener Farmer und der alte Dorfpolizist alles tun, um ein Verbrechen zu decken ...

ISBN 3-404-14821-5

Barbara Bickmore

Jenseits aller Versprechen

Roman

Der riesige McCullough-Clan in Oregon bestimmt das Schicksal der Anwältin Cat. Sie verliebt sich in den Rancher Scott McCullough, doch ihr Glück scheint nur von kurzer Dauer zu sein ... Scott verunglückt, und Cat droht zu verzweifeln.

Erst nach und nach öffnet sie ihr Herz für ein anderes Mitglied der McCullough-Familie. Doch wird der Clan ihre Entscheidung billigen?

Eine bewegende Familiensaga in der wundervollen Landschaft Oregons.